Dermot Bolger
Die Reise nach Valparaiso

Dermot Bolger

Die Reise nach Valparaiso

Roman

Aus dem Englischen
von Thomas Gunkel

Rotbuch Verlag

Der Verlag bedankt sich für die finanzielle Unterstützung der Übersetzung beim Ireland Literature Exchange (Translation Fund), Dublin, Ireland.
www.irelandliterature.com
info@irelandliterature.com

Für Bernadette

Bibliografische Information Der Deutschen Bibliothek

Die Deutsche Bibliothek verzeichnet diese Publikation in der Deutschen Nationalbibliografie; detaillierte bibliografische Daten sind im Internet über http://dnb.ddb.de abrufbar.

Originaltitel: The Valparaiso Voyage

zuerst erschienen bei Flamingo/Harper Collins, London 2001
Umschlagkonzept: Meta Design, Berlin
Umschlaggestaltung: projekt ®|Philipp Starke
unter Verwendung einer Fotografie von Rieder & Walsh/photonica
Herstellung: Das Herstellungsbüro, Hamburg
Gesetzt aus der Sabon
Druck: Clausen & Bosse, Leck
Printed in Germany

ISBN 3-434-53108-4

Informationen zu unseren Verlagsprogrammen finden Sie im Internet unter www.rotbuch.de

Tháinig long ó Valparaiso,
Scaoileadh téad a seol sa chuan;
Chuir a hainm dom i gcuimhne
Ríocht na greine, tír na mbua

»Gluais,« ar sí, »ar thuras fada
Liom ó scamall is ó cheo;
Tá fé shleasaibh gorm-Andes
Cathair scáfar, glé mar shеod ...«

Ein Schiff traf ein aus Valparaiso,
Ging vor Anker in der Bucht,
Sein Name, strahlend hell, rief in Erinnerung
Ein Land der Fülle, ruhmreich und sonnenheiß.

»Komm«, sagte es, »auf eine lange Reise,
Weg von den Wolken, dem Nebel dieses Landes;
Vor den bläulichen Hängen der Anden
Liegt, sonnengeküsst, ein Juwel von einer Stadt ...«

Aus *An Long* (Das Schiff) von Pádraig de Brún, 1899–1960, übersetzt nach der englischen Fassung von Theo Dorgan.

Woran dachte wohl der schottische Lokführer in jenem Augenblick? Oder die Reisenden in der ersten Klasse, die von ihren Laptops oder Zeitungen aufblickten und das Gewirr der Gleise sahen, die an dem Eisenbahnknotenpunkt am Stadtrand von Glasgow zusammenliefen? Ein Labyrinth aus Weichen, Signalen und Rangiergleisen, die verfallenden Lokschuppen und die hohen, ölverschmierten Betonmauern voller Graffiti. Im hellen grauen Licht des Himmels irgendwelche Vögel.

Wenn ich in Navan als Kind das Weihnachtsspielzeug im Schaufenster von Alcocks Laden in der Nähe des Market Square betrachtete, stellte ich mir immer vor, die Züge würden von allein fahren. Eine perfekt aufeinander abgestimmte Welt der Lokomotiven, die unter Brücken hindurchratterten und aus Tunneln hervorpreschten, vorbei an friedlich grasenden Plastikschafen.

Manchmal lief etwas schief, doch dann musste man bloß ans Schaufenster klopfen und ein Verkäufer hob die Lokomotive auf, deren Räder sich vergeblich weiterdrehten. Wenn er sie auf die Schienen zurückgestellt hatte, glitt sie wieder vorbei und die Spielzeugarbeiter schauten seelenruhig zu, als könnte nichts ihre makellose Welt aus dem Gleichgewicht bringen.

Nach dem Frontalzusammenstoß zwischen dem Sieben-Uhr-Zug aus Perth und einer S-Bahn hatten sich die vorderen Wagen der beiden Züge in Sekundenschnelle in einen Feuerball verwandelt, sechsmal so heiß wie die Verbrennungsöfen eines Krematoriums. Aus den entgleisten Wagen, die neben den Schienen zusammengedrückt waren wie eine Ziehharmonika, drangen Stimmen. »Hilfe!« »Holt mich raus!« »Mein Gott!« Überall Glasscherben, sogar auf den nach oben liegenden Fenstern, die sich einfach nicht zertrümmern ließen. Reisende, die mit Schuhen, Aktentaschen und Fäusten dagegenhämmerten. Türen, die sich himmelwärts öffneten, während Menschen die Hände ausstreckten, um weitere Überlebende aus dem Zug zu ziehen.

Ein Mann, von dem niemand wusste, ob er noch am Leben war, lag neben seinem abgetrennten Bein. Eine junge Frau in weißem Rock saß zitternd auf dem Bahndamm und hielt einen Schuh umklammert. Das Dröhnen eines Hubschraubers verschmolz mit der anschwellenden Symphonie der Sirenen. Die Armbanduhr eines Kindes blieb um sieben Uhr vierundfünfzig stehen. Das breite Kinn eines Toten, das der Leichenbestatter bestimmt zweimal rasieren musste, wirkte durch einen Stoppelbart noch dunkler. Eine Mutter umarmte ihren neunjährigen Sohn, der weinte, weil seine Hausaufgaben verbrannt waren.

Die Arbeiter der Frühschicht aus den örtlichen Fabriken liefen in Scharen zum Zuganfang, weil sie unbedingt helfen wollten, sie brachen Türen auf, um in die Wagen klettern und unter den Trümmern nach Überlebenden suchen zu können. Andere standen bloß neben dem roten Signal, das der Lokführer des Schnellzugs in der tief stehenden Wintersonne übersehen hatte, und starrten auf die Unfallstelle. In dem heiß lodernden Flammenmeer dieses Infernos verbrannten die Leichen der beiden Lokführer und die zufällig in den vorderen Wagen sitzenden Erste-Klasse-Reisenden, in der Asche blieben nicht einmal ihre verkohlten Zähne zurück, sodass sich nicht ermitteln ließ, wie viele Tote es waren.

Die frostige Luft war von Rauch erfüllt, der in Schwaden davonzog, wie das Segel eines Dreimasters, ausgelaufen aus einem Hafen im Westen Irlands und gegen den Wind segelnd, seine Reise antretend übers Meer, zu den träumerischen weißen Straßen von Valparaiso.

SAMSTAG

Navan, Grafschaft Meath. Prosperierende Heimatstadt von Teppichen und Holzmöbeln. Am Stadtrand vereinzelte Lagerhäuser und Ausstellungsräume, ordentliche Fabriken. Kräftige Bauersfrauen, die in meiner Kindheit auf der Suche nach Sonderangeboten in die Stadt gekommen waren, während ihre Ehemänner herumrülpsten oder, den obersten Hemdknopf geöffnet, in den breiten Sesseln der Hotelhalle ihren Verdauungsschlaf hielten.

Navan. Mit engen Straßen, schmal wie der Hintern einer Nonne, abfallend zum Zusammenfluss von Boyne und Blackwater hin. Als Mittelpunkt der Market Square, wo ein freundlicher Frisör ein halbes Jahrhundert lang Haare geschnitten, sich über Malerei und Laientheater unterhalten, aber nur selten von seinen nächtlichen Fluchten als Mitglied einer Einsatztruppe der Alten IRA gesprochen hatte. Ein scheußliches Dreigestirn von Straßen, das von dort ausging: Ludlow, Watergate und Trimgate.

Die mittelalterlichen Tore sind längst abgerissen, die Stadtmauern verschwunden. Inzwischen ist die Landschaft von einer hässlichen Autobahn zernarbt, gesäumt von Neubausiedlungen mit Mickymaus-Namen. Pendler aus Dublin, von den steigenden Hauspreisen hierher ins Exil getrieben, verärgert, weil sie jeden Tag die dreißig Kilometer in ihre Hauptstadt fahren müssen, misstrauisch gegenüber den Einheimischen, die ihnen gegenüber noch misstrauischer sind. Außenseiter und Zuzügler belauern sich rings um die geschlossene Faust meiner Heimatstadt.

»Navan hat nur wenig Sehenswertes zu bieten«, steht im Reiseführer. Bedauerlicherweise schenkte am Anfang des neunzehnten Jahrhunderts ein schwarzer Matrose diesem Rat keine Beachtung. Als sein Schiff, von einem ausländischen Hafen kommend, in Dublin anlegte, mietete er eine Kutsche und machte im Morgenregen eine Erkundungsfahrt. Gegen Mittag trabten seine Rappen in Navan auf den Market Square. Er stieg ab und seine schwarzen Stiefel und sein schwarzer Umhang erschreckten die gaffenden Einheimischen. Er betrat die örtliche Schenke und bestellte etwas zu trinken. Der Wirt bediente ihn mit wahrhafter irischer Gastfreundschaft, zog sich dann zurück und gesellte sich zu der auf der Straße versammelten Menschenmenge, von der noch keiner je einen Schwarzen zu Gesicht bekommen hatte.

Die Leute kamen zu dem Schluss, dass er Old Nick, der Satan persönlich, sein musste, gekommen, um sie in Versuchung zu führen. Sie holten ein Seil und wählten auf dem Feld, wo später unsere Straße gebaut wurde, eine Rosskastanie aus. Es war der letzte Lynchmord in der Königlichen Grafschaft Meath. Diese Geschichte wird weder im Reiseführer noch in einem der Prospekte erwähnt, die den Besucher im Fremdenverkehrsamt in der Railway Street erwarten. Vielleicht war es bloß ein Märchen, das sich Pete Clancy ausgedacht hatte, um mir als kleinem Jungen Angst einzujagen. Es ist ihm gelungen, denn wenn ich nachts hinter dem Schuppen, in dem ich schlief, das Knarren eines Baumes hörte, befürchtete ich jedes Mal, wenn ich durch den Hühnerdraht nach draußen lugte, ich würde eine schwarze, noch zuckende Leiche in der Luft baumeln sehen.

Wer bestimmt eigentlich, an welche Geschichten man sich in einer Stadt erinnert und welche der Vergessenheit anheim fallen? Gab es in Navan viele Leute, die sich noch an meine Geschichte erinnerten, nachdem meine Familie weggezogen war? Nur wenige würden gern daran erinnert werden, in diesem neuen, von Verkehrsstaus geprägten Wohlstand, in dem sie leben. Doch niemand kann der Geister Herr werden, die durch diese Straßen wandeln. Verschollene fremdländische Matrosen; ausgehungerte Dienstmädchen, die zitternd darauf warteten, dass man auf den Gesindemärkten ihre Muskeln betastete; barfüßige Botenjungen, die an Brand erkrankten, weil sie mit offenen Wunden auf dem Kopfsteinpflaster durch wurmbefallenen Pferdemist liefen; unser Dichter Ledwidge, der in Ypern von einer verirrten Kugel getötet wurde und am selben Abend vor der Druckerei des *Meath Chronicle* einem Freund erschien. Ich wusste, dass es solche Geister gab, denn als ich den Flower Hill hinaufstieg, gesellte auch ich mich zu ihnen.

Ich öffnete das Gartentor und alles war noch wie damals, sogar der Blick, mit dem mich der Immobilienmakler von der Tür aus bedachte. Dort hatte einmal Lisa Hanlons Vater gestanden, ein alter Mann, der meinem Blick stets auswich und sich hütete, mich auf sein Grundstück zu lassen.

Ich nahm den Prospekt des Maklers und gab einen falschen Namen und eine falsche Telefonnummer an. Es war zwar unwahrscheinlich, dass mich jemand erkennen würde, doch als ich die Wohnzimmertür aufstieß, war ich noch immer nervös. Das elektrische Heizgerät, das in dem alten Kamin gestanden hatte, befand sich noch an seinem Platz, ebenso die Tischchen, die gedrungenen, neu bezogenen Sessel und das lange Sofa mit den Spitzenrüschen. Das Zimmer war schon immer voll gestopft mit Erinnerungen an Lisas und meine Kindheit.

Es war seltsam gewesen, hier mit ihr zu schlafen, als wir beide zweiundzwanzig waren, während ihr jüngeres Ich von dem Kommunionsfoto in dem goldenen Rahmen auf uns herabschaute. Dieser Mund, der so andächtig ausgesehen hatte, als er seine erste Hostie empfing, überraschte mich mit seiner plötzlichen Wollust.

Aber mit zweiundzwanzig interessierte ich mich, ehrlich gesagt, nicht besonders für Lisa; mir ging es bei unserer kurzen Affäre eher darum, Zutritt zu diesem Wohnzimmer zu erlangen. Zu hören, wie ihre Eltern die Treppe hinaufstiegen, das Gefühl der Gefahr auszukosten, dass sie vielleicht wieder herunterkamen. Ich weiß noch, wie erstaunt Lisa war, als ich, nachdem ich gerade erst gekommen war, erneut eine Erektion zustande brachte. Lisa war still und unscheinbar. Vermutlich war noch kein Mann bei ihr so leidenschaftlich gewesen. Aber ich konnte ihr schlecht sagen, dass es nicht ihre kleinen Brüste waren, noch immer keck wie bei einem Schulmädchen, die mich erregten. Der Grund war, dass ich die Möbel berühren konnte – die ungemütlichen Kissen auf dem Sofa, den gemusterten Teppich, der leicht nach Mottenkugeln roch, die Porzellanteller in der Anrichte, die nicht angerührt werden durften, den Nippes von der ersten Pilgerfahrt der Gemeinde nach Lourdes. Der klebrig süße Geruch kleinstädtischer Angesehenheit, von der ich stets ausgeschlossen geblieben war.

Wenn Lisa mich in jenen Nächten allein gelassen hätte, hätte ich vielleicht einfach mit den Möbeln geschlafen. Endlich auf der beleuchteten Seite von Hanlons Wohnzimmerfenster. Nicht draußen in der Kälte kauernd wie an den Abenden, an denen ich es gewagt hatte, von unserem Schuppendach in Caseys Garten hinunterzuklettern. An denen ich von dort in Hanlons Garten gekrochen war und zwischen den Apfelbaumzweigen hindurch heimlich beobachtet hatte, wie Lisas Mutter ihrer einzigen Tochter die Haare abtrocknete, wie sie ihr Gutenachtgeschichten vorlas oder heiße Milch und Kekse holte, wenn sie im Winter zusammen Fernsehen guckten.

Dann schaltete sie immer das Licht aus und das Wohnzimmer war von einem glühenden Kohlenfeuer erleuchtet, die Bilder aus dem unsichtbaren Fernseher buchstäblich über ihre Gesichter gelegt. So habe ich es zumindest von draußen gesehen, im Alter von zehn, elf Jahren, als ich diese Fernsehsendungen indirekt erlebte, indem ich den Ausdruck der beiden Gesichter nachahmte. Ich lachte, wenn sie lachten, und duckte mich, wenn sie zum Fenster schauten, obwohl ich wusste, dass sie mich, an die Hecke gekauert, nicht sehen konnten.

Ich konnte jederzeit an Caseys Küchenfenster klopfen, dann holte Mr. Casey mich für eine Stunde ins Haus, damit ich mich aufwärmen konnte. In manchen Nächten war ich so hungrig, dass ich meinen Stolz herunterschluckte und es tatsächlich riskierte, aber zweimal wurde ich ertappt, bekam eine Tracht Prügel und mein Vater brüllte unserem Nachbarn über die Hecke zu, er solle sich um seine eigenen Angelegenheiten kümmern. Doch weil ich in seiner Küche Zuflucht finden konnte, hielt ich mich für etwas Besseres als Mr. Casey. Hanlons Haus blieb unerreichbar, die Wärme darin so unvorstellbar wie Sex. Nicht der Hunger trieb mich dazu, in Lisas Fenster zu spähen. Ich wollte eine Phantasie ausleben, in der ich mit der Messingzange Kohlen aufs Feuer legen durfte und mir jemand die Haare bürstete, statt mit einem stählernen Kamm daran herumzurupfen.

Der Immobilienmakler hustete hinter mir in der Tür. Ich hatte ihn ganz vergessen. Andere Interessenten trampelten oben herum, prüften die Dielenbretter, untersuchten die Wände auf Hausschwamm und malten sich einen umgebauten Dachboden und PVC-Fenster aus.

»Warum wird es versteigert?«, fragte ich.

»Testamentsvollstreckung. Die alte Frau, die hier gewohnt hat, ist gestorben. Ihre Tochter lebt in England.«

»Ist sie jetzt da?«

»Warum fragen Sie?« Der Immobilienmakler war auf seine Verdienstspanne bedacht. Es gab zu viele Geschichten von unter der Hand gezahltem Bestechungsgeld an Hausbesitzer, von verzweifelten, gesetzwidrigen Geboten verzweifelter Menschen, in die Enge getrieben durch die Wohnungsknappheit in dieser seit kurzem florierenden Wirtschaft.

»Ich würde mich bei der Hausbesichtigung unbehaglich fühlen, wenn ich das Gefühl hätte, dass der Besitzer mich beobachtet.«

»Wir raten den Leuten wegzubleiben, wenn ihre Häuser besichtigt werden«, erwiderte der Mann. »Das ist für alle das Beste. Sie kommt am Donnerstagmorgen, wegen der Versteigerung nachmittags im Ard Boyne Hotel.« Er musterte mich eingehend. »Um halb vier. Sie haben lange gewartet, falls Sie ein Gebot machen wollen. Die meisten Leute haben das Haus schon inspiziert und sehen sich nur noch ein letztes Mal um.«

»Ich war im Ausland. Ich hab's erst heute in der Zeitung gesehen.«

Das war das erste Mal, dass ich die Wahrheit sagte. Die Anzeige hatte im Immobilienteil eines liegen gelassenen *Irish Independent* gestanden, den ich an diesem Morgen auf dem Dubliner Flughafen eingesteckt hatte, während ich durch die erste Klasse eines Aer-Lingus-Flugs aus Lissabon ging. Vielleicht bereitete es mir kalte Füße, wieder in Dublin zu sein, aber als der Bus vom Flughafen am Busbahnhof angekommen war, hatte ich mich auf eine Bank gesetzt, zu ängstlich, um mich nach draußen zu wagen. Als ein Bus nach Navan angekündigt worden war, hatte ich meine Taschen in ein Schließfach gestellt und war eingestiegen, denn Navan war für meine Heimkehr so gut wie jeder andere Ort.

Der Immobilienmakler ging wieder in den Flur hinaus, gab einem jungen Paar einen Prospekt und spulte wieder seinen Spruch über den nach Süden liegenden Garten herunter, und dass die Fahrzeit von Dublin über die Autobahn nur eine knappe Stunde betrage.

Warum hatte ich ihn nach Lisa gefragt? Die Toten dürfen die Lebenden nicht belästigen, nicht einmal, um sich zu entschuldigen. Sie war einer der wenigen Menschen, die mich geliebt haben. Doch ich hatte sie verlassen, da ich nicht genug Selbstvertrauen besaß, um glauben zu können, dass jemand mich wirklich gern hatte. Bevor ich Miriam kennen lernte, hatte ich Angst gehabt, jemanden an mich heranzulassen, denn ich hatte befürchtet, es würde ihn anekeln, wenn er unter dem dünnen Lack der Normalität, den ich in Dublin aufgetragen hatte, den verlausten »Hühnerfurz« entdeckte. Mit zweiundzwanzig hatte ich sieben Wochen lang jeden Donnerstagabend eine Rolle gespielt, hatte mich gewaschen und rasiert und war aus der Hauptstadt mit dem Bus hergefahren, um Lisa zu besuchen. Eine von vielen Rollen, hinter denen ich mich zu verstecken gelernt hatte, während Lisa immer bloß sie selbst gewesen war. Hätte sie es verstanden, wenn ich zusammengebrochen wäre und versucht hätte, den tückischen Gestank von Schmutz und Schande zu erklären, den ich in mir trug? Wie hätte das gehen sollen, wo ich es damals doch nicht einmal selbst richtig verstand? Stattdessen ließ ich in der Stadt zwei Stunden Country-'n'-Irish-Musik über mich ergehen, während wir darauf warteten, dass Lisas Eltern ins Bett gingen, und danach trieb ich es unermüdlich in diesem Wohnzimmer mit ihr, immer in der Angst, dass sich so etwas wie Zärtlichkeit entwickeln könnte, wenn wir zu lange reglos dalagen.

Jetzt zog ich das elektrische Heizgerät heraus, um den Kamin dahinter zu betrachten. Am ersten Abend, an dem sie mich nach Hause mitgenommen hatte, war ich bitter enttäuscht gewesen, als ich sah, dass dieses Monstrum mit zwei Heizstäben den Kamin versperrte, dessen Flammen immer ihr Gesicht beleuchtet hatten. Wir waren uns nur durch Zufall begegnet, denn die Rennen in Newton Abbot waren wegen Schneefällen abgesagt worden und ich sah mich gezwungen, zum ersten Mal seit zehn Jahren auf die Hunderennbahn von Navan zurückzukehren, da es der einzige Ort war, wo ich an einem eiskalten Januarabend wetten konnte.

»So wird's im Handumdrehen warm«, hatte Lisa gesagt und das Heizgerät eingestöpselt. Sie war angesäuselt von dem Champagner, den ich spendiert hatte, nachdem ich mir mit sechs anderen Wettenden den Jackpot geteilt hatte. »Keine Sorge, ich hab meinen Eltern gesagt, sie sollen nicht runterkommen, wenn ich jemanden mitbringe.«

Doch weder die trockene Wärme des Heizgeräts noch ihre weiße Haut oder ihre leidenschaftlichen Zungenküsse waren in jener Nacht das Richtige gewesen. Da all das real und greifbar war, konnte es meinen quälenden Hunger genauso wenig stillen, wie der Kauf einer Flasche Champagner den Menschen verändern konnte, der ich innerlich war.

»Ich hab mir oft über dich Gedanken gemacht«, hatte Lisa später geflüstert. »Darüber, dass keiner über dich reden wollte. Wodurch hattest du das verdient?«

Als Kind wusste ich nicht genau, was ich angestellt hatte, ich wusste bloß, dass ich jede Strafe verdiente. Böse, schmutzig und dumm. »Der Hühnerfurz«, wie Barney Clancys Sohn Pete mich in der Grundschule taufte. »Put, put, put, put – da kommt der Hühnerfurz. Komm auf den Hof und leg ein Ei, Hühnerfurz, du stinkst ja nach Hühnerdreck!« Seine höhnische Stimme, er war zwei Jahre älter als ich, zehn Zentimeter größer und stammte aus einer ganz anderen Gesellschaftsschicht. Der Sohn des Herrn und Meisters von meinem Vater. Kinder tuscheln nicht. Sie kennen die Rangunterschiede in einer Kleinstadt, haben aber nicht die Hemmungen der Erwachsenen, sondern schreien alles freimütig heraus.

Der Immobilienmakler kam zurück und stellte sich hinter mich, aus Sorge, ich könnte das Heizgerät beschädigen. Vermutlich hatte er einen sechsten Sinn, um zwischen potenziellen Bietern und lästigen Schnüfflern unterscheiden zu können.

»Sie müssen natürlich noch Arbeit reinstecken«, sagte er und lotste mich aus dem Wohnzimmer. »Aber stellen Sie sich mal vor, was Sie mit ein bisschen Phantasie alles machen können.«

Die anderen Zimmer interessierten mich nicht, aber ich spürte, dass es verdächtig wäre, wenn ich jetzt ginge. Von alten Leuten bleibt in einem Haus immer etwas zurück. Kein Körpergeruch oder gar Krankheitskeim, sondern der Geschmack einsamer Stunden, in denen sie auf das Klingeln des Telefons gewartet haben. In der Küche war alles trist – ein vergilbter Kalender der Väter vom Heiligen Geist, ein uralter Wasserkessel, ein Resopaltisch, der eigentlich in ein Museum gehörte. Die sich langsam ausbreitende Schäbigkeit schmerzte mich, als wäre das Paradies befleckt worden. Man sollte nie zurückkehren, und schon gar nicht nach Navan – eine Stadt, so in sich gekehrt, dass sich ihr Name vorwärts wie rückwärts lesen lässt.

Im Flur löste sich bereits die Tapete, durch die fehlende Wärme im Winter hatten sich darauf blasse Schimmelflecke gebildet. Endlich bekam ich das obere Stockwerk zu sehen. Ich hörte wieder, wie Lisas Stimme vor neunzehn Jahren gesagt hatte: »Warte, bis sie im Sommer ihre Pilgerreise nach Fatima machen. Dann kannst du dableiben und in meinem Bett schlafen. Da können wir wirklich Spaß haben.«

Eine Familie aus Dublin versperrte das Treppenhaus, als ich mich vorbeizwängte, Werbeträger in Kleidern mit teuren Logos, von einer Aura saloppen Wohlstands umgeben. Lisas

Zimmer war leer. Ich wusste, dass es ihr Zimmer war. Als Kind hatte ich sie hier ganz oft beobachtet, denn ihr war anscheinend nicht klar gewesen, dass ihre Silhouette sichtbar blieb, wenn sie die Jalousieleisten nach unten statt nach oben kippte. Lisa, die jeden Abend zehn Minuten lang ihr langes, glattes Haar bürstete; die oft, noch halb bekleidet, ins Leere starrte, als wäre ihr Denken abgeschaltet. Lisa mit elf, zwölf und dreizehn, als ihre Brüste sich nach außen wölbten und ihre Silhouette in diesem Fenster genauso ausgesehen hatte wie später, als ich sie zum ersten Mal splitternackt sah. An manchen Abenden war sie so lange am Fenster stehen geblieben, dass ich schon befürchtete, sie könnte ahnen, dass ich sie beobachtete. Schließlich war mir klar geworden, dass auch sie durch ihre Jalousie spähte, auf den Schuppen, wo sie mich schlafend wähnte. Vielleicht hatte sie mein Leben damals genauso faszinierend gefunden wie ich ihres.

Ich schaltete im Schlafzimmer das Licht aus, das der Immobilienmakler angelassen hatte, und zog die Jalousie hoch. Hanlons Garten war inzwischen eine Wildnis, der eine Apfelbaum gefällt und der andere umringt von sauren Kochäpfeln, die im zerzausten Gras verfaulten. Auf keinen Fall würde ich wieder dort hingehen. Den sauren Geschmack und die Übelkeit, die auf meinen nächtlichen Hunger folgte, wenn ich die Äpfel gestohlen hatte, war ich nie mehr ganz losgeworden.

Der jetzige Besitzer von Caseys Haus hatte einen Wintergarten in viktorianischem Stil und eine Veranda angebaut. An der Rauputzmauer, die sich da befand, wo früher die Hecke die Grenze zu unserem alten Garten gebildet hatte, stand ein Grill. Der primitive Schuppen meines Vaters war abgerissen worden. An seinem Platz stand ein prächtiges Gebäude mit einem Schieferdach und Bogenfenstern, die geschickt am Lichteinfall ausgerichtet waren. Ein Pfad aus Granitsteinen schlängelte sich durch ein weißes Kieselmeer zur neu angebauten Küche. Eine Zen-ähnliche Stille erfüllte den ganzen Garten. Ich merkte, dass ich mit den Fingernägeln an der Scheibe kratzte.

Zwei ältere Frauen mit schmerzlich vertrautem Meath-Akzent kamen hinter mir ins Schlafzimmer. Ich kannte ihre Namen, drehte mich aber nicht um, damit sie mein Gesicht nicht wieder erkannten. Als Wochenendvergnügen waren Hausbesichtigungen etwas Ähnliches wie Selbstbefriedigung – es war billig und man brauchte sich nicht fein zu machen. Die beiden hatten nicht vor, ein Gebot zu machen, und unterhielten sich darüber, wie viel Hanlons Haus bringen würde und wie viel ihre eigenen modernisierten Häuser im Vergleich dazu wert waren – ein wahres Vermögen, so dass sie allein bei dem Gedanken an eine Versteigerung weiche Knie bekamen. Ich stellte mir vor, wie Cormac ihren Akzent nachahmte: *»Keine Ahnung, wie Sie es bis zum Mindestgebot ausgehalten haben, Mrs. Mulready, ich hatte schon nach dem Richtpreis den ersten Orgasmus.«*

»Gott steh den jungen Paaren bei, die bei null anfangen«, sagte eine der beiden und trat neben mich ans Fenster. »Hat sich der amerikanische Computerprogrammierer im Garten der Brogans nicht ein hübsches Büro hingestellt?«

»Armer Mr. Brogan.« Ihre Begleiterin bekreuzigte sich. »Auf seiner Beerdigung waren eine Menge Leute. Ein schrecklicher Tod. Diese Straßenjungen in Dublin heutzutage, völlig durchgedreht von den Drogen!«

»Bei all diesen Skandalen ist es vielleicht besser, dass er tot ist«, sagte die erste Frau. »Mr. Brogan war ein Mann der alten Schule, nicht bloß auf den eigenen Vorteil bedacht.«

»Tss, tss«, sagte ihre Begleiterin missbilligend. »Die Zeitungen in Dublin machen heutzutage aus jeder Papiertüte einen Skandal. Man hat es langsam satt, sie zu lesen. Jetzt, wo Barney Clancy tot ist, können sie über ihn alles Mögliche schreiben, aber sie haben keinerlei Beweise vorgelegt. Der Mann hat für Navan eine Menge getan und je mehr sie sich jetzt auf ihn einschießen, umso eher stimmen die Leute hier für seinen Sohn.«

»Wem sagst du das.« Die erste Frau wandte sich zum Gehen und schielte kurz in meine Richtung, bevor sie mich als einen weiteren Zuzügler aus Dublin abtat. »Aber Mrs. Brogan kann einem Leid tun, egal, was für ein eingebildetes Dubliner Flittchen sie damals manchmal war. In der Zeitung steht, sie wird bald an Krebs sterben.«

Sie gingen in das vordere Schlafzimmer und redeten über meinen Kopf hinweg, als wäre ich gar nicht da.

Ich war knapp vierzehn gewesen, als ich Navan verlassen hatte. Mit siebzehn hatte ich mir eine müde Ausrede für einen Bart einfallen lassen, der meine Akneprobleme verbergen sollte. Erst im Alter von einunddreißig Jahren hatte ich ihn wieder abrasiert. Inzwischen war ich glatt rasiert, trug eine Brille (wenn auch nur aus Fensterglas), hatte die Haare gefärbt und mein Haaransatz war so weit zurückgegangen, dass meine Stirn der meines Vaters ähnelte. Dennoch merkte ich, dass ich in Gegenwart der Frauen ins Schwitzen kam – vielleicht hatte ich die leise Hoffnung, erkannt zu werden. Ich berührte Lisas Bett, das all die Jahre, in denen sie in England war, für sie zurechtgemacht blieb. Ich hatte nie darin gelegen, wie sie es sich gewünscht hatte. Als wir vor neunzehn Jahren zum letzten Mal aus dem Pub hierher zurückgekehrt waren, war ihre Mutter aus Neugier oder aus Schuldgefühlen mit einem Tablett voll Tee und Keksen, die Lisa ganz bestimmt nicht haben wollte, ins Wohnzimmer getappt und hatte dem Zauber ein Ende bereitet.

»Wie geht's dir denn so, seit deine Familie nach Dublin gezogen ist, Brendan?«

»Gut, Mrs. Hanlon.«

Sie hatte eine Pause gemacht und dann mit leiser Stimme gesagt: »Ich hab deine Mutter gekannt. Wir sind einmal zusammen nach Lourdes gefahren. Die allererste Pilgerfahrt unserer Gemeinde.«

Das war alles, was Mrs. Hanlon sagte. Mehr war auch nicht nötig, das Mitleid in ihren Augen zerstörte alles. Die heimliche Bitte um Verzeihung, weil sie nie einen Finger gerührt hatte, um mir zu helfen. Plötzlich war ich in dem Zimmer fehl am Platze. Ich war ein Mitleid erregendes Geschöpf, das man von draußen hereingeholt hatte; der Junge, der von seiner Stiefmutter in einem Schuppen großgezogen worden war. Gleichgültigkeit hätte mich ihr ebenbürtig gemacht. Hass oder Misstrauen hätten mir vielleicht die Kraft gegeben, ihre heiß geliebte Tochter so durchzuvögeln, dass Lisas Schreie ihre Mutter wieder herbeigelockt hätten und sie uns inmitten der Kommunionsfotos, des zerbrochenen Porzellans und der Nippsachen aus Lourdes mit offenem Mund angestarrt hätte. Aber ihr Mitleid machte mich hilflos. Was mein Vater mir angetan hatte, hatte Lisas Eltern vielleicht schockiert, doch – wie der Rest der Stadt – waren sie ihm nie in den Arm gefallen. Das tat nur Mr. Casey, aber in jener Welt des Wegschauens wurde es ihm von keinem gedankt.

Nachdem ihre Mutter das Zimmer verlassen hatte, wusste ich, dass Lisa zu ängstlich war, um mit mir zu schlafen. Ich hätte es auch nicht gewollt. Ich sehnte mich bloß in die Anonymität der Dubliner Einzimmerwohnungen zurück, wo mich niemand kannte oder sich für mich interessierte, wo ich Cormacs begriffsstutziger Bruder war, ein Spieler, der ständig bei den Buchmachern herumhing. Die Erinnerung an Lisas Gesicht, als ich in jener Nacht ging, war schmerzlich, sie hatte gespürt, dass irgendetwas nicht stimmte, während sie mich eindringlich bat anzurufen und vermutlich noch winkte, als ich schon außer Sichtweite war. Ich hatte den letzten Bus verpasst und war an der dunklen Straße nach Dublin entlanggegangen, obwohl ich wusste, wie schwer es war, ein Auto anzuhalten, sobald ich die Straßenlaternen hinter mir gelassen hatte.

Aber ich hatte in jener Nacht aus Navan flüchten müssen, genauso, wie ich jetzt aus Lisas Haus fliehen musste. Ich stieg die Treppe hinunter, ließ den Prospekt des Immobilienmaklers in der Diele liegen, schloss das Tor und weigerte mich, einen Blick auf das Haus zwei Türen weiter zu werfen, in das mich meine Eltern einmal voller Stolz aus der Entbindungsklinik in Drogheda nach Hause gebracht hatten.

Der Friedhof von Athlumney an der Straße nach Duleek, ein paar Kilometer von Navan entfernt. Zweimal im Jahr kam mein Vater her – Heiligabend und am 12. November, dem Todestag meiner Mutter. Er sorgte immer dafür, dass an jenem Tag um sieben Uhr früh für sie eine Messe gelesen wurde, und weckte mich im Schuppen mit einer Unbeholfenheit, die an Zärtlichkeit grenzte. Er briet uns Speckstreifen und Würstchen, die wir schweigend zusammen aßen, bevor die anderen wach wurden, und behielt die Uhr im Auge, um sicherzustellen, dass wir vor dem Abendmahl noch eine Stunde lang fasteten. Dann gingen wir zu zweit in den eiskalten Dom, wo die vereinzelten alten Frauen, die dort knieten, zu uns aufsahen. Danach kam es oft vor, dass ihm an der Tür jemand etwas zuflüsterte, ein Bittgesuch an Barney Clancy gerichtet, unseren örtlichen Minister in der Regierung, das ihm sein getreuer Statthalter ausrichten sollte. Manchmal berührte eine alte Frau in stummem Mitleid meinen Arm, während ich wieder zitternd die unbehagliche Rolle des rechtmäßigen Sohns spielte. Bei unserer Rückkehr war meine Stiefmutter Phyllis schon aufgestanden, das Radio lief und der Zauber war wieder für ein Jahr vorbei.

Als ich jetzt neben der Burgruine auf diesem geschlossenen

Friedhof stand, fragte ich mich, was bloß in ihn gefahren sein mochte, dass er sich neben seiner ersten Frau hatte begraben lassen. War es ein Akt der Sühne oder ein weiteres Beispiel seines Geizes? Mein Vater, der selbst im Tod auf jeden Pfennig achtete. Erst kürzlich war die gefälschte Version seines Lebens in goldenen Buchstaben in den glänzenden schwarzen Marmor gemeißelt worden: *Und ihr treu ergebener Mann Eamonn, gestorben in Dublin ...*

Die Kränze von seiner Beerdigung waren erst vor kurzem verwelkt und die Erde senkte sich noch, sodass die Marmoreinfassung wieder hergerichtet werden musste. Ich hatte weder erwartet, dass seine Leiche hier begraben worden war, worauf nur die alteingesessenen Familien von Navan einen Anspruch hatten, noch, dass eine solche Wut in mir aufsteigen würde, weil er den letzten Besitz meiner Mutter in Beschlag genommen hatte.

Eigentlich müsste ich mich verschwommen an sie erinnern, an einen ihrer Röcke oder einfach daran, wie sie mich umarmte. Es ist nicht so, dass ich es nicht versucht hätte, aber entweder war ich noch zu klein gewesen oder ich habe alles verdrängt. Meine früheste Erinnerung ist dieses Grab in Athlumney. Ihr Sarg muss dreimal um die Friedhofsmauer getragen worden sein, wie es damals Brauch war, bevor er in die Erde hinabgelassen wurde. Doch ich erinnere mich bloß daran, wie die Füße der Erwachsenen vom Grab zurückschlurfen und jemand meine Hand loslässt. Ich stehe allein da, ein Schwindel erregendes Gefühl. Eine grüne Plane bedeckt das offene Grab, aber durch ein Loch kann ich hineinsehen – glänzendes Holz und eine Messingplakette. Ich scharre mit dem Fuß über die Erde und Kieselsteine prasseln hinunter. Erst als ein Nachbar meine Schulter berührt, höre ich damit auf. Ich bin drei Jahre und acht Monate alt.

In meiner nächsten Erinnerung ist es Nacht. Ich wache schreiend auf, draußen herrscht Stille und in meinem Zimmer ist es dunkel. Als die Tür aufgeht, ergießt sich gelbes Licht über das Rosenmuster der Tapete. Mein Vater tritt ein und beugt sich über mein Bett, vielleicht habe ich ihn aus seinem eigenen Schmerz gerissen. Er steigt in mein Bett, und während seine Arme mich beruhigen, liegt sein rauer Stoppelbart an meinem Hals. Wie geborgen ich mich fühle, während wir zusammen daliegen. Ich möchte am liebsten wach bleiben. Die Scheinwerfer eines Lastwagens gleiten über die Zimmerdecke, ein Viehtransport auf der Straße nach Nobber. Es gefällt mir, dass dieser starke Mann im Dunkeln neben mir liegt. Ich weiß nicht mehr, ob er noch neben mir lag, als ich am Morgen aufwachte.

Als Nächstes fallen mir die gebohnerten Dielen im Schuppen ein. Ich spiele mit nicht mehr benutztem Transparentpapier voller Linien und eckigen Mustern, das ich mit Buntstiften ausmalen darf. Ich liege auf dem Bauch und atme den Geruch von Player's- und Major-Zigaretten ein. Die einzigen Besucher meines Vaters sind Männer mit gelben Fingern, die wissend lachen und mir zuzwinkern, wenn sie reden. Die Telefonklingel im Schuppen macht mir Angst, denn sie ist so laut, dass die halbe Straße es hört, und zu dieser Zeit müssen dort alle das sieben oder acht Jahre dauernde Hin und Her, die Einflussnahme und die Kungeleien abwarten, bis sie einen Telefonanschluss bekommen.

Das war, bevor mein Vater vom Grafschaftsrat Meath als Planungsbeamter angeworben wurde. Er war bloß Baukostenkalkulator gewesen und führte seine Geschäfte von einem umgebauten Schuppen aus, der von einem früheren Besitzer als Hühnerstall in den Garten gebaut worden war. Hier empfing er in einem schwarzen Lederdrehstuhl irgendwelche Höflinge, Männer, die mir durchs Haar strichen, mir Münzen zusteckten und aufgeregt über Gerüchte von einer abbaufähigen Zinkmine sprachen, die vor der Stadt lag.

Ein paar von ihnen hatten bei meinem Vater geschäftlich

zu tun, wie Slab McGuirk und Mossy Egan – Maurerlehrlinge, die für die Hinterwäldler aus Athboy und Ballivor Anbauten oder Melkställe hochzogen. Andere, wie der alte Joey Kerwin, der in der Nähe von Tara hundertvierzig Morgen Weideland besaß, kamen bloß vorbei, weil sie Zuhörer für ihre Geschichten suchten, wie die Posse vom angeblichen Tod eines Nachbarn, die er den paar anwesenden Männern auftischte. »Das ganze Leben lang hat sich Johnjo ein Klohäuschen gewünscht, aber er war einfach zu faul, eine Grube auszuheben. Also hat er gewartet, bis die Bergbauingenieure auf seinem Land ein Loch bohrten, und hat dann eine Hütte drüber gebaut, im Innern ein großes Brett mit einem Loch drin, wo sein fetter Hintern draufpasste. Der arme Kerl wär bestimmt noch am Leben, wenn er nicht die Angewohnheit gehabt hätte, so lange die Luft anzuhalten, bis er's plumpsen hörte!«

Ich kann mich noch an das schallende Gelächter der Männer erinnern, das ich nicht begriff. In New York mochte es die Wall Street geben, aber in Navan gab es den Schuppen meines Vaters, wo die Männer in der Tür lehnten und sich in die Hände spuckten, wenn sie per Handschlag Geschäfte besiegelten. Manchmal, wenn Slab McGuirk und Mossy Egan sich gegenseitig vorwarfen, dass einer den anderen unterbot, ging es auch lauter zu. Schließlich konnte Barney Clancy die Wogen glätten, indem er eine prekäre Zwangsheirat anbahnte, nach der die beiden für örtliche Aufträge, die sonst immer die großen Dubliner Firmen an Land gezogen hatten, ein gemeinsames Angebot abgaben.

Meine ersten Erinnerungen an Clancy sind in jenem Schuppen angesiedelt: das Quietschen seiner Lackschuhe, das ihn von den anderen abhob, der unverwechselbare Geruch des Zigarrenrauchs, der satte und kräftige Klang seiner Stimme. Wie die anderen Männer die Stimmen senkten, sobald er eintraf, und wie sein Akzent sich verändern konnte, wenn sie gingen und er mit meinem Vater allein war. Wenn auch Clancy aufgebrochen war, wirkte die plötzliche gute Laune meines Vaters oft ansteckend. Dann lachte ich mit, wollte den Sinn seiner Witze erspüren, während ich auf seinem Drehstuhl sitzen durfte. Ich hatte die Knie angezogen und das provisorische Büro drehte sich in einem Schemen aus Plantafeln, Lageplänen, Jahresplanern und Kalendern von Auktionatoren im Kreis; das ganze Brimborium jener Erwachsenenwelt aus Zigaretten und zusammengerollten Geldscheinen, aus Augengezwinker und wissendem Grinsen.

Aber ich weiß auch noch, dass mein Vater dort heftige Wutanfälle bekam und dass ich mich fürchtete, wenn er die Stimme erhob. Wie sollte ich mit meinen acht Jahren wissen, welche Baupläne von Bedeutung waren und welche er verworfen hatte? Als mein Vater Slab McGuirk eines Tages hinausbegleitet hatte, fegte wohl ein Windstoß durch die offene Tür herein. Ein paar Pläne, die noch nicht fertig durchkalkuliert waren, glitten von seinem Schreibtisch auf den Boden. Ich erinnere mich noch an die unergründlichen Formen auf dem hauchdünnen Blatt, das ich, vertieft in meine Phantasiewelt, auszumalen begann. Es war das einzige Mal, dass er mich schlug, bevor Phyllis in unser Leben trat. Flüche sprudelten aus seinem Mund, als wäre ein Furunkel der Enttäuschung aufgeplatzt. Ich lag zusammengerollt auf dem Boden und begriff plötzlich, dass alles meine Schuld war. Ich war der lästige Sohn, den er am Hals hatte und der ihm ständig im Weg war.

Plötzlich bekam seine Stimme einen sanfteren Klang und er rief mich zu sich. Zaghaft blickte ich zu dem Mann auf, der meine ganze Welt war. Er hatte die Arme ausgestreckt. Der altvertraute Papa, der mich zu sich winkte und mir verzieh. Dann klingelte das schwarze Telefon. Er nahm den Hörer ab. An seinem Ton erkannte ich, dass es Barney

Clancy war. Es war, als wäre ich nicht mehr im Zimmer. Sein Drehstuhl war frei. Mit pochendem Ohr setzte ich mich drauf. Doch ich weinte nicht. Stattdessen wirbelte ich im Kreis herum, bis die ganze Welt sich drehte, nur ich nicht, denn ich saß wohlbehalten auf meinem fliegenden Teppich.

In meiner Erinnerung hört die Welt auf, sich im Kreis zu drehen. Eine Glocke erklingt, eine Menschenmenge erhebt sich. Ich mache mir Sorgen um den mechanischen Hasen, der im Zickzack über eine Metallbahn läuft und mit seinem künstlichen Schwanz wackelt. Die Stahlboxen öffnen sich, Windhunde stampfen vorbei. Im Flutlicht wirkt das Gras grüner, der festgedrückte Sand auf der Rennbahn sandiger, der Himmel über der makellosen Lichtschüssel der Hunderennbahn von Navan blauer.

Männer drängten sich um gestikulierende Buchmacher mit Ledertaschen voller Kleingeld. Eine junge Blondine neckte lachend meinen Vater. Ich konnte nicht aufhören, sie anzustarren, als wäre sie durch den Fernsehschirm aus einem amerikanischen Film in unsere eintönige Welt herabgestiegen, nur ihr Dubliner Akzent passte nicht. Die Frau neckte ihn erneut, weil er nicht bei jedem Rennen eine kleine Summe riskierte, und jedes Mal, wenn die Glocke erklang, lachte sie über die paar Shilling, die sie verloren hatte. Doch mein Vater hätte es blödsinnig gefunden, sein Geld beim Toto zu setzen, da ein durchschnittlicher Hund ja in der ersten Kurve von irgendeinem Köter umgerempelt werden konnte. Er hätte gewartet und dann bei einem der freien Buchmacher eine hohe Summe auf einen sicheren Tipp gesetzt, den jemand ihm auf die Rückseite einer Schachtel Player's geschrieben hatte.

An jenem Abend mit Kartoffelchips und Limonade im Überfluss, an dem ich Phyllis zum ersten Mal sah, war ich ein achtjähriger Anstandswauwau. Ihr Haar war so blond, dass ich es am liebsten berührt hätte, ihre Finger streichelten den geschwungenen Stiel eines Gin-Tonic-Glases. Damals hatte sie noch nicht geraucht, ihre Hände waren weiß wie Marmor. Als einer ihrer Hunde schließlich gewann, gruben sich ihre langen roten Fingernägel in den Arm meines Vaters, hinterließen ihre Abdrücke an seinem Handgelenk und wir saßen schweigend da, während sie ihren Gewinn abholte.

Ich hatte an jenem Abend vier Sieger. Wenn ein Hund glatt aus Box sechs herauskam und so schnell war, dass er dem Gedränge in der ersten Kurve entging, war er unweigerlich auf der Zielgeraden dabei. Die Hunde in Box fünf ließen im Allgemeinen nach, aber Box vier lief wie an der Schnur gezogen und griff am Ende noch einmal an, sofern die Kraft reichte. Ich fühlte mich auf der Rennbahn sofort zu Hause, mein Herzschlag erhöhte sich, wenn die Glocke erklang, ich hielt neunundzwanzig Komma fünf Sekunden lang den Atem an und meine Ohren pochten, während die Zeit auf der Zielgeraden im Zeitlupentempo verstrich. Nur dass all meine Sieger bloß in meinem Kopf waren – ich wurde nicht gefragt, ob ich gern gewettet hätte. Ich hatte den ganzen Abend das Gefühl, als hätten die beiden mich völlig vergessen, während sie miteinander tuschelten. Sie sahen nicht einmal meine Tränen, als ich auf dem Plastikstuhl von einem Bein aufs andere trat, weil ich in die Hose gemacht hatte. Es war meine Schuld. Ich hätte seinen Arm berühren und ihn rechtzeitig fragen sollen, ob ich auf die Toilette gehen könne, hatte aber Angst gehabt, die beiden in ihrer Vertraulichkeit zu stören, und schließlich wurde Phyllis auf den Gestank aufmerksam.

Ich erinnere mich an die zuschlagende Toilettentür und den marmorierten Steinfußboden, daran, wie das glänzende Toilettenpapier über meine verschmierten Beine schabte. Mein Vater zischte vor Enttäuschung, während ich beim Gestank der Ammoniakwürfel in den verstopften Urinbecken würgte. Am stärksten ist die Erinnerung an meine Scham, als er mich aus der Toilette führte und die Männer nach mir ihre Köpfe umdrehten. Draußen lief gerade das letzte Rennen, weggeworfene Wettscheine wehten über den Beton und aus den Hundekäfigen drang Gejaule. Phyllis wartete zitternd in einem knielangen Mantel.

»Was ist jetzt mit ihm?« Ihre Stimme klang beunruhigend und sie sah mich an, wandte dann aber den Blick ab. Während des Abends hatte ich sie ein paar Mal dabei ertappt, wie sie mich beobachtete, und ich hatte das Gefühl gehabt, dass sie mich von Kopf bis Fuß musterte, doch durch die spröde Unsicherheit in ihrem Ton klang sie selbst wie ein Kind.

Sie gingen nebeneinander her, ohne sich zu berühren, und rückten auf dem Weg durchs Tor allmählich immer mehr voneinander ab. Reihenweise geparkte Autos, der Fettgeruch eines Imbisswagens, an dem Hamburger verkauft wurden. Ich hielt mich ein paar Schritte hinter ihnen und der schmachvolle Gestank schnürte mir die Kehle zu. Sie flüsterten miteinander, küssten sich aber nicht. Dann war sie plötzlich verschwunden und die Köpfe der Männer drehten sich nach ihr um, während sie zwischen den geparkten Wagen hindurchlief, um den Spätbus nach Dublin zu erreichen. Ich wusste nicht, ob ich winken sollte, denn sie drehte sich nicht mehr um.

Vor Schulbeginn machte mich Josie am nächsten Morgen richtig sauber; sie stellte mich in die Badewanne und schrubbte mich mit dicken Borsten ab, die sich wie zur Buße in meine rote Haut gruben. Mein Vater brauchte mir nicht zu sagen, dass ich nichts von der Blondine erzählen sollte. In letzter Zeit gehörte es zu Josies Aufgaben, mich jeden Morgen zur Schule zu bringen und mittags inmitten der anderen Mütter am Tor auf mich zu warten. Meine Nachmittage verbrachte ich immer öfter in ihrem feuchten Reihenhäuschen in einer Gasse hinter der Emma Terrace, wo ich mit ihrer siebenjährigen Enkelin »Vater, Mutter, Kind« spielte oder von Piraten gefangen gehalten wurde und gerade noch rechtzeitig entkam, um eine Scheibe Brot essen und mir in dem Schwarzweißfernseher *F Troop* ansehen zu können.

Der Schuppen war jetzt nur noch selten von Zigarettenrauch erfüllt und das Klingeln des Telefons blieb unbeantwortet. In Richtung Kells wurde der erste Schacht gegraben, auf den Straßen wimmelte es von riesigen Maschinen und unbekannten Gesichtern und es gab Gerüchte über Ländereien, die den Besitzer gewechselt und später viel Geld eingebracht hätten. Mein Vater arbeitete jeden zweiten Abend in Dublin, während ich unter der schrägen Zimmerdecke von Josies Häuschen schlief. Ihre Enkelin gab mir die Hälfte ihrer Teddys ab und legte sie auf meine Bettseite, nachdem sie geschworen hatte, weder meinem Vater noch irgendeinem Jungen aus meiner Schule zu erzählen, dass ich noch damit spielte.

Den ersten Brief fand Josie in der Diele, als sie die Haustür aufschloss, um vor der Rückkehr meines Vaters das Feuer anzuzünden. »Na so was«, sagte sie missbilligend, weil der Absender so gefühllos gewesen war, ihn an »Mr. und Mrs. Brogan« zu adressieren. Es war die Einladung zu einem Empfang in Dublin, auf dem Einzelheiten zur nächsten Phase des Bergwerks bekannt gegeben werden sollten. Ein paar Wochen später kam ein zweiter Brief, diesmal adressiert an »Mrs. Phyllis Brogan«. Josie drückte erneut ihre Verwunderung aus und ihr Ton machte mir Angst. »Deine Mutter hieß doch nicht *Phyllis*?«

Die Nachbarn hatten sie immer Renee genannt, doch auf dem Grabstein in der Stille des Friedhofs von Athlumney stand »Irene«. Unter dem kürzlich eingravierten Namen meines Vaters war noch Platz für einen weiteren, aber Phyllis hatte doch bestimmt nicht vor, sich auch dort begraben zu lassen?

Ich kniete mich hin, um die Worte an den verwelkten Kränzen zu lesen, die dort vor drei Wochen niedergelegt worden waren. »Mit tiefem Mitgefühl von Peter Clancy, Parlamentsabgeordneter und Staatssekretär.« »Voll Beileid von seinen ehemaligen Kollegen beim Grafschaftsrat Meath.« Das geschmacklose, zu dem Wort DAD gebundene Blumenarrangement konnte nur von meiner Halbschwester Sarah-Jane stammen. Es sah aus, als gehörte es zur Beerdigung irgendeines Gangsters. Im Regen war auf der Karte daneben, die an einem verblühten Lilienstrauß befestigt war, die Tinte verlaufen, doch ich konnte die verschmierten Worte entziffern: »In Liebe von Miriam und Conor«. Ich ließ die Finger immer wieder über ihre Namen gleiten, wie ein Forscher, der die Landkarte eines untergegangenen Erdteils entdeckt. Daneben lag ein billiger Blumenstrauß: »Voll Trauer, Simon McGuirk«. Es dauerte einen Augenblick, bis ich mit dem Vornamen etwas anfangen konnte. Dann fiel mir wieder ein, wie ein Lehrer McGuirk auf dem Schulhof »Simon, der Simpel« genannt hatte. Pete Clancy hatte den ersten Jungen, der den Namen wiederholte, verprügelt, hatte McGuirk den Schutz seiner Bande angeboten und ihn »Slick« getauft. Nur der vertrottelte Schläger selbst begriff nicht, dass sein Spitzname spöttisch gemeint war.

In der Familie McGuirk wurden Hinterlist und früher Haarausfall wie ein Erbe weitergereicht. Dass Slabs Sohn sich solch einen Luxus leistete, verwirrte mich, aber nicht so sehr wie das kleine Holzkreuz, das wie ein Pfahl ins Herz des Grabes getrieben worden war. Ich entdeckte es erst, als ich die Kränze anders hinlegte. Mein Vater musste es irgendwann in den letzten zehn Jahren hier aufgestellt haben. Die unerwartete Geste erschütterte mich. Ich kniete mich hin und las die Inschrift: *Bete auch für ihren Sohn Brendan, der im Alter von einunddreißig Jahren bei einem Zugunglück in Schottland ums Leben kam.*

Der Market Square. Den alten Frisörsalon gab es nicht mehr; der Inhaber war eines der wenigen freundlichen Gesichter gewesen, an die ich mich noch erinnere. Bei den seltenen Gelegenheiten, wenn ich Cormac dort hinbegleiten durfte, hatte er mir immer ein Bonbon in die Hand gedrückt. Meistens schnitt mir mein Vater selbst die Haare, wobei er am Rand einer umgedrehten Schüssel entlangschnippelte. Wo früher einmal der Frisörsalon gewesen war, befand sich jetzt ein Videoverleih, eingerahmt von einem Handyladen und der dezenten Auslage eines Damenunterwäschegeschäfts der UK-High-Street-Kette. Glänzende neue Spielsachen für den keltischen Tiger. McCalls Warenhaus mit seinen Holzfußböden war verschwunden und mit ihm das Schaufenster voller Rosenkränze, mit blutenden Fingern aufgefädelt von hungrigen irischen Waisenkindern, die von Nonnen verprügelt wurden. Stattdessen dröhnte Musik aus einem Sportgeschäft, das billige Fußbälle feilbot, mit blutenden Fingern handgenäht von hungrigen Kindern in irgendeinem unbekannten Land.

Die Busse aus Dublin hielten noch immer vor McAndrews Pub, wo gerade einer der Wohnwagen von Pete Clancys »Beratungsdienst« parkte. Es waren noch keine Neuwahlen anberaumt, aber da die fein ausbalancierte Koalition nur noch an einem seidenen Faden hing, brachten erfahrenere Politiker ihre Geschütze frühzeitig in Stellung. Pete Clancys Gesicht starrte von einem Plakat herab wie die aufgefrischte Totenmaske seines Vaters. Ich erkannte die beiden Männer, die vor dem Wohnwagen Informationsmaterial verteilten, obwohl ihre Gesichter gealtert waren seit der Zeit, als sie als Jungtürken lachend im Schuppen meines Vaters gesessen hatten. Jetzt gehörten sie bloß noch zum Fußvolk, unbeachtet von den jüngeren Männern in Anzügen, die in der Tür des Wohnwagens mit ihren Handys telefonierten.

Der Ältere der beiden war Jimmy Mahon. Er war Barkeeper, trank aber keinen Alkohol, und Barney Clancy hatte ihm den Spitznamen »der Esel« gegeben und meinen Vater überredet, ihm beim Klinkenputzen nur die abgelegensten Dörfer zuzuteilen. Es war allgemein bekannt, dass Mahon am Vorabend einer Wahl die ganze Nacht schuftete und überall Prospekte in den Briefkasten steckte. Für Barney Clancy hätte er freudig sein Leben gelassen und wäre dann als Geist wieder erschienen, um ihm zum letzten Mal seine Stimme zu geben. Früher hatte es in Navan einmal Dutzende solcher Leute gegeben, aber als er sich jetzt der Schlange an der Bushaltestelle näherte, ungerührt vom Zynismus und der Gleichgültigkeit der Leute bei ihrem Samstagnachmittagseinkauf, wirkte er einsam und allein. Er kam und streckte mir eine Broschüre entgegen.

Ich starrte ihn an, als wünschte ich mir, er würde mich ohne den Bart wieder erkennen. Bei der Beerdigung meines Vaters vor drei Wochen hatte er sich vermutlich hier dem Leichenzug aus Dublin angeschlossen und vielleicht unwissentlich in derselben Kirchenbank gekniet wie der Mörder. Ohne ein Zeichen des Erkennens sah er mich an und ging weiter. In der vierseitigen Broschüre gab es elf Fotos von Pete Clancy und jede neue Ampel, jede Straßenverbreiterung, jeder neu gepflanzte Baum, jede Bodenschwelle, jedes öffentliche Telefon und jede Straßenlaterne, die während der letzten sechs Monate in Meath installiert worden war, wurde ihm als persönliches Verdienst angerechnet. Wie schon der alte Joey Kerwin immer im Scherz gesagt hatte: Die Clancys hätten sich am liebsten auch noch die Kinder, die in ihrem Wahlkreis geboren wurden, als ihr Verdienst angerechnet. *Helfen Sie mir, Ihnen zu helfen*, lautete eine Schlagzeile auf der letzten Seite. *Sie können jederzeit bei mir zu Hause anrufen oder mir eine E-Mail schicken.* Wie die meisten Leute in der Schlange hätte ich die Broschüre fast weggeworfen, aber dann fiel mir ein, dass mir die E-Mail-

Adresse nützlich sein konnte, und ich steckte sie in die Tasche.

Als Erstes hielt ein Bus aus Shercock. Ich stieg ein und fragte mich, ob sich noch irgendjemand in diesem Städtchen an Peter Mathews erinnerte, einen kleinen Dieb, der mit einer Krücke in die Stadt gehumpelt kam und dabei erwischt wurde, wie er Geld von einem gestohlenen Postsparbuch abhob, das er versteckte, bevor die Polizei eintraf. Auf dem Polizeirevier musste er sich ausziehen und über einen Stuhl beugen. Von einem Schlag in den Magen blutete seine Bauchspeicheldrüse und er starb an einem Herzanfall. Die Polizisten, die normalerweise mit ihrem Samstagnachmittag etwas Besseres anzufangen wussten, widersprachen sich vor Gericht. Als der Richter die Geschworenen vereidigte, fragte er jeden, ob bei dem Fall für ihn ein Interessenkonflikt bestehe. Einer der Geschworenen nahm kein Blatt vor den Mund. »Euer Ehren, für mich besteht hier kein Interessenkonflikt, dieser Fall interessiert mich überhaupt nicht.« Er hätte ein Sprecher für die Generation meines Vaters sein können. »Es interessiert mich nicht, was sich vor meinen Augen abspielt, mich interessiert nichts, was ich nicht wissen will. Wenn man nicht ab und zu ein Auge zudrücken würde, Euer Ehren, wären wir alle geliefert.«

Als ich mich umblickte, hatte ich das Gefühl, dass die Hälfte der Leute im Bus an diesem Abend auf Sex aus war. Mädchen aus Cavan mit dicken Waden, in Röcken, so groß wie Mäusefallschirme, und mit Plateauabsätzen, vor denen man Leute mit Höhenangst warnen musste. In einer Parfümwolke, die einem den Atem verschlug, legten sie Lippenstift auf und erzählten sich Klatschgeschichten. Ein Radio lief so laut, dass es fast die Jungs hinter mir übertönt hätte, die sich über den neuen Satellitenkanal unterhielten, den ein örtliches Konsortium eingerichtet hatte, um in ausgewählten Pubs bis zehn Uhr abends die Höhepunkte von regionalen

Hurlingspielen der Junioren auszustrahlen, und dessen Sendefrequenz anschließend von einem Pornokanal aus Prag übernommen wurde.

Kurz vor der Abzweigung nach Johnstown überquerten wir den Boyne. Zur Linken versperrte eine Reihe alter Bäume den Blick auf den Wohnsitz der Familie Clancy, ein palladianisches Herrenhaus mit einem zusätzlichen Flügel, den Slab McGuirk und Mossy Egan in dem Jahr angebaut hatten, als mein Vater aus der Privatwirtschaft ausgeschieden war. Als die Straße verbreitert wurde, hatten Arbeiter des Grafschaftsrats die zwei Meter hohe Steinmauer kostenlos rings um das Grundstück gebaut. Dahinter wurde es einsam an der Straße, nur ab und zu die Lichter eines abgelegenen Hofes oder in den Ecken der Felder kauerndes Vieh. Als wir die erste Abzweigung nach Tara erreichten, dem kotbedeckten Sitz der alten Hochkönige, starrte ich in die Abenddämmerung hinaus.

»Lass uns in Tara halten, da war ich noch nie«, hatte Phyllis gebeten, als wir bei unserer zweiten Begegnung, sechs Monate nach unserem Abend beim Hunderennen, dort vorbeikamen. Inzwischen hatte sich das Geheimnis, dass mein Vater wieder geheiratet hatte, in ganz Navan herumgesprochen. Niemand schien genau zu wissen, wie lange er in Dublin ein Doppelleben geführt oder warum er keinem seiner alten Freunde etwas erzählt hatte. Doch die Leute fanden die Geschichten beeindruckend, dass Barney Clancy bei der Hochzeit Trauzeuge gewesen war und sie im Shelbourne Hotel zum Abendessen eingeladen hatte. Es hieß, Brian Lenihan und zwei weitere Staatsminister hätten an der Feier teilgenommen, die richtig ausschweifend geworden sei, als Donough O'Malley eintraf und mein Vater widerwillig auf seine Hochzeitsnacht verzichtete, da er die Aufmerksamkeit so bedeutender Männer schmeichelhaft fand.

Damals im Auto schenkte mein Vater Phyllis' Bitte, in Tara zu halten, keine Beachtung. Ihr Interesse daran war nebensächlich. Doch ihre Sorge und ihre Selbstzweifel wegen der ersten Begegnung mit ihren neuen Nachbarn waren sogar für mich offensichtlich und ich war vor zwei Monaten erst neun geworden. Sie sprach auch nicht mehr mit dem Dubliner Akzent, an den ich mich von der Hunderennbahn her erinnerte, und kam mir vor wie ein Kind, das sich erfolglos bemüht, vornehm zu klingen.

Mein Vater hingegen wollte die Sache hinter sich bringen, wollte seine Frau allen vorstellen und dem Getuschel der Nachbarn ein Ende bereiten. Er hatte die Aufgabe übernommen, in der Planungsabteilung des Grafschaftsrats eine Sonderabteilung für Bauvorhaben zu leiten, und musste ganz in Meath wohnen. Seit meine Mutter in der Ludlow Street von einem Lastwagen überfahren worden war, war eine mehr als schickliche Trauerzeit verstrichen und Phyllis' erster Mann, ein gewisser Mr. Morgan, war schon vor ein paar Jahren in seiner Heimatstadt Glasgow gestorben und hatte sie mit einem Sohn namens Cormac zurückgelassen, der ein Jahr jünger war als ich.

Cormac und ich wechselten auf jener ersten Fahrt nach Navan kein Wort. Cormac sah so zart aus, dass es bestimmt leicht war, ihn zu verprügeln, durchs Fenster zeigte er seinem Teddybären die Tiere auf den Feldern und lispelte die ganze Zeit. Wir hatten dieselben Sommersprossen und Zähne, aber seine Haare waren rötlich. Obwohl ich damit beschäftigt war, gegen meine gewohnte Übelkeit auf dem Rücksitz anzukämpfen, sah ich, was für eine Wirkung sein Gemurmel und der kindische Teddybär auf meinen Vater hatten.

»Heißt das, dass wir wieder zum Hunderennen gehen?«, fragte ich.

»Du hast deine Mutter nie auf der Hunderennbahn gesehen. Sie war nie da. Verstanden?«

Mein Vater drehte sich bei diesen Worten nicht um, doch unsere Blicke trafen sich im Rückspiegel. *Mutter*. Sollte ich sie etwa so nennen? Vermutlich hatte die halbe Stadt sie beim Hunderennen gesehen, aber für meinen Vater bedeutete Macht, dass man die Wahrnehmung kontrollierte, und das hier sollte die inszenierte Ankunft seiner Frau in Navan werden.

In ihrer ersten Nacht in unserem Haus schrie ich irgendwann auf. Vielleicht rührten meine Tränen von dem Gefühl her, dass sich alles verändern würde, oder vielleicht hatte mich auch der unhörbare Schrei eines verscheuchten Geistes geweckt und meiner Mutter war kein unberührter Winkel geblieben, in dem sie sich verstecken konnte. Den ganzen Abend hatte Phyllis das Haus geschrubbt – obwohl Josie, auf deren Dienste wir jetzt verzichteten, alles bereits picobello sauber gemacht hatte. Tadellose Schränke wurden auseinander genommen, als handle es sich um eine Teufelsaustreibung, alte Vorhänge wurden heruntergerissen, bevor ihre neuen Jalousien eingetroffen waren, und fremdartige Geräusche erfüllten das Haus.

Ich weiß bloß noch, dass ich noch einmal schrie und auf das Knarren seines Bettes wartete, darauf, dass sich gelbes Licht über das Rosenmuster ergoss. Cormac beobachtete alles von dem neuen Feldbett auf der anderen Seite des Zimmers aus, wie eine Katze im Dunkeln. Doch Phyllis kam ins Zimmer und beugte sich über mein Bett. Ich hörte auf zu weinen. Wie oft habe ich diesen Augenblick durchlebt und mich gefragt, wer Phyllis war und wie unsicher sie sich gefühlt haben muss? Gerade mal fünfundzwanzig im Vergleich zu seinem gesetzten, selbstsicheren Alter von achtunddreißig. Hatten sie es gerade miteinander getrieben oder hatte ich sie aus dem Schlaf aufgeschreckt und sie hatte begriffen, dass unser Haus – doppelt so groß wie die Handwerkerhütte, in der sie aufgewachsen war – sie umschloss wie ein

Mausoleum für die Güte, die durch den Tod auf eine andere Frau übergegangen war, hatte gewusst, dass sie immer in den Fußstapfen einer anderen Frau wandeln musste und eine nicht richtig gekleidete Außenseiterin bleiben würde, die ständig gemustert und mit der Toten verglichen wurde.

Zaghaft streckte sie die Hand nach meinen feuchten Wangen aus, an ihrem weißen Fingerknöchel prangte ein klobiger Ring. Ich zuckte unwillkürlich zurück und erschreckte dadurch Phyllis, die vermutlich noch mehr Angst hatte als ich. Auge in Auge mit einem neuen Leben, plötzlicher Verantwortung und Schuldgefühlen. Zögernd streckte sie noch einmal die Finger aus, als wartete sie darauf, dass ich mich duckte, und wir glichen zwei Forschern, die voreinander auf der Hut waren.

»Warum hast du denn geschrien?« Ihre Stimme, ganz leise, als hätte sie Angst, meinen Vater zu wecken, klang nicht wie die einer Erwachsenen. Ich wusste nicht, was ich sagen sollte. »Hast du Angst gehabt?«

»Ja.«

Nicht ich hatte geantwortet; es war Cormac, dessen Tränen seinen Anspruch auf sie untermauerten. Phyllis wandte sich von meinem Bett ab und sang leise ein Lied, während sie ihren Sohn umarmte, das einzig Beständige in dieser unbekannten Welt voller Männer aus Meath.

Vor Cormacs Ankunft hatte ich keinen richtigen Hass gekannt. Josies Enkelin und ich waren beim Spielen gleichrangig gewesen, wenn wir in der Phantasiewelt ihres Gartens irgendwelche Feinde bezwangen. Doch Cormac und ich kämpften schon bald um ein echtes Territorium, um den Platz auf dem Kaminvorleger oder den Besitz von Spielzeugautos und zerfledderten Comic-Heften. In den ersten Wochen beobachtete er mich ständig und machte mir alles nach, fand heraus, wo ich am liebsten spielte, und ließ sich dann vor mir dort nieder. »Das gehört mir, mir, mir!« Bei unserem

Refrain kam Phyllis jedes Mal kreischend aus der Küche gelaufen.

Auf dem Schulhof war es dasselbe, dort beschattete er mich aus der Ferne. Phyllis beobachtete uns vom Tor aus und vergewisserte sich, dass ich bis zum letzten Augenblick seine Hand hielt. Aber sobald sie weg war, ließ ich ihn im Stigma seines andersartigen Akzents schmoren und weigerte mich, mich zu ihm zu bekennen, wenn die Jungs fragten, ob er mein neuer Bruder sei. Das Komische war, dass ich mir immer einen Bruder gewünscht hatte, aber Cormac sah ich bloß als Bedrohung an, als jemanden, der in mein Leben getreten war und um den viel Aufhebens gemacht wurde von Leuten, die viel Aufhebens um mich hätten machen sollen. Vorher war mein Vater oft in Dublin gewesen, doch wenn er nach Hause gekommen war, hatte ich ihn ganz für mich gehabt. Jetzt war Phyllis jeden Abend vor mir in der Diele, stand mir ständig im Weg wie ein Hundewelpe, der um Beachtung bettelte. Ich wurde früh ins Bett gesteckt, damit sie allein sein konnten, und dann musste ich mir mein Zimmer auch noch mit einem Eindringling teilen.

Und so war es nicht bloß Feigheit, was mich davon abhielt einzuschreiten, als Pete Clancys Bande anfing, auf Cormac herumzuhacken. Sie nahmen mir die Arbeit ab. Ich verdrückte mich in eine Ecke des Schulhofs, und wenn ich hörte, wie er herumgeschubst und getreten wurde, hatte ich Schuldgefühle und verspürte zugleich einen wohligen Schauder. Erst wenn die Pfeife eines Lehrers ertönte, stürmte ich in ihre Mitte, kam aber immer zu spät, um helfen zu können.

Diese List verhinderte jedoch nicht, dass Phyllis mir Vorwürfe machte und mich bei meinem Vater bezichtigte, wenn er aus seinem neuen Büro in Trim heimkehrte, das man anscheinend absichtlich vom Hauptsitz des Stadtrats von Navan abgetrennt hatte. Seit er nicht mehr als Baukostenkalkulator arbeitete, blieb der Schuppen unbenutzt. Die alten Aufzeichnungen und Papiere meines Vaters waren in den Abstellraum gebracht worden, nachdem Josie und ich ein paar Monate vorher eines Morgens festgestellt hatten, dass jemand die Schuppentür aufgebrochen und alles durchwühlt hatte. Mein Vater hatte das Ganze als den Streich irgendwelcher Taugenichtse aus der Stadt abgetan und sich geweigert, die Polizei zu verständigen. Aber als Josie abends gegangen war, hatten Barney Clancy und er dort stundenlang Kartons ausgeräumt.

Die zusätzliche Schreibarbeit zu Hause wurde jetzt in einem neuen Büro im Abstellraum erledigt, doch im Allgemeinen machte er lieber Überstunden in Trim, wo er ein paar Untergebene hatte. Die Nachricht, dass die neue Stelle mit einem Außenstehenden besetzt worden war – ernannt in einer Blitzabstimmung der Ratsmitglieder auf einer spärlich besuchten Versammlung –, machte ihn in Navan noch mehr zum Stadtgespräch als seine zweite Braut. Manche Leute behaupteten, die beiden internen Konkurrenten um den neuen Posten hätten zu ihrer Unterstützung solche Mini-Imperien aufgebaut, dass es innerhalb der Planungsbehörde zu einer Spaltung gekommen wäre, wenn einer von beiden die Stelle bekommen hätte. Man habe einen ehrlichen Makler benötigt, unbelastet und ungebunden, um sich auf neue Bauvorhaben konzentrieren zu können. Aber andere murmelten zähneknirschend von Macht, politischen Beziehungen und Jobs, die geschaffen würden, um die bestehenden Strukturen zu untergraben.

Von diesen Gerüchten bekam ich nichts mit. Ich wusste bloß, dass er später nach Hause kam, müder aussah und reizbarer war. Eines Samstags kam Joey Kerwin vorbei und sah, wie Phyllis mit sich wiegenden Hüften vor uns ins Haus ging, als würde sie durch Wasser waten. »Weißt du, was man über die Ehe sagt, Eamonn?«, fragte er spöttisch. »Sie ist das einzige Festmahl, wo das Dessert als Erstes serviert wird!« Mein Vater schenkte dem Gelächter des alten Bauern keine Beachtung und brachte uns ins Haus. Doch jetzt wachte ich manchmal auf und hörte, wie unten laute Stimmen ertönten und Cormacs und mein Name geflüstert wurden. Einmal gab es Geschrei, das von einer lauten Ohrfeige beendet wurde. Schritte eilten die Treppe hinauf und nach einer Weile folgten ihnen schwerere Schritte. Dann hörte ich quietschende Sprungfedern und eine andere Art von Schreien.

Aber ich bekam keine Prügel, zumindest anfangs nicht. Vielleicht verfolgten ihn noch die unsichtbaren Augen meiner Mutter von den hellen Flecken auf der Tapete, wo die alten Fotos abgehängt worden waren. Einmal wachte ich auf und da saß er auf der Bettkante und betrachtete mich. Die Sache ist nicht leicht, du musst mir helfen, mein Sohn. Ich wollte ihm aber nicht helfen. Ich wünschte mir, Pete Clancy würde Cormac so verprügeln, dass Phyllis ihre Sachen packte und verschwand. Ich wollte meinen Vater für mich haben, wie früher, als wir am Boyne spazieren gegangen waren oder ich neben ihm gestanden hatte, während er in der herrlichen Männerwelt der Zigaretten und Wetttipps in den Ladeneingängen Witze erzählte. Doch Cormac setzte sich bloß noch tiefer fest und ließ Clancys Prügel mit einem stummen, entwaffnenden Erstaunen über sich ergehen, das schmerzlich mit anzusehen war und zu Hause von einer immer streitbareren Vermessenheit beantwortet wurde. Warum kann ich nicht aus der blauen Tasse trinken? Warum sagt Brendan, dass ihm das gehört? Mammy, ich hab gedacht, dass jetzt alles dir gehört? Warum kann ich nicht im richtigen Bett schlafen?

Warum konnte er das nicht? Die Frage begann Phyllis zu quälen. Wenn ihr Sohn nicht gut genug war für das Beste, dann galt das auch für sie. Warum ergriff ihr neuer Mann nicht Partei für sie? Lag es daran, dass er sie weniger achtete als seine erste Frau, die zusammen mit den Töchtern der reichen Ladeninhaber im örtlichen Loreto-Kloster erzogen worden und der Liebling der Nonnen gewesen war? Ich kann nur vermuten, was für Beschuldigungen sie ihm nachts an den Kopf warf, wie sie ihn mit ihren Unsicherheiten schikanierte, welche sexuellen Gunstbeweise sie ihm vielleicht vorenthielt – Dinge, die einem nicht von den Loreto-Nonnen in Hauswirtschaftslehre beigebracht wurden.

Als ich eines Montags aufwachte, sah ich in der Diele zwei gepackte Taschen und hörte unten laute Stimmen. Ich stieß die Küchentür auf. Verdutzt drehte mein Vater sich um und gab mir eine Ohrfeige. »Raus mit dir!« Ich stellte mich in den Flur und streckte Cormac, der durchs Geländer spähte, die Zunge heraus.

An jenem Tag brachte mein Vater mich schweigend zur Schule, während Cormac zu Hause blieb. Es war das letzte Jahr, in dem auf dem Market Square noch der Wochenmarkt stattfand, von den großen Höfen wurden um sechs Uhr früh die Mastrinder in die Stadt getrieben, und wenn die Schule begann, waren sie schon verkauft und auf dem Weg ins Schlachthaus. Ich kann mich noch erinnern, dass die Feuerwehr an jenem Morgen den Platz abspritzte und ein Berg Kuhscheiße auf die überfließende Kanalisation zutrieb, dass die Scheiße grün war, als hätten die verängstigten Rinder bereits ihr Schicksal gekannt.

Ich war froh, dass nach der Schule niemand kam, um mich abzuholen. Ich ging allein über den Platz, der wieder blitzblank war, obwohl der Gestank aus der Kanalisation noch in der Luft hing. Ich wusste nicht, ob jemand zu Hause sein würde. Als ich zum dritten Mal klopfte, öffnete Phyllis die Tür. Ihre Taschen waren aus der Diele verschwunden. Cormac hatte eine leere Limonadenflasche neben sich stehen und guckte Fernsehen. Oben auf meinem Bett lag seine bunte Decke, seine Teddys lugten durch die Messingstangen am

Fußende. Mein Kissen lag auf dem kleineren Feldbett in der Ecke. Zwei leere Düngersäcke lagen neben der Tür, randvoll mit Tapetenfetzen. Vergilbte Rosen, Stiele und Dornen. Auf dem nackten Putz war eine verblasste Erwachsenenschrift in schwarzer Tinte zum Vorschein gekommen, die ich nicht lesen konnte. Ich legte alles wieder so hin, wie es sein musste. Dann schloss ich die Schlafzimmertür ab, fest entschlossen, erst wieder aufzumachen, wenn mein Vater heimkam und sich diesen Frevel ansah.

Ich weiß nicht, wie lange es dauerte, bis Phyllis merkte, dass ich nicht zum Abendessen heruntergekommen war. Ich spielte heimlich mit Cormacs Teddys, trat dann ans Fenster und sah zu, wie die Kinder draußen Himmel und Hölle und Seilhüpfen spielten. Ich hörte ihre Schritte nicht, merkte bloß, wie sie plötzlich den Knauf drehte. Sie stemmte sich mit ihrem ganzen Gewicht gegen die Tür. Nach einer kurzen Pause klopfte sie erstmals zaghaft. Gleich darauf schlug sie mit der Faust dagegen.

»Mach sofort die Tür auf! Mach auf!«

Sogar die Kinder auf der Straße konnten es hören. Sie hörten mit dem Seilspringen auf und verstummten und alle Augen richteten sich auf unser Haus. Ich legte die Hand auf die Fensterscheiben und versuchte zu verhindern, dass meine Beine zitterten. Im Flur war Cormacs Stimme zu hören, er schrie nach einem der Teddys auf dem Bett. Phyllis zischte ihn an, er solle nach unten gehen. Ein Mann mit einem Windhundwelpen schaute herauf, während er an Caseys Tür klopfte. Phyllis brüllte jetzt. Mr. Casey kam nach draußen, warf einen Blick herauf und zwinkerte mir zu. Er wandte sich wieder dem Mann zu, der den Welpen zwischen den Beinen einklemmte, während Mr. Casey sich mit einem scharfen Eisenwerkzeug vorbeugte und dem Tier den Schwanz abschnippelte. Der Windhund jaulte, wobei er Phyllis' Stimme übertönte und die Kinder ablenkte, die sich um ihn scharten, um seine Qual zu genießen, und fragten, ob sie seinen Schwanz zum Spielen haben könnten.

Ich musste unbedingt auf die Toilette. Ich wünschte mir, dass mein Vater nach Hause kam. Dass Phyllis zusammen mit ihrem rothaarigen Balg verschwand. Lisa Hanlon, neun Jahre alt, mit Ringellocken, in weißen Söckchen und einem gemusterten Kleid, kam aus ihrer Einfahrt. Während ich sie betrachtete, empfand ich etwas, das ich nicht verstehen konnte oder noch nie erlebt hatte. Es hing damit zusammen, wie sie heraufstarrte, reglos wie eine Porzellanpuppe, während ihre Mutter einen frostigen Blick auf Mr. Casey und den Windhund warf und sie dann rasch an die Hand nahm. Ich wünschte mir, dass Lisa meine Gefangene wäre, wollte, dass sie das gemusterte Kleid auszog und aus ihrer perfekten Welt heraustrat.

Dann war Lisa verschwunden und der Mann mit seinem winselnden Hund ebenfalls. Mr. Casey schaute noch einmal herauf und ging dann ins Haus. Ich musste Pipi machen oder alles würde an meinem Bein herunterlaufen. Auf der Kommode stand eine Teetasse, auf der Untertasse ausgedrückt ein lippenstiftverschmierter Zigarettenstummel. Als Phyllis nach Navan gekommen war, hatte sie als Erstes angefangen zu rauchen und ihre Finger hatten sich genauso verfärbt wie die der Einheimischen. Doch mein Pipi floss einfach weiter, auch noch, als die Teetasse und die Untertasse schon voll waren und alles aufs Linoleum tropfte.

Phyllis hatte aufgehört zu brüllen. Jemand stieg mit lauten Schritten die Treppe hinunter. Am liebsten hätte ich die Tür aufgeschlossen und alles in die Toilette gegossen, bevor ich erwischt wurde, aber ich war mir nicht sicher, ob sie nicht wieder heraufgeschlichen war und mir auflauerte. Ich schämte mich zu sehr, um alles aus dem Fenster zu gießen, wo es die Kinder gesehen hätten. Zehn Minuten verstrichen, zwanzig – ich weiß nicht, wie viel Zeit. Meine Hand griff nach dem

Schlüssel und ich betete, dass mein Vater bald zurückkehren würde. Ich hatte die Tür schon einen Spalt breit geöffnet, als ich sie die Treppe heraufkommen hörte. Ich schloss wieder ab, sank auf den Fußboden und stellte Tasse und Untertasse neben mich.

»Brendan. Mach bitte die Tür auf, mein Schatz. Du musst doch Hunger haben.« Das war der sanfte Ton, den sie bei Cormac anschlug, ihr Dubliner Akzent ausgeprägter, als wenn sie mit Fremden sprach. »Lass uns das Ganze vergessen, hm? Es kann unser Geheimnis bleiben. Dein Abendessen wartet unten. Hab keine Angst, ich tu dir nichts, versprochen.«

Manchmal höre ich ihre Worte noch in meinen Träumen und beobachte, wie ich langsam aufstehe, als wäre ich in Trance. Ich will mich warnen, aber jedes Mal klammere ich mich an die Hoffnung, dass sie es ernst gemeint hat. Ihre Stimme klang schmeichlerisch wie die eines Schlangenbeschwörers. Mit einem leisen Klicken drehte ich den Schlüssel. Alles war still, während ich den schwarzen Türknauf drehte, doch plötzlich bohrte er sich in meine Brust, denn sie stieß die Tür auf und ich wurde gegen das Bett geschleudert. Ich versuchte, darunter zu kriechen, aber ich war nicht schnell genug. Sie packte mich an den Haaren und schleifte mich übers Linoleum.

Sie hatte den Schuh verloren. Mit der Sohle schlug sie auf meine nackten Beine. Ich dachte an Lisa Hanlon und ihren puppenhaften Körper. Ich dachte daran, dass Cormac auf der Treppe saß und lauschte. Als ich mit den Füßen strampelte, traf ich sie am Knie. Phyllis schrie, holte erneut mit dem Schuh aus und schlug mir mit dem Absatz direkt über dem Auge auf die Stirn. Ich biss sie in die Hand und sie wich zurück und stieß Tasse und Untertasse um. Ich war unters Bett gekrochen und beobachtete, wie sich die Urinpfütze langsam auf dem Linoleum ausbreitete und in ihr Kleid drang. Trotz meiner Angst erregte es mich, wie sie dalag, das Kleid hochgerutscht über die Schenkel, während ihre Brüste sich hoben und senkten. Plötzlich wünschte ich mir, von ihr im Arm gehalten zu werden, geborgen zu sein. Phyllis richtete sich langsam auf und ich konnte nur ihre Hände und ihre Knie sehen. Cormacs Füße tauchten auf und seine klobigen Schuhe blieben direkt vor der Pfütze stehen.

»Ich werd mich nicht um dich kümmern!«, schrie sie. »Du bist schlimmer als ein Tier. Ich war mal frei. Ich bleib nicht in diesem stinkenden, aufgeblasenen, ausweglosen Provinznest, nicht ihm zuliebe und auch sonst keinem von euch!«

Sie weinte. Ich schämte mich für sie, denn ich wusste, dass die Kinder auf der Straße alles hören konnten. Cormac stand unnütz neben ihr. »Mammy, kann ich mir jetzt meinen Teddy holen?«

Ich schloss die Augen und fürchtete mich vor der Heimkehr meines Vaters. Die Pfütze war fast bis zu mir vorgedrungen. Ich konnte den Urin riechen und drückte mich fest an die Wand, aber schon bald begann er in meinen Pullover einzudringen. Von ihrem Hieb mit dem Schuh tat mir die Schläfe weh. Wo sie mir auf die Beine geschlagen hatte, verspürte ich einen brennenden Schmerz. Als ich die Augen aufschlug, waren Phyllis und Cormac verschwunden.

Dublin – die unansehnlichste Hauptstadt, die sich immer weiter ausbreitet wie Windpocken. In unerwarteten Lücken an der Autobahn erhob sich ein Gewirr von Schieferdächern. Sackgassen, in jedes freie Fleckchen gezwängt, kurvig und ausgestattet mit *Vorsicht Kinder*-Schildern. Aus dem Bus heraus war schwer zu erkennen, wo Meath aufhörte und die Grafschaft Dublin begann. Zumindest galt das für alle, deren Väter keine kleine, aber einflussreiche Unterabteilung der Planungsbehörde beim Grafschaftsrat Meath geleitet hatten.

Dunshaughlin, Black Bush, Dunboyne, Clonee. Anscheinend hatte mein Vater jedes Feld und jeden Graben im Umland einer Stadt im Kopf gehabt. Jeden unerlaubt installierten Klärtank, jede unbefestigte Straße, an der plötzlich eine winzige Siedlung auftauchte, als wäre sie vom Himmel gefallen, mit verdutzten Stadtkindern, die auf die Felder starrten, die an ihre schuttübersäten Gärten grenzten. Er hatte alle Bäche gekannt, die durch unterirdische Rohre geleitet wurden, und auch die Gräben, wo sie wie durch Zauberei wieder auftauchten. Innerhalb weniger Jahre war er zu Mr. Superhirn geworden, der das Gewirr der von Bauunternehmern betriebenen Strohfirmen im Kopf aufdröseln konnte und, falls nötig, gern bereit war, ihre Privatnummern an Bürgerinitiativen weiterzuleiten, die sich fragten, was aus dem Landschaftsbild geworden war, das in den Prospekten noch so einladend ausgesehen hatte.

Vor fünfzehn Jahren hatte das Umland dieser Städte wie ein halb fertiges Mosaik ausgesehen, dessen Struktur nur er begriff. Doch bei seiner Pensionierung hatte bestimmt auch mein Vater keinen Überblick mehr über die chaotische Entwicklung gehabt, die diese Satellitenstädte in eine von einem gedankenlosen Kind ausgeschüttete Kiste Legosteine verwandelt hatte. Bauunternehmer aus Dublin, Meath, Kildare, aus Nordirland und aus dem Westen im Konkurrenzkampf noch um das kleinste Stückchen Land. Männer, die einmal im Schuppen meines Vaters in die Hände gespuckt hatten, um Abmachungen über die Errichtung von Anbauten oder Kuhställen zu besiegeln, waren jetzt unvorstellbar reich. Wenn sie sich zur Ruhe setzten, hatten sie sich vermutlich eine goldene Nase verdient, wäre da nicht der Untersuchungsausschuss zur Korruption gewesen, der zurzeit im Dublin Castle tagte, um Hunderte aufgeregter Änderungsanträge von Ratsmitgliedern zu Flächennutzungsplänen in Leinster zu überprüfen.

Die neue Autobahn endete am Half Way House Pub, neben der alten Rennbahn im Phoenix Park, die unter geheimnisvollen Umständen abgebrannt war. Ich war wieder auf den vertrauten Dubliner Straßen, wo der dichte Verkehr an meiner alten Wohnung in Phibsborough vorbeigeleitet wurde. Der Bus schlich an einer hässlichen, effekthascherischen Kirche vorbei, fuhr auf die North Circular Road und bog schließlich in die Eccles Street. Der Fahrer hielt, um ein Mädchen mit zwei Taschen abzusetzen, und ich stieg ebenfalls aus.

Es war sieben Uhr abends. Besuchszeit im Mater Private Hospital auf der anderen Straßenseite. Nur ein paar Leute verschwanden durch die Rauchglastür diskret in der Eingangshalle, die wie in einem Hotel aussah, mit Plüschsofas und leiser Musikberieselung. Immer, wenn ich an so einem Gebäude vorbeikam, musste ich daran denken, wie wir uns bemüht hatten, Miriams sterbende Mutter in dem von ihr gemieteten Haus in Broadstone zu pflegen.

Neben dem Zaun stand, auf eine Krücke gestützt, ein älterer Mann in schwarzer Lederjacke, so rücksichtsvoll, dass man aus der Ferne nicht erkennen konnte, dass er bettelte. Er hatte die Augen meines Vaters. Je älter ich wurde, umso mehr fand ich, dass das auf alle Bettler zutraf, dass sie mich heimlich anstarrten, als könnten nur sie mich erkennen. Ich drückte ihm eine Münze in die Hand und ging weiter die Straße entlang, zu der Stelle, von wo die Leute auf das riesige öffentliche Krankenhaus zuströmten und die Autos sich mit den Taxis um die Parkplätze stritten. Die offene Glastür zog mich an. Ich ließ den Blick über die Listen der Stationen mit ihren Heiligennamen wandern, wettete rasch auf Saint Brigid und beugte mich dann zum Schalter des Pförtners hinunter, bevor ich die Nerven verlor.

»Brogan?«, fragte ich. »Liegt bei Ihnen eine Mrs. Phyllis Brogan?«

Er sah auf seiner Liste nach und musterte mich dann. »Sie sind doch kein Journalist?«
»Nein.«
»Gehören Sie zur Familie?«
»Ich bin ein alter Bekannter.«
»Zweiter Stock, Saint-Martha-Station.«
Ich fluchte, denn ich hatte vorgehabt, noch auf Saint Martha zu tippen, aber die oberste Regel in einem Spielsystem lautet, sobald man sich entschieden hat, darf man es sich nicht mehr anders überlegen. Das vertraute Gefühl der Selbstverachtung stieg in mir auf, obwohl ich nur in Gedanken gewettet hatte. Seit zwei Jahren war es mir gelungen, die Finger davonzulassen, abgesehen von den vielen imaginären Wetten, mit denen ich mich jeden Tag quälte.
»Waren viele Journalisten da?«, erkundigte ich mich.
»Bloß jemand von einem Boulevardblatt und irgend so ein Hinterwäldler, der aggressiv geworden ist. Ihre Schwiegertochter hat uns gebeten aufzupassen. Ziemlich bedrückend, bei dem Zustand der Frau.«
Ich nahm zur Kenntnis, dass Miriam alles geregelt hatte, nicht Sarah-Jane. Der Pförtner wies mir den Weg zum Aufzug.
»Ich warte bloß noch auf meinen Bruder«, log ich. »Er besorgt Blumen. Wir wollen zusammen raufgehen.«
Das war die einzige Ausrede, die mir einfiel. Er deutete mit dem Kopf auf die Sofas. Es war seltsam, sich mit Phyllis unter einem Dach aufzuhalten, aber ich musste sichergehen, dass sie noch nicht wieder zu Hause war und mir nicht ins Gehege kommen konnte. Ich nahm mir einen *Evening Herald*, den jemand auf dem Sofa liegen gelassen hatte. *Betrügerischer rumänischer Chor*, lautete die Schlagzeile. *Die Organisatoren eines Chortreffens in Westport wurden heute bloßgestellt, als sich herausstellte, dass der fünfunddreißigköpfige rumänische Chor, den sie nach Irland einge-*

laden hatten, nicht echt war. Während in der Kirche von Westport rund zweihundert Zuschauer warteten, fuhren die angeblichen Sänger mit Taxis vom Flughafen in die Stadt und reihten sich in die Schlange der Asyl suchenden illegalen Einwanderer vor dem Außenministerium ein. Ich tat so, als würde ich weiterlesen, und wartete auf die Gelegenheit hinauszuschlüpfen, sobald der Pförtner seinen Platz verließ.

Die Warterei war bequemer als manches andere Mal, wenn es um Phyllis ging. Mir fiel wieder der endlose Abend ein, den ich, durchnässt vom Urin, unter meinem Bett verbracht hatte. Zu ängstlich, um mich hervorzuwagen, auch als Phyllis schluchzend nach unten ging und Cormac wie ein Hund hinter ihr her trottete. Die Zeit fürs Abendessen kam und die spielenden Kinder wurden hereingerufen, ihre Springseile verstummten und die Stille wurde nicht länger vom Ploppen eines Balles unterbrochen. Später kamen sie nicht wie üblich wieder mit einem Marmeladenbrot in der Hand vor die Tür gelaufen. Es war, als würde die ganze Straße auf das Urteil meines Vaters warten.

Endlich kam er nach Hause. Der Motor wurde abgestellt und die Fahrertür öffnete sich. Ich erwartete, dass Phyllis brüllen würde, doch es war so still, dass ich hoffte, sie sei gegangen. Dann kam mein Vater die Treppe herauf und seine geputzten Schuhe blieben direkt vor der Urinpfütze stehen. Er setzte sich aufs Feldbett und ich konnte bloß seine Anzughose sehen.

»Komm raus.«

»Ich hab Angst.«

»Ich schlage dich nicht.«

Steif kroch ich unter dem Bett hervor, meine Kleider und mein Haar stanken nach Pisse. »Ich will meine Tapete wiederhaben«, sagte ich. »Die hab ich schon immer.«

»Rede nur, wenn ich dich dazu auffordere. Deine Mutter sagt, du hast sie mit Pipi voll geschüttet.«

»Sie ist nicht meine Mutter.«

Die Ohrfeige kam aus heiterem Himmel. Ich schrie nicht und griff mir auch nicht an die Wange.

»Wenn du sie nicht zur Mutter haben willst, dann ist das deine Entscheidung. Es ist für uns alle nicht leicht. Seit sie hier ist, hast du nichts als Ärger gemacht. Ich hab keine Lust, heimzukommen und mich rumstreiten zu müssen. Du beleidigst meine Frau. Sie muss dich nicht hier behalten. Ist dir das eigentlich klar? Als ich aufgewachsen bin, hab ich meine ältere Halbschwester nie zu Gesicht bekommen. Sie wurde zur Familie ihrer Mutter in den Ox Mountains gegeben, als Daddys erste Frau starb. So lief das damals. Meine Mutter war damit ausgelastet, sich um ihre eigenen Kinder zu kümmern, sie konnte nicht auch noch die Sprösslinge anderer Leute großziehen. Nur wenige Frauen würden es auf sich nehmen, einen Balg wie dich großzuziehen. Denn das bist du inzwischen. Kapiert? Wenn du keine Mutter haben willst, dann versuch's mal ein paar Tage ohne sie. Los, nimm die verfluchten Decken von deinem geliebten Bett. Wir sind jetzt wieder eine Familie und du kannst im Schuppen schlafen, bis du einer von uns werden willst.«

Auch als er seine Aufforderung wiederholte, begriff ich nichts. Mein Vater musste die Decken zusammenraffen und in meine Arme legen, bevor ich mich rührte. Ich konnte kaum sehen, wo ich hinging. In meiner Angst zu stolpern kam mir die Treppe ungeheuer steil vor. Die Diele war verlassen. In der Stille der Küche saß Cormac. Von Phyllis war nichts zu sehen. Bis zur Schuppentür brauchte ich achtzehn Schritte. Mein Vater ging hinter mir, doch plötzlich waren seine Schritte nicht mehr zu hören. Ich schob den Riegel zurück und drehte mich um. Er war zurückgegangen und betrachtete mich lichtumkränzt von der Küchentür aus. Ich verstand seinen Gesichtsausdruck nicht. Hinter ihm tauchte schemenhaft ein Stück blauer Stoff auf. Phyllis hielt sich im Hintergrund und beobachtete uns. Er schloss die Tür und ließ mich im Dunkeln zurück.

Im Schuppen schaltete ich das Licht an und blickte mich um. Nach dem Einbruch ein paar Monate vorher war alles Wertvolle in den Abstellraum gebracht worden. Der Schuppen hatte sich in einen Lagerraum für altes Gerümpel wie die beiden rostigen Aktenschränke verwandelt – der eine noch abgeschlossen und im anderen die Fetzen alter Baupläne, ein verbogenes Lineal und ein Zirkel. In der unteren Schublade entdeckte ich zwischen den alten Exemplaren des *Meath Chronicle* eine Trauerkarte für meine Mutter, ihr Gesicht ausgeschnitten von einem Foto am Strand von Laytown. Eine Fensterscheibe war zerbrochen. Die andere war bei dem Einbruch eingeschlagen und durch Hühnerdraht ersetzt worden, damit keine Katzen hereinklettern konnten. Die Dunkelheit machte mir Angst, doch ich schaltete das Licht wieder aus, denn ich wollte nicht, dass jemand von der Straße aus sehen konnte, dass ich dort war.

Caseys Küchenfenster sah hell und einladend aus. Die Rückseite unseres Hauses lag im Dunkeln, aber ich wusste, dass im Wohnzimmer im Fernsehen *Auf der Flucht* lief und Richard Kimble den einarmigen Mann jagte. Cormac lag bestimmt auf dem Kaminvorleger und kostete jede Sekunde meiner Lieblingssendung aus.

Ich lauschte dem Geräusch eines Tackers, der aus dem Anbau mit dem Wellblechdach an der Rückseite von Caseys Haus herüberdrang. Wie ein Geheimcode wurde es von dem Pochen aus den anderen Gärten beantwortet. Der offizielle Feierabend bezeichnete für die meisten unserer Nachbarn, die in den Möbelfabriken der Stadt arbeiteten, den Beginn der richtigen Arbeit. Jeden Abend schlangen sie ihr Essen hinunter, damit sie in Schwarzarbeit Stühle und Couchtische, Bücherregale oder selbst erdachte Möbelstücke herstellen konnten. Ständig wehte Sägemehl durch die Gärten, doch irgendwann erstarb das Pochen, bis in der Ferne, wie ein Gespenst im Dunkeln, nur noch ein einziger Tacker zu hören war.

Hanlons Katze machte einen Buckel, sprang auf unsere Mauer und dann herunter. Ich miaute leise, doch sie schlich vorbei. Irgendwo erklang die Stimme eines Vogels und ein anderer antwortete. Die Hintertür ging auf. Mein Vater erschien mit einem Tablett. Ich kauerte mich an die Wand. Er trat ein und stand im Dunkeln, denn auch er wollte das Licht nicht einschalten.

»Brot mit Käse«, sagte er. »Du kannst von Glück sagen, dass du überhaupt was kriegst.«

»Wann kann ich wieder reinkommen?«

»Heute nicht mehr.«

»Schläft *er* jetzt in meinem Bett?«

»*Er* hat einen Namen. Ab jetzt bestimmt meine Frau, wer wo schläft.« Er stellte das Tablett ab und baute sich vor mir auf. »Stell mich nicht vor die Wahl, Brendan. Wenn du das tust, verlierst du.«

»Ich hasse sie. Die beiden sollen verschwinden.«

»Sie geht nirgendwo hin, Brendan. Koste es, was es wolle, ich mache aus uns eine funktionierende Familie. Ein Mann braucht eine Frau. Ich kann mich nicht allein um dich kümmern. Kapiert?«

Ich gab keine Antwort und er erwartete auch keine. Er saß eine Ewigkeit auf der Kante seines alten Schreibtischs. Vielleicht war er an jenem Abend von uns allen der Ratloseste, hin- und hergerissen zwischen Sehnsucht und Schuldgefühlen, versunken in die Erinnerung an einfachere Zeiten, als er noch alles unter Kontrolle gehabt hatte, der König dieses provisorischen Büros gewesen war. Ich weiß bloß, dass ich mich ihm nie wieder so nahe fühlte wie in jener halben Stunde, als er dasaß wie zu Stein erstarrt, bis Phyllis schließlich von der Küche aus nach ihm rief.

»Mach dir ein Bett zurecht«, sagte er. »Machen wir kein großes Theater.«

Beim Aufstehen spielten seine Hände im Dunkeln an irgendetwas herum. Als er die Tür öffnete, sah ich im Halbdunkel, dass er den Gürtel abgezogen hatte und ihn zusammengefaltet in der Hand hielt. Durch den Hühnerdraht beobachtete ich, wie er den Weg entlangging, den Ledergürtel wieder sorgfältig durch die Schlaufen zog und zuschnallte, während sie ihm dabei zusah. Er nickte ihr zu. Sie gingen ins Haus und ich hörte den schweren Riegel an der Küchentür.

Die Glastür in der Eingangshalle des Krankenhauses öffnete sich. Ein Krankenwagen war mit ausgeschalteter Sirene und blinkendem Blaulicht draußen vorgefahren. Der Pförtner verschwand durch eine Tür und das Pflegepersonal eilte geschäftig hin und her, sodass ich unbemerkt hinausschlüpfen konnte. Der Bettler war nicht mehr da. Ich überquerte die Dorset Street – eine verstopfte Verkehrsader Dublins, die sich immer geweigert hatte, zivilisiert zu sein. Secondhandshops mit geschlossenen Rollläden und geschmacklose Imbissstuben. An jeder Ecke Pubs, Gassen, die zu hässlichen Wohnblocks führten. Die Leute hier gingen mit schnellen Schritten und versuchten, sich den Anschein zu geben, als wüssten sie, wohin.

Wo sollte ich hingehen, da bloß zwei Taschen in einem Schließfach am Busbahnhof auf mich warteten? Aber was für eine Heimkehr hatte ich erwartet? Durch meine Anwesenheit gefährdete ich nicht nur mich, doch auch ohne den Mord an meinem Vater hatte ich immer gewusst, dass ich eines Tages den Selbstzerstörungsknopf drücken und wieder hier auftauchen würde.

Ich bog in die Hardwick Street und kam an einer alten,

protestantischen Kirche vorbei, die jetzt anscheinend ein Tanzclub war. Auf der anderen Straßenseite stand eine groß gewachsene Schwarze an einem Münztelefon und rauchte, während sie in den Hörer sprach. Wahrscheinlich sah sie nicht, wie die beiden Dubliner Mädchen mit einem kümmerlichen, an seiner Leine zerrenden Kampfhund durch einen Torbogen aus dem Wohnblock traten. Zuerst dachte ich, die beiden wollten sie um Feuer bitten, doch dann sah ich, dass sie den Kopf der Schwarzen an den Haaren zurückrissen. Sie schrie. Ich blieb stehen. Sonst war auf dem Gehsteig niemand zu sehen. Aus einem Pub an der Ecke plärrte Musik. Als die Schwarze weglaufen wollte, kamen noch zwei Jungs aus dem Wohnblock. Die beiden Mädchen hielten die Schwarze an den Haaren fest, während die Jungs angeschlendert kamen.

»Niggertussi! Mach bloß, dass du wieder nach Hause verschwindest, du Schmarotzer!«

Sie waren zu viert und der Hund jagte dem Opfer noch mehr Angst ein. Ein Junge schnappte sich ihr Portemonnaie und schüttete den Inhalt auf den Boden – Schlüssel, irgendeine Karte, Papierfetzen und ein paar kleine Münzen, die sie gar nicht beachteten. Sie waren nicht einmal daran interessiert, sie auszurauben. Ich kannte die Regeln des Großstadtlebens und wusste, wie man sich in Luft auflöste. Aber irgendetwas – vielleicht der Blick der Schwarzen, der mir die schreckliche Angst einer anderen Frau in einer lange zurückliegenden Nacht in dieser Stadt wieder ins Gedächtnis rief – ließ mich die Beherrschung verlieren. Ich rannte los, ohne zu wissen, was ich als Nächstes tun sollte, und rammte den ersten Jungen, um ihn aus dem Gleichgewicht zu bringen.

Dann nahm ich den zweiten Jungen in den Schwitzkasten und bog ihm den Arm hinter den Rücken. Die Mädchen ließen überrascht von ihrem Opfer ab, während der Hund bellend im Kreis lief, zu degeneriert und dumm, um zu wissen, wen er beißen sollte. Die Schwarze bückte sich und wollte ihre Habseligkeiten vom Boden auflesen.

»Sei nicht blöd, lauf, um Himmels willen, lauf!«

»Nenn mich nicht blöd!«, schrie sie, als hätte ich sie überfallen. Eins der Mädchen stieß mit der Hand nach ihr, die Finger gespreizt, als wollte sie ihr die Augen auskratzen. Die Schwarze hielt den Arm fest und biss das Mädchen ins Handgelenk. Der erste Junge war aufgestanden, sprang auf meinen Rücken, ließ Schläge in mein Gesicht hageln und ich fiel auf den Jungen, den ich immer noch festhielt. Als er zu Boden stürzte, hörte ich, wie er sich den Arm brach. Er schrie und der erste Junge fluchte.

»Scheißniggerfreund! Arschloch!«

Ich schlug auf den Gehsteig, schürfte mir die Stirn auf und meine Brille fiel zu Boden. Ihr Angriff war jetzt nur noch gegen mich gerichtet, doch der zweite Junge hatte so starke Schmerzen, dass er nicht viel ausrichten konnte. Ich hörte schnelle Schritte kommen und wusste, dass ich geliefert war. Doch als einer der Stiefel zutrat, landete er ein paar Zentimeter über meinem Kopf. Der Junge, der auf mir lag, wälzte sich stöhnend herunter. Ich hörte, wie er sich aufrappelte und wegrannte. Der andere Junge riss sich los und humpelte mit den kreischenden Mädchen davon.

Erst jetzt begriff der Hund, dass er uns angreifen musste. Ich spürte, dass er auf mich losgehen würde, und hielt die Arme vors Gesicht. Seine Zähne berührten schon meine Jacke, als ich hörte, wie jemand ihn mit einer Stahlstange in die Flanke schlug. Er drehte sich um, knurrte den Angreifer an und jemand zog mich hoch. Es war ein groß gewachsener Schwarzer, ungefähr dreißig Jahre alt. Die schwarze Frau kniete weinend neben uns und stopfte ihre Sachen in ihr Portemonnaie. Ein kleinerer, stämmigerer Schwarzer schlug mit der Stahlstange auf den Beton, um den Hund fern zu halten. Die schwarze Frau wandte sich mir zu.

»Nenn mich nicht blöd! Nie wieder!«

»Hör auf, Ebun«, sagte der Mann, der mich hielt. Er schaute mir ins Gesicht. »*E ma bínú*. Kannst du laufen?«

»Einen Augenblick noch.«

»Wir haben keine Zeit. Gleich kommen noch mehr von deinen Leuten.«

»Das sind nicht meine Leute.«

»Meine nun ganz bestimmt nicht.« Er bückte sich und hob meine Brille auf. »Du solltest hier verschwinden. Hast du ein Auto?«

»Nein.«

»Wo wohnst du?«

»Im Ausland.«

»Wo wohnst du hier?«

»Weiß ich noch nicht. Irgendwo.«

Ebun, die junge Frau, blickte über die Schulter zu den Fenstern des Wohnblocks. »Er ist der Blöde«, sagte sie. »Er ist einfach dazwischengegangen.«

Mit einem letzten Knurren sprang der Hund wieder zurück zum Hauseingang. Im Treppenhaus rief jemand. Ich wusste, dass sie von dort wegwollten.

»Er kommt besser mit uns«, sagte der Mann zu Ebun.

Sie antwortete in einer Sprache, die ich nicht verstand. Jetzt, wo die Prügelei vorbei war, hatte mich mein Mut verlassen und ich war mir nicht sicher, ob meine Beine mich tragen würden.

»Ich weiß«, erwiderte der Mann. »Aber wir können ihn nicht hier lassen.«

Der stämmigere Mann steckte die Stahlstange wieder in seinen Mantel. Halb führten und halb trugen sie mich zurück auf die Dorset Street, während sie sich in ihrer Sprache stritten, vorbei an einer Reihe heruntergekommener Läden und um die Ecke in die Gardiner Street. Sie hatten ein Dachzimmer in einem schmalen georgianischen Haus mit zerbröckelnden Holzstufen und einem wackeligen Geländer voller Holzwürmer. Ich war in dem Gewirr von Einzimmerwohnungen einmal ein- und ausgegangen, kannte jede Pokerrunde in der Anonymität dieser Gegend, in der man die ganze Nacht lang spielen und Dope rauchen konnte.

Doch als wir jetzt die Treppe hinaufstiegen, kam ich mir vor wie in einem Traum. Alle Gesichter, die in den Fluren auftauchten, waren schwarz oder osteuropäisch. Ich war zehn Jahre im Ausland gewesen, doch in meinem Kopf hatte sich Irland nicht verändert. Vielleicht wurde in Navan kein Schwarzer mehr gehängt, weil man ihn für den Teufel hielt, aber vor meiner Abreise waren schwarze Besucher noch eine Seltenheit und ein ungewöhnlicher Anblick gewesen, eine Gelegenheit, um unsere herablassende Toleranz zu zeigen, die uns von dem rassistischen Großbritannien unterschied. Wir waren schon immer ein Exportland für Menschen und unsere Politiker setzten sich stark für illegale irische Auswanderer ein, die in Boston oder New York im Untergrund lebten. Warum hatte ich dann, bei unserem neuen Wohlstand, nicht damit gerechnet, dass es jetzt ganz anders war? Ebun schloss eine Tür auf und sie halfen mir in ihrer Einzimmerwohnung auf einen Stuhl. Sie stopfte ein paar Eiswürfel aus dem kleinen Kühlschrank in die Plastiktüte eines Supermarkts. Dann kniete sie sich neben den Stuhl und hielt die Tüte an meine Stirn. »Damit es nicht so stark anschwillt«, sagte sie. »Du warst sehr mutig. Ich hätte dich nicht anbrüllen sollen.«

»Ich wollte dich nicht beschimpfen. Ich wollte bloß, dass du wegläufst.«

»Ich laufe nicht weg«, sagte sie. »Das ist vorbei. Ich habe zu viel erlebt, um noch wegzulaufen.«

Die Männer unterhielten sich leise in ihrer Muttersprache. Ein weiterer Mann gesellte sich zu ihnen und starrte mich mit unverhohlener Neugier an. Ich versuchte aufzustehen und wollte wieder auf die Straße hinaus flüchten. Diese feuchten Wände erinnerten mich zu stark an etwas, wovor ich ein Leben lang geflohen war. Ich fragte mich, wann der Busbahnhof zumachte.

»Wohin willst du?« Ebun stieß mich auf den Stuhl zurück. »Du wurdest geschlagen. Du musst ausruhen.« Sie schob den Eisbeutel wieder zurecht.

»Er hat alles gesehen«, sagte der Stämmige. »Ich kenne diese Jungs. Diesmal haben wir einen Zeugen. Ich sage, wir rufen die Polizei an.«

»Nein«, sagte ich rasch. »Das geht nicht.«

»Was geht nicht? Etwas gegen deine eigenen Leute unternehmen?«

»Das meine ich nicht.«

»Lass ihn in Ruhe«, sagte Ebun. »Was nützt uns eine Gerichtsverhandlung in sechs Monaten? Da sind wir vielleicht alle schon mit dem Flugzeug nach Nigeria zurückgebracht worden. Außerdem ist die Polizei überall gleich. Wir sollten ihr nicht vertrauen.«

»Wir danken dir für deine Hilfe«, sagte der Mann, der mir aufgeholfen hatte. »Das hätte nicht passieren dürfen. Ich sage meiner Schwester immer, sie soll nicht allein rausgehen, aber meinst du, sie hört auf mich? Hast du schon gegessen?«

»Nein.«

»Wir haben Essen. Es ist warm.«

Beim Betreten des Zimmers hatte ich die Gewürze gerochen. Der Stämmige ging zum Herd und füllte etwas in eine Suppentasse. *»E gbä«*, sagte er und reichte mir eine Art ölige Suppe. »Das nennt sich *egusi*. Ich heiße Niyi.« Er lächelte, doch ich wusste, dass meine Anwesenheit ihn beunruhigte. Ebun nahm den Eisbeutel weg und sie redeten miteinander, während ich aß. Schließlich trat ihr Bruder zu mir.

»Du weißt nicht, wo du heute Nacht bleiben sollst?«

»Zumindest hab ich mir noch kein Zimmer besorgt.«

»Wir haben eine Matratze. Du bist willkommen.«

Ich hatte genug Geld für ein Hotel. Das wollte ich gerade sagen, als ich Ebuns Gesicht und den immer noch etwas feindseligen Niyi betrachtete. Fremde, verloren in einem fremden Land, Flüchtlinge, die alles zurückgelassen hatten, die für alles anstehen mussten und nicht wussten, wann sie die Nachricht erhalten würden, dass ihr Asylantrag abgelehnt war. Dieses Zimmer war alles, was sie besaßen.

»Vielen Dank«, sagte ich.

»*Lekan ni oruko mi.* Mein Name ist Lekan.« Er streckte mir die Hand entgegen. Ich schüttelte sie.

»Mein Name ist Cormac«, log ich, denn nach zehn Jahren Übung fiel mir das leicht.

Lekan führte mich durch den Flur zu einem kleinen Badezimmer. Der Toilettensitz war kaputt, der Spülkasten mit der langen Kette uralt. Ich wusch mir das Gesicht und betrachtete meine aufgeschürfte Stirn im Spiegel. Dann spähte ich aus dem kleinen Fenster: Dächer mit zerbrochenen Schieferplatten, in der Ferne Wohnblocks, alte Kirchtürme, die inmitten einer Schar Baukräne winzig wirkten, die schmerzlich vertrauten Geräusche dieser unheilvollen Stadt.

Ein paar Straßen weiter lag die Frau, die ich einmal »Mutter« genannt hatte, im Krankenhaus im Sterben. In einer der Vorstädte hinter diesen alten Straßen lebte die Frau, die ich einmal als »Gattin« bezeichnet hatte, zusammen mit dem Jungen, der mich einmal »Vater« genannt hatte. Conor feierte in zwei Monaten seinen siebzehnten Geburtstag, doch in meinen Gedanken war er immer noch sieben.

Im Flur verhandelten die Nigerianer in einer Sprache, die ich nicht verstand, und dann auf Englisch, um sich die Decken für ein Extrabett zu borgen. Meine Stirn tat weh. Als mein Blick über die Dächer schweifte, wurden schmerzliche Erinnerungen wach, doch warum war ich dann von dem bittersüßen Gefühl überwältigt, nach Hause gekommen zu sein?

SONNTAG

Ein Sofa mit zerkratzten hölzernen Armlehnen, das vermutlich schon billig ausgesehen hatte, als es in den siebziger Jahren gekauft worden war; ein lilafarbener Teppich mit Blumenmuster; ein ramponierter Sessel; ein Resopaltisch, der in einen Fish-and-Chips-Laden der sechziger Jahre gepasst hätte; ein uraltes Fenster, bei dem die Farbe und der Kitt größtenteils abgeblättert waren. Am Sonntagmorgen erwachte ich in Ebuns Wohnung und fühlte mich zu Hause wie schon lange nicht mehr.

Ein staubiger Lichtstrahl zwängte sich durch den Spalt zwischen den beiden Decken, die als provisorische Vorhänge am Fenster befestigt waren. Das Licht fiel auf Niyis nackte Füße, der an der gegenüberliegenden Wand auf dem Boden saß und mich betrachtete. Er nickte, sein Blick war nicht unfreundlich, sondern der eines Hundes, der im Beisein seines Weibchens sein Territorium gegen einen Eindringling verteidigt.

Ich sah mich um. Ein Schlafsack lag bereits zusammengerollt an der Wand. Ebun lag zusammengekugelt in dem Doppelbett, im Schlaf quoll ihr Haar unter der Decke hervor. Niyi folgte meinem Blick. Vielleicht hatte er das Doppelbett gerade verlassen, aber vielleicht gehörte ihm auch der leere Schlafsack. Ich hatte keine Ahnung, wo die anderen geschlafen hatten. Als ich in der vorigen Nacht eingeschlafen war, hatten die drei Nigerianer sich noch unterhalten.

»Lekan?«, erkundigte ich mich flüsternd.

»Ist weg. Hilft einem Mann bei der Vorbereitung auf sein Anhörungsgespräch und stellt sich dann an.«

»Wo denn?«

»Bei der Flüchtlingsbehörde. Er muss unsere Mietbescheinigung unterzeichnen lassen.«

»Aber es ist doch Sonntag?«

»Am Freitag hat sich das Personal geweigert, die Tür aufzumachen. Sie haben gesagt, sie haben Angst, weil zu viele von uns draußen sind. Angst vor Krankheiten, von denen ich noch nie gehört habe. Am Montagmorgen ist die Schlange zu lang. Am besten, man stellt sich schon am Sonntagnachmittag an und hofft, dass es keinen Ärger mit Betrunkenen gibt, wenn eure Nachtclubs schließen. Lekan mag keinen Ärger.«

»Und wann isst er was?«

Niyi zuckte mit den Achseln. »Wir bringen ihm zu essen. Lekan ist gut beim Anstellen. Ich werde bloß wütend. Zu kalt. Ich habe von eurem Land schon die Nase voll.«

Er zog die Decke fester um sich. Wir hatten geflüstert, um Ebun nicht zu wecken. Auf meiner Uhr war es zwanzig nach sieben. Um diese Zeit war in Dublin noch nichts offen, nicht mal ein Café, in dem man frühstücken konnte. Ich drehte mich um. Mein Kissen war bequem, die raue Decke warm. Wegen der dünnen Matratze waren meine Arme und Beine ein bisschen steif. Wenn ich wollte, konnte ich weiterschlafen. Seit meiner frühesten Kindheit war ich darin geübt, überall einschlafen zu können.

Nicht dass diese Fähigkeit leicht zu erlernen gewesen wäre. Als Kind hatte ich fünf Jahre im Schuppen übernachtet, doch die ersten Nächte, in denen ich nur wenig schlief, sind mir am lebhaftesten in Erinnerung geblieben. Meine Angst vor dem Alleinsein und das wachsende Gefühl, wie nichtsnutzig und verächtlich ich war. In der ersten Nacht hatte ich so viel Angst, dass ich nicht schlafen konnte. Ich kniete mich auf den Schreibtisch und beobachtete, wie in der Straße in allen Schlafzimmern die Lichter ausgingen. Das Licht bei meinem Vater gehörte zu den ersten. Doch ein paar Mal in der Nacht glaubte ich, kurz eine schemenhafte Silhouette hinter dem gehämmerten Glas des Badezimmerfensters zu sehen. Ich wusste nicht, ob es mein Vater oder ein Gespenst war. Aber irgendjemand schien dort herumzuhuschen und auf mich aufzupassen oder darauf zu achten, dass ich mich nicht davonmachte.

Ich hatte nicht gewusst, wie laut es im Dunkeln sein konnte. Knarrende Apfelbäume in Hanlons Garten, ein Rascheln in Caseys Stachelbeersträuchern. Pfoten, die jäh auf dem Schuppendach landeten. Schritte – wirklich oder bloß eingebildet –, die mitten auf der Straße stehen blieben. Im Dunkeln wurden alle Gespenstergeschichten, die ich einmal gehört hatte, Wirklichkeit. Schließlich erleuchtete die Morgenröte den Himmel wie ein schwerfälliges Feuerwerk und in der Geborgenheit des Lichtes muss ich wohl eingeschlafen sein, denn plötzlich erwachte ich mit steifem Hals auf dem Fußboden. Im Türrahmen stand mein Vater.

»Die Schule fängt bald an. Komm ins Haus und wasch dich.«

Er brauchte mir nicht zu sagen, dass ich in der Schule nichts von meiner Nacht im Schuppen erzählen sollte. Ich wusste von selbst, was Scham war. Cormac saß am Küchentisch. Er schien sich nicht über seinen Sieg zu freuen, er wirkte ängstlich. Phyllis weigerte sich, mich anzusehen. Sie stellte eine Schüssel Haferbrei auf den Tisch, die ich gierig hinunterschlang, ohne mir groß Gedanken darüber zu machen, ob der Brei mir die Kehle verbrannte.

»Kämm ihm die Haare«, befahl ihr mein Vater. »Er soll nicht aussehen, als hätte er in einem Heuhaufen geschlafen.«

Doch die Haare wollten sich nicht legen, egal, wie fest Phyllis daran herumrupfte. Schließlich hielt sie meinen Kopf unter den Wasserhahn und kämmte das nasse Haar glatt. Ihre Finger zitterten, ihr Blick wich mir aus. Sie fauchte Cormac an, er solle sich beeilen, und schob uns beide zur Tür hinaus. Wir waren spät dran und trotteten schweigend hinter ihr her. Lisa Hanlon starrte mich an, als sie mit ihrer Mutter vorbeiging. Phyllis nahm mich an der Hand und drückte meine Finger so fest, dass es wehtat. Die Vorübergehenden schienen mich anzustarren und zu tuscheln.

»Diesmal kümmerst du dich um deinen Bruder.« Mit zischender Stimme verschränkte sie unsere Hände und schob uns durch das Tor. Verlegen gingen wir auf die in Reihen angetretenen Jungs zu, die gerade hineingeführt wurden.

Ich blickte Cormac an, ihm standen die Tränen in den Augen. »Wenn du in meinem Bett geschlafen hast, bring ich dich um, du kleiner Mistkerl«, flüsterte ich. Sobald Phyllis außer Sichtweite war, ließ er meine Hand los.

Es fiel mir schwer, wach zu bleiben. Die Augen zu reiben tat weh. In der kleinen Pause ging ich Cormac aus dem Weg, doch in dem langen Betonunterstand machte sich ein Junge über mich lustig: »Warum hat denn deine Mutter gestern so geschrien?«

»Sie ist nicht meine Mutter.«

Cormac ging allein zwischen den Horden von Jungs hindurch und wurde jedes Mal zur Seite gestoßen, wenn einer ihm vor die Füße stolperte. Doch er wirkte zufrieden und schien die anderen kaum wahrzunehmen, war in irgendeine Phantasiewelt versunken. Ich beobachtete ihn, betrachtete sein rotes Haar, seine kreideweiße Haut. Er war der einzige Junge, den ich kannte, der sich in dem Schuppen, der als Schultoilette diente, nach dem Pinkeln an dem tropfenden

Wasserhahn die Hände wusch. In jenem Moment wünschte ich mir, auch er wäre mein Gefangener, er und Lisa Hanlon, an den Händen gefesselt und mir hilflos ausgeliefert auf einer versteckten Insel im Boyne. Ich weiß nicht, was ich wirklich wollte oder empfand, bloß, dass ich bei diesem Gedanken einen Machtkitzel verspürte und den zunehmenden Minderwertigkeitsgefühlen entfliehen konnte.

Als es auf Mittag zuging, wusste ich, dass die Jungs Cormac wehtun würden. In Nordirland gab es Bombenexplosionen, gefolgt von Internierungen, Aufständen und mit Stacheldraht abgesperrten Straßen. Ich verstand die Nachrichtensendungen nicht, die sich mein Vater abends so konzentriert ansah. Aber die Jungs aus Pete Clancys Bande hatten angefangen, Cormac zu verhöhnen und im Chor zu rufen: »Achtung, da kommt ein Tommy«, und sie taten so, als sei die britische Armee eine Privatmiliz, für die Cormac persönlich verantwortlich war.

Ich hatte ihn noch nie von seinem Vater oder seinem Leben in Schottland erzählen hören. Es war, als hätte er überhaupt nicht existiert, bevor er in Navan in mein Leben platzte. Er sprach mit einem Dubliner Akzent, weicher als der seiner Mutter, aber das war Pete Clancy egal, der konnte die Leute aus Dublin sowieso nicht ausstehen. Cormac war als Sündenbock zur Hand und musste deshalb die Folgen tragen.

Vom Unterstand aus beobachtete ich, wie eine Schar älterer Jungs ihm auf den Leib rückte, während ein paar jüngere zu mir gelaufen kamen, um mir zu sagen, dass er in Schwierigkeiten steckte. Das Gerücht einer bevorstehenden Prügelei verbreitete sich auf dem Schulhof wie ein Lauffeuer. Ich wünschte mir, dass sie Cormac wehtun würden, aber irgendwas an seiner Verlorenheit brachte mich aus der Fassung. Die Jungs, die sich ringsum drängelten, um etwas sehen zu können, schienen eine undurchdringliche Mauer zu bilden.

Doch sie ließen mich durch, als spürten sie, dass ich es ernst meinte. Aber selbst wenn ich ihm hätte helfen können, ich hatte zu lange gewartet. Cormacs Hemd war zerrissen, seine Nase eine blutige Masse. Pete Clancy ließ von ihm ab, denn er wusste, dass er zu weit gegangen war. Slick McGuirk und P. J. Egan hatten plötzlich Angst und standen wie Schatten hinter ihm. Slick stand zitternd da, unfähig, den Blick von Cormac zu wenden, vielleicht, weil die beiden Freunde immer ihn quälten, wenn kein anderer da war. Pete Clancy ließ Cormacs Haare los und alle drei wichen ein paar Schritte zurück, während er weiter da kniete.

Die Menge zerstreute sich, die Stimmen verstummten plötzlich. Ich wusste, dass Mr. Kenny hinter mir stand, in der linken Faust den Klöppel einer Messingglocke, während seine rechte Hand einen Lederriemen mit aufgenähten Münzen umklammerte. Er sah Pete Clancy an. »Was war hier los?«

»Zwei Brüder, *a Mháistir*, die sich geprügelt haben.«

Clancys Blick warnte mich davor, was passieren würde, falls ich ihm widersprach. McGuirk und Egan folgten seinem Beispiel und starrten mich einschüchternd an.

»Hast du versucht, sie daran zu hindern, Clancy?«

»Ich hab's versucht, *a Mháistir*.«

In jenem Jahr teilten sich die erste und die zweite Klasse einen Raum, denn das heruntergekommene Fertighaus, in dem sich vorher zwei Klassenräume befunden hatten, wurde abgerissen, damit Platz für einen neuen Anbau entstand. Jedes Kind wusste, dass die Schule keine Zuschüsse bekommen hätte, wenn Barney Clancy nicht seine Beziehungen zum Ministerium für Bildung und Wissenschaft hätte spielen lassen. Mein Vater war vielleicht geachtet, aber mein Wort galt nichts gegen das eines Parlamentariersohns. Ich betrachtete Pete Clancys geballte Faust, die noch immer ein paar von Cormacs Haaren umklammerte.

»Stimmt das, Brogan?«, fragte mich Mr. Kenny.

»Nein, Sir. Er ist nicht mein Bruder.«

Jemand kicherte, verstummte aber, als Mr. Kennys Lederriemen auf meinen Schenkel knallte. Die aufgenähten Münzen hinterließen eine Reihe von Abdrücken auf der geröteten Haut.

»Spiel hier nicht den Komiker, Brogan!«

Es war kaum zu glauben, dass zweihundert Jungs so still sein konnten, während sie mit angehaltenem Atem darauf warteten, dass jemand anderem Gewalt angetan wurde. Pete Clancy starrte mich teilnahmslos an.

»Hast du diesen Jungen geschlagen?«, fragte mich Mr. Kenny noch einmal.

Cormac blickte vom Boden auf und versuchte, sich das Blut von der Nase zu wischen. »Nein, er war's nicht.«

»Doch!«, widersprach ich, ohne zu wissen, ob ich Cormac, mich selbst oder uns beide retten wollte. Clancys Kumpane geisterten in Navan überall in den Gassen herum, während man von Kenny bloß einmal Prügel bezog. »Er ist ein kleiner Tommy«, sagte ich, Clancys Worte nachplappernd. »Die sind doch bloß Schrott da drüben in Schrottland.«

»Brendan hat mich nicht angerührt, Sir«, beteuerte Cormac. »Bitte tun Sie ihm nichts.«

»Steh auf«, sagte Kenny zu ihm. Cormac erhob sich. Ich wusste, dass er verrückt war und alles nur noch schlimmer machte. Doch Clancy und die anderen bekamen plötzlich Angst und wichen zurück. Cormacs Aufrichtigkeit war widersinnig. Auf diesem Schulhof war dafür kein Platz und plötzlich bekamen sie Angst, als hätten sie es mit einem Krüppel oder einem Spastiker zu tun.

»Du brauchst keine Angst zu haben, dass er dir zu Hause was tut. Ich sorge dafür, dass deine Mutter von der Sache erfährt«, sagte Mr. Kenny und gab uns ein Zeichen, ihm zu folgen.

Der Flur vor dem Büro des Direktors wurde von einem großen Holzkreuz beherrscht, eingerahmt von der Ausrufung der Republik und dem Foto von einem Bischof, der bei der Firmung zu Besuch gekommen war. Ich stand vor dem Büro, als Slick McGuirk und P. J. Egan auf dem Heimweg die Gesichter ans Fenster drückten und murmelten: »Du bist tot, mausetot!«

Ihre Drohungen waren nicht an Cormac gerichtet, der auf einem Stuhl neben der Statue des heiligen Martin von Tours saß, sondern an mich. Sie ignorierten den Jungen, der sich ihnen widersetzt hatte, und als sie sich damit abgefunden hatten, hatten sie mich zu ihrem neuen Opfer erkoren.

Als Phyllis aus dem Büro des Direktors kam, würdigte sie mich keines Blickes. Sie schwieg auch auf dem ganzen Nachhauseweg und ergriff Cormacs Hand, während ich zwei, drei Schritte hinter ihnen blieb. Auf die Blicke und das Gekicher der Leute achtete. Hungrig war und spürte, wie meine Hände von den Stockschlägen des Direktors so brannten, dass ich sie kaum öffnen konnte. Auch Cormac sagte kein Wort. Vielleicht begriff er, dass es zwecklos war, die Wahrheit zu sagen, aber vielleicht wollte er sich auch für die vielen Male rächen, an denen ich ihn heimlich gekniffen hatte.

Das Gras im Garten musste vor dem Winter ein letztes Mal geschnitten werden. Ich kann mich noch erinnern, dass Blätter von der Straße hereingeweht waren und das kleine Rasenstück in eine wahre Farbenpracht getaucht hatten. Sie sahen aus wie die Segel von Booten, die sich auf einem Fluss drängten. Am liebsten hätte ich mich hingekniet, die wirkliche Welt aus meinen Gedanken verscheucht, die schmerzenden Hände geöffnet und mit ihnen gespielt.

»*Tháinig long ó Valparaiso, Scaoileadh téad a seol sa chuan ...*«

Mir fiel ein, wie Bruder Ambrose' Stimme vor ein paar Wochen einmal im Unterricht ihre Rauheit verloren und überraschend weich geklungen hatte, als er uns mit einem gälischen Gedicht über einen Iren betörte, der ein Schiff aus Valparaiso in einer Bucht in Galway vor Anker gehen sieht und sich vergeblich danach sehnt, darauf zu dem fernen Hafen zu segeln, aus dem es gekommen ist, und sein normales Leben hinter sich zu lassen.

Phyllis hatte uns im Garten allein gelassen. Ich kniete mich hin, um eine zerknitterte Flotte rotgelber und brauner Blätter aufzusammeln und sie ins Wasser zu lassen. Cormac stand hinter mir und schaute zu, dann kniete auch er sich hin, half mir, noch mehr Blätter auszusortieren, und drückte sie mir in die Hand.

»Was soll das sein?«, fragte er.

»Eine Schiffsflotte. Die nach Valparaiso segelt.«

»Wo liegt das?«

»Egal, bloß irgendwo anders.«

Er nickte freundlich, als hätten wir seit der Auseinandersetzung auf dem Schulhof etwas gemeinsam. Es war das erste Mal, dass wir uns zusammen in ein Spiel vertieften, und unsere Hände sortierten aufgeregt die Blätter.

»Die lilafarbenen sind Piraten«, schlug er vor, »sie machen die Guten fertig, das sind die braunen.«

»Bist du mit dem Schiff aus Schottland gekommen?«

»Weiß ich nicht.«

»Wie war's in Schottland?«

»Weiß ich nicht.«

Wir hörten Schritte und drehten uns um. Phyllis mühte sich mit einer überzähligen Matratze ab, die sie vom Dachboden geholt hatte und zur Küchentür hinauszwängen wollte. Stumm beobachteten wir, wie sie die Matratze den Weg entlang schleppte. Meine Decke lag von der vorigen Nacht noch im Schuppen. Ich kann mich noch erinnern, dass Cormac und ich zusammen dastanden und uns an der Hand hielten. Doch das kann nicht stimmen, denn als sie mich in den Schuppen schickte, hielt ich in beiden Fäusten einen Haufen Blätter.

»Wirf das weg, sonst fliegt alles im Schuppen herum«, sagte sie. »Mach dir ein Bett zurecht. Unter demselben Dach wie mein Sohn dulde ich keine Schlägertypen.«

Ihr Make-up war tränenverschmiert. Ich wollte die Blätter nicht einfach fallen lassen. Cormac hielt die Hände auf und ich gab sie ihm, damit er weiterspielen konnte. Als Phyllis die Tür zuschlug, stand er noch immer mit ernstem Gesicht da und hielt sie in der Hand.

Ich weiß nicht, wann mein Vater nach Hause kam, aber der Chor der Holzsägen und das Tack-tack-tack der Polsternägel in den Gartenschuppen waren schon lange verklungen. Er brachte mir ein Tablett mit Wasser und einer Schale lauwarmem Eintopf. Ich sagte ihm die Wahrheit über Pete Clancy und weinte mir die Augen aus, weil ich mich danach sehnte, dass mir jemand glaubte. Das Furchtbare ist, dass ich denke, er hat mir geglaubt, konnte sich aber nicht leisten, es mir oder sich einzugestehen.

Barney Clancy hatte den Schuppen jedes Mal beherrscht, wenn er dort gestanden hatte. Sein dicker Zigarrenrauch, die glänzenden Hosenträger, die Hemden, die er angeblich speziell in Paris anfertigen ließ. Nach einer langen, schweren Zeit verschaffte Clancy Navan Geltung. Ohne ihn hätte es kein Tara-Bergwerk gegeben, hätte niemand seinen Telefonanschluss vorzeitig bekommen und wären auch keine Fabriken gebaut worden, die dafür sorgten, dass die IRA-Leute aus den fünfziger Jahren nicht auf dumme Gedanken kamen. Weder der neue Flügel des Our Lady's Hospital wäre gebaut worden, noch hätte man auf den Trümmern von St. Finian's die Classical School wieder belebt und auch das Versprechen, ein städtisches Schwimmbad zu errichten, wäre bloß ein Versprechen geblieben.

Unter den anständigen, rechtschaffenen Politikern, die bestimmt noch über mehrere Generationen gewählt werden würden, gab es Dynastien wie die Fitzsimons, die Wallaces und die Hillards, aber Barney Clancy war anders, gefährlich und außergewöhnlich. Nach den Reden der Leute zu schließen, wäre der Blackwater unterhalb der Stadt nicht mehr in den Boyne geflossen, wenn Clancy nicht da gewesen wäre und wie ein Koloss über uns gewacht hätte. In Navan gingen Dinge vor sich, von denen die Hinterwäldler aus Kells oder Trim nur träumen konnten. Und auch mein Vater spielte dabei eine Rolle, denn er half nicht nur in Wahlkreisangelegenheiten aus, sondern kümmerte sich auch zunehmend um Clancys persönliche Finanzen und Rechnungen und andere weltliche Dinge, für die dieser keine Zeit mehr hatte. In Navan war er der angesehene Statthalter des Wirbelwinds, um dessen Dreistigkeit uns ganz Irland beneidete.

»Ich will keinen Ärger mehr«, sagte mein Vater leise, als ich aufhörte zu weinen. »Wenn deine Mutter dir verzeiht, kommst du wieder ins Haus und benimmst dich nicht mehr wie ein Rabauke.«

Er zog ein altes Comic-Heft aus der Tasche und steckte es mir im Gehen zu. Es war zerknittert und ich hatte es schon ein Dutzend Mal gelesen. Doch ich betrachtete jedes Wort ganz genau, um die Dunkelheit fern zu halten. Dennis, der Lausbub, und die Bash Street Kids. Laut las ich den Text, stellte mir vor, selbst in den Geschichten mitzuspielen, und schwelgte in ihrer anarchischen Freiheit. Dann kam die letzte Seite und die Geräusche aus unserer Straße drangen in meine Einsamkeit. Toilettenspülungen, vom Band abgespieltes Gelächter aus den Fernsehern, eine Frau, die Teeblätter zur Hintertür hinauswarf und dann dreimal auf die leere Kanne schlug, als wäre es ein Code.

Nachdem ich mich ausgezogen hatte, lag ich im Dunkeln.

Ich stellte mir vor, wie sich Cormacs weiße Haut an mich schmiegte und uns der Schlaf übermannte auf unserem Schiff mit geblähten Segeln aus Herbstblättern, das wir auf dem Boyne ins offene Meer gesteuert hatten, um nach Valparaiso zu segeln.

Die Bedeutung der Zeit kann nicht jedes Kind richtig verstehen. Eine Nacht kann eine Ewigkeit dauern, während mehrere Jahre zu einem schemenhaften Augenblick verschmelzen. Haben mein Vater und Phyllis in jener ersten Nacht beschlossen, mich dauerhaft aus dem Haus zu verbannen, oder wurde meine Strafe bloß zu einer Gewohnheit, einer Entscheidung, die sie rückgängig zu machen vergaßen? Vielleicht haben sie monatelang darüber gestritten oder vielleicht überließ mein Vater Phyllis auch einfach die Haushaltsführung. Er war zu sehr in Anspruch genommen von den internen Grabenkämpfen mit der Hauptplanungsabteilung und seiner erst seit kurzem ausgeübten Wochenendbeschäftigung, Barney Clancys Haushaltsbücher zu führen, damit der große Mann sich auf die Politik konzentrieren konnte.

Einmal hörte ich zufällig, wie mein Vater Phyllis von Barney Clancys Rat an einen Geschäftsmann erzählte, der nach Athlone zog. »Du musst sie so rannehmen, dass sie schon bei deinem Anblick zittern. Du musst auf jeden dieser Hinterwäldler aus Westmeath herabblicken. Die Leute in Athlone achten dich nur, wenn sie Angst vor dir haben.« Achten. Das Wort nagte an Phyllis, es fraß an ihren Träumen wie ein Krebsgeschwür. Sie sehnte sich ebenso danach, geachtet zu sein, wie die Frauen in Navan sich danach sehnten, ihre Gäste abends mit Fleischfondue bewirten oder einen Urlaub im Ausland machen zu können, der nichts mit Wallfahrt oder Fasten zu tun hatte.

Doch die robusten Dubliner Arbeiter, die in der Trimgate

Street vor O'Kellys Fleischerei ein neues Neonschild anbrachten, erkannten sie unwillkürlich als eine von ihnen, wenn sie ihr morgens nachpfiffen, und am Schultor blieben die anderen Mütter unter sich und hielten Abstand zu ihr. Phyllis äffte ihren Akzent nach und machte sich über ihr hinterwäldlerisches Aussehen lustig, im Hafen der Ehe gelandet, Kopftuch und pummelige Figur, die Beine »stämmig wie bei einem Jungrind«. Und doch klammerte sie sich an jede beiläufige Bemerkung, die an sie gerichtet wurde, lechzte nach einem Zeichen von Anerkennung.

Damals zählten die Nachbarn, wie viele Nägel ein Mann brauchte, um einen Sessel zu polstern, sie wussten, ob der Postbote eine braune Versandtasche aus England zustellte oder wessen Frau in einer der umliegenden Städte in einer Apotheke gesehen worden war. Es muss auch Phyllis klar gewesen sein, dass die Leute von meiner Verbannung aus dem Haus wussten und diese Maßnahme verurteilten. In irischen Familien wurden Kinder aus erster Ehe manchmal als Bürger zweiter Klasse behandelt, doch so weit trieb man es nie. Außerdem war ich trotz Phyllis' ganzen Getues noch immer ein Einheimischer und sie galt bloß als Zugezogene, die sich aufdonnerte wie eine Frau auf Männersuche, obwohl sie doch längst verheiratet war.

Aber je weniger die Leute sie beachteten, desto mehr musste ich ihre Enttäuschung ausbaden. Jeden Tag, wenn ich aus der Schule nach Hause kam, aß ich am selben Tisch wie Cormac Abendbrot, wurde aber in den Schuppen verbannt, bevor sie das Eis zum Nachtisch aus dem neuen Kühlschrank holte, der sich alle paar Stunden seinen komplizierten Orgasmen hingab. Wenn mein Vater schließlich nach Hause kam, schickte sie ihn herüber, damit er mir eine Strafpredigt hielt wegen der neuesten Beleidigung, die ich ihr angeblich zugefügt hatte – Phyllis verzichtete inzwischen auf die Heuchelei, sich von mir Mutter nennen zu lassen.

An manchen Abenden ging er mit einer Wut auf mich los, die – das wusste ich auch im Alter von zehn, elf Jahren – nur wenig mit meinem »Vergehen« oder der lästigen Tatsache meiner Existenz zu tun hatte. In solchen Augenblicken verwandelte er sich in einen Wilden, der mich beherrschen musste, denn ich war das Letzte, womit er noch fertig wurde, seit das Leben begonnen hatte, seiner Kontrolle zu entgleiten. Ich hatte erlebt, wie er auf der Straße als »Clancys Schoßhund im Grafschaftsrat« verhöhnt wurde, und hatte gehört, wie Pete Clancy einen Witz erzählte, in dem sein Vater meinen Vater und Jimmy Mahon in ein piekfeines Restaurant einlud, wo er ein Steak mit Zwiebeln bestellte, und als sich der Kellner erkundigte: »Und was ist mit dem Gemüse, Sir?«, erwiderte Clancy: »Die können selbst bestellen.«

Der einzige Ort, an dem er noch das Kommando zu haben glaubte, war der Schuppen, wo er wieder begann, Papiere im Aktenschrank wegzuschließen, und mir einschärfte, Phyllis nichts davon zu erzählen. Das weckte in mir den Verdacht, dass sie etwas mit meiner Mutter zu tun hatten, Fotos oder andere Andenken an ihre unaussprechliche Abwesenheit. Das Gefühl, im selben Raum zu sein, spendete mir nachts einen gewissen Trost.

Aber meistens schlug er mich gar nicht. Nachdem er eine Weile halbherzig herumgebrüllt hatte, rauchte er schweigend oder erkundigte sich nach der Schule und witzelte darüber, wie bequem es die Schüler inzwischen im Vergleich zu seiner Jugendzeit hätten. »Hier hast du's gut getroffen«, sagte er einmal, mehr zu sich als zu mir. »Nur wenige Jungs in deinem Alter genießen so eine Freiheit.«

Oft hatte ich das Gefühl, als würde er seine Rückkehr hinauszögern zu dem immer gleichen Spiel der glücklichen Familie, das in jenem Haus gespielt wurde. Mama Bär, Papa Bär und dann nur noch Platz für ein Baby Bär. Eines Abends sagte er nach langem Schweigen: »Sie ist eine gute Frau. Es ist nicht leicht für sie in dieser Stadt.« Er sah mich an, als erwartete er eine Antwort, als sehnte er sich nach Bestätigung oder einer Ehrenrettung. Doch ich wusste, er war so erregt, dass seine Fäuste fliegen würden, wenn ich nur den Mund aufmachte.

An manchen Abenden starrte ich durch den Hühnerdraht und beobachtete, wie sie im Wohnzimmerfenster ihre Rollen spielten. Nur dass anscheinend keiner Cormac die Handlung erzählt hatte. Der Kaminvorleger und das Schlafzimmer gehörten ihm jetzt ganz allein, doch immer öfter hatte er jenen abwesenden Blick, den ich zum ersten Mal auf dem Schulhof gesehen hatte. In seiner Selbstversunkenheit klammerte er sich nicht länger an seine Mutter, sondern zog sich in seine innere Welt zurück und schenkte den beiden keinerlei Beachtung. Anscheinend war er von uns der Einzige, der nicht von unsichtbaren Spannungen verbogen und verdreht wurde wie eine Wünschelrute.

Als das Bergwerk neue Jobs brachte, erlebte Navan einen wirtschaftlichen Aufschwung. Überall entstanden Baustellen. Besorgte Grundstückserschließer, Bauern, die Land zu verkaufen hatten, und wildfremde Leute kamen zu jeder Tages- und Nachtzeit vorbei, in der vergeblichen Hoffnung, in Ruhe ein paar Worte mit meinem Vater wechseln zu können, nachdem sie bei der Hauptplanungsbehörde keinen Erfolg gehabt hatten. Phyllis hatte die Anweisung, Leute wie Slab McGuirk nicht hereinzulassen, und sie genoss es, prominente Bürger abweisen zu können, da sie sich dadurch allmächtig vorkam wie die Frau eines Arztes oder die Haushälterin eines Geistlichen. Manchmal, wenn es anschließend ein großes Essen im Ard Boyne Hotel oder im Conyngham Arms in Slane gab, begleitete sie meinen Vater auch beim ersten Spatenstich oder beim Durchschneiden eines Bandes. Dann ließ man für Cormac ein Mädchen zum Babysitten kommen und ich durfte ins Haus, damit der Schein gewahrt blieb.

Doch diese Ausflüge waren nur selten ein Erfolg. Bei ihrer Rückkehr herrschte zumeist eine solche Spannung, dass sie, kaum dass die Babysitterin weg war, zu streiten begannen. »Warum bist du denn jetzt schon wieder eingeschnappt?«, nörgelte sie dann beschwipst. »Weil ich mein Weinglas falsch gehalten oder zu laut gelacht hab oder weil ich Clancys bescheuerter Frau die Schau gestohlen hab – der Einzigen in Navan, die nichts von seiner Geliebten in Dublin weiß?« Phyllis' Stimme folgte mir, sie suchte noch Streit, wenn sie mich in den Schuppen schickte: »Na los! Sag schon, ich soll mich wie eine Erwachsene benehmen. Aber wenn's dir in den Kram passt, gefalle ich dir in der Kleinmädchenrolle ganz gut, was, Mr. Biedermann?«

Ich war elf, als sie sich eines Nachts so in ihren Streit verstrickten – was sich inzwischen fast zu einem ritualisierten Spiel mit anschließenden Friedensangeboten entwickelt hatte –, dass sie vergaßen, die Vorhänge im Schlafzimmer richtig zuzuziehen. Der Spalt, durch den ich sie zwischen Licht und Dunkel hin und her gehen sah, war schmal. Mein Vater war nackt, seine Brust von schwarzem Haar bedeckt und sein Bauch leicht nach außen gewölbt. Ich wusste nicht, was eine Erektion war, sah bloß, dass Phyllis, nur mit einem weißen BH bekleidet, niederkniete und sich darüber beugte, als wollte sie das Gift von einem Wespenstich aussaugen. Eigentlich hätte ich verwirrt sein müssen, aber alles an der Szene – wie die beiden vom Licht eingerahmt wurden, seine Reglosigkeit, die Hände in ihrem Haar und der Blick abgewandt – verlieh dem Ganzen etwas von einer Zeremonie aus einer fernen Welt, die ich immer von außerhalb würde betrachten müssen.

Doch inzwischen stand ich überall außerhalb. Ganz Navan wusste das – sogar die Hinterwäldler aus Nobber, die in abgetragenen, mit Schuppen übersäten Anzügen in ihren Klapperkisten vorgefahren kamen. Pete Clancy dachte sich ständig etwas Neues aus, um mich öffentlich lächerlich zu machen. Seine katzbuckelnden Spießgesellen brachten schmutziges Stroh mit, warfen damit nach mir und riefen, ich hätte mein Bettzeug liegen lassen. Wenn ich vorbeiging, hielten sie sich die Nase zu, riefen: »Put put put«, und setzten sich wie Hühner auf der Stange auf die Bank im Betonunterstand.

Seltsamerweise hatte Cormac sich integriert – obwohl Navan eine Zugezogene wie Phyllis nie akzeptieren würde –, er war akzeptiert und wurde wegen seiner Eigentümlichkeit sogar heimlich bewundert. Von dem Tag an, als er Pete Clancy widersprochen hatte, drangsalierte man mich an seiner Stelle, obwohl mir auffiel, dass Slick auf dem Schulhof nur selten den Blick von Cormac wandte. Cormac freundete sich sogar mit ein paar Jungs an, die ebenso in ihrer eigenen Phantasiewelt am Rand der Dinge lebten. Aber für jeden Freund, den er fand, gingen mir etliche verloren, da sie wussten, dass allein der Umgang mit mir sie der Gefahr aussetzte, ebenfalls drangsaliert zu werden.

Die Leute in der Stadt tuschelten über das, was man zu Hause mit mir anstellte, und die Nachbarn waren immer nahe daran, etwas zu unternehmen. Ebenso die Lehrer, als ich im Unterricht einschlief, und der einzige Bruder meiner Mutter, der aus England heimkehrte und androhte, die Polizei zu verständigen. Ein Polizist wartete mal zwanzig Minuten im Wohnzimmer, um meinen Vater zu sprechen, und nicht einmal Phyllis wagte, ihn vor die Tür zu setzen. An einem anderen Abend kam ein junger Geistlicher, noch völlig neu in der Gemeinde, nachdem er mich in der Schule gesehen hatte. Es fand ein kurzes, verkrampftes Gespräch statt und dann ging er und kam nie wieder. Vermutlich besuchte der alte Joey Kerwin den Kuraten mit einer Flasche Whisky und dem Rat, dass man ihm in Navan mehr Achtung entgegenbringen würde, wenn er nicht unnötig Unruhe stiftete und seine Gitarre vielleicht im Pfarrhaus ließe, statt vorm Altar damit herumzufuchteln.

Wenn mein Vater arbeitslos oder bloß ein Arbeiter gewesen wäre, hätte man mich weggeholt und der ständigen Brutalität anheim gegeben, die Jugendfürsorge genannt wurde. Ich hätte mir mit vierzig weiteren hungernden Jungs einen Schlafsaal geteilt; wäre als Sklave an die Bauern in der Umgebung vermietet worden; hätte die Anfänge eines Handwerks erlernt und, wenn ich Glück gehabt hätte, wach liegen und mir anhören können, wie nackte Jungs auf der Steintreppe gezüchtigt wurden, während zwei Christliche Brüder auf ihren ausgestreckten Händen standen, um zu verhindern, dass sie sich bewegten. Sobald der staatliche Zuschuss zu meinem Unterhalt an meinem sechzehnten Geburtstag erschöpft gewesen wäre, hätten mir die Brüder die Tür gewiesen und mir aufgetragen, ich solle den Mund halten und für mich selbst sorgen.

Wenn Jungs in diesen Schulen verschwanden, kamen sie nicht wieder als dieselben Menschen heraus. Irgendetwas in ihnen erlosch, etwas, das sich nicht bloß auf Prügel und Hunger zurückführen ließ. Doch dieses System diente dazu, die unteren Schichten in Schach zu halten und die Christlichen Brüder mit Einkünften zu versorgen. Für den Sohn eines leitenden Beamten im Grafschaftsrat war es genauso undenkbar, auf eine Erziehungsanstalt für verwahrloste Kinder geschickt zu werden, wie für einen Geistlichen, Analverkehr mit einem Mädchen aus einem Loretokloster zu haben. Die Leute aus dem Mittelstand wurden mit ihren Angelegenheiten allein fertig, wobei leichtere Vergehen dadurch aus der Welt geschafft wurden, dass man Politikern ein paar Worte ins Ohr flüsterte und die Nase nicht in die Angelegenheiten anderer Leute steckte. Obwohl die Nachbarn mich bestimmt manchmal weinen hörten, wurde gegen meine Gefangenschaft, meine gelegentlichen blauen Flecke oder meine aufgeplatzte Lippe nichts unternommen. Mein Vater hatte auf der Arbeit immer mehr zu tun und für Phyllis – im Haus eingesperrt – wurden »die Weiber in der Stadt, die sich in alles einmischen«, allmählich zur Manie.

»Was hast du dieser Josie aus der Reihenhaussiedlung erzählt?«, wollte sie jedes Mal wissen, wenn ich etwas später aus der Schule heimkam. »Glaub ja nicht, ich hätte nicht gesehen, wie du mit ihr geschwatzt hast, als ich Cormac mit dem Wagen abgeholt hab. Meint sie etwa, wir sind so arm, dass sie dir was zu essen mitbringen muss aus ihrer schäbigen Bude? Das Ding hätte man längst platt walzen sollen. Morgen kommst du pünktlich nach Hause.«

Kurz vor meinem elften Geburtstag begann Mr. Casey sich einzumischen. Zunächst, nachdem er sich das Ganze eine Weile angesehen hatte, in scharfer Form und dann auf eine fast unmerkliche Art, die uns beide zu Verschwörern machte. Sein Garten war eine geordnete Welt aus Kartoffelbeeten, Stachelbeersträuchern und Kohlköpfen. Hinten in einer Ecke, ein Stück entfernt von dem Anbau, wo er abends zumeist Möbel baute, befand sich ein Komposthaufen. Dicht an der Wand unseres Schuppens hatte er einen kleinen Kreis aus Betonblöcken errichtet, wo er verdorrte Strünke und die Hälfte seines Hausmülls verbrannte. Ich erinnere mich, dass ich, als Phyllis noch nicht da gewesen war, meinen Vater und Mr. Casey sonntagmorgens gelegentlich auf der Fahrt zum Hof seines Bruders in der Nähe von Trim begleitet hatte, von wo wir mit einem Anhänger voller Baumstämme zurückkehrten. Dann war seine elektrische Säge den ganzen Abend in Betrieb, Funken tanzten wie Glühwürmchen, Holzscheite wurden über die Hecke in unseren Garten geworfen und ich durfte mit dem weichen Sägemehl spielen.

Doch ihre gemeinsamen Unternehmungen fanden ein Ende, als Phyllis in Mrs. Caseys Ton eine wirkliche oder eingebildete Geringschätzung auffiel. Danach verschanzten sich die beiden Männer hinter einer Fassade aus herzlichen Begrüßungen, die sie sich über die Hecke hinweg zuriefen. Aber vor dem Winterabend, an dem Mr. Casey durch die Schuppenwand mein Weinen hörte, hatten sie schon zwei Jahre lang nicht mehr richtig miteinander geredet. Ich kann mich noch erinnern, wie seine Hand an das Wellblech pochte, wie schockiert ich nach der Selbstversunkenheit in meinem Schneckenhaus war, dass man mich draußen gehört hatte.

»Bist du das, Brendan? Er lässt dich doch nicht etwa in einer so bitterkalten Nacht immer noch hier draußen?«

Ich hielt den Atem an, hatte Angst, ihm zu antworten. Ich wusste, dass ich meinen Vater bloßgestellt und ein Unrecht begangen hatte, weil ich so laut geweint hatte, dass Mr. Casey es hören konnte, ich wollte, dass er wegging, doch er fragte immer wieder, ob alles in Ordnung sei. Ob ich durstig sei, ob ich Angst hätte, ob sie mir etwas zu essen gegeben hätten. »Ich weiß, dass du da drin bist«, rief er. »Herrgott noch mal, so sag doch was, Junge!«

Vielleicht hatte er schließlich die Fassung verloren, weil ich außerstande war, ihm zu antworten. Doch alles, was ich sagen konnte, hätte die Sache bloß noch schlimmer gemacht. Ich kauerte mich an das Wellblech, hörte das ersterbende Knacken seines Feuers und wünschte mir sehnlichst, dass er ins Haus ging, damit ich mich hinausschleichen und so lange ans Feuer setzen konnte, bis die Glut erloschen war. Brendan, der Indianer, der nachts durch die Gärten streifte, immer unterwegs in der Wildnis, keine Zeit für Tipis und Squaws.

Als Mr. Caseys Stimme endlich verstummte, hörte ich auf zu zittern. Ich hatte zu große Angst, um den Schuppen zu verlassen, deshalb schloss ich die Augen und stellte mir vor, meine Faust – zur Beruhigung zwischen meine fest zusammengepressten Beine geklemmt – sei ein Pferd, auf dem ich ritt. Ich schaukelte vor und zurück und gab mich der Wärme meiner Träumereien hin. Brendan, der Indianer, immer unterwegs, um frei zu bleiben. Die blauen Flecke an meinen Beinen stammten nicht länger von Pete Clancys Bande, deren Mitglieder auf mich eindroschen, wenn ich an ihnen vorbeilief, um pünktlich von der Schule nach Hause zu kommen. Es handelte sich um die Abdrücke von Fesseln, denn ich war einer Bande von Viehdieben entronnen. Auf der Flucht ritt ich ohne Sattel auf Pfaden, die nur ich kannte, und machte das vor kurzem aus Wellblechplatten am Fluss errichtete Wigwam ausfindig, in dem sich Clancys Bande traf, damit ich es niederreißen konnte. Ich hatte es eines Abends zwischen den Büschen am Boyne entdeckt, aber nicht einmal im Dunkeln hatte ich mich in seine Nähe gewagt. Die Vorstellung, es zu zerstören, vertrieb meine Bauchschmerzen und blendete die Wirklichkeit so lange aus, bis laute Erwachsenenstimmen zu mir herüberdrangen.

»Erzähl mir nicht, wie ich meinen Sohn zu bestrafen habe!«

»Wofür denn bestrafen? Er ist schon seit zwei Jahren in dem verdammten Schuppen. Wenn seine arme Mutter noch am Leben wäre ...«

Die Stimmen waren so laut, dass ich glaubte, sie kämen aus dem Garten. Aber als ich durch den Hühnerdraht schaute, konnte ich Mr. Casey im Esszimmerfenster sehen und mein Vater sah aus, als würde er sich jeden Moment mit ihm prügeln.

»Das geht dich nichts an, Seamus.«

»Es ist ein Skandal für die ganze verdammte Stadt.«

»In diesem Haus hat es noch nie irgendeinen Anlass für einen Skandal gegeben.« Phyllis' Stimme, plötzlich entrüstet, mischte sich in den Streit ein. »Das verbreiten bloß die Lästerzungen in dieser gottverlassenen Stadt.«

Je länger sie sich stritten, desto größer wurde meine Angst vor den Folgen. Als ich aufblickte, sah ich, dass ihre Stimmen Cormac geweckt hatten. Er betrat das hintere Schlafzimmer und schaute schläfrig aus dem Fenster. Inzwischen machte es mir nichts mehr aus, dass ihm mein altes Schlafzimmer gehörte. Er sah perfekt aus in jenem Licht, während er in seinem gemusterten Schlafanzug und mit gekämmtem Haar zum Schuppen herunterblickte. Ich war mir sicher, dass er mich im Dunkeln nicht sehen konnte, doch er fing an zu winken und hörte gar nicht mehr auf. Wir sprachen kaum noch miteinander. Zu Hause verhinderte Phyllis, dass wir miteinander in Berührung kamen, und in der Schule hatten wir uns nichts mehr zu sagen. Die Erwachsenenstimmen warfen mit Beschuldigungen um sich. Cormac blieb am Fenster stehen, bis ich die Hand durch ein Loch im Hühnerdraht zwängte und mir beim Zurückwinken die Haut aufschürfte. Da lächelte er und verschwand. Nachdem die Stimmen verstummt waren, lag ich noch stundenlang wach, und während ich auf rachsüchtige Schritte wartete, die nie kamen, wärmte mich die Erinnerung an Cormacs vom Fenster eingerahmten Körper.

Es war schon halb zehn, als Ebun aufwachte. Niyi hatte Kaffee gekocht und leise einen Becher neben mir auf den Fußboden gestellt, bevor er seine Wache kurz unterbrochen hatte, um durch den Flur ins Bad zu verschwinden. Erst da merkte ich, dass mir Ebun träge dabei zusah, wie ich in meine Jeans schlüpfte. Hastig zog ich den Reißverschluss zu.

»Du hast gut geschlafen«, sagte ich.

Ebun kugelte sich wieder zusammen und hob den Kopf leicht vom Kissen. »Wohin gehst du jetzt, Ire?«

»Ich hab in Dublin was zu erledigen.«

»Wirklich?« Es war schwer zu sagen, wie ernst ihr Gesichtsausdruck war, aber mir gefiel die Art, wie ihre Augen mich musterten. »Ich glaube, du bist ein Gauner, Ire.«

»Gauner finden im Allgemeinen ein besseres Quartier als das hier.«

»Wirklich? Bist du verheiratet?«

»Und du?«

Als Niyi zurückkehrte, wandte sie ihm den Kopf zu. »Ich glaube, er ist ein Gangster, wie die Männer, die uns in Spanien auf ihren Lastwagen geschmuggelt haben. Er sieht genauso aus wie sie. Ich glaube, wir haben Glück gehabt, dass wir nicht in unseren Betten ermordet worden sind.«

Der Mann ermahnte sie in ihrer eigenen Sprache und sah mich unsicher an, aber Ebun lachte bloß und wandte sich wieder an mich. »Ich glaube eigentlich nicht, dass du ein richtiger Gauner bist, Ire. Ich muss es wissen, nach den Leuten, mit denen wir zu tun hatten.«

»Das ist blödes Gerede«, mischte Niyi sich ein.

»Ich finde es witzig«, sagte ich zu ihm.

Ebun hörte auf zu lächeln und musterte mich spöttisch. »Ich will mich anziehen. Es ist Zeit, dass du gehst.«

Ich stand auf, um mir das Hemd anzuziehen, verwirrt wegen ihres schroffen Tons. Als ich am vorigen Tag in Irland angekommen war, war ich ein Nichts gewesen, ein Gespenst, bereit zu tun, was getan werden musste, und danach wieder spurlos zu verschwinden. Das Letzte, was ich gebrauchen konnte, waren irgendwelche Bindungen, doch ich merkte, dass ich in der Tür stehen blieb und noch nicht gehen wollte. »Danke für die Unterkunft.«

«Verzeih, dass wir eure Bräuche noch nicht gewohnt sind«, erwiderte sie. »Wir haben dich nicht anstehen lassen.«

Niyi murmelte eine scharfe Entgegnung, hin- und hergerissen zwischen seiner Verlegenheit und der Erleichterung darüber, dass ich ging.

»Sie meint es nicht böse«, sagte er auf Englisch. »Aber in Nigeria habe ich nicht so gelebt. In meinem Dorf hatte ich gute Arbeit, aber hier muss ich mich zusammen mit Zigeunern anstellen.«

»Die haben dieselben Rechte wie wir Yorubas«, widersprach ihm Ebun vom Bett aus. »Nämlich gar keine.«

Niyi begleitete mich in den Flur hinaus und stieg bereits die Treppe hinunter, als ich mich noch einmal umdrehte. In seiner Abwesenheit hatte Ebun einen anderen Gesichtsausdruck und sie rief leise: »*E sheé*. Danke für gestern Abend. Komm mal wieder vorbei, Ire.«

Ihre Worte trafen mich unvorbereitet. Es gelang mir nicht, meinen zufriedenen Blick vor Niyi zu verbergen, der mich zur Haustür brachte.

»Noch mal vielen Dank. *Ó dábò*.« Er schüttelte mir förmlich die Hand, als wollte er mich bitten, Ebuns Einladung zu ignorieren und unsere Begegnung als beendet zu betrachten. Von der Tür aus blickte er mir nach, bis ich die Ecke an der Dorset Street erreicht hatte.

So früh am Morgen kamen mehr Autos in die Stadt, als ich in Erinnerung hatte. Waltons Musikladen befand sich noch in der North Frederick Street, doch das schäbige Café an der Ecke war verschwunden und sogar sonntagmorgens wuselten dort Arbeiter auf Stahlträgern, um neue Wohnungen zu bauen. Für zehn Uhr morgens fand ich das Gewühl in der O'Connell Street ziemlich beunruhigend. Sogar im Spätherbst waren noch Touristen unterwegs und zu meinem Erstaunen gab es viel mehr schwarze Gesichter als vor zehn Jahren, auch wenn man in den Schlangen vor den Bushaltestellen noch immer die übliche Schar der Sonntagsväter antreffen konnte. Wäre ich geblieben, wäre vermutlich auch ich einer von ihnen gewesen, obwohl Conor mit knapp achtzehn Jahren für diese allwöchentlichen Unternehmungen schon zu alt war und seine Wochenenden lieber für sich haben wollte.

Diese von ihren Frauen getrennt lebenden Väter auf dem Weg, ihr Besuchsrecht wahrzunehmen, waren in den Straßen aller Städte, in denen ich in den letzten zehn Jahren gelebt hatte, ein gewohntes Bild gewesen. Zu adrett angezogen für einen normalen Sonntagmorgen, da sie das Gefühl hatten, einer wöchentlichen Prüfung unterzogen zu werden. In Irland war ihre Situation besonders hart, da Scheidungen gerade erst gesetzlich geregelt wurden. Sie lebten in möblierten Zimmern am Stadtrand, den größten Teil ihres Lohns beanspruchte noch immer die Hypothek auf ihrem früheren Haus, und wenn sie dort am Wochenende zur verabredeten Zeit eintrafen, mussten sie sich entweder den Vorwurf gefallen lassen, dass sie die Kinder verhätschelten, oder, dass sie sie vernachlässigten. Stundenlang saßen sie in der grellen Trostlosigkeit von McDonald's oder marschierten durch den Zoo, während die ihnen zugemessene Zeit verstrich.

Ich wusste, dass ich mit so einer Teilzeitvaterschaft nicht klargekommen wäre. Für mich kam nur alles oder nichts in Frage und mein Hang zum Glücksspiel hätte Conor bloß Schande, Vertreibung und Armut eingebracht. Meine Gefühle für den Jungen waren stärker geworden, während die Liebe zwischen mir und Miriam erloschen war. Erloschen ist nicht das richtige Wort. Vielmehr erstickte unsere Ehe in einer Spirale aus Schuld und Versagen, aus Enttäuschungen und kleinlichen Beschuldigungen. Der blasse Zweig der ersten Liebe steckte weiter im knorrigen Kernholz des Baumes, aber erst als die Axt ihn traf, konnte ich wieder einen kurzen Blick auf die zarte, üppige Knospe werfen und da war es bereits zu spät. Ein letztes Spiel, ein wahnsinniger Augenblick der Versuchung wehte mich von ihnen fort wie ein Kelchblatt.

Als ich vor zehn Jahren nach Schottland geflogen war, um Cormac zu besuchen, hatte jemand an die Wand der Toilette im Dubliner Flughafen den Satz gesprüht: *Der letzte Auswanderer macht bitte das Licht aus*. Die Hälfte der Passagiere auf diesem Flug waren Auswanderer, die vor einer am Boden liegenden Wirtschaft flohen. Zu diesem Zeitpunkt stand ich schon zwei Monate lang auf der Abschussliste und wusste, dass ich von der japanischen Firma, für die ich in Tallaght arbeitete und die darauf bestand, dass jeden Morgen ihre bizarre Firmenhymne *Gemeinsam erleuchten wir die Welt* ... geschmettert wurde, bloß eine Abfindung in Höhe des gesetzlich vorgeschriebenen Mindestbetrags bekommen würde.

Damals konnte die Welt wirklich eine Erleuchtung gebrauchen, denn das Leben hatte sich gegen uns verschworen und verbitterte uns vor der Zeit. Die Hypothekenraten gerieten außer Kontrolle und die Kürzungen der Regierung waren so einschneidend, dass Miriams Mutter nach langer Qual auf einer Liege in einem Krankenhausflur starb, wo es kaum genug Schwestern, geschweige denn so etwas Außergewöhnliches wie ein Bett gab. Miriam wusste nicht, dass es nur noch eine Frage der Zeit war, bis wir gezwungen waren, unser Haus zu verkaufen, oder man es uns wegen meiner Spielschulden wieder wegnehmen würde. Miriam wusste damals vieles nicht, vieles hätte sie mir bestimmt nicht zugetraut.

Mit sieben wusste Conor bereits mehr als sie, zumindest sah er mehr von meiner anderen Welt. Die Orte, wo wir Männer hingingen, Orte, von denen Männer Mammy nichts erzählten, obwohl sie auf der Arbeit ständig damit zu tun hatte. Unser Geheimnis. Mit Kartoffelchips bestochen, damit er still saß, während ich innerlich aufschrie, wenn meine Hoffnungen auf das Rennen um zwanzig vor fünf in Doncaster, Warwick oder Kempton wieder einmal schwanden.

»Was ist los, Daddy? Warum ziehst du so ein Gesicht?« »Iss deine Chips, mein Sohn, es ist alles in Ordnung.« Es war alles in Ordnung, nur dass gerade die Hälfte meines Lohns, wie vorher auch schon die andere Hälfte, in einem schwarzen Loch verschwunden war. Es war alles in Ordnung, nur dass ich immer wieder der Illusion nachjagte, dass mir mehr Geldscheine, als ich zählen konnte, durch ein Gitter zugeschoben wurden, dass Conor alle Spielsachen bekam, die er haben wollte, dass Miriam wieder lächelte und die armseligen Spielernaturen in der verfluchten Wettannahme mich endlich mit dem Respekt betrachteten, den ich mir von ihnen wünschte.

Ein Siebenjähriger sollte keine Geheimnisse mit sich herumschleppen müssen, er sollte nicht vor der Tür warten müssen, wenn ein Buchmacher auf die Einhaltung der Gesetze pocht, oder mit ansehen müssen, wie sein Daddy mit den Fäusten gegen das Schaufenster eines Fernsehgeschäfts schlägt, während sein Pferd drinnen auf elf verschiedenen Bildschirmen unterliegt. Mir fehlte das richtige Maß, um ein guter Vater zu sein, ich gab entweder zu wenig oder zu viel von mir. Ich wollte die Leute bloß glücklich machen und geachtet werden. Ich hortete alles Mögliche, Dinge, die vielleicht mein Prestige erhöhen würden. Ich liebte Miriam, weil sie einfach sie selbst sein konnte, und ich wollte, dass Conor all das wurde, was ich nie sein konnte.

Vielleicht hätten Miriam und ich unsere Ehe retten können, wenn ich ihr offen von meiner Sucht erzählt hätte. Vielleicht hätten wir jetzt dieselbe Ausstrahlung selbstgefälligen Reichtums wie die Dubliner Familie am vorigen Tag bei Lisa Hanlon im Treppenhaus. Ich hätte sogar in Irland sein und den Eindringlingen im Haus meines Vaters einen Strich durch die Rechnung machen können, dann wäre er noch am Leben und wir hätten uns alle versöhnt. Vater, Sohn und Enkel. Wir beide wären mit Conor auf dem Boyne angeln gegangen, hätten beobachtet, wie er mit den Angelruten voranging, und mein Vater hätte die Hand auf meine Schulter gelegt. »Weißt du, mein Sohn, was ich getan habe, tut mir Leid.« »Das ist doch längst vorbei, Dad, genießen wir einfach den Augenblick.«

Wie oft hatte ich diese Worte in meinen Träumen gehört, wie oft die Erleichterung auf seinem faltigen Gesicht genossen, unser Schweigen, während wir einträchtig weitergingen? Wenn ich aufwachte, verwandelte sich das Gefühl der Heilung unweigerlich in Wut. Mein Vater hatte mir bloß beigebracht, wie man Geheimnisse hütet und seinen Sohn im Stich lässt. Er hat sich zu keiner Zeit entschuldigt oder ein Unrecht eingestanden. Es gab nichts, das mich von der Bürde dieser Wut befreite, während ich durch die Straßen jener fremden Städte ging, wo ich Arbeit als Barkeeper oder Englischlehrer fand, wie alle allein stehenden Männer eine Zielscheibe des Misstrauens.

In den ersten Jahren redete ich mir manchmal ein, dass es sich bei einem vorbeigehenden Kind um Conor handelte, obwohl ich wusste, dass er schon älter war. Der Trennungsschmerz und die Schuldgefühle ließen nie nach, egal, ob ich in Antwerpen am Flussufer Bier trank oder in Braga den steilen Berg an der Wallfahrtskirche Bom Jesus hinaufstieg, um auf die Stadt hinabzuschauen. Meine Entschlossenheit ging immer an Sonntagen verloren und mehrmals wählte ich unsere alte Nummer in Irland, in der Hoffnung, dass sich ausnahmsweise einmal Conor, und nicht seine Mutter, über das Schweigen in der Leitung wunderte. Doch beim fünften derartigen Anruf teilte mir eine Stimme vom Band mit, dass es unter dieser Nummer keinen Anschluss mehr gab. Als ich das hörte, drehte ich durch und schmetterte den Hörer gegen die Telefonzellenwand, denn ich spürte, dass das letzte schmale Band zwischen uns zerrissen war. Tagelang konnte ich nicht schlafen, da ich nicht genau wusste, ob Miriam und

Conor nach Erhalt meiner Versicherungssumme umgezogen waren oder ob ihnen etwas zugestoßen war. Miriam konnte tot sein oder wieder geheiratet haben oder vielleicht waren sie auch ins Ausland gezogen. Doch tief im Innern wusste ich, dass sie bloß die rätselhaften Anrufe alle sechs Monate satt gehabt hatte. Sie war weder für Geheimnisse noch für Intrigen geschaffen, deshalb hätte sie mich nie heiraten dürfen.

Jetzt überquerte ich auf einer neuen Brücke die Liffey und befand mich plötzlich in Temple Bar, einem Mischmasch von Designerbauten, der aussah, als hätte King Kong sie in verschiedenen Städten aus dem Boden gerissen und sie dann willkürlich in dieses Labyrinth aus schmalen Straßen gerammt. Ich kaufte mir eine irische Sonntagszeitung und setzte mich zwischen den Touristen auf die Stufen eines trostlosen neuen Platzes. In der Zeitung wimmelte es von Gerüchten, dass die Regierung bald stürzen würde wegen der Enthüllungen vor dem Untersuchungsausschuss zur Korruption und wegen Berichten von zerstrittenen Gemeinden und Bürgerinitiativen, die in abgelegenen Dörfern gebildet wurden, sobald dort Flüchtlinge untergebracht werden sollten.

Auf einem Foto starrte ich die Kleinbauern und Ladeninhaber an, die vor dem einzigen Hotel in ihrem Dorf demonstrierten, weil die Regierung das ganze Haus gemietet hatte, um neununddreißig Asylsuchende aus Somalia, Lettland, Polen und der Slowakei in elf Schlafzimmer zu zwängen. *Rassisten* lautete die reißerische Schlagzeile des Dubliner Journalisten, doch die Gesichter hätten auch meinen früheren Nachbarn in Navan gehören können, verwirrt und ängstlich angesichts des Tempos, mit dem die Welt da draußen sie letztlich eingeholt hatte. Das Dorf hatte zweihundertvierzig Einwohner, es gab weder einen Spielplatz noch irgendwelche öffentlichen Einrichtungen und der Bus in die nächste Stadt fuhr nur einmal am Tag. Es hieß, die öffentliche Versammlung sei stürmisch verlaufen und viele beifällige Stimmen seien von den ängstlichen niedergeschrien worden. »Ihr richtet das Dorf zugrunde«, habe ein Demonstrant gerufen. »Was gibt's denn bei uns außer Tourismus, und wenn wir kein Hotel mehr haben, welcher amerikanische Reisebus hält dann noch hier?«

Die verworrene Reaktion wurde weiter unten auf der Seite durch das Foto von einer zweiten Demonstration veranschaulicht. Darauf waren Einwohner von Tramore abgebildet, die gegen den Versuch protestierten, eine Frau und ihre Kinder abzuschieben, die im vergangenen Jahr in ihrer Mitte gelebt hatten.

Von der Mittelklasse im Süden Dublins gab es keine freimütigen Zitate. Eine diskrete Notiz veranschaulichte, wie man dort mit der Situation umging. Es gab keine Demonstrationen, die Bewohner hatten bloß beim Obersten Gerichtshof eine einstweilige Verfügung gegen ein Flüchtlingsaufnahmelager in ihrem Viertel erwirkt und ihr Sprecher wies den Gedanken weit von sich, dass Rassismus im Spiel sei, und behauptete, es gehe allein um die Baugenehmigung.

Neben mir auf der Stufe saßen zwei osteuropäische Frauen mit Kopfschmuck und teilten eine karge Mahlzeit unter ihren Kindern auf. Ich faltete die Zeitung zusammen, ließ sie liegen und fand in einer gepflasterten Seitenstraße ein Internet-Café, das um diese Uhrzeit noch leer war.

Auf meinem neuen Hotmail-Account waren keine Nachrichten, aber wenn ich eine Stadt verließ, achtete ich sorgfältig darauf, keine Spuren zu hinterlassen. Ich suchte in der Broschüre in meiner Tasche Pete Clancys E-Mail-Adresse, nippte an meinem Kaffee und begann zu tippen:

Sehr geehrter Mr. Clancy,

Sie schreiben: »Helfen Sie mir, Ihnen zu helfen.« Vielleicht können wir uns gegenseitig helfen. Bei der nächsten Wahl könnten Sie das Problem haben, wie Sie erfahren sollen, ob Sie genug Stimmen haben, wenn Sie nicht genau wissen, ob Sie im Besitz der magischen Zahlen sind. Ihr Vater hat mal im Scherz gesagt, der Tod dürfe für einen Wähler kein Hindernis sein. Er muss auch kein Hindernis dafür sein, dass ein kürzlich Verstorbener redet.

In herzlicher Erinnerung,
Shyroyal@hotmail.com

Ich starrte die Nachricht zwanzig Minuten lang an, bevor ich auf »Absenden« klickte. Es war ein Köder und zugleich ein riskantes Spiel, denn ich gab vor, mehr zu wissen, als ich wirklich wusste. Was würde Clancy sich dabei denken – irgendein Spinner aus dem Ort, ein herumschnüffelnder Journalist, der es aufs Geratewohl probierte, oder ein Wahlhelfer einer anderen Partei, der ihm eine Falle stellen wollte? Vielleicht las auch irgendein Parteiheini die Nachrichten für ihn, der sich bloß am Kopf kratzte und sie dann einfach löschte. Aber ich schätzte, die Chance, dass er die Nachricht selbst las, auf zwei zu eins und auf fünf zu zwei, dass das Wort »Shyroyal« seine Aufmerksamkeit erregte.

Ich hatte es nur einmal in meiner Kindheit gehört, als Barney Clancy in einem schimmernden Anzug aufgetaucht war, seine Hosenträger knallen ließ und im Scherz zu meinem Vater sagte: »Das ist meine Shyroyal-Kluft. Schließlich ist Meath die Royal County und ich seh doch echt schüchtern und zurückhaltend aus, was?« Ich hatte für Phyllis gerade eine Nachricht überbracht und kam den Weg entlang, als irgendwas an seinem Gelächter meinen Blick anzog, doch dann sah ich die Augen meines Vaters und schaute weg, da ich wusste, dass die Bemerkung eine versteckte Bedeutung hatte, die nicht für jemanden wie mich bestimmt war.

Mit zwölf Jahren hatte ich gelernt, das Schloss am Aktenschrank zu öffnen, und nachts zog ich vorsichtig die Schubladen auf, ohne genau zu wissen, was ich dort zu finden hoffte. Geheimnisse, die mir das Gefühl geben würden, etwas Besonderes zu sein, Fotos von meiner Mutter oder irgendein anderes Andenken, das meine Einsamkeit durchbrechen würde. An den Blättern in der obersten Schublade war der Briefkopf abgerissen, doch trotz meines geringen Alters sah ich, dass es sich um Kontoauszüge für eine gewisse Shyroyal Holdings Ltd. handelte, mit einer Adresse auf einer Insel, von der ich noch nie etwas gehört hatte. Die Zahlenreihen sagten mir nichts, aber ich konnte die wenigen Worte auf der Zigarettenpackung lesen, die daran festgeheftet war: *Sicher aufbewahren, bis ich danach frage.* Das Ganze war nicht unterschrieben, doch Barney Clancys Handschrift hätte ich überall wieder erkannt.

Nicht, dass ich die Kontoauszüge damals verdächtig gefunden hätte. Während des Büfettrummels wurden ständig Spenden für die Partei beschafft, von guten Leuten wie Jimmy Mahon auch bei Sammlungen vor der Kirche. Anscheinend gehörte das zu der Erwachsenenwelt, in der einflussreiche Leute etwas für die Stadt bewirkten. Wenn ich nicht Barney Clancys scherzhafte Bemerkung gegenüber meinem Vater mit angehört hätte, hätte ich mir den Namen Shyroyal nicht einmal gemerkt. Damals war ich eigentlich bloß enttäuscht, dass nichts von meiner Mutter in den Schubladen verborgen war.

Nicht einmal jetzt war ich mir sicher, ob mein Verdacht begründet oder nur ein Produkt meines Rachedurstes war. Ich erkannte sogar das Land draußen vor dem Fenster des

Internet-Cafés kaum wieder und fühlte mich doppelt fremd, weil ich nichts richtig wusste. Ich musste wieder an Ebun denken, daran, wie sie am Morgen ausgesehen hatte, als sie vom Bett aus rief, und wie Niyi ausgesehen hatte, als er uns beide anstarrte.

Das Café füllte sich langsam. Ich trank meinen Kaffee aus, holte meine Taschen vom Busbahnhof ab, machte einen sonntags geöffneten Eisenwarenladen ausfindig, wo ich ein Brecheisen kaufen konnte, und stieg in einem anonymen neuen Hotel am Rande von Temple Bar ab. Es war wichtig, dass ich mich mindestens einmal am Tag rasierte, um sicherzugehen, dass meine schwarzen Bartstoppeln nicht meine wahre Haarfarbe verrieten. Danach legte ich mich aufs Bett und sagte laut den Namen Brendan, als wollte ich wieder in seinen Körper schlüpfen. Mir fiel ein, wie Miriam und Cormac ihn immer ausgesprochen hatten, wie Phyllis die Vokale verhunzt hatte, und ich versuchte mir vorzustellen, wie er sich bei Ebun anhören würde. Doch jedes Mal klang es wie ein Wort aus einer ausgestorbenen Sprache, zuletzt auf einer Insel gesprochen, auf der jetzt nur noch zu hören war, wie der Regen auf nackte Dachsparren und eingestürzte Giebelwände prasselte.

In den ersten vierzehn Tagen nach dem Zugunglück war ich von dem Gefühl überwältigt gewesen, unsichtbar zu sein. Plötzlich galten alle Wetten nicht mehr, denn nicht einmal ein Buchmacher konnte von einem Toten Schulden eintreiben. Unsere Lebensversicherungspolice stellte sicher, dass das Haus Miriam gehörte, sobald mein Tod bestätigt war, und dass die noch ausstehende Hypothek abgeschrieben wurde. Eine Zusatzversicherung bei meiner Firma hatte zur Folge, dass mein japanischer Arbeitgeber widerwillig ein kleines Vermögen ausspucken musste, weil ich bei meinem

Tod noch dort angestellt war. Das war, bevor ich meine eigene Lebensversicherungspolice einkalkulierte, ganz zu schweigen von der Diskussion in den Zeitungen, die ich jeden Tag sorgfältig las, über einen Entschädigungsfonds für die Opfer. Mein Name stand auf der Vermisstenliste. Es gab sogar Videobilder davon, wie ich mir am Schalter zehn Minuten vor der Abfahrt in Perth eine Erste-Klasse-Fahrkarte gekauft hatte. Der Tod hatte Brendan Brogan endlich eine gewisse Wertschätzung eingebracht. Er war geradezu eine Berühmtheit, aber er war nicht mehr ich.

Ich war von jeglicher Verantwortung entbunden und passierte mit dem Pass eines anderen Mannes still und heimlich die Grenzen. Nicht, dass mein anfänglicher Entschluss klar umrissen gewesen wäre. In den Stunden nach dem Unglück wusste ich nicht genau, was ich wollte, bloß, dass Miriam vielleicht einen Vorgeschmack darauf bekommen sollte, wie es war, mich zu verlieren. Außer unseren gegenseitigen Beschuldigungen verband uns kaum noch etwas. Doch ich wusste, dass sie sich große Sorgen machte, während sie sich die Berichte über das Unglück anhörte, dass sie hoffte, das Telefon würde klingeln, weil sie annahm, dass ich in dem Zug gesessen hatte.

Ein solches Machtgefühl hatte ich nur selten gehabt. Monatelang hatte ich hilflos auf die Nachricht gewartet, dass die Fabrik geschlossen wurde. Nachts hatte ich ständig von Pferden geträumt, die nicht die geringste Siegchance hatten, doch am nächsten Tag setzte ich in selbstmörderischen Zweier- und Dreierwetten auf ebendiese Pferde und wartete auf die eine magische Wette, die mir wieder Luft zum Atmen verschaffen würde. Nachts wachte ich schweißgebadet auf, weil ich glaubte, ich hätte die Türklingel gehört und draußen stände ein Schuldeneintreiber. Tagsüber stand ich in den Eingängen der Wettannahmen, für den Fall, dass ein Nachbar vorbeiging, der Miriam erzählen konnte, dass er mich gesehen hatte. Im Bus sagte ich unaufhörlich zu Conor: »Ich wette mit dir, dass das nächste Auto schwarz ist«, »Ich wette mit dir, dass wir die Ampel erreichen, bevor sie auf Rot springt«, »Ich wette mit dir ... ich wette mit dir ... ich wette mit dir ...«

Brendan Brogan war ein Mensch, der nicht aufhören konnte zu wetten. Aber als ich am Morgen des Unglücks durch Perth streifte, hatte ich das bizarre Gefühl, aus meinem Körper herausgetreten zu sein. Ich war nicht mehr dieser armselige Spieler. Plötzlich war ich Herr der Lage und konnte entscheiden, wann ich zu Hause anrief und Miriam von ihrer Sorge erlöste. Ich malte mir die Erleichterung in ihrer Stimme aus und zugleich einen Widerhall ihrer früheren Liebe. Doch sobald ich bei ihr anrief, war meine neu entdeckte Macht verloren. Ich würde erklären müssen, dass ich vor der Abfahrt des Zuges wieder ausgestiegen war, dass ich davor gekniffen hatte, Phyllis in Glasgow zu treffen. Ich würde nach Irland zurückkehren und den Ratenkauftypen und Geldverleihern gegenübertreten müssen, dem Pfandleiher, in dessen Händen sich der gesamte Schmuck von Miriams Mutter befand, den ich angeblich zur sicheren Aufbewahrung auf die Bank gebracht hatte, und meinem siebenjährigen Sohn, dem der Krieg, der in dem Schweigen um ihn herum ausgefochten wurde, ein Rätsel war.

Ich wusste, dass es grausam und engstirnig war, sie nicht anzurufen, doch es war auch ein wirrer Versuch, Miriam zurückzugewinnen, indem ich ihr das Gefühl von Machtlosigkeit begreifbar machte. Es war nicht so, dass ich ihr nichts von meiner Kindheit erzählen wollte, doch es war mir nie gelungen, Worte zu finden, bei denen ich mir nicht niederträchtig vorgekommen wäre. Sie dachte zu praktisch, um verstehen zu können, warum die Leute nichts unternommen hatten. Doch Komplexe hatte nur ich. Ich kam nicht mit ihrer Aufrichtigkeit zurecht und sie fand es verletzend, dass ich nachts wegen der Erinnerungen die Hände zu Fäusten ballte und kein Wort hervorbrachte.

Vor Conors Geburt hatte ich wirklich geglaubt, ich hätte diesen Schmerz hinter mir gelassen. Aber je älter er wurde, umso mehr war ich gezwungen, meine Kindheit erneut zu durchleben und mich zu fragen, ob Conor einmal dasselbe durchmachen musste. Bestimmt hatte mein Vater einmal dieselbe Liebe für mich empfunden wie ich für Conor, das überwältigende Verlangen, ihn um jeden Preis zu beschützen, wenn nötig, für ihn zu töten. Doch jedes Mal, wenn Conor lachte, erinnerte ich mich an Nächte, in denen ich geweint hatte, jedes Mal, wenn er sich weigerte zu essen, fiel mir mein quälender Hunger ein. Wenn ich ihm ein Glas Milch ans Bett brachte, erinnerte ich mich, wie ich aus dem Schuppen geschlichen war und die hohle Hand unter das Abflussrohr der Spüle gehalten hatte. Welcher Vater lässt sein erstes Kind einfach im Stich? In manchen Nächten ertappte Miriam mich dabei, wie ich Conor im Bett an mich drückte, seine Wangen im Schlaf verschmiert von meinen unerklärlichen Tränen. Ich wäre am liebsten nach Cremore gefahren, wo mein Vater inzwischen wohnte, hätte ihm ins Gesicht geschlagen und geschrien: »Warum, du Mistkerl, warum?«

Eigentlich wollte ich Miriam aus Perth anrufen, nachdem ich erreicht hatte, was ich wollte. Aber irgendwann war es zu spät. Um Viertel nach neun würden bereits die Telefone heißlaufen, Phyllis würde meinen Vater vom Glasgower Flughafen aus anrufen und er würde Miriam verständigen. Um halb elf würde in ihrer Sorge schon ein Fünkchen Wut mitschwingen. Wenn ich jetzt angerufen hätte, hätte sie gewusst, dass ich absichtlich mein Spielchen mit ihr getrieben hatte.

Bis dahin war es auch ein Spiel gewesen. Teils stand ich unter Schock, weil mir klar wurde, dass ich um ein Haar in dem Zug gesessen hätte, als er in Perth aus dem Bahnhof fuhr. Aber auch der Versuch, all das zu begreifen, was sich seit meiner Ankunft in Schottland vor zwei Tagen ereignet hatte, brachte mich völlig durcheinander.

Um elf Uhr stand ich in Perth vor einem Fernsehgeschäft und sah mir in einer Livesendung an, wie sich die Feuerwehrleute verzweifelt abmühten. In dem Schnäppchenladen nebenan liefen Berichte im Radio und es war die Rede vom Ausfall eines Signals und von Überlebenden, die benommen eine halbe Meile neben den Gleisen herumliefen. Ich hatte mehr Geld bei mir, als ich je zuvor besessen hatte, Geld, von dem niemand etwas wusste. So viel, dass man ein Jahr lang davon leben konnte, aber nicht genug, um die Löcher daheim wirklich stopfen zu können, vorausgesetzt, dass ich es nicht in der erstbesten Wettannahme in Dublin verpulverte. Ich brauchte Zeit für mich, um trauern zu können und mit Cormacs letzten Worten zurechtzukommen, mit denen er mich zu einem entschlossenen Neuanfang aufgefordert hatte. Ich brauchte auch Zeit, um mit Cormacs Enthüllungen über meinen Vater fertig zu werden. Die Fakten waren eigentlich offensichtlich, wenn ich nicht die Augen davor verschlossen hätte, doch da ich ihn zugleich hasste und mich nach seiner Anerkennung sehnte, war ich immer davor zurückgeschreckt, die Beziehung meines Vaters zu Barney Clancy zu genau unter die Lupe zu nehmen.

In einem Minimarkt kaufte ich Rasierschaum, eine scharfe Schere und einen Einwegrasierer. Niemand kam in die Herrentoilette des kleinen Hotels neben dem Busbahnhof, während ich mir dort den Bart abrasierte. Hinterher wischte ich das Waschbecken sauber, bis es glänzte, und verstaute das zottige Haar, den Schaum und den benutzten Rasierer in einer Plastiktüte. Als ich die Tüte draußen in einen Abfallkorb fallen ließ, strich die Luft eiskalt über meine Wangen.

Die Leute standen in starrem Schweigen rings um den Busbahnhof, als ich um halb zwölf in einen Bus stieg, ohne mir genau über das Fahrtziel klar zu sein, bis ich das Wort »Aberdeen« auf der Fahrkarte sah. Cormacs Stimme klang mir im Ohr und gab mir Kraft. *Auf geht's, Bruder, zieh das ganz große Ding ab*. Noch vor vierundzwanzig Stunden hatte ich in seiner Wohnung seine Leiche in den Armen gehalten, hatte versucht, ihn hochzuheben, obwohl ich an der Art, wie er am Seil baumelte, sehen konnte, dass er sich das Genick gebrochen hatte. Doch plötzlich war es, als steckten wir unter einer Decke, als wären wir dicke Freunde, das unzertrennliche Duo, für das man uns gehalten hatte, als wir in Dublin zusammen in eine Wohnung gezogen waren. Als der Bus losfuhr, hatte ich das Gefühl, nicht mehr in meinem Körper zu stecken. Ich war Agatha Christie, die so tat, als hätte sie das Gedächtnis verloren, um ihrem Mann Angst einzujagen. Ich befingerte die Erste-Klasse-Zugfahrkarte, die noch in meiner Tasche steckte. Nach all den nutzlosen Buchmacherzetteln, die ich in der Hand gehalten hatte, war das die magische Karte, die ich ohne mein Wissen bekommen hatte. Mit ihrer Hilfe konnte ich aus meinem Blatt einen Royal Flush machen, konnte die Karte aufdecken, die einundzwanzig ergab, oder die unglaublichste Dreierwette gewinnen. Cormacs Geist und ich brüteten den größten Betrug in der Geschichte von Navan aus, wir schlossen die perfekte Wette ab und rächten uns auch noch perfekt an meinem Vater. Das faszinierte mich mehr, als wenn eins meiner Pferde gewann. Ich sehnte mich nicht nach der Anerkennung der anderen Fahrgäste, sie war bereits da, weil ich jetzt jemand anders war, frei auf eine Art, wie ich es nur einem Menschen wie Cormac zugetraut hatte.

Als wir in Aberdeen ankamen, hätte mich fast der Mut verlassen. Ich stand zwanzig Minuten in einer Telefonzelle und wählte immer wieder Miriams Nummer, hielt bei der letzten Ziffer inne, biss mir auf die Fingerknöchel und fing wieder von vorn an. Cormacs Geist schien nicht mehr in mir zu sein. Ich war wieder mein altes unsicheres Ich, kurz davor, mich irgendeiner unglaubwürdigen Ausrede zu bedienen, als mein Blick auf eine Bretterwand fiel, an der das Plakat einer Fähre hing, die in Kürze vom Victoria Quay zu den Orkney-Inseln fahren würde. *Mach schon, mach schon.* Cormacs Stimme klang wie damals, wenn er mich im Schuppen zu irgendwas angestachelt hatte.

Nach einer Stunde Fahrt begann es zu regnen und der Wind war bitterkalt, doch ich blieb die ganze Zeit an Deck der Fähre, am Moray Firth vorbei bis hinter John O'Groats. Schließlich kam in der Dunkelheit auf der Insel namens Mainland der Hafen von Stromness in Sicht. Von dort fuhr ich mit dem Taxi zu einem Hotel in Kirkwall, wo ich allein in der Bar saß und mir in den Spätnachrichten einen langen Bericht darüber ansah, dass in den Trümmern des Zuges noch immer verkohlte Leichen gefunden wurden und die Zahl der Toten weiter stieg.

Auch da hätte ich es mir noch anders überlegen können. Miriam war bestimmt außer sich und Conor weinte, weil er ihre Sorge spürte. Aber ein Leben ohne mich kam sowieso schon bald auf sie zu. Die Schließung der japanischen Fabrik war die fünfte größere Stilllegung seit Anfang Sommer. Jeden Tag ertrug ich die Qual, dass andere Arbeiter das Geld, das sie mir geborgt hatten, zurückhaben wollten. Auch wenn ich das Bargeld in meiner Tasche dazu verwendet hätte, alle Schulden zu begleichen, wie lange hätte es wohl gedauert, bis ich wieder in der Gosse gelandet wäre? Das war der einzige Ort, an dem ich mich sicher fühlte, wo ich nichts mehr zu verlieren hatte. Ein Gewinn warf mich stets aus der Bahn. Noch in der Euphorie, in der ich mein Pferd die Ziellinie überqueren sah, befiel mich stets eine panische Angst vor dem Geld, das man mir in die Hand zählen würde, denn ich wusste, dass das Leben mit mir spielte und den Moment, in dem ich unvermeidlich wieder pleite war, nur höhnisch hinausschob.

Mein letztes Gespräch mit Cormac kam mir bruchstückhaft wieder in den Sinn:

Vielleicht glaubst du bloß, dass du es verpulvern würdest, weil du noch nie die Macht von fünfzehntausend Pfund in bar in deinen Händen gespürt hast ... Mach was aus dir. Frag dich, wer du gern sein würdest. Plötzlich würde ich nicht mehr zwangsläufig ein Versager sein, dessen Sohn sich angewöhnte, mit seinen Freunden die Straßenseite zu wechseln, um ihm aus dem Weg zu gehen. In seinen Augen konnte ich jemand anders werden, verehrt wie meine Mutter, in einer Gesellschaft, in der ein früher Tod sofort einen untadeligen Ruf nach sich zog.

Inzwischen weiß ich, dass ich damals nicht klar denken konnte, weil ich nach Cormacs Selbstmord noch unter Schock stand. Aber als ich in jener Hotelbar saß und mir die Interviews mit Fachleuten anhörte, kam es mir vor, als wäre das Wunder, dass ich aus dem Zug gestiegen war, Cormacs Werk. Auf dem Bahnsteig und am Seiteneingang des Bahnhofs waren mir keine Kameras aufgefallen. Ich hätte Miriam nicht erklären können, woher die fünfzehntausend Pfund in dem Umschlag stammten, der zwischen den beiden Pässen in meiner Jackentasche steckte. Sie hätte gedacht, dass ich wieder gespielt hatte, und das stimmte auch. Ich ließ mich auf das größte Spiel meines Lebens ein, um für die beiden jeden Penny aufzutreiben, den sie in den kommenden Jahren brauchen würden.

Als ich lange nach Mitternacht die Hotelbar verließ, sprach im Fernsehen ein weiterer Experte. Er wiederholte den einzigen Punkt, über den sich die Fachleute einig zu sein schienen. Die Hitze in den Erste-Klasse-Wagen war so groß gewesen, dass die Ermittler nicht genau feststellen konnten, wie viele Leichen darin zu Asche verbrannt waren.

Als ich den Pier entlangging, fand ich, dass die alten

Sandsteingebäude am Kai von Kirkwall im Dunkeln etwas Holländisches hatten. Ein älterer Mann und sein Hund waren am Ende des Piers angelangt und sie drehten sich um und kamen langsam zurück. Normalerweise rauchte ich nicht, aber ich hatte eine Schachtel von den Zigarren mit Mundstück gekauft, die Cormac so mochte. Am nächsten Tag musste ich mir rotes Haarfärbemittel kaufen und eine Brille, wie Cormac sie auf seinem Foto trug, doch ohne meinen Bart bestand bereits eine leichte Ähnlichkeit. Ich war ein paar Zentimeter größer, aber überprüften die Beamten wirklich solche Einzelheiten? Ich hatte nicht gewusst, wohin mich diese Schiffsreise führen würde, aber bestimmt so weit weg von meinem früheren Leben, dass niemand meine Spur zurückverfolgen konnte, falls ich es beenden musste.

Das Papier in meinem Pass war dick. Zuerst sengte die Zigarre es nur an und die Seiten wellten sich am Rand. Dann fing es plötzlich Feuer. Ich drehte mich um. Der alte Mann war außer Sichtweite, die festgemachten Fischerboote lagen verlassen da. Unter den Hafenlampen holten sich die Möwen die Eingeweide der Makrelen und Kabeljaus, die noch nicht weggespült worden waren. Die Flammen züngelten rings um mein Foto, verzehrten mein Haar, dann meine Stirn, Augen und Mund. Der Umschlag wurde so heiß, dass ich ihn nicht länger festhalten konnte, mein Geburtsdatum verbrannte, meine Größe, die Farbe meiner Augen. Ich hatte mein altes Ich in die Nordsee geworfen und sah zu, wie die verkohlten Überreste des Passes auf den Wellen schaukelten und dann langsam im Wasser verschwanden.

Um halb drei zog ich mich wieder an, zerriss das Futter meiner Jacke, damit das Brecheisen hineinpasste, ohne Aufmerksamkeit zu erregen, verließ das Hotel und schlenderte nach Phibsborough. In den Seitenstraßen nistete die vertraute

Sonntagnachmittagsverdrossenheit, doch an der Phibsborough Road zwängten sich in jede Lücke neue Wohnungen, die hervorstachen wie Goldfüllungen in einer Reihe schlechter Zähne.

Das winzige Lebensmittelgeschäft gegenüber meiner alten Wohnung war einem diskreten Laden mit einem großen Sortiment für Transvestiten gewichen. Daneben stand noch immer eine einstöckige Molkerei, aus der früher jeden Morgen ein alter Mann mit einem Pferdewagen herausgekommen war. Doch es sah so aus, als sei sie schon vor langer Zeit geschlossen worden, ein kurioses Überbleibsel, das die Stadtplaner in ihrer Begeisterung – durch Zufall oder mit Absicht – übersehen hatten.

In Dalymount Park war eine neue Tribüne gebaut worden, doch sonst hatte sich kaum etwas verändert, es hätte ohne weiteres ein Stadion im tiefsten Albanien sein können. Die Bohemians hatten ein Heimspiel gegen Cork City. Ich kaufte mir an dem Eingang in der Connaught Street eine Eintrittskarte, und als ich drinnen war, lehnte ich mich an die Betonmauer des hässlichen Durchgangs unterhalb der Zuschauerränge, wo sich nur ein paar hartnäckige Fans befanden, die zu spät gekommen waren.

Nostalgie führt einen an die seltsamsten Orte. Das Spiel hatte schon angefangen, aber ich hatte keine Lust, zu den Rängen hinaufzusteigen. Ich wollte das bittere Ende der Liebe zwischen mir und Miriam vergessen und mir den Zauber ihres Ursprungs ins Gedächtnis rufen. Anscheinend war alles von dem Irland, das ich verlassen hatte, in dem heillosen Durcheinander jenes chaotischen, alptraumhaften Februarabends im Jahre 1983 zusammengefasst, als der amtierende Weltmeister Italien zu einem Freundschaftsspiel gegen Irland antrat. An jenem Abend spielten Rossi, Conti und auch Altobelli, der das zweite Tor für die Italiener erzielte. Doch keiner der Verantwortlichen hatte sich darum gekümmert,

Eintrittskarten für das Spiel drucken zu lassen. Bis kurz vor dem Anpfiff tranken die Leute in Phibsborough in den Pubs, dann strömten alle nach draußen, kramten nach Kleingeld und es entstand ein ziemliches Gedränge, das in Irland aber noch als Schlange galt.

Wir wussten, dass wir als Volk auf den Hund gekommen waren – und Barney Clancy, der inzwischen Minister war, tyrannisierte uns, weil wir über unsere Verhältnisse lebten. In den Kulissen wartete bereits die Weltbank, die darauf brannte, die Führung des Landes zu übernehmen. Aber in jenen Jahren schien auch ein anarchisches Freiheitsgefühl zu herrschen. Eine halbe Stunde vor dem Anpfiff trank ich noch mit Cormac und seinen Freunden im Hut Pub; ein paar von ihnen drängten uns, auszutrinken, während andere lautstark eine letzte Runde bestellten.

Als wir uns dem Stadion näherten, war die Menge schon ungeheuer groß und verstopfte die enge Gasse, die zum Spielfeld führte. Vielleicht hätte es aber keine Probleme gegeben, wenn nicht ein Krankenwagen mit heulender Sirene die Connaught Street entlanggekommen wäre. Wir zwängten uns noch weiter in die Gasse, um den Wagen vorbeizulassen, aber immer mehr Leute strömten in seinem Sog in die entstandene Lücke und verursachten einen Menschenstau. Zuerst reagierten die Leute mit netten Scherzen und riefen: »Nehmen Sie Ihre Pfoten da weg« oder »Passen Sie auf das Kind auf!« Doch schon bald bekam man kaum noch Luft.

Die groß gewachsene junge Frau mit der Dauerwelle war die erste Person, die in Panik geriet. Dabei wollte sie gar nicht zu dem Spiel; ich hatte gesehen, wie sie in der Nähe aus einem Haus gekommen war und einfach von der Menge mitgerissen wurde. Als der Anpfiff ertönte, brach im Stadion tosender Lärm los. Ich hatte zehn Pfund darauf gewettet, dass Italien zwei zu null gewinnen und Rossi das erste Tor erzielen würde. Die Leute drängelten heftiger, da sie nichts verpassen wollten. Zuerst war Cormac noch neben mir, doch dann wurden wir in dem Durcheinander getrennt. Ich war nur daran interessiert, die braunhaarige junge Frau zu retten. Ich konnte nicht erklären, warum ich sie so anziehend fand, ich wusste bloß, dass ich zu ihr gelangen musste.

Sie drehte sich um und bat die Leute, sie durchzulassen. Doch eine weitere Woge drängte uns alle vorwärts und brachte sie aus dem Gleichgewicht. Ihre Hände fuchtelten hilflos in der Luft. Sie war drei Meter entfernt und plötzlich war es mir egal, ob ich bei dem Versuch, zu ihr zu gelangen, jemanden verletzte. Nicht, dass gute Umgangsformen noch eine Rolle gespielt hätten. Ihre Angst steckte die anderen an und sie erkannten, dass sie wahrscheinlich, lange bevor sie die Drehkreuze erreichten, gegen die Mauern gedrückt werden würden. Es gab kein Entkommen. Väter hielten ihre Kinder fest und benutzten Ellbogen und Fäuste, um Platz zu schaffen.

Wir waren noch sieben, acht Meter vom Stadion entfernt und näherten uns dem dichtesten Gedränge, als ich sie aus den Augen verlor. Sie öffnete den Mund, als wollte sie schreien, und dann stürzte sie und konnte nicht wieder aufstehen. Ich erhielt einen Schlag an den Kopf, als ich mir meinen Weg bahnte. Dann wurde ich hochgehoben und meine Füße berührten den Boden nicht mehr. Menschen, die an der Mauer eingeklemmt waren, schrien vor Angst. Durch ein Gewirr von Beinen sah ich ihren blauen Mantel. Sie schien irgendwo draufzuliegen. Meine Füße traten auf jemanden, dann berührten sie kurz den Boden, ich wurde weitergestoßen und landete auf ihrem Körper. Sie wandte den Kopf. Mit wildem Blick, starr vor Schreck, sah sie mich an.

»Alles in Ordnung«, keuchte ich, »ich will Ihnen helfen.«

Ich weiß nicht, ob sie mich hören oder verstehen konnte. Ich war bloß ein weiterer Mann, der gegen sie gequetscht wurde. Ich konnte weder sie noch mich oder jemand anderen retten. Als ich ihren Kopf zu schützen versuchte, stieß sie mich weg wie einen Angreifer. Ich wollte ihr alles erklären, doch ich bekam kaum noch Luft.

Plötzlich hatte ich in dem Menschenstrom wieder Boden unter den Füßen. Ich spürte, wie ich von ihrem Körper hochgehoben wurde. Es war der Polizei gelungen, die Ausgangstore zu öffnen, und die Menge wurde plötzlich ins Stadion gespült. Ich legte die Arme um sie und schleifte sie weg. Sie hatte auf einem umgestürzten Absperrgitter gelegen, in dem ihr Schuh sich verfangen hatte. Der Draht schnitt in ihren eingeklemmten Fuß. Ich stemmte mich gegen die Menge, schaffte genug Platz, um ihren Fuß freizubekommen, und versuchte ihr aufzuhelfen, aber sie konnte anscheinend nicht laufen. Durch den Druck wurden wir ins Stadion getragen, dann stoben die Leute in verschiedenen Richtungen auseinander. Ich entdeckte eine Mauer, half ihr, sich daran zu lehnen, und legte tröstend den Arm um sie, während sie weinte. Plötzlich sah sie mich an und stieß mich weg.

»Lass mich in Ruhe! Lass mich!«

Sie spie die Worte geradezu aus. Ich war zurückgewichen und stellte fest, dass meine Beine mich kaum noch tragen konnten. Ich lehnte mich an die gegenüberliegende Mauer und beobachtete, wie sie weinte. In dem Durchgang war es still, nur ein paar Nachzügler kamen noch, die sich freuten, dass sie nicht bezahlen mussten. Eltern verließen mit schluchzenden Kindern im Arm das Stadion. Polizisten stritten sich mit Offiziellen. Ich ging in die Gasse hinaus und fragte mich, wie viele Menschen wohl ums Leben gekommen wären, wenn man nicht rechtzeitig die Tore geöffnet hätte. Nur wenige Spuren deuteten noch auf die Panik hin, ein paar verlorene Schals und hier und da ein einzelner Schuh. Ihren Schuh entdeckte ich mit kaputtem Absatz neben dem Absperrgitter und ich nahm ihn mit ins Stadion und wartete, bis sie aufblickte, bevor ich ihn ihr zurückgab. Sie wischte sich mit dem Ärmel die Augen ab und versuchte zu lächeln.

»Bescheuertes Scheißspiel. Wer spielt überhaupt?«

»Italien. Der Weltmeister. Dein Absatz ist kaputt.«

»Ohne dich hätte ich mir auch noch das Genick gebrochen. Danke.«

»Ist schon in Ordnung.«

Und wie durch Zauberei galt das an jenem Abend auch für alles andere. Rossi erzielte das erste Tor und Italien gewann zwei zu null, eine Zweierwette mit zehn Pfund bei einer Quote von vierzehn zu eins. Wir lachten den ganzen Weg auf der Phibsborough Road nach Broadstone. Miriam Darcy war zwanzig, zwei Jahre jünger als ich, schloss gerade ihre Ausbildung zur Sozialarbeiterin ab und war bereit, die ganze Welt zu verändern. Sie stützte sich auf meine Schulter, humpelte leicht und trug beide Schuhe in der Hand. Doppeldeckerbusse fuhren ins Busdepot, wo hoch oben an der Wand eine Marienstatue hing. Zu unserer Linken erhob sich der King's Inn und rechts standen städtische Wohnblocks. An der Ecke, wo auf einer Bank ein paar Alkis gesessen hatten, lagen Glasscherben. Dort nahm ich Miriam huckepack und ich lachte, als sie mir wie einem Pferd den Rücken tätschelte, wenn ich nicht mehr weitergehen wollte oder damit drohte, sie abzuwerfen. Wir kamen zum Great Western Way mit dem Boxverein und der Reihe steinalter Bäume und dann zur Black Church, wo Miriams Mutter sich als Kind geweigert hatte, dreimal ringsherum zu laufen, aus Angst, der Teufel könnte erscheinen. Während ich sie in die L-förmige Straße trug, in der sie mit ihrer Mutter wohnte, kam ich mir bei jedem Schritt vor wie im Märchen.

Als ich sie auf den Stufen ihres Hauses absetzte, hatte sich die gerade noch abgewendete Katastrophe vor Dalymount bereits in ein Abenteuer verwandelt. Hinter dem Zaun unten tauchte Mrs. Darcy aus der Küche im Kellergeschoss auf und fragte, was der ganze Lärm zu bedeuten gehabt habe. Sie war eine kleine Frau mit ziemlich heiserer Stimme und meckerndem Lachen und Miriam stellte mich ihr als ihren Retter vor. Drei Stunden später dachten sich die beiden noch immer die haarsträubendsten Schilderungen des Vorfalls aus und zogen mich damit auf, wie ich auf einem weißen Streitross die Connaught Street entlanggeritten kam, um Miriam in Sicherheit zu bringen. Ihr kreischendes Gelächter wurde noch lauter, als Mrs. Darcy sah, dass in der Ecke auf einem Wäscheständer Miriams Unterwäsche trocknete. Sie behauptete, es sei ihre eigene Unterwäsche, gekauft von einem ihrer vielen jugendlichen Liebhaber, der abends vor dem Haus immer ein Ständchen sang und mit dem sie längst durchgebrannt wäre, wenn sie nicht eine altjüngferliche Tochter am Hals hätte.

An jenem Abend fühlte ich mich wohl in meiner Haut, was heißen soll, dass ich mich in einen Menschen verwandelte, der ich noch nie gewesen war. Nicht mehr bloß Cormacs Bruder in Dublin oder der Hühnerfurz in Navan. Es war erst sechs Wochen her, dass ich in die Dunkelheit der Straße nach Dublin hinausgetreten und vor den unerträglichen Schuldgefühlen in den Augen von Lisa Hanlons Mutter geflohen war. Doch in Miriams Küche konnte mir die Vergangenheit nichts anhaben. Wir waren uns so unerwartet, auf eine so untypische Art begegnet, dass ich mich davon befreit hatte und auflachte, als eine beschämte Miriam ihre Schlüpfer und BHs einsammelte, während Mrs. Darcy ihr vorhielt, dass sie keinen gut aussehenden italienischen Fußballer mit handgefertigten Schuhen und einer dicken Lederbrieftasche mit nach Hause gebracht hatte.

»Aber es könnte schlimmer sein«, witzelte Mrs. Darcy. »Es könnte dir gehen wie dem armen Mädchen aus Dublin, das einen Fünftausend-Lire-Schein auf die Bank brachte, dafür fünfundsiebzig Pence bekam und schimpfte: ›Eigentlich macht es mir nichts aus, aber ich hab ihm auch noch Frühstück gemacht.‹«

Miriam begleitete mich bis an die Ecke, wo sich neben einer Werkstatt mit heruntergelassenen Rollläden und einem Laden, der zum Verkauf stand, ein ausgebrannter Pub mit eingestürztem Dach befand. Auf der anderen Straßenseite erhob sich eine Reihe viktorianischer Mietshäuser. Aus der Tankstelle am Constitution Hill, die die ganze Nacht lang geöffnet war, kam ein Taxi gefahren. Die Uhr eines Pubs war um zwanzig vor sechs stehen geblieben. Von diesem ersten Abend konnte ich mir stets jeden einzelnen Moment ins Gedächtnis rufen.

»Dein Vater, ist er tot?«, fragte ich.

»Er hat eine irische Scheidung vollzogen – ist vor vier Jahren losgegangen, um einen halben Liter Milch zu besorgen, und nicht mehr wiedergekommen. Er lebt in Galway mit einem Mädchen, das halb so alt ist wie er und nur ein Viertel seiner Intelligenz besitzt. Er hat sie am Schrein von Knock kennen gelernt, er hat das halbe Leben lang in Knock gebetet. Wir mussten aus Stillorgan wegziehen, denn er hat nicht immer daran gedacht, das Geld für die Hypothek zu schicken. Ich wohne lieber hier zur Miete als auf der Southside. Die Busfahrer lassen einen auch zwischen den Haltestellen raus und niemand würde auf die Idee kommen, den normalen Fahrpreis zu bezahlen. Mum ist wieder da, wo sie hingehört, und wir sind glücklich.«

»Tut mir Leid.«

»Nicht nötig. Wenigstens weiß ich, was ich zu erwarten habe. Männer hauen immer ab, wenn's Probleme gibt.«

Miriams Körper lehnte sich an mich und presste mich gegen die Eisenspitzen des Zauns. Ihr Gesicht war ganz nah, der Blick erst verschmitzt und dann ernst.

»Brauchst du immer so lange?«

Ihr Mund öffnete sich und ich spürte die Frische ihrer Zunge. Sie schlang die Arme um mich und zog mich näher, vergrößerte die Chance, dass ich ein neuer Mensch in einer neuen Welt wurde. Alles fühlte sich völlig neu an. Meine neue Freundin, meine zukünftige Frau, meine spätere Witwe, die Frau, der ich so viel geben wollte. Die Frau, die ich so abgrundtief enttäuschte.

Als ich jetzt in dem menschenleeren Durchgang in Dalymount stand, wurden die Erinnerungen zu schmerzlich. Sie waren auch verworren, denn als ich die Augen schloss, sah ich nicht Miriams Züge. Die Haut war schwarz und fremdländisch, doch als ich Ebuns fast spöttischen Ton wieder im Ohr hatte, erfüllte mich dieselbe Vorfreude. *Komm mal wieder vorbei, Ire.* Das Letzte, was ich gebrauchen konnte, waren irgendwelche Verwicklungen. Ich musste mich weiter auf mein Ziel konzentrieren und Ebun, Miriam und alles, was mich quälte, vergessen. Als die Bohemians eine Ecke erzwangen, jubelten die wenigen Zuschauer. Ich begab mich auf meinen Platz und beobachtete, wie der Verteidiger sich darauf vorbereitete, die Ecke auszuführen. Das Brecheisen in meiner Jacke fühlte sich schwer an. Vier Uhr. Ich musste noch zwei Stunden totschlagen, bevor ich in das Haus meines Vaters in Cremore einbrechen konnte. Der Verteidiger schlug den Ball vors Tor. Der Mann war unbezahlbar, solche Gurkenflanken kriegte sonst niemand hin.

Cremore. Schon der Name schien immer etwas Ruhiges, Gelassenes zu haben. Ein winziges Nest mit Häusern aus den dreißiger Jahren, das geradewegs von einer alten englischen Ansichtskarte auf einen Dubliner Berghang herabgefallen war. Gewaltige Bäume, die die Straßen säumten und nachts ein zartes Schattengeflecht warfen. Die Stadt mochte wuchern und diese Enklave umschließen, doch Cremore behielt seine Gelassenheit und das Flair einer geordneten Welt.

So dachte ich zumindest kurz vor meinem vierzehnten Geburtstag, als mein Vater überstürzt mit uns von Navan dort hinzog. Ein Neubeginn, durch den die alten Wunden und offenen Rechnungen wenn schon nicht vergessen, so doch wenigstens unausgesprochen bleiben sollten. Am Tag unserer Ankunft hatte ich verwirrt in den Garten hinausgestarrt, weil es keinen Schuppen gab, in dem ich schlafen konnte, doch dann hatte mein Vater mich nach oben gewunken und schweigend auf den Abstellraum gedeutet. Es dauerte mehrere Monate, bis ich mich an das Leben in einem Haus, an die Schritte auf der Treppe, an die Möglichkeit, jederzeit auf die Toilette gehen zu können, gewöhnt hatte. Sogar die Luft war anders, frischer als in Navan. Mein Vater hatte den Leuten erzählt, er ziehe um, damit Phyllis mehr Platz für Sarah-Jane habe. Aber die Sache war komplizierter, es ging nicht bloß um das Baby. Wegen der Gerüchte über Cormac und Pete Clancy, die sich in Navan wie ein Buschfeuer verbreiteten, hatte Barney Clancy meinem Vater ohne Umschweife zu einem Umzug geraten, wenn er nicht ihre plötzlich brüchige Freundschaft aufs Spiel setzen und obendrein seinen Job verlieren wollte.

Inzwischen ist mir klar geworden, dass mein Vater sich in Cremore vom Druck seiner Arbeit befreit gefühlt haben muss. Er konnte der wachsenden Aufregung in den Sitzungen des Grafschaftsrats beiwohnen, wo der Plan seiner Sonderabteilung für eine kontrollierte Bebauung ständig durch die Änderungsanträge einfacher Ratsmitglieder zum Flächennutzungsplan – eingeschmuggelt unter dem Stichwort »Dringende Angelegenheiten«, die stets vorrangig behandelt wurden – so untergraben wurde, dass man nur selten zum ersten offiziellen Tagesordnungspunkt gelangte. Danach konnte er einfach seine Aktenmappe voll unerwünschter Ratschläge schließen und nach Dublin zurückkehren, wo die Nachbarn weder wussten, was er beruflich machte, noch zu Hause vorbeikamen, um ihn um einen Gefallen zu bitten.

Wenn ich im Abstellraum für mein Abgangszeugnis lernte, hörte ich immer das Tuckern seines klapprigen Fiats und beobachtete, wie er mit einer leeren Thermosflasche in der einen und einer Zeitung, die irgendein Ratsmitglied liegen gelassen hatte, in der anderen Hand aus dem Wagen stieg. Er hatte schon immer einen Hang zum Geiz gehabt, aber als wir nach Cremore zogen, wurde es zu einer richtigen Krankheit.

Es war jetzt Viertel nach sechs und ich stand unter den alten Bäumen und starrte zu dem Licht hinter den zugezogenen Vorhängen im Abstellraum hinauf. Es konnte sein, dass das Haus seit dem Einbruch vermietet war. Aber ich vermutete, dass Sarah-Jane bei einem ihrer sporadischen Besuche das Licht angelassen hatte, ohne sich darüber im Klaren zu sein, dass das auf Einbrecher eher einladend wirken würde als abschreckend.

Neben dem Haus meines Vaters standen noch zwei etwas größere Häuser, weiter zurückgesetzt, an einer neuen Zufahrtsstraße gelegen, bei deren Bau, zwei Jahre nach unserem Umzug aus Navan, man die Hälfte seines Gartens enteignet hatte. Er hatte es als einen letzten hämischen Gruß der Planungsabteilung in Dublin betrachtet – vielleicht angestachelt von den Kollegen in der Hauptplanungsbehörde von Meath, die ihm die Autonomie seiner Abteilung missgönnten –, als ihren Witz auf Kosten des störrischen Bauerntrampels. »Du rätst nie, wo Brogan hingezogen ist. Dem bauen wir eine Zufahrtsstraße direkt vor die Nase.«

Von der Entschädigungssumme hatte er vorn einfach verglaste Aluminiumfenster einbauen lassen, doch hinten hatte er die ursprünglichen Holzrahmen behalten. Vor drei Wochen hatte sein Geiz ihn eingeholt, aber auch wenn die Fenster nicht so morsch gewesen wären, hätte der Eindringling sich irgendwie Zutritt verschafft. In dem Bericht auf der

Website der *Irish Times* hieß es, er sei erst kurz zuvor mit dem Bus von den drei Mietskasernen zurückgekehrt, die Pete Clancy von seinem Vater geerbt hatte – damit hatte er auch die Dienste meines Vaters als schlecht bezahlter *Gauleiter* und Mietkassierer geerbt. Der Dieb, falls es wirklich einer gewesen war, hatte ihn durchschaut – der grauhaarige Rentner, der die Mieteinnahmen in seine verdammten Socken gestopft hatte. Aber er hätte ihn auch an der Bushaltestelle oder in der Einfahrt überfallen können. An seinem Haus ließ nichts darauf schließen, dass im Innern irgendwelche Reichtümer warteten.

Als ein Auto vorbeifuhr, zog ich mich unter die Bäume zurück, dann schlich ich in die Einfahrt. Sonntagnachmittags bot Dublin noch immer ein trauriges Bild, um diese Zeit schien niemand unterwegs zu sein. Die Nachbarhäuser waren in den letzten Jahren renoviert worden, doch das Haus meines Vaters sah unverändert aus. Die Kartoffelpflanzen wucherten wild – geschützt durch eine hohe Gartenhecke –, aber es war niemand da, um die Kartoffeln zu ernten. Auch seine unbenutzte alte Klapperkiste schien ein Teil dieser Wildnis zu sein und über die Motorhaube rankte sich Schlingknöterich. Ich hörte, wie sich in der Nähe eine Haustür öffnete, und drückte mich in das Rankengewirr. Fremde Stimmen entfernten sich auf der angrenzenden Einfahrt auf der anderen Seite der Mauer. Autotüren schlugen, ein Motor sprang an und dann waren die Stimmen nicht mehr zu hören.

Ich klingelte zweimal und wich jedes Mal ein paar Schritte zurück, um mich zu verstecken. Niemand kam an die Tür, nicht einmal der Vorhang bewegte sich, was meine Vermutung über das Licht im Abstellraum bestätigte. Der frühere Besitzer hatte nur zur Schau ein Garagentor errichtet, hinter dem sich keine Garage befand. Ich stieg auf das Autodach, um über die Fassade zu klettern, und glitt auf einen zugewucherten Seitenweg hinunter, der mit Brettern und Betonblöcken übersät war. Mein Vater, der Hobbyklempner und -elektriker, der alles hortete, was er vielleicht irgendwann einmal gebrauchen konnte. Diese Ecke des Gartens war immer seine Schatztruhe gewesen, ein Schauplatz endlosen Suchens, bloß um das Geld für ein paar Eisenwaren zu sparen.

Der Rest des hinteren Gartens war in Gemüsebeete aufgeteilt, unterbrochen von zwei Pflaumenbäumen und begrenzt von einem Gewirr aus Rhabarberpflanzen. An die hintere Mauer schmiegte sich eine Hecke, die die Zufahrtsstraße verdecken sollte. Jemand hatte an einem Ast einen alten Reifen befestigt und eine primitive Schaukel gebaut. Die Rückseite des Hauses lag im Dunkeln, aber da, wo der erste Eindringling das Fenster im Erdgeschoss aufgebrochen hatte, waren noch immer die Spuren eines Brecheisens zu sehen. Irgendjemand hatte versucht, das zerschrammte Holz zusammenzuflicken, hatte dann aber den Rahmen einfach wieder festgenagelt. Die zweiten Einbrecher hatten am Tag seiner Beerdigung einfach die Scheibe an der Haustür zerschlagen, mit der Hand durchgegriffen und die Tür entriegelt.

Hinter der Mauer waren quietschende Bremsen zu hören, als die Ampel auf Rot sprang. Ein Motorrad hielt an und der Fahrer ließ vor Ungeduld den Motor aufheulen, während er darauf wartete, dass die Ampel grün wurde. Auch ich wartete und schlug dann – im Schutz des Lärms, der von den losbrausenden Fahrzeugen ausging – mit dem Brecheisen aus meiner Jackentasche die kleine Scheibe an der Hintertür ein. Vor Jahren hatte ich auf Geheiß meines Vaters direkt unter dem Fensterbrett einen versteckten Haken angebracht, an dem der Schlüssel für das Sicherheitsschloss hing. Zu meinem Erstaunen hing er immer noch da, doch ich schnitt mir an den Glasscherben die Hand auf, während ich danach tastete. Ich schloss die Hintertür auf und mein Blut tropfte auf die Stufe. Der Schnitt war nicht tief, blutete aber stark, bis ich mir ein Geschirrtuch um die Hand band, um die Blutung zu stillen.

Ich trat in die Diele und blieb stehen. Ich hatte nie an Gespenster geglaubt, aber als ich durch die offene Wohnzimmertür die Rückenlehne seines Sessels sah, erschauderte ich. Bei jedem Schritt auf den Sessel zu umklammerte ich das Brecheisen fester. Die Rückenlehne war so hoch, dass man von hinten nicht erkennen konnte, ob jemand dort saß. Ich legte die Hände auf das feuchtkalte Leder, drehte den Sessel herum und sah, dass niemand da war. Ich kam mir dumm vor und war enttäuscht, als hätte ich mir gewünscht, sein Geist würde jetzt, wo es zu spät war, auf den Augenblick der Abrechnung warten.

Im Esszimmer war an der Stelle, wo der oder die Einbrecher beim zweiten Mal versucht hatten, Feuer zu legen, der Teppich versengt, aber die Bücherregale waren wieder angebracht worden. An den Wänden hingen überall gerahmte Fotos. Als Caddie für Barney Clancy bei einem Golfturnier für Profis und Amateure in Portmarnock mit Sevvy Ballesteros vor den Irish Open. Begegnungen mit vier verschiedenen Premierministern anlässlich eines ersten Spatenstichs oder des Durchschneidens eines Bandes in Meath. Das neueste Foto sah bizarr aus. Es war aus dem *Meath Chronicle* ausgeschnitten worden und zeigte ihn inmitten einer Zuschauerschar, während Pete Clancy Prinz Charles bei einem Staatsbesuch durch die neolithische Grabkammer von Newgrange führte. Die politische Dynastie der Clancys gründete sich auf die legendäre Unbarmherzigkeit von Petes Großvater, der während des Unabhängigkeitskriegs zu Michael Collins' getreuesten Männern gehört und britische Spione und mehrere Kollaborateure ermordet hatte. Mein Vater richtete sich immer nach der offiziellen Linie der Republikaner, doch im Stillen hatte er gegen jede Vernunft für die britische Königsfamilie geschwärmt. 1974 hatte er sich sogar einen Tag freigenommen, damit er sich mit Phyllis die Hochzeit von Prinzessin Anne im Fernsehen angucken konnte, und am Abend vorher hatte er auf dem Dach gesessen und versucht, die Antenne so auszurichten, dass sie einen besseren Empfang hatte.

Es machte mich wütend, wie mein Vater vor dem Grab in Newgrange stand. Dazu verdonnert, inmitten der Statisten und Wasserträger zu warten, in der vergeblichen Hoffnung, dass Pete Clancy den Prinzen für einen kurzen Händedruck zu ihm lotste. Doch Clancy hatte Wichtigeres zu tun, als sich um den pensionierten Geldeintreiber seines Vaters zu kümmern, auf dessen Stillschweigen man sich stets verlassen konnte. Nach dem Vorfall mit Cormac war ihre Beziehung ohnehin belastet, auch wenn keiner von beiden über die Gerüchte gesprochen hätte, deretwegen wir Navan verlassen hatten.

Ich nahm das Foto von der Wand, da ich mich für ihn schämte. In seiner Glanzzeit hätte er nie so hündisch angestanden. Barney Clancy hätte das auch nicht zugelassen, aber andererseits konnte man sich auch nicht vorstellen, dass Barney Clancy das politische Geschick oder den Willen gehabt hätte, mit einem englischen Prinzen durch Meath zu ziehen.

Mir fiel das Licht im Abstellraum ein und ich ging nach oben. Was, wenn jemand im Haus war, der auf das Klingeln nicht reagiert und dann, als er die Scheibe zu Bruch gehen hörte, die Polizei angerufen hatte? Gegen das Knarren der Treppe war nie etwas unternommen worden. Ich horchte vor meinem alten Schlafzimmer, packte dann den Griff und stieß – in der Erwartung, dass das Zimmer noch so aussehen würde wie früher – die Tür auf, bereit zu flüchten, falls jemand schreien würde.

Im Schlafzimmer war niemand. An den Wänden hingen Poster von Boygroups und von den Zeichentrickfiguren aus *South Park*. Das Bett war gemacht, daneben stand ein kleiner Schreibtisch, der mit Schulbüchern und CDs übersät war. Sarah-Janes stürmische Beziehung mit einem Bassgitarristen, der für sie achtzehn Jahre zu alt war, war schon vor meinem Verschwinden in die Brüche gegangen. Mit sechzehn war sie mit ihm zusammengezogen, damit sie zur Stelle war, um seine ausschweifendsten männlichen Bedürfnisse zu befriedigen – die Miriam zufolge vermutlich darin bestanden, dass sie ihm *Grecian 2000*-Haarfärbemittel in die ergrauten Locken rings um sein kahles Haupt rieb. Zum letzten Mal hatte ich sie auf einer steifen Party zur Feier ihres achtzehnten Geburtstags und der Taufe ihres Kindes gesehen, wo Phyllis vor Wut kochte, da Sarah-Jane mich gebeten hatte, Pate zu sein, und nicht Cormac. Sarah-Jane glich Phyllis so sehr, dass Mutter und Tochter sich angeschrien hatten, seit sie laufen konnte. Mein Vater musste erst sterben, bevor sie wieder nach Hause zog, in dem sicheren Bewusstsein, dass Phyllis nie wieder unter diesem Dach schlafen würde. Vielleicht war ich ungerecht. Phyllis und sie konnten ihre Differenzen schon vor Jahren beigelegt haben. In ihrer Jugend war Sarah-Jane nicht gerade der Traum von einer Tochter gewesen, aber sie war wenigstens nicht davongelaufen. Ich wusste jetzt, dass das Haus bewohnt war und ich mich beeilen musste.

Die Stange, mit der man die Treppe zum Speicher herunterzog, war nirgends zu sehen. Ich entdeckte sie in dem großen Schlafzimmer, wo Phyllis und mein Vater geschlafen hatten. Die alte Frisierkommode, die in Navan meiner Mutter gehört hatte, stand immer noch vor dem Erkerfenster. Ich warf einen Blick in das hintere Schlafzimmer, wo die Kleider meiner Schwester im offenen Schrank hingen oder wahllos über einen Stuhl gehängt waren. Bei Kleidern war ihr Geschmack besser geworden, bei Männern vermutlich nicht.

Als ich mit der Stange an der Bodenklappe zog, senkte sich die Schiebetreppe herab und ich konnte auf den dunklen Speicher schauen. Hatte es sich gelohnt, all das auf einen bloßen Verdacht hin zu riskieren? Ich wusste immer noch nicht, ob ich aus Rache oder aus Liebe zurückgekehrt war. Ohne Internet wäre ich nicht auf dem Laufenden gewesen. Jahrelang hatte ich keinen Gedanken an Irland verschwendet, doch in den letzten sechs Monaten hatte ich wie besessen die Websites irischer Zeitungen angeklickt, vielleicht, weil ich hoffte, durch Zufall ein Bild von Conor inmitten einer Gruppe von diskutierenden Mittelschülern oder bei den Young Scientist Awards zu sehen. Ein einziger Besuch auf einer Website genügte, um zu sehen, wie bei der Generation meines Vaters die Fassade einstürzte – Politiker, Planer und Bankiers, die in Ungnade gefallen waren. Nicht bloß ein erlauchter Kreis von hohen Tieren, von »Unberührbaren«, wurde entlarvt, sondern das Ganze zog von der Spitze her immer weitere Kreise und zeigte, dass ein ganzes Volk faule Geschäfte gemacht hatte. Dörfer, in denen sich alle kannten, und doch gab es auf der örtlichen Bank mehr Konten von Auswärtigen, zwecks Steuerhinterziehung unter falschem Namen eingerichtet, als normale Konten.

Während ich im Schuppen meines Vaters auf dem Fußboden gespielt und mit angehört hatte, wie sich die Männer in der Tür gegenseitig übers Ohr hauten, war ich in die von Augengezwinker und Rippenstößen geprägte Sprache dieser Schattenwelt eingeführt worden. Aber damals kam es mir nicht vor wie Betrug. Es war Teil einer Männerwelt aus Zigaretten und ins Ohr geflüsterten Worten, ein Versteckspiel gegenüber der anonymen Bürokratie. Es schien für einen Mann eine Art Lackmustest zu sein, wie wenn man spätnachts, nach acht, neun großen Bieren, vom Pub nach Hause fuhr und den Polizeikontrollen entwischte.

Wenn ich in der Bar in Porto Feierabend gemacht und mich eingeloggt hatte, blickten mir von der Website die Namen geächteter Geschäftsleute entgegen, vom ehemaligen Regierungschef abwärts. Ich suchte immer wieder nach Barney Clancy, wollte sehen, dass er mit Schande beladen in seinem Grab lag. Doch wie im Leben schien ihn auch im Tod eine undurchdringliche Schutzschicht zu umhüllen. Vor drei Wochen war mir dann bei den kleinen Schlagzeilen der *Irish Times*-Site der Name Eamonn Brogan ins Auge gefallen.

Obwohl das endgültige Ergebnis der Obduktion noch nicht vorliegt, heißt es, dass Mr. Brogan, ein pensionierter Planungsbeamter beim Grafschaftsrat Meath, einen Herzanfall erlitten hat, während er zusammen mit seiner Frau Phyllis gefesselt war und ein Einbrecher mehrere Stunden lang ihr Haus in Cremore, in der Nähe der alten Finglas Road im Norden Dublins, durchstöbert hat. Mrs. Brogan, die gerade erst aus dem Krankenhaus entlassen worden war, wo sie sich einer intensiven Chemotherapiebehandlung unterziehen musste, soll sich in einem bedenklichen Zustand befinden und wurde heute Morgen wieder ins Krankenhaus eingeliefert, da sie einen Schock erlitten hat. Mr. Brogan sollte im Zusammenhang mit den Beschlüssen einiger Politiker aus Meath noch in diesem Monat vor dem Korruptionsuntersuchungsausschuss aussagen. Er hinterlässt eine Tochter namens Sarah-Jane und mehrere Enkelkinder ...

Ich hatte bis zum Morgengrauen in Porto vor dem Computer gesessen und alle anderen irischen Websites angewählt, auf denen nähere Einzelheiten stehen konnten, während im Hintergrund eine brasilianische Seifenoper nach der anderen im Fernsehen gelaufen war. Im *Irish Independent* fand sich noch Folgendes: *Laut Polizei hat Mrs. Brogan angegeben, der Einbrecher habe bis zu dem Anfall ihres Mannes kein einziges Wort gesagt. Dann sei er Mr. Brogan zu Hilfe geeilt, habe es aber mit der Angst zu tun bekommen und sei geflüchtet, als er die Knoten nicht aufbekam und Mr. Brogan »schick« rief. Mrs. Brogan konnte sich ein paar Stunden später selbst von ihren Fesseln befreien, doch ihr Mann wurde noch an Ort und Stelle für tot erklärt.*

Während ich die Berichte gelesen hatte, war ich durch ein Wechselbad der Gefühle gegangen. Zunächst einmal war ich trunken vor Erleichterung darüber, dass es endlich vorbei war, dass der Vater, den ich gleichermaßen geliebt und gehasst hatte, tot war. Dann schämte ich mich dafür. Danach bekam ich Schuldgefühle, weil ich weder für ihn noch für Miriam oder Conor da gewesen war. Und schließlich, vielleicht, weil ich mit diesen Schuldgefühlen nicht fertig wurde, überkam mich eine ungeheure Wut auf den Mann, der meinen Vater umgebracht hatte, an dessen Schulter ich einmal in einem Schlafzimmer mit Rosenmustertapete eingeschlafen war. Der Vater, den Cormac und ich verraten hatten, vielleicht der einzige Mensch, der mein Geheimnis kannte – es aber immer bewahrt hatte.

Ich stieg auf den Speicher, denn jetzt war es ungefährlich, das Licht anzuschalten. Der Einbrecher war außergewöhnlich methodisch vorgegangen und hatte sogar hier oben alles mitgehen lassen, statt, wie sonst üblich, nur rasch nach Bargeld oder Schmuck zu suchen. Die rostigen Aktenschränke aus Navan waren aufgebrochen und die Pappkoffer auseinander gerissen – auch wenn vor kurzem jemand aufgeräumt und in dem halbherzigen Versuch, wieder Ordnung zu schaffen, Stapel von vergilbtem Papier in Plastiksäcken verstaut hatte.

Es war der Website-Bericht über den zweiten Einbruch am Tag seiner Beerdigung, der mich veranlasst hatte, nach Hause zu kommen. Es handelte sich eher um eine kurze Meldung als um einen Zeitungsbericht, aber dort stand, es sei bereits das achte Mal innerhalb von acht Monaten, dass ein Haus in Dublin während einer Beerdigung ausgeraubt wurde. Sicherheitshalber gäben die Verwandten nur noch selten die Anschrift des Toten an, wenn sie eine Todesanzeige in die Zeitung setzten. Der Artikel endete mit den Worten: *Die Familie Brogan kann als tragische Welt im Kleinen für die zunehmende Gewalt in Dublin betrachtet werden, da sie vor dem Einbruch während der Beerdigung schon den ersten, der zu Mr. Brogans Tod führte, und vor kurzem auch noch einen Angriff auf seinen halbwüchsigen Enkel Conor über sich ergehen lassen musste, der – vor ein paar Wochen – in die Statistiken der immer öfter auftretenden wahllosen Überfälle auf junge Männer in Dublin einging.*

Vielleicht war mein Verdacht nur ein Hirngespinst. Der zweite Einbruch konnte das Werk gewöhnlicher Diebe sein, die durch die mangelnden Sicherheitsvorkehrungen im Haus angelockt worden waren. Der Überfall auf meinen Sohn Conor, der mir das Blut gefrieren ließ, konnte natürlich so wahllos sein, wie es in der Zeitung gestanden hatte. Doch irgendetwas in meinem Innern weigerte sich zu glauben, dass diese Vorfälle nichts miteinander zu tun hatten. Vielleicht stellte ich nur eine Verbindung her, weil ich nach einer Rechtfertigung für meine Rückkehr suchte. Aber ich war der Einzige in der Familie, der etwas über die Geschäfte meines Vaters wusste, und ich konnte nicht einfach nur zusehen, wenn meine Familie in Gefahr war. Bei den laufenden Untersuchungen konnte es sein, dass einige Geschäftsleute, die Barney Clancy früher nahe gestanden hatten, Dokumente vernichten wollten, die sie hier vermuteten. Es war völlig unklar, ob der Einbrecher die gesuchten Papiere in dem Durcheinander aus Sitzungsprotokollen und Planungsanträgen gefunden hatte.

Die einzige Möglichkeit, die Vergangenheit zu entsorgen, bestand vielleicht darin, das ganze Haus in Brand zu stecken, das war am Tag der Beerdigung bestimmt der Grund für das Feuer im Esszimmer gewesen. Doch die Flammen hatten sich nicht ausgebreitet, als hätte der Eindringling, der das Feuer gelegt hatte – oder ein Helfershelfer, der mit seiner Vorgehensweise nicht einverstanden war –, es wieder ausgetreten. Das ließ vermuten, dass er keine Beweise vernichten wollte, sondern etwas suchte, das er als sein rechtmäßiges Eigentum betrachtete. Ich fragte mich, ob mein Vater je etwas weggeworfen hatte. Hier lagen Dokumente, die schon dreißig Jahre alt waren, Notizen, die Barney Clancy bestimmt gern vernichtet gesehen hätte. Doch Clancy war genauso plötzlich gestorben wie mein Vater – wenn auch angenehmer –, er hatte auf einer Dienstreise nach Spanien in der Badewanne einen Herzanfall bekommen und die Gerüchte, dass eine Hostessenagentur ihm eine Dame bereitgestellt hatte, die bei seinem Bad für den nötigen Schaum sorgen sollte, wurden aufs Schärfste zurückgewiesen.

Ich kniete mich hin, um mir den in Papier ausgedrückten Wert eines Lebens anzusehen. Bizarrerweise lagen ein paar meiner Schulhefte in dem Stapel Papiere. Ich hatte sie nie aufgehoben und es ergab auch keinen Sinn, dass er es getan hatte. Ich fand auch ein grelles, überbelichtetes Farbfoto von uns beiden, auf dem ich fünf war. Ich hätte gerührt sein müssen, weil er so viele Andenken aufbewahrt hatte, doch ich war wütend. Warum hatte er immer all seine Gefühle verborgen? Wie war es möglich, dass ein Mann, der die komplizierteste Terminologie für Kanalisationssysteme und Wohndichte beherrschte, nicht über den einfachsten Wortschatz verfügte, um sich mit seinem Sohn zu verständigen?

Trotz seines planerischen Könnens war mein Vater in Navan der Einzige, der von Holzarbeiten nicht das Geringste verstand. Mit neun Jahren kannte ich mich mit Holz besser aus, als es ihm je gelingen sollte, da ich bei den Nachbarn immer von einem Schuppen zum anderen geflitzt war, bevor auch diese Freiheit beschnitten wurde.

Zwei Jahre nach unserem Umzug nach Cremore hatte mein Vater mich auf den Speicher gerufen, wo er widerwillig eingestehen musste, dass er vergeblich versucht hatte, in einem der Dachbalken – angeblich für Phyllis' Schmuck – ein Geheimfach anzulegen. Ich hatte seiner Pfuscharbeit keine Beachtung geschenkt und ein neues Stück Balken ausgehöhlt, hatte das Holz abgehobelt, bis es hauchdünn war, und es dann so behutsam wieder eingefügt, dass niemand etwas von dem großen Hohlraum dahinter ahnen konnte. Ich hatte mir Zeit gelassen und, ohne ihn zu fragen, winzige Schrauben im Holz versenkt, hatte meine begrenzten Fertigkeiten als Zeichen der Verachtung eingesetzt.

Die Dachbalken waren inzwischen von Spinnweben bedeckt, überzogen mit dem feinen Staub der Holzwürmer. Ich klopfte mehrmals, bis ein hohler Klang mir verriet, wo sich das Geheimfach befand. Als ich es öffnete, flatterten zwei Trauerkarten herab, eine für Cormac und eine für mich. Ich hob sie auf und betrachtete die Fotos von zwei Fremden, zwei Geistern, zwei Ichs.

Es lag weder Geld noch Schmuck darin, doch an zwei verbogenen Nägeln hing Joey Kerwins IRA-Revolver aus den fünfziger Jahren und in einer alten Socke steckten ein paar Patronen. Das Letzte, woran ich mich erinnern konnte, als mein Vater noch in dem Schuppen gearbeitet hatte, war, wie der betrunkene Joey Kerwin hereingekommen war und meinem Vater mit großer Geste eine Schachtel überreicht hatte, die Barney Clancy »an die tapferen Burschen im Norden« weitergeben sollte. Der Waffenprozess war gerade zu Ende gegangen und Charles Haughey und ein zweiter Minister waren von dem Vorwurf freigesprochen worden, unter Druck stehende Nationalisten in Nordirland mit Schusswaffen versorgt zu haben. Ich weiß noch, dass ich zum Spielen rausgeschickt wurde, als Barney Clancy kam, und dass er hinter der verschlossenen Tür schallend lachte, während er sagte: »Mein Gott, die Knarre sollten wir den Briten geben – die zerfetzt dem armen Schwein, das sie als Erster benutzt, bestimmt die Hand. Das Ding hab ich nie zu Gesicht gekriegt, Eamonn, kapiert? Ich verlass mich drauf, dass du mir nie irgendwas zeigst, das ich nicht sehen will. Sieh zu, dass du sie los wirst.«

Doch mein Vater hatte schon damals alles Mögliche gehortet und sie offensichtlich behalten. Ansonsten war er jemand, der Anweisungen immer befolgte. Ich fragte mich, ob er mit Barney Clancy je offen über Rechnungen gesprochen hatte und wo er die Spenden herbekam, mit denen er sie bezahlte. Nicht, dass Clancy nicht bis auf den letzten Penny gewusst hätte, wer was spendete, aber wenn jemand die Verantwortung übernehmen musste, wusch er seine Hände in Unschuld. Für einen Geizhals war es bestimmt eine Form von Masochismus, sich durch die Verschwendung auf diesen Rechnungen für nur halb ausgetrunkene Champagnerflaschen und Runden exklusiver Brandys zu ackern, die mehr kosteten als das Essen, für die endlose Entpalladianisierung von Clancys palladianischem Herrenhaus an der Straße nach Dublin. Vielleicht war es für meinen Vater – der es schon als Luxus empfand, zweimal im Jahr mit Phyllis in einem billigen Hotel auf Jersey Urlaub zu machen – ein fetischistischer Nervenkitzel, Clancys Rechnungen zu begleichen, und sein Alter Ego genoss es, mit Geld um sich zu werfen wie ein Monopoly-Spieler. Mein Vater, der Schlappschwanz, der auch uns alle zu Schlappschwänzen gemacht hatte.

Ich steckte den Revolver und die Patronen ein und hob den Umschlag auf, der zusammen mit den Trauerkarten zu Boden gefallen war. Darin befanden sich drei Blätter – das erste war aus dem Schulheft eines Kindes herausgerissen worden. Darauf stand eine Reihe sechzehnstelliger Zahlencodes mit Daten und Initialen in Klammern. Hinter einigen stand Ltd. oder SR für Shyroyal, was darauf hindeutete, dass es mehr als eine Gesellschaft mit Sitz im Ausland gab. Bei einigen standen meine Initialen, bei anderen die von Sarah-Jane. Die einzigen Zahlen, die nicht durchgestrichen waren, waren die letzten beiden mit Cormacs Initialen, doch auch die Initialen waren durchgestrichen und dann wieder hingeschrieben worden, als hätte mein Vater nicht genau gewusst, was er tun sollte. Nach der Hälfte der Seite wechselte die Tinte von Blau zu Schwarz und auch seine Handschrift änderte sich, wurde im Lauf der Jahre, die den ersten vom letzten Eintrag trennten, immer verkrampfter und krakeliger.

Von den vier Kontonummern mit Cormacs Initialen waren die ersten beiden unterstrichen und mit riesigen, geradezu ungestümen Fragezeichen versehen. Unsere Rache und vielleicht die Unterschrift unter sein Todesurteil. Cormac hatte in der Woche, bevor er Selbstmord beging, vom ersten Konto alles abgehoben. »Es war ganz einfach«, hatte Cormac gesagt. »Ich bin reingegangen und hab meinen neuen Pass vorgelegt. Der Kassierer war süß, er hatte wunderschöne Hände. Erstaunlich, dass der arme Junge keinen Krampf gekriegt hat, schließlich musste er ja fünfzehntausend Pfund in bar abzählen.«

Vielleicht hätte mein Vater Clancy den Verlust jenes Kontos erklären können, denn der kannte Cormac. Doch die Schließung des zweiten, sechs Wochen nach meinem mutmaßlichen Tod muss ihn gequält haben. Wie hätte er die Polizei bitten können, den Raub von Geldern zu untersuchen, die eigentlich gar nicht existierten und heimlich unter den Namen von Familienmitgliedern eingetragen waren, die nicht einmal von der Existenz der Bankkonten wussten? Vermutlich hatte er den Verlust des Geldes jahrelang mit Hilfe von Clancys Schmiergeldfonds vertuscht und Barney Clancy hatte – solange die Rechnungen bezahlt wurden – lieber nicht zu viele Fragen gestellt, die ihn belasten konnten. Doch wenn mein Verdacht stimmte, dann war vor drei Wochen mit der Einsetzung des Untersuchungsausschusses und Pete Clancys verzweifeltem Versuch, alle Beweise zu vernichten, die gegen seine Familie verwendet werden konnten, der Tag der Abrechnung gekommen.

Unser Diebstahl erklärte vielleicht, dass zwei Blätter als Warnung an der Kontenliste festgeheftet waren. Die Adresse auf dem Briefpapier gehörte zu einer Bank, die ich auf Jersey besucht hatte. Auf beiden Blättern stand oben *Kontovollmacht*, dann folgte eine der verbleibenden Kontonummern und danach die Erklärung: *Jegliche Transaktionen dürfen nur durch den Kontoinhaber oder durch Mr. Eamonn Brogan, den anderen namentlich aufgeführten Bevollmächtigten, in Person und unter Vorlage seiner Vollmacht veranlasst werden.*

In dem Geheimfach war mit Klebeband ein zweiter Umschlag befestigt. Ich öffnete ihn. Darin befanden sich der dreißig Jahre alte Gesellschaftsvertrag von Shyroyal Ltd. mit einer eingetragenen Adresse auf den Cayman-Inseln, ein Auszug aus den Vertragsbestimmungen und die Namen von vier Rechtsanwälten, die als stimmberechtigte Anteilseigner aufgeführt waren. Der einzige Name, den ich kannte, gehörte meinem Vater, der Verwaltungschef war.

Die Haustür war anscheinend so leise geöffnet worden, dass ich es erst bemerkte, als das Flurlicht anging und auf der Treppe Schritte zu hören waren. Als die Schritte den Treppenabsatz erreichten, rief von unten eine männliche Stimme und die Schritte entfernten sich wieder. Es war unmöglich, rechtzeitig vom Speicher zu flüchten. Unten in der Diele unterhielten sich zwei Stimmen. Wenn die beiden das kaputte Küchenfenster sahen, war ich geliefert. Ich knipste das Licht auf dem Speicher aus, zog die Schiebetreppe herauf und ließ die Falltür einen Spalt breit offen. Es war weder Sarah-Janes Stimme noch die ihrer Tochter.

Als ich hörte, wie erneut Schritte die Treppe heraufkamen und zwei junge Männer miteinander flüsterten, als wären auch sie Eindringlinge, hatte ich das Gefühl, in der Falle zu sitzen. Clancy war schon zweimal hergekommen, um nach den Papieren zu suchen, warum nicht ein drittes Mal? Der erste Junge hatte blondes Haar mit einer weiß gefärbten Strähne. Er hatte eine weiße Jeans und strahlend weiße Turnschuhe an und trug mehrere CDs unterm Arm. Der zweite war größer und wirkte etwas älter, er hatte kurz geschnittenes Haar und versuchte, sich einen Spitzbart wachsen zu lassen, der aber noch ein Jahr brauchen würde, um mehr als ein flaumiger Stoppelbart zu sein. Es machte mich misstrauisch, dass sie so nervös im Flur herumstanden. Vielleicht hatte meine E-Mail Pete Clancy eine solche Angst eingejagt, dass er das Haus diesmal endgültig niederbrennen ließ. Ich trat einen Schritt zurück, damit sie durch den Spalt in der Falltür nichts sehen konnten, falls sie heraufschauten.

»Guck mal im vorderen Schlafzimmer nach, nur für alle Fälle.«

Ich konnte nicht sehen, wer von beiden gesprochen hatte, sondern hörte bloß, wie die Schlafzimmertür knarrend aufging. Ein weiteres Licht wurde an- und dann schnell wieder ausgeschaltet.

»Charles, ich hab doch gesagt, dass sie im Krankenhaus ist.«

Plötzlich wurde im Flur das Licht gelöscht. Es herrschte völlige Dunkelheit, bis der Blonde die Tür zum Abstellraum aufstieß und, eingerahmt von dem Licht aus dem Zimmer, deutlich zu sehen war. Er hatte seinem Freund das Gesicht zugekehrt und sah ihn an, während er näher kam. Nur wenige Zentimeter voneinander entfernt, standen sie sich schweigend von Angesicht zu Angesicht gegenüber. Das Gesicht des größeren Jungen konnte ich nicht sehen, doch der Blonde starrte ihm fast ängstlich in die Augen. Dann ließ er mit dumpfem Scheppern die CDs fallen, sie umarmten sich und der Größere fummelte an den Knöpfen der weißen Jeans herum. Er schob die Hände in die Unterhose des Jüngeren und schob ihn zum Bett. Er schien das Kommando zu führen und stieß den blonden Jungen auf die Bettdecke, während er ihm die weiße Jeans bis zu den Knöcheln herabzog, wo sie schließlich hängen blieb. Sie waren fast aus dem winzigen Lichtschlitz verschwunden, durch den ich sie beobachtete.

»Wenn die Katze aus dem Haus ist, tanzen die Mäuse, hm, Conor?« Der ältere Junge, der gesprochen hatte, blickte sich um. »Mein Gott, so viel Platz. Ist mal was anderes als die Gasse hinter dem Oliver Twist.«

»Wer sagt dir, dass wir morgen Abend nicht schon wieder dort landen«, erwiderte Conor, während sein Freund lachend die Tür mit dem Fuß zustieß. Dann war nur noch das Quietschen des Bettrosts zu hören, der gedämpfte Klang eines Namens und schließlich Töne, die nicht mehr allein aus Worten bestanden.

Ich zitterte so stark, dass ich mich hinknien musste, egal, wie viel Lärm es machte. Unten herrschte einen Augenblick Stille, als hätten die beiden etwas gehört. Dann wurde alles andere durch die Rockmusik aus dem Schlafzimmer meines Sohnes übertönt. Welcher Vater erkannte seinen eigenen Sohn nicht, auch wenn der die Haare gefärbt hatte und inzwischen zehn Jahre verstrichen waren? Conor, den ich auf Bull Island auf den Schultern durch die Dünen getragen hatte. Conor, der von den Wombles besessen gewesen war, der immer im Halbschlaf ins Bett gewankt war und etwas zum Kuscheln gesucht hatte, wenn er aus einem Alptraum erwacht war. Mein Sohn, der von dem Überfall neulich zumindest keine Narben zurückbehalten hatte, sich jetzt aber unten in meinem alten Schlafzimmer von diesem Kerl den Schwanz lutschen oder sich vögeln oder wer weiß was mit sich anstellen ließ. Der Junge namens Charles war eindeutig älter, ein gewissenloser Mistkerl, der ihn ausnutzte.

Ich wollte schon die Schiebetreppe herunterlassen und die Tür zum Abstellraum aufstoßen, doch dann hielt ich inne. Ich war tot, zumindest für Conor, schon länger als sein halbes Leben. Ich hatte längst das Recht verwirkt, ihm oder jemand anderem eine Strafpredigt zu halten. Das erste Stück auf der CD ging zu Ende. In der kurzen Stille hörte ich, wie er vor Wonne stöhnte. In seiner Stimme schwang Erregung mit, die Freude, am Leben zu sein. Ich lehnte mich gegen einen alten Aktenschrank, unfähig, mein Zittern zu kontrollieren, und rief mir all meine Tagträume ins Gedächtnis, in denen ich mir ausgemalt hatte, Conor eines Tages wieder zu begegnen. Die Kleider im hinteren Schlafzimmer gehörten Miriam und nicht Sarah-Jane. Aber warum wohnte meine Familie hier, in einer Gefahr, von der sie nichts wusste?

Unten flehte Conor den Jungen lachend an, ihn nicht zu kitzeln. Ein kindisches Gekicher erhob sich und dann war eine gespielte Rangelei zu hören und nicht einmal die Musik übertönte ihre Ausgelassenheit. Hatten sie auch nur die geringste Ahnung von Risiken und Sicherheitsvorkehrungen? Ich konnte es kaum ertragen, weiter zuzuhören, konnte mich aber nicht vom Fleck rühren. Endlich ganz nah bei meinem eigenen Fleisch und Blut. Conors Gelächter verstummte und ein neues Geräusch ertönte, er sog den Atem ein, als wüsste er nicht genau, ob ihm das, was gerade passierte, gefiel und ob er dazu bereit war. Dann hörte ich wieder nur Musik, die seine Freude, seine Schmerzen oder vielleicht auch seinen Protest gegen das, was vor sich ging, übertönte.

Ich ließ die Leiter herunter, stellte mich vor die Tür des Abstellraums und versuchte herauszufinden, was sich in dem Zimmer abspielte. Das Ganze kam mir vor wie ein Alptraum, ein Rollentausch, bei dem der Geist meines Vaters aus meinen Augen starrte. Meine Hand hielt kurz vor der

Tür inne. Was würde ich zu sehen bekommen, wenn ich sie öffnete? Würde ich mit der Situation besser klarkommen als mein Vater damals oder würde ich trotz des Abstands, den ich zu Navan zu bekommen versucht hatte, ebenso den Boden unter den Füßen verlieren? Würde Conor mich überhaupt wieder erkennen, mit meinen Geheimratsecken, meinem gefärbten Haar und dem fehlenden dichten schwarzen Bart, der auf der Trauerkarte so unverwechselbar aussah?

Ich trat plötzlich so fest gegen die Tür, dass sie in den Angeln bebte. Die Musik im Abstellraum verstummte. Es trat Schweigen ein und dann rief eine verschreckte Stimme – die von Charles – vorsichtig: »Hallo?« Ich konnte vor mir sehen, wie sie kerzengerade auf dem Bett saßen und sich genauso davor fürchteten, die Tür zu öffnen, wie ich. Doch ich wollte ihnen bloß Einhalt gebieten und sicher sein, dass Conor sich nicht verletzt hatte.

Charles' Stimme meldete sich wieder, diesmal klang sie etwas mutiger. Ich drehte mich um und lief die Treppe hinunter, obwohl ich wusste, dass die Bodentreppe noch heruntergelassen war und dass meine Flucht ihnen den Mut geben würde, aus dem Zimmer zu kommen. Sie waren nicht in der Küche gewesen, die Hintertür war nicht abgeschlossen. Ich rannte durch den Garten, sprang auf die Mauer und schürfte mir an der Hecke die Hände auf, als ich drüberkrabbelte. An der Ampel standen ein paar Autos. Als ich auf dem Gras am Straßenrand landete, wandten sich mir die Gesichter der Fahrer zu. Ich befürchtete, sie würden aussteigen und mich umringen, bis die Polizei kam. Doch dann sprang die Ampel auf Grün und alle fuhren rasch weiter.

Conor und sein Freund würden sich nur bis zur offenen Hintertür wagen, da sie Angst hatten, dass man sie ertappt hatte. Die Liste mit den Kontonummern und die Shyroyal-Dokumente steckten in meiner Tasche, aber die beiden Trauerkarten lagen noch auf dem Speicherfußboden. Wenn

Conor dort oben sauber gemacht hatte, würde er wissen, dass sie vorher nicht dort gelegen hatten. Ich stellte mir vor, wie er, gefolgt von Charles, die Bodentreppe hinaufstieg, wie er das offene Geheimfach in dem Dachbalken entdeckte und die Trauerkarten in den Händen drehte wie Puzzleteile, deren Bedeutung er nicht einmal ansatzweise ermessen konnte.

An dem Abend, als Phyllis die Fehlgeburt hatte, hatte sich in Navan alles verändert. Nicht, dass ich verstanden hätte, was vor sich ging, doch die Schreie aus ihrem Schlafzimmer weckten mich. Ich war elf Jahre alt und beobachtete durch den Hühnerdraht, wie im Haus und dann, als ihre Schreie nicht verstummen wollten, auch in den Nachbarhäusern die Lichter angingen. Die Hintertüren gingen auf und in den Gärten tuschelten die Leute miteinander. Im Erdgeschoss wurden noch mehr Lichter angeschaltet, die wieder ausgingen, als ihr Schluchzen erstarb und der Wagen meines Vaters lostuckerte, bis er außer Hörweite war.

Anfangs überwog eine heimliche Freude meine Angst. Es gab niemanden, den ich so sehr hasste wie Phyllis, niemanden, den ich so gern leiden hörte. Aber das plötzliche Schweigen war noch Furcht erregender als ihre Schreie, während in der langen Häuserreihe ein Licht nach dem anderen gelöscht wurde. Ich hatte keine Ahnung, wo der Wagen hingefahren war. Mein Vater konnte tot sein oder vielleicht spielte er mir auch einen ausgeklügelten Streich, um mich zu bestrafen. Ich wusste bloß, dass ich zu viel Angst hatte, um mich allein in das verbotene Haus zu wagen. Ich betrachtete es nicht mehr als mein Heim. Ich war nicht das Kind, das einmal dort geschlafen hatte. Das war ein ganz anderer Junge gewesen, nicht gebrandmarkt durch meine ungreifbare Sünde. In den letzten Jahren hatte ich mich an das Leben in dem Schuppen gewöhnt und fühlte mich in der Gesellschaft anderer Leute unwohl. Wenn ich nachts auf der Matratze lag, den Katzen auf dem Dach lauschte und beobachtete, wie das Mondlicht durch den Hühnerdraht fiel, den mein Vater im Winter wegen der Kälte abdeckte, fühlte ich mich innerhalb der Schuppenwände geborgen wie in einem Mutterschoß. Obwohl ich mein Abendessen immer noch in der Küche einnehmen durfte, schaute ich im Haus nur selten in die anderen Zimmer. Doch in meinen Träumen war ich oft im oberen Stockwerk und saß dort in der Falle, denn ich wusste, dass ich dort nicht mehr hingehörte und mein Vater mich bestrafen würde, wenn er mich dort fände.

Darum wich ich vom Hühnerdraht zurück, als sich eine halbe Stunde nach der Abfahrt meines Vaters langsam die Hintertür öffnete, denn das, was zum Vorschein kommen würde, jagte mir eine schreckliche Angst ein. Im Haus blieb es dunkel. Ich konnte die kleine Gestalt, die auf der Stufe stand, kaum erkennen. Erst als sie in den Mondschein trat, sah ich, dass es Cormac in seinem Schlafanzug war. Er blieb vor dem Schuppen stehen, machte sich aber nicht die Mühe zu klopfen, als wüsste er, dass ich ihn die ganze Zeit beobachtet hatte. Als ich die Tür öffnete, starrten wir uns an. Es war ein seltsames Gefühl, zusammen zu sein, ohne dass sich irgendwelche Jungs auf dem Schulhof um uns drängten oder Phyllis in der Nähe stand, um zu verhindern, dass wir miteinander sprachen.

»Überall war Blut«, sagte Cormac in nüchternem Ton. »Mammy hat dauernd ›Mein Baby‹ gerufen. Ich glaube, sie hat es verloren.«

Ich wusste, dass Phyllis schwanger war und das Baby in ihrem Bauch heranwuchs, aber ich wusste nicht, was Cormac meinte oder wie viel er von dem Ganzen begriff.

»Wohin sind sie gefahren?«

»Nach Drogheda ins Krankenhaus. Sie haben gesagt, ich

soll zu Hanlons gehen, aber ich hab Mrs. Hanlon gesagt, dass ich lieber bei dir sein will.«

Cormac kam in den Schuppen. Er war schon mehrmals da gewesen, um mich ins Haus zu rufen. Aber diesmal war es anders, als wäre er ein geheimnisvoller Besucher und ich sein Gastgeber. Er betrachtete die Matratze, den provisorischen Spind, in dem ich meine Kleider aufbewahrte, die paar zerfetzten Comic-Hefte, die mein Vater mir zuliebe manchmal vor dem Mülleimer rettete.

»Hast du nicht manchmal Angst, so allein hier draußen?«

»Hättest du welche?«

»Ich hab nie Angst«, entgegnete Cormac.

»Außer vor Mr. Kenny. Vor dem haben alle Angst.«

»Ich hab seine Rohrstöcke zerbrochen.«

Meine ganze Klasse redete noch immer davon, dass eines Mittags irgendein Junge in die Schule zurückgeschlichen war und zwei von Mr. Kennys Rohrstöcken zerbrochen auf seinem Pult zurückgelassen hatte.

»Das warst du nie im Leben«, höhnte ich. »Ich wette, das war einer aus der sechsten Klasse.«

»Einen großen Jungen hätte man gesehen.« Cormac saß reglos auf der Matratze. »Mich sieht keiner.«

Er griff in seine Schlafanzugtasche und holte eine Münze hervor. Ich beobachtete, wie er sie zwischen den Fingern hindurchschlängeln ließ, sodass sie immer wieder dem Blick entzogen war. Dann schloss er die Finger fest um die Münze, und als er die Hand wieder öffnete, war die Münze verschwunden und an ihrem Platz lag ein winziges Bleigewicht. Er schnippte es herüber, damit ich es auffing. Es war innen hohl, sodass Mr. Kenny es auf die Spitze seines Rohrstocks schrauben konnte, was dickere Striemen nach sich zog, wenn er einen Schüler durchbläute. Das Bleigewicht fühlte sich an, als würde es mir die Hand verbrennen. Ängstlich und eingeschüchtert warf ich es zurück.

»Dein Dad hat es mit der Angst zu tun gekriegt, weil Mammy immer weiter geschrien hat. Als Mrs. Hanlon reinkam, hat er sich die Augen ausgeweint.«

»Ich hatte auch Angst«, sagte ich. »Ich konnte die Schreie kaum ertragen.«

»Hasst du sie?«

Ich gab keine Antwort.

»Ist schon in Ordnung, ich verpetz dich nicht«, sagte er.

»Ich verpetz dich in der Schule auch nicht.«

»Dir würde niemand glauben. Deshalb kann ich es jedem heimzahlen, der dir wehtut.«

Mir fielen verschiedene Vorkommnisse in der Schule ein, wo Jungs behauptet hatten, sie würden zu Unrecht verprügelt. Wie ein Füller aus dem Lehrerzimmer gestohlen worden war und in Slick McGuirks Tasche gefunden wurde. Barney Clancy musste seinen ganzen Einfluss geltend machen, um zu verhindern, dass er von der Schule flog. Wie P. J. Egan bei den Stockhieben wie am Spieß gebrüllt hatte, nachdem entdeckt worden war, dass ein Schinkensandwich in seiner Schultasche, mit menschlichem Kot bestrichen, für den Gestank in seinem Klassenzimmer verantwortlich war. Erst jetzt begriff ich, dass jedes Mal Jungs betroffen waren, die mich schikaniert hatten.

Cormac streckte sich auf der Matratze aus. »Ich hab mir von deinem Vater zum Geburtstag einen Zauberkasten schenken lassen«, sagte er. »Wenn du willst, zeig ich dir ein paar Tricks. Leg dich neben mich.«

Der letzte Mensch, an den ich mich bisher gekuschelt hatte, war mein Vater gewesen und das war schon eine Ewigkeit her. Durch den Schlafanzug fühlte sich Cormacs Haut warm und beruhigend an; er führte mir jede Menge Zaubertricks vor und ich hatte das erregende Gefühl, dass niemand uns dabei ertappen konnte, wie wir zusammen lachten. Ich kann mich nicht mehr erinnern, dass ich einschlief, nur daran, wie ich aufwachte und sah, dass mein Vater uns von der Tür aus betrachtete. Als Cormac aufwachte, sah er viel jünger aus als in der Nacht. Er wirkte hilflos und verwirrt.

»Brendan hat sich um mich gekümmert«, wimmerte er. »Ich hab mich bei Hanlons einsam gefühlt. Wo ist Mammy, Daddy?«

Wie kam es, dass Cormac über alles besser Bescheid wusste als ich? Wenn er geistesabwesend durch die Schule schlenderte oder in der Küche gewissenhaft über seinen Hausaufgaben saß, deutete nichts an seinem Verhalten darauf hin, dass seine Antennen die kleinste Änderung des Tonfalls und jedes heimliche Geflüster in den Gesprächen der Erwachsenen bemerkten. Und nichts verriet seine Fähigkeit, sich perfekt zu tarnen, die er in den Monaten nach meinem zwölften Geburtstag bei seinen heimlichen nächtlichen Besuchen im Schuppen offenbarte. Ich wusste nie, wann er kommen würde, und oft wusste ich nicht einmal, ob ich es wollte. Er war noch immer der Eindringling, der mir mein Leben gestohlen hatte, aber ich war ihm trotzdem nicht böse. Obwohl ich keinen Grund dazu hatte, vertraute ich ihm mehr als jedem anderen – sogar mehr als Mr. Casey, dessen Neigung, Unruhe zu stiften, mir Angst machte.

Cormac wiederum begriff die Regeln. Im Beisein von Phyllis blieb jeder für sich. Auch in der Schule schenkten wir uns keine Beachtung. Doch zweimal in der Woche sah ich mit an, wie er aus dem Badezimmerfenster stieg, und ich hatte jedes Mal Angst, dass er nicht gelenkig genug war, um die Hindernisstrecke zu bewältigen – vom Fensterbrett zum Abflussrohr, von dort ein leichtfüßiger Sprung auf Caseys Küchendach, um zu guter Letzt auf den Boden hinabzuklettern.

Er brachte mir Bonbons mit, die er in den Läden gestohlen hatte, und wenn er besonders waghalsig oder großzügig war, sogar meine Lieblings-Comic-Hefte. Nicht, dass ich irgendetwas im Schuppen aufbewahrt hätte, sonst hätte mein Vater es entdecken und mich des Diebstahls bezichtigen können. Ich hatte die Sachen in einem hohlen Baum an der Straße versteckt, zusammen mit Fotos, die ich auf eine unbegreifliche Art reizvoll und zugleich beunruhigend fand. Ein Sportfest für Mädchen in Dunboyne oder eine Anzeige für Badeseife mit der Bleistiftskizze einer schaumbedeckten Frau. Eine Schatztruhe, von der ich Cormac nichts erzählte, voller Zeitungsausschnitte, deretwegen ich nachts Mülltonnen durchwühlt hatte und, stets auf der Hut vor Schritten oder sonstigen Geräuschen, durch Gärten geschlichen war.

Ich hatte schreckliche Angst, dass mein Vater uns zusammen finden könnte, doch Phyllis und er überließen sich ihrer Trauer. Die Nachbarn waren jetzt nachsichtiger mit ihr, da sie nicht mehr so empfindlich war und nicht mehr jede beiläufige Bemerkung als Vorwurf auffasste. Seit der Fehlgeburt passten sich ihre Kleider und ihr Make-up dem Äußeren anderer Mütter an. Im Haus herrschte eine unergründliche Atmosphäre und nur die Zahl der Zigarettenstummel im Aschenbecher deutete darauf hin, wie lange sie schon auf ihrem Stuhl gesessen hatte, wenn mein Vater abends nach Hause kam und manchmal kein Essen vorfand.

Mir gegenüber war sie nicht mehr so oft aggressiv. Inzwischen schien ich kaum mehr als ein Schemen zu sein, ein unauffälliger Untermieter, den man, wenn nötig, für eine kurze Zeit ertragen konnte. Doch das würde sich ändern, wenn man mich dabei ertappte, wie ich Cormac im Schuppen infizierte. So sah ich mich: als einen Virus, der Cormacs Gesundheit gefährdete. Und doch lebte ich für den Nervenkitzel seiner Besuche, sehnte mich danach, dass seine nackten Füße eine Tauspur auf dem Boden des Schuppens hinterließen, die längst getrocknet sein würde, wenn er in sein Zimmer zurückschlich.

»Lisa Hanlon steht auf dich«, flüsterte er eines Nachts, als wir uns vor Kälte aneinander gekuschelt hatten. »Die würde nicht lange brauchen, um sich den Schlüpfer runterzureißen.«

So redeten manchmal die älteren Jungs in der Schule und dann bemühten sie sich, wie knallharte Burschen zu klingen. Doch Cormacs Geflüster klang nüchtern und sachlich. Es erregte mich auf eine neue beunruhigende Art, was ich vor ihm zu verbergen versuchte.

»Ich wette, du würdest dich gern von ihr küssen lassen.«

»Hör auf, Cormac.«

»Mädchen haben keinen Pimmel, weißt du. Sie haben einen Schlitz, in den du deinen Pimmel reinsteckst, und wenn du nicht gut genug bist, dann können sie da drin einen Knochen runtersausen lassen wie eine Guillotine und deinen Pimmel abhacken.«

»Stimmt ja gar nicht.«

»Doch. Daraus werden Würstchen gemacht.«

»Quatsch.«

»Nein. Wie kommt's denn sonst, dass deiner ein Cocktailwürstchen war, und jetzt ist er ein Hot Dog?«

»Finger weg, Cormac. Das ist nicht richtig.«

»Warum denn? Wenn es schön ist, kann es doch nicht falsch sein.«

»Ist es aber«, zischte ich. »Du bist noch zu jung, um das verstehen zu können. Und jetzt lass mich in Ruhe.«

Aber ich wollte nicht, dass er mich in Ruhe ließ, und Cormac wusste das genau. Er kicherte mir ins Ohr und sang mit der Stimme von Elvis »You ain't nothing but a hotdog«.

»Weißt du, was passiert, wenn du ihn in sie reingesteckt hast?«

»Was denn?«

»Dann kommt Puder raus und deine Beine werden ganz wackelig.«

»Woher weißt du das?«

»Ich weiß es eben«, flüsterte er. »Wenn du mit Lisa Hanlon allein bist, dann lass ihn dir so von ihr rubbeln.«

Auf der Straße bewegte sich etwas, eine Katze oder ein beutelüsterner Fuchs. Oder vielleicht war es auch eine herumfliegende Plastiktüte, die an der Mauer entlangstreifte und lose Zweige durcheinander wirbelte. Ein Vogel, dessen Namen ich nicht kannte, rief in der Nachtluft zweimal. In der Ferne schaltete ein Lastwagen vor der Kurve am Flower Hill einen Gang herunter. Ich dachte an den Abend, an dem ich meinen Vater durch die Vorhänge gesehen hatte. Am liebsten hätte ich Cormac gesagt, dass man sich auch hinknien und daran lecken konnte. Da ich der Ältere war, hätte ich eigentlich ihm alles erklären müssen. Doch ich sagte nichts und er schwieg ebenfalls. Seine heiße Hand glitt geschickt hin und her, während er mir etwas ins Ohr summte und jedes Geräusch, jeder Sinneseindruck von draußen überdeutlich war – die Gefahr, dass uns jemand entdeckte, der Ärger, den wir bekommen würden. Ich stellte mir vor, es wären Lisa Hanlons Finger, in ihrem Wohnzimmer mit dem lodernden Kaminfeuer und der kalten Milch zur Schlafenszeit. Wie warm es dort wäre und wie weiß ihre Haut schimmern würde. Tief in meinem Innern regte sich etwas, in einem Hafen, von dem ich bisher nichts geahnt hatte, ein Schiff mit riesigen weißen Segeln. Meine Beine zuckten wie ein Kaninchen in der Falle. Meine fest geschlossenen Augen sahen nur Weiß, die weißen Häuser einer näher rückenden weißen Stadt, und mein Schiff kam immer näher, die windgeblähten Segel drängten nach Valparaiso.

Nachdem ich aus Cremore geflüchtet war, kehrte ich nicht in mein Hotel zurück. Ich musste weitergehen und versuchen, mein heftig pochendes Herz im Zaum zu halten. Erinnerungen an Cormac und an Conor gingen mir im Kopf herum. Ich fühlte mich betrogen, als hätte Cormac mir meinen Sohn geraubt. Conor sah eher aus wie Cormac mit siebzehn, als dass er mir geähnelt hätte. Ich tastete nach den Papieren, deretwegen ich durch halb Europa gereist war, und fragte mich, ob Conor irgendwas von der Gefahr wusste, in der sich er und seine Mutter vermutlich befanden.

Ich fragte mich, wie viel Geld noch auf den letzten beiden Konten unter Cormacs Namen liegen mochte. Bis zu Cormacs Enthüllungen über meinen Vater hatte ich nie Lust gehabt, über die Beziehung meines Vaters zu Clancy richtig nachzudenken. Doch in der Woche nach dem Zugunglück, in der ich mich auf den Orkney-Inseln versteckt hatte, musste ich mich endlich der Frage stellen, wie seine Stellung beim Grafschaftsrat Meath in die Dynamik von Clancys Unternehmungen passte.

Nach der umstrittenen Umwidmung von Josies altem Reihenhaus in Bauland für ein Einkaufszentrum in den siebziger Jahren war Barney Clancy so vorsichtig gewesen, sich von allen Bauskandalen in Meath fern zu halten. Er saß auch nicht mehr im Grafschaftsrat und lehnte es ab, sich zur Wiederwahl zu stellen, um sich ganz auf die Landespolitik konzentrieren zu können. Doch das hieß nicht, dass er nicht das Abstimmungsverhalten einer kleinen, aber einflussreichen Clique von Ratsmitgliedern steuern konnte, die sich in einer Art Ökumene an keine feste Parteilinie hielten.

Ich wusste nicht, ob mein Vater nur ein Handlanger oder ein williger Komplize gewesen war, aber er hatte eine wichtige Rolle gespielt. Die Sonderabteilung meines Vaters entwarf einen sorgfältigen, seriösen Plan, um auf bestimmten Flächen, die zur landwirtschaftlichen Nutzung vorgesehen waren, die Entwicklung zum Wohn- oder Geschäftsviertel auszuschließen, und hielt so die Preise dieser Ländereien niedrig. Doch wenn diese Ländereien von den ursprünglichen Besitzern schließlich zum Preis von Ackerland verkauft wurden, konnte sich ihr Wert über Nacht vervierfachen, wenn sie durch den Änderungsantrag eines einfachen Ratsmitglieds in Bauland umgewidmet wurden. Clancy hatte eine reine Weste – offiziell war er nicht an der Umwidmung beteiligt und riet, da der Planungsbeamte als seine rechte Hand galt, sogar nachdrücklich davon ab. Diese Clique konnte sogar umbesetzt werden, wenn die Einwohner leidenschaftlich gegen eine Änderung des Flächennutzungsplans protestierten, sodass die einheimischen Ratsmitglieder die Partei ihrer Wähler ergriffen, während genug Ratsmitglieder aus den entlegensten Gegenden von Meath – wo die Leute immer noch in blau gefärbten Grashemden herumliefen, um ihr riesiges Gemächt zu verbergen – herbeizitiert wurden, um die Umwidmung durchzupeitschen.

Cormac zufolge verhielten sich die nicht kleinlichen Grundstückserschließer, die plötzlich ein Vermögen machten, in Meath mehr gentlemanlike als in den Sitzungen des Dubliner Grafschaftsrats, wo sie sich bei Abstimmungen oft übers Geländer der Zuschauerränge beugten und auf ihren Listen die Namen der Ratsmitglieder abhakten, die sie bestochen hatten. Vielleicht war es in Meath einfacher, wo die meisten – nachdem sie bei der Jagd nach anderen profilierten Überredungskünstlern kein Glück gehabt hatten – gelernt hatten, mit nur einer hoch gestellten Persönlichkeit zu verhandeln.

Doch ich habe nie verstanden, wie mein Vater damit klarkam, denn oft habe ich erlebt, dass er in Cremore bis spät in die Nacht arbeitete, um die genauesten und umfassendsten Flächennutzungspläne zu erstellen, obwohl sie stets so lange von Clancys Clique sabotiert wurden, bis sie bedeutungslos waren. Er war in seinem Job immer gewissenhaft gewesen und hatte alle Bauunternehmer verfolgt, die ihre Arbeit nicht zu Ende führten. Aber vielleicht hatte er an dem Tag, als er sich von Clancy an die Spitze des widerwilligen Grafschaftsrats katapultieren ließ, im Geiste einen Schuldschein unterschrieben, den er nie einlösen konnte. Dass ich in Cremore die versteckte Liste mit den Kontonummern entdeckt hatte, bestärkte mich in dem Gefühl, dass Pete Clancy etwas mit dem Tod meines Vaters zu tun hatte. Doch es war noch längst kein Beweis, der vor einem Gericht bestehen konnte. Und zur Polizei konnte ich auch nicht gehen.

Ich konnte alles, was ich gefunden hatte, anonym ins Dublin Castle schicken. Die Anwälte des Untersuchungsausschusses konnten vielleicht nicht nachweisen, woher das Geld auf den Konten stammte, aber sie konnten – unter Vorlage einer gerichtlichen Verfügung – herausfinden, an wen es ausgezahlt worden war. Den Tod meines Vaters konnte ich nicht rächen, indem ich ihn vor Gericht als Komplizen hinstellte. Vielleicht weckte ich bei anderen Grundstückserschließern sogar den Verdacht, dass Miriam die Informationen dem Untersuchungsausschuss zugespielt hatte und noch mehr belastendes Material besaß.

Ich wollte nicht, dass Conors Eintritt ins Erwachsenenleben davon überschattet wurde, dass sein Großvater den Staat betrogen hatte. Ich war auf dem Weg in die Stadt und wusste nicht genau, was ich wollte. Brendan Brogan würde sich mit Pete Clancy auf einen Kompromiss einlassen. Die Hälfte des Geldes von den verbleibenden Konten musste als Gegenleistung für mein Schweigen an Conor gehen. Außerdem musste Clancy mir so schnell wie möglich einen neuen Pass besorgen, da der alte von Cormac in sechs Wochen ablaufen würde. Aber Brendan Brogan war ein Schlappschwanz, der schon für das kleinste Häppchen dankbar war und sich unwohl fühlte, wenn er mit Höhergestellten verhandeln musste. Cormac hätte sich nicht so leicht abspeisen lassen, er hätte sich nicht in irgendwelchen Ecken herumgedrückt. Jahrelang hatte ich mich danach gesehnt, an Pete

Clancy Rache nehmen zu können. Auge um Auge und Leben um Leben. Ich tastete nach dem alten Revolver in meiner Tasche. Vielleicht gab es nur eine Möglichkeit, sicherzustellen, dass Pete Clancy keine Schlägertypen mehr auf meine Familie hetzte. Ein perfekter Mord, bei dem der Täter schon seit Jahren nicht mehr am Leben war.

Ich wusste nicht, was Conor an meiner Stelle getan hätte, denn ich wusste eigentlich nichts mehr über ihn. Das veränderte Straßenbild rings um die Baggot Street verspottete mich. Als einmal im Radio durchgegeben worden war, dass es dort in einem Kebabladen zwei freie Stellen gab, hatte ich mit hundert anderen hoffnungsvollen jungen Leuten Schlange gestanden. Die Jeansjacken und die zwanglose Kleidung von damals waren einem protzigen, rücksichtslosen Reichtum gewichen. Am Bordstein standen jede Menge neue Autos. In einer Themenbar spielten ein paar Handys *Moon River* von Andy Williams, das früher einmal als Schnulze gegolten hatte.

Was hatte ich erwartet? Dass alles stillstand, weil ich mich entschieden hatte, aus dem Leben herauszutreten? Damals, als die halbe Stadt noch so ausgesehen hatte, als wäre sie in einem längst vergessenen Krieg bombardiert worden, hatte ich diese halb verfallenen Straßen oft verflucht. Wollte ich wirklich zurückkehren in den Gestank überfließender Pubtoiletten in Kellern, die sogar von den Ratten verlassen worden waren und wo an einem Nagel ein zerfetztes Handtuch hing, das nur zweimal im Jahr gewechselt wurde? Irland war erwachsen geworden und mein Sohn auch. Auf beide konnte ich keine Ansprüche mehr geltend machen. Mir kam eine englische Herrengesellschaft entgegen, deren Mitglieder mit ihren Perücken und um die Brust gebundenen Plastiktitten den ganzen Gehsteig einnahmen. Ihr rüpelhaftes Gebrüll wurmte mich und ich weigerte mich, zur Seite zu treten. Als sie mich durchließen, rief einer irgendwas, doch die anderen zogen ihn mit sich. Zwei Dubliner Mädchen warfen mir verstohlen einen feindseligen Blick zu, als hätte ich Streit gesucht. Ich ging weiter und fühlte mich einsamer als in allen ausländischen Städten während der letzten zehn Jahre.

Wenigstens die georgianischen Häuser in der Mount Street sahen noch aus wie früher. In der alten Peppercanister Church fand eine Veranstaltung statt. Kinder liefen auf den Stufen herum und rings um einen Motorradpolizisten, der sich die eingeschlagene Scheibe eines geparkten Wagens ansah, versammelte sich eine kleine Menschentraube. Hinter der Kirche kletterte ein verwahrlostes Mädchen auf den Zaun, um besser sehen zu können. Aus der Ferne sah sie aus wie zwölf. Erst als ich an die Ecke kam, sah ich, dass es eine jugendliche Prostituierte mit dem leeren Blick eines Junkies war.

Am Kanal kam ich an ihren Freundinnen vorbei und ich hatte das Gefühl, mein Kopf würde zerspringen, wenn ich nicht bald mit jemandem redete. Ich stellte mir Conor immer wieder in der Gasse hinter einem Pub vor, der Oliver Twist hieß. Die Mädchen sahen mich mit teilnahmslosen Augen an, wie Menschen, die Geheimnisse hüteten, sie aber wieder vergaßen. Ich ging weiter, zog das Brecheisen aus meiner Tasche und schleuderte es in den Kanal. Ich wusste, wo ich hinging und dass ich dort fehl am Platz wirken würde. Aber es war der einzige Ort in Dublin, wo jemand einen Namen für mich hatte – auch wenn es ein falscher war.

Ich war bereits an Lekan vorbeigegangen, der unter den aneinander gekauerten Gestalten in ihren provisorischen Schlafsäcken vor der Flüchtlingsbehörde lag, als er nach mir rief. »Cormac, mein Freund? Was machst du hier?« Steif richtete er sich auf dem Asphalt auf und betrachtete mich.

»Ich dachte, du hättest gern ein bisschen Gesellschaft.«

Lekan blickte die Schlange entlang, als wäre jemand, der ihm Gesellschaft leistete, das Letzte, was er gebrauchen konnte, dann zog er die Füße an, damit ich mich neben ihn hocken konnte. Ein paar Asylsuchende schliefen, andere unterhielten sich in einem Sprachengewirr und manche Stimmen waren so laut, dass andere sich gestört fühlten und um Ruhe baten. Alle waren angespannt. Die Vorübergehenden mochten sie als einheitliches Gebilde betrachten, doch für viele der Wartenden lag wohl ihre einzige Gemeinsamkeit darin, dass sie in Dublin gestrandet waren.

»Ist das hier immer so?«, fragte ich.

»Normalerweise müssen wir uns nicht nachts anstellen. Aber die Leute machen sich Sorgen, weil sich die Behörde am Freitag geweigert hat zu öffnen. Die Beamten sagen, sie haben Angst, weil wir zu viele sind. Sie wollen mehr Platz haben. Sie sagen, sie wollen uns helfen, deshalb sperren sie uns aus.« Lekan rieb sich die Hände, damit sie wieder warm wurden. »Hast du eine Unterkunft gefunden?«

»Ein Hotel.« Auf dem Boden war es unbequem. Ich blickte mich um. »Meinst du, dass du irgendwann zurückgehst?«

»Das kann ich mir vielleicht nicht aussuchen. Ich kann jederzeit in ein Flugzeug nach Nigeria gesetzt werden.«

»Auch wenn du hier bleiben kannst, würdest du gern irgendwann zurückkehren?«

Lekan zuckte nachdenklich mit den Achseln. »Mein Herz sagt ja, aber mein Kopf sagt, es ist zu gefährlich. Die Menschen verzeihen nicht. Es ist kalt, Cormac, geh in dein Hotel. Du gehörst nicht hierher.«

»Ich gehöre auch nicht nach da draußen.« Ich warf einen Blick auf den spätabendlichen Verkehr auf der Straße. »Vielleicht gehöre ich nirgends hin.«

»Genau wie die Hälfte dieser Leute«, erwiderte Lekan. »Was meinst du, warum sie ein neues Leben wollen?«

»Was passiert, wenn dein altes Leben dich einholt?«

Lekan schwieg einen Augenblick. »In Lagos hatte ich ein Geschäft für Möbel, für Tische und Stühle. Nicht auf Lagos Island, sondern auf dem Festland in der Nähe von Shomolu, einem Bezirk, der von zwei Banden kontrolliert wurde. Ich habe mich gegen sie zur Wehr gesetzt, ich und drei andere, wir sind mit Stöcken durch unsere Straße patrouilliert und haben uns geweigert, Schutzgeld an diese Leute oder an die Polizei zu zahlen. Andere Händler haben gesehen, was wir getan haben. Sie haben gesagt, sie machen mit. Eines Abends haben wir uns in meinem Laden getroffen und geredet und geredet. Die Banden haben uns in Ruhe gelassen. Ich habe geglaubt, sie haben Angst, aber dann bin ich nach Hause gekommen. Blut auf dem Boden und an der Wand. Meine Frau geschändet und tot, mein Kind tot, nachdem es alles mit ansehen musste. Eine Warnung für die anderen. Was ich erlebt und getan habe, holt mich jeden Tag ein.«

»Was hast du getan?«

»Was hast du getan?« Er schleuderte mir die Frage wieder entgegen, misstrauisch jetzt und verärgert, weil er geredet hatte.

Eine Stimme rief seinen Namen. Es war Niyi und hinter ihm kam Ebun. Überrascht, mich zu sehen, blieben sie stehen und Ebun bemühte sich, ein Lächeln zu unterdrücken. *»Shé alaáfià ni?«*, fragte sie ihn.

»Adúpé«, erwiderte er.

Niyi murmelte etwas, das ich nicht mitbekam.

»Gib ihm auch etwas«, erwiderte Lekan auf Englisch. »Vielleicht hat Cormac Hunger.«

Als ich in das Brot und den Käse biss, merkte ich, dass ich einen Bärenhunger hatte. Niyi fand meine Anwesenheit beunruhigend und Lekan und Ebun warfen sich amüsierte Blicke zu.

»Meine Schwester fragt sich, welchen von uns du sehen wolltest«, sagte Lekan.

»Dich«, sagte ich.

»Sie denkt, dass du ein schlechter Lügner bist.«

Ebun fauchte ihn wütend an, doch Lekan warf den Kopf zurück und lachte, womit er sogar Niyi ein widerwilliges Lächeln entlockte. Ich wusste, wen ich sehen wollte. Aber jetzt, wo sie da war, inmitten all der verstörenden Gesichter, jagte mir die Heftigkeit meines Verlangens Angst ein. Eine Schar irischer Mädchen rief uns im Vorbeigehen etwas zu, das nicht genau zu verstehen war, doch die Bedeutung der Worte war klar.

Navan war in meiner Kindheit kein abgeschiedener Ort gewesen. In Gesprächen fielen immer wieder bestimmte Ortsnamen: die Bronx, Yonkers, Des Moines, Milwaukee, Staten Island – Orte, zu denen unsere jungen Leute exportiert wurden. Uganda, Peru, Mosambik, Ruanda – Orte, an die wir unseren im Ausland tätigen Missionaren Geld schickten. Irak, Jordanien und Kuwait waren Orte, wo Krankenschwestern zu der Zeit, als ich Irland verlassen hatte, ein Vermögen anhäufen konnten, während die Generation meines Vaters bereits den Charme von Liechtenstein, Jersey und den Cayman-Inseln entdeckte. Diese Orte waren immer ein Teil unseres Lebens gewesen, doch sie waren weit weg, eine Welt, in die man flüchten, die man ausbeuten oder erforschen konnte. In dieser Schlange hatte sich das Blatt gewendet und die fernen Ortsnamen nahmen plötzlich Gestalt an. Ich ärgerte mich über die scheinheiligen Vorurteile, die ich an mir bemerkte, aber irgendwie hatte ich das Gefühl, dass diese Schlange mich meiner Heimkehr beraubte.

»Ich muss los«, sagte ich. »Danke für das Essen.«

»Bleib, wenn du willst.« Lekan rückte zur Seite, damit Ebun sich zwischen uns setzen konnte. »Wir haben die ganze Nacht.«

Es war ziemlich eng und die Leute ringsum machten unserer größer gewordenen Gruppe nur widerwillig Platz. Ich spürte die Wärme von Ebuns Bein und wurde mir plötzlich ihres Körpers bewusst. Die Wölbung ihres Halses, wenn sie den Kopf zurückwarf, ihre aufwärts strebenden Brüste, die leicht bebten, wenn sie über irgendetwas lachte, das Lekan gesagt hatte. Ich spürte auch, dass sie mich beäugte, war mir aber nicht sicher, ob ihr Interesse aufrichtig war oder nur dazu diente, Niyi zu quälen. Eigentlich konnte ich kaum etwas über sie sagen.

Ich wusste bloß, dass ich die verbotene Wärme ihres Beines mochte und dass sie nie erraten würde, was für Kindheitserinnerungen das weckte. Nachts, wenn Cormac und ich uns aneinander gekuschelt hatten, um uns zu wärmen, wenn er meinen Protesten keine Beachtung geschenkt und wir unsere Körper auf eine neue Art berührt hatten. Wie Forscher ohne Landkarte waren wir in neue Empfindungen gestolpert, während wir so taten, als müssten wir für später üben, wenn wir einmal Freundinnen hatten. Als der Ältere wusste ich, dass es falsch war, aber Cormac trieb uns immer weiter, als könnte er von diesen neuen Empfindungen nicht genug bekommen. Wenn unsere Körper nebeneinander lagen, war zu sehen, dass sie nicht verschiedener hätten sein können. Meine Haut war einfach blass, doch seine schimmerte alabasterfarben im Schein der Kerzen, die er im Dom vom St.-Joseph's-Schrein gestohlen hatte. Ich erinnere mich, wie das Kerzenlicht an den Wänden flimmerte und einen Schimmer auf den Hühnerdraht vor dem Fenster warf. Gerade so hell, dass es meinen Vater stutzig machte, als er eines Nachts aufwachte und leise aus dem Bett schlüpfte, da er wusste, dass Phyllis ihren Schlaf brauchte, um in ein paar Stunden mit ihrer morgendlichen Übelkeit fertig zu werden. Sie hatte die Hände im Schlaf schützend um den winzigen Hubbel unter ihrem Nachthemd gelegt, ein Neubeginn – acht Monate nach ihrer Fehlgeburt –, aus dem meine Halbschwester erwuchs.

Wie lange hatte er wohl vor dem offenen Badezimmerfenster gestanden, verwundert über das flackernde Licht, darüber, dass die Welt, die er sorgfältig wieder zusammengesetzt hatte, aus den Fugen zu geraten drohte? Ich hörte, wie die Küchentür aufging, hörte seine Schritte auf dem Weg. Cormac hörte sie ebenfalls, weigerte sich aber aufzuspringen. Seine Lethargie schien mich zu lähmen. Alles war wie in einem Traum und meine schrecklichste Angst wurde Wirklichkeit. Als er die Klinke herunterdrückte, hielt ich die Hände vor mein steifes Glied.

Mein Vater stand in der Tür und starrte Cormac an, der seinen Blick ruhig erwiderte. Endlich wusste ich, wie er sich damals gefühlt hatte, er war genauso schockiert gewesen wie ich an diesem Abend auf seinem Speicher. Wenn ich allein im Kerzenschein gelegen hätte, hätte er seinen Gürtel abgeschnallt. Doch Cormacs Gelassenheit veränderte das Gleichgewicht, als wäre er bereits der Mann von Welt, der mein Vater nie sein würde. Einen Augenblick lang wirkte mein Vater ratlos, konfrontiert mit einem Problem, das er nicht kannte und nicht unter Kontrolle hatte.

»Geh ins Haus.« Seine Stimme war nicht mehr als ein Flüstern.

»Wer von uns?« Es war Cormac, der ihm antwortete. Ich hätte am liebsten die Decke über den Kopf gezogen, aber ich hatte Angst, mich zu rühren.

»Werd bloß nicht frech, junger Mann. Geh jetzt ins Haus!«

»Warum darf Brendan nicht mitkommen? Wir haben mal im selben Zimmer geschlafen.«

»Dazu wird es nie wieder kommen!« Mein Vater verlor die Selbstbeherrschung und war kurz davor, gewalttätig zu werden. »Deine Mutter in ihrem Zustand ... nach allem, was sie durchgemacht hat ... wenn sie davon wüsste, würde es ...«

»Erzählst du's ihr oder soll ich es tun?«

Mein Vater sah mich zum ersten Mal direkt an, von Mann zu Mann, fast flehentlich, als sollte ich ihm bestätigen, dass er richtig gehört hatte. Es war schwer zu sagen, wer von uns beiden mehr schockiert war über die Drohung, die in Cormacs unverfrorener Frage lag.

»Ich will, dass Brendan wieder im Haus wohnt«, verlangte Cormac und brachte meinen Vater wieder zu sich.

»Ich sollte euch erst mal einsperren. Alle beide. Besonders dich, Brendan, in deinem Alter. Steh auf!« Mein Vater zog Cormac hoch, packte seinen Schlafanzug und drückte ihn ihm in die Hand. »Verdammt noch mal, zieh dich an, Cormac Brogan! Ich will gar nicht wissen, was ihr hier getrieben habt.«

»Solange die Nachbarn nichts gehört haben, hat es dich sowieso nie interessiert, was hier vor sich geht. Und ich heiße nicht Brogan! Ist mir egal, ob du mich adoptiert hast, ich bin nicht dein Sohn und werde es auch nie sein.« Cormac drehte sich zu mir um. »Wenn ich sehe, wie dein Vater dich behandelt, bin ich froh, dass mein Vater tot ist!«

Die Ohrfeige traf Cormac so fest, dass er mit dem Gesicht nach unten neben mich auf die Matratze fiel. Ich legte ihm die Arme um die Schultern, um ihn zu beschützen.

»Du hältst dich wohl für einen Schlaumeier, was? Das haben wir alles für dich getan ... du mieser kleiner Bankert ...« Bestürzt über seine eigenen Worte, verstummte mein Vater und starrte die Kerzen an. »Brendan, hast du die aus dem Dom gestohlen?«

»Nein. Die hat Kanonikus Bourke mir gegeben.« Cormac drehte sich um, starrte meinen Vater herausfordernd an und wackelte leicht mit dem Hintern. »Er hat gesagt, ich soll sie meinem Stiefvater in den Arsch schieben und dort ein Feuer für Jesus Christus anzünden.«

Es herrschte völliges Schweigen. Für einen Augenblick hatte auch Cormac ungeachtet seines trotzigen Gebarens schreckliche Angst, denn ich spürte, wie ein Zittern durch seinen nackten Körper lief. Da prustete ich unwillkürlich los – das heraufbeschworene Bild war einfach zu komisch – und meine Schultern bebten, während ich mich bemühte, das Lachen zu unterdrücken. Cormac fiel ein in das Gelächter, wir konnten uns beide nicht mehr halten und bei der Vorstellung, wie mein Vater da kniete und in seinem Hintern eine geweihte Kerze brannte, traten uns die Tränen in die Augen. Mein Vater ging wieder in den Garten hinaus, da er nicht wusste, wie er mit uns fertig werden sollte, dann setzte er sich auf eine Schubkarre und stützte den Kopf in die Hände.

Schließlich hörte Cormac auf zu lachen. Er tätschelte meine Schulter, schlüpfte in seinen Schlafanzug und ging an meinem Vater vorbei. Keiner von beiden sagte ein Wort und mein Vater beobachtete, wie er zum Haus zurückging. Ich machte mich auf eine Tracht Prügel gefasst, da ich befürchtete, er würde seine aufgestaute Wut an mir auslassen. Doch nach einer Weile stand er einfach auf und ging davon, wobei er sich nicht einmal umdrehte, als wüsste er nicht, was er sagen sollte, sondern erwartete, dass ich die unausgesprochenen Regeln begriff. Nichts von all dem war vorgefallen, er hatte uns nicht gesehen und wir sollten nie wieder davon sprechen. Ich hatte die Decke fest um mich geschlungen, beobachtete, wie er die Küche betrat, und bemerkte zum ersten Mal, dass sein Rücken schon leicht gebeugt war.

Hinter uns in der Schlange ertönte plötzlich Geschrei, zwei Osteuropäer waren kurz davor, sich zu prügeln. Ringsum erhoben sich vorsichtige Stimmen, aber niemand wagte es, sich einzumischen. Einer von beiden drohte mit der Faust und spuckte seinem Gegner vor die Füße. Er machte dem anderen klar, dass die Angelegenheit noch nicht erledigt war, und stolzierte davon. Niyi beobachtete, wie er wegging.

»Zigeuner«, sagte er verbittert. »Jeden Trick kennen die.«

»Hör auf«, sagte Ebun.

»Ich denke nicht daran. Ich sehe alle Tricks«, entgegnete er wütend. »Wir sind nicht wie diese Diebe und Bettler. Ich vergesse nicht, dass ich ein Yoruba bin.«

»Du bist jetzt ein Niemand«, sagte Lekan mit ruhiger Stimme und warf mir dann einen kurzen Blick zu. »Du hast gefragt, was ich damals getan habe, *òré mi*. Die Polizei hat nicht geholfen, sie hat mit den Banden zusammengearbeitet. Ich habe meinen Laden zugemacht und bin weggelaufen.«

»Das hab ich auch getan«, erwiderte ich. »Das Problem ist, dass ich nirgends mehr hinlaufen kann.«

Ebuns Finger strichen plötzlich über meinen Arm. »Dann geh doch«, sagte sie. »Wenn du mit mir zurückgehst, glaubt selbst Niyi, dass ich in Sicherheit bin.«

Sie stand auf und Niyi war überrumpelt.

»Du gehst nach Hause?«, fragte er.

»So würde ich es nicht nennen.« Sie gab mir ein Zeichen, ihr zu folgen, und suchte sich einen Weg zwischen den Leibern auf dem Boden hindurch, ohne sich noch einmal umzudrehen, um zu sehen, ob ich hinter ihr war. Als sie an die Ecke kam, blieb sie stehen und wartete auf mich. Plötzlich tat mir vor Müdigkeit alles weh. Ich wollte mich von allen Erinnerungen befreien, die an diesem Tag wach geworden waren. Aber irgendwas an Ebuns Haltung rief mir wieder den spitzen Zaun an der Straßenecke in Broadstone ins Gedächtnis, das Bild, wie Miriam sich umgedreht und mich angesehen hatte, das unerwartete Versprechen ihrer Lippen und ihres Körpers, das die Aussicht auf ein anderes Leben geboten hatte. Dieses Gefühl hatte ich auch jetzt, anders, aber genauso trostreich.

Ebun sah mich an, als versuchte sie, meine Gedanken zu lesen, doch es gelang ihr genauso wenig wie mir, ihre Gedanken zu erraten. Dann lächelte sie und streckte schüchtern die Hand aus.

MONTAG

Meine Euphorie hielt nicht lange an – nur die zweihundert Meter, bis Ebun und ich aus Unsicherheit beide wieder die Hand des anderen losließen. Jeder Blick eines Vorbeigehenden zerstörte etwas von der kurzen Ungezwungenheit zwischen uns. Wir gingen schweigend an St. Stephen's Green entlang, wo eine heulende Autosirene durch die Nachtluft glitt, dann durch die Grafton Street, erfüllt von den Stimmen junger Leute, zum College Green, wo gegenüber von den geschlossenen Toren des Trinity College eine riesige Menschenschlange auf ein Taxi wartete. Als wir zur Westmoreland Street kamen, lag in den Blicken nicht länger Neugier, sondern offene Feindseligkeit, und die Stimmung war plötzlich genauso bedrohlich, wie ich sie noch aus meiner Jugend in Erinnerung hatte. Jugendliche in billigen, leuchtenden Trainingsanzügen und Turnschuhen strömten aus den Kebabläden. Zwei halbwüchsige Mädchen in kurzen Röcken stiegen zitternd in einen Nachtbus nach Clondalkin, und als sie Ebun vorbeigehen sahen, wurden ihre Blicke frostig.

Als ich vorschlug, ein Taxi anzuhalten, war sie ganz aufgebracht und wollte wissen, ob ich Angst hätte oder mich schämte, mit ihr zusammen gesehen zu werden. Beides war falsch. Es war bloß so, dass ich seit meiner Rückkehr anonym geblieben war und die ständigen Blicke jetzt, wo wir die

Liffey überquerten, beunruhigend fand. In der O'Connell Street war es um diese Uhrzeit stets gefährlich, doch Ebun reckte das Kinn in die Luft und schritt so entschlossen aus, dass ich mich langsam fragte, ob sie überhaupt mit mir zusammen sein wollte.

Ein paar Jugendliche gingen vorbei. Einer von ihnen rief etwas und dann kam jemand zurückgelaufen. Ich spürte, dass Ebun leicht zitterte, bis die Schritte innehielten und der Junge seine Jacke aufhob, die ihm von der Taille geglitten war. Ich nahm ihre Hand in meine.

»Ich kann selbst auf mich aufpassen«, beteuerte sie, zog ihre Hand aber nicht weg.

Wir bogen in die Parnell Street und kamen an einem Laden vorbei, dessen Schaufenster mit Brettern vernagelt waren. Sie blieb stehen und betrachtete den schäbigen Pub auf der anderen Straßenseite.

»Das hier war unser Laden«, sagte sie. »Nigerianisch. Vor drei Tagen sind sie abends aus dem Pub gekommen und haben mit Steinen und Flaschen geworfen. Eine richtige Straßenschlacht.«

Ich kannte den Pub, hatte mich aber nie hineingetraut. In dem Jahr vor meinem Verschwinden war dort ein Verbrecher erschossen worden.

»Die meisten Einheimischen haben etwas gegen die Männer aus dem Pub, aber sie haben nichts getan, um uns zu helfen. Sie haben nur aus dem Fenster geschaut. Niyi war da. Er und die anderen haben die Steine zurückgeworfen. Die Trinker waren überrascht, als hätten sie erwartet, dass wir uns das gefallen lassen. Wir haben es satt, uns alles gefallen zu lassen. Ab jetzt kämpfen wir auch.« Sie blieb an der Ecke North Great George's Street stehen, wo die heruntergekommenen Grundstücke, die einmal als inoffizielle Parkplätze gedient hatten, durch eine plumpe Nachbildung des ursprünglichen Straßenbildes ersetzt worden waren. Der

Wohnblock, vor dem sie am Samstag überfallen worden war, lag direkt dahinter. »Von hier kenne ich den Weg. Wenn du willst, kannst du zu deinem Hotel zurückgehen.«

»Und wenn ich nicht will ...?«

Sie musterte mich. »Was willst du, Ire?«

»Bloß mit jemandem reden.«

»Reden kostet nichts. Deshalb tun wir den ganzen Tag nichts anderes. Du kannst mich zu meiner Wohnung bringen. Mehr nicht.«

Ich war nicht auf mehr vorbereitet, zumindest nicht auf das, was sie meinte. Das Bild von Conor in meinem früheren Schlafzimmer verfolgte mich immer noch. Ich wollte mich hinlegen und doch wusste ich, dass ich nicht schlafen konnte. Vielleicht wollte ich einfach den Kopf auf Ebuns Brust legen und für eine Weile alles vergessen. Wohl wissend, dass wir in Gefahr waren, wenn die Jugendlichen uns entdeckten, gingen wir an dem Wohnblock in der Hardwick Street vorbei und bogen dann in die Dorset Street.

Vor dem Haus saßen zwei Rumänen auf der untersten Treppenstufe, und als wir näher kamen, senkten sie die Stimmen. Ebun blieb ein paar Schritte vor ihnen stehen. »Wir sind da«, sagte sie. »Wenn ich dich hereinbitte, glauben diese Männer bestimmt, dass da irgendetwas läuft.«

»Interessiert dich das?«

»Du musst nicht mit ihnen in einem Haus leben.« Sie sah mich mit ernstem Gesicht an. »Mich interessiert, was du denkst.«

»Lass mich mit raufkommen«, sagte ich. »Ich gehe, sobald du mich darum bittest.«

»Das brauche ich nicht«, erwiderte sie. »Oder denkst du, Niyi lässt uns lange allein?«

Ebun ging an den Männern vorbei, deren Blicke mir zu verstehen gaben, dass jetzt ich der Außenstehende war. Ich folgte ihr die Holztreppe hinauf zu dem Zimmer im Dachgeschoss. Das Fenster stand offen und es war kalt. Es kam mir noch kleiner vor als letztes Mal. Kaum zu glauben, dass drei Menschen sich ein so spartanisches Zimmer teilen konnten. Ich ging zum Fenster und betrachtete die städtischen Wohnblocks, die an die zugewucherten Gärten hinter diesen alten Häusern grenzten.

»Wovon träumst du nachts?«, fragte ich. »Ich meine, in welchem Land befindest du dich dann?«

»Ich träume nicht von Ländern.« Ebun stellte Wasser auf die Kochplatte und sah nach, wie viel Kaffee noch in der kleinen Dose war. »Ich träume von den Menschen, die ich zurückgelassen habe. Setz dich. Du siehst aus, als wärst du den ganzen Abend herumgelaufen. Deine Familie, hat die dir keinen Empfang bereitet?«

»Alle, die mich hier kennen, halten mich schon seit Jahren für tot.«

Als Ebun den Kaffee sorgfältig abgemessen und in zwei angeschlagene Becher geschüttet hatte, drehte sie sich um. »Warum?«, fragte sie.

»Menschen verschwinden aus allen möglichen Gründen.«

»Das weiß ich. Ich meine, warum kommst du zurück?«

»Ich habe einen Sohn.«

Ebun beugte sich vor, um mein Gesicht zu betrachten. »Der blaue Fleck über deinem Auge ist schon ganz klein. Ich bin froh, dass ich Eis draufgelegt habe.« Sie setzte sich wieder aufs Bett. »Wo warst du?«

»Mal hier, mal da, bin nie lange geblieben, hab nur eine Rolle gespielt. Kennst du Halloween?«

»Ich bin ihr noch nie begegnet.« Ebuns Gesichtsausdruck blieb einen Augenblick ernst, doch dann lachte sie über meine Dummheit. »Ich komme aus Afrika, nicht vom Mars. Natürlich kenne ich Halloween.«

»In meiner Kindheit war das einer der wenigen Tage, an denen ich was mit meinem Bruder unternehmen durfte. Wir sind beide mit billigen Masken in der Gegend herumgesaust. Es hat mir gefallen, durch die Augenlöcher zu gucken und mich wie ein anderer Mensch zu fühlen. In diesen zehn Jahren war es, als hätte ich ständig eine andere Halloween-Maske auf, als könnte ich alles sein, nur nicht ich selbst.«

»Und jetzt?«

»Ich kann mein eigenes Gesicht kaum noch spüren. Ich weiß nicht, was Haut und was Gummi ist.«

»Vielleicht bist du bloß nicht mehr derselbe wie damals.«

Das Wasser fing an zu kochen. Ebun stand auf, goss es in die beiden Becher und brachte den Kaffee mit. Wir tranken ihn schweigend und er schmeckte gut. Acht Monate waren verstrichen, seit ich zum letzten Mal eine Frau berührt hatte, und drei Monate, seit ich mich richtig mit einer unterhalten hatte.

Das war spätnachts in einer Bar in Lissabon gewesen, nachdem ich einen Besuch bei der irischen Botschaft riskiert hatte, um mich zu erkundigen, ob man Cormacs Pass verlängern würde. Ich hatte versprochen, am nächsten Tag mit dem ausgefüllten Formular wiederzukommen, hatte aber durch meine sorgfältig formulierten Fragen erfahren, dass sich bei der Computeranfrage herausstellen würde, dass Cormac tot war. Ich saß allein da und trank etwas und dann lernte ich eine Frau kennen, mit der ich hätte nach Hause gehen können. Die nächsten drei Stunden verbrachten wir zusammen in der unausgesprochenen Annahme, dass ich das auch tun würde. Doch als wir um drei Uhr nachts auf die labyrinthischen, mitunter gefährlichen Straßen der Alfama hinaustraten, fand ich, dass wir zu viel und zu offen miteinander geredet hatten, um die höflichen Täuschungsstrategien eines One-night-Stands zu vollführen. Ich glaube, sie hat erst gemerkt, dass ich nicht mitkommen würde, als sie das Taxi anhielt, das sie zu ihrer Wohnung in Campo de Ourique brachte. Aber ich hatte Andeutungen über Dinge gemacht, die ich sogar vor den drei Frauen geheim gehalten hatte, mit denen ich in den letzten zehn Jahren in verschiedenen Ländern zusammengelebt hatte, und plötzlich hatte ich Angst bekommen, ich könnte im Bett noch mehr ausplaudern. Das war immer die Gefahr, wenn man jemanden zu nah an sich heranließ. Als ihr Taxi losgefahren war, war ich den ganzen Weg zu meiner *pensão* in der Nähe der Rua Portas de Santo Antao zurückgelaufen, wohl wissend, dass die Festungsmauern, die ich rings um meine Identität errichtet hatte, in meinem Kopf allmählich zu bröckeln begannen.

Ich ließ den Kaffeebecher sinken, und obwohl ich dagegen ankämpfte, konnte ich nicht dem Drang widerstehen, vor Ebun etwas zu tun, was ich bei keiner anderen Frau getan hatte – alle Hüllen fallen zu lassen, indem ich ihr meinen Namen nannte. Ich wollte sie berühren und wäre doch am liebsten davongelaufen. Ich weiß nicht, ob ich mich vor Niyi fürchtete oder davor, dass die Polizei die Tür eintrat, aber das Risiko war mir inzwischen egal.

»Mein richtiger Name ist Brendan Brogan. Ich hab meinen eigenen Tod vorgetäuscht, weil ich noch mal von vorn anfangen wollte, und diesmal richtig. Ich hatte einen Halbbruder, der mir mein Heim, meinen Status in der Welt gestohlen hat. Dafür habe ich ihm sein Leben gestohlen.«

»Warum erzählst du mir das?«, fragte Ebun.

»Das will ich schon seit Jahren jemandem erzählen.«

»Aber ich bin kein Jemand«, erwiderte sie leise. »Nicht wie deine Landsleute auf der Straße, die Pässe und Rechte haben. Du hast mich ausgesucht, weil ich nicht zähle.«

»Das stimmt nicht.«

»Dein Name hat keine Bedeutung für mich. Wen kann ich schon informieren?«

»Für mich zählst du«, sagte ich. »Ich hab diesen Überfall am Samstag nicht ohne Grund verhindert. Ich musste dir helfen, damit ich das Gefühl hatte, einmal etwas Gutes getan zu haben. Du hast ... du bist ... etwas Besonderes.«

»*E jòó*. Tu das nicht«, warnte mich Ebun, als hätte sie Angst.

»Was soll ich nicht tun?«

»Dieses Spiel spielen. Du kennst mich nicht, weißt nicht, was passiert ist, was ich erlebt habe. Ich bin jetzt zusammen, das muss so bleiben. Ich muss ein neues Leben finden. Ich habe keine Zeit für ...«

Sie hielt inne, nahm die Kaffeebecher und ging zum Waschbecken.

»Für was?«

»Für das, was ich fühlen könnte.«

»Was fühlst du denn?«

»Geh jetzt, wie du versprochen hast.« Sie spülte scheppernd die Tassen, wütend auf mich oder auf sich selbst. »Niyi ist bald wieder da. Er denkt bestimmt, dass wir ...«

»Was hat Niyi für eine Beziehung zu dir?« Ich ging auf sie zu. »Er kann nicht dein Freund sein. Ich sehe doch, wie du ihn behandelst.«

»Niyi war der Cousin des Mannes, den ich geheiratet habe.«

»Ist der Cousin«, berichtigte ich sie.

Ebun drehte sich zu mir um. »Ich brauche keinen Grammatikunterricht. Du bist nicht der Einzige, dessen Leben kompliziert ist. Ich habe seine Familie verlassen. Er ist auch vor ihr geflüchtet, aber er ist immer noch einer von ihnen.«

»Und dein Mann?«

»Ich will nicht von ihm sprechen.«

»Ist er tot?«

»Ja.«

Da war ein Geräusch an der Tür. Wir drehten uns beide um. Ebun schien Angst zu haben. Es war Niyi. Er sagte etwas in ihrer Sprache.

»Mit mir ist alles in Ordnung«, erwiderte sie auf Englisch. »Cormac wollte gerade gehen. Ich bringe ihn nach unten.«

»Nur bis zur Tür«, warnte Niyi. »Denk daran, was letztes Mal passiert ist, als du allein rausgegangen bist.«

»Ich lasse mich nicht einsperren. Ich bin ein freier Mensch.«

Niyi zuckte mit den Achseln und griff nach der Kaffeedose, die jetzt leer war. Ebun folgte mir die Treppe hinunter und berührte mich ein paar Mal mit der Hand, um mich darauf hinzuweisen, dass eine Stufe morsch war. Ich öffnete die Haustür. Die Osteuropäer waren verschwunden, doch zwei vorbeigehende Iren blickten auf. Der eine murmelte seinem Begleiter etwas zu und der grinste. Das Knarren der Treppe war zu hören. Ich spürte, dass Niyi hinter uns stand und lauschte. Ebun drehte sich geradezu herausfordernd um und brachte mich dann auf die Straße.

»Komm vorbei«, flüsterte sie.

»Wann?«

»*Meje* ... um sieben Uhr. In der O'Connell Street findet eine Demonstration statt. Das bringt nichts ... weder hier noch zu Hause werden die Menschen Fremde akzeptieren, sie haben zu viel Angst um das, was sie verlieren könnten. Aber Niyi und Lekan glauben gern, dass sie etwas unternehmen. Sie treffen dort andere Nigerianer und reden, reden, reden. Ich kann ihr endloses Gerede nicht mehr hören. Ich hasse diese ewige Warterei.«

Vielleicht hörte Ebun, dass Niyi die Holztreppe heruntergestiegen kam, denn sie gab mir ein Zeichen, weiterzugehen. Doch ich war erst ein paar Meter gegangen, als ich ihre Schritte hinter mir hörte.

»Mein Mann«, flüsterte Ebun und berührte dabei ihre Brust, »er ist tot. Aber nur hier in meinem Herzen.« Sie beugte sich vor, hielt dann aber inne, da ihre Hand meine Jackentasche gestreift hatte, in der Joey Kerwins alter Revolver steckte. »Was ist das?«, fragte sie in scharfem Ton.

»Nichts.«

»Ich weiß, welches Nichts sich so anfühlt. Ihr Männer seid alle gleich.« Ihre Augen waren kalt und misstrauisch. Niyis Stimme ertönte an der Tür und sie machte kehrt und ging ins Haus, ohne sich noch einmal umzudrehen.

Zwei Wochen, nachdem mein Vater mich zusammen mit Cormac erwischt hatte, kam ich zum ersten Mal mit einer größeren Geldsumme in Berührung. In meiner Klasse stand die Firmung bevor und nicht einmal Phyllis konnte verhindern, dass ich daran teilnahm. Ein Anzug wurde gekauft – der erste in meinem Leben, noch dazu mit langer Hose – und ein weißes Hemd, das mir am Hals fast die Luft abschnürte. Auch meine Schuhe waren zu eng – sorgfältig ausgewählt, damit ich sie nur ein einziges Mal tragen konnte, bevor sie so lange weggestellt wurden, bis Cormac hineingewachsen sein würde.

Die Kleider fühlten sich so neu an, dass sie nicht mir gehören konnten. Auf dem Weg zum Dom hatte ich schreckliche Angst, mich schmutzig zu machen. Sogar die Münzen, die ich bekam, machten mir Sorgen, denn falls durch ihr Gewicht das Taschenfutter ausgebeult wurde, würde man bestimmt mir die Schuld geben. Ich verteilte die Münzen sorgfältig auf beide Taschen und stellte fest, dass der zerknitterte Einpfundschein von Mr. Casey sich anders anfühlte als normales Papier. Als der Bischof mir am Altar seine Fragen stellte, fiel ich nicht in Ohnmacht. Und als ich mit einer Rosette am Revers zu meinem Platz zurückging, sah Cormac, der neben Phyllis kniete und der zukünftige Besitzer des Anzugs sein würde, mich andächtig an, warf dann einen Blick auf Lisa Hanlon, die in der Mädchenbank saß, und zwinkerte mir zu.

Vor der Kirche drückten mir die Nachbarn und die Eltern

von ein paar anderen Jungs weitere Münzen in die Hand, während Phyllis mit verkniffenem Mund dastand und darauf wartete, mit mir nach Hause verschwinden zu können. Die Hitze und die auf ihren Bauch gerichteten Blicke der anderen Frauen machten ihr zu schaffen. Doch sie zeigte sich von ihrer besten Seite und mischte sich nicht einmal ein, als Josie mir einen Einpfundschein in die Hand drückte. Als die alte Frau mich mit Tränen in den Augen umarmte, war mir unbehaglich zumute. Ich war genauso erleichtert wie Phyllis, nach Hause flüchten zu können, wo sich nicht einmal mehr die einheimischen Bauunternehmer blicken ließen.

Ich muss Phyllis zugute halten, dass sie uns anschließend ein tolles Essen zubereitete, eine Sonntagsmahlzeit an einem Samstag, mit Orangensaft, Eis und Wackelpudding. Sie lachte und tätschelte sogar mein Haar, das sie den halben Morgen lang in Fasson gebracht hatte. Als der Anzug weggehängt war, durften Cormac und ich hinterm Haus zusammen im Garten spielen. Das fand ich genauso gut wie das Essen im Ard Boyne Hotel, von dem andere Jungs gesprochen hatten. Am Abend brachte mir mein Vater sogar Kartoffelchips und Schokolade in den Schuppen.

Er sprach nicht über den Vorfall vierzehn Tage vorher und ich verschwieg ihm, dass Phyllis mir das ganze Firmungsgeld weggenommen hatte. Ich wusste, dass wir knapp bei Kasse waren. Sie musste für ihren eigenen Sohn aufkommen, hatte bald ein weiteres Maul zu stopfen und trug noch dazu die Kosten für meinen Unterhalt. Ich kostete sie ein Vermögen. Das hielt sie mir immer wieder vor und sagte, ich hätte großes Glück, dass die weiterführenden Schulen inzwischen kostenlos seien – dank der wahnsinnigen Großzügigkeit eines Staatsministers, der mit Barney Clancys Erlaubnis uneingeladen auf ihrer Hochzeitsfeier im Shelbourne Hotel aufgetaucht und dort durch sein skandalöses Benehmen aufgefallen war.

Es machte mir nichts aus, mein Firmungsgeld zu verlieren, denn so hatte ich wenigstens das Gefühl, dass ich etwas zum Haushalt beisteuerte. Aber es störte mich, dass ich meine nächtliche Freiheit verlor. Mein Vater hatte Mr. Hanlon gebeten, am Schuppen ein neues Sicherheitsschloss anzubringen, und hatte meine Matratze vorübergehend weggebracht, damit sie bei ihrem nachbarschaftlichen Geplauder während der Arbeit nicht auf mich zu sprechen kamen. Anscheinend war das alles, was er unternahm, um uns zu trennen. Es war unmöglich, Cormacs Schlafzimmer abzuschließen, ohne Phyllis zu erklären, dass wir »miteinander rumschwuchtelten« – ein Ausdruck, den ältere Jungs in einem Gespräch über einen militärischen Ausbilder benutzt hatten und den ich erst jetzt begriff.

Jetzt wurde ich jeden Abend um halb neun bis zum nächsten Morgen im Schuppen eingeschlossen. Ich konnte gut ohne Mr. Caseys verbotene Suppe leben, doch die Beschneidung meiner Streifzüge quälte mich. Ich vermisste den Anblick, wie Lisa Hanlon sich vor dem Schlafzimmerfenster auszog, wie ihre Mutter vor dem Kamin das Kreuzworträtsel in *Woman's Own* löste, und ich vermisste es auch, zweimal in der Woche auf Hanlons Schuppendach sitzen und beobachten zu können, wie Foxy O'Rourke und seine Freundin all das auf der Straße trieben, was Cormac mir beigebracht hatte. Ich vermisste ihr neckendes Lachen, wenn sie sich anschließend die Hand an einem Papiertaschentuch abwischte, während er keuchend an der Schuppentür stand, als hätte ihn jemand angeschossen. Doch am allermeisten vermisste ich die Lichter der Hunderennbahn von Navan und dass ich durch einen Spalt im Wellblechzaun einen Blick auf die letzte Kurve und den größten Teil der Zielgeraden werfen konnte. An den Abenden, an denen es mir gelang, rechtzeitig zu den beiden letzten Rennen dort zu sein, musste ich immer anhand des Zuschauergebrülls erraten, welcher Hund den

Sieg davontrug. Mehr als alles andere auf der Welt wünschte ich mir, unter den Zuschauern zu stehen, bei den Buchmachern hohe Wetten abzuschließen, ohne eine Gefühlsregung zu zeigen, während mein Hund spielend gewann – der Junge, den alle wegen seines Scharfsinns bewunderten. Die Geschichten über den Mann, der in Monte Carlo die Bank gesprengt hatte, würden verblassen neben der Legende von dem Jungen aus Navan, der die Dubliner Buchmacher mit leeren Taschen und eingezogenem Schwanz nach Hause schickte.

Ich vermisste auch Cormacs Besuche, obwohl ich wusste, dass das, was wir getan hatten, falsch war. Aber nachdem sich für kurze Zeit jemand um mich gekümmert hatte, kam mir das Leben jetzt leer vor. Es fiel mir schwer, nicht ständig daran zu denken, wie er mich zärtlich in die Brustwarze gebissen und wie ich seine Wärme auch dann noch gespürt hatte, wenn er schon längst gegangen war. Wenn er wusste, dass Phyllis und mein Vater sich im Fernsehen anguckten, wie Charles Mitchell die Neun-Uhr-Nachrichten vorlas, tauchte er abends manchmal an ihrem Schlafzimmerfenster auf. Er schlich wie eine Katze, sodass sie seine Schritte nicht hörten, und stellte sich aufs Bett, damit ich seinen vom Licht umrahmten Körper sehen konnte. Oft winkte er nur, doch einmal zog er den Schlafanzug aus und drückte sich mit ausgestreckten Händen an die Scheibe. Ich habe nie erfahren, ob er bewusst die Kreuzigungsszene nachahmte oder ob es bloß so aussah.

Wenn ich schon nicht genau wusste, was in Cormacs Kopf vorging, so hatte er meinen Vater völlig aus der Fassung gebracht. Seit er uns beide ertappt hatte, begann ich ihn in einem anderen Licht zu sehen, er war nicht länger der unumschränkte Herrscher. Er kannte sich mit Ziegelsteinen und Mörtel aus, mit allem, was einem logischen Schema folgte. Vielleicht hätte meine Mutter in diese Welt gepasst, von den

Loreto-Nonnen dazu erzogen, sich mit der ihr zugewiesenen Rolle zufrieden zu geben und ihn behutsam an seine Rolle heranzuführen. Doch es war nicht allein ihr Tod, der meinen Vater zu der Suche nach Phyllis getrieben hatte. Sein ganzes Leben lang war er im Stillen ein Außenseiter gewesen. Das wusste ich seit der Nacht, als ich in dem verschlossenen Aktenschrank ein Notizbuch mit handgeschriebenen Versen entdeckt hatte. Es hatte mich stärker erschüttert, als wenn er sich als Marsmensch oder Protestant entpuppt hätte. Etwas so Empfindsames passte nicht in seine Kreise und wäre dazu benutzt worden, sich über ihn lustig zu machen und ihn zu quälen.

Im Rückblick zeigte es, dass er stets noch etwas anderes brauchte, einen flüchtigen Blick in Phantasiewelten, über die die Männer in den Frisörläden von Navan bloß lachten. Er brauchte eine Trophäe, als dieser Ausdruck noch allein auf den Seiten eingeschmuggelter *Playboy*-Exemplare zu finden war. Er brauchte Gefühle, die ein Loreto-Mädchen nicht auszulösen brauchte, um einen Mann zu ködern. Doch nach meiner Mutter wäre das Lotterleben irgendeiner schlampigen Verkäuferin aus der Provinz unter seiner Würde gewesen.

Phyllis sah nicht aus wie ein Loreto-Mädchen. Von Anfang an hatte ihre äußere Erscheinung etwas Beunruhigendes, als stammte sie aus *Green Acres* oder irgendeiner anderen amerikanischen Fernsehserie. Von dem Tag an, als mein Vater seine zweite Ehe bekannt gab, galt er in der Stadt ebenso als Witzfigur wie Slab McGuirk, der, als seine Frau eine Pilgerfahrt zum Lough Derg machte, den ganzen Abend lang Pornofilme auf die geschlossenen Jalousien vor seinem Wohnzimmerfenster projizierte, ohne zu merken, dass die Bilder auch draußen auf der Straße deutlich zu sehen waren.

Die Männer von Navan hielten ihre Wünsche geheim, vielleicht sogar vor sich selbst, während mein Vater seinen

Wunsch hatte Wirklichkeit werden lassen und alle ihn in Augenschein nehmen konnten. Sein Revuegirl, seine Gracia von Monaco, sein Püppchen mit den weichen Brüsten. Im Gegensatz zu den Phantasien anderer Männer war sie morgens immer noch da, inmitten der realen Welt der Viehmärkte, der Kuhscheiße und der Ölknappheit. Auf jede geringfügige Kränkung reagierte Phyllis empfindlich, sie sah nur noch die zunehmenden Anforderungen und Sorgen, in die sich mein Vater allmählich verstrickte. Und jetzt hatte ihr Sohn seine frühere Unauffälligkeit abgelegt und verspottete ihn auf eine Art, mit der mein Vater einfach nicht fertig wurde.

»Ist Bankert nicht ein schlimmes Wort, Daddy?«, hatte Cormac ihn an dem Morgen, nachdem er uns ertappt hatte, in unschuldigem Ton gefragt und damit das schroffe Schweigen beim Frühstück gebrochen. Phyllis, die neben ihm saß, hatte Mühe gehabt, ihre Scheibe trockenen Toast bei sich zu behalten. »Ich hab gehört, wie Pete Clancy einen Jungen in der Schule so genannt hat. Ich musste den Lehrer fragen, was es bedeutet, aber der hat es auch nicht gewusst, Daddy.«

Für einen Erwachsenen, der es gewohnt war, Macht auszuüben, gab es nichts Schlimmeres, als von einem elfjährigen Jungen verhöhnt zu werden. Ein anderes Kind wäre nach den Worten, die meinem Vater herausgerutscht waren, vielleicht am Boden zerstört gewesen, doch Cormac schien insgeheim mit seinem neuen Status zufrieden zu sein. Wenn er unehelich war, dann war die ganze Geschichte von ihrer ersten Ehe bloß eine Lüge, die sie sich wegen der Nachbarn ausgedacht hatten. Die Schmach, dass ihr Sohn Bescheid wusste, wäre für Phyllis zu viel gewesen, denn sie war überzeugt, dass sie auch diesmal ihr Baby jeden Moment verlieren würde. Eines Tages bekamen wir in der Schule einen Tom-und-Jerry-Zeichentrickfilm gezeigt, in dem die Maus ständig damit drohte, einen riesigen Hund zu wecken, während die Katze vor Angst auf Zehenspitzen umherschlich und sie zu beschwichtigen versuchte. Das erinnerte mich daran, wie Cormac mit meinem Vater spielte, obwohl sich Phyllis in den Wochen nach meiner Firmung völlig in sich selbst zurückzog und nur noch mit ihrer Schwangerschaft beschäftigt und ich bei Cormacs Spielchen zugleich der einzige Zuschauer und das Objekt der Begierde war.

Auch als er mir die Angst vor meinem Vater nahm, sträubte ich mich dagegen, da ich die Leere, die an ihre Stelle trat, zu schmerzlich fand. Ich brauchte die Achtung vor meinem Vater. Seine Allmacht gab meiner Kindheit einen Sinn. Ich hatte das Gefühl, aus einem klaren Grund in den Schuppen verbannt worden zu sein, als Buße für eine unausgesprochene, aber unstrittige Sünde. Das gehörte zu dem gottgegebenen Plan meines Vaters. Aber je mehr Cormac ihn quälte, umso mehr musste ich mir eingestehen, dass ich vielleicht nur wegen seiner Schwäche und seiner Unfähigkeit, sich gegenüber Phyllis zu behaupten, im Schuppen war. Er konnte sich genauso wenig in das Recht einer Frau einmischen, den Haushalt nach ihren Vorstellungen zu führen, wie er es fertig brachte, ein Ei zu kochen. Er hatte zugelassen, dass ihr Bankert in meinem Bett schlief, dass ihr Bankert mir mein Leben stahl. Und doch war ihr Bankert mein einziger Freund. Nachts fand ich es aufregend, das Wort »Bankert« laut auszusprechen. Von was für einem Mann hatte Phyllis sich vögeln lassen? Vielleicht von einem zu Besuch weilenden Amerikaner, direkt aus *Hawaii-Fünf-Null* oder *Kobra, übernehmen Sie*, hingerissen von ihrem blond gefärbten Haar, das in letzter Zeit gelegentlich seine roten Wurzeln erkennen ließ. Solche Gedanken machten Cormacs Zauber noch exotischer, wenn er sich in ihrem Schlafzimmerfenster zur Schau stellte. Für mich war das Ansehen meiner Mutter eine schwere Last, auch wenn ich es in den Schmutz zog. Doch Cormacs Unehelichkeit war wie ein unbeschriebenes Blatt und gab ihm die Freiheit, alle Regeln zu brechen.

Eines Samstags wachte ich nachts auf und spürte, dass etwas nicht stimmte. Da war ein Kratzen, das wie Kreide auf einer Tafel klang oder wie gespenstische Fingernägel, die sich an der Tür zu schaffen machten. Langsam öffnete sich die Tür und ein Streifen fahles Mondlicht fiel in den Schuppen. Es kam etwas hereingeflogen, das mich an der Brust traf. Ich bückte mich und hob zwei an einem Ring befestigte Schlüssel auf. Der Schlüssel eines Sicherheitsschlosses und einer, der aussah, als würde er in das neue Schloss passen, das Mr. Hanlon für meinen Vater an der obersten Schublade seines alten Schreibtischs angebracht hatte.

»Hab dir einen ganz schönen Schrecken eingejagt, was?« In der Tür tauchte Cormac im Schlafanzug auf.

»Woher hast du die?«

»Er und Phyllis haben's heute Nachmittag anscheinend getrieben wie die Hunde. Er hat mich weggeschickt, damit ich ihnen nicht im Weg bin, und hat gesagt, ich soll mir in der Trimgate Street Bonbons kaufen. Ich hab die Schlüssel aus seiner Jackentasche geklaut und hab beim Schlosser Nachschlüssel machen lassen.«

»Hat der Schlosser nicht Verdacht geschöpft?«

»Überhaupt nicht.« Cormac warf mir eine Schachtel Silk Cut zu. »Schließlich hab ich in seiner Handschrift einen Zettel verfasst, auf dem er den Schlosser bittet, ihm Ersatzschlüssel anzufertigen.«

Das Bild, das Cormac heraufbeschwor, das Bild, wie mein Vater und Phyllis es trieben, obwohl sie schwanger war, war für mich erregender als die Schlüssel in meiner Hand oder die gestohlenen Zigaretten. Er zündete uns beiden eine an und ich versuchte zu inhalieren, ohne groß zu husten, während er die Schlüssel wieder an sich nahm.

»Mal sehen, was er in der Schublade aufbewahrt. Wetten, dass es obszöne Zeitschriften sind?«

Ich hatte Cormac nicht erzählt, dass ich das Schloss des

Aktenschranks öffnen konnte. Dasselbe hatte ich auch bei der verschlossenen Schublade probiert, doch ohne Erfolg. Jetzt war ich hin- und hergerissen zwischen der Absicht, Cormac an seinem Vorhaben zu hindern, und dem Wunsch, zu erfahren, was in der Schublade verborgen war. Ich hatte Angst, es könnten noch mehr Gedichte sein – ich kam damit zurecht, dass mein Vater grausam war, aber ich konnte es nicht ertragen, dass er als Idiot entlarvt wurde. Der Schlüssel drehte sich mit einem kaum hörbaren Klicken. Cormac trat einen Schritt zurück, damit auch ich meinen Teil beitrug.

»Zieh du sie raus.«

Ich konnte nicht kneifen. Die Holzschublade saß fest und ließ sich nur schwer herausziehen. Als sie ein paar Zentimeter offen stand, wich ich einen Schritt zurück, als hätte ich einen Stromschlag bekommen. Es war das erste Mal in meinem Leben, dass ich Cormac fassungslos erlebte. Eine abgetrennte menschliche Hand oder Nacktfotos von Phyllis hätten uns nicht sprachloser machen können. Cormac ließ seine Zigarette auf den Boden fallen und streckte die Finger aus. Vor Angst fiel ich ihm in den Arm. Dann schauten wir uns an, ich ließ seine Hand los und half ihm, das unglaubliche Vermögen herauszuholen und zu zählen. Fünfpfundscheine, Zehnpfundscheine, die Farbe der neuen Zwanziger. Dass es Fünfzigpfundscheine gab, hatte ich nicht einmal gewusst. Wir sortierten sie mit zitternden Fingern nach ihrer Farbe. Es erinnerte mich daran, wie wir vor vier Jahren am Tag meiner Verbannung zusammen im Garten gekniet und Herbstblätter für Boote aussortiert hatten. Diesmal war keine Phyllis da, die uns trennen konnte. Wir zählten das Geld immer wieder und lachten, als wären wir betrunken. Cormac verteilte es auf der Matratze und wir zogen unsere Schlafanzüge aus, wälzten uns darauf herum und kicherten, wenn die Geldscheine an unserer schweißnassen Haut kleben blieben.

Ich musste mich hinknien, damit Cormac so tun konnte, als würde er mir den Hintern mit einem Fünfzigpfundschein abwischen. Seine Hand verweilte noch und er ließ den raschelnden Geldschein neugierig und spielerisch über meine Hoden gleiten. Ich atmete jetzt schwerer und meine Beine zitterten, während ich den unbegreiflichen Reichtum anstarrte, das unglaubliche Vermögen, das auf keinen Fall meinem Vater gehören konnte. Wir waren knapp bei Kasse, da Phyllis sogar auf mein Firmungsgeld angewiesen war. Es musste sich um die Lohngelder des Grafschaftsrats für die nächste Woche handeln oder um Parteigelder, auf die er für Barney Clancy aufpassen sollte. Mir wurde kalt und ich bekam Angst, ich wollte, dass Cormacs Hand innehielt, und wünschte mir doch, dass er ewig so weitermachte.

Danach dauerte es eine Stunde, bis wir das Geld zurückgelegt hatten, denn wir stritten uns zuerst darüber, wie es dagelegen hatte, und dann darüber, wo wir die Nachschlüssel verstecken sollten, damit ich in Zukunft die Tür öffnen konnte. Es war typisch für Cormac, dass er nichts von dem Zehnpfundschein sagte, den er gestohlen hatte. Stets gab es einen Teilaspekt, von dem ich ausgeschlossen war.

Als ich am folgenden Montag von der Schule nach Hause kam, war der ganze Schuppen auf den Kopf gestellt worden. Meine Matratze lag im Garten und meine Kleider waren im Gras verstreut. Mein Vater war außer sich und es kümmerte ihn nicht, wie sehr er Phyllis in Aufregung versetzte, die mit auf dem Bauch verschränkten Händen in der Küche saß und weinte, als ob er wahnsinnig geworden wäre. Er sagte uns nicht, wonach er suchte, und fand auch die Schlüssel nicht, die in der Ecke unter einem losen Stein lagen. Aber als ich in jener Nacht in der Schublade nachsah, war sie leer und das blieb auch später so, abgesehen von einer handgeschriebenen Liste sechzehnstelliger Zahlen, die manchmal darin lag. Bis zu dem Morgen, an dem ich auf die Sanitäter wartete, die

Cormacs Leiche von der Decke seiner Wohnung in Perth schnitten und ihn nackt auf dem Tisch einer Leichenhalle aufbahrten, habe ich nie wieder so viel Bargeld in Händen gehalten.

Fünf vor zwölf – es war kurz vor High Noon in Temple Bar, als ich Joey Kerwins Revolver in meinem Hotelzimmer aufs Bett legte. Ich schüttelte die rostigen, anscheinend uralten Patronen aus der Trommel, ohne erkennen zu können, ob sie noch brauchbar waren oder ob der Revolver wirklich so selbstzerstörerisch war, wie Barney Clancy einmal im Scherz behauptet hatte. Wenn er überhaupt benutzt worden war, dann wozu? Die Grenzkampagne der IRA in den fünfziger Jahren war im Vergleich zu dem, was danach kam, eine kurze idealistische Auseinandersetzung gewesen. Als ich aufgewachsen war, zeichneten sich diese einst jungen Freiwilligen im Allgemeinen bloß noch durch ihre konservative Einstellung, ihren geschäftlichen Erfolg und ihre Mitgliedschaft im Ausschuss für die Sauberhaltung der Städte aus.

Joey Kerwin war viel älter gewesen als die meisten anderen. War es denkbar, dass er mit diesem Revolver jemanden umgebracht hatte? Konnte ich mir vorstellen, abzudrücken und die Wand mit verfilzten Haaren und Schädelstücken von Pete Clancy zu sprenkeln? Das war eine Vorstellung, die ich schon tausendmal durchgespielt hatte, wenn ich an den Gestank der Ammoniakwürfel in dem überschwemmten Betonschuppen dachte, der als Schultoilette gedient hatte. Die Angst, dass ich ersticken würde, während sie immer wieder die Spülung betätigt hatten. Mein Kopf in die Toilettenschüssel gedrückt und seine Hände in meinem Nacken, während er lachend rief: »Put, put, put, der Hühnerfurz!«

Ich legte den Revolver hin und rasierte mich vor dem Spiegel, überprüfte, ob ich meine Haare nachfärben musste.

Dann öffnete ich meine Tasche und zählte, wie viel Geld ich noch hatte. Wenn ich sparsam war, würde es noch einen Monat lang reichen. In Porto, wo ich die letzten beiden Jahre in der Bar eines griechischen Geschäftsmanns gearbeitet hatte, gab es nicht viel, das mich wieder dort hinzog. Wie in allen anderen Städten war ich stillschweigend abgereist, hatte meine Miete bezahlt und alle Rechnungen beglichen, aber niemanden eingeweiht. Dass ich jedes Mal wie vom Erdboden verschluckt war, bereitete niemandem Unannehmlichkeiten, außer den wenigen Menschen, die mich für eine Weile als Freund oder Geliebten betrachtet hatten und immer vor einem Rätsel standen.

Jedes Mal, wenn ich in Belgien oder Portugal neben einer jungen Frau aufwachte, betrachtete ich die Schlafende und fragte mich, ob sie auch da liegen würde, wenn ich mich ihr als Brendan Brogan vorgestellt hätte. Einfach Cormacs Namen zu nennen, gab mir Selbstsicherheit. Wenn ich im Dunkeln die Hand ausstreckte, um die weichen Brüste zu streicheln, spürte ich geradezu, dass Cormac in mir war und mich antrieb, dass seine Hand in meiner vergraben war, während ich sie über den Rücken der Frau gleiten ließ, dass sein Atem in meinem Mund schneller ging. Ich wusste, dass ich nie die Selbstsicherheit haben würde, diese Eroberungen allein zu machen.

Doch während der langen Stunden, in denen ich wach lag, während neben mir eine Frau schlief, verwandelte ich mich stets wieder in mich selbst und aus Schuldgefühlen stellte ich mir vor, wie Miriam bei Tagesanbruch in unserem Bett lag. Die junge Witwe, die für einen Sohn zu sorgen hatte und der in ihrer augenscheinlichen Einsamkeit unerwünschte Angebote gemacht wurden von Männern, die ihre Dienste als Gefälligkeiten hinstellten, oder von den Kerlen, die wegen kostenloser Rechtsberatung beim Bürgerbüro anstanden, falls sie noch dort arbeitete. Jahrelang verfolgte sie mich in meinen Träumen. Oft flüchteten wir darin vor unserem früheren Ich. »Meinst du, dass Brendan und Miriam uns finden?«, fragte sie dann und starrte mich durch die Augen einer Skandinavierin an, deren Körper sie sich ausgeliehen hatte.

Ebun war die erste Frau, zu der ich mich hingezogen fühlte, die Miriam nicht ähnlich sah. Die Ironie lag darin, dass ich ihr ausgerechnet in einer Stadt begegnet war, wo jede Straße irgendeine Erinnerung an meine Frau heraufbeschwor. Ebuns Mann war tot, aber nur in ihrem Herzen. Miriam und Conor lebten noch in meinem Herzen und auch mein Vater war da und nagte an meinem Gewissen. Ich hatte etwas zu erledigen, musste etwas Unfassbares wieder gutmachen, aussichtslose Bitten aussprechen. Es war wichtig, sich auf das zu konzentrieren, was getan werden musste, und ungeschoren davonzukommen, ohne jemanden in die Sache hineinzuziehen. Wenn ich mit Ebun eine Affäre anfing, gefährdete ich meine eigenen Pläne. Ich konnte kaum glauben, dass ich ihr meinen Namen verraten hatte. Vielleicht war sie schon zur Polizei gegangen. Doch mir ging ständig im Kopf herum, dass ich sie in sieben Stunden vielleicht wieder sehen würde, auch wenn ich, nachdem sie den Revolver entdeckt hatte, nicht wusste, ob sie mich noch hereinlassen würde.

Ich legte den Revolver und das Geld wieder in die Tasche zurück und machte es mir auf dem Bett bequem, um die Morgenzeitung zu lesen. Die Seiten, auf denen es um den zurzeit tagenden Untersuchungsausschuss ging, hatten etwas Unheimliches. Abgesehen von den jungen Anwälten kannte ich jedes Gesicht auf den Fotos. Doch alle waren so sehr gealtert, dass sie wie gebeugte, verwirrte alte Männer aussahen. Die Altersgenossen meines Vaters sahen sich einem Wall von Kameras gegenüber, während sie zur Zeugenvernehmung gingen, und ihr rasiermesserscharfes Gedächtnis war plötzlich bei allen Aspekten ihrer geschäftlichen Angelegenheiten so unzuverlässig, wie vielleicht auch das meines Vaters geworden wäre, wenn man ihn am Leben gelassen hätte.

Ein ehemaliger Dubliner Planungsbeamter hatte dem Richter am Freitag erzählt, er sei inzwischen so arm, dass er sich in der Stadt kein Mittagessen mehr leisten könne. Direkt vorher hatte ein Zeuge ausgesagt, der Mann habe früher mehr als dreißig Bankkonten benötigt, um mit all den unaufgefordert überwiesenen »Beratungshonoraren« von Bauunternehmern und Grundstückserschließern klarzukommen, und oft habe er sich notieren müssen, wo im Haus er überall Bargeld aufbewahrte. Die Zeitungen waren empört über seinen selektiven Gedächtnisschwund und seine Weigerung, sich selbst zu belasten.

Als Nächster musste ein Bauunternehmer mit Sitz in Donegal aussagen, dessen Firmenunterlagen bei einem Brand auf einer Baustelle vernichtet worden waren, wo er sie in einem Wohnwagen aufbewahrt hatte. Das war bereits der dritte Brand, mit dem es der Untersuchungsausschuss in den letzten Monaten zu tun gehabt hatte, und obendrein gab es noch zwei Fälle von Überschwemmung. Der beträchtliche Geldfluss von seinem Bankkonto zu Off-Shore-Firmen, von denen er angeblich noch nie etwas gehört hatte, stellten den älteren Bauunternehmer vor ein Rätsel.

Auf den Zeitungsseiten, die sich nicht mit der ausweglosen Situation in Nordirland befassten, wurden Enthüllungen über weitere Flüchtlinge gebracht, die mit Containerlastwagen ins Land gekommen waren, über die Kirche, die sich für ältere Geistliche entschuldigte, angeklagt wegen Kindesmissbrauchs, über die früheren Praktiken der Banken, über die Ärzteschaft, den Richterstand und das Bluttransfusionswesen. Jetzt, wo das Gelobte Land des Wohlstands endlich erreicht war, schien Irland es darauf anzulegen, sich in Stücke zu reißen. Leserbriefschreiber zogen vom Leder mit einer Selbstgerechtigkeit, die davon herrührte, dass sie sich jetzt mit den längst bekannten Wirkungsmechanismen Irlands auseinander setzen mussten, über die sie früher nur flüsternd und halb bewundernd gesprochen hatten. Abgesehen von den vielen Kindern, die bei Strafaktionen verprügelt und zu Krüppeln gemacht wurden, was die Leute gern übersehen hatten, weil sie Angst gehabt hatten, für Unruhe zu sorgen, hielt die Waffenruhe im Norden. Aber hier im Süden schien sich die Politik in hasserfüllten Schlammschlachten zu verlieren, um jetzt, wo die wichtigen wirtschaftlichen Entscheidungen meistens woanders getroffen wurden, den Mangel an wirklicher Macht zu kompensieren.

Die vorläufige Verschiebung des Prozesses gegen den ehemaligen Premierminister Charles Haughey, angeklagt, einen Untersuchungsausschuss behindert zu haben, der Ermittlungen über seinen versteckten Reichtum anstellen sollte, wurde nur beiläufig erwähnt und seine Anwälte argumentierten erfolgreich damit, dass es unmöglich sein würde, zwölf Geschworene auszuwählen, die ihm gegenüber nicht befangen waren.

An dem Abend, an dem mir keine Ausrede mehr eingefallen war, um nicht mit Miriam nach Cremore fahren und sie meinem Vater vorstellen zu müssen, hatte sie sich mit ihm über Haughey gestritten. Aber nicht ernsthaft, sie hatten bloß die damals üblichen Haltungen eingenommen. Damals gab es keinen neutralen Standpunkt, man war entweder für oder gegen Haughey. Diejenigen, die die Herkunft seines Herrenhauses, seines Feriendomizils oder seiner privaten Jacht in Frage stellten, waren britenfreundliche Blueshirts, die den Anblick eines Iren nicht ertragen konnten, der es sich so gut gehen ließ wie seine ehemaligen Herren.

»Was macht es schon, wenn er ein paar Shilling für sich

abgezwackt hat?«, hatte mein Vater am Ende eines ungemütlichen Essens unwirsch gefragt – denn Sozialarbeiter betrachtete er mit Argwohn. »Wenn er nicht für sich selbst sorgen kann, was für Aussichten hat er dann, für den Rest von uns zu sorgen? Wie würden die Rentner denn ohne ihn dastehen, ohne kostenlose Telefonanschlüsse und Reisen? Hat er nicht jeder zweiten Familie in Donnycarney die rückständige Miete bezahlt? Frag mal die Leute, die in deine Klinik kommen. Die Armen werden Charlie immer lieben, denn in schlechten Zeiten braucht man einen starken Mann, der so stark ist, dass er sich aus dem Sumpf erheben und den Rest von uns mit sich ziehen kann.«

Wenn man sich die Leserbriefseite ansah, dann legte der Rest von Irland heute keinen großen Wert mehr darauf, mit Haughey in Verbindung gebracht oder an die eigene Bewunderung für ihn erinnert zu werden. Ich wusste noch, dass an dem Abend, an dem Haughey nach seiner Wahl zum Parteivorsitzenden erstmals Navan besuchte, vor Clancys Haus Freudenfeuer gebrannt hatten. Auf dem Market Square hatte es von rotgesichtigen Männern in weißen, straff sitzenden Hemden gewimmelt, die schriller kreischten als die Schweine im Schlachthaus. In dem Gedränge an jenem Abend hatten sich die Gesichter der Frauen leicht gerötet, als wären bei der flüchtigen Berührung seiner Hand ihre Unterhosen feucht geworden. Es waren nicht nur die Zeugen vor dem Untersuchungsausschuss, die jetzt an selektivem Gedächtnisschwund litten. Mit ihrem plötzlichen Mut glichen die Leserbriefschreiber den Italienern, die Mussolini getreten und auf ihn eingeschlagen hatten – als seine Leiche schon an einem Laternenpfahl hing.

Abgesehen von der Angst, dadurch besudelt zu werden, dass man mit seiner Herrschaft in Verbindung gebracht wurde, war in der Zeitung nur wenig zu finden, was die politischen Parteien trennte. Sogar die kleinen Splittergruppen vom linken Flügel hatten sich in einer Partei vereint, die eine ähnliche Linie vertrat wie die anderen. Sie schienen sich mit großer Freude über Nebensächlichkeiten zu streiten, mit der erbitterten Leidenschaft feindlicher Fußballfans in einer Provinzstadt.

Vielleicht war es schon immer so gewesen. In meiner Kindheit war es in der richtigen Politik nie um bedeutsame Fragen gegangen. Die Amerikaner und die Russen konnten ihre Bomben abwerfen, wo sie wollten, solange es nicht Kingscourt oder Dunshaughlin war. Wir waren gern bereit, hinterher Friedenstruppen zu schicken, aber nur, damit die Menschen in fernen Ländern sehen konnten, wie sympathisch wir waren. Unsere Soldaten im Libanon gaben sich große Mühe, die Einheimischen zu schützen, sie waren nicht korrupt und erschossen sich, obwohl sie oft unter Beschuss gerieten, im Allgemeinen bloß gegenseitig und dann auch nur aus Versehen. In der richtigen Politik ging es um die Bewilligung von Kanalisation oder Klärtanks. Das Ganze war so intim, dass sich mein Vater, als er einmal am Wahltag die Stimmenauszählung überwachte, einen Stimmzettel aus Rathmolyon oder Kilmessan ansehen und, nachdem er ihn überflogen hatte, den Namen der Familie nennen konnte, von der er stammte.

Vielleicht gab es keinen wirklichen Unterschied zwischen den Parteien, denn sie bestanden hauptsächlich aus einer Reihe hart erkämpfter Lehen. Vor vierzig Jahren hatte Barney Clancys Vater beschlossen, sich zum selben Zeitpunkt aus der Politik zurückzuziehen wie ein anderer Veteran des Unabhängigkeitskriegs, der ebenfalls von seiner Machtbasis in Navan aus einen sicheren Sitz in Meath behauptete. Doch durch eine Verschiebung der Wahlkreisgrenzen betrachtete man es in der Partei als unmöglich, beide Sitze zu behaupten. Wenn man die Stimmen auf mehrere Kandidaten verteilte, konnte es sein, dass Labour in Meath Fuß fasste. Es wurde keine Versammlung abgehalten, um zu beschließen, wessen Sohn als einziger Kandidat antreten würde. Stattdessen fand man die beiden Achtzigjährigen zusammengebrochen, mit blutverschmierten Gesichtern, nachdem sie die Frage unter sich in einem Boxkampf geklärt hatten, bei dem Barney Clancys Vater seinem früheren Parteifreund ein paar Rippen gebrochen hatte.

Eine landesweite Zeitungsumfrage über unsichere Parlamentssitze deutete jetzt darauf hin, dass bei einer kurzfristig angesetzten Wahl die Dynastie der Clancys bedroht sein konnte. Das erklärte seine Vorsicht bei der zweiten Antwort, die ich an diesem Morgen in dem Internet-Café heruntergeladen hatte. Die erste, die am vorigen Abend um Viertel nach sieben abgeschickt worden war, las sich wie eine automatische Antwort:

Sehr geehrter Mr. Shyroyal,

vielen Dank für Ihre E-Mail, die ich heute Abend erhalten habe. Ich werde mich so bald wie möglich näher damit befassen.

Mit freundlichen Grüßen
Peter Clancy
Staatssekretär

Die zweite Nachricht war kurz vor Mitternacht von einer anderen E-Mail-Adresse abgeschickt worden:

Lieber Shyroyal,

ich weiß leider nicht, was Ihre Nachricht bedeutet und wie ich Ihnen helfen kann. Wenn Sie meine Hilfe brauchen, schicken Sie mir bitte nähere Einzelheiten.

Über diese private E-Mail-Adresse ist eine raschere Verständigung möglich.

Hochachtungsvoll
Peter Clancy
Staatssekretär

Es war eine raffinierte Antwort: dem Anschein nach verbindlich, höflich und umsichtig, doch sie öffnete einen Spalt breit die Tür. Wenn der Name Shyroyal ihn nicht geködert hätte, hätte er der E-Mail keine Beachtung geschenkt. Ich hatte eine Stunde lang an meiner Antwort herumgefeilt, bis ich damit zufrieden war. Unter der Überschrift »Streng vertraulich« hatte ich geschrieben:

Sehr geehrter Herr Staatssekretär,

ich brauche Hilfe, um etwas in die richtigen Hände zurückgeben zu können. Ich habe fast das Gefühl, den Auftrag dazu zu haben. Etwas, das im Ausland liegt und nicht eingefordert wurde, als jemand starb. Es wächst nicht auf Bäumen, es sei denn unter Apfelbäumen, geschützt von Bienen. Gibt es Maguires alte Weide noch? Diesmal kein Rücksitz. Ein Uhr nachts war mal Ihre Lieblingszeit, warum alte Gewohnheiten ändern?
Ich will, dass wir uns heute Nacht allein treffen.

Shyroyal, die Jersey Rose

Die E-Mail würde Clancy misstrauisch machen und ihm zugleich Angst einjagen. Ich konnte ein Journalist sein, aber die Sache mit den Bienen war so nebulös und lag schon so lange zurück, dass ich mir nicht sicher war, ob er die Anspielung verstehen würde.

Als ich zehn war, ließ Barney Clancy einen Bienenstock im Obstgarten seines Hauses aufstellen. Eines Nachts weckte mich mein Vater ungewollt, als er, das ganze Gesicht von Bienen zerstochen, in den Schuppen kam und nicht merkte, dass ich ihn dabei beobachtete, wie er etwas im Aktenschrank einschloss. Damals herrschte eine Weile Aufregung, weil die Polizei widerwillig und verschämt Nachforschungen über Clancys angebliche Verwicklung in den Skandal um ein Stück Ackerland anstellte, das an Josies Häuschen grenzte und, kurz nachdem eine Firma auf der Isle of Man es erworben hatte, in Bauland umgewidmet und dann zu einem wesentlich höheren Preis weiterverkauft worden war.

In Navan betrachtete man die Ermittlung als einen schmutzigen Trick der neuen Regierung, der dazu diente, ihm bei der nächsten Wahl seinen Sitz abzunehmen. Doch der Schuss ging nach hinten los, denn als die Partei nach seiner Entlastung mit hohen Stimmengewinnen wieder an die Macht kam, gelang es Barney Clancy, einen zweiten Mann ins Parlament zu bringen. Die Bienenstiche waren nicht lange zu sehen, doch das Bild vom zerstochenen Gesicht meines Vaters ging mir jahrelang nicht aus dem Kopf. Das ganze Leben hatte er eine krankhafte Angst vor Bienen gehabt, wie kam es dann, dass er sich in jener Nacht so zerstechen ließ? Jahre später hatte ich mir in Portugal einen Bienenstock angesehen und festgestellt, wie viele Dokumente man darunter verstecken konnte, sofern man einen bedauernswerten Lakaien hatte, der sie wieder herausholte, wenn sie gebraucht wurden.

Trotz der gescheiterten polizeilichen Ermittlungen hatten sich damals in Navan Gerüchte gehalten. Nicht bloß über das Ackerland (das plötzlich mit Kanalisation und anderen Versorgungsleistungen ausgestattet wurde), sondern auch über die unbekannten Vorstandsmitglieder einer anderen Strohfirma auf der Isle of Man, die Josies Reihenhäuschen dem Erdboden gleichmachte und dann mit Zustimmung der Sonderabteilung meines Vaters die Genehmigung erhielt, dort das erste Einkaufszentrum von Navan zu errichten.

Dieses Gerede wurde darauf zurückgeführt, dass die einheimischen Ladeninhaber, die sich von der Entwicklung bedroht fühlten, das Ganze in den Schmutz zogen. Die meisten Leute fanden es aufregend, verschiedene Läden zu bekommen und Ausdrücke wie »Supermarkt« benutzen zu können. Sonntags kamen Familien im Auto aus Orten wie Castlejordan oder Oldcastle, um die riesige Baustelle zu bewundern, für die Slab McGuirk und Mossy Egan gemeinsam den Zuschlag erhalten hatten. Da die Baustelle hinter der Emma Terrace lag und nur schwer zugänglich war, kam es ständig zu Verkehrsstaus. Für die Lage der Baustelle hatte ich stets Phyllis verantwortlich gemacht, denn ich stellte mir vor, sie hätte meinen Vater dazu gedrängt, das Einkaufszentrum dort errichten zu lassen, damit Josie in ein Altenheim am Stadtrand ziehen musste.

Die Geburt von Sarah-Jane veränderte Phyllis, machte sie zumindest teilweise zu einer typischen Mutter aus Navan. Die Leute betrachteten Cormac inzwischen durchaus als einen der ihren, soweit das bei einem Zugezogenen möglich war. Aber da war ein Kind, das wirklich zur Stadt gehörte, eins, das die Nachbarn anhimmeln und nach dem sie sich erkundigen konnten.

Am Morgen von Sarah-Janes Taufe war Phyllis so nervös, als würde sie heiraten – sie rannte ständig zum Spiegel und ließ sich von Cormac ihre Zigarette anzünden, da sie Angst hatte, den Lippenstift zu verschmieren, während sie aufgeregt an der Haustür stand. Ich wurde dazu verdonnert, meinen Firmungsanzug noch einmal anzuziehen, aus dem ich eigentlich längst herausgewachsen war, und Cormac glänzte vor Sauberkeit nach dem gemeinsamen Bad mit mir, zu dem sie ihn überredet hatte – meinen Vater hätte fast der Schlag getroffen, als er ins Badezimmer kam. Wir gingen wie eine normale Familie in den Dom und trafen dort kurz vor Beginn der Zwölf-Uhr-Messe ein. Mein Vater hatte Barney Clancy gebeten, Pate zu sein, was die ungewöhnlich große Menschenmenge erklärte, die nach der Messe noch blieb. Die Nachbarn kamen, um das Baby zu knuddeln, und sie sprachen freundlich mit Phyllis, die den Tränen nahe war. Ausnahmsweise sahen sie und mein Vater einmal wie ein richtiges Paar aus. Sie hätte fast eine ehemalige Loreto-Schülerin sein können. Später gab es bei uns Sandwiches und Leute, die noch nie im Haus gewesen waren, bewunderten ihre geschrubbte Küche und dass das Brot in Dreiecke geschnitten und die Kruste entfernt worden war. Phyllis hielt die Hintertür verschlossen, als schämte sie sich zum ersten Mal für den Schuppen und nicht für mich.

Es sollte der Tag werden, an dem man miteinander warm wurde, an dem sich Navan entschloss, ihr die Hand entgegenzustrecken, oder an dem sich Phyllis endlich so sehr entspannte, dass sie das Gefühl hatte, anerkannt zu sein. Ihr Schmerz nach der Fehlgeburt (und die Tatsache, dass sie nicht mehr so gut aussah wie früher) hatten, wie schon die gewachsene Bedeutung meines Vaters im Grafschaftsrat, das gegenseitige Misstrauen gemildert. Im verrauchten Wohnzimmer wurde Sarah-Jane von Arm zu Arm gereicht, während die Nachbarn Geschichten von anderen Taufen austauschten und die verwobene Patchworkdecke der Familien in Navan mit Leben erfüllten. Ich ging mit Tellern voller Sandwiches herum und die Leute wichen entweder meinem Blick aus oder zeigten mir kurz ihr Mitgefühl. Ich wünschte mir sehnlichst, den Namen meiner Mutter zu hören, doch bei jeder Patchworkdecke wird über bestimmte Flicken etwas drübergenäht.

Josie hätte nicht bei uns auftauchen sollen, denn sie war nicht eingeladen. Ich hatte kein Klopfen gehört, doch anscheinend hatte einer der Nachbarn die Tür geöffnet und ich spürte eine plötzliche Anspannung, und als ich mich umdrehte, sah ich Josie mit einem hübsch verpackten Strampelanzug in der Hand.

»Das wollte ich dir bloß geben und dem Baby ein langes Leben wünschen.« Josie wandte sich demonstrativ an meinen Vater und schenkte Phyllis, die neben ihr stand, keine Beachtung. Ich glaube, es hätte nicht viel geändert, wenn Josie freundlich gewesen wäre. Die Großen und Angesehenen von Navan nahmen Phyllis in ihre erlauchten Reihen auf. Da war kein Platz für eine alte Putzfrau mit einem billigen Kopftuch.

»Das ist nett von dir«, erwiderte mein Vater verlegen. »Wenn du es bitte meiner Frau geben würdest.«

»Ich gebe es dir, Eamonn. Ich weiß noch, wie ich am Tag deiner Taufe zum ersten Mal Sherry probiert habe und wie ich Sandwiches gemacht habe, als der arme Brendan getauft wurde. Meine guten Wünsche sind nur für dich und das Kind bestimmt.«

Ich wollte nicht, dass mein Name fiel. Ich wollte bloß am Rand des Geschehens sein, wo ich zwar nicht dazugehörte, aber wenigstens nicht in den Schuppen verbannt war. Phyllis nahm ihr das Päckchen mit spitzen Fingern aus den Händen.

»Es stinkt nach diesen Drecksbuden«, fauchte sie. »Eamonn sollte sie der Stadt zuliebe abreißen lassen. Das sind bloß Seuchenherde. Meinst du wirklich, ich würde so was meinem Kind anziehen?«

»Das reicht jetzt, Phyllis«, sagte mein Vater, als ihm klar wurde, wer alles anwesend war. Er hatte immer eine Schwäche für Josie gehabt. Im Zimmer trat Schweigen ein, der Tag war ruiniert. Ich wusste, dass die Leute jetzt bloß noch darauf warteten, gehen zu können.

»Weiß der Himmel, was du deinem Kind anziehen würdest«, sagte Josie. »Vielleicht lassen meine Augen langsam nach, aber ein Flittchen erkenn ich immer noch, wenn's schon sonst niemand sieht. Wenigstens das arme Baby da weiß später mal, wer sein Vater ist.«

Phyllis beugte sich vor. Irgendwie gelang es ihr, sich zu beherrschen und die alte Frau nicht an den Haaren zu packen. »Mein erster Mann ist in Schottland gestorben, als Cormac noch klein war«, flüsterte sie, den Tränen nahe.

»Hast du Eamonn etwa deshalb standesamtlich geheiratet?«, entgegnete Josie. »Meine Nichte hat sich mir zuliebe mal die Urkunde angeschaut. Da bist du als ledig verzeichnet, nicht als Witwe. Bevor Eamonn Brogan auf seinen Schwanz statt auf seinen Verstand gehört hat, bist du doch noch nie aus deinem Dubliner Slum rausgekommen. Wenn diese Babysachen für dich einen ungewohnten Geruch haben, dann deshalb, weil du nie welche gekannt hast, in denen nicht schon ein Dutzend voll geschissener Ärsche gesteckt hatten.« Sie deutete mit dem Finger auf mich. »Über Brendan wacht der Geist seiner Mutter, das ist mehr, als du für deinen Bankert tust.«

»Was meinst du damit?« Mein Vater brüllte jetzt vor Wut.

»Ich bin nicht die Einzige, die bei einer Taufe zum ersten Mal Sherry probiert hat.« Josie sah Phyllis an und hätte fast ausgespuckt. »Falls du dich doch noch entschließen solltest, deinen Mutterpflichten nachzukommen, dann wirst du feststellen, dass sich dein Bankert grade draußen auf der Straße übergibt, weil er genauso betrunken ist wie der Rumtreiber, der damals in einer stinkenden Dubliner Gasse bei dir den Stehgeiger gespielt und dich geschwängert hat.«

Am nächsten Morgen fragte Cormac – nachdem Phyllis ihn sauber gemacht und ins Bett gesteckt hatte und mit der Logik einer irischen Mutter zu dem Schluss gekommen war, dass Josie den ahnungslosen Jungen angestiftet hatte, den Sherry zu trinken – beim Frühstück in ganz unschuldigem Ton: »Was ist denn ein Stehgeiger, Daddy?«

Die Ohrfeige, die Cormac bekam, hinterließ einen roten Fleck auf seiner Wange. Phyllis' Proteste brachte mein Vater mit seinem Blick zum Schweigen. Cormac schien das Ganze nichts auszumachen, denn er blickte mich augenzwinkernd an. Als ich sah, wie jemand anders geschlagen wurde, kam ich mir fast vor wie in einer normalen irischen Familie.

In dem Internet-Café, wo ich den Spätnachmittag verbrachte, galt ich bereits als Stammgast und ich kannte schon ein paar von den Gästen, die dort ein und aus gingen. Auf der anderen Seite des Fensters zog Dublin vorbei und ich wunderte mich nicht mehr über die Veränderungen, sondern fühlte mich betrogen. Nie hatte jemand angedeutet, dass sich alles so verändern könnte, wenn ich geblieben wäre. Mir fiel ein, wie Brian Lenihan in einem Interview mit *Newsweek* bei dem Gedanken an Vollbeschäftigung lachend gefragt hatte: »Ja, wie sollen wir denn alle auf dieser kleinen Insel leben?«

Bei meiner vierten Tasse Kaffee wurde mir übel, aber ich blieb online, sah alle zehn Minuten nach, ob eine Mail gekommen war, und versuchte mir den Besuch bei Ebun aus dem Kopf zu schlagen, doch in Wirklichkeit zählte ich bloß die Minuten bis sieben Uhr.

Vielleicht hatte Pete Clancy mich als Spinner abgetan und meine Nachricht einfach gelöscht. Bei Büroschluss füllte sich das Café und ein paar Neuankömmlinge wurden ungeduldig, weil ich den Terminal mit Beschlag belegte. Um sechs Uhr schickte ich ihm eine Kopie meiner E-Mail, diesmal an seine Dienstadresse, für den Fall, dass er seine Post nur von dort überprüfte. Doch die Antwort um zwanzig vor sieben kam von der Privatadresse, die er angegeben hatte.

Shyroyal,

wer Sie auch sein mögen, Sie treiben gern Spielchen. Ich weiß ungefähr, wo Maguires Weide liegt, aber ich weiß immer noch nicht, was ich für Sie tun kann. Ich arbeite hart für alle, die meine Hilfe wirklich brauchen, aber für Witzbolde habe ich keine Zeit. Heute Abend bin ich auf einer Parteiversammlung in Kingscourt und könnte auf dem Heimweg gegen halb zwei dort vorbeifahren. Aber nur, wenn Sie mir einen guten Grund nennen können, warum ich Sie oder sonst wen da draußen treffen sollte.

Mit freundlichen Grüßen
P. Clancy

Ich kostete das Machtgefühl aus, das mir sein ärgerlicher Ton gab. Es machte ihn nervös, herausfinden zu müssen, wer ich war. Hinter mir stand ein Mädchen auf, das dachte, ich sei fertig. Ich klickte auf das Antwortfeld und tippte die Nummern der beiden leeren Konten auf der Liste meines Vaters ein, gefolgt von den Worten »Seien Sie pünktlich«. Meine rasche Antwort würde ihn so in Angst versetzen, dass er bestimmt auftauchte. Ich wusste bloß noch nicht, ob ich den Schneid hatte, ihm gegenüberzutreten.

Zu Ebuns Wohnung brauchte ich zwanzig Minuten und dort wartete ich hinter einem geparkten Lieferwagen, bis Lekan und Niyi gegangen waren. Während ich die Klingeln an der Haustür überflog, an denen nur selten Namen standen, ließ der Stoßverkehr allmählich nach. Die Tür ging auf und die beiden Rumänen vom vorigen Abend erschienen. Einer murmelte irgendwas und bedeutete mir dann mit einer Kopfbewegung, dass ich reingehen könne. Das Treppenhaus lag verlassen da, aber hinter allen Türen war Stimmengewirr zu hören. Ich musste dreimal an Ebuns Wohnungstür klopfen, bis die Kette vorgelegt und die Tür einen Spalt breit geöffnet wurde. Ebuns Gesicht erschien, die Stirn leicht gerunzelt.

»Ja?«

»Du hast gesagt, ich kann vorbeikommen.«

»Das gilt nicht mehr.«

»Ich kann es dir erklären«, sagte ich.

»Bewaffnete Männer können immer alles erklären.«

»Seh ich denn aus wie ein Verbrecher?«

Ebun drehte sich zur Seite, sodass ich ihr Haar sehen konnte. Ich fragte mich, ob noch jemand anders im Zimmer war. »Das Leben macht uns alle zu Verbrechern.«

»Ich hab's mit gefährlichen Leuten zu tun«, sagte ich.

Sie wandte mir den Kopf wieder zu und ich sah, wie ihre Augen mich musterten. »Du kennst keine Gefahr. Gefahr ist, wenn man von bewaffneten Männern mit den Worten ›Vertrau mir‹ in einen Lastwagen gesperrt wird. Gefahr ist, wenn man nicht weiß, ob man nicht erschossen wird oder auf der Fahrt durch den Busch von Mali erstickt, bevor die Tür wieder aufgeschlossen wird. Gefahr ist, wenn man nachts auf einem verrosteten Boot von Marokko nach Spanien fährt und nicht weiß, ob man nicht über Bord geworfen wird.«

Ihr leicht herablassender Ton tat mir weh.

»Ich bin kein schlechter Mensch, ich hab bloß den Boden unter den Füßen verloren«, sagte ich. »Es ist riskant, dass ich noch mal hergekommen bin. Du willst also, dass ich wieder gehe, ja?«

Weiter unten begann ein Mann herumzubrüllen. Seine Schritte kamen die Treppe hoch und Ebun schloss die Tür. Als er ein Stockwerk unter mir war, hörte ich, wie die Kette zurückgeschoben und der Türknauf gedreht wurde. Ebun winkte mich ins Zimmer und schloss die Tür.

»Ich will nicht, dass du gehst«, sagte sie. »Ich will, dass du mich in den Arm nimmst. Es ist schon so lange her, Brendan, dass mich jemand in den Arm genommen hat.«

Sie drückte sich an mich, schlang die Arme um meinen Rücken. Und doch hatte unsere Umarmung nichts Sexuelles, zumindest anfangs nicht. Ein Stockwerk tiefer brüllte die Stimme und jemand anders brüllte zurück. Ich verstand kein einziges Wort von dem Streit, aber das war auch nicht nötig. Menschen, die zusammengepfercht waren und ihre Rechte verletzt sahen, sobald jemand ihre paar Habseligkeiten anrührte. Menschen, die an einer unbeschilderten Kreuzung gelandet waren, gequält von Zweifeln, ob sie nicht besser zu Hause geblieben wären, von Gedanken an Gesichter, die weit weg waren, und von Erinnerungen, die niemand außer ihnen verstand.

Ebun war ganz warm, das angenehme Gefühl ihrer Haut unter dem Kleid, die Art, wie sie ihr Bein zwischen meine Schenkel presste. Wir standen da, ineinander geschlungen und doch getrennt, beide auf der Suche nach Trost für einen Schmerz, den der andere nicht begreifen konnte. Allmählich hörten wir auf zu zittern. Einen Augenblick lang trat Stille ein und wir holten Atem, blickten uns an und hätten fast losgelacht. »*Mo féé*«, murmelte sie. »*Mo féé.*« Dann setzte ein anderes Zittern ein, unsere Hände mussten sich nicht länger zügeln und suchten ein sinnlicheres und direkteres Heilmittel.

Ich hatte noch nie eine schwarze Frau nackt gesehen. Ich wollte sie entkleiden und mir dabei viel Zeit lassen. Ebun beharrte darauf, es mir nachzutun, Knopf um Knopf. Ihre Brüste lagen in meinen Händen, während wir uns küssten und ihre Finger meine Brustwarzen streichelten. Gebrüll von einem der Wohnblocks hinter den Gärten, rufende Mädchenstimmen, ununterbrochenes Hundegebell. Das Wunder ihrer Haut, die unvergleichlich weich war. Der Flaum ihres Schamhaars, das sie mit der Hand bedeckte und mich nicht sehen ließ. Ebuns Körper auf mir, als sie das Kommando übernahm. Das Gefühl, dass sie auf mir trommelte, während ihr Hintern sich hob und senkte. Ihre Haut war faszinierend und außergewöhnlich, verpönt für den Kleinstadtjungen in mir, der sich nie verändert hatte. Ich schloss die Augen. Ich fühlte mich fast wie damals mit Cormac im Schuppen, als das Neuartige seiner Hand und seiner Zunge mich öffneten. Dann verwandelte sich das Bild von Cormac in Conor und in die Vorstellung, wie er mit Charles in meinem früheren Schlafzimmer gelegen hatte.

Bestürzt schlug ich die Augen auf. Ebun sah mich an und ihre Hände lösten sich vom Kissen, um mich an den Schultern zu packen. Dort hielt sie mich wortlos fest und sorgte dafür, dass ich mich auf sie und das Hier und Jetzt konzentrierte. Darauf, dass mein Kopf sich ins Kissen drückte, mein Körper sich plötzlich bog und krümmte. Auf den Schrei, den ihre Zunge in meiner Kehle erstickte, und darauf, wie ihr Becken weiterkreiste und ihre stumme Wonne noch ausdehnte, als ich schon längst gekommen war.

Als ich erwachte, war es auf ihrer billigen Armbanduhr auf der Frisierkommode halb neun. Ebun lag, die Decke fest um sich geschlungen, neben mir. Ich hatte den Eindruck, dass sie mir beim Schlafen zugesehen hatte.

»*E káalé*«, sagte sie in fast spöttischem Ton.

»Fühlst du dich gut?«, fragte ich.

»Warum sollte ich mich schlecht fühlen?«, erwiderte sie. »Ich fühle mich gut, sauber. Du musst gehen, bevor sie zurückkommen.«

»Morgen ...«

»Ja?«

Es war schwierig, mit dem Zusammenprall so verschiedener Leben zurechtzukommen. Ich besaß nicht Cormacs Talent, sich wie ein Chamäleon in jeder Situation zurechtzufinden.

»Ich weiß nicht, ob ich dann noch da bin.«

Ebun zog die Decke fester um ihren Körper. »Worauf bin

ich deiner Meinung nach aus? Aufs Heiraten, auf einen Pass?«

»Versteh mich nicht falsch.«

»Vielleicht bin ich ja auch nicht mehr da«, entgegnete Ebun. »Ich weiß nicht, wann sie an die Tür klopfen, um mich abzuschieben. Aber ich werde nie wieder der Besitz eines Mannes oder einer Familie sein.«

»Diese Sache, wegen der ich zurückgekommen bin ... ich weiß nicht, wo das hinführt. Aber wenn es geht, will ich dich wieder sehen.« Ich blickte mich um. »Dieses Zimmer ist der einzige Ort in Dublin, an dem ich mich noch zu Hause fühle.«

»Was hast du erwartet?«, fragte Ebun. »Sobald du gehst, gibt es kein Zurück mehr.«

»Bei mir ist das anders.«

»Das sagen alle, die hier untergebracht sind. Bei dir ist es bloß anders, weil du weggelaufen bist. Du hast nicht gesehen, wie deine Familie niedergemetzelt wurde, wie dein Sohn verschleppt wurde, um Soldat zu werden, oder wie deine Tochter sich zu Tode gewimmert hat. Du hast getan, was du wolltest.«

»Ich musste mich selbst suchen.«

Ebuns Gelächter tat weh, weil es so ungläubig klang, als würde sie über ein Kind lachen. »›Dich selbst suchen‹, das verstehe ich nicht. Ich verstehe, dass du Essen und Wasser suchst. Dass du Geld suchst, um einen Verbrecher bestechen zu können, damit er dich in einen Lastwagen von Spanien nach Irland steckt, wo du wegen der Abgase fast an deinem Erbrochenen erstickst. Lekan musste nach Hause kommen und sehen, dass seine Frau vergewaltigt worden und sein Kind tot war. Du musstest bloß dich selbst suchen und jetzt glaubst du, du hast das Recht, nach Hause zu kommen.«

»Ich habe mehr Recht, hier zu sein, als ...« Mitten im Satz hielt ich inne.

»Als ich?« Sie streichelte mein Gesicht. »Vielleicht. Aber ich brauche es mehr.«

Ich stieg aus dem Bett und spritzte mir etwas Wasser ins Gesicht. Unten brüllten wieder Menschen in einer fremden Sprache.

»Wir brauchen beide was«, sagte ich. »Ich brauche meinen Sohn.«

»Dann geh zu ihm. Ich würde mein Leben dafür geben, wenn ich meine Tochter noch einmal kurz sehen könnte.«

Ich drehte mich um. »Du hast eine Tochter zurückgelassen?«

»In einem Loch in der Erde, wo ihre Tanten ihr nichts mehr tun konnten«, sagte sie. »Meinst du, ich hätte sie verlassen, wenn sie noch am Leben wäre?«

»Was ist passiert?«

Ebun legte sich hin. Ihre Stimme klang ganz fremd. Kühl und sachlich, als könnte sie ihr keine Gefühle mehr abringen. »Etwas, das mit Mädchen in einem bestimmten Alter passieren kann, etwas, das mein Vater bei mir nicht zugelassen hat, etwas, das ich auch bei ihr nicht zulassen wollte. Es ist gegen das Gesetz, aber Ede, wo ich mit meinem Mann gelebt habe, ist abgelegen. Der Polizeichef in diesem Stadtteil gehört zur Familie meines Mannes. Das gilt für fast alle wichtigen Leute. Die Mutter meines Mannes und ihre Schwestern haben dafür gesorgt, dass ich weg war. Als ich auf dem Platz vom Lastwagen gestiegen bin, habe ich gewusst, dass sie mich überlistet hatten. Sogar auf die Entfernung konnte ich die Schreie meiner Tochter hören. Vielleicht haben sie zu schnell gemacht, weil sie Angst hatten, ich könnte zurückkommen. Meine Schwiegermutter konnte es nicht leiden, dass ich widersprach und bei den Familienversammlungen das Wort ergriff, weil mein Mann nicht für sich selbst sprach. Ich habe nicht gewusst, wo mein Platz ist. Sie haben gesagt, dass nur eine Witwe das Recht hat, so zu reden wie ich. Meine Tochter war auch wie ich. Es war ihre Methode, sie zu einer von ihnen zu machen.«

Kaltes Wasser triefte von meinem Gesicht. »Tut mir Leid«, war alles, was mir einfiel.

»Für jüdische Jungs ist es leichter. Sie bekommen Geschenke und sie verbluten nicht.«

Im Zimmer war es kalt. Ich zog mein Hemd an und sehnte mich nach einer Zigarette. Das Gefühl der Heilung war verflogen.

»Was hast du getan?«, fragte ich.

»Die Sache war geschehen und wurde vertuscht. Seine Familie hat die Tat seiner Mutter nicht gebilligt, aber sie haben sie geschützt. Ich bin mit Lekan weggegangen, der mir geholfen hat.«

»Und Niyi?«

»Ich rede nicht von Niyi.«

»Warum nicht?«

»Der Cousin meines Mannes hatte Geld. Er hatte einen guten Namen ... Niyi bedeutet ›Reichtum ist wertvoll‹. Aber er war immer das schwarze Schaf. Er hat nicht gebilligt, was sie getan haben, aber auch er ist nicht zur Polizei in Lagos gegangen. Aber er hat für uns drei die Fahrt bezahlt.«

»Dann stehst du in Niyis Schuld.«

»Ich stehe bei niemandem in der Schuld. Aber ich gehe nicht zurück, auch nicht, wenn deine Landsleute mich abschieben. Mein Heim ist mit ihrem letzten Schrei gestorben. Ich wäre lieber tot, als zurückzukehren.« Sie sah mich an. »Geh jetzt bitte. Sie kommen bald zurück. Geh in dein Hotel, irgendwohin.«

»Ich gehe in eine Bar«, sagte ich entschlossen.

»Was soll es dir helfen, wenn du dich betrinkst?«

»Gestern Abend hab ich meinem Sohn nachspioniert und hab gehört, wie er gesagt hat, dass er da vielleicht hingeht.« Ich zog meine Jacke an. »Was bedeutet Ebun?«, fragte ich.

»Geschenk Gottes.«

Ich zog den Umschlag mit den Kontonummern und den Shyroyal-Papieren hervor, schrieb Pete Clancys Namen und die Nummer seines Büros vorn drauf und legte ihn neben ihr aufs Bett.

»Bewahr das gut auf«, sagte ich. »Ich hab sonst niemanden, dem ich vertrauen kann. Ich muss heute Nacht noch jemanden treffen. Falls ich mich nicht wieder melde und sie dich abschieben wollen, ruf diesen Mann an, lies ihm die erste Nummer aus dem Umschlag vor und sag ihm, dass er den Rest haben kann, wenn dein positiver Asylbescheid da ist.«

Ich küsste sie nicht und sie lächelte nicht. Ich schob die Kette zurück und öffnete die Tür. Niyi stand draußen im Flur. Er sah ängstlich und wachsam aus. Ich hatte keine Ahnung, wie viel er mit angehört hatte. Keiner von uns sagte etwas, als ich mich an ihm vorbeizwängte und die Treppe hinunterstieg.

Nachdem Sarah-Janes Taufe in Navan Stadtgespräch gewesen war, wurde ihr erster Geburtstag sieben Monate nach unserer Flucht nach Cremore ruhiger gefeiert. Alles war so schnell gegangen, dass ich erst an dem Tag, an dem Phyllis zu packen begann, erfuhr, dass unser Haus verkauft wurde. Doch seit dem Abend zwei Wochen nach der Taufe, an dem ich zum zweiten Mal in meinem Leben auf der Hunderennbahn in Navan gewesen war, lief alles in diese Richtung. An jenem Abend fand in Cork eine Parteiveranstaltung statt und mein Vater war froh, eine Nacht lang der neuen Welt des Babyfütterns und Schlafentzugs entfliehen zu können. Normalerweise riskierte Cormac es nicht, vor Mitternacht in den Schuppen zu kommen, doch an diesem Abend hörte ich um neun Uhr sein Klopfen an der Tür. Er war vollständig angezogen und tänzelte auf dem Weg.

»Sie ist völlig geschafft und das Licht ist aus. Vor zwölf, wenn das Baby schreit, wacht sie bestimmt nicht auf. Weil der Griesgram Eamonn nicht da war, haben wir uns den ganzen Abend lang unterhalten. Ich hab sie am Ende dazu gebracht, dass sie mir von meinem richtigen Vater erzählt, einem Mann, den sie in Schottland kennen gelernt hat. Hat sich nett angehört. Sie hat sich in ihn verliebt, obwohl sie nicht mal seinen Namen kannte. Ich will was Verrücktes anstellen, komm, wir gehen zur Hunderennbahn.«

Woher wusste Cormac, dass ich an der Hunderennbahn gern durch den Wellblechzaun spähte? Er schien die Schwachpunkte der Leute stets zu erraten. Wenn man uns erwischte, würde man mich schlagen, nicht ihn. Doch ich ließ mich überreden und wir beide liefen mit lockeren Schnürsenkeln durch die Seitensträßchen, wo uns aus den Sauglüftern der Pubs der Gestank von Alkohol und Zigaretten entgegenschlug.

Er blieb vor der öffentlichen Toilette stehen und winkte mich herein. Der Fußboden stand unter Wasser, die Lampen waren kaputt. Wie ein Archäologe, der eine ägyptische Grabkammer erforscht, führte er mich in eine Kabine und zündete ein Streichholz an, um die Graffiti lesen zu können. Primitive Zeichnungen von riesigen Brüsten und Penissen, Slogans für die IRA und gegen die EWG und gefährliche, mit Kugelschreiber aufgekritzelte Botschaften: *Komm am Dienstag um halb sieben, da warten hier mehr als zwanzig Zentimeter auf dich*. Unten drunter in einer anderen Handschrift: *Ich war da. Wo warst du? Freitagmittag knie ich mich vor dich und lutsch dich aus*. Und darunter mit schwarzem Leuchtstift: *Scheißschwule, euch sollte man bei lebendigem Leib verbrennen*.

»Komm schon, Cormac, das ist ja ekelhaft. Gehen wir, bevor uns jemand entdeckt.« Er beachtete mich nicht, sondern zündete ein neues Streichholz an und sein faszinierter Gesichtsausdruck beunruhigte mich.

»Was meinst du, wer das ist? Wo könnte man den Mann finden?« Er deutete auf einen Namen, der in drei verschiedenen Botschaften genannt wurde – Bartley Dunne.

»Keine Ahnung. Mach schon, bevor jemand kommt!«

Schließlich trieb ihn meine Angst dazu, zu verschwinden. Als wir auf der Hunderennbahn ankamen, standen noch zwei Rennen aus. Die Tore waren geöffnet und die ersten Leute gingen bereits. Niemand beachtete uns. Auf dem Boden entdeckte ich ein Programm und ich betrachtete die Namen und die seltsamen Codes für die Zeiten und die Form der einzelnen Hunde.

»Lass uns wetten.« Cormac zog einen Zehnpfundschein aus der Tasche.

»Woher hast du das Geld?«

»Ich hab's eben. Ich hab's gespart.«

Mir fiel ein, wie mein Vater den Schuppen durchwühlt hatte, ohne jemandem zu sagen, wonach er suchte. Noch bevor ich ihn zur Rede stellen konnte, ging Cormac an den aufgereihten Buchmachern mit ihren Ledertaschen vorbei. Alle weigerten sich, seine Wette anzunehmen, doch der letzte blickte sich um, nahm dann den Zehner und gab ihm einen Wettschein und drei Pfund Wechselgeld.

Sein Hund kam als Vorletzter ins Ziel. Cormac blieb gelassen und schien mehr daran interessiert zu sein, Pete Clancy und seine übergewichtige Mutter im Publikum zu beobachten. »Eines Tages zahl ich ihm alles heim, was er dir angetan hat«, sagte er, »so, wie ich's bei den anderen gemacht hab. Ich bin nicht gut beim Wetten, probier du's mal. Ich geh auf die Toilette.«

Ich wusste, dass er nicht musste, er wollte sich bloß die Graffiti an der Wand ansehen. Aber es war mir egal, in welche Schwierigkeiten er sich brachte. Endlich stand ich hier auf diesen Stufen, hielt ein Programm in den zitternden Fingern und hatte jede Menge Geld. Was war der kleinste Betrag, den ich setzen konnte? Vielleicht fünfzig Pence. Was würde Cormac sagen, wenn ich alles verlor? Weder die abgedruckten Zeiten noch die knappen Notizen in Kurzschrift, in denen die Form der Hunde in groben Zügen dargestellt wurde, sagten mir etwas. Ein paar Leute versammelten sich um den Führring. Mir gefiel Nummer fünf, die Art, wie er an seiner Leine zerrte, und irgendetwas an seinen Augen. Pete Clancy starrte wütend herüber, denn er wusste, dass ich kein Recht hatte, mich unter anständigen Menschen aufzuhalten. Am nächsten Tag würden sie mich nach der Schule in den Hintern treten. Aber es war mir sogar egal, ob sie mich zu seinem Wigwam am Fluss schleiften, was er mir ständig androhte. Ich würde endlich wetten, und nicht bloß um fünfzig Pence. Es ging um alles oder nichts. Der Buchmacher wollte die Wette nicht annehmen. »Wie alt bist du überhaupt, Jungchen?«, fuhr er mich an. »Willst du, dass ich meine Lizenz verliere?«

»Mein Dad hat mich hergeschickt«, sagte ich in flehendem Ton. »Er ist in der Bar. Er schlägt mich, wenn ich keinen Wettschein mitbringe.«

Nicht aus Mitleid, sondern aus Habgier nahm er die Wette doch noch an. Drei Pfund auf einen hoffnungslosen Außenseiter. Nummer fünf hatte den Sieg nicht verdient, aber die in Führung liegenden Hunde stießen zusammen. Doch dann holten sie immer mehr auf. Im Gegensatz zu den anderen Zuschauern schrie und brüllte ich nicht. Ich war völlig reglos, stand neunundzwanzig komma acht zwei Sekunden lang wie angewurzelt da. Nichts anderes existierte. Kein Pete Clancy, kein Schuppen. Bloß ich und dieses Hunderennen. Cormac kehrte zurück, als die Menge sich allmählich zerstreute. Er schaute mir ins Gesicht.

»Hast verloren, was?«

»Nein«, erwiderte ich. »Ich hab gewonnen. Was bedeutet neun zu eins?«

Neun zu eins und dann noch den Einsatz zurück bedeutete dreißig Pfund. Der Buchmacher wollte meinen Vater sehen. Wenn ich allein gewesen wäre, hätte ich mich aus dem Staub gemacht, aus Angst, jemand könnte meinem Vater von dem Streit erzählen. Aber Cormac behauptete sich und verlangte jeden einzelnen Penny. Verstört von unserem Reichtum, gingen wir nach Hause.

»Du bist ein Genie«, sagte er. »Ein echtes Genie. Was machst du mit dem Geld?«

»In dem Baum an der Straße ist ein Loch. Da verstecken wir's.« Meine Euphorie war verflogen. Durch dreißig Pfund würde sich mein Leben nicht verändern. Auch mit dreihundert hätte ich nicht den Mut aufgebracht, davonzulaufen. Ich sehnte mich in den Schuppen zurück, wo ich das Gefühl, das ich bei der Wette gehabt hatte, noch einmal durchleben konnte.

Eine Woche später wachte ich auf, als die Schuppentür aufgestoßen wurde. Cormac konnte es nicht sein, er musste stets viermal klopfen, da ich den versteckten Schlüssel hatte. Ich zog die Decke fest um mich, überzeugt, dass mein Vater von unserem Besuch auf der Rennbahn erfahren hatte und mir eine mitternächtliche Tracht Prügel bevorstand. Hinter ihm stand Phyllis im Nachthemd. Diesmal war es anscheinend richtig schlimm. Ich zitterte und konnte vor Angst nicht einmal weinen.

»Wo ist er? Wo zum Teufel hast du ihn versteckt?«

Das Licht blendete mich. Ich hielt mir die Hand vor die Augen, und als ich sie wieder senkte, sah ich, wie mein Vater die Aktenschränke wegrückte, hinter seinen alten Schreibtisch schaute und dann nach meiner Decke griff. Wenn er ein Messer gehabt hätte, hätte er auch noch die Matratze aufgeschlitzt.

»Wo ist er, Brendan? Sag's mir.« Phyllis sprach in flehendem Ton und ich fand es beunruhigend, dass sie meinen Namen benutzte. Normalerweise war ich bloß »du« oder »er«. Sie sahen abgespannt aus. Sarah-Jane hatte Krupphusten und beide hatten schon die ganze Woche nicht richtig geschlafen.

Mein Vater hörte auf zu suchen, denn er war endlich überzeugt, dass Cormac sich nicht im Schuppen versteckt hielt. Phyllis fing an zu weinen. »Hast du ihn gesehen, Brendan?«, fragte sie jammernd. »Er kann nicht schwimmen. Was ist, wenn er zum Fluss gegangen ist? Du kennst ihn. Du weißt doch bestimmt, wo er ist?«

Mit beidem hatte sie Unrecht. Es war unmöglich, Cormac zu kennen. Man konnte höchstens hoffen, mit ihm zusammen zu sein. Ich hatte keine Ahnung, wo er war, vermutete aber, dass unsere dreißig Pfund auch verschwunden waren. Sie betrachteten mich als ihre einzige Hoffnung. Mein Vater wollte die Polizei aus der Sache heraushalten. Wir fuhren die halbe Nacht lang durch alle Seitensträßchen von Navan, wo ich auf geparkte Containerlastwagen kletterte und in leer stehende Lagerhäuser starrte und seinen Namen rief. Dann am Boyne entlang bis nach Bective, wo ich das eine Ufer absuchte und mein Vater das andere, während Phyllis jedes Mal zitternd auf der Brücke stand und das wimmernde, in eine weiße Decke gehüllte Baby wiegte.

Als ich mit einem Stock ins Schilf watete, wäre ich fast ertrunken und verlor im Schlick meinen Schuh. Phyllis schrie mich wegen dieser Geldverschwendung nicht an. Sie sagte vielmehr, ich sei ein toller Junge, und fragte mich, ob ich auch barfuß weitersuchen könne. An einem Wehr, wo die gespiegelten Bäume das Wasser im Morgengrauen grün färbten, fing ein Reiher Fische. Ich wollte Cormac nicht finden, ich wollte weitersuchen, wollte in ihrer Dankbarkeit schwelgen, während ich mir das Gesicht aufschürfte und die Kleider zerriss. So muss er sich fühlen, dachte ich, so muss es sein, wenn man im Mittelpunkt steht.

In Bective kletterte ich in die Abteiruine, suchte das Mittelschiff und das Oratorium ab, ohne darauf zu achten, dass die Steine mir in die Fußsohlen schnitten. In der Nähe sprang ein Traktor an und das Vieh wurde zum Melken zusammengetrieben. Phyllis, die in Richtung Trim weitergefahren war, kehrte zurück und hupte. Ich wusste, dass sie nicht gesehen werden wollten. Während der ganzen Heimfahrt redete sie sich ein, dass Cormac zu Hause warten würde, und sie sagte meinem Vater, er solle ihn nicht schlagen. Sein Schlafzimmer war leer. Es war schon Jahre her, dass ich in dieser Tür gestanden hatte. Ich hatte Angst, das getrocknete Blut von den Schnittwunden an meinen Füßen könnte auf dem Teppich Flecke hinterlassen.

»Ich muss in die Schule«, sagte ich.

»Du kannst heute ausnahmsweise zu Hause bleiben«, erwiderte Phyllis. »Das hast du dir verdient. Wasch dir die Füße, iss was und geh ins Bett.«

Sie sah verwirrt aus und da merkte ich, dass ich sie anlächelte. Zaghaft lächelte sie zurück und ich stand voller Stolz da. Ich war gar nicht mehr müde und freute mich wie ein Schneekönig. Meine Euphorie hielt aber nur bis zum Fuß der Treppe an, von wo ich sie zu meinem Vater sagen hörte: »Lass ihn zu Hause bleiben, bis Cormac wieder da ist. Wir wollen doch nicht, dass in der Stadt irgendwelche Lügen verbreitet werden.«

Zwei Nächte später kündete ein viermaliges Klopfen an der Schuppentür von Cormacs Rückkehr. Er sah verändert aus, wie ein aufgeblasenes Abbild seiner selbst.

»Wo bist du bloß gewesen?«, fragte ich. »Sie haben die Polizei den Fluss nach dir absuchen lassen.«

»Warum?« Er sah ungläubig aus. »Ich kann Wasser nicht ausstehen. Bartley Dunne ist kein Mann, sondern ein Pub. Ich bin nach Dublin getrampt und hab mich glänzend amüsiert.«

»Wo hast du gewohnt?«

»Bei einem Mann. Ich hab ihn vor dem Pub kennen gelernt. Es war herrlich. Er hat mich für einen fünfzehnjährigen Protestanten gehalten, der aus dem Freimaurer-Internat ausgerissen ist.« Cormac ahmte die Aussprache der Oberschicht nach, wodurch er älter wirkte. »Wir haben alles zusammen ausprobiert. Alles.«

»Wie meinst du das?« Ich guckte durch den Hühnerdraht, da ich schreckliche Angst hatte, im Haus könnte das Licht angehen.

»Ich bin nicht allein. In Irland gibt es Dutzende von meiner Sorte, vielleicht sogar Hunderte.«

»Was meinst du denn?«

»Ich steh nicht auf Mädchen, so wie du, Brendan. Um dich zu erregen, muss ich dir Mädchen beschreiben, aber mich erregt es schon, dich zu sehen.«

Ich war verwirrt, aus Angst um ihn und mich selbst. Er war so aufgekratzt, dass ich Angst hatte, er würde aufs Schuppendach klettern und ganz Navan von seinen Erlebnissen erzählen. Er hüpfte herum und beschrieb das Haus des Mannes in Sutton, mit Blick aufs Meer und einer speziellen Maschine, mit der man richtigen Apfelsaft machen konnte.

»Ich musste ihn verführen«, sagte Cormac. »Er hat dauernd gesagt, ich bin noch zu jung, da hab ich ihm alles von dir erzählt.«

»Du hast ihm *was* erzählt?« Ich war jetzt starr vor Entsetzen.

»Dass du sechsundzwanzig bist und Bankangestellter und dass wir zwei Jahre lang ein Liebespaar waren.«

»Mein Gott, Cormac. Du hast ihm doch nicht meinen Namen gesagt?«

»Sei nicht albern.« Cormac lächelte. »Brendan gibt es zu häufig, als dass es der Name eines Protestanten sein könnte.

Ich hab mir einen ausgedacht. Das ist alles, was du zu tun brauchst, wenn du jemand anders sein willst. Du musst nicht immer du selbst sein.«

»Ich will nicht, dass wir all das noch mal tun«, sagte ich. »Es ist nicht richtig.«

»Das stimmt.« Er zog eine Schachtel Zigaretten hervor und bot mir eine an. »Mit dir ist es nicht richtig. Du bist keiner von uns. Ich kenne jetzt den Unterschied.«

Im Haus begann Sarah-Jane zu schreien, das war die wütende Forderung, dass sich jemand um sie kümmern sollte. Im Schlafzimmer ging das Licht an. Wir beobachteten, wie Phyllis' Silhouette im Zimmer auf und ab ging und das Kind zu beruhigen versuchte.

»Deine Mutter hat tagelang geweint«, sagte ich. »Ist dir das denn egal?«

»Nein.« Cormacs Stimme klang trübsinnig. »Aber es war besser, als wir nur zu zweit zusammengewohnt haben und dein Vater bei uns ein und aus gegangen ist. Ich weiß noch, wie sie am Fenster gewartet hat, und wenn er kam, war es immer wie Weihnachten. In Navan war es nie so. Was ich in Dublin getan hab, war nicht falsch, aber es ist falsch, was sie dir angetan haben. Das hab ich von dem Tag an gewusst, als sie dich hier reinsteckten. Ich konnte es ihr bloß nicht begreiflich machen.« Er sah mich an und lachte. »Lass uns nach Dublin gehen. Das ist genau der richtige Ort für uns. Da gibt es einen Markt, der Dandelion heißt, und anständige Plattenläden. Wir sorgen dafür, dass sie umziehen.«

»Wie denn?«

Am Vorhang tauchte eine zweite Silhouette auf, mein Vater, der Phyllis erschöpft ablöste. Cormac berührte mich. Ich zuckte zusammen und wich einen Schritt zurück, doch er beruhigte mich und schob mein Unterhemd hoch, um sich die blauen Flecke auf meinem Rücken anzusehen.

»Das war Pete Clancy, stimmt's? Ich hab gesehen, wie er

dich am Montag vor den Augen der anderen Jungs auf der Straße verprügelt hat. Das lass ich ihn büßen.«

»Sei nicht verrückt. Einem Clancy kann niemand was anhaben.«

Er drückte seine Zigarette aus und ging nach draußen, um den Stummel in Caseys Garten zu werfen. »Schließ die Tür ab«, flüsterte er, »sonst wissen sie, dass du einen Schlüssel hast.«

»Was willst du ihnen sagen?«

Cormac gab keine Antwort, er hob bloß einen Kieselstein auf und zielte damit auf ihr Fenster. Ich schloss die Tür ab, versteckte den Schlüssel und beobachtete durch den Hühnerdraht, wie sich nach seinem zweiten Kieselstein der Vorhang bewegte. Phyllis war als Erste unten. Oben schrie unbeachtet das Baby, während Phyllis weinend ihren Sohn umarmte. Schließlich ließ sie ihn los und sah meinen Vater an, der in der Küchentür stand.

»Ich verlange eine Erklärung«, sagte er. »Das waren drei Nächte.«

»Ich hatte Angst.« Cormac brach in Tränen aus.

»Angst vor wem?«

»Vor Pete Clancy.«

Phyllis brachte meinen Vater mit einem Blick zum Schweigen. »Warum hast du Angst vor ihm?«, fragte sie.

»Er hat Sachen mit mir gemacht. Sachen, die ich nicht tun wollte.«

»Was für Sachen?«

»Schmutzige Sachen. Am Montag nach der Schule, in dem Wigwam, das sie am Fluss gebaut haben. Er hat gesagt, er bringt mich um, wenn ich mich sträube.« Er beugte sich vor und flüsterte etwas. Phyllis wich einen Schritt zurück, als hätte ihr jemand eine Ohrfeige gegeben, und drehte sich zu meinem Vater um.

»Unternimm was«, schrie sie und in der ganzen Straße gingen in den nach hinten gelegenen Schlafzimmern die Lichter an. »Du musst was unternehmen!«

Mein Vater sah verwirrt aus, denn er wusste nicht genau, was er glauben sollte. »Was kann ich schon unternehmen?«, fauchte er. »Was für Beweise hab ich denn?«

»Das hier.« Cormac sprach so deutlich, dass die lauschenden Nachbarn es hörten. Er zog sein Hemd aus und drehte sich um, damit sie im Licht aus der Küche seine nackten Schultern sehen konnten. Phyllis ließ die Finger sanft über seinen Nacken gleiten und wandte sich ab.

»Man kann die Abdrücke der Fingernägel noch sehen«, jammerte sie. »Dieser verdammte Clancy hat ihm fast die Haut vom Rücken gekratzt. Was willst du unternehmen, Eamonn? Bist du ein Feigling oder was?«

Auch wenn mein Vater nichts unternahm, würden die Gerüchte über Pete Clancy am Abend des nächsten Tages bis in den hintersten Winkel von Navan vorgedrungen sein. Gerüchte, die einen größeren Schaden anrichten würden als die schlimmste Tracht Prügel, die ich mir ausgemalt hatte. Während ich meinen Vater betrachtete, hätte ich eigentlich das erregende Gefühl der Rache verspüren müssen. Doch mich erfüllte eine solche Wut, dass ich am ganzen Körper zitterte. Vor vier Jahren hatte ich ihm unter Tränen erzählt, dass Pete Clancy Cormac verprügelt hatte. Der Mann hatte sich geweigert, mir zu glauben, obwohl er gewusst hatte, dass ich die Wahrheit sagte. Sein Gesicht zeigte mir, dass er an Cormacs Worten zweifelte, und doch wusste ich, dass er dieser Lüge Glauben schenken würde.

Während der nächsten paar Tage tat mein Vater das, was jeder Beamte in seiner Stellung getan hätte. Er sagte, er werde zum Pfarrer, zum Schulrektor und zur Polizei gehen. Er schwor, mit Barney Clancy zu reden und den Mann wegen seines Sohnes in die Knie zu zwingen. Dann verfiel er in Schweigen, denn er wusste, dass die Gerüchte über Cormac und Pete Clancy, die bei ihrer Verbreitung in der Stadt noch aufgebauscht worden waren, ihn auf die Probe stellten. Mein Vater verstand unter Macht die Kontrolle der Wahrnehmung und diesmal war er machtlos. Zwei Tage lang blieb er nachts auf, betrank sich und konnte nicht ertragen, mit Cormac im selben Zimmer zu sein. Eine Woche später kam er mit entschlossenem Blick nach Hause, rief mich aus dem Schuppen ins Haus, damit ich bei Cormac blieb, und fuhr mit Phyllis und dem Baby davon.

An jenem Nachmittag zeigte er Phyllis die Lösung des Problems, wobei er ihr den Rücken zugekehrt hatte, während er aus dem Erkerfenster starrte und sagte, dass der Umzug im Interesse aller Beteiligten sei. Er war bestimmt zu verlegen, um ihr dabei zuzusehen, wie sie Sarah-Jane in dem leeren Wohnzimmer des Hauses stillte, das er überstürzt in Cremore gekauft hatte.

Eine halbe Stunde nachdem ich Ebuns Wohnung verlassen hatte, ging ich eine Gasse hinter der George's Street entlang und stellte fest, dass ich den Oliver Twist Pub kannte und doch nicht kannte. Ich hatte dort als ein anderer Mensch manchmal etwas getrunken, als die Kneipe noch Boyle's Bar hieß. Die lange Marmortheke war das einzige Überbleibsel aus der Zeit, als dort noch ein gewisser Mr. Boyle in einer weißen Schürze residierte, der sich weigerte, Bier an Frauen auszuschenken, und mit seiner perversen Logik entschied, wen er vom ersten Augenblick an ausschloss und wen er schließlich als Stammgast akzeptierte und zur Einführung mit einem *Baader Meinhof* traktierte – einem Cocktail, den er selbst kreiert und so genannt hatte, weil er einem »den Kopf wegpusten« würde.

Ein Golfspieler konnte sich leichter für die US Masters qualifizieren als die meisten Gäste für einen *Meinhof*. Deshalb ging ein ehrfürchtiges Raunen durch die Bar, als Mr. Boyles kindliches Staunen über Cormacs Trick mit dem verschwundenen Zehnpfundschein uns beiden schon bei unserem ersten Besuch einen dieser Cocktails einbrachte.

Wie alle Tricks von Cormac ging es ganz einfach. Er bat Mr. Boyle, zehn Pfund aus der Kasse zu nehmen, seine Initialen in eine Ecke zu schreiben, den Geldschein in das weiße Taschentuch zu stecken, das Cormac in der Hand hielt, und das erhobene Taschentuch vierzig Sekunden lang konzentriert anzustarren. So blieb mir genug Zeit, den Geldschein diskret vom Boden aufzuheben (denn Cormac hatte ihn fallen lassen, als er das Taschentuch hochhob), ihn bei dem dösigen Barkeeper am anderen Ende der Theke gegen Kleingeld für den Zigarettenautomaten einzutauschen und auf der Toilette zu verschwinden, bevor Cormac mit elegantem Schwung das Taschentuch entfaltete und einen Zettel enthüllte, auf dem stand: »Er liegt hinter Ihnen in der Kasse.«

Mr. Boyle war begeistert (und, ohne es zu wissen, um zehn Pfund ärmer) und wir wurden – mit einundzwanzig und zweiundzwanzig – seine jüngsten Stammgäste, ungefähr zwanzig Jahre jünger als die meisten anderen. Cormac hätte sich jetzt im Oliver Twist vielleicht wohler gefühlt, doch der Barkeeper hätte ihm denselben Schon-wieder-so-ein-Opa-Blick zugeworfen wie mir, als ich mich an die Theke setzte, um einen Drink zu bestellen.

Das Komische war, dass ich ausgerechnet hier in diesem völlig veränderten Pub, in dem jede Menge Schwule rings um die besetzten Tische standen oder sich auf der kleinen Tanzfläche drängten, Angst hatte, erkannt zu werden. Nicht, dass ich viele vertraute Gesichter gesehen hätte, aber ein paar von Cormacs alten Bekannten fielen mir ins Auge. Männer, mit denen er kurze, flüchtige Affären gehabt hatte und die er nur so nah an sich herangelassen hatte, dass sie hinterher kaum etwas über ihn wussten. Niemand konnte die unverbindliche Freundlichkeit durchdringen, mit der er sich die Welt vom Leib hielt, bis Alex Lever kam, der aus Schottland stammte und in der neu eröffneten Blackrock-Privatklinik arbeiten wollte.

Auch wenn sich nur ein paar Anwesende an Cormac erinnern mochten, so sprachen doch noch viele Schwule, die in den achtziger Jahren ihr Coming-out gehabt hatten, von seiner Beziehung zu Alex Lever. Ein Mann musterte mich, der angesichts seiner widersprüchlichen Erinnerungen verwirrt wirkte. Mit meinen gefärbten Haaren sah ich Cormac so ähnlich, dass sich ein Zollbeamter, der nur einen flüchtigen Blick auf seinen Pass warf, davon täuschen ließ, und doch war ich noch so deutlich ein älteres, bartloses Abbild meiner selbst, dass der Mann sich verwirrt abwandte. Er hatte im Hirshfield Centre, dem ersten Dubliner Schwulenclub in der Fownes Street, inmitten der heruntergekommenen Kopfsteinpflastergassen des späteren Temple Bar, unentgeltlich als Türsteher gearbeitet, als ich am Abend meiner ersten richtigen Verabredung mit Miriam nach der Sperrstunde in den Pubs dort hingegangen war.

Zuerst hatte sie bezweifelt, dass ich es ernst meinte, und wollte nicht glauben, dass wir wirklich hineingehen würden, auch als ich ihr erklärte, dass es dort – anders als im Zhivago's, McGonegal's oder anderen normalen Nachtclubs – keinen Ärger mit Rausschmeißern gebe und einen die Barkeeper nicht übers Ohr hauten. Die Mädchen von der Fleischtheke im Dunnes Store schauten oft gemeinsam vorbei und genossen die Gesellschaft eleganter Tänzer, ohne sich von Betrunkenen betatschen lassen zu müssen.

Ich hatte es so geschildert, dass es wie ein Erlebnis klang, über das sie mit Freunden lachen konnte, aber in Wirklichkeit wollte ich sie Cormac vorführen. Eine Freundin war vermutlich das Einzige, was er sich nicht ausleihen und dann aus Vergesslichkeit nicht wieder zurückgeben würde. Das war vor Alex Lever, als Cormac noch unbekümmert war, der Mittelpunkt einer Schar junger Männer oben im Fernsehraum. Sofort umgarnte er Miriam und erzählte ihr die unglaublichsten Lügen über mich. Ich wusste noch, wie natürlich mir an jenem Abend alles erschienen war und wie herzlich Cormacs Freunde Miriam begrüßt hatten, wie sie ihn geneckt hatten und von ihm geneckt worden waren, wie sie das Bild einer perfekten Peter-Pan-Welt vermittelten.

Warum war mir dann jetzt, als ich den Blick über die Tische schweifen ließ, um zu sehen, ob Conor da war, die Welt im Oliver Twist unheimlich? Inzwischen gab es Aids, aber es war nicht bloß dieses Risiko oder Conors Alter, was mir ein ungutes Gefühl gab. Es war heuchlerisch, das, was bei meinem Bruder in Ordnung gewesen war, bei meinem Sohn falsch zu finden. Trotzdem fand ich die Vorstellung unerträglich, dass Conor zu dieser dröhnenden Musik und dem Gewoge von Händen gehörte, die vorbeigehende Männer an den Schultern berührten. Es bestätigte bloß, wie viel mir von seinem Heranwachsen entgangen war. Ich entdeckte Charles, der mit einem anderen jungen Mann in der Masse aus Körpern tanzte und ihm gerade etwas ins Ohr flüsterte. Ich hatte die beiden anscheinend so angestiert, dass sein Freund es schließlich bemerkt hatte und ihm etwas sagte. Charles sah mich an, bedachte mich mit einem schnippischen, abweisenden Zwinkern und tanzte dann weiter.

Ich drehte mich um, um noch einen Drink zu bestellen, und der Barkeeper setzte einen mitfühlenden Ich-hab's-dir-ja-gesagt-Blick auf. Plötzlich war ich von jüngeren Männern umringt, die den Barkeeper beim Namen riefen und lautstark seine Aufmerksamkeit zu erregen versuchten. Sofort wusste ich, dass Conor dabei war. Ich erkannte sein Lachen und hörte darin nicht bloß einen verstörenden Widerhall von Cormac, sondern auch die Stimme meines eigenen Vaters.

Conor stand direkt neben mir und drückte sich an mich in

seinem Verlangen, bedient zu werden. Der Junge war noch nicht alt genug, um sich in einem Pub herumzutreiben, geschweige denn in diesem. Ich hätte mich am liebsten umgedreht und ihm ins Gesicht geblickt, aber ich brachte es nicht fertig. Und doch spürte ich geradezu seinen Atem und seine Aura der Jugend, erlebnishungrig und verletzlich. Plötzlich lag seine Hand neben meiner auf der Theke und er nahm die ersten Gläser und reichte sie nach hinten. Er hatte schon immer ganz lange Finger gehabt, wie geschaffen zum Klavierspielen. Er unterhielt sich über die Demonstration, auf der sie gewesen waren, reichte dem Barkeeper das Geld, wartete auf das Wechselgeld und verschwand.

Schließlich brachte ich die Kraft auf, mich umzudrehen und zu beobachten, wie er lachend in einer Gruppe von Leuten stand, der sich auch Charles angeschlossen hatte. Er hatte dieselbe Haarfarbe wie ich früher, und doch sah er Cormac ähnlicher. Charles wollte weggehen, blieb aber noch einmal stehen, um mit jemandem herumzuwitzeln, bevor er dem Jungen, mit dem er getanzt hatte, auf die Herrentoilette folgte. Ich hatte mich bloß danach gesehnt, mich Conor eine Weile nahe zu fühlen, doch unwillkürlich folgte ich Charles.

In der Toilette war die Musik noch lauter und die Wände wurden dominiert von einem neckischen, ironischen Bild, einem Pasticcio des Gemäldes *Die Badenden* von Seurat. Ich hatte eigentlich erwartet, sie zusammen in einer Kabine zu finden, doch der andere Junge wusch sich an den vergoldeten Wasserhähnen die Hände, während Charles mir den Rücken zugekehrt hatte und Wasser ließ. Als der Junge gegangen war, blickte Charles auf und betrachtete mich in dem Spiegel über den Pissbecken.

»Ist irgendwas?«, fragte er und knöpfte sich die Hose zu. Ich gab keine Antwort. Er drehte sich um und ging an mir vorbei zu den Waschbecken.

»Wie alt bist du?«, fragte ich.

»Was geht dich das an?«

»Hier stelle ich die Fragen.«

»Alt genug, um es besser zu wissen.« Er spritzte Wasser in meine Richtung. »Aber noch jung genug, um Spaß dran zu haben.«

Er trocknete sich die Hände ab und ging zur Tür, wobei er mich absichtlich anrempelte.

»Wenn du Conor wehtust, dann mach ich dich ausfindig, Freundchen.«

Er drehte sich um, beunruhigt und nicht mehr so selbstsicher, unschlüssig, ob ich ein Verehrer von Conor war oder ein Familienmitglied, das die Gefahren der Außenwelt einschleppte. Durch seine Unsicherheit wirkte er jünger.

»Wer bist du, verdammt noch mal?«

»Noch jung genug, um dir die Eier zu zerquetschen, Charlieboy.«

Er gab keine Antwort, sondern starrte mich bloß ein letztes Mal an und ging. Ich zitterte, denn ich wusste, dass ich zu viel gesagt hatte und jetzt besser ging. Aber ich kam mir vor wie eine Fliege, die an einem Insektenfänger klebt. Der Gedanke, dass Conor so quälend nah war, brachte mich um. Ich ging in eine Kabine, verriegelte die Tür und starrte die Graffiti an und das kleine Loch, das jemand in die Wand zur Nachbarkabine gebohrt hatte. Was würde Charles wohl gerade zu Conor sagen? Angenommen, er käme herein und wollte wissen, wer ich war? Ich fand den Gedanken unerträglich, ihn in einer Toilette zu treffen. Ich entriegelte die Tür, spritzte mir etwas Wasser ins Gesicht und ging wieder nach draußen.

An der Theke waren alle Plätze besetzt. Der Pub war gedrängt voll und noch immer strömten Leute herein. Auf den Bildschirmen an den Wänden wurden Videos gezeigt, während aus den Lautsprechern Musik dröhnte. Der ehemalige Türsteher vom Hirshfield Centre tauchte neben mir auf.

»Mir will dein Name einfach nicht einfallen«, sagte er. »Aber ich kenne dein Gesicht von früher. Vielleicht irgendwo aus dem Urlaub?«

Ich schüttelte den Kopf, da ich Angst hatte, ihn meine Stimme hören zu lassen. In der Hitze hinterließ das Haarfärbemittel rote Flecke auf meinem Kragen. Charles hatte anscheinend etwas gesagt, denn Conor blickte halb drohend, halb ängstlich herüber. Wen mochte er sehen? Am vorigen Tag hatte auch ich ihn nicht erkannt und er war bei meinem Verschwinden erst sieben gewesen, aber er hatte doch bestimmt noch irgendwelche Erinnerungen an mich? Nicht, dass ich mit ihm sprechen wollte, denn ich hätte nicht gewusst, wo ich anfangen sollte.

Männer rempelten mich an, weil ich ihnen den Weg versperrte, doch ich rührte mich nicht vom Fleck und fixierte Conor, ohne mich darum zu kümmern, dass die anderen an seinem Tisch ihn wegen seines Verehrers verspotteten. Mein Sohn sah einfach gut aus und ich war richtig stolz auf ihn und schämte mich für mich selbst. Er blickte auf seine Armbanduhr und Charles bot ihm offenbar an, ihn zu begleiten. Doch Conor schüttelte den Kopf, schnappte sich seine Jacke und ging zur Tür. Seine Freunde schauten herüber, als wollten sie mich davor warnen, ihm zu folgen. Ich befürchtete, sie würden mir den Weg versperren, doch ich hätte mich an ihnen vorbeigedrängt, denn ich hatte meinen Vorsatz aufgegeben. Ich konnte es nicht ertragen, von meinem Sohn getrennt zu sein.

Draußen in der dunklen Gasse war es kalt. Conor hatte schon fast die George's Street erreicht. Er warf einen Blick zurück, sah mich und verschwand zu meiner Verwirrung in einem engen Gässchen. Konnte es sein, dass er dort wartete? Der Gedanke war schrecklich – vielleicht stand er ja auf ältere Männer. Dann fiel mir ein, dass von dort eine Abkürzung zur Dame Street führte. Ich betete, dass er den mutmaßlichen Verehrer abzuschütteln versuchte, folgte ihm aber dennoch.

Als er hörte, wie ich in das Gässchen bog, beschleunigte er seine Schritte. Er verfiel in Laufschritt und blieb dann stehen, als würde er auf mich warten oder als versuchte er, sich zu verstecken. Ich hatte Angst, nach ihm zu rufen, da ich ihn nicht erschrecken wollte. Ich bog um die letzte Ecke. Fünfzehn Meter weiter gelangte man durch einen Torbogen auf die Dame Street. Conor hatte sich an die Stahltür einer Restaurantküche zurückgezogen und man konnte das Scheppern der Töpfe und den Sauglüfter hören, der den Gestank von heißem Öl nach draußen blies. Er trat mir entgegen und versuchte, den knallharten Burschen herauszukehren, konnte aber seine Verletzlichkeit nicht verbergen.

»Was willst du?«, fragte er. »Warum verfolgst du mich?«

Im grellen Licht des Pubs hatte er älter gewirkt, wie ein Fremder mit einer blonden Strähne. Doch in diesem Licht wirkte sein Gesicht jung. Ich sah wieder das Kind, das ich in Donabate über den Strand gejagt hatte, sah, wie wir beide in einem wilden Gewirr aus Armen und Beinen zwischen die Sanddünen gepurzelt waren.

»Ich will gar nichts«, sagte ich.

»Jaa, klar.« Noch ein Jahr und sein höhnisches Grinsen war perfekt. Ich versuchte, in seinen Augen zu sehen, ob er meine Stimme erkannt hatte, aber sein Blick war kühl und wachsam.

»Außer vielleicht mit dir reden«, fügte ich hinzu.

»Worüber denn?«

»Hör mal ...« Ich musste aufpassen, dass ich nicht das Wort »Sohn« benutzte. »Können wir nicht irgendwo hingehen?«

»Ich geh nicht in irgendwelche Gassen.«

»Ich bin nicht ... ich wollte nicht ...« Ich hatte kein Recht, beleidigt zu sein, weil er mich missverstand. Eigentlich hatte ich überhaupt keine Rechte. Ich wusste nicht einmal, was ich sagen wollte. Ich hatte sein Leben schon einmal zerstört, warum sollte ich das erneut riskieren? »Es geht mir nicht um Sex.«

»Das sagen Männer in deinem Alter immer, wenn sie einen anmachen.«

»Was für Männer?«

Meine Sorge verwirrte ihn. Zur Sicherheit sah er sich nach den Leuten um, die in der Dame Street vorbeigingen.

»Du bist ein komischer alter Vogel, was? Das hat Charles gesagt.«

»Gehen wir einen Kaffee trinken, nur du und ich, bitte.«

»Hör mal ...« Einen Augenblick lang dachte ich, er würde mich aus Mitleid am Arm berühren. »Geh wieder rein. Du lernst bestimmt jemand anderen kennen. Da drin gibt es jede Menge Burschen, die dazu bereit sind. Noch jünger als ich.«

»Ich will bloß mit dir reden.«

»Tut mir Leid, aber ich muss jetzt nach Hause«, sagte er, »meine Mutter erwartet mich.«

Ich konnte nicht sagen, ob das aufrichtig gemeint war oder bloß eine Taktik, um den Altersunterschied zwischen uns zu betonen.

»Weiß sie Bescheid ... über dich?«

Er warf den Kopf zurück und lachte und diesmal klang seine Stimme ganz natürlich, sein Misstrauen war verschwunden.

»Das würde mich nicht mal ein Bischof fragen.«

»Bitte, lass uns zusammen zu deiner Bushaltestelle gehen, Conor.«

»Woher kennst du meinen Namen?« Er war vorsichtig, auf der Hut.

»Ich hab ihn in dem Pub gehört.«

Er musterte mich eingehend, als versuchte er mich einzuordnen. Vielleicht spürte er etwas Vertrautes – doch vielleicht war das auch bloß Wunschdenken.

»Dann mal los.« Er lächelte. »Ich und mein Anstandswauwau.«

Wir verließen das Gässchen und mischten uns in das Gedränge in der Dame Street. Jetzt, wo er mir erlaubt hatte, bei ihm zu bleiben, fiel mir nichts ein, was ich sagen konnte. Aber ich konnte nicht aufhören, ihn anzustarren, obwohl ich wusste, dass ihm das in der Öffentlichkeit unangenehm war.

Wir überquerten die Straße, wo auf dem Platz vor der Bank of Ireland eine Mädchenschar neben dem hässlichsten Brunnen der Welt Getränkedosen leerte und irgendein Lied absichtlich in einer falschen Tonart sang. Mehrere von ihnen musterten Conor mit offensichtlichem Interesse. Als wir in die Westmoreland Street bogen, verengte sich der Gehsteig und wir mussten uns einen Weg durch das Gedränge unter dem Säulengang der alten Bank bahnen. Auf der anderen Straßenseite wurde hinter der Fassade eines alten Gebäudes ein weiteres neues Hotel gebaut. An der langen Reihe von Haltestellen, wo jede Menge Leute Schlange standen, fuhren ständig Busse ab. Als ich mich in die richtige Schlange für Cremore stellte, warf Conor mir einen misstrauischen Blick zu.

»Du redest nicht viel, was?«, sagte er.

»Es gefällt mir, mit dir durch die Gegend zu laufen.«

»Warum?«

Als ein Bus um die Ecke bog, verwandelte sich die Schlange in ein Gedränge. Ein junges Paar schob sich zwischen uns, das Mädchen ging voran und hielt Ausschau nach der kleinsten Lücke. Conor erklomm die Stufe und drehte sich dann zu mir um und winkte. Aber ich konnte mich nicht von ihm trennen. Der Bus war gerammelt voll und der Fahrer brüllte, er könne niemanden mehr mitnehmen. Doch ich drängte mich vor zwei Jugendliche, die mich beschimpften. Wenn ich nicht mehr in den Bus kam, würde ich Streit mit ihnen bekommen. Vielleicht spürte das auch der Fahrer, denn nachdem er mir noch einmal gesagt hatte, es sei alles voll, und ich mich trotzdem weigerte, wieder auszusteigen, schloss er achselzuckend die Tür. Er saß hinter einer Scheibe aus Sicherheitsglas und forderte mich auf, Münzen in den Stahlschlitz zu stecken. Ich gehorchte und kämpfte mich dann durch die im Gang stehenden Leute.

Unten war von Conor nichts zu sehen. Der Bus musste erst seine Runde um den Parnell Square drehen und zur Black Church kommen, bevor mehrere Fahrgäste die Stufen hinabstiegen und das Gedränge nachließ. Ich ging nach oben und sah mich um. Als Erstes fiel mir auf, dass kein Rauch in der Luft hing. Als ich in Conors Alter gewesen war, hatte man oben stets in einer Rauchwolke gesessen. Oft hatte man nachts nicht einmal das volle Fahrgeld bezahlt, sondern nur die Hälfte, um einen Schaffner zu bestechen, der keine Fahrscheine ausgab und in die eigene Tasche wirtschaftete. Der Brauch, dass sich die Paare auf den hinteren Sitzen praktisch besprangen, war jedoch erhalten geblieben und im letzten Bus ging es immer noch im Schnellverfahren durch die ersten Stufen des Vorspiels. Weitere Fahrgäste kamen hinter mir nach oben und suchten nach Plätzen. Ganz vorn neben Conor war ein Platz frei. Ich setzte mich, ohne ihn anzusehen. Er blickte mich argwöhnisch an, was seine plötzliche Angst verriet.

»Was machst du hier, verdammt noch mal?«, zischte er.

»Ich bin noch nicht dazu gekommen, mich zu verabschieden.«

»Mein Gott!« Er verdrehte die Augen und blickte sich dann diskret um. »Ein paar Leute in diesem Bus kennen mich von meiner neuen Schule. Versuch bloß nicht, mich bis nach Hause zu verfolgen, du alte Schwuchtel. Sonst bring ich dich um.«

Conors Stimme war so leise, dass ich ihn kaum hören konnte. Aus Angst presste er die Hände fest auf den Knien zusammen und ich hätte sie am liebsten berührt, um ihn zu beruhigen. Ich sah mich um, doch niemand beachtete uns. Wir hätten uns völlig fremd sein können oder einfach Vater und Sohn. Aber auch in der Nacht, als Cormac mit neunzehn auf ebendieser Buslinie überfallen worden war, hatte ihn anscheinend niemand beachtet. Damals hatte es noch keine Videoüberwachung gegeben. Der Busschaffner war an dem Überfall beteiligt gewesen oder hatte sich zumindest nicht nach oben gewagt, bevor die Jugendlichen aus dem Bus gestürmt waren und Cormac mit blutendem Gesicht, einer gebrochenen Rippe und dem mit seinem Blut an die Scheibe geschmierten Wort »SCHWUL« zurückgelassen hatten. Ich hätte Conor am liebsten von seinem Onkel, von hundert verschiedenen Dingen erzählt. Doch ich wusste, dass das nicht ging. Nicht jetzt und vielleicht auch später nicht.

»Nick mir zu«, flüsterte ich. »Drei Haltestellen, bevor du raus musst. Dann steig ich aus und verspreche dir, dich nicht wieder zu belästigen.«

Er sah mich an. »Nimm mal deinen Ärmel«, drängte er mich leise und sah dann meine Verblüffung. »Du weinst ja.«

Ich hob unbeholfen meinen Ärmel und starrte dann durch die beschlagene Scheibe auf Straßen, die so vertraut waren, dass mir das Herz wehtat. Tausend Busfahrten durch diese Gegend, allein oder zusammen mit Cormac. Ich kam mir nicht mehr wie ein Gespenst vor. Dieser Schmerz war so echt, dass er kaum zu ertragen war. Aus der Nähe betrachtet, hatte Conor mehr Ähnlichkeit mit mir, aber in seinem Blick war kein Zeichen des Erkennens. Wir kamen zur Hart's Corner, dem schmalen Gässchen zum Gravediggers Pub und dann zum Botanischen Garten. Er hätte mir das Zeichen zum Aussteigen geben müssen, bevor wir zu nah an sein Haus kamen. Ich wünschte mir, dass er es tat, damit ich allein war, neben der Pyramid Church die Stufen zum Tolka hinabsteigen und mit Joey Kerwins altem Revolver allem ein Ende setzen konnte. Diese Bankkonten spielten keine Rolle mehr, genauso wenig wie die Rache an Pete Clancy oder irgendwelche Pässe. Ich wusste jetzt, dass Conor sich sein eigenes Leben aufgebaut hatte und dass für mich kein Weg dorthin zurückführte.

Am Washerwoman's Hill berührte er mich behutsam am Knie, um mir zu bedeuten, dass ich aussteigen sollte. Vielleicht wollte er an seiner Haltestelle vorbeifahren und zurücklaufen, wenn ich verschwunden war. Doch als ich die Treppe hinunterstieg, merkte ich, dass er mir folgte. Als der Bus davonfuhr, stand ich am Bordstein und spürte Conor hinter mir.

»Du bist eine verdammte Nervensäge«, sagte er in gütigem Ton, verwirrt, aber fast schon gerührt.

»Ich warte hier auf einen Bus zurück in die Stadt«, erwiderte ich, ohne mich umzudrehen.

»Wenn du schon so weit mitgekommen bist, kannst du mich auch noch das letzte Stück begleiten. Allerdings kannst du nicht mit reinkommen, das geht nicht.«

Wir überquerten die Straße und gingen an einer Reihe von Häusern aus dem neunzehnten Jahrhundert entlang, mit großen Gärten und hohen Mauern, die den Fußweg in Schatten tauchten. Waren schon andere Männer mit ihm hier entlanggegangen und waren sie stehen geblieben, um ihn in dem schattigen Tor zu küssen, wo auch ich einmal ein Holy-Faith-Mädchen geküsst hatte, das sich mit mir als Ersatz für Cormac verabredet hatte?

»Du redest ja wie ein Wasserfall«, sagte er spöttisch.

»Weiß deine Mutter Bescheid?«, fragte ich noch einmal.

»Sie weiß, was sie wissen will, wahrscheinlich ist sie noch nicht so weit, den Rest zu verkraften.«

»Da fühlst du dich wohl ziemlich einsam.«

»Erst seit meine Grandma ins Krankenhaus gekommen ist. Sie war klasse.«

Er wandte sich zu mir um, doch ich war stehen geblieben, und im Schatten konnte er meinen Gesichtsausdruck nicht erkennen.

»Deine Grandma?«, fragte ich.

»Jaa. Ihr konnte ich immer alles anvertrauen. Weißt du, sie hat mal einen Sohn gehabt, der ...«

»Sie hat dir von Cormac erzählt?«

Conor erstarrte. Seine Verschlossenheit und sein Argwohn kehrten zurück. »Irgendwas hat mich schon im ersten Moment an dir gestört. Woher weißt du Bescheid über meinen Onkel?«

Er trat einen Schritt vor, wich dann zurück und blickte sich um. Dieser Straßenabschnitt war stets verlassen, es kam nur selten jemand vorbei.

»Hab keine Angst«, sagte ich.

»Ich hab keine Angst. Aber du bist mir nicht ganz geheuer. Wie lange verfolgst du mich schon? Jetzt hau endlich ab.«

»Conor?« Ich streckte die Hand aus.

»Nein.« Er wich noch weiter zurück.

»Ich hab Cormac gekannt«, sagte ich. »Ich war ... wir waren ...« Ich ließ den Satz unvollendet und wusste, dass er das Wort »Brüder« durch »ein Liebespaar« ersetzen würde. »Manchmal siehst du genauso aus wie er in deinem Alter.«

»Stimmt das?« Trotz seines Unbehagens war er neugierig. »Ich bin noch niemandem begegnet, der ihn kannte, zumindest nicht, nachdem er sich geoutet hatte. Nicht, dass ich überall rumgefragt hätte, man will ja nicht zu viel von seiner Identität preisgeben. War er nett?«

»Er war was Besonderes«, erwiderte ich, »mehr als nett.« Ich lehnte mich an eine hohe Mauer und spürte, wie sich der Rauputz in meinen Rücken grub.

»Du siehst aus, als könntest du was zum Rauchen gebrauchen.« Conor hielt mir eine Schachtel Zigaretten hin. »Nimm dir eine.«

»Du solltest nicht rauchen«, warnte ich und er lachte.

»Mein Gott, du redest, als wärst du mein Vater. Ich meine, dein moralisierender Ton.«

»Was sagen deine Eltern?«

»Mum ist Sozialarbeiterin, da kannst du's dir ja denken. Normalerweise will sie nicht, dass ich so spät noch weg bin, aber ich hab grade Schulferien. Dad ist schon vor Jahren gestorben.« Er zündete sich seine Zigarette an und hielt mir dann das Streichholz hin. Ich beugte mich vor und ließ mir Feuer geben, wohl wissend, dass das Streichholz mein Gesicht erhellte. Cormac ließ es plötzlich fallen, da die Flamme ihm fast die Finger versengt hätte.

»Vermisst du ihn?« Ich fragte mich, ob es zu Hause noch Fotos von mir gab oder ob Miriam sie weggepackt hatte.

»Wenn er seinem eigenen Dad ähnlich war, dürfte er wohl nicht besonders verständnisvoll gewesen sein.«

»Beurteile nie den Sohn nach dem Vater. Wie war dein Granddad?«

Conors Stimme bekam einen harten Klang. »Du stellst zu viele Fragen, Freundchen. Ich kenn dein Gesicht, aber ich kann's nicht einordnen. Vielleicht aus der Glotze. Darum geht's doch, oder? Um den verdammten Untersuchungsausschuss, vor dem er seine Zeugenaussage machen sollte. Kaum liegt er unter der Erde, schon wühlt ihr im Dreck und wollt ihn zum Sündenbock machen. Tote können sich nicht wehren. Also, er hat nie einen Penny besessen, und bevor dieser Dreckskerl eingebrochen ist, haben schon die Anwälte und die verdammten anonymen Telefonanrufe seine Ruhe gestört.«

»Was für Telefonanrufe?«

»Du bist doch der verdammte Reporter. Find's raus.«

Conor stolzierte davon. Als ich ihm folgte, begann er zu

laufen, verlangsamte dann aber seine Schritte wieder, als wolle er mir unbedingt zeigen, dass er sich nicht einschüchtern ließ.

»Bitte ... *bitte.*«

An der Ecke Cremore Road drehte er sich um und trat mir entgegen. »Was?«

»Ich schwöre bei Gott, dass ich kein Reporter bin.«

»Wer zum Kuckuck bist du dann? Du hast mir nicht mal deinen Namen gesagt.«

»Ich hab dich gekannt, als du noch klein warst. Du hast die Wombles ganz toll gefunden. Von dem, der Großonkel Bulgaria hieß, hattest du ein Schmusetier mit einer Plastikperle als Nase. Du hast das Geräusch geliebt, wenn seine Nase ans Fenster schlug.«

»Woher weißt du das?«

Ich sah, dass er sich selbst kaum daran erinnern konnte. »Du hast in Raheny gegenüber vom St. Anne's Park gewohnt.«

»Wir sind hergezogen, um uns nach Granddads Tod um das Haus zu kümmern. Doch während der Beerdigung sind trotzdem irgendwelche Perversen eingebrochen und haben alles mitgehen lassen, was sie finden konnten, sogar meinen Pass aus meinem Zimmer. Spätnachts kriegen wir immer noch Anrufe und dann atmet jemand schwer wie ein Asthmatiker mit einem Schürhaken im Arsch. Du bist nicht der erste Typ, der rumhängt und mich beobachtet. Kein Wunder, dass ich unter Verfolgungswahn leide, die letzten Monate waren die reinste Hölle.«

»Erzähl mir von dem Überfall auf dich.«

»Woher weißt du das?«, fragte Conor misstrauisch.

»Ich hab's in der Zeitung gelesen. Nach der Beerdigung deines Großvaters.«

»Ich kam eines Nachts aus dem Pub«, sagte er. »Ein Auto hielt an, ich dachte, es wäre ein Taxi. Der Fahrer war ein

Riese. Er fuhr in eine Gasse und versetzte mir ein paar Schläge. ›Das ist eine Warnung für jemanden, der dir nahe steht‹, sagte er und stieß mich aus dem Wagen. Ein Polizist fand mich mit blutendem Gesicht. Ich musste ihm weismachen, dass es irgendwelche jungen Kerle waren, ich wollte ihm nicht sagen, dass ich in der Bar war und so – ich meine, ich bin noch nicht volljährig. Schwule werden ständig überfallen, aber normalerweise geht's nicht so glimpflich ab.«

»Was meinst du, worum es ging?«, fragte ich.

»Ein Verwandter von irgendwem im Pub, der ihm durch mich eine Lektion erteilen wollte. Vielleicht hab ich mit seinem Sohn getanzt. Oder vielleicht auch der Vater eines meiner Mitschüler, denn am nächsten Morgen war da ein Graffiti an die Wand gesprüht. Dann fingen die Drohungen am Telefon an. Mum hat unser Haus so lange vermietet, bis ich mein Abgangszeugnis hab. Ich gehe auf eine neue Schule, wo mich keiner kennt, und seitdem hat es zumindest keinen Ärger mehr gegeben. Deshalb muss ich pünktlich zu Hause sein. Ich hab's Mum versprochen ...« Er sah mich an. »Kennt sie dich?«

»Das ist alles schon ziemlich lange her.«

»Aber du warst offenbar schon mal bei uns zu Hause ... vielleicht mit Onkel Cormac. Ich hab dich noch nie in den Pubs gesehen oder in den ...«

Conor ließ den Satz unvollendet und ich malte mir die schlimmsten Dinge aus. Cormac hatte immer behauptet, in den Schwulensaunas von Dublin würden die Partner öfter gewechselt als anderswo. Wo verbrachte Conor seine Wochenenden und welche Risiken ging er ein? Es gab so viele Fragen, die ich ihm nicht stellen konnte.

»Ich war im Ausland.« Ich zögerte und fragte ihn dann: »Vermisst deine Mutter deinen Vater?«

»Das ist ihre Angelegenheit«, sagte Conor schroff. »Was geht dich das an?«

»Ich hab sie beide gekannt ... durch Cormac.«

Conor blickte die Straße entlang, wo im ehemaligen Haus meines Vaters Licht brannte. »Da war die lange Zeit, in der sie zu ermitteln versuchten, wie viele Menschen ums Leben gekommen sind. Sie haben keine Spur von ihm entdeckt, aber die Videoüberwachung hat festgehalten, dass er eine Fahrkarte gelöst hat.«

»Aber sie hat doch eine Entschädigung bekommen?« Offenbar klang ich angstvoll, denn Conor starrte mich an.

»Irgendwann schon«, sagte er freimütig. »Sie hat nicht viel darüber geredet.«

Laute Schritte näherten sich, ein Liebespaar, das sich über irgendetwas Belangloses stritt. Wir verfielen in Schweigen und traten zur Seite, damit die beiden vorbeigehen konnten. Sie überquerten die Kreuzung, blieben an der Ecke stehen und der Junge lehnte sich mit dem Rücken an die Mauer und schlang die Arme um das Mädchen. Beide schauten besitzergreifend herüber und machten uns klar, dass wir uns auf ihrem Territorium befanden.

»Wie geht's deiner Grandma?« Ich benutzte das Wort nur ungern.

»Die Chemotherapie hat nichts gebracht. Sie haben sie vor dem Einbruch nach Hause geschickt, weil sie nichts mehr für sie tun konnten. Sie ist todkrank und bringt alles durcheinander, sogar das, was sie in jener Nacht gehört hat.«

»Was meinst du?«

»Sie hat der Polizei gesagt, dass Granddad ›schick‹ gerufen hat. Später meinte sie, es war ›Mick‹ oder ›Schlick‹, doch sie wollte nicht wie ein Idiot dastehen, bloß weil sie es sich anders überlegt hat. Was ist los?«

Meine Finger griffen nach dem Revolver in meiner Tasche, während ich mich an ein hämisch grinsendes Jungengesicht erinnerte.

»Nichts«, log ich.

Das Paar starrte herüber und Conor war beunruhigt. Er wollte ins Haus gehen und doch konnte ich mich direkt vor ihren Augen nicht von ihm trennen. Conor spürte das auch und ging die Steigung zum Haus meines Vaters hinauf. Schweigend folgte ich ihm. Die Gärten lagen etwas höher als die Straße, die Sträucher darin waren schon ausgewachsen. Am Rand des Grases wuchsen Bäume, die ein Mosaik aus Schatten schufen. Conor blieb unter einem Baum stehen, von wo der Blick auf das Liebespaar durch einen geparkten Lieferwagen versperrt war.

»Wenn es dich nicht stört, will ich lieber nicht, dass du noch weiter mitkommst.«

»Verstehe«, sagte ich.

»Du bist wirklich nicht mein Typ ... falls du gedacht haben solltest ...«

»Ist schon klar.«

»Vielleicht sehen wir uns mal wieder.«

»Ich muss mich später mit jemandem treffen«, sagte ich. »Unerledigte Angelegenheiten. Ich weiß nicht, ob wir uns noch mal sehen. Ich würde bloß gern sagen ...«

»Lass es«, sagte er in sanftem Ton. »Was man um diese Uhrzeit sagen will, bereut man im Allgemeinen am nächsten Morgen.«

Er blickte den Weg entlang und beugte dann das Gesicht vor. Ich wich überrascht zurück und er lächelte, als hätte er jetzt alles im Griff und ich wäre der Halbwüchsige.

»Ich beiße nicht«, sagte er spöttisch und gab mir einen Kuss auf die Lippen. Er trat einen Schritt zurück, ohne meinen Gesichtsausdruck verstehen zu können. »Das war für Cormac«, sagte er.

Er drehte sich um und ging schnell davon, aber ich wusste, dass er sich ohne Hast bewegte. Er setzte sich nicht in Szene, doch er war sich seiner Jugend bewusst und ließ mich den Anblick genießen. Ich ging bis zur Straßenecke und blickte noch einmal zum Haus zurück. Conor drehte sich nicht mehr um, auch nicht, als er die Tür öffnete. Am Flurfenster tauchte kurz ein Schatten auf. Meine Frau, die sich Sorgen um ihren Sohn machte. Die den Gerüchten über ihn widersprach, sich aber von ihrem Haus trennte, um ihm woanders eine neue Chance zu geben.

Das Liebespaar hatte seinen Streit beigelegt. Der Junge löste sich von seiner Freundin und versuchte mich mit seinem Blick einzuschüchtern, damit ich weiterging. Doch ich kniete mich hin und suchte auf dem Gehsteig nach dem Zigarettenstummel, den ich ausgedrückt hatte. Ein Geschenk meines Sohnes. Ich hielt den Stummel auf dem ganzen Weg zur Finglas Bridge in der Hand und hatte ihn so fest umklammert, dass er, als ich ein Taxi heranwinkte, bereits in hundert Krümel zerbröselt war. Doch auch während der Fahrer auf der Autobahn schweigend nach Navan fuhr, ließ ich den Zigarettenstummel nicht los. Ebun hätte mich verstanden, denn sie würde nie solch einen Schatz besitzen. Ich saß in dem dunklen Taxi, schwankte zwischen Tränen und Freude und konnte mich kaum auf mein bevorstehendes Treffen mit Pete Clancy konzentrieren. Das Einzige, was zählte, war, dass ich meinen Sohn getroffen hatte, der von etwas bedroht war, von dem er anscheinend nichts wusste, etwas, das ich ihm zuliebe unbedingt in Ordnung bringen musste.

DIENSTAG NACHT

Wegen der neuen verlängerten Ausschankzeiten leerten sich in Navan gerade erst die Pubs, als das Taxi durch die schmalen Straßen am Market Square steuerte. Die Stadt schien sich inzwischen unendlich weit auszudehnen, ein pseudohistorisches Haus nach dem anderen, erbaut im Stil der irischen Spätgroteske. Ich ließ mich von dem Fahrer vor dem säulengeschmückten Eingang eines solchen Baus in der Slane Road absetzen. Hinter dem überladenen, mit goldenen Spitzen ausgestatteten Zaun gab es kein Lebenszeichen, als wäre um elf Uhr eine Ausgangssperre in Kraft getreten.

Der Fahrer blickte mir nach und ich schlenderte auf das erste Haus zu und wartete, bis er gewendet hatte und nach Dublin zurückfuhr, bevor ich wieder hervorkam und die Slane Road entlangging. Zwischen den modernen Bungalows standen noch vereinzelt alte Arbeiterhütten. Bulldozer hatten den holprigen, kiesbedeckten Straßenrand zerpflügt und waren auf Felder gefahren, die mit Kreuzen für neue Häuser gekennzeichnet waren. Hinter einer verlassenen Garageneinfahrt wachten zwei letzte Straßenlaternen über eine Kreuzung, an der ein Nachtvogel von einem Weidengatter herabflog, als ich vorbeiging.

Schließlich erreichte ich einen unveränderten Straßenabschnitt, an dem ich jede Kurve, den Bach, der im Winter manchmal zwei tief gelegene Felder überschwemmte, und den Stechginster an Jennings' niedriger Mauer wieder erkannte, wo das Mastvieh gern Zuflucht gesucht hatte. Die Sterne leuchteten nicht so hell, wie ich es in Erinnerung hatte, doch der orange Lichtschein, der von Navan ausging, war viel stärker geworden, seit ich zum letzten Mal hier entlanggegangen war.

Da ich in Navan ausgestiegen war, konnte ich unbemerkt zu Maguires Feld gelangen und mich vergewissern, ob Clancy allein kam. Meine rechte Hand fingerte die ganze Zeit an dem geladenen Revolver in meiner Tasche herum. Die Erfahrung war völlig neu für mich und ich hatte schreckliche Angst, er könnte plötzlich losgehen. Mehrmals kündigten Scheinwerfer ein entgegenkommendes Auto an und ich hatte jedes Mal genug Zeit, um mich im Gebüsch zu verstecken. Doch ein Wagen überraschte mich von hinten und seine Scheinwerfer blendeten mich. Ich rechnete schon damit, dass er auf mich zufahren würde. Ein leichter Zusammenprall ohne Zeugen und ein eilig neu gespritzter Wagen würden Clancys Problem mit der unangenehmen E-Mail aus der Welt schaffen, doch dann käme er nicht an die Kontonummern heran, an denen ihm offenbar so viel lag. Der Wagen brauste vorbei und im Grunde meines Herzens wusste ich, dass er so einen Unfall nie riskieren würde, bevor er herausgefunden hatte, wer ich war.

In einer Kurve, in der eine verwachsene Eberesche stand, verließ ich die Straße und bog auf einen schmalen, von Schlaglöchern übersäten Weg, der zu Maguires hinter dem Hügel gelegenen Bauernhaus führte. Auf halber Strecke machte ich kehrt und ging durch ein abfallendes Weizenfeld zu der Weide, an der ich Clancy treffen wollte. Dort parkte bereits ein Wagen mit ausgeschalteten Scheinwerfern. Ich kauerte mich neben die Steinmauer und hielt Ausschau. Doch weder am Rand der Weide noch in den Büschen am

Straßenrand oder an dem geschlossenen Tor war jemand zu sehen, der Wache hielt. Der Wagen konnte leer sein, das war nicht genau zu erkennen.

Ich legte mich auf den Rücken und starrte in den Himmel. Von hier sahen die Sterne so hell aus, wie ich sie in Erinnerung hatte. Erinnerungen an eine Nacht kamen zurück, in der ich, erst fünfzehn Jahre alt, aus Cremore hergetrampt war und hier gelegen hatte, wohl wissend, dass man keine Suchtrupps ausschicken würde. Eigentlich hätte es mir in Dublin gefallen müssen. Ein eigenes Schlafzimmer, keine höhnischen »Hühnerfurz«-Rufe in meiner neuen Schule und sogar Phyllis gab sich Mühe, den Anschein zu erwecken, dass wir eine glücklich-unglückliche Familie waren. Stattdessen hatte ich das Haus nachts erdrückend gefunden und das Prasseln des Regens auf dem Wellblechdach vermisst. In Navan hatte ich mich immer geborgen gefühlt, denn dort hatten alle gewusst, dass ich ein Niemand war. Doch während meiner Pubertät in Cremore kam ich nicht mit den Nachbarn zurecht, denn sie behandelten mich, als würde ich mit Cormac auf einer Stufe stehen.

Mehrmals kehrte ich heimlich nach Meath zurück und brach in den Schuppen ein. Einmal entdeckten die neuen Besitzer mich dort und ich flüchtete auf diese Felder. Während ich hier lag, hatte ich mir unvorhersehbare Szenen meiner ungewissen Zukunft ausgemalt. Erste Liebe, erster Kuss, erster Beischlaf mit einem Mädchen, erster Gewinn auf einer Rennbahn, das erste Mal von allem, was sich auskosten ließ.

Inzwischen lag die Zukunft hinter mir, doch sie lag noch vor Conor. Ich konnte sicherstellen, dass er, anders als ich, nicht jeden Penny würde zweimal umdrehen müssen. Er würde sich nach Beendigung der Schule keinen Fabrikjob suchen müssen, während Cormac den Sommer als Austauschschüler in Paris verbrachte, um seine Chancen auf einen Studienplatz zu verbessern. Wenn ich geschickt vorging, würde Conor so viel Geld haben, dass er an einer Universität seiner Wahl studieren, ein Geschäft gründen oder einfach reisen konnte. Er brauchte nicht zu erfahren, woher das Geld stammte, aber ich hätte ihm mehr hinterlassen als bloß die üblen Erinnerungen an seinen Vater in einer Wettannahme.

Eine Autotür wurde zugeschlagen. Ich starrte auf Maguires Weide, auf eine einsame Gestalt im Mantel, und wartete, um zu sehen, ob er mit jemandem sprach oder jemandem ein Zeichen gab. Nach wenigen Augenblicken drehte Pete Clancy sich um und öffnete wieder die Wagentür, als halte er das Ganze für einen Scherz. Noch bevor ich es mir anders überlegen konnte, hatte ich mich bereits mit dem vollen Gewicht auf ein Stück dünnen Stacheldraht gestellt und kletterte durch das so entstandene Loch. Ich stolperte, fing mich wieder, blieb aber geduckt. Der Lärm ließ ihn innehalten. Clancy schloss die Wagentür wieder und ging langsam zu der Stelle, wo er mich vermutete. Doch er rief nicht nach mir und zeigte auch kein Anzeichen von Nervosität. Sein Gang hatte fast etwas Lässiges, als fände er es eher amüsant, hier zu sein. Vermutlich war es nicht der ungewöhnlichste Ort, an dem er sich mit jemandem getroffen hatte.

Ich richtete mich zu voller Größe auf und fingerte an dem Revolver in meiner Tasche herum. Er blieb fünf Meter entfernt stehen, sagte aber immer noch nichts. Er hatte sich in seinen Vater verwandelt, dieselbe stämmige Figur, dasselbe widerspenstige Haar, das er mit Hilfe von Pomade bändigte. Ich sah, wie er im Mondschein versuchte, mein Gesicht einzuordnen.

»Ich hab nicht die ganze Nacht lang Zeit«, sagte er schließlich verärgert, weil sein Schweigen mich nicht dazu verführt hatte, als Erster zu reden.

»Es ist nicht das erste Mal, dass Sie auf dieser Weide sind?«

Er klang verblüfft. »Ich bin Politiker, es gibt in ganz Meath keinen Fleck, wo ich noch nicht gewesen bin.«

»Nicht das erste Mal, dass Sie nachts auf dieser Weide sind.«

Meine Stimme kam ihm bekannt vor, obwohl der Navan-Akzent kaum noch zu hören war. Ich spürte, dass sein Verstand wie ein Computer arbeitete und sämtliche Sicherungsdateien durchsuchte, mich aber trotzdem nicht sinnvoll zuordnen konnte.

»Was soll das heißen?« Er klang nicht misstrauisch, nur verblüfft. Ich wusste, dass er sich nicht an den Vorfall erinnern konnte.

»Eine Sommernacht vor vielen Jahren. Sie haben ein Mädchen von einem Tanz in Trim nach Hause gebracht.«

»Das war nichts Ungewöhnliches.«

»Sie haben Witze darüber gemacht, dass Ihr Vater bei den Wahlen von ihrer Familie noch nie die Erststimme gekriegt hat.«

»Wer sind Sie, verdammt noch mal?« Seine Datenbanken arbeiteten fieberhaft, sein Ton war aggressiv. »Und was wollen Sie damit sagen?«

»Lisa Hanlon. Ein zierliches Mädchen, nicht besonders hübsch.«

»Ich kann mich an die Familie erinnern. Der Großvater war in den dreißiger Jahren ein Blueshirt. Die Mutter ist kürzlich gestorben.«

»Ich rede nicht von ihrer Familie. Sie haben nicht versucht, ihre Familie zu vergewaltigen. Ich rede von ihr.«

»Gut, ich erinnere mich!«, murmelte Pete Clancy gereizt. »Ein dürres Ding, aus dem man keine zwei Worte rausbekam. Wer behauptet, ich hätte versucht, sie zu vergewaltigen? Meinen Sie etwa, ich lasse mir durch so einen an den Haaren herbeigezogenen Erpressungsversuch Angst einjagen?«

»›Ich lass dich erst aus dem Wagen, wenn du mir einen Gefallen getan hast‹, haben Sie zu ihr gesagt.«

An jenem Abend war ich mit Cormac und seinen Freunden von der Universität in einer illegalen Bar gewesen, die die Studentenvereinigung in Trinity im Gemeinschaftsraum eingerichtet hatte. Als die Pförtner die Bar schließen wollten, hatte es Krawall gegeben. Draußen auf dem College Green hatte die Polizei gestanden, harmlose Burschen vom Lande, die frisch von der Ausbildung in Templemore kamen. Cormac hatte ihnen Kusshände zugeworfen und mir direkt vor ihrer Nase einen Joint gereicht. »Ihr jungen Männer in Uniform«, hatte er mit polnischem Akzent gerufen und die Hände zum päpstlichen Segen erhoben, »ich liebe euch!«

»Ich bin nicht in sie eingedrungen«, sagte Clancy mürrisch und klimperte gereizt mit seinen Wagenschlüsseln.

»Ihr Vater hat immer gesagt, dass viele Wege nach Rom führen.«

»Ich kann mich an nichts Ungehöriges erinnern«, sagte er. »Nichts, das damals nicht allgemein üblich war.«

Als im Morgengrauen die Polizei gekommen war, waren Cormacs Freunde schon wieder in unserer Wohnung in der North Circular Road gewesen und hatten Poker gespielt. Das Dope wurde versteckt, die Fenster aufgerissen und die sauflustigen maoistischen Studenten verwandelten sich wieder in ängstliche Jungs aus dem Süden Dublins, die hofften, dass ihre Daddys die richtigen Beziehungen hatten, um eine Verurteilung abzuwenden, doch dann bat mich die Polizei bloß darum, ein Mädchen zu identifizieren, das man aus dem Kanal gezogen hatte.

»Lisa hatte Angst, sie würde ersticken«, sagte ich. »Weil Sie ihren Kopf nicht losgelassen haben.«

»Ich bin nicht in sie eingedrungen und es gab auch keine Anzeige«, zischte Clancy. »Das ist schon zwanzig Jahre her. Und was geht dich das überhaupt an, Hühnerfurz?«

»Wie haben Sie mich genannt?«

»Schon gut.« Von Zweifeln geplagt, hielt er inne. »Deine Stimme ... einen Moment hat sie mich ...« Er trat einen Schritt vor und sein Ton bekam etwas Bedrohliches. »Sag was!«

Ich blieb stumm und beobachtete, wie er mein Gesicht genauer betrachtete. Das Mondlicht ließ die Wirkung des roten Haarfärbemittels verpuffen und Clancy kannte mein Gesicht noch ohne Bart – im Gegensatz zu Miriam und allen anderen, die mich erst nach meinem siebzehnten Geburtstag kennen gelernt hatten. Er zog mich dicht an sich heran, höhnisch, boshaft, bedrohlich. Seine Augen waren jetzt vor Angst weit aufgerissen. Er hatte die Hand halb erhoben, als wollte er mir jeden Moment die Brille herunterreißen.

»Du bist tot«, flüsterte er schließlich. »Ich war in dem Gedenkgottesdienst für dich, zusammen mit fünfzig Buchmachern und Kredithaien, die sich das holen wollten, was du ihnen geschuldet hast.«

Ich umklammerte den Revolver in meiner Tasche so fest, dass mir die Finger wehtaten, trotzte seinem Blick und spürte, dass mein Schweigen ihn zermürbte.

»Sag was, verfluchter Hühnerfurz, deinen Gestank konnte man auf dem ganzen Schulhof riechen.« Er versuchte, eine Antwort zu provozieren, zermürbt von einer Situation, die sich seiner Kontrolle entzog. »Shyroyal, das soll wohl ein Witz sein. Hier geht's wohl eher um Bauernschläue. Was ist schon dabei, sich von einem Blueshirt-Flittchen mit vorstehenden Zähnen einmal einen blasen zu lassen, wo doch ganz Navan weiß, dass du sie durchgevögelt hast und dann wieder in die Arme deines rotärschigen, schwulen Bankert-Bruders geflüchtet bist.«

Seine höhnischen Bemerkungen über Lisa hatten ins Schwarze getroffen. Mir fiel ein, wie klein sie im Krankenhaus gewirkt hatte und wie sehr ich mich schämte, weil ich anfangs erleichtert gewesen war, dass sie den Selbstmordversuch seinet- und nicht meinetwegen unternommen hatte. Ich hatte sie im Stich gelassen und doch hatte ich ihre Hand gehalten und sie überredet, den Ärzten ihren Namen zu verraten, hatte ihr gesagt, alles komme wieder in Ordnung. Sie hatte gewusst, dass es gelogen war, hatte gewusst, dass sie den Geschmack im Mund nie mehr loswerden würde. Doch damals schien es sinnlos zu sein, einen Clancy bei der Polizei anzuzeigen. Das war sechs Monate nachdem ich Miriam kennen gelernt hatte. Vierzehn Tage später erfuhr ich, dass Lisa ausgewandert war, ohne ihren Eltern den Grund zu nennen.

Pete Clancys Gesicht war jetzt ganz nah. »Sag was, du verfluchter Betrüger! Es heißt, dass du tot bist! Was machst du hier, verdammt noch mal?«

»Ich bin gekommen, um dich zu verfolgen.«

»Tatsächlich?« Clancy pustete mir ins Gesicht und wich einen Schritt zurück. »Soll das eine Drohung sein?«

»Mein Vater ist an einem Herzanfall gestorben, nachdem ihn jemand gefesselt hat.«

»Ich weiß«, erwiderte Clancy. »Im Gegensatz zu dir war ich auf seiner Beerdigung.«

»Vielleicht wollte ich die gerichtliche Untersuchung der Todesursache abwarten.«

»Tod durch Unfall. Er hätte nicht aus Navan wegziehen müssen, wenn dein schwanztoller Bruder nicht gewesen wäre. Weißt du, wie lange mich seine Lügen verfolgt haben? Deshalb ist dein Vater in Dublin gelandet, deshalb war er da irgendeinem Junkie ausgeliefert.«

»Ein Junkie, der ziemlich systematisch vorgegangen ist«, erwiderte ich. »Er hat alle Schubladen und Schränke durchwühlt.«

»Geld für Drogen, irgendwas für einen Fix.« Es gelang ihm, mitfühlend zu klingen; er hatte zwar die Beherrschung noch nicht wieder gefunden, war aber schon wieder ziemlich wachsam und gerissen.

»Aber auf dem Speicher hat er miese Arbeit geleistet.«

Er öffnete den Mund und warf dann einen raschen Blick auf die Büsche. »Wahrscheinlich hat er versucht, sich so viel wie möglich zu schnappen und dann abzuhauen«, folgerte er.

»Anscheinend hat er's nicht besonders eilig gehabt.« Ich ging drohend auf ihn zu. »Bis Dads Herzanfall ihm einen Strich durch die Rechnung machte.«

Clancy wich zurück, denn er registrierte mit Unbehagen, dass meine Hand irgendetwas in meiner Tasche umklammerte. »Dein Vater war für meinen Vater ein guter Freund.«

»Vielleicht aber kein so guter Freund für dich.«

»Du sprichst in Rätseln«, sagte er.

»Ich spreche von Zahlen«, verbesserte ich ihn. »Sortiercodes, nummerierte Konten, die Identitäten verschleiern sollen, falsche Namen, wasserdichte fortlaufende Nummern, die dein Vater mal für unaufspürbar gehalten hat.«

»Lass Daddy aus dem Spiel.«

»Clancy, wenn es nicht um unsere Väter ginge, wären wir gar nicht hier. Haben sie sich zerstritten?«

»Wie soll ich das wissen?«, fauchte er. »Mich hat dein verdammter Vater nie sonderlich interessiert.«

»Ich glaub nicht, dass sie sich zerstritten haben. Ein Schoßhund wird nicht untreu, egal, wie oft sein Herrchen ihm einen Tritt versetzt. Das Problem ist, dass er immer nur einem Herrchen treu ergeben ist.«

»Du sprichst immer noch in Rätseln, Hühnerfurz.« Es fiel Clancy immer schwerer, sein Unbehagen zu verbergen. Er schäumte vor Wut. Auf der Straße fuhr ein Auto vorbei. Überrascht über die Störung, drehten wir uns beide um und beobachteten, wie die Rücklichter in der Dunkelheit verschwanden.

»Sag, was du mir sagen willst«, zischte Clancy. »Ich hab nicht die ganze Nacht Zeit!«

»Wer wird denn gleich wütend werden«, spottete ich. »Du bist noch jähzorniger als Slick McGuirk.«

Der Name beunruhigte ihn. Er senkte die Stimme und sagte flüsternd: »Tu dir selbst einen Gefallen, Brendan, und verschwinde wieder unter dem Stein, unter dem du so gern hervorkriechen würdest.«

»Warum sollte ich?«

»Wir sind inzwischen völlig verschieden und leben in einer anderen Zeit. Auch wenn wir gewisse Dinge bedauern, können wir sie nicht mehr ändern.« Ich fand es beunruhigend, wie Clancy bei diesen Worten aussah – müde und besorgt. »Die Vergangenheit ist vorbei, erledigt, ein für alle Mal.«

»Und was ist, wenn sie auf den Kanalinseln immer noch Zinsen bringt?«

»Du bist ein Arschloch, Brogan.« Seine Stimme war so leise, dass ich sie kaum hören konnte. »Wenn du irgendwas hast, das mir gehört, dann schick's mir mit der Post. Und jetzt dreh dich lieber um und verschwinde. Du warst so lange weg, dass du nichts kapierst.«

Ich trat einen Schritt zurück und erhob die Stimme. »Ich verstehe, dass es dir nichts ausmacht, die Schuld auf Slick McGuirk zu schieben. Phyllis hat seinen Namen gehört, sie hatte bloß zu viel Angst, um es jemandem zu sagen. Ich könnte ihr sagen, sie soll es sich noch mal anders überlegen.«

Die Gestalt, die sich im Straßengraben aufrichtete, schien Clancy mehr zu erschrecken als mich. Ich fragte mich, ob Slick McGuirk zum ersten Mal auf eigene Faust gehandelt hatte. Ich hatte genug Zeit, ihn zu erschießen, mehrere Sekunden, die sich zu einer Ewigkeit dehnten. Doch Feigheit, Gier oder die Verwirrung über Clancys unerwarteten Ton hielten mich davon ab. Sobald ich einen Schuss abfeuerte, konnte ich meine letzte Hoffnung auf einen Pass begraben.

Als Clancy reagierte, hatte ich bereits das Loch im Zaun erreicht, durch das ich gekommen war. Der Stacheldraht wäre fast unter meinem Fuß zerrissen. Ich warf mich in den Weizen und blieb kurz in Deckung, bevor ich aufstand und weiterlief. Ein Stiefelpaar stampfte durch das Loch im Zaun und trampelte hinter mir den Weizen nieder. Dann hörte ich Clancy brüllen, denn der Stacheldraht riss und er stürzte schwer. Ein anderer Mann zwängte sich laut fluchend an ihm vorbei. Das musste P. J. Egan sein. Es war zwanzig Jahre her, dass ich ihn zum letzten Mal gesehen hatte, doch Clancy traute bloß Leuten, die er schon lange kannte und die genauso in die Affäre verstrickt waren wie er.

Beide Männer rannten blind hinter mir her, kamen aber immer näher. Ich hörte einen Motor anspringen – anscheinend war Pete Clancy zu seinem Wagen zurückgehumpelt. Die Straße lag zu meiner Linken, der Weg direkt vor mir, doch beide boten mir keine Deckung. Bevor meine Worte McGuirk veranlasst hatten, aus seinem Versteck aufzutauchen, hatte ich noch geblufft und keinen überzeugenden Beweis dafür gehabt, dass er meinen Vater umgebracht hatte. Wenn Clancy allein gekommen wäre, hätte ich mich mit ihm einigen können – Clancy würde sich auch auf einen Pakt mit dem Teufel einlassen. Aber McGuirk und Egan waren anders. Ich konnte ihre animalische Angst und ihren Hass geradezu hinter mir riechen. Ich musste fliehen und mir meine nächsten Schritte überlegen.

Ich wandte mich nach rechts und kauerte mich in den mondbeschienenen Weizen. Das Feld wurde hier schmaler, da der Weg eine Kurve beschrieb. Dahinter lag ein kleines eingefriedetes Feld, das früher als Weideland gedient hatte und keinerlei Deckung bot. Auf der anderen Seite des Hügels lag Maguires Bauernhaus, doch ich wusste nicht, ob ich so weit kommen würde. McGuirk und Egan schienen immer noch zu glauben, dass ich auf den Weg zulief, aber als ich auf die Weide kletterte, wurden sie durch einen aus der Mauer fallenden Stein auf mich aufmerksam. Ich hörte Egan rufen und wusste, dass sie die Richtung geändert hatten und mir folgten.

Auf der Weide kam ich nur schwer voran, da ich mich durch Kuhfladen und hohes Gras kämpfen musste. Die beiden Männer kletterten keuchend über die Mauer. Ohne mich umzudrehen, konnte ich ihre Bierbäuche und den Schweiß unter den Achseln ihrer Hemden vor mir sehen. Ich hörte, wie ein Wagen den Weg heraufgebraust kam, die Scheinwerfer ausgeschaltet und mit der Windschutzscheibe die wuchernden Hecken streifend. Doch ich wusste, wenn ich den Hof vor Clancy erreichte, würde er es nicht wagen, mir nachzufahren und die Familie Maguire zu wecken.

McGuirk und Egan wussten ebenfalls, dass ich in Sicherheit war. Ich hörte, wie sie langsamer wurden, während ich den steilen Hügel hinaufstieg und über das Tor auf den Hof kletterte. Maguires Haus lag im Dunkeln, in den Nebengebäuden herrschte Stille. Ich sprang herunter und hörte, wie Clancys Wagen über die rauen Steine holperte, als die Asphaltdecke aufhörte. Plötzlich gingen die Scheinwerfer an und blendeten mich. Ich wandte den Blick ab und sah das Haus erst jetzt richtig, sah, dass auf dem Dach Schieferplatten fehlten und die Fenster mit Brettern vernagelt waren. Weit unten, auf der anderen Seite des Hügels, brannte Licht in einem neuen Bungalow, der an der Straße nach Slane gebaut worden war. McGuirk und Egan kletterten über das Tor, so außer Atem, dass sie nicht mal fluchen konnten. Auf den Pflastersteinen lag überall Stroh und verschüttetes Futter, die Schuppen waren verschlossen. Ich lief an den alten Nebengebäuden vorbei, denn ich wusste, dass auf der anderen Seite ein schmales Tor auf ein weiteres Feld führte, wo der Wagen nicht weiterfahren konnte.

Doch so weit kam ich nicht. Clancys Scheinwerfer waren direkt hinter mir und mein riesiger Schatten huschte über die getünchten Wände. Ich flippte aus. *Gut, du Scheißkerl*, dachte ich, *dann fahren wir beide eben zusammen zur Hölle*. Ich zog den Revolver heraus, drehte mich um und spürte einen Adrenalinstoß, während ich die Waffe blindlings auf den Wagen richtete, einen Energieschub, der so stark war, dass es fast etwas Sexuelles hatte. Mein Finger drückte auf den Abzug, eine Sekunde lang, zwei. Lange genug, um zu begreifen, dass er sich verklemmt hatte, und um mich an Barney Clancys spöttisches Gelächter zu erinnern, als er die Waffe vor Jahren gesehen hatte, lange genug, um Joey Kerwin zu verfluchen und mir über meine eigene Dummheit klar zu werden. Der nichtsnutzige Hühnerfurz war mal wieder ausgetrickst.

Ich versuchte, dem Wagen auszuweichen, und landete krachend auf den Pflastersteinen. Doch Clancy war beim Bremsen anscheinend heftig ins Schleudern geraten, denn er brachte die schlitternden Hinterräder des Wagens erst ein paar Zentimeter vor meinem Gesicht zum Stillstand. Wäre McGuirk gefahren, wäre ich tot gewesen. Clancys Spießgesellen waren innerhalb von Sekunden bei mir, nur schemenhaft zu erkennen, während sie mich ins Scheinwerferlicht schleppten. Einer von beiden hob den Revolver vom Pflaster auf. Ich hörte, wie eine Wagentür aufging.

»Warum hast du gebremst?«, beschwerte sich McGuirk. »Herrgott, es wär doch kein Problem gewesen, den Wichser einfach über den Haufen zu fahren.«

»Nein.«

»Wenn du zu feige bist, kann ich's ja machen.« McGuirks Ton stimmte nicht, ihm fehlte die Unterwürfigkeit eines Untergebenen, der seinen Platz kannte.

»Ich hab nein gesagt, Slick.«

McGuirk klang aufrührerisch. »Er weiß alles über mich und seinen Dad.«

»Wer weiß?« Als Clancy um den Wagen herumkam und sich davor aufstellte, unterbrachen seine Beine den Lichtstrahl. »Der Hühnerfurz ist vor Jahren in Schottland ums Leben gekommen. Seine Witwe hat als Entschädigung ein Schweinegeld gekriegt und mein Dad musste Eamonn Brogan regelrecht davon abhalten, sie um eine Spende zu bitten. Es gab mal eine Zeit, da haben die Toten manchmal gewählt, aber sie haben bestimmt noch nie geredet. Ich weiß noch, wie ich hier als Junge mal Klinken geputzt und mir angesehen hab, wie der alte Maguire auf dem Hof ein Schwein schlachtete. Eimerweise Blut für Blutwurst und die Schreie, als er dem Tier die Kehle durchschnitt. Der Unterschied bestand natürlich darin, dass das Schwein existierte. Für den Spinner hier gilt das nicht.«

Ich stand auf, um ihnen ins Gesicht zu blicken, und versuchte zu verhindern, dass meine Beine zitterten. Die Stirn tat mir weh und ich hatte mir heftig das Knie gestoßen. In meinem Mund war der Geschmack von Blut. P. J. Egan hatte den Revolver aufgehoben und sah ihn sich näher an.

»Der kleine Scheißkerl hat nicht mal Achtung vor unserer Kultur«, sagte er. »Anscheinend hat er grade das National Museum ausgeraubt.«

»Du brauchst mich«, sagte ich zu Clancy gewandt und schenkte den anderen keine Beachtung. »Ich weiß zu viel.«

Clancy lachte. »Als ich Staatssekretär für Kultur war«, sagte er, »hat sich so ein polnischer Dirigent mal in der National Concert Hall mit dem Orchester in die Haare gekriegt. ›Sie denken, ich weiß nichts über Mozart‹, hat er gebrüllt, ›aber ich weiß mindestens hundertmal so viel.‹ Du warst zu lange weg, Brogan, du weißt auch bloß hundertmal so viel wie nichts.«

»Ich weiß, wo die noch ausstehenden Kontonummern deines Vaters sind, die mein Vater für ihn verwaltet hat. Ich weiß, wo die Kontovollmachten sind.«

»Wirklich? Wo?«

»In Dublin. Bei jemandem, den du nicht ausfindig machen kannst.«

»Bei deinem Sohn, diesem schwulen Arschloch? Was ist da passiert? Ist Cormac nachts mal durcheinander gekommen, weil deine Frau so einen knabenhaften Arsch hat?«

McGuirk und Egan waren schon auf meine Wut vorbereitet. Egan hielt meine Faust fest, bevor sie Clancys Gesicht traf, und drehte mir brutal den Arm auf den Rücken, während McGuirk mich in den Schwitzkasten nahm. Ich roch den Schweiß unter seiner Achsel und wusste, wie gern er mir das Genick gebrochen hätte. Clancy hatte sich mit der stoischen Ruhe eines Mannes, den nichts mehr überraschen konnte, mit meiner Auferstehung abgefunden. Wenn P. J. Egan der nackten Jungfrau Maria bei Nobber im Moor begegnet wäre, hätte er bloß »Ganz schön kalt, Ma'am« gerufen und wäre einfach weitergegangen. Doch in McGuirks Umklammerung lag ein primitiver Aberglaube, als wäre ich ein wandelnder Toter, gekommen, um meinen Vater zu rächen.

»Lass meinen Sohn aus dem Spiel«, warnte ich Clancy, »der weiß überhaupt nichts.«

»Ich bring dich um«, murmelte McGuirk. »Ich vergrab dich irgendwo, wo dich nicht mal die Würmer finden.«

»Sachte, Slick!«, sagte Egan. P. J. war immer ein vorsichtiger Junge gewesen, als hätte sein Vater ihm am Beispiel seiner eigenen Zeugung vor Augen geführt, was für ernste Folgen schon der kleinste Fehler haben kann. Mossy Egans Missgeschick hatte nach der Sperrstunde bei vielen nächtlichen Kneipengesprächen zur Erheiterung beigetragen, wenn Witze darüber gerissen wurden, dass er die kürzeste Brautwerbung in der Geschichte von Navan bewerkstelligt hatte – ungefähr siebeneinhalb Sekunden lang. Vorher hatten alle gedacht, er sei dazu ausersehen, sein Leben lang ein zufriedener Junggeselle zu bleiben, doch dann hatte er auf dem Rücksitz eines Hillman Hunter, angefeuert von der Begeisterung über eine Rede von Sean Lamass auf einer Parteiversammlung in Trim, bei einem Mädchen, das zwanzig Jahre jünger war als er, seine allseits bekannte Vorsicht vergessen.

»Haben sie damals eigentlich den Rest von dir vom Rücksitz des Autos gewischt, P. J.?«, spottete ich, denn ich wusste, dass die alten Frotzeleien aus Navan ihn wütend machen würden.

»Du kannst mich mal, Hühnerfurz«, zischte er. »Zumindest hat mein Dad nicht die Straßenseite gewechselt, wenn er mich kommen sah.«

»Puuuh, Jungs.« Clancy hörte sich an, als würde er Pferde beruhigen. »Dem Hühnerfurz ist sein Vater doch scheißegal. Das beruhte auf Gegenseitigkeit. Ich hab Männer gekannt, die dreibeinigen Windhunden, deretwegen sie ihr letztes Hemd verloren hatten, ein besseres Leben bereitet haben als Eamonn dem Hühnerfurz. Vielleicht hatte das was mit seinem großen, dicken Schädel zu tun.« Er verfiel in einen italienischen Akzent. »Iche habe geliebt die enge Muschi von deine Mamma, bis du biste gekommen und haste sie aufgerissen mit deine große, dicke Schädel.«

Die anderen lachten, der bizarre, erwachsene Widerhall eines Klangs, den ich nie vergessen hatte. Ich wollte sie lange leiden lassen, ihnen all das antun, was sie mir jetzt von neuem antun konnten.

»Du hast dich nicht verändert, Clancy«, zischte ich. »Brauchst immer noch Schlägertypen, die für dich die Drecksarbeit erledigen.«

»Lasst ihn los.«

Egan gehorchte sofort, doch er musste den Befehl noch einmal wiederholen, bevor McGuirk mich unsicher aus dem Schwitzkasten ließ. Er trat einen Schritt zurück und beobachtete mich aufmerksam, als wäre ich ein böser Geist, der jeden Moment verschwinden konnte. Clancy zündete sich eine Zigarette an und lehnte sich an die Motorhaube seines Wagens.

»Gib mir seinen Revolver«, sagte er zu Egan, »und mach den Kofferraum auf.«

Alle wussten, dass der Revolver unbrauchbar war. Clancy starrte ihn genauso ungläubig an wie sein Vater vor vielen Jahren und steckte ihn dann ein. Ich hätte versuchen können wegzurennen, aber mein Bein war steif und McGuirk stand da wie ein Bluthund, der todunglücklich war, weil er seine Beute nicht in Stücke reißen durfte. Egan pfiff vom offenen Kofferraum her.

»Apropos auf alles vorbereitet sein«, sagte er. »Du warst offensichtlich bei den Boy Scouts, Boss. Du brauchst mir die Schrotflinte aber nicht zurückzugeben, wenn du sie benutzt. Du könntest sie verlieren und ich sag dann, sie ist mir gestohlen worden.«

Er kam zurück. Ich beschirmte mit der Hand die Augen und sah, dass Egan Clancy ein doppelläufiges Gewehr gab und einen glänzenden Spaten gegen den Wagen lehnte. Er hatte ein Schnurknäuel in der Hand.

»Mensch«, sagte er. »Was waren das für Zeiten, als man noch Kompromisse schließen konnte.«

»Ich tue, was nötig ist, nicht mehr und nicht weniger«, erwiderte Clancy gelassen, den Blick auf McGuirk geheftet, der neben mir stand.

Egan zuckte mit den Achseln. »Sieht aus, als wolltest du was vergraben.«

»Wenn nötig, füll ich was auf«, erwiderte Clancy. »Falls der Mistkerl nicht mitspielen will. In Aldershot Manor.«

Egan lachte. »Du meinst das ehemalige Feld von Mickey Reed an der Straße nach Trim? Das müsste wohl eher All-der-Kuhschiss-Manor heißen?« Er sah McGuirk an. »Wo nimmst du überhaupt diese ganzen englischen Namen her, Slick?«

»Von überbezahlten Marktforschern«, erwiderte Slick mürrisch. »Ist jedenfalls besser als Egan Heights, wo's jedes Mal, wenn jemand in den Boyne pisst, eine Überschwemmung gibt.«

»Hört auf damit, Jungs«, sagte Clancy. »Ich bin heute Abend an Aldershot vorbeigefahren, Slick, und hab deinem Wachmann gesagt, dass eine Horde Zigeuner vorhat, auf deine Baustelle bei Kells zu ziehen. Ich hab ihm gesagt, du hättest gern, dass er sich da mal ein bisschen umsieht. Er ist jetzt in Kells und quatscht mit den Einheimischen. Dann hören sie wenigstens auf, gegen unsere Pläne Widerspruch einzulegen.«

»Moment mal, Boss«, sagte McGuirk, »ich will in Aldershot keine Schweinerei haben.«

»Slick, du willst doch, dass dieses Problem aus der Welt geschafft wird, oder? Falls es wirklich so weit kommen sollte, wer bohrt denn dann die Fundamente dieser Wohnblocks wieder auf? Die sind schon zur Hälfte aufgefüllt, und ist es für deine Männer nicht eine Arbeitsersparnis, wenn der Hühnerfurz nicht mitspielt und sie morgen noch ein bisschen weiter aufgefüllt sind?«

»Ich weiß nicht«, sagte McGuirk. »Ich meine, das sind schließlich Gold-Shield-Häuser.«

»Scheiß auf deine Gold-Shield-Häuser«, fuhr Egan ihn an. »Wenn du nicht durchgedreht wärst und Brogan gefesselt hättest, wäre er noch am Leben und wir säßen nicht so in der Scheiße. Wo in Gottes Namen hast du gelernt, solche Knoten zu machen – in den japanischen Sexvideos, die du dir immer reinziehst?«

»Ich hab's satt, immer der Dumme zu sein«, murmelte Slick, »und meinem Vater ging's genauso. Wenn ich Brogan wieder lebendig machen könnte, würde ich's tun. Dann wären auch keine Geister aus dem Nichts aufgetaucht.«

Er blickte mich an und ich sah etwas in seinem Gesicht,

das ich dort nie erwartet hätte – Angst. Ich wusste, dass er mich am liebsten noch einmal berührt hätte, bloß um sicherzugehen, dass ich kein Hirngespinst war.

»Eure Großmäuligkeit hilft uns auch nicht weiter«, sagte Clancy leise.

McGuirk wandte sich ihm zu. »Okay, aber nicht in der Nähe des Musterhauses. Ich will nicht, dass ihr euch an meinem Musterhaus zu schaffen macht. Dafür ist es mir zu schade.«

»Hängst du deshalb jede zweite Nacht dort rum und säufst dir den Verstand weg?«, fragte Egan.

McGuirk beachtete ihn nicht. »Ich zeig dir eine gute Stelle«, sagte er. »Wenn alle Stricke reißen, brauchst du jemanden, der Zement mischt.«

»Ich komm ganz gut allein zurecht.«

»Ich hab schon seit Jahren keinen Zement mehr gemacht.« Slick klang wie ein Kind, dem man Eimer und Schaufel verweigerte.

»Das sagt deine Alte auch immer«, stichelte Egan. »Nicht mal zehn Zentimeter.«

»Hör auf damit, P. J.« Clancy richtete die Schrotflinte auf mich. »Ich brauche niemanden, der für mich die Arbeit erledigt, Hühnerfurz.« Er gab Egan ein Zeichen, das Schnurknäuel McGuirk zuzuwerfen. »Fessle dem Scheißkerl die Hände, da hast du ja Übung drin.«

»Wenn ich bis morgen nicht zurück bin«, sagte ich, »geht ein Freund von mir mit den Unterlagen zu einem Journalisten.«

Die Lüge genügte, um McGuirk Angst einzujagen, und als er mir die Arme auf den Rücken drehte, zog er die Schnur so fest, dass sie mir in die Handgelenke schnitt. Ebun würde nicht zur Zeitung gehen, aber was für ein Schicksal erwartete sie, wenn sie Clancys Nummer wählte? Slick zwang mich auf die Knie.

»Gib mir fünf Minuten mit diesem Wichser«, bat er, »dann singt er wie eine Feldlerche.«

»Überlass das mir«, erwiderte Clancy.

»Woher weiß ich, dass du keinen Mist baust?« McGuirk war misstrauisch und aufrührerisch.

»Weil ich im Gegensatz zu dir nichts überstürze. Ich benutze meinen Kopf.« Seine Stimme klang wie die von Barney Clancy, wenn er vor zwanzig Jahren einen Untergebenen eiskalt abgekanzelt hatte, nur dass damals kein Untergebener gewagt hätte, ihm so einen Blick zuzuwerfen, wie McGuirk es jetzt tat. »Wenn du willst, dass dieses Problem ein für alle Mal aus der Welt geschafft wird, dann geh nach Hause, Slick«, fügte Clancy hinzu. »Da warst du ja auch an dem Abend, als Eamonn Brogan gestorben ist. P. J. war bei dir und deiner Nichte. Du hast Brogans Speicher lange genug durchsucht. Wenn Brogans Enkel heute Nacht aufgetaucht wäre, dann würde ich vielleicht trotzdem glauben, dass er die Unterlagen hat. Aber dem Versager hier würde Eamonn nicht mal die Asche seiner Zigarette anvertrauen. Ich kenne Männer, die mit dem Hühnerfurz Poker gespielt haben. Mit jedem Blatt hat er zu bluffen versucht und verloren. Es gibt nichts Armseligeres als einen Spielsüchtigen, der immer aufs falsche Pferd setzt.« Clancy kam auf mich zu und drückte mir den Lauf der Schrotflinte an die Wange. »*›Ein Freund von mir geht zu einem Journalisten ...‹*« Er grinste höhnisch. »Du hast im ganzen Leben noch keinen Freund gehabt, Hühnerfurz, und du bluffst immer noch, stimmt's? Was weißt du über Shyroyal? Sag die Wahrheit, verarsch mich nicht!«

Irgendetwas in seinem Blick, das ich nicht entschlüsseln konnte, schien *Vertrau mir* zu sagen. Es rief mir ins Gedächtnis, wie mich Phyllis vor Jahren dazu überredet hatte, die Schlafzimmertür aufzumachen, denn ich hatte gewusst, dass sie log, und wollte ihr dennoch glauben.

»Es ist bloß ein Name, den ich vor Jahren mal gehört hab«, log ich und bemühte mich zu erahnen, was Clancy im Beisein der anderen von mir hören wollte. »Ich hab von dem Einbruch gelesen und die Sache kam mir verdächtig vor. Es gibt keinen Freund und es weiß auch niemand, dass ich noch am Leben bin. Mein Vater ist mir egal. Gib mir ein bisschen Knete, dann verschwinde ich wieder.«

»Wann hast du zum letzten Mal mit deinem Sohn gesprochen?«

»Als er sieben war«, log ich. »Was hat Conor mit der Sache zu tun?«

Clancys Blick blieb unverändert, während er McGuirk ansah. »Der Wichser taugt nicht mehr als ein ungültiger Stimmzettel«, sagte er mit grimmiger Miene, griff in seine Tasche und warf McGuirk den alten Revolver zu. »Hier hast du ein Souvenir, Slick. Du stehst ja schon immer auf Antiquitäten.«

»Lass doch seine Alte aus dem Spiel.« Egans Bemerkung war schlitzohrig, als steckte er mit Clancy unter einer Decke und lenkte McGuirks Wut auf sich. Ich wusste, dass er mir kein Wort glaubte.

»Leck mich«, sagte McGuirk zu ihm.

»War doch nur Spaß, Slick«, sagte Egan. »Sie hat immer noch pralle Schenkel, um die sich mal ein starker Mann richtig kümmern müsste.«

»Dich steck ich allemal in die Tasche.«

»Weiß ich doch. Im Bett sagt sie das immer als Erstes.«

»Ich wurde wenigstens in einem Bett gezeugt«, entgegnete McGuirk.

»Dich hat man doch aus dem Sumpf gezogen«, zischte ich, denn plötzlich stellte ich mir meinen gefesselten Vater mit seinen im Tod aufgerissenen Augen vor und meine Wut setzte alles andere außer Kraft.

Als McGuirk zum Schlag ausholte, hielt Egan seine Faust

fest. »Überlass ihn Pete, dann geht alles klar. Komm schon. In einer halben Stunde reißt er keine Witze mehr.«

McGuirk zögerte, ließ sich dann aber überzeugen. Er richtete den alten Revolver auf mich und tat so, als würde er abdrücken.

»Steck ihn in den Kuhstall«, sagte Clancy zu ihm. »Das könnte eine lange Nacht werden.«

McGuirk brach mit einer Eisenstange das mickrige Schloss an der Stalltür auf und stieß mich in eine Ecke. Ich stolperte und landete im schmutzigen Stroh. Er nahm ein weiteres Stück Schnur, band meine Hände an einen Eisenring an der Wand und kniete sich dann neben mich.

»Aldershot Manor«, flüsterte er. »Du hast es ja richtig weit gebracht. Ich kann mich noch an Zeiten erinnern, als du nicht mal in die Nähe eines Hauses kommen durftest.«

Egan rief ihn von der Tür her. Ich bemühte mich zu hören, was Clancys überzeugungskräftige Stimme durch die halb offene Tür zu ihnen sagte, und fragte mich, warum er den anderen weismachen wollte, dass ich die Kontovollmachten nicht hatte. Eigentlich hätte ich Angst haben müssen, aber ich war zu sehr mit Selbstvorwürfen beschäftigt. Vor ein paar Stunden war ich mit Conor herumspaziert, hatte mit ihm geredet und sogar einen Kuss von ihm bekommen. Und doch hatte ich nichts von dem gesagt, was mir auf der Seele lag. Die Aussicht zu sterben machte mir keine Angst, es ging mir darum, dass Conor es nie erfahren würde. Ich hätte mich mit meinem Schicksal abgefunden, wenn ich in Conors Augen irgendein Zeichen – und sei es auch Wut – gesehen hätte, dass er mich wieder erkannt hatte. Jetzt war es zu spät, ihn vor diesen Männern zu warnen.

Clancys Stimme wurde etwas lauter, bevor die Tür zufiel und die Dunkelheit mich wie ein alter Freund in die Arme schloss. Ich drehte mich um, in der Erwartung, dass mich aus der Ecke zwei Katzenaugen anstarrten, ein geduldiger

Geist, der jahrelang auf dieses Rendezvous der Rache gewartet hatte.

An dem Abend, als Miriam und ich in unser Haus in Raheny gezogen waren, wäre alles perfekt gewesen, wenn mich um Mitternacht nicht die Katzenaugen im Schuppen erschreckt hätten. Da es ein herumstreunendes Tier war, das sich bei den Crosbies eingenistet hatte, hatten wir sie weder bei unserer ersten Hausbesichtigung bemerkt noch bei unseren späteren Besuchen, bei denen wir – nachdem der Kauf besiegelt war – den Crosbies, einem älteren Paar, das nach Clontarf in einen neuen Bungalow zog, jede Menge Möbel abgekauft hatten. Zuvor hatten wir achtzehn Monate lang im oberen Stockwerk eines Hauses in Phibsborough gewohnt – halb Mieter und halb Hausmeister für einen Arzt, der in Kuwait arbeitete und, sobald sich die Wirtschaft erholt hatte, nach Hause kommen und im Erdgeschoss eine Praxis eröffnen wollte. Ein Nachbar mähte gegen Bezahlung den Rasen und der Bruder des Arztes tauchte einmal im Monat auf, kassierte die Miete und verschwand rasch wieder, bevor wir ihm irgendwelche Fragen zur Instandhaltung des Hauses stellen konnten.

Es war ein Schlaraffenland, in dem wir für nichts Verantwortung trugen. Eine perfekte Übergangszeit, in der wir uns lieben lernten. Nach der Arbeit schliefen wir auf der weißen Couch des Arztes miteinander, obwohl wir immer Angst hatten, Flecken zu hinterlassen. Dreimal in der Woche waren wir abends in Broadstone und gingen mit Miriams Mutter etwas trinken. Sie drängte uns nie zur Heirat – ihre eigene Erfahrung war bitter genug – und ich hatte, ehrlich gesagt, Angst vor jeglicher Veränderung. Dort gab es ein Gleichgewicht, wie ich es nie für möglich gehalten hätte, es war ein neues Land namens Glückseligkeit und ich hatte schreckliche Angst davor, dass meine Staatsbürgerschaft jeden Moment aufgehoben werden könnte.

Und doch war ich es, der alles ständig in feste Bahnen lenkte – eines Abends brach ich auf dem Kliffweg zwischen Greystones und Bray in Tränen aus und schlug vor, wir sollten ein Haus kaufen und heiraten, ich verspürte stets den inneren Zwang, mich ihr zu beweisen. Mit ihr war mein Leben ganz anders als früher, wo ich (aus Angst, allein reinzugehen) immer vor O'Neill's Pub gewartet hatte, bis Cormac mit seinen gönnerhaften Freunden vom Trinity College auftauchte.

In jenem Sommer hatte Frankie Goes to Hollywood mit »Relax, Don't Do It« einen Hit gelandet. Jedes Mal, wenn ich Cormac, übersprudelnd vor Plänen, in der Wohnung besuchte, die wir von unserem Abschied aus Cremore bis zu Miriams Erscheinen geteilt hatten, sang er dieses Lied, um sich über mich lustig zu machen. Nicht, dass er selbst in jenem Sommer besonders entspannt gewesen wäre. Irgendetwas an ihm war anders und er machte viel Aufhebens um sein Äußeres. Bevor er ausging, schaute er stets besorgt in den Spiegel, was mich an seine Mutter am Morgen von Sarah-Janes Taufe erinnerte. Und doch sahen seine Kleider immer biederer und altväterlicher aus.

Als ich eines Samstags ohne Miriams Wissen hinging und mit meinem alten Schlüssel die Wohnung aufschloss, um mir das Ein-Uhr-fünfzehn-Rennen von Doncaster anzusehen, fand ich den Grund heraus. Alex Lever war furchtbar alt für Cormac, mindestens vierzig, und sein streng geschnittenes Haar wurde schon langsam grau. Cormacs Liebhaber waren normalerweise albern und weltentrückt. Doch dieser sah aus wie ein bulgarischer Handelsdiplomat, als er die Decke hochzog und mich mit sarkastischem Blick ansah.

»Mein großer Bruder«, erklärte Cormac und schob die Hand unters Laken. »Er passt auf eine Arztpraxis auf, während ich eine untergrabe.«

Die North Circular Road entsprach nicht Alex Levers Geschmack, genauso wenig wie die Umgangsformen und der Humor der Iren. Eines Abends schleppte ich Miriam mit ins Hirshfield Centre, wo Cormac wie üblich von Bewunderern umringt war, die immer obszönere Witze zum Besten gaben. »Moment, wartet mal.« Cormac fuchtelte mit den Händen herum, um die anderen zum Schweigen zu bringen. »Alex kennt einen, der ist zum Totlachen.« Widerwillig ergriff Dr. Lever das Wort und sein abgehackter schottischer Oberschichtakzent sorgte nicht nur für Ruhe, sondern erzeugte bei den Zuhörern eine solche Spannung, als würde er eine lebensbedrohliche Diagnose stellen: »Auf freier Wildbahn trifft ein Hirsch eine bekümmerte Antilope. ›Was ist los?‹, fragt der Hirsch. Die Antilope schnüffelt und erwidert: ›Ich hab gerade ein störendes Wort gehört.‹«

Cormac brüllte vor Lachen, ohne das verdutzte Schweigen seiner Freunde zu bemerken. Schließlich fing Miriam an zu lachen, aber nicht über das fade Wortspiel mit dem Lied »Home on the Range«, sondern über Alex Levers Gesichtsausdruck.

»Wenigstens diese Frau kennt sich in der leichten Muse ein bisschen aus«, sagte der Arzt schroff und überwand seine Vorurteile gegenüber Sozialarbeitern, die er mit meinem Vater teilte. »Gehen wir nach Hause, Cormac. Zeit, was anderes zu machen.«

Mit Veränderungen nahm es der Arzt sehr genau. Er sorgte dafür, dass Cormac aus der North Circular Road zu ihm in seine teure Wohnung in Ballsbridge mit Blick über den Dodder zog. Er veränderte Cormacs Sinn für Kleidung, seinen Büchergeschmack, weckte sein Interesse für Opern (»Die größten Tunten, die du je gesehen hast, Brendan, und das waren bloß die ganz normalen«). Plötzlich bewegte sich Cormac in Dublin in Kreisen, von denen er vorher gar nichts geahnt hatte. Partys mit liberalen Politikern und Künstlern mit schuppigen Haaren; spöttische Beerdigungsumzüge am Bloomsday mit Anwälten in Trauerkleidern; Logenplätze bei der Pferdeschau neben langbeinigen jungen Frauen mit Bindestrich im Familiennamen. Wenn Irland – wie die Politiker es uns ständig vorhielten – über seine Verhältnisse lebte, dann schienen Alex Levers Freunde es darauf anzulegen, mit leuchtendem Beispiel voranzugehen.

»Alex war ziemlich sauer auf mich«, sagte Cormac einmal bei einem der vielen Dauergespräche, die er von Alex' Wohnung aus mit mir an dem Münzfernsprecher im Flur unter unserer Wohnung führte. »Er sagt, sein Junge hat ihn enttäuscht, aber ich glaube, es geht darum, dass die Leute auf der Party meine Gesellschaft mehr genossen haben als seine.« Das erinnerte mich an Phyllis, nachdem mein Vater sie zum ersten Mal zu einer offiziellen Veranstaltung im Ard Boyne Hotel mitgenommen hatte. »Alex kann richtig eifersüchtig sein. Sagt, er würde gern meine Familie kennen lernen. Kannst du dir das vorstellen?«

Bei diesem Gedanken mussten wir kichern wie Schuljungs. Früher hatte mir Cormac oft eine Szene vorgespielt, in der Phyllis an Sarah-Janes achtzehntem Geburtstag bei einer Aufführung im Gate Theatre auf die Bühne lief und rief: »Ist ein Arzt im Haus?« Dann musste ich die Rolle des Arztes übernehmen und er umschlang meine Knie und flehte mich in dem perfekt nachgeahmten Ton von Phyllis an: »Es geht um meine Tochter, Sie müssen sie heiraten.«

Alex Lever war ein Mann, zu dem mein Vater unwillkürlich aufgeblickt hätte, der Schwiegersohn, nach dem Phyllis sich immer gesehnt hatte. Das Problem war bloß, dass Sarah-Jane noch ein äußerst widerspenstiges Kind war und Alex um die Hand ihres Lieblingssohnes anhielt. Phyllis konnte sich mit Cormacs Homosexualität nicht abfinden, egal, wie viele Andeutungen er auch machte, als er mit achtzehn, kurz nach dem spätnächtlichen Überfall im Bus nach

Cremore, zu Hause auszog. Immer war jemand anders schuld – besonders ich, denn ich entzog ihn ihrem Einfluss, als ich einwilligte, ebenfalls auszuziehen und mir mit ihm eine Wohnung zu teilen (oder, in anderen Worten, fast die ganze Miete zu bezahlen). Sie schimpfte immer, die Typen vom Trinity College würden ihn vom rechten Weg abbringen und solange ich in der Wohnung herumlungerte, würde sich sowieso kein Mädchen mit ihm verabreden. Und wenn ihr nichts anderes mehr einfiel, betete sie ihr Mantra herunter: »Was dieser Dreckskerl Pete Clancy ihm angetan hat, ist schuld, dass er gegenüber Mädchen Hemmungen hat.«

Komischerweise war mein Vater am verständnisvollsten – oder verstand wenigstens stillschweigend das meiste. Nicht, dass er oder Cormac bei ihren seltenen Begegnungen viel geredet hätten (als jemand, der in einem Laden den genauen Betrag aus seiner Brieftasche ziehen konnte, ohne die Brieftasche aus der Tasche zu holen, hatte mein Vater die Vorsicht zu einer Kunstform entwickelt). Doch seine unausgesprochene Feindseligkeit ließ keinen Zweifel daran, dass er glaubte, sich endlich ein Urteil über Cormac bilden zu können. Falls er die Apartheid bereute, die er zuvor gegenüber seinem eigenen Sohn praktiziert hatte, dann ließ ich ihn nie so nah an mich heran, dass er es mir sagen konnte.

Während es meinen Vater überraschte, dass Cormac und ich eine gemeinsame Wohnung nahmen, war Phyllis bestürzt und kam aus Angst, sie könnte mir dort begegnen, nie in der North Circular Road vorbei. Auch als Cormac nach Ballsbridge umsiedelte und ich mit Miriam zusammenzog, glaubte sie, wir beiden Männer würden noch dort wohnen, und wusste nichts von Alex Lever. Cormac musste jedes Mal lachen, wenn er sich mit ihr bei Bewley's auf einen Kaffee getroffen hatte und mir von ihrer Sorge erzählte, er könnte Läuse haben, weil wir vielleicht dieselben Kleider anzogen oder dieselbe Bettwäsche benutzten.

Ich fand das nicht komisch. In meiner neuen Welt wollte ich nicht an die Vergangenheit erinnert werden. Unser Vermieter kam nach Hause, da er genug Geld verdient hatte und im Mittleren Osten Krieg bevorstand. Miriam und ich mussten ausziehen. Eine andere Wohnung hätte uns genügt, aber ich radelte wochenlang durch Dublin und suchte nach dem perfekten Haus. Stundenlang saß ich auf einer Bank im Saint Anne's Park, betrachtete ein zum Verkauf stehendes Haus auf der anderen Straßenseite und wagte kaum, mir auszumalen, wie perfekt mein Leben mit Miriam dort sein würde.

Als ich Miriam das Haus zeigte, gefiel es ihr, doch sie meinte, wir könnten die einunddreißigtausend Pfund nicht aufbringen, die die Crosbies forderten. Sie hatte ihre Ersparnisse von elfhundert Pfund bereits mit den sechshundert Pfund, die ich besaß, auf ein gemeinsames Konto eingezahlt. Damals fand gerade das Cheltenham Festival statt. Ich meldete mich krank, hob ohne ihr Wissen zwölfhundert Pfund ab und schloss bei drei verschiedenen Buchmachern eine Wette ab – immer dieselbe Doppelwette auf einen 5:2-Favoriten und ein 3:1-Pferd, das schweres Geläuf liebte. Es war die unglaubliche Wette, von der ich immer geträumt hatte. Während des ersten Rennens setzte ich mich in die Dominick Street Church – nicht, um zu beten, sondern um allein zu sein. Es gab ein Fotofinish, und als ich zum ersten Buchmacher kam, stand der Sieger noch nicht fest. Dann wurde durchgegeben, dass der Favorit gewonnen hatte. Meine Wette und mein Leben mit Miriam, beides konnte noch klappen. Vor der anderen Hälfte der Doppelwette fanden noch zwei Rennen statt. Ich hatte plötzlich ein völlig anderes Zeitgefühl, als wären alle früheren Wetten nur Probeläufe für dieses Spiel auf Leben und Tod gewesen.

Alles hing an einem seidenen Faden, doch wenn ich gewann, bekam ich neuntausend Pfund und dazu meinen Einsatz – eine traumhafte Anzahlung für das Haus. Und wenn ich verlor? Einerseits wollte ich verlieren und Miriam enttäuschen, damit sie sehen konnte, wer ich wirklich war. Dann würde sie mich verlassen und mich in das Dunkel zurückstoßen, in das ich gehörte. Mein Pferd schien aus dem Rennen zu sein, eine Viertelmeile vor dem Ziel lag es an vierter Stelle. Die Leute schrien den Bildschirm an, aber ich sagte nichts, beobachtete benommen, wie die in Führung liegenden Pferde auf dem schweren Geläuf langsam müde wurden, sah, wie mein Jockey die Peitsche benutzte, und wusste, dass er sie auf den letzten hundert Metern noch einholen würde. Meine Beine zitterten und die Brust tat mir weh, aber ich gab immer noch keinen Ton von mir, nicht einmal, als er mit einer knappen Kopflänge Vorsprung die Ziellinie überquerte und die Peitsche triumphierend in die Luft streckte.

Das war der Abend, als ich Miriam versprach, nie wieder zu wetten, der Abend, als sie herausfand, woher das Geld stammte, und den Verlobungsring, den ich ihr am Nachmittag gekauft hatte, abzog und ihn fast in den Kanal geworfen hätte. Ich glaubte wirklich, dass ich aufhören würde. Der Gewinn war so ungeheuer und einmalig, dass er mich bestimmt von meiner Sucht befreit hatte. Zum ersten Mal in meinem Leben ging es voran und mit ihrer Hilfe konnte es auch so bleiben.

Miriam bestand darauf, dass wir meinen Vater und Phyllis zur Hochzeit einluden. Ich war noch nie so nervös und aufgeregt gewesen, als erwartete ich, dass Slick McGuirk und P. J. Egan in der hintersten Bank darauf lauerten, Stroh statt Konfetti zu werfen und kichernd »Hühnerfurz!« zu rufen. Phyllis trug einen Hut, den sie erst abnahm, als auch Miriams Mutter ihren abgesetzt hatte. Sie spielte ihre Rolle als Mutter des Bräutigams perfekt, ohne mir ein einziges Mal in die Augen zu schauen. Alex Lever saß unter den Gästen, als wäre er gekommen, um in dem Hotel eine Steuerprüfung vorzunehmen. Mit betonter Geduld beobachtete er, wie Cormac mit der Brautjungfer tanzte.

Dass beim Nachtisch Barney Clancy eintraf, erregte Aufsehen – die jüngeren Gäste empfingen ihn größtenteils mit Spott. Miriam und ich hatten ihn nicht eingeladen, aber mein Vater saß mit stolzgeschwellter Brust da, als hätte er in unserem Interesse einen tollen Coup zuwege gebracht. Der Einzige, der beeindruckt war, war vielleicht Alex Lever. Er berührte meine Schulter. »Ich würde ihn gern kennen lernen«, sagte er, »ich kenne Leute, die diesen Mann sehr bewundern.«

Clancy stand an der Bar wie ein Gott, der auf Bittsteller wartete. Er schüttelte mir herzlich die Hand und zwinkerte mir zu. »Ich hätte dich warnen sollen«, witzelte er, »nimm dich in Acht vor langsamen Pferden aus Meath und vor schnellen Frauen aus Dublin.« Ich stellte ihm Alex vor und geriet ins Kreuzfeuer ihres Smalltalks, während mein Vater dastand wie ein Hund, der spazieren geführt werden wollte. Sie brummelten etwas über gemeinsame Bekannte und den Zustand des Landes, während ich beobachtete, wie Cormac mit Phyllis tanzte. Beide sahen sich urplötzlich ähnlich, als hätten sie viele Gemeinsamkeiten – als hätten sie sich für die Liebe viel älterer und langweiligerer Männer neu erfunden. Barney Clancy hob einen unsichtbaren Fittich, um meinen Vater ins Gespräch einzubeziehen, und ihre Stimmen wurden leiser, während sie einen Bankier namens Des Traynor priesen und den Namen eines Bauunternehmers erwähnten, von dem ich schon einmal gehört hatte. Von der anderen Seite des Saals winkte Miriam. Ich setzte mich in Bewegung und mein Vater folgte mir ein paar Schritte und legte mir die Hand auf den Arm.

»Hat Miriam ihn eingeladen?«, flüsterte er.

»Nein. Ich.«

»Wirklich? Dann kennst du ihn?«

Ich konnte den plötzlichen Respekt in seinem Blick kaum ertragen. Am liebsten hätte ich gesagt: *Er vögelt mit Cormac, Dad. Er ist einer von diesen Typen, von denen du immer sagst, dass man sie an die Wand stellen und erschießen sollte.* Aber ich sagte nichts, sondern ging zu meiner neuen Frau, die mir die Arme entgegenstreckte.

Unsere Flitterwochen verbrachten wir in Mayo, in einer kleinen, vornehmen Pension mit Blick auf einen See. Ich wusste, dass wir uns so etwas vermutlich nie wieder leisten konnten. Eigentlich konnten wir es uns auch damals nicht leisten, doch ausnahmsweise hatte ich mein Versprechen gebrochen und dreißig Pfund von dem Geld, das meine Arbeitskollegen anlässlich unserer Hochzeit gesammelt hatten, auf ein von Jim Bolger trainiertes Pferd gesetzt, bei dem die Wetten zehn zu eins standen. Danach hatte ich den Umschlag wieder zugeklebt, damit Miriam ihn öffnen konnte, und hatte Verwunderung über die hohe Geldsumme geheuchelt, die man für uns gesammelt hatte. Wir waren die einzigen Gäste, aber als sie herausfanden, dass wir frisch verheiratet waren, deckten sie im Speisesaal alle Tische, zündeten ein Holzfeuer für uns an und servierten uns kostenlosen Champagner. Die Tochter des Hauses spielte in der kleinen Empfangshalle für uns Klavier. Die Vierzehnjährige hatte wunderschönes Haar und errötete, wenn wir ihr Spiel lobten. Es regnete zwei Tage lang, aber das machte uns nichts aus, denn wir gingen im Wald spazieren und probierten sogar zu angeln.

Dublin würde immer ein Abstieg sein und doch kam es uns – trotz einer Erhöhung der Hypothekenzinsen während unserer Abwesenheit – auch wie ein Abenteuer vor. Vier Tage nach unserer Hochzeitsreise zogen wir in das von den Crosbies geräumte Haus in Raheny. In ihrer Abwesenheit sah es anders aus. Ohne Möbel hallte es in den Zimmern, die Leitungen auf dem Speicher waren plötzlich laut. Plötzlich begriffen wir, was wir auf uns genommen hatten, und waren beide ganz aufgewühlt. Wir lachten nervös, als wir im hinteren Schlafzimmer eine Matratze auf den Boden legten und eine Decke darüber breiteten, die vorübergehend als Vorhang benutzt worden war.

Miriam zog sich aus und hörte Radio, doch ich musste ein letztes Mal meinen Besitz inspizieren. Mein eigenes Haus, meine eigene Hintertür, meine eigene Rauputzmauer. Ich berührte alles Mögliche, wie ein benommener Forschungsreisender. Ich hatte gerade den Schuppen geöffnet, um nachzusehen, ob die Crosbies alles ausgeräumt hatten, als sich etwas bewegte und zwei Augen mich anstarrten. Ich suchte den Lichtschalter und wich einen Schritt zurück. Die schwarze Katze war dick und fett und ein Zahn stand vor wie ein Hauer. Obwohl sie das hässlichste Geschöpf war, das ich je gesehen hatte, wäre ich auf der Straße vermutlich stehen geblieben, um sie zu tätscheln. Aber als ich sie spät in der Nacht im Schuppen vorfand, bekam das Paradies einen ersten Riss. Ich konnte sie auf den ersten Blick nicht ausstehen, weil sie mir zu ähnlich war. Ich jagte sie hinaus und versperrte das alte Katzenloch.

Kurz nach Tagesanbruch wachte Miriam auf und holte im Erdgeschoss eine zweite Decke. Als ich ihren Aufschrei hörte, rannte ich nach unten. Es war nicht bloß, dass die schwarze Katze mit einer Pfote am Küchenfenster kratzte, was so gespenstisch aussah, auch nicht ihr Fangzahn. Es war ihr Blick, der uns zu sagen schien, dass wir Eindringlinge waren, die ihr Heim an sich rissen. Und doch war ihr Blick nicht feindselig, sie flehte uns bloß an, dass wir sie hereinließen. Die Katze miaute, kratzte mit der Kralle noch einmal langsam über die Scheibe und fixierte mich, als würde sie einen verwandten Geist erkennen. Miriam gewann ihre Fassung wieder, aber ich stand da wie versteinert. Ich kannte diese Sehnsucht, im Haus zu sein, nur zu gut.

Nach dem Frühstück rief Miriam bei Mr. Crosbie an und er entschuldigte sich, dass die Katze aus ihrem neuen Bungalow entflohen sei. Er wies Miriam darauf hin, dass sie ihr nichts zu fressen geben sollte, und sagte, er komme sofort. Während wir warteten, stand Miriam auf dem Hof und ließ die Katze um ihre Knöchel streichen, obwohl das Tier auch ihr nicht ganz geheuer war. Mr. Crosbie hörte gar nicht mehr auf, sich zu entschuldigen. Ihrem Hund sei es egal, wo er schlafe, sofern es einen Kamin gebe, und auch die beiden weißen Katzen, die wir bei einem früheren Besuch gesehen hatten, hätten sich gut an ihr neues Zuhause gewöhnt. Doch die schwarze Katze sei in dem Bungalow völlig durchgedreht und von einem Zimmer ins andere gerannt, bis sie einen Weg nach draußen gefunden habe.

Sie ließ sich widerwillig von Mr. Crosbie auf den Arm nehmen, aber am nächsten Morgen war sie wieder da. Kaum hatte Mr. Crosbie sie wieder abgeholt, floh sie erneut und legte die zwei Meilen zurück, um an unserem Fenster zu kratzen. Es dauerte immer länger, bis der Mann kam, und jedes Mal ließ er deutlicher durchblicken, dass wir uns ihrer vielleicht annehmen sollten. Schließlich sagte er, er könne nun nichts mehr tun. Das nächste Mal, wenn sie auftauche, sollten wir das Tierheim verständigen.

Zu meiner Erleichterung war das Fensterbrett am nächsten Morgen leer. Über zugefrorene Pfützen ging ich zum Schuppen, um mein Fahrrad herauszuholen. In der bitterkalten Nacht hatte die Katze es irgendwie geschafft, ins Innere zu gelangen. Hinter einem Stapel Kartons schauten ihre Augen hervor. Es gab nichts, wo sie sich drauflegen konnte, doch sie schnurrte die ganze Zeit, heilfroh, ein Plätzchen gefunden zu haben, das sie ihr Zuhause nennen konnte. Hinter mir betrat Miriam den Schuppen, um das Moped herauszuholen, das sie sich zugelegt hatte wegen ihrer neuen Stelle bei der Bürgerberatung in einem verfallenen Einkaufszentrum, das von

Grund auf saniert werden sollte. »Verdammt«, sagte sie lachend, »vielleicht wäre es einfacher, wenn wir sie behalten.«

Ich konnte ihr nicht erklären, warum ich mich so aufregte und brüllte, Mr. Crosbie versuche, unsere Freundlichkeit auszunutzen. Doch ich fühlte mich von der Katze immer mehr terrorisiert. Das Problem war, dass ich genau wusste, wie gering ihre Bedürfnisse waren, wie dankbar sie wäre, wenn wir ihr erlaubten, am Rand des Gartens zu leben. Ich war tierlieb und doch konnte ich es nicht ertragen, ständig an mich erinnert zu werden und zu sehen, wie meine eigenen Augen mich anstarrten.

»Was ist los?«, fragte sie, als sie sah, dass ich zitterte. »Ist doch bloß eine Katze. Wir rufen den Tierschutzbund an, der findet schon ein neues Zuhause für sie.«

Wir wussten beide, dass das nicht stimmte. Bestenfalls würde sie es vier Tage in einem Käfig aushalten, dann würde man sie einschläfern. Wir fühlten uns wie Judasse und stellten ihr Futter und Milch in den Schuppen. Auf der Arbeit konnte ich mich nicht konzentrieren und fauchte alle Leute an, bis ich in der Mittagspause bei einem Buchmacher fünfzehn Pfund verspielte und meine innere Spannung sich löste. Der Mann vom Tierschutzbund kam zur Abendbrotzeit. Es hatte einen Hauch von schwarzem Humor, wie er mit einer Holzstange da hockte und die Katze in einen Käfig zu locken versuchte. Die Katze war auf der Hut, hielt Abstand und warf mir immer wieder einen gekränkten, verwirrten Blick zu.

Nach zwanzig Minuten hatte ich genug. Ich schickte den Mann vom Tierschutzbund wieder weg, rief Mr. Crosbie an und verlangte, dass er ein für alle Mal die Verantwortung für seine Katze übernahm. Der alte Mann kam vorbei und sagte, er werde sie zum Tierarzt bringen und einschläfern lassen. Ohne sich noch einmal umzudrehen, ging er zu seinem Wagen. Wir haben weder ihn noch die Katze je wieder gesehen.

Das Komische ist, dass die Katze mich, nachdem sie weg war, noch mehr verfolgte. Wenn ich abends als Letztes den Müll in den Schuppen brachte, hatte ich richtiggehend Angst davor, die Kartons anzusehen, hinter denen sie sich hatte niederlassen wollen. Dann schaltete ich im Schuppen das Licht aus, starrte zum Küchenfenster hinüber, das die Frau einrahmte, die ich nicht verdient hatte, und warf einen letzten Blick in die Dunkelheit. Einen Augenblick lang beobachteten mich von dort Augen – nicht die Augen der Katze, sondern meine eigenen, mit neun oder zehn Jahren, ein Junge, der auf dem Boden kauerte, der bat, nicht allein gelassen zu werden, und sich weigerte, mich weggehen zu lassen.

Die Stalltür ging wieder auf. Ich wusste, auch ohne mich umzudrehen, dass Pete Clancy allein war, dass es Egan gelungen war, Slick McGuirk wegzulocken. Ein Streichholz wurde angezündet und einen Augenblick lang befürchtete ich, Clancy wolle das Stroh in Brand stecken. Doch dann roch ich Tabak und hörte, wie die Flamme ausgeblasen wurde.

»Junge, Junge«, sagte Clancy mit starkem Meath-Akzent, »du hast schon immer auf Schuppen gestanden, Hühnerfurz.«

»Hätte wetten können, dass du deine Schlägertypen mitbringst, du Scheißkerl.«

Das Kratzen von Metall war zu hören, denn er drehte einen alten Eimer um und setzte sich drauf. Ich wandte mich um, betrachtete ihn in dem schwachen Licht, das durch die Tür sickerte, und setzte mich anders hin, was mir mit den hinterm Rücken gefesselten Händen Schmerzen bereitete.

»Slick hat sich selbst eingeladen und P. J. ist mitgekommen, um ein Auge auf ihn zu haben«, erwiderte er. »Hab ich dir nicht geschrieben, du sollst nur meine private E-Mail-

Adresse benutzen? Slicks Nichte leitet mein Wahlkreisbüro. Sie hat ihn informiert, sie sagt ihm einfach alles. Nach der Parteiversammlung haben sie in Kingscourt auf mich gewartet. Wir hätten allein sein können, wenn du deine Forderung nach diesem blöden Mondscheintreffen nicht auch ihr geschickt hättest.«

Er klopfte seine Zigarettenasche auf ein lockeres Strohbüschel auf dem Boden, das zu glimmen begann. Untätig sah er dabei zu, wie eine kleine Rauchwolke aufstieg, und trat dann die Flamme aus, als hätte er erraten, dass ich seit dem Zugunglück eine krankhafte Angst vor Feuer hatte.

»Ich hab die Kontovollmachten und das weißt du auch«, sagte ich. »Deine Handlanger kannst du belügen, aber du brauchst mich.«

»Ich brauch dich so sehr, wie ich Slicks Nichte als Sekretärin brauche. Es ist furchtbar, wenn man nicht mehr genug eigene Verwandte hat, besonders, weil Carol nicht nur die Gerissenheit ihres Onkels hat, sondern auch seinen Arsch.« Er entspannte den Hahn der Schrotflinte und nahm beide Patronen heraus, pustete dann in beide Läufe und putzte geistesabwesend das Gewehr. »Brendan, warum denken die Leute bloß, dass ich eine nie versiegende Quelle von Gefälligkeiten bin?«

Im Freien hätte ich allem ins Auge blicken können, aber in diesem Gefängnis hallte zu viel nach. Ich ärgerte mich schwarz, weil ich nicht aufhören konnte zu zittern. Clancy lud die Schrotflinte wieder und klappte sie mit einem Klicken zu.

»Was?«, fragte er. »Hast du irgendwas gesagt?«

»Du bist ein Wichser, Clancy, du warst schon immer einer und wirst auch immer einer bleiben.«

»Da könntest du Recht haben, Hühnerfurz.« Seine Stimme klang fast freundlich, bis er sich hinkniete und mich an den Haaren packte. »Aber ich könnte auch der Wichser sein, der dir diese beiden Läufe in den Arsch schiebt und abdrückt, wenn du nicht anfängst zu reden. Also, was willst du wirklich, verdammt noch mal, und wo bist du hergekommen?«

Ich trat um mich, ohne seine Flinte zu beachten, doch Clancy kniete sich auf meine Schenkel und drückte sie zu Boden, während er mich fester an den Haaren packte.

»Bring mich nicht auf die Palme, Brendan«, sagte er. »Seit letztem Jahr hab ich langsam die Nase voll von Überraschungen, von Überbleibseln der Vergangenheit, die nicht unter dem Deckel bleiben wollen, die immer wieder aus der Schachtel springen und über mich herfallen.«

»Hast du meinen Vater deshalb von deinem Schläger umbringen lassen?«

»Meinem Schläger?« Seine Stimme war plötzlich erfüllt von Wehmut. »Was waren das für Zeiten, als er und P. J. noch meine Schläger waren. In deiner Abwesenheit ist Loyalität aus der Mode gekommen. Dein Dad war der letzte anständige Mensch, der es nicht bloß auf den eigenen Vorteil abgesehen hatte.«

»Genau wie dein Dad«, spottete ich.

Clancy ließ meine Haare los, drückte meine Beine aber weiter auf den Boden. In den letzten Jahren war er so dick geworden, dass er in dem schummrigen Licht wie der Geist seines Vaters aussah. Ich hätte mich nicht gewundert, ihn in Hosenträgern zu sehen und Barneys Rasierwasser zu riechen, das sonst niemand in Navan benutzt hatte.

»Gemessen an den blitzsauberen Robotern von heute war Daddy vielleicht nicht ganz ehrlich«, sagte er, »aber er war trotzdem mein Daddy. So ist das eben mit Daddys, was? Guck dich doch an. Eamonn hat dich doch nur in deiner Kindheit wie einen Hund behandelt und trotzdem willst du dich immer noch rächen – oder willst du dir bloß die Taschen füllen?«

»Barney war ein Gangster«, sagte ich, »und das weißt du auch.«

»Ich weiß, dass Daddy für Navan Großes geleistet hat, dass er Visionen verwirklicht hat, als andere Politiker sich die Ärsche noch mit Gras abgewischt haben. Der Widerspruch ist nicht unvereinbar. Daddy hat dafür gesorgt, dass in Navan gebaut wurde, und zwar von Einheimischen statt von ausländischen Geschäftsleuten, die danach wieder abgehauen wären. Wenn gebaut wird, hat das zwangsläufig zur Folge, dass Geld verdient und unters Volk gebracht wird.«

»Seinen Anteil hat er aber nicht richtig unters Volk gebracht, was?«, schoss ich zurück. »Ich hab die Liste der Auslandskonten gesehen.«

»Du weißt überhaupt nichts, Brendan. Daddy konnte kein einziges Mal durch Navan gehen, ohne seine Taschen leeren zu müssen.« Pete Clancy äffte den Ton verschiedener Frauen nach: »›Mein Kind ist krank, Mr. Clancy.‹ ›Mein Mann hat mich verlassen und ist nach England gegangen.‹ ›Barney, bei mir ist die Miete für drei Wochen fällig, und du bist meine einzige Hoffnung, ich bin doch mit deinem Vater zur Schule gegangen.‹ ›Diese neumodischen Vibratoren machen nichts als Ärger, Herr Minister, sie fressen die ganzen Batterien auf.‹«

»Sehr komisch.«

»Sehr anstrengend. Die Priester, die ihren Einfluss in den Beichtstühlen des Doms geltend gemacht haben, konnten einfach ein paar Ave Marias als Buße auferlegen, dann zu ihren Haushälterinnen abhauen und zum Abendessen ein Steak verputzen. Aber Daddy war hinter ihren Stimmen her, nicht hinter ihren Seelen und die Leute wollten ihre Dividende haben, in Pfund, Shilling und Pence.«

»Er war trotzdem ein Gauner.«

»Er war ein Mann des Volkes. Die Wähler haben genau gewusst, wer er war, und sie haben das gekriegt, wofür sie gestimmt haben. Ehrlichkeit ist ein Luxus für Galionsfiguren wie den Präsidenten, deshalb wählen wir immer wieder hochgeistige Protestanten oder dumme, langweilige Frauen, mit denen man's nicht mal im Dunkeln treiben würde. Aber das nützt einem einen Scheiß, wenn man einem Wähler aus der Klemme helfen muss. Daddy hatte die größte Beerdigung in der Geschichte von Navan. Die Leute haben Schlange gestanden, um ihm die letzte Ehre zu erweisen, und jeder Zweite machte Andeutungen, dass ihm mein Vater etwas versprochen hatte. Ich war umringt von gierigen Mäulern, von Jungvögeln in einem Nest, die Hunger auf Würmer hatten. Daddys Beerdigung, und ich hätte am liebsten gekotzt.«

Er ließ meine Beine los und setzte sich wieder auf den umgedrehten Eimer. Voll Misstrauen beobachtete ich ihn, bereit, um mich zu treten, falls er nach der Schrotflinte griff.

»Guck dir an, wie ich rumquassle«, sagte er lachend. »Aber ich hab das Gefühl, als würde ich mit einem Gespenst reden. Ausgerechnet der Hühnerfurz, was? Du gerissener Scheißkerl. Los, erzähl, warum du verschwunden bist.«

»Ich hab meine Gründe gehabt.«

»Haben wir die nicht alle?« Er schüttelte amüsiert den Kopf. »Die beiden großen Männerphantasien, was? Die junge Sexbombe zur Geliebten machen und seine Kleider am Strand liegen lassen und verschwinden. Hat dir und Eamonn viel geholfen, dass ihr es zwischen euch aufgeteilt habt.«

»Mein Vater war Witwer«, verbesserte ich ihn. »Phyllis war zwar keine Heilige, aber wohl kaum eine Geliebte. Das war doch Barneys Privileg, mit seinem Privatzimmer im Groom's Hotel.«

Pete Clancy lachte. »Das legendäre Zimmer im Groom's, was? Meine Mutter hat's rausgekriegt. Als ich neun war, ist sie mit mir im Schlepptau hinmarschiert. Daddy hat das einzig Richtige gemacht, er hat sich an die Brust gegriffen, ist zusammengeklappt und hat krächzend nach einem Krankenwagen verlangt. Hat auf dem Boden rumgezappelt und meine Mutter und der komische Vogel haben beide geschrien. Er sieht, dass ich mir die Augen ausweine, und zwinkert mir plötzlich zu. Zehn Tage auf einer Privatstation und an dem Abend, als er rauskommt, lässt er den Bischof von Cloyne bei uns zu Hause ihr Ehegelübde erneuern, mit Ministranten, Weihrauch und allem Drum und Dran. Aber weißt du, was das Schockierendste war, Brendan? Daddy hat so einen alten Trampel gevögelt, nach dem sich auf der Straße kein Mensch umdrehen würde. Eine fette, eingebildete Amerikanerin, die für die Zeitung schrieb und sich nie die Beine rasierte. Eine, die besser beim Stricken geblieben wäre, statt die Beine breit zu machen. Phyllis hingegen war das Risiko einer Ehe wert.«

»Ich hab dir schon mal gesagt ...«, begann ich wütend.

»Du hast mir gar nichts gesagt«, unterbrach er mich abschätzig. »Deine Mutter mag gefühllos gewesen sein, aber sie war bestimmt nicht steif, als Eamonn ihr den rotärschigen Bankert angehängt hat.«

»Woher willst du das denn wissen?« Ich machte einen Satz nach vorn und die Schnur grub sich in meine Handgelenke.

»Woher willst du's denn besser wissen, Hühnerfurz? Du und Eamonn, ihr habt bestimmt nicht oft gemütlich miteinander vor dem Kamin geplauscht. Aber Daddy hat mich auf meine Aufgabe vorbereitet, er hat mir bei allen Familien die dunklen Flecke in den letzten drei Generationen verraten. Was meinst du, wer Cormacs Vater ist? Dieser legendäre Schotte, der so gelegen kam, den Phyllis sich aber bloß ausgedacht hat? Sie ist in einer der Hütten in der Nähe der Dorset Street aufgewachsen und schrubbte im Groom's die Küche, als Daddy durch den Speisesaal ging und sie angrapschte. Sie hat nicht mal Spaß verstanden, sondern ihm eine Ohrfeige gegeben. Eamonn fand sie heulend auf dem

Hof, irgendwo zwischen den Mülltonnen. Sie dachte, sie würde ihren Job verlieren. Er brachte sie nach Hause und sagte, sie sollte sich keine Sorgen machen. Sie hielt ihn für kultiviert, weil er ihr am nächsten Tag irgendein bescheuertes Liebesgedicht mit ihrem Namen drin schickte. Ich meine, was reimt sich schon auf Phyllis außer Syphilis und Klitoris?«

Er schüttelte wehmütig den Kopf, hob das Gewehr auf und schwenkte es langsam herum. Dann entschied er sich für ein imaginäres Ziel und tat so, als würde er abdrücken.

»So lief das damals, Brendan«, sagte er und senkte das Gewehr. »Irland öffnete sich, die Mutigen machten Gewinne und das einzige Verbrechen, das man begehen konnte, war, sich erwischen zu lassen. Daddy machte sich Vorwürfe. Eamonn hielt sich für was Besonderes, weil sich Phyllis für ihn entschied, wo sie doch die Geliebte des Ministers hätte werden können, und dass Daddy Phyllis mal begehrt hatte, machte sie in Eamonns Augen auch zu was Besonderem. Aber deine Mammy und du, ihr musstet nie drunter leiden. Nur ein paar Eingeweihte wussten Bescheid und keiner dachte deswegen schlecht von ihm. Das Problem war, dass Eamonn nicht wusste, wie man eine Affäre anfängt oder beendet. Er war ein Romantiker und Phyllis war noch schlimmer, sie glaubte an seine Hirngespinste. Als er sie geschwängert hatte, fing er an, verrücktes Zeug zu erzählen. Wer weiß, was passiert wäre, wenn Daddy nicht dafür gesorgt hätte, dass sie in einem Kloster in Athlone verschwand. Aber sie ist abgehauen und hat Cormac in einem Obdachlosenheim in Glasgow zur Welt gebracht. Wie Eamonn sie zweieinhalb Jahre später aufgestöbert hat, weiß ich nicht. Trotzdem glaube ich nicht, dass deine Mutter dahinter gekommen ist. Die Ecke an der Ludlow Street war schon immer eine gefährliche Kurve, wo man jederzeit über den Haufen gefahren werden konnte. Trotzdem hat sich Phyllis ständig Vorwürfe gemacht. Daddy hat ihnen gesagt, es wär falsch, dich in den Schuppen zu stecken, so würden sie die Erinnerung an sie auch nicht loswerden. Aber Phyllis konnte Daddy nicht ausstehen und nach den Lügen deines Bruders konnte sie auch mich nicht ausstehen.«

Clancy hatte plötzlich ein Schweizer Armeemesser in der Hand. Er kniete sich hin und beobachtete, wie ich mich mühsam zur Wand schleppte.

»Immer sachte, Hühnerfurz«, flüsterte er. »Hier wird niemand abgeschlachtet wie ein Schwein, da würde ich mir bloß die Jacke ruinieren.« Langsam griff er hinter meinen Rücken und zerschnitt die Schnur, mit der meine gefesselten Hände an den Eisenring gebunden waren.

»Dreh dich um«, befahl er. Widerwillig ließ ich zu, dass er das Messer hinter meinem Rücken senkte, und als es sich in die Schnur um meine Handgelenke grub, spürte ich, wie die Klinge meine Haut streifte, ehe die Schnur zerriss. Das Blut floss in meine steifen Finger zurück. Clancy setzte sich wieder. Ich traute seinen Schlangenaugen nicht. Ich hatte erlebt, wie er kleine Jungs losließ, sie ein paar Schritte weggehen und erleichtert aufatmen ließ, bevor er mit dem Fuß ausholte und ihnen erneut das Bein stellte. Seine Geste konnte nicht menschenfreundlich gemeint sein; es war wohl eher der Schachzug, mit dem er unsere Verhandlungen eröffnete. Ich wusste nicht mal genau, ob McGuirk und Egan wirklich weg waren. Ich beobachtete, wie er das Messer wegsteckte und sich mit einem weißen Taschentuch den Schweiß von den Händen wischte.

»Da kannst du wischen, so viel du willst«, sagte ich, »und trotzdem klebt Blut an diesen Händen. Barney hat wenigstens niemanden umgebracht.«

Clancy faltete das Tuch zusammen und steckte es sorgfältig wieder in die Tasche. »Granddaddy hat so viele Leute umgebracht, dass es für die ganze Familie reicht«, erwiderte er. »Michael Collins hat seine Jünger gut ausgewählt, aber ich krieg schon Zustände, wenn ich mir zweimal im Jahr P. J.s Schrotflinte ausleihe und das verdammte Ding zur Eröffnung eines Golfturniers abfeuere. Dein Vater ist an Herzversagen gestorben, Brendan. Er war ein jähzorniger alter Mann, der Tabletten gegen hohen Blutdruck nehmen musste. Es hätte jederzeit passieren können. Tut mir Leid, dass du in Schwierigkeiten bist, aber dein Dazwischenfunken hat alles nur noch schlimmer gemacht. Also, was willst du?«

»Du bist doch der Mann, der von allem den Wert kennt«, sagte ich wütend. »Wie teuer ist mein Schweigen, wie teuer ist das Leben meines Vaters?«

»Dein Schweigen kostet nicht viel, denn dir droht wegen Unterschlagung eine Gefängnisstrafe. Was deinen Vater betrifft, so kann niemand den Wert eines Lebens beziffern.«

»Warum musste Slick ihn fesseln und ihm so einen Schrecken einjagen? Und warum wird mein Sohn verfolgt, wo er doch gar nichts von dieser Sache weiß?«

»Ist mir völlig neu, dass ihn jemand verfolgt«, sagte Clancy und schüttelte amüsiert den Kopf. »Obwohl Slick wirklich von dem Jungen besessen ist. Er gefällt ihm, auch wenn er's nie zugeben würde. Woher weißt du das?«

»Ich hab mit dem Jungen gesprochen. Er weiß nicht mal, wer ich bin. Hast du wirklich geglaubt, mein Vater würde gegen Barney aussagen? Er wäre vor den Untersuchungsausschuss getreten und hätte sich an nichts mehr erinnert, hätte auf Unwissenheit und Altersschwäche plädiert. In Dublin wartet jemand mit einer vollständigen Liste der Kontonummern deines Vaters, die er anonym ins Dublin Castle schicken könnte.«

Clancy klemmte sich die Schrotflinte unter den Arm, zog den Reißverschluss seiner Hose auf und pinkelte an die Wand. »Erzähl weiter, und was mich betrifft, ist das dann auch schon deine Belohnung«, erwiderte er. »Du kannst die

Asche meiner Zigarette haben. Du warst noch nie der Hellste, Brendan, darum lass doch einfach die Eisenstange wieder fallen.«

Er drehte sich um, zog in aller Ruhe mit einer Hand den Reißverschluss zu und richtete mit der anderen die Schrotflinte auf mich. Ich hatte keine Ahnung, woher er wusste, dass ich die Eisenstange aufgehoben hatte, mit der McGuirk das Schloss aufgebrochen hatte. Er entsicherte das Gewehr und ich ließ die Stange fallen.

»Vielleicht hast du's auf deinen Reisen nicht mitgekriegt, Hühnerfurz, aber vor ein paar Jahren hat die Regierung eine sehr praktische Steueramnestie erlassen. Die galt nicht nur für Drogendealer und unaufrichtige Zahnärzte aus Cork, die sich schon vornehm dünken, wenn sie mit ihrer Frau im Irish Club in London einen Krabbencocktail essen. Es waren glatte fünfzehn Prozent auf alles zu zahlen, was man angab, dafür wurde Anonymität garantiert und es wurden keine Fragen gestellt. Ich hab keine Ahnung, was für Kontonummern auf deiner Liste stehen und wie du beweisen willst, dass mein Vater was damit zu tun hat. Aber ich hab ihm fast den Hals umgedreht, damit er einwilligt, und deshalb weiß ich, dass bei seinem Tod jeder einzelne Penny in seiner Kriegskasse nach Rosen duftete. Das war eine teure Sache und hat mich später jede Menge Erbschaftssteuern gekostet, aber ich hab immer gewusst, dass der Tag der Abrechnung kommt. Spiel nur den schäbigen Denunzianten, Brendan, aber von mir kriegst du keinen Penny, für deine miese kleine Erpressung hast du dir den Falschen ausgesucht.«

»Ja? Wenn du so sauber bist, warum seid ihr dann in sein Haus eingebrochen?«

Clancys Hände bewegten sich so schnell, dass ich mir sicher war, er würde mich jeden Moment erschießen. Ich duckte mich, zuckte zurück und fing die Schrotflinte, kurz bevor sie auf dem Betonboden aufschlug. Verwirrt umklammerte ich sie und starrte ihn an, während er sich eine weitere Zigarette anzündete.

»Gut, dass du das Ding aufgefangen hast«, sagte er, »es hätte eine furchtbare Schweinerei anrichten können, wenn es auf den Boden geprallt und losgegangen wäre. Brendan, das Ganze hat nichts mit deinem Vater zu tun. Es ist eine persönliche Sache, das seh ich an deinen Augen. Ich wette, das hast du dir immer erträumt, dass diesmal du der starke Mann bist, der Kerl mit dem Gewehr. Dir gefällt das Machtgefühl, stimmt's? Du hast gesehen, wie ich's geladen hab, also los, versuch, auf mein Herz zu zielen.«

Meine Hände zitterten, als ich die Schrotflinte hob, argwöhnisch und doch ängstlicher, da ich jetzt die Verantwortung für die Waffe trug. Als ich auf dem Hof auf seinen Wagen gezielt hatte, hatte ich keine Zeit zum Nachdenken gehabt. Doch die Wirklichkeit war ganz anders als die Phantasien, die ich in Gedanken durchgespielt hatte. Gelassen betrachtete er mich, während ich mich mit der plötzlichen Möglichkeit abquälte, ihm das Hirn wegzupusten.

»Du hast wirklich das Recht, mich zu hassen«, sagte er. »Ich hab dir das Leben zur Hölle gemacht. Damals hatte ich die Macht dazu, das war der Unterschied zwischen uns. Leute wie Slick sind geborene Schlägertypen, aber wie die meisten Kinder hab ich bloß die Rolle ausgefüllt, die mir zugeteilt wurde. Ich war der Sohn meines Vaters – anscheinend hatten sogar die Lehrer Angst vor mir. Du warst ein einsames, rotznäsiges Arschloch, aber manchmal hab ich dich darum beneidet, dass du einfach ein unbedeutender Niemand sein konntest. Slick und P. J. haben an mir gehangen wie verdammte Blutegel, ihre Daddys hätten sie noch zu mir ins Bett gelegt, wenn sie gekonnt hätten. Alles, um nah am Hof von König Barney zu bleiben. Ich hab auch sie schikaniert, besonders Slick, hab ihnen Aufgaben gestellt, wenn sie in meiner Bande sein wollten. Sie haben Würmer gegessen, haben sich nackt im Schlamm gewälzt. Ich wusste, dass ihre Daddys sie grün und blau schlagen würden, wenn sie es wagten, sich mit mir zu zerstreiten. Aber sie waren anders, besonders Slick, der das Ganze genossen hat wie einen Männlichkeitsritus. Dich zu schikanieren war geradezu eine reine Erfahrung, der Geruch deiner Angst. Du warst ein ganz perfektes kleines Opfer. Aber Opfer werden erwachsen. Und jetzt hast du das Gewehr, Hühnerfurz, du weißt sogar, wo du mich beerdigen musst. All-der-Kuhschiss-Manor. Morgen früh ist der Zement trocken. Das hilft deinem Sohn zwar nicht, aber was kümmert's dich? Du wolltest mich doch schon draußen auf dem Hof umbringen, worauf wartest du dann jetzt, auf meine Erlaubnis?«

»Leck mich«, fauchte ich verwirrt.

»Drück ab, Hühnerfurz. Wahrscheinlich ist es so, als würdest du mit einer Frau schlafen – wenn du's nicht ganz langsam machst, ist es so schnell vorbei, dass du dich kaum noch dran erinnern kannst.«

Der Schuss war lauter, als ich gedacht hatte, ich war ganz taub und hätte mir fast die Schulter ausgekugelt. Es dauerte einen Augenblick, bis ich sah, dass Pete Clancy immer noch an derselben Stelle stand. Sein Gesicht war kreideweiß, die Zigarette war ihm aus der Hand gefallen und seine Haare und Schultern waren mit Putzsplittern bedeckt, die über ihm von der Wand gespritzt waren.

»Daneben«, sagte er trocken.

»Wenn ich dich treffen will, dann treff ich dich auch«, erwiderte ich. »Und jetzt halt's Maul. Du bringst mich ganz durcheinander.«

»Ich versuche, die Dinge zu klären. Wie die meisten Leute weißt auch du nicht genau, was du willst. Als ich hinter den ganzen Schwindel und Betrug kam, in den mein Daddy verwickelt war, hätte ich ihn vor Empörung am liebsten umgebracht. Ich meine, ich hab genauso zu ihm aufgeblickt, wie du zu Eamonn aufgeblickt hast. Aber du hast bestimmt gewusst, dass Eamonn an jedem krummen Ding beteiligt war.«

»Ich hab nichts gewusst.«

»Das sag ich den Leuten auch immer, aber dann sagen sie, dass sich alles vor unseren Augen abgespielt hat. Alle Hunde im Ort wussten Bescheid, es hat bloß keiner gebellt.«

»Wenn du nicht das Maul hältst, schieß ich den anderen Lauf auch noch ab.«

»Nur zu, lass dich nicht davon abhalten. Ich bin vierundvierzig. Ich hab meine große Zukunft schon hinter mir, von jetzt an geht's bergab. Vielleicht hab ich unsere beiden Freunde deshalb weggeschickt. Vielleicht tust du mir einen Gefallen.«

Ich trat zwei Schritte vor und richtete den heißen Lauf direkt auf sein Hemd. Ich wollte Angst in seinen Augen sehen, sehnte mich nach Respekt.

»Zeig, dass du Angst vor mir hast, bevor ich dir das Hirn wegpuste, du mieser Wichser.«

»Tut mir Leid, aber du würdest den Falschen umbringen.« Er betrachtete mich Auge in Auge. »Du kannst diesen Schinder aus der Schulzeit nicht umbringen, weil er längst tot ist. Das Leben hat ihn langsam umgebracht durch jede Menge kleine Schläge, es hat dafür gesorgt, dass er nie aus Daddys Schatten rausgekrochen kam. Er wollte die Welt verändern, aber Staatssekretäre, an deren Familien ein Verdacht haftet, verändern gar nichts. Er ist zu einem anderen Menschen geworden, genau wie du auf deinen Reisen, und keiner von uns kann seine Vergangenheit zurückholen. Wir haben uns verändert, Brendan. Dieser Schwachsinn von dem kleinen Jungen in dir, den dir die Seelenklempner weismachen, dient nur dazu, dass sie sich ihren Auslandsurlaub und einen Wintergarten leisten können. Unsere Daddys haben uns beide enttäuscht, aber das hier ist eine Sache zwischen dir und mir, so wie wir jetzt sind, erwachsene Männer von Welt. Ich schwöre dir, ich hab weder mit dem Tod deines Vaters was zu tun noch mit irgendeiner Gefahr, in der dein Sohn schwebt.«

»Es ist nicht bloß eine Sache zwischen uns beiden«, erinnerte ich ihn. »Slick und P. J. wissen zu viel über mich und ich weiß zu viel über sie.«

»Was P. J. weiß und was er sagt, sind zweierlei Stiefel. Slick ist da anders, er ist ein Problem. Er lebt immer noch auf diesem Schulhof. Er wurde als Schläger geboren und wird auch als einer sterben und wie alle richtigen Schläger hat er Angst vor seinem eigenen Schatten. Es gab mal eine Zeit, da hatte ich ihn unter Kontrolle, aber das ist vorbei. Er jagt mir Angst ein und auch du solltest Angst vor ihm haben. Er und dein Vater standen schon seit damals auf Kriegsfuß, als Slab so schwer an Alzheimer erkrankte. Um ehrlich zu sein, wir wollten, dass Slick das Haus in Cremore ausräumt, aber irgendwann, wenn dein Vater nicht da war. P. J. und ich erfuhren erst, dass er auf eigene Faust gehandelt hatte, als er zitternd und heulend auftauchte. Er wollte ihn nicht umbringen, aber dass er Eamonn gefesselt hat, ging zu weit, das ist bei ihm meistens so. Er ist der Mann, vor dem Conor sich in Acht nehmen muss.«

»Warum?«

»Ist eben so. Nach dieser Nacht wünscht er sich bestimmt, dass du und alle anderen tot wären, die ihn mit Eamonns Tod in Verbindung bringen könnten.«

Clancy trat die glimmende Zigarette aus. Er wusste, dass ich ihn nicht erschießen würde. Mir war kalt und ich hatte ein flaues Gefühl im Magen. Es gab mir kein Machtgefühl mehr, dass ich die Schrotflinte in der Hand hielt. Es kam mir kindisch vor und machte mich verlegen.

»Das heißt nicht, dass wir Slick nicht rumkriegen können«, fügte er hinzu. »Ich vertrau dir hier mein Leben an. Aber du musst auch mir trauen.«

»Ich glaube, eher würd ich dem Teufel trauen.«

»Da liegst du bei mir richtig, nur dass ich real bin und der Teufel eine praktische Erfindung ist, um Kindern Angst einzujagen. Ich konnte diese Zeit für uns bloß rausholen, weil Slick denkt, dass ich dich gerade irgendwo vergrabe oder zumindest so zusammenschlage, dass du dich nie wieder blicken lässt.«

»Du hast Slick immer unter Kontrolle gehabt.«

»Vielleicht gab es mal eine Zeit, als Daddy Slab die übrig gebliebenen Knochen hinwerfen konnte, als er die Regeln frei auslegen und ihm ein paar Insider-Informationen geben konnte. Aber die Politik hat sich so stark verändert, dass man kaum noch zu atmen wagt. Europa, die Beamten, Zeitungen, die jede deiner Entscheidungen genau analysieren und dir Tag und Nacht in den Arsch schielen. Wenn ein Bauunternehmer heute Erfolg haben will, muss er einen Politiker kennen. Ich musste mich verändern, aber Slick und P. J. haben einfach da weitergemacht, wo ihre Daddys aufgehört haben. Ihr Blickfeld ist nicht größer geworden, nur ihre Habgier. Wohnungen auf jedem briefmarkengroßen Grundstück, das sie aufkaufen können. Bauunternehmer stehen nicht zur Wahl, sie brauchen sich nicht darum zu kümmern, was die anderen von ihnen halten. Sie ziehen im Siegerbereich der Rennbahn von Navan eine Riesenschau ab und versuchen, Fremde mit Champagner zu beeindrucken, wenn das Pferd einer Interessengemeinschaft, von dem ihnen ein halbes Bein gehört, durchs Ziel geht. Woanders als auf einer Baustelle ist Slick fehl am Platz, P. J. ist zwar besser, aber seine Vorfahren waren auch alle Bauern. Keiner traut dem anderen über den Weg. Aber an dir war schon immer mehr dran, als man auf den ersten Blick sehen konnte, Brendan. Deshalb hab ich dich als Kind immer verprügelt. Eines Tages verwandelt sich dieser Wurm und zeigt uns, wer er wirklich ist, hab ich immer gedacht. Also, hör mir mal genau zu ...«

Ich wollte ihm nicht zuhören. Ich hatte Phyllis an dem Tag

zugehört, an dem ich in Navan die verschlossene Schlafzimmertür geöffnet hatte. Später hatte ich nicht ihr vorgeworfen, dass sie mich geschlagen hatte, sondern hatte mir die Schuld dafür gegeben, dass ich so dumm gewesen war, ihren Worten Glauben zu schenken. Ich wollte Clancy ins Wort fallen, bevor ich mich wieder in seinen Bann ziehen ließ. Aber seine Augen flackerten nicht, seine Stimme hatte etwas Faszinierendes. Ein Flintenlauf war noch geladen. Wenn er sich plötzlich bewegt hätte, hätte ich vielleicht gefeuert. Doch er stand reglos da und redete.

»Ein Richter würde das, was Slick mit deinem Vater angestellt hat, Totschlag nennen, aber nur, wenn es nicht sein eigener Vater wäre. Eamonn hätte nicht mitgespielt; auch als er in den Ruhestand ging, blieb er zu sehr der hohe und mächtige Beamte. Das Problem mit jemandem, der Dienstgeheimnisse hütet, ist, dass nach einer gewissen Zeit niemand mehr ganz sicher ist, was er weiß und was nicht, was er ausplaudern könnte und was nicht. Nach seiner Pensionierung dachte er, er würde in Dublin eine Art Premierminister im Exil werden und alte Freunde würden dankbar vorbeikommen, bei ihm Rat suchen und ihn mit Beraterhonoraren überschütten. Vielleicht hat Slab McGuirk ihm so was Ähnliches versprochen und Mossy ist ihm auch um den Bart gegangen. Aber seit dem Tag, an dem Eamonn aus dem Grafschaftsrat ausschied, war er ein Mann der Vergangenheit und in der wirklichen Welt sahen sich Slick und P. J. nicht an ein vages Versprechen gebunden, das ihre Väter ihm im Hinterzimmer eines Pubs gegeben hatten.«

»Dann haben sie ihn also fallen lassen«, sagte ich.

Clancy zuckte mit den Achseln. »In den ersten Jahren hat er mir Tag und Nacht wegen gebrochener Versprechen und seiner ›Position‹ in den Ohren gelegen. Ich hab ihm alle möglichen Arbeiten gegeben ...«

»Miete kassieren«, spottete ich.

»Wenigstens hab ich ihm Arbeit gegeben. P. J. und Slick haben ihn erst beachtet, als der Untersuchungsausschuss ihnen Angst eingejagt hat. Und dann brauchten sie nicht seinen Rat, sondern sein Schweigen. Sie waren auch gar nicht kleinlich, er sollte ein anständiges Schmiergeld kriegen, wenn sie seinen Speicher leer räumen durften. Es musste auch nichts so Verdächtiges wie ein Brand oder eine Überschwemmung sein. Zu diesem Zeitpunkt war er auch noch nicht als Zeuge geladen. Es musste bloß ein Container gemietet werden und Slick brauchte ihn am nötigsten, denn Slab war in seiner Glanzzeit ebenso sehr ein Gauner wie Eamonn ein Sammler. Slab hat seine Geschäfte größtenteils im Kopf gehabt, bevor er übergeschnappt ist. Jetzt hockt er in Mullingar in einer Anstalt und hat nicht den geringsten Schimmer, wer Slick ist und warum er ihn nicht in Ruhe lässt. Slick macht sich inzwischen verrückt, weil er nicht weiß, was für dunkle Punkte vor dem Untersuchungsausschuss ans Licht kommen können. Ehrlich, Slick hat nicht gewusst, dass Phyllis aus dem Krankenhaus entlassen worden war, er hat gedacht, das Haus würde leer sein.«

Clancy zitterte, als ob ihm kalt wäre. Er sah müde aus und viel älter, als er in Wirklichkeit war.

»Die Hälfte der Akten von der Sonderabteilung des Grafschaftsrats waren auf dem Speicher deines Vaters«, erzählte er weiter. »Slick hatte schon zwei Plastiksäcke voll gepackt, als dein Vater seinen Herzanfall kriegte. Als du mit Cormac ausgezogen bist, ist irgendwas in seinem Innern gestorben, sogar Daddy hatte Probleme, irgendwelche Unterlagen von ihm zu kriegen. Slick ist immer unruhiger geworden, weil er nicht wusste, was für Papiere Eamonn besaß. Und vor drei Monaten ist er hinter die Sache mit dem Geld gekommen.«

»Welches Geld?«

Plötzlich betrachtete Pete Clancy mich wieder aufmerksam. »Die vier Auslandskonten, die noch offen stehen.«

»Du hast doch gesagt, dass dein Vater bei der Steueramnestie sein ganzes Geld gewaschen hat«, erinnerte ich ihn.

»Stimmt schon«, erwiderte Clancy. »Ich bin mit Eamonn jeden einzelnen Penny durchgegangen. Willst du sagen, ich hätte ihm nicht trauen sollen?«

Wenn Pete alles gesehen hatte, dann wusste er wahrscheinlich, dass nur noch zwei Konten offen standen. Oft hatte ich mir den Augenblick ausgemalt, in dem die vierteljährlichen Kontoauszüge eintrafen, über Des Traynor, zwei Monate nach meinem Verschwinden. Phyllis, tränenleer, zusammengerollt in ihrem Schlafzimmer, Cormacs Foto umklammernd, als könnte sie ihn wieder zum Leben erwecken. Und über ihr auf dem Speicher mein Vater, der auf einem Sack alter Papiere saß und sich in seinem unergründlichen Schmerz wiegte, der die Augen schloss, sie wieder aufschlug und die Auszüge anstarrte, als könnte der richtige Kontostand irgendwie wieder auftauchen.

»Du redest doch ständig davon, wie ehrlich er war«, erwiderte ich vorsichtig.

»Er war zu ehrlich, um sich zu bereichern«, sagte Clancy. »Geld spielte keine Rolle bei Eamonns Bedürfnis, gebraucht zu werden. Manche Leute sind so, sie sehnen sich danach, gebraucht zu werden, das bringt ihnen Prestige. Normalerweise werden sie Kassenwart beim Ausschuss für die Sauberhaltung der Städte. Sie können Geld nicht ausgeben, zählen es aber gern – auch wenn's nicht ihnen gehört. Eamonn hätte für Daddy alles getan. Bis zum Schluss hat er Daddy als den Helden betrachtet, den ich mit zwölf in ihm gesehen hatte. Er hat ihn geliebt.«

Ich hatte die Schrotflinte in meiner Hand fast vergessen. Vorsichtig legte ich sie zwischen uns auf den Boden und hockte mich an die Wand. »Rauchen wir eine Zigarette«, sagte ich.

Pete steckte sich eine an und warf dann mir die Schachtel

und die Streichhölzer zu. Ich zündete ein Streichholz an und sog den Rauch ein. »Weißt du, was das Verrückte ist?«, sagte ich. »Ich hab geglaubt, dass der alte Wichser mich liebt. Auf seine verquere Art, dass bei ihm immer alles andere zuerst kam.«

»So waren Väter damals«, erwiderte Pete. »Die Geschäfte gingen vor und wir wurden nur für Pressefotos gebraucht.«

»Versuch bloß nicht, uns zu vergleichen«, sagte ich.

»Tu ich nicht. Dein Vater war was ganz Spezielles – Daddy hat ihn immer 007,5 genannt –, der Walter Mitty der Geheimagenten. Ich vergesse nie den Tag, an dem ich mit ihm die Konten geprüft hab. Daddy hat die persönlichen Ausgaben nie genau im Auge gehabt und wollte auch nur das Nötigste wissen. Eamonn hätte Daddy mühelos ausrauben können, aber er hat über jeden Penny, über jedes Viertelprozent Zinsen Rechenschaft abgelegt. Er war wie ein Kind mit einer Modelleisenbahn, das einem unbedingt zeigen will, wie die einzelnen Teile funktionieren. Als ich ihn gefragt hab, ob er bei seinem Auslandskonto denselben Zinssatz kriegt, hat er mich angeguckt, als ob ich zehn Köpfe hätte. ›Dein Daddy hat mir doch eine Lebensstelle besorgt‹, hat er gesagt, ›mit einem tollen Gehalt und Freunden, die sich nach meiner Pensionierung um mich kümmern. Ich brauche kein Auslandskonto.‹« Pete schüttelte ungläubig den Kopf. »In Irland war jeder zweite Geschäftsmann auf Profit aus und hier, mittendrin, war dieses Muster an Rechtschaffenheit.«

Das war das Komische. Bei meinem Vater gab es stets etwas – ein Körnchen Rechtschaffenheit oder sogar naive Vaterlandsliebe –, das ihn von anderen unterschied und Cormacs Enthüllungen umso schockierender machte. Vielleicht dachte im Innersten jeder Sohn so über seinen Vater. Das Gefühl, als unschuldiges Kind hintergangen worden zu sein, schien ein heimliches Band zwischen Pete und mir zu sein, während wir gemeinsam in nachdenklichem Schweigen dasaßen und rauchten.

Ich musste pinkeln. Der Druck auf meiner Blase rief mir ins Gedächtnis, wie Ebun sich erst vor ein paar Stunden rittlings auf mich gesetzt hatte. Ich hatte meine Müdigkeit überwunden. Das erste Grau der Morgendämmerung hing in der Luft. Obwohl ich mir oft ausgemalt hatte, dass ich Pete Clancy zum Krüppel machen würde, hatten wir in meinen Träumen meistens so zusammengesessen – hatten, einander ebenbürtig, in Erinnerungen geschwelgt und plötzlich unsere Achtung füreinander entdeckt. In jenem Augenblick war das ein gutes Gefühl, als wäre ich nicht länger ein Niemand.

»Erzähl mir von den Konten, die noch offen stehen«, sagte ich.

»Stell dich gut mit deinen Freunden, aber erst recht mit deinen Feinden«, erwiderte Pete. »Daddy hat weder Slab McGuirk noch Mossy Egan vertraut. Jedes Mal, wenn Daddy sich bediente, half er auch anderen. Er wollte sehen, dass Meath sich veränderte, dass es sich eine Zukunft aufbaute. Wenn er immer mal wieder eine Spende erhielt, dann war das normal, es war das Schmierfett, das die Antriebsräder in Bewegung hielt. Bestimmte Bauunternehmer und Landbesitzer begriffen das. Sie waren nicht korrupt, so lief die Sache eben. Eamonn begriff das. Eamonn wollte nichts für sich haben, aber er wollte, dass Daddy in dem großen Haus saß und eine Staatskarosse fuhr, damit alle sehen konnten, wie weit wir's gebracht hatten. So erlangte man die Achtung der Leute. Wenn Daddy nach England gegangen wäre, hätte er genauso wie Joe Murphy Millionär werden können, aber er ist zu Hause geblieben. Er war Leuten zu Diensten, die vor seiner Tür mit ausgestreckten Händen Schlange standen. Das ist weder mit dem Gehalt eines Parlamentsmitglieds noch mit dem eines Ministers zu schaffen.

Aber Slab war anders, er dachte bloß an sich. Wenn er plötzlich angefangen hätte, mit Geld um sich zu werfen, hätte das wahrscheinlich für Unruhe gesorgt und es wären Fragen gestellt worden.«

Pete drückte seine Zigarette aus, stand auf und zog mit einem leisen, rostigen Quietschen die Stalltür auf. Vor dem blassen Lichtschimmer zeichnete sich seine Silhouette ab.

»Ich liebe Meath in der Morgendämmerung«, sagte er.

»Du hast mir immer noch nicht erklärt, was es mit den verbleibenden Konten auf sich hat«, entgegnete ich und er drehte sich um.

»Sag du's mir.«

»Wie meinst du das?«

»Du bist der Sohn deines Vaters. Was weißt du wirklich über Shyroyal Holdings?«

»Nichts.«

»Es fing in den frühen Siebzigern an, als Daddy erfuhr, dass eine britische Firma, angelockt von dem Bergwerk, in Navan herumschnüffelte und vor der Stadt ein Gelände suchte, auf dem man ein Einkaufszentrum errichten konnte. Daddy gründete ein Konsortium, um die alten Hütten hinter der Emma Terrace zu kaufen. Es waren eine Menge Spenden nötig und stille Vereinbarungen zwischen den Parteien im Grafschaftsrat, um alle Anträge der Briten blockieren zu können, während sein eigenes Angebot ausgearbeitet wurde. Diese Sache hat Slab, Mossy und andere Bauunternehmer zu dem gemacht, was sie heute sind, denn danach ging's ständig bergauf. Bevor das Gelände offiziell zu Bauland umgewidmet wurde, wechselte es dreimal den Besitzer, eine Reihe von Strohfirmen, die bis zu Shyroyal Holdings zurückreicht. Natürlich wurde damit Geld gemacht – Daddy besaß die Hälfte der Anteile –, aber noch wichtiger war, dass jeder Penny in Meath blieb und die Briten fern gehalten wurden.«

Ich lächelte spöttisch und mir fiel ein, wie ich damals alles

Phyllis' Hass auf Josie zugeschrieben hatte, die in einem vom Grafschaftsrat gebauten Wohnblock gelandet war.

»Dieses eine Mal hat Daddy gereicht«, fuhr Pete Clancy fort. »Er hat sich nie mehr direkt an der Planung beteiligt, er hat bloß sichergestellt, dass die richtigen Projekte den Zuschlag erhielten. Da die Briten ein unerschlossenes Gelände an der Straße nach Dublin haben wollten, war Daddys Plan, sie zu blockieren, teilweise darauf ausgerichtet, dass Shyroyal kleine, strategisch günstige Grundstücke aufkaufte und es den Briten erschwerte, ihren bevorzugten Bauplatz zusammenzubekommen. Der Profit aus dem Bau des Einkaufszentrums deckte locker die Kosten für diese Grundstücke, die später einfach als Weideland verpachtet wurden. Doch in den achtziger Jahren vervierfachte sich plötzlich der Wert dieser Ländereien. Das lag nicht so sehr daran, dass Navan immer größer wurde, sondern eher daran, dass Dublin sich immer weiter nach Norden ausdehnte. Als Bauland waren die Grundstücke zu klein, aber Daddy sorgte dafür, dass jeder, der in der Nähe bauen wollte, sie zum richtigen Preis aufkaufen und in seine Pläne einbeziehen musste. Für Eamonn war es leicht, jeden Bauantrag an der Straße nach Dublin als untauglich einzustufen und damit offiziell zu blockieren. Sobald der Bauunternehmer mitspielte, konnte Daddy einen Antrag auf Änderung des Flächennutzungsplans stellen. Doch plötzlich kam eine neue Generation hungriger, sauberer Politiker und Daddy brauchte jeden Penny, um sie bei seinem letzten Wahlkampf zu schlagen. Shyroyal Holdings stellte die nötigen Mittel bereit. Die Gesellschaft lag nicht länger im Dornröschenschlaf, sondern hatte plötzlich jede Menge Geld. Vor Jahren hatte es polizeiliche Ermittlungen gegeben und Daddy wollte nicht, dass sich das wiederholte, weil Slab McGuirk mit seinem Anteil protzte und die Aufmerksamkeit des Finanzamts auf sich zog. Slab konnte zwar nichts dafür, dass er plötzlich überschnappte, aber er war nicht mehr vertrauenswürdig. Da kam Eamonn ins Spiel.«

»Ich kann dir nicht ganz folgen«, sagte ich.

Pete Clancy ging auf den Hof hinaus. Ich folgte ihm, zitternd vor Kälte. In einer halben Stunde würden wir von hier einen herrlichen Blick haben. In den alten Bäumen am Tor saßen Saatkrähen. Pete Clancy blieb neben seinem Auto stehen und ließ den Finger übers Dach gleiten, als würde er nach Schmutz suchen.

»Stehst du auf Autos?«, fragte er.

»Nein.«

»Das hier benutz ich nicht oft – die Leute sehen gern die Staatskarosse. Daddy hat immer gesagt, das verschafft einer Stadt Geltung, Symbole sind wichtig. In England fahren Staatssekretäre, verglichen damit, bloß in Klapperkisten rum. Schrottautos, aber bombastische Titel und Traditionen. Sie sind trotzdem bloß verdammte Untertanen und keine Staatsbürger. In einer Republik ist das anders. Daddys Generation konnte von Anfang an ihre eigenen Regeln aufstellen. Die Briten hatten für ihre Inzucht-Aristokraten die Barings Bank, bis Nick Leeson Scheiße gebaut hat. Wir hatten Des Traynor, den Geldeintreiber des Premierministers, der von seinem Büro bei Cement Roadstone aus unsere eigene Privatbank führte. Kein Portier oder solche Kinkerlitzchen, Eingeweihte gingen einfach rein, wenn sie den Mann treffen wollten. Und Eamonn gehörte zu den Eingeweihten. Er hielt Des für einen Heiligen, weil er sich so selbstlos um Haugheys Finanzen kümmerte – nicht, dass Haughey lange gebraucht hätte, um das Andenken des armen Kerls nach seinem Tod in den Schmutz zu ziehen –, und Daddy sorgte dafür, dass, sobald in Meath ein Stein in einen Teich fiel, über besagten Mr. Traynor eine Welle bei Haughey ankam. Das ist der Lauf der Welt.«

Clancy öffnete die Fahrertür. »Steig ein, dann sehen wir

uns den Sonnenaufgang an«, sagte er. »Hier draußen friert man sich zu Tode.«

Während ich auf die andere Seite des Wagens ging, lief es mir eiskalt den Rücken hinunter. Ich sah Lisa Hanlons Gesicht in ihrem Krankenhausbett vor mir, ihre Stimme nicht mehr als ein Flüstern: *Steig ein, hat er zu mir gesagt, dann sehen wir uns den Sonnenaufgang an.* Ich setzte mich auf den Beifahrersitz, während Pete Clancy leutselig nach vorn schaute. Hatte er so in der Nacht ausgesehen, als er über sie hergefallen war, als seine Hände sie an den Haaren gepackt hatten, während er ihren Kopf über seinen offenen Hosenschlitz hielt? Wie konnte ich hier sitzen und einem Mann vertrauen, den ich eigentlich hatte umbringen wollen? Er sah mich an.

»Die Steuersätze waren hoch, die Leute hatten das Gefühl, benachteiligt zu werden. All die Banken zogen freudig irgendwelche Betrügereien für ausgewählte Kunden durch, aber Des regelte die Bankangelegenheiten für seinen eigenen Kreis so formlos wie möglich. Sobald man zu diesem Kreis gehörte und ein bisschen Geld besaß, von dem niemand etwas wissen durfte, rief man ihn einfach an und brauste mittags zum Burlington Hotel rüber, wo er die Umschläge entgegennahm, ohne Fragen zu stellen. Du würdest staunen, wem man da alles begegnen konnte. Manchmal lungerte sogar der alte P. V. Doyle mit raushängender Zunge am Eingang seines eigenen Hotels rum. Natürlich konnte Daddy nicht persönlich hingehen und Mossy und Slab waren zu kleine Fische, als dass sie dem großen Des hätten die Hand schütteln dürfen. Ein Zirkel funktioniert nur, wenn er klein gehalten wird. Aber Eamonn verstand sich so gut mit Traynor, dass er problemlos als Mittelsmann für Shyroyal auftreten und Herr seines eigenen Zirkels werden konnte. Des war ein kultivierter Mensch, den es nicht gerade erfreut hätte zu wissen, dass er Geschäfte mit einem Haufen Bauunternehmer aus Meath machte, die sich nie unter der Vorhaut wuschen. Deshalb war es ein Geschenk des Himmels, dass Eamonn keine eigenen Konten unterhielt. Daddy machte den anderen klar, dass sie das Geld erst nach der Wahl anrühren durften. Dein Vater war der Mittelsmann. Eamonn benutzte die Namen seiner Kinder und richtete über Traynor, der davon ausging, dass das ganze Geld eurer Familie gehörte, drei Konten ein.«

»Wer war ich?«, fragte ich leise.

»Mossy Egan.«

»Sarah-Jane?«

»Joey Kerwin. Er hatte einen kleinen Anteil.«

»Und Cormac?«

»Warum?« Er betrachtete mich aufmerksam.

»Beantworte die Frage.«

»Slabs fünfzehn Prozent liefen auf seinen Namen. Joey Kerwin hob das Geld am Tag nach der Wahl ab. Er benutzte es für ein paar verschwendete Wochenenden in Soho und spendete den Rest der Kirche. Bald danach starb er. Mossy Egan fand das Bankwesen auf den Kanalinseln so gut, dass er selbst nach Jersey fuhr, und der arme P. J. wartete, obwohl er die Zügel bereits in der Hand hatte, vergeblich auf seinen Tod. Aber Slab rührte seinen Anteil nicht an. Er wollte weder von Amnestien noch von anderen Dingen was wissen, wenn er sich dafür auch nur von einem einzigen Penny trennen musste. Warum fünfzehn Prozent zahlen, wenn man auch alles behalten kann, wenn der Geldeintreiber des Premierministers den Betrug begeht und man weiß, dass kein Finanzbeamter es wagt, seine Nase in die Angelegenheit zu stecken? Um ehrlich zu sein, glaube ich, dass er das Geld vergessen hat, als seine Krankheit schlimmer wurde.«

In dem schwachen Licht kam eine kleine Schar Vögel den Hügel hinaufgeflogen, ihre Flügel schlugen kaum hörbar. Ich rief mir die Eingangshalle der Bank in St. Helier sechs Wochen nach dem Zugunglück ins Gedächtnis, erinnerte mich, wie ich Cormacs Pass vorgezeigt hatte, wie der Kassierer meine Brille und mein frisch gefärbtes Haar gemustert und dann einen Vorgesetzten gerufen hatte. Damals hatte ich bereits Cormacs Geschenk verspielt und war verzweifelt gewesen. Der Schalterraum war riesig, an der Decke hatte sich ein goldener Ventilator gedreht, der sich ähnlich angehört hatte wie jetzt die Flügel der Vögel. Als er meine Fälschung einer gefälschten Unterschrift betrachtet hatte – Cormacs Name, wie ihn mein Vater gekritzelt hätte –, hatte ich mich gefragt, ob es derselbe Beamte war, den Cormac hereingelegt hatte.

»Nur wenige von Mr. Traynors Kunden heben ihr Geld persönlich ab«, hatte er zu mir gesagt. Doch ich hatte den Tag sorgfältig ausgewählt – ein irischer Feiertag, der in Großbritannien auf einen normalen Werktag fiel, was bedeutete, dass in Dublin niemand zu erreichen war. Ich schwitzte, während wir uns beiläufig unterhielten und darauf warteten, dass das Geld gebracht wurde. Der Beamte war jung und sah gut aus. Er trommelte die ganze Zeit mit den Fingernägeln auf den Schreibtisch und betrachtete mich. Vielleicht hatte Cormac ein paar Wochen vorher mit ihm geflirtet. Als ich seinen Platz eingenommen hatte, hatte ich mir keine richtige Vorstellung davon gemacht, wer alles seinen Namen wieder erkennen, mit seinem Körper vertraut sein oder mein gefärbtes Haar und mein unnatürliches Gebaren durchschauen konnte. Als das Geld eintraf, stand der Beamte auf. Wir schüttelten uns die Hand. An der Tür drehte ich mich um und warf ihm unmerklich eine Kusshand zu.

Den ganzen Weg durch die mit Marmorplatten ausgelegte Eingangshalle und die Stufen unter dem weißen Säulengang hinab widerstand ich der Versuchung, loszurennen. Auf den schmalen Straßen wimmelte es von Urlaubern und in der Ferne erhob sich, vom Hafen umschlossen, Fort Elizabeth.

In meinem richtigen Leben hätte ich jetzt schon zwei Busfahrten im Stau hinter mir gehabt und wäre den Arbeitskollegen in der Fabrik, denen ich Geld schuldete, aus dem Weg gegangen. Stattdessen lebte ich mit einem Koffer voll gestohlenem Geld eine meiner Phantasien aus. Ich hatte mich mit meinem Vater nie über meine Kindheit auseinander gesetzt. Ich war ihm gegenüber nie wütend geworden, aber jetzt zahlte ich ihm alles heim, denn es wirkte befreiend zu wissen, dass er ein Betrüger war. Dem Spieler in mir hatte der Gedanke gefallen, dass es das Geld von Barney Clancy war. Doch darin hatte ich mich wie in den meisten Dingen geirrt. Jetzt fragte ich mich, wie viele Ausreden sich mein Vater einfallen lassen musste, um Slab McGuirk hinzuhalten, bevor sein Sohn ihn schließlich mit dem Leben bezahlen ließ?

»Wollte mein Vater, dass Slab von der Amnestie Gebrauch macht?«, fragte ich.

»Eamonn hat darauf bestanden, dass ich ihn nicht dazu dränge. Er hat sich richtig aufgeregt.«

»Das lag daran, dass die Hälfte des Geldes schon weg war«, erwiderte ich. »Cormac und ich haben es gestohlen.«

Ich konnte kaum glauben, dass ich Pete Clancy davon erzählt hatte. Es entsprang dem beinahe kindlichen Wunsch, ihm einen Gefallen zu tun und mich ihm anzuvertrauen. Ich und mein neuer Freund beim Aufbau einer Beziehung. Ich weiß nicht, was für eine Reaktion ich erwartet hatte, vielleicht, dass er genauso schnell über mich herfallen würde wie damals über Lisa Hanlon. Doch er zog bloß ein letztes Mal an seiner Zigarette und drückte sie dann aus.

»Wir sind alle bloß Menschen«, stellte er nüchtern fest. »Wenn Geld im Spiel ist, wird's immer kompliziert.«

»Als ich Cormacs Unterschrift gefälscht hab, hab ich das Todesurteil für meinen Vater unterzeichnet.«

»Du hast ihn nicht gefesselt. Du trägst keine Schuld. Wie viele Konten hast du geschlossen?«

»Zwei. Cormac eins und ich das andere. Mehr Kontonummern hatten wir nicht.«

Er pfiff leise. »Es waren vier Grundstücke, vier verschiedene Konten. Ich verstehe, warum dein Vater für die beiden übrigen strenge neue Vollmachten aufgesetzt hat. Bist du sicher, dass du die hast?« Sein Ton war jetzt nicht mehr so nüchtern.

»Wenn es Slabs Geld ist, warum bist du dann so daran interessiert?«, fragte ich ausweichend.

»Diese Angelegenheit müsste schon längst erledigt sein, das wäre für alle das Beste. Für Traynor war Jersey bloß der Ausgangspunkt, ein Probelauf, bevor er richtig in Schwung kam und seine Hauptkunden auf die Cayman-Inseln verlagerte. Der Untersuchungsausschuss hat so viel damit zu tun, die labyrinthischen Geldkanäle auf den Caymans zu verfolgen, dass er nicht untersucht hat, was noch auf Jersey geblieben ist.« Er schüttelte amüsiert den Kopf. »Dein Vater hat sich geweigert, die Konten von Jersey woandershin zu verlagern. Er hat dieses verfluchte Jersey geliebt.«

Das galt zumindest für Phyllis. Darin lag ein gewisser Humor. Während andere Männer ein Vermögen machten und es irgendwo versteckten, hatte mein Vater die fixe Idee gehabt, den kostenlosen Urlaub in einem billigen Hotel zu verteidigen, der zweimal im Jahr für ihn und Phyllis dabei abfiel.

»Wenn die beiden letzten Konten geschlossen sind, muss niemand was von Jersey erfahren«, sagte Clancy. »Dann ist die Sache ein für alle Mal erledigt und es kann nichts mehr ans Licht kommen. Aber wenn die beiden bei der Suche nach offenen Konten entdeckt werden, dann fangen die Anwälte an zu wühlen. Weder P. J. noch ich wollen das. Für die Medien spielt es keine Rolle, ob ich Daddy überredet hab, sich mit der Amnestie abzufinden, für die zählt bloß, dass mein Vater in die Sache verwickelt war.«

»Und dass er auf Profit aus war.«

»Wir sind alle auf Profit aus, Brendan, das liegt in der Natur des Menschen. Du und Cormac, ihr wart auf Profit aus, als ihr das Geld gestohlen habt. Deine Frau und dein Sohn waren auf Profit aus, als sie deine Lebensversicherung abgesahnt haben.«

»Sie haben nichts davon gewusst.«

»Meinst du, das interessiert die Zeitungen? Warum sollen sie sich eine gute Story entgehen lassen, bloß weil sie nicht ganz der Wahrheit entspricht? Solange es nicht um ihre eigenen Spesen geht, gibt's für diese Arschlöcher nur Schwarz und Weiß. Von Reportern hab ich die Nase gestrichen voll.«

»Warum hörst du nicht einfach auf?«

»Und was soll ich dann tun?«, fragte er. »Wo soll ich hingehen? Mein Vater hat an mich den Sitz weitergegeben, den er von seinem Vater gekriegt hat, und ich geb ihn nicht auf. Mit jedem Jahr schwindet die Achtung der Leute. Sie können mich nicht leiden, aber ihr schlechtes Gewissen sagt ihnen, dass sie mich vielleicht noch mal brauchen, falls ihr kleiner Sohn aus dem Ruder läuft, ihre Grandma sich auf Ladendiebstahl verlegt oder ein rechtschaffener Vater von sieben Kindern dabei erwischt wird, wie er mit einem quiekenden Mutterschaf zugange ist. An dem Tag, an dem ich meinen Sitz verliere, fallen sie mir in den Rücken und ich bin ein Ausgestoßener, der sich in Navan nicht mehr blicken lassen kann.«

Er schaltete das Radio an, glitt von einem Sender zum anderen, bis er einen mit klassischer Musik fand, und drehte dann den Ton leise.

»Ich hab genug Feinde, auch ohne dass mir Jersey um die Ohren fliegt. Slick weiß sowieso nicht, wie viel Geld auf den Konten war. Slab hat seine Alte gewaltig gehasst und Haughey hat er gehasst, weil er den Frauen dieselben Eigentumsrechte gegeben hat. Er hat das Geld nicht bloß vor dem Finanzamt versteckt, er hat's auch vor seiner Alten versteckt und Slick nichts gesagt, damit er's ihr nicht verraten konnte. Erst als Slick dieses Jahr in Cheltenham Joey Kerwins Sohn begegnet ist, hat er rausgefunden, dass sein Vater an den Landverkäufen in den achtziger Jahren beteiligt war und dass dein Vater das Geld gehütet hat. P. J. und ich wollten es ihm nicht erzählen. Er ist zu deinem Vater gegangen und sie hatten einen Riesenkrach. Eamonn hätte bloß sagen müssen, dass Slab das Geld schon vor Jahren abgehoben hat, aber der Herr rechtschaffene Beamte im Ruhestand belog niemanden. Eamonn konnte Slick nicht ausstehen. Er war der Meinung, dass Slick dafür verantwortlich war, dass du so drangsaliert worden bist. Das war seine Art, die Vergangenheit umzuschreiben. Wenn man ihn reden hörte, hätte man geschworen, dass er und Phyllis dir als Kind eine Luxuseinliegerwohnung eingerichtet hatten, nachdem du dich trotz seiner flehentlichen Bitten geweigert hattest, im Haus zu schlafen.«

Am Tor tauchte ein Fuchs auf, der in der Luft schnupperte und uns misstrauisch beäugte. Er schlich übers Kopfsteinpflaster und verschwand dann im Gebüsch.

»Als Daddy starb, begann Eamonn, ängstlich sein Andenken zu bewahren«, fuhr Clancy fort. »Bei der kleinsten versteckten Andeutung bombardierte er die Zeitungen mit Leserbriefen. Es ließ ihn nicht los, dass Daddys Verdienste unter einem Haufen Skandalgeschichten begraben werden könnten. Aber das ist Politik – der neue Hengst muss in jede Stallecke pissen, um den Geruch des alten auszulöschen. Eamonn hat gesagt, er würde über Daddy ein Buch schreiben. Er war senil und wurde langsam gefährlich. Er besaß Protokolle von Besprechungen, die reines Dynamit waren. In ganz Irland wurden Rechnungen in den Reißwolf geschoben, verloren Leute ihre Kontoauszüge und ihr Gedächtnis, aber er hortete Dokumente, um die Apologie einer Epoche zu schreiben. Slick ist zu weit gegangen, aber er war nicht bloß hinter Slabs Geld her, er hatte auch Angst, mit Dreck beworfen zu werden.

Das Geld hängt jetzt in der Luft«, sagte Clancy. »Nur zwei Leute hatten Zugang zu den Konten – dein Vater und das Familienmitglied, unter dessen Namen er sie eingerichtet hat.« Er sah mich an. »Wie hast du das Geld von dem zweiten Konto abgehoben?«

»Seit meinem Verschwinden benutze ich Cormacs Pass.«

»Du warst immer ein Spieler.« Clancy machte eine Pause, damit mir die Bedeutung seiner Worte klar wurde. »Ich würde sagen, du bist auch einer geblieben.«

»Ich hab seit vier Jahren nicht mehr gewettet. Ich hab schon so oft alles verloren, dass ich nichts mehr zu verlieren hatte.«

»Du bist das Risiko eingegangen, herzukommen. Wenn du im Besitz der letzten Kontonummern und der Vollmachten bist, warum bist du dann nicht nach Jersey gefahren und hast alles abgehoben und dich aus dem Staub gemacht?«

»Zunächst einmal will ich, dass mein Sohn nicht mehr drangsaliert wird«, erwiderte ich. »Und zweitens kann ich meinen Pass nicht außerhalb Irlands verlängern lassen.«

Der kaum verhohlene Anflug eines Lächelns glitt über sein Gesicht. »Also hast du dir gedacht, du probierst es mal beim Abgeordneten deines Wahlkreises, stimmt's?«

»Leck mich, Clancy.«

»So ist es schon besser. Vielleicht konnte ein Abgeordneter früher mal einen Pass besorgen. Bevor die Beamten und die Umstellung auf Computer dafür gesorgt haben, dass die Vorschriften strenger wurden.«

»Willst du damit sagen, dass es nicht geht?«

»Wann ist er abgelaufen?«

»In ein paar Wochen.«

»Genug Zeit für jemanden, mal kurz nach Jersey zu fliegen und dort alle Probleme zu lösen. Das heißt, wenn du wirklich die Kontovollmachten hast.«

»Das hab ich dir doch gesagt.«

»Mit wem? Deinem schwulen Sohn?«

»Hör auf, ihn so zu nennen.«

»Slick ist inzwischen ein Experte für Schwulenbars. Er verzichtet nicht auf das Geld. Er hat das Gefühl, dass die Leute sich jahrelang über Slab lustig gemacht und seine Krankheit ausgenutzt haben, um ihn zu betrügen. Er ist davon überzeugt, dass deine Familie ihm was verheimlicht.«

»Conor weiß von nichts. Ich will die Garantie, dass Slick ihn in Ruhe lässt, einen neuen Pass und fünftausend Euro, um wieder von hier verschwinden zu können.«

»Das ist billig.«

»Außerdem will ich, dass auch wir eine Steueramnestie kriegen. Fünfundzwanzig Prozent von dem ganzen Geld gehen auf ein legales, offenes Konto für Conor. Slicks Buchhalter kann es als anonymes Treuhandvermögen einstufen. Der Junge braucht nicht zu erfahren, woher es stammt.«

»Slick ist habgierig. Das wird ihm nicht gefallen.«

»Er wird schnaufen und keuchen, aber er wird tun, was du ihm sagst. Wenn Conor nicht wäre, würde ich ihm für das, was er meinem Vater angetan hat, das Herz rausschneiden. Aber dem Jungen zuliebe muss ich ohne viel Wirbel wieder verschwinden. Wie willst du das fehlende Geld erklären, das Cormac und ich uns genommen haben?«

»Slick weiß nicht, wie viel da ist. Vergiss nicht, dass er dumm wie Schifferscheiße ist. P. J. und ich werden einen Riesenwirbel darum machen, wie viel er kriegt, bis er sich vorkommt wie ein Hund mit zwei Schwänzen, besonders, wenn er weiß, dass du verschwunden bist. Seit dem Tod deines Vaters hat er Alpträume und sieht überall seinen Geist.«

»Wer ist während der Beerdigung eingebrochen?«, fragte ich.

»Slick ist unberechenbar.« Clancy trommelte mit den Fingern aufs Lenkrad. »P. J. hat sich nach dem Vorfall an seine Fersen geheftet, denn er wusste, dass er allein Scheiße bauen würde. Bei der Beerdigung waren wir alle in der Kirche, aber Slick ist abgehauen, als der Leichenzug nach Navan fuhr. P. J. ist ihm nach Cremore gefolgt, wo Slick den Speicher noch mal durchsucht hat. P. J. hat versucht, das Haus abzubrennen. Bei P. J. weiß man, wo man dran ist – er ist ein gefühlloser Scheißkerl.« Er ließ den Motor an, hielt dann aber inne. »Seine Schrotflinte«, sagte er lachend. »Wie soll ich denn ohne das Ding die Golfturniere eröffnen?«

Ich hatte die Flinte auf dem Stallboden liegen lassen. Er stieg bei laufendem Motor aus und ging zurück, um sie zu holen. Ein, zwei Minuten verstrichen, in denen ich allein dasaß. Wenn ich gewollt hätte, hätte ich einfach wegfahren, ihn im Stich lassen und seinen Plan durchkreuzen können. Vielleicht gab er mir absichtlich Zeit, darüber nachzudenken. Ein Leben lang hatte ich Pete Clancy gehasst. Ich war gekommen, um Rache zu nehmen, aber jetzt erklärte ich mich bereit, für ihn Risiken einzugehen wie ein Laufbursche. Ich sagte mir, dass ich es Conor zuliebe tat. Aber ich fand es auch aufregend, ausnahmsweise einmal zur Clique der großen Jungs zu gehören.

Mich erfüllte das prickelnde Gefühl, das ich immer hatte, bevor ich wettete. Die Gewinnquoten führten in meinem Kopf einen schrecklichen, vertrauten Tanz auf, da war das zwanghafte Verlangen nach dem Adrenalinstoß des Erfolgs; einmal ein Spieler, immer ein Spieler. Ich hatte in verschiedenen Städten an Sitzungen der Anonymen Spielsüchtigen teilgenommen, hatte mich von Windhunden, Pferden, Fußballergebnissen, Boxkämpfen, von Black Jack und Poker, von den Spielautomaten und dem Roulettespiel losgesagt, doch jedes Mal war etwas anderes aufgetaucht und hatte sein Gift versprüht.

Ich schloss die Augen und stellte mir die Bank auf Jersey

vor, den schimmernden weißen Säulengang, den Schalterraum. Nach all den Jahren würden die Risiken größer sein, da jeder betrügerische Bankier in Europa wusste, dass es in Irland zu viele Ermittlungen gab, um sich in Sicherheit wiegen zu können. Ein irischer Pass war bestimmt nicht gern gesehen, aber vielleicht war man froh, die letzten Konten loszuwerden.

Wenn ich erwischt wurde, würde Clancy behaupten, mich nicht zu kennen. Doch die Nervenenden meiner Finger kribbelten vor Erregung, sehnten sich nach der Gefahr.

Im Rückspiegel war immer noch nichts von Clancy zu sehen. Ich öffnete das Handschuhfach, wo ein Stapel Parteiprospekte und ein Foto lagen. Es war im Ausland unter einem irlanduntypischen Himmel aufgenommen worden und zeigte Pete Clancy, den Arm um seine Frau gelegt, während zwei junge Mädchen schüchtern lächelnd neben ihrer Mutter standen und neben ihm ein zehnjähriger Junge, der ziemlich aggressiv in die Kamera starrte. Der Junge trug ein Simpsons-T-Shirt und Shorts mit dem Emblem von Manchester United. Sein Haarschnitt war modisch und doch gehörten seine Augen und sein Mund zu einem Schulhof vor langer Zeit. Er ähnelte dem Pete Clancy, den ich kannte, mehr als der Mann, mit dem ich gerade gesprochen hatte.

»Der Clancy-Clan.« Petes Stimme drang durchs offene Fenster und erschreckte mich. Ich hatte ihn nicht kommen hören. Als er einstieg, legte ich das Foto zurück. »Das hab ich immer bei mir. Manchmal muss es mich daran erinnern, warum ich die ganze Scheiße auf mich nehme, mit der ich's zu tun hab, für wen ich eine Zukunft aufbaue.« Er löste die Handbremse und fuhr den Wagen langsam den zugewucherten Weg hinunter. »Die Mädchen sind hübsch, was? Sie kommen nach ihrer Mutter«, fügte er hinzu. »Ich muss sie beschützen. Als Kind wurde ich ständig mit Gerüchten über meinen Vater konfrontiert. Ich will nicht, dass sie sich mal für mich entschuldigen müssen, wie ich's für ihn tun musste. Du verstehst das, du bist selbst Vater.« Er fuhr langsam nach links, damit die überhängenden Zweige nicht den Lack zerkratzten. »Einen Pass besorgen ist riskant.« Er sah mich an. »Gut, dass wir alte Freunde sind.«

»Wir waren nie Freunde ...«

»Wir kennen uns schon ewig. Es gibt nicht mehr viele Leute, die wissen, wie es damals war. Ich hab mit dir mehr gemeinsam als mit den beiden Affen, die ich auf dem Hals hab. Man muss jemanden nicht mögen, um sein Freund zu sein. Also, ist die Sache abgemacht?«

Er lenkte mit links, spuckte sich in die rechte Hand und streckte sie mir entgegen, wie die Viehzüchter es vor Jahren auf dem Marktplatz von Navan getan hatten, während die Tiere stumm auf ihren Tod im Schlachthaus warteten. Ich konnte nicht sagen, ob er es spöttisch oder aufrichtig meinte. Ich ging nicht so weit, mir auch in die Hand zu spucken, doch ich ergriff vorsichtig seine Hand und schüttelte sie.

»Besorg mir ein Flugticket«, sagte ich, »dann flieg ich hin.«

Wir hatten die Straße erreicht. Clancy schaute nach links und nach rechts, aus Angst, ein Autofahrer, der schon so früh unterwegs war, könnte uns sehen. »Das wird nicht nötig sein«, erwiderte er.

»Wie meinst du das?«

»Zwei Monate nach deinem Tod hat Eamonn zu Daddy gesagt, dass er die Konten nicht länger unter Cormacs Namen laufen lassen will. Er hat gesagt, es wäre wegen Cormacs Tod, aber jetzt wird mir klar, dass er Angst hatte, auch das restliche Geld könnte gestohlen werden. Mit Cormacs Pass erreichst du auf Jersey nichts.«

»Worüber haben wir dann geredet, verdammt noch mal?«, fragte ich verwirrt. »Was soll ich tun?«

»Deine Überredungskunst aufbieten. Vernünftige väterliche Ratschläge geben. Du weißt doch, dass Söhne immer zu ihren Vätern aufblicken.«

Er gab mir Zeit, seine Schlussfolgerung zu begreifen.

»Ausgeschlossen«, sagte ich, »nein, nein, nein.«

»Was meinst du, warum Slick wie ein Hund hinter Conor herläuft? Die Konten laufen auf Conors Namen. Seit dem Tod deines Vaters ist er Slicks einzige Hoffnung. Ich hab's geschafft, Slick so lange hinzuhalten, bis wir rausgefunden haben, ob Conor die Vollmachten hat oder nicht. Ich will genauso wenig wie du, dass ihm was zustößt. Slick würde nicht gerade mit Feingefühl an die Sache rangehen, schon gar nicht, nachdem du aufgetaucht bist. Er hat bestimmt das Gefühl, dass eure ganze Familie unter einer Decke steckt und ihn übers Ohr hauen will. Ich darf nicht in die Sache verwickelt werden, darum ist es sinnvoll, dass du Conor überredest. Erzähl ihm, was du willst, aber nicht mehr als nötig, und erwähn vor allem nicht meinen Namen. Diesen Schlamassel haben wir Eamonn zu verdanken. Conor musste wegen einem Graffiti an der Wand die Schule verlassen – Eamonn war also vorgewarnt. CONOR BROGAN IST SCHWUHL. In Rechtschreibung war Slick noch nie gut. Der Junge scheint jetzt in eine Schule in Glasnevin zu gehen, und wenn Slick durchdreht, ist deine Frau in dem Haus völlig schutzlos. Ich will nicht, dass die Ereignisse sich überstürzen.«

»Ist das eine Drohung?«

»Ich drohe niemandem. Ich hab die ganze Sache satt. Ich sag dir bloß, dass ich Slick nicht ewig hinhalten kann. Dein Sohn ist in Gefahr. Bisher warst du kein besonders guter Vater, das ist deine Chance.«

»Der Junge weiß nicht mal, wer ich bin.«

»Dann wird's vielleicht Zeit, dass er erfährt, wie tief seine Mutter in der Scheiße steckt, wenn du dich noch länger hier rumtreibst. Sonst weiß niemand Bescheid, oder?«

Sein Ton war scharf. Ich dachte an Ebun. »Natürlich nicht. Du bist ein verdammter Scheißkerl, Clancy, das warst du schon immer.«

»Ich bin der Sohn meines Vaters. Er hat mich auf diese Aufgabe vorbereitet. Wenn der richtige Zeitpunkt gekommen ist, dann nutze geschickt jeden dunklen Fleck. Slick ist ein Banause, er hat Angst vor Schwulen, weil er selbst einer ist, und Conor hatte bei Eamonns Beerdigung ein so hübsches Gesicht, dass ich es nur ungern entstellt sehen würde.«

»Leck mich«, sagte ich. »Ich geh bei meinem Jungen kein Risiko ein. Ich geh zur Polizei und erzähle alles.«

Ich stieg aus dem Wagen und ging los. Nach zwanzig Metern hörte ich, wie der Wagen wieder ansprang und mir folgte. Clancy fuhr langsamer und ließ die Fensterscheibe herunter.

»Lass mich nicht einfach sitzen, wie du's mit deiner Familie gemacht hast. Dreißig Prozent für deinen Jungen und für dich sechs Riesen und einen neuen Pass. Ihr beide könnt also eine Menge gewinnen, aber ihr habt, weiß Gott, viel mehr zu verlieren. Geh ruhig zur Polizei, was hast du schon für Beweise? Für heute Nacht hab ich ein Alibi, genauso wie Slick ein Alibi für die Nacht hat, in der dein Vater ums Leben gekommen ist. Du kriegst sechs Jahre wegen Unterschlagung, deine Frau wird vielleicht wegen Beihilfe angeklagt und dein Sohn sitzt dann mit zwei illegalen Bankkonten da, deren Existenz er nicht erklären kann. Komm mit ihm und den Vollmachten am Donnerstagmorgen um neun zum Dubliner Flughafen. Mein Name darf nicht erwähnt werden. Dort liegt ein Ticket für Conor bereit. Mach dir keine Sorgen um seinen Pass, den hat Slick am Tag der Beerdigung aus dem Haus gestohlen. P. J. händigt ihm den Pass aus, bevor er in die Abflughalle geht, und er ist auch im Flugzeug, um ihm weitere Anweisungen zu geben. Du gibst P. J. deine alten Papiere und ein neues Foto. Wir treffen uns hier am Donnerstag um Mitternacht und du bringst die Shyroyal-Unterlagen mit. Ich hab dann deinen neuen Pass und dein Geld dabei. Danach will ich dich und deine Familie nie wieder sehen.«

Das flaue Gefühl in meinem Magen war ein Echo der Angst, die ich damals gehabt hatte, als ich in Navan unter meinem Bett lag und der Urin in meine Kleider drang.

»Du Scheißkerl!«

Clancy drückte auf einen Knopf und die Fensterscheibe ging hoch. »Es wird alles geregelt, Hühnerfurz«, sagte er. »Genau wie dein Vater es gewollt hätte.«

In der Ferne hörte ich einen Lastwagen. Clancy gab Gas und fuhr davon, bevor das Fahrzeug in Sicht kam. Der Lastwagenfahrer sah mich auf dem Seitenstreifen sitzen und schüttelte den Kopf, da er mich für einen Betrunkenen hielt, der sich nicht nach Hause traute.

DIENSTAG FRÜH

Als ich nach Navan ging, fing es an zu regnen, es war einer dieser sintflutartigen Wolkenbrüche, die in Irland meistens schnell vorbei sind. Doch auf den Steinmauern tauchten plötzlich scharenweise Schnecken auf, die Fühler in die Luft gestreckt, während sich ihre Körper auf einem schlängeligen Weg vorwärts kämpften. Bei ihrem Anblick wurde mir übel und an manchen Stellen der überfluteten Straße musste ich genau darauf achten, wo ich hintrat, damit ich sie nicht zerquetschte. Ich hatte das Gefühl, als hätte mich jemand überfallen und einer Kostbarkeit beraubt, die für jeden anderen wertlos war. In Gedanken hatte ich mir immer vorgestellt, mich mit Conor zu versöhnen, hatte mir den Augenblick ausgemalt, in dem ich beschloss, mich ihm zu erkennen zu geben, und versuchte, aus meinem Leben schlau zu werden. Aber jetzt hatte Clancy mir diesen Augenblick gestohlen und mich vor eine unmögliche Wahl gestellt. Wenn ich mich jetzt an Conor wandte, dann um ihn zu überreden, dass er mit den Leuten zusammenarbeitete, die seinen Großvater umgebracht hatten. Doch wenn ich mich davor drückte, lieferte ich ihn vielleicht McGuirks unberechenbarer Brutalität aus.

Ohne die Vollmachten war Slick McGuirk aufgeschmissen. Aber es hatte keinen Sinn, sie zu vernichten und sich dann aus dem Staub zu machen. Er würde bestimmt davon ausgehen, dass ich sie Conor gegeben hatte, damit er das Geld abhob, oder dass ich sie für mich behalten hatte und den richtigen Augenblick abwartete. In beiden Fällen konnte Conor etwas zustoßen, entweder, weil Slick ihm die Vollmachten abzunehmen versuchte, oder, weil er mich davor warnen wollte, was passieren würde, wenn ich nicht zurückkam und mit ihm zusammenarbeitete. Es ließ sich nicht entscheiden, welches der beiden Übel das geringere war und meinen Sohn am ehesten schützen würde. Vorläufig wurde Slick nur von dem letzten Funken Autorität im Zaum gehalten, den der Name Clancy noch ausstrahlte. Wenn Pete Clancy der Teufel war, dann war er wenigstens der Teufel, den ich kannte. Aber bei dem Handel ging es nicht um meine Seele.

Ich war nass bis auf die Haut und versuchte nicht einmal, eins der wenigen Autos anzuhalten, die in der Morgendämmerung vorbeifuhren. Als ein Lastwagen unaufgefordert zwanzig Meter vor mir hielt, verfluchte ich den Fahrer, denn ich wollte allein sein. Dennoch kletterte ich ins Führerhaus, als er sich herüberbeugte und die Beifahrertür öffnete.

»Hat sie dich aus dem Bett geworfen, weil du aufs Kissen gekrümelt hast?«, fragte er derb. »Wo in Gottes Namen willst du denn an so einem Morgen hin? Bringt dir Navan was?«

»Bis jetzt hat's mir nichts gebracht.«

Er sah mir ins Gesicht und lachte. »Mein Gott, du bist ja 'ne Type«, sagte er. »Dich hat wohl 'ne Frau so aus der Bahn geworfen. Du riechst gar nicht nach Alkohol.«

Ab und zu brüllte er mir eine Frage zu, um das Rasseln des Motors zu übertönen, und schüttelte amüsiert den Kopf, weil ich nicht antwortete. Ich brauchte nicht zu überlegen, was Cormac ihm in dieser Situation gesagt hätte. Er hätte nichts gesagt. Als an dem Abend vor zehn Jahren in Schottland in der Nähe von Kinloch Rannoch ein Bauer im Regen angehalten hatte, um ihn mitzunehmen, nachdem er zwei Tage lang marschiert war, hatte er standhaft geschwiegen. Der Bauer hatte vor dem Polizeirevier in Aberfeldy gehalten und seinen stummen Beifahrer im Wagen sitzen lassen. Cormac hatte weder versucht zu fliehen, noch hatte er Widerstand geleistet, als der Polizeibeamte ihn zunächst aufforderte auszusteigen und ihn dann aus dem Wagen zerrte. Er hatte kein Verbrechen begangen. Dass sie ihn in eine leere Zelle sperrten, lag bloß daran, dass dort ein Bett stand, auf dem er liegen konnte, bis ihn ein Arzt untersucht hatte.

In jener Nacht kam zum zweiten Mal in meinem Leben die Polizei zu mir. Miriam hatte oben an der Treppe gestanden, überzeugt, dass die Beamten mich wegen etwas verhaften würden, das ich ihr verschwiegen hatte. Als ich ihre Uniformen gesehen hatte, hatte ich denselben Gedanken gehabt. Ich hatte es seltsam befreiend gefunden, dass ich endlich wegen irgendeines nicht näher erläuterten Verbrechens verhaftet wurde, eins von den unzähligen, für die ich eine Anklage verdient hatte. Stattdessen entschuldigten sie sich bei mir wie die Polizisten, die in der Nacht, als sich Lisa Hanlon ertränken wollte, in der North Circular Road vorbeigekommen waren. Sie kamen, weil bei uns der Telefonhörer den ganzen Abend nicht aufgelegt war, und ich gab Conor die Schuld, obwohl es ein Trick war, den ich oft anwendete, aus Angst, jemand könnte bei Miriam anrufen und Geld von ihr fordern. Die Polizisten sagten, ich solle mir keine Sorgen machen. Mit Cormac sei körperlich alles in Ordnung. Er sei völlig erschöpft aufgefunden worden und habe ihren schottischen Kollegen auf die Frage nach seinem nächsten Verwandten meinen Namen genannt. Es sei ratsam, dass jemand bei ihm sei, für den Fall, dass er sich etwas antun wolle.

Cormac habe ein Studium am Trinity College absolviert, sagte ich, da ich wusste, dass es sie beeindrucken würde. Er sei vor fünf Jahren nach Schottland gegangen, um dort zu arbeiten. Sie nickten und erzählten Geschichten von entfernten Verwandten, die, obwohl sie ihr Studium mit sehr gutem Examen abgeschlossen hatten, bei einer Tankstelle arbeiten und schließlich ins Ausland gehen mussten. »Auswandern ist tödlich«, sagte einer, »besonders für jemanden mit Verstand.« Sie fuhren davon, erleichtert, dass es mir gelungen war, von der Frage abzulenken, was wirklich mit Cormac los sein mochte. Es war auf den Monat genau fünf Jahre her, seit Cormac eines Freitagabends, übersprudelnd vor Aufregung, angerufen hatte, während Alex ihn im Hintergrund ziemlich verärgert ausschimpfte.

»Wir ziehen weg«, verkündete Cormac. »Alex hat's mir gerade gesagt. Man hat ihm eine Stelle in Perth angeboten. Australien wollte ich schon immer mal kennen lernen.«

Ich hörte, wie Alex im Hintergrund rief: »Kannst du denn nie richtig zuhören?« Cormac klang wie ein aufgeregtes Kind, als er erwiderte: »Er ist mein Bruder, er soll es als Erster erfahren.« Ihre Stimmen wurden leiser, als hätte Cormac den Hörer hingelegt, und als ich mich bemühte, sie zu verstehen, kam ich mir vor wie ein Voyeur. Es trat Schweigen ein, und als Cormac wieder den Hörer nahm, klang seine Stimme völlig ungläubig. »Bestell den Champagner wieder ab«, sagte er. »Es ist das Perth im verfluchten Schottland.«

Die Worte Schottland und verflucht kamen in den nächsten fünf Jahren in den meisten Sätzen von Cormac vor, doch er gewöhnte sich trotzdem rasch an das dortige Leben. Das Adjektiv war eher ironisch gemeint. Das verfluchte Perth war wie Navan, nur mit weniger Pubs und mehr Protestanten. Das verfluchte Edinburgh war so verkrampft wie ein Priester im Wandschrank. Das verfluchte Glasgow war wie die Westmoreland Street an einem Freitagabend, gefilmt von

Cecil B. De Mille. Er fing an, örtliche Spottnamen zu benutzen, aus Aberdeen wurde Scabadeen und aus Dundee Scumdee, aber je öfter er sich in seinen Briefen und Anrufen beklagte, umso sicherer war ich mir, dass er sich trotz des ganzen Getues bestens amüsierte.

Wenn ich abends nach Hause kam, hatte er manchmal schon eine Stunde lang mit Miriam telefoniert, um sich bei ihr nach der richtigen Waschtemperatur für bestimmte Kleider oder nach Graubrotrezepten zu erkundigen. »An dem Tag, an dem er anfängt, ›Such are the dreams of the everyday housewife‹ zu singen, erschieß ich ihn«, beteuerte Miriam dann immer, erschöpft von der Arbeit bei der Bürgerberatung, während Conor vor ihren Füßen herumkrabbelte. Ich bezweifelte, dass Cormacs Ausflüge ins häusliche Leben von großer Dauer sein würden, aber ihm gefiel die Vorstellung, dass wir beide sesshaft geworden waren, und damals schien es wirklich meistens so, als wären Alex und er ein glücklicher verheiratetes Paar als Miriam und ich.

Sie hatten natürlich den Vorteil, dass sie kein Kind großziehen mussten und zweimal im Jahr in irgendeinem exotischen Land Urlaub machen konnten. Wir fuhren nur ein einziges Mal ins Ausland, nämlich als wir sie besuchten – dank einer heimlichen Dreierwette in Folkstone, nach der ich geradewegs ins Reisebüro ging, damit ich das Geld nicht beim nächsten Rennen wieder verlor. Was uns sofort ins Auge sprang, war nicht die Größe der Wohnung, die die beiden oberen Stockwerke eines viktorianischen Hauses einnahm, sondern dass der Nippes beiläufig auf niedrigen Regalen stand, an die ein Kind mühelos heranreichte. Den größten Teil des Urlaubs waren wir damit beschäftigt, alles vor den Händen des vierjährigen Conor zu schützen.

Auf der Reise wurde deutlich, dass Cormac sich verändert hatte, was nicht bloß an der Brille lag, die er seit kurzem trug. Als die beiden sich kennen gelernt hatten, war Cormac naiv, unterwürfig und von Alex finanziell abhängig gewesen. Jetzt, mit Ende zwanzig, hatte er in Perth einen guten Job (wenn auch nicht so gut, dass er mit seinem Abschluss in einer größeren Stadt keinen besseren gefunden hätte) und er wirkte nicht mehr so jungenhaft. Alex und er waren sich ebenbürtig, als sie uns in ein Restaurant einluden und sich kenntnisreich über Weine unterhielten oder über die Vorzüge von Urlaubsorten in Tunesien und Marokko sprachen, die noch als Geheimtipp galten. Seine improvisierten Zaubertricks und unbekümmerten Nachahmungen anderer Leute hatten ein Ende gefunden, während er sich langsam in die Miniversion des Mannes verwandelt hatte, den er liebte. Doch als Alex sich abends gebieterisch mit seiner *Financial Times* hinsetzte, führte Cormac noch einmal eine verschmitzte Version seiner Hilfloser-kleiner-Junge-Nummer vor und fragte ihn mit verstellter Stimme: »Kann ich die Comics lesen, Daddy?«

Ich war stolz auf ihn. Wenn sie beide bei der Arbeit waren und Miriam und Conor in der riesigen Badewanne mit den gusseisernen Füßen saßen, die in einem separaten Raum im Dachgeschoss stand, öffnete ich manchmal seinen Kleiderschrank. Dann fasste ich seine Anzüge und seine Jacken an und hatte genauso viel Angst, ertappt zu werden, als wäre ich in unserem alten Haus in Navan ins obere Stockwerk geschlichen. Mein kleiner Bruder, der mich überragte. Der Stolz der Familie, verheiratet mit einem Arzt.

Nicht, dass Phyllis oder mein Vater es so gesehen hätten, doch es war schwer zu sagen, was mein Vater dachte, da wir kaum noch miteinander sprachen. Miriam hielt den Kontakt aufrecht, denn sie fand, dass Conor seinen Großvater kennen sollte, doch jedes Mal, wenn sie berichtete, wie abgöttisch mein Vater ihn liebte, stieg in mir ein unbeschreiblicher Zorn auf. Phyllis' kaum verhohlene Abneigung gegen Miriam führte dazu, dass solche Pflichtbesuche nur selten stattfanden, und bei diesen Gelegenheiten wurde nie über Cormac gesprochen.

Doch Phyllis zuliebe kam Cormac dreimal im Jahr nach Hause, und wenn Alex im Ausland auf einer Konferenz weilte, lockte er sie sogar nach Perth. Und einmal bestand er darauf, unsere ganze Familie in Dublin ins Trocadero Restaurant einzuladen. Anwesend waren mein Vater, der den ganzen Abend über die Preise klagte, obwohl er das Essen gar nicht bezahlte, die halbwüchsige Sarah-Jane und ihr Musiker, der, falls er im Bett das wettmachte, was ihm an sprachlichem Ausdrucksvermögen fehlte, bestimmt ihrer ganzen Abschlussklasse an der Klosterschule einen Orgasmus bescheren konnte, Miriam, die kein Wort mit mir sprach, weil sie in meiner Jeans einen Wettschein entdeckt hatte, und Phyllis, die mühelos als Nancy Reagan durchgegangen wäre, so wie sie Cormac jedes Mal, wenn er etwas sagte, voll Bewunderung anstarrte.

Doch meistens traf er sich nur mit Phyllis, auch wenn er mich einmal zusammen mit ihr in ein Café schleifte. Ihre Gespräche folgten einem labyrinthischen Code, in dem sie sich nach seinem »Mitbewohner« (Alex) erkundigte, nach seiner Gesundheit (Aids), seinem Job (mögliche Beförderungen); dann sprachen sie darüber, wie viele Gefahren auf der Welt drohten (Aids), ob er auf der Arbeit neue Leute kennen gelernt habe (waren ihre Gebete um eine Freundin erhört worden?) und über ihre Sorgen um Sarah-Jane (dass sie vielleicht noch schneller an Aids erkrankte als Cormac).

Cormacs Fragen waren direkter und konzentrierten sich immer mehr auf ein Thema – auf seinen richtigen Vater. Woran Phyllis sich erinnern könne, abgesehen davon, dass er Schotte gewesen sei? Phyllis war meine Anwesenheit peinlich und sie sagte mit leiser Stimme, sie habe nichts weiter zu sagen. Als es passiert sei, sei sie noch jung und naiv gewesen und habe in Glasgow in einem Hotel gearbeitet. Er sei mit einem älteren Mann hereingekommen, einem eingebildeten Kerl, der sich so erniedrigend verhalten habe und so anzüglich gewesen sei, dass sie weinend vor die Tür gelaufen sei. Er sei ihr gefolgt, ganz aufgeregt, weil sie so gekränkt gewesen sei. »Dein Vater war ein netter Mann, ein Gentleman«, sagte sie und ergriff Cormacs Hand.

Der Mann habe darauf bestanden, sie nach Hause zu bringen, und sie habe sich bei ihm geborgen gefühlt, so geborgen, dass etwas passiert sei, was keiner von ihnen geplant hatte. Er sei unglücklich verheiratet gewesen, habe ihr das aber erst am Ende der Nacht verraten. Er sei in das Hotel zurückgekehrt, um sie zu suchen, doch sie sei davongelaufen, weil sie keine Ehe zerstören wollte.

»Er hatte doch bestimmt einen Namen«, beharrte Cormac.

»Welcher verheiratete Mann verrät schon seinen richtigen Namen?«, erwiderte Phyllis. »Verheiratete Männer kann man nicht zufrieden stellen, mein Sohn, die suchen sich immer was Jüngeres.« Sie redete unbewusst in einem Frau-zu-Frau-Ton und ich beobachtete, wie die beiden die Köpfe über dem Cafétisch dichter zusammensteckten.

Als Nächstes hielt mein Vater Einzug in ihrer Phantasiegeschichte, an der sie wohl so lange herumgetüftelt hatte, dass sie schon fast selbst daran glaubte. Ihre eigene Familie habe den Kontakt zu ihr abgebrochen, als sie sich bemüht habe, Cormac der Kontrolle von Gemeindeschwestern und verbitterten, nach Pfefferminz riechenden Nonnen zu entziehen, die ihn ihr wegnehmen und in ein Waisenhaus stecken wollten. Eines Abends habe man sie in Glasgow aus ihrem Zimmer hinausgeworfen, weil Cormac nicht aufgehört habe zu weinen. Sie habe mehrmals den langen Weg von der Argyle Street zum Gallowgate zurückgelegt, bis der Regen sie gezwungen habe, auf einer Bank in der riesigen Halle der Central Station Zuflucht zu suchen.

Sie behauptete, mein Vater habe ihren Dubliner Akzent gehört, als sie versucht habe, Cormac zu beruhigen. Er habe kurz nach dem Tod meiner Mutter geschäftlich in Glasgow zu tun gehabt. Als er ihre Verzweiflung gesehen habe, habe er ihr in dem überfüllten Bahnhofsrestaurant, das gerade schließen wollte, einen Tee spendiert. Er habe ihr und Cormac ein Zimmer in einer Pension bezahlt und sie nach Dublin mitgenommen. Zuerst habe sie aus Scham erzählt, sie sei ebenfalls verwitwet. Als sie in Dublin geheiratet hätten, hätten sie beschlossen, bei dieser Geschichte zu bleiben, damit die Leute nicht auf Cormac herabschauten. Auch wenn ein paar Nachbarn ihnen die Geschichte nicht abgenommen hätten, hätten sie schon allein wegen »der neugierigen alten Schlampe Josie« daran festgehalten. Doch mein Vater habe ihn nie benachteiligt, hatte sie beteuert, ohne mich anzusehen. Er sei ihm ein guter Vater gewesen und es würde ihr das Herz brechen, wenn Cormac auf der Suche nach jemand anderem in Schottland herumschnüffelte.

Als der Lastwagen Navan erreichte und im Frühmorgenverkehr stecken blieb, fiel mir wieder die Angst in ihrer Stimme ein. Pendler schwärmten aus neuen Siedlungen aus und kämpften sich zur Straße nach Dublin durch. Im Licht dessen, was Pete Clancy gesagt hatte, überdachte ich Phyllis' Darstellung noch einmal und siebte das Erfundene, die Halbwahrheiten, Ausreden und Spitzfindigkeiten aus. Dass man sie aus ihrer Pension hinausgeworfen und ihr beim Anblick des Kindes die Tür vor der Nase zugeknallt hatte, stimmte wahrscheinlich. Vielleicht hatte mein Vater sie zwei Jahre nachdem sie geflohen war wegen Barney Clancys Plan, ihr Kind in die Obhut von Nonnen zu geben, in Glasgow in der Bahnhofshalle aufgespürt. Aber meine Mutter war noch am Leben gewesen, als er seinen unehelichen Sohn aufspürte. War ihre Ehe unglücklich gewesen oder war das bloß eine weitere verschleierte Rechtfertigung, die Phyllis sich ausgedacht hatte? Ich würde nie erfahren, wie viel meine Mutter gewusst hatte, als sie in der Ludlow Street auf die Straße trat.

Als wir an der Stelle vorbeikamen, sah der Fahrer mich an. »Wo soll ich dich rauslassen?«, brüllte er.

»Hier.«

»Gut.« Die Straße war so schmal, dass er nicht an den Straßenrand fuhr, sondern einfach anhielt. Jemand hupte laut und ein Wagen mit einem Kennzeichen aus Cavan zwängte sich gerade noch vorbei.

»Du blöder Wichser aus Cavan«, sagte der Fahrer, ohne den Stau hinter uns zu beachten, während er mir beim Aussteigen zusah. »Weißt du, was jemand aus Cavan sagt, wenn er eine Fliege in seinem Bier entdeckt?« Er drückte Daumen und Zeigefinger zusammen und sprach zu der imaginären Fliege, die dazwischen eingeklemmt war. »Spuck's wieder aus, du verdammter Dieb.«

Noch immer über seinen eigenen Witz lachend, fuhr er davon. Ich stand an einer Straßenecke meiner Heimatstadt und kam mir so verloren vor wie Phyllis an dem Nachmittag, als wir zum ersten Mal in die Pappmascheewelt voller Lügen und Ausflüchte gefahren waren, aus denen ihr Leben in Navan bestand. Anfangs wollte sie vielleicht Cormac schützen, doch dann hatte sie ihren erwachsenen Sohn belogen, um meinen Vater zu beschirmen und die Fassade seiner ersten Ehe zu wahren. Als Cormac in dem Café gefragt hatte: »Warum kann ich mich dann nicht mehr an Glasgow erinnern?«, hatte seine Stimme ganz wehleidig geklungen.

»Kinder vergessen vieles, mein Schatz. Du warst noch viel zu klein.«

Kinder mögen vieles vergessen, aber als Erwachsene erinnern sie sich irgendwann wieder lebhaft an alles. Nach den nächtlichen Vorkommnissen hatte ich Kopfschmerzen. Ich musste mich hinlegen und nachdenken, musste den Leuten entrinnen, die mich wegen meines schlampigen Äußeren anstarrten. Meine Füße folgten einer vertrauten Strecke durch Straßen, in denen es bald von Schulkindern wimmeln würde. Mit gesenktem Kopf verschwand ich in der Seitenstraße. Der Immobilienmakler hatte gesagt, das Haus der Hanlons stehe leer und Lisa komme erst am Morgen der Versteigerung nach Hause. Die Bäume in der Straße waren inzwischen viel größer. Die Straßendecke war noch immer voller Schlaglöcher, aber alles war zugewuchert, da es keinen Durchgangsverkehr mehr gab. Die meisten Zugänge zu den Schuppen, in denen früher einmal Männer an Möbeln gearbeitet hatten, waren zugemauert. Doch ich konnte noch die Preise in Pfund, Shilling und Pence erkennen, die Lisa Hanlons Vater auf seine Holztür gepinselt hatte, als er Ende der sechziger Jahre Autos neu lackierte. Dahinter hatte jemand einen ramponierten Stuhl und anderen Schrott abgeladen. Hanlons Schuppendach war mir früher ziemlich hoch vorgekommen. Jetzt kam ich leichter heran, doch es fiel mir schwerer hinaufzuklettern.

Als ich in den Garten hinterm Haus sprang, rührte sich nichts. Geduckt lief ich unter den Apfelbäumen hindurch und stolperte über das im hohen Gras liegende Fallobst. Die alten Eisenfenster waren nicht ausgewechselt worden. Wenn man gegen den kleinen mittleren Rahmen schlug, sprang das Fenster auf. Ich kletterte aufs Fensterbrett und griff hinein. Der Griff des Wohnzimmerfensters saß wegen der zahllosen Farbschichten richtig fest, aber schließlich gelang es mir, ihn zu drehen. Die Möbel sahen an diesem Morgen nicht gerade prächtig aus. Ich brauchte ein Plätzchen zum Ausruhen, bevor ich überlegen konnte, was ich als Nächstes tun würde.

In der Diele stand ein altmodisches schwarzes Telefon. Ich hob es auf und war überrascht, dass es nicht abgestellt war. Ich hatte keine Ahnung, was ich sagen wollte, aber ich musste mich vergewissern, ob mit Conor alles in Ordnung war. Als ich die alte Nummer in Cremore gewählt hatte, klingelte es acht- oder neunmal. Als ich schon glaubte, es sei keiner zu Hause, hob jemand ab und eine Stimme sagte: »Hallo?«

Es war Miriam. Mein Gott, ich merkte, wie sehr ich ihre Stimme vermisst hatte. Ich hörte meine Frau mehrmals »Hallo?« sagen, bevor sie den Hörer auflegte. Die ganze Zeit wartete ich darauf, dass sie sagte: »Brendan, ich weiß, dass du's bist.« Das waren die Worte, nach denen ich mich jedes Mal gesehnt hatte, wenn ich nach meinem Verschwinden angerufen hatte, bis die Nummer schließlich geändert worden war. Bestimmt hatte sie wenigstens einmal erraten, dass ich es war.

Ich setzte mich auf den Fußboden und widerstand der Versuchung, die Nummer erneut zu wählen. Durch ihre Stimme war sie erschreckend wirklich geworden. Die Frau, die ich mir einmal vorgestellt hatte, würde immer da sein und mit mir klarkommen, bereit, zu verzeihen und noch mal von vorn anzufangen. Die seltsame Wölbung ihrer Brüste, die mich stets erregte, wenn sie aus ihrem BH quollen, die Art, wie sie sich morgens am liebsten aufs Bett kniete, wenn wir miteinander schlafen wollten. Ihre Kosenamen für mich, Namen, die sie nur kurz vor dem Orgasmus flüsterte, mit plötzlich ganz kindlicher Stimme. Die Liebe, die ich geplündert und weggeworfen hatte. Wofür? Für die Freiheit, vor Obsessionen flüchten zu können, die mich nicht losließen. Die Freiheit, in einer Orgie der Dummheit jeden Penny verspielen zu können, ohne ihr danach in die Augen blicken zu müssen. Das Recht, so zu tun, als wäre ich jemand anders.

Am liebsten hätte ich irgendwen umarmt: Miriam, Conor, Ebun, Cormac, meinen Vater, so wie er mich einmal zwei Häuser weiter im Bett getröstet hatte. Seine starken Arme und sein unrasiertes Kinn. Wie konnte ich mit seinen Mördern einen Pakt schließen? Ich sehnte mich nach Armen aus einer noch früheren Zeit, Arme, an die ich mich genauso zu erinnern versuchte wie Cormac an Glasgow. Ich sehnte mich danach, als Kind gemütlich bei Josie auf dem Speicher zu schlafen und zu wissen, dass Daddy am nächsten Tag nach Hause kam. Ich sehnte mich danach, neben dem vierjährigen Conor zu liegen, während er im Fieber wimmerte und ich mich die ganze Nacht an ihn kuschelte, egal, wie erledigt ich auf der Arbeit sein würde, bloß froh, ein Plätzchen zu finden, wo ich wirklich gebraucht wurde.

Ich weiß nicht, wonach ich mich sehnte, wahrscheinlich nur danach, dass mich, in Hanlons Diele auf dem Boden zusammengerollt, der Schlaf übermannte.

Ein sechster Sinn ließ mich aus dem Schlaf aufschrecken, bereit, mich zu prügeln. Ich weiß nicht, was ich geträumt hatte. Meine Glieder waren steif, weil ich auf dem Boden gelegen hatte, meine Augen wund. Hanlons Tor öffnete sich mit demselben Knarren, wie ich es von früher her kannte. Hinter dem gehämmerten Glas tauchte ein Schatten auf. Ich schaute mich um, wusste aber, dass es zu spät war, um mich zu verstecken. Der Briefschlitz wurde aufgestoßen und ein Stapel Wurfsendungen und Sonderangebote klatschte auf die Fußmatte. Der Besucher ging wieder den Weg zurück.

Mit einem Kribbeln im Bein stieg ich die Treppe hinauf. Durch das Fenster im Abstellraum beobachtete ich, wie der Briefträger stehen blieb, sich auf der anderen Straßenseite mit der alten Mrs. Kelly unterhielt und die Briefe in seiner Hand durchsah. Seine Haut war pechschwarz. Er lachte über eine Bemerkung und ging weiter.

Ich hatte keine Ahnung, wie spät es war. Alle Uhren im Haus waren stehen geblieben. Auf dem Nachtspind in Mrs. Hanlons ehemaligem Zimmer stand neben einer Plastikstatuette der Jungfrau Maria, die bis zur Hälfte mit trübem

Weihwasser gefüllt war, ein Radio. Ich drehte den Ton leise und arbeitete mich durch endlose Rockmusik und unsinnige Werbespots, bis ich RTE gefunden hatte. Dann ging ich in Lisas altes Zimmer, um vorsichtig durch die Jalousien nach draußen zu spähen. Ein Junge von sieben oder acht Jahren spielte in unserem früheren Garten. Er fuhr mit einem roten Plastiktraktor um die weißen Steine herum, grub voll Freude und mit großer Konzentration und schaufelte mit Hilfe von zwei Hebeln einen Haufen Steine auf. Hinter ihm stand die Tür des modernen Schuppens offen. Ein Mann kam mit einem Bündel Papiere heraus, schloss die Tür ab und legte den Schlüssel unter einen der grauen Steine, die sie offenbar irgendwo am Strand gestohlen hatten. Er rief den Jungen und sie gingen zusammen in die Küche.

Das mittägliche Angelusläuten fiel mir erst wieder ein, als in dem Radio in Mrs. Hanlons Schlafzimmer die Glocken läuteten. Danach kamen die Schlagzeilen der Mittagsnachrichten. In Tramore veranstalteten die Einheimischen eine zweite Demonstration gegen die geplante Abschiebung der Frau und ihrer Kinder. Weitere Berichte über ausweichende Aussagen vor dem Untersuchungsausschuss und die morgendliche Parlamentssitzung, die wegen des Streits über einen Minister unterbrochen worden war, der sich geweigert hatte, Fragen zu beantworten. Ich fragte mich, ob Pete Clancy da gewesen war und trotz seines Schlafmangels auf der Regierungsbank Platz genommen hatte. Ob er die anderen Staatssekretäre begrüßt, Journalisten informiert und sich mit den Problemen beschäftigt hatte, die ständig auf seinem Schreibtisch landeten. Ein Mann, dem die Begeisterung seines Vaters fehlte, der aber in einer Zeit, in der Anpassung und nicht Initiative gefragt war, als zuverlässiger galt. Er wartete jetzt geduldig wie ein Angler, denn er wusste, dass ich wieder auftauchen musste, egal, unter welchem Stein ich versteckt war.

Ich entdeckte ein uraltes Rasiermesser, spritzte mir ein bisschen Wasser und Seife ins Gesicht und unternahm den unbeholfenen Versuch, mich zu rasieren. Dann trocknete ich mich mit einem alten Handtuch aus der Heißmangel ab. Es gab ziemlich viele Sachen, die Lisa wegwerfen musste. Ich fragte mich, was vor zehn Jahren aus meinen eigenen Kleidern geworden war. Wahrscheinlich hatte Miriam sie einem der Secondhandläden in der Dorset Street gespendet und eine Freundin hatte sie mit den Plastiksäcken hingefahren. Die letzte Spur von mir, abgesehen von den Wett- und Pfandscheinen, die wahrscheinlich noch jahrelang an den seltsamsten Orten zum Vorschein gekommen waren.

Ein Leben, das sich letztlich auf ein paar Tüten und Pappkartons belief. Zumindest erwies Miriam mir den Dienst, den ich Cormac hätte erweisen sollen. Alex Lever hatte vermutlich alles Nötige getan, obwohl er so pingelig war, dass er vermutlich irgendwelche Profis beauftragt hatte, den Kleiderschrank seines Ex-Geliebten auszuräumen – oder seines Ex-Mieters, wie er ihn an dem Abend, bevor ich nach Schottland flog, gegenüber der Polizei in Aberfeldy genannt hatte.

Die Polizisten in Aberfeldy waren höflich, als ich sie in jener Nacht anrief, nachdem ihre irischen Kollegen mich in unserem Haus in Raheny allein gelassen hatten. Nachdem unser Telefon zweimal wegen unbezahlter Rechnungen abgestellt worden war, konnte man dort inzwischen nur noch Anrufe entgegennehmen. Wir mussten zu einer Telefonzelle in der Nähe der Ladenzeile gehen und Miriam und Conor warteten draußen, während der Geldschlitz die Hälfte der Münzen schluckte, die wir im Haus aufgesammelt hatten. Ein Polizist sagte, er sei nicht mehr da. Der Arzt habe empfohlen, Cormac solle sich ein paar Tage ausruhen, und die psychiatrische Abteilung sei die einzige Station im Nine Wells Hospital in Dundee gewesen, die noch Betten frei gehabt habe. Ich hatte seit Monaten nichts von Cormac gehört, aber ich war so sehr mit meinen eigenen Problemen beschäftigt gewesen, dass mir sein Schweigen gar nicht aufgefallen war.

»Aber was meint denn Dr. Lever? Alex Lever. Sein ... Freund in Perth.«

»Cormac hat uns bloß Ihren Namen genannt.«

»Könnten Sie bitte mit Dr. Lever telefonieren und mich dann zurückrufen?«

Ich blieb in der Telefonzelle, während die draußen Wartenden mir finstere Blicke zuwarfen und Miriam mir durch die Scheibe ein Dutzend Fragen stellte. Schließlich rief der Sergeant aus Aberfeldy zurück.

»Unter der Nummer, die Sie uns gegeben haben, hat sich niemand gemeldet, aber wir haben ihn übers Krankenhaus erreicht. Ich muss sagen, dass sein Ton ziemlich schroff war. Er behauptet, Mr. Brogan ist sein Ex-Mieter, da er ihm gekündigt hat, und mit dieser Sache sollte sich am besten seine Familie befassen. Er hat darauf bestanden, dass ich Ihnen ausrichte, Sie könnten es sich ja problemlos leisten herzufliegen.« Der Sergeant klang verlegen. »Ich glaube, den hätte ich nicht gern als Vermieter.«

In jenem Herbst entdeckte Conor seine Lust auf Pommes frites. Als wir an den Läden vorbei nach Hause gingen, kauften wir ihm welche. Der italienische Ladeninhaber scherzte mit ihm und Miriam setzte ihn auf den Tresen und ließ ihn selbst Essig drübergießen. Wir setzten uns in der Nähe des Parks auf eine Bank und unsere Sorge um Cormac brach die harte Kruste der Kränkungen und Vorwürfe auf, die im Allgemeinen ein Gespräch zwischen uns unmöglich machte. Ich sehe immer noch vor mir, wie wir dort saßen und Conor langsam seine Pommes frites aß, weiß noch, dass wir vor aller Welt wie eine glückliche Familie aussahen. Das war unser letzter gemeinsamer Spaziergang.

Als ich an jenem Abend mit dem Fahrrad nach Cremore fuhr, sah ich auch meinen Vater zum letzten Mal. Phyllis lag schon im Bett. Es war das Jahr, bevor mein Vater pensioniert wurde. Ein paar Monate vorher hatte ich ihn schon einmal aufgesucht, nicht, um mir Geld zu leihen – ich wusste, dass er keins hatte –, sondern um ihn zu fragen, ob er seine Beziehungen zu Clancy spielen lassen könne, damit Miriams Mutter nicht ewig auf ein Krankenhausbett warten musste. Doch er hatte mir bloß einen Vortrag darüber gehalten, wie es in einer Demokratie zugehe, und hatte gesagt, dass die Kürzungen im Gesundheitswesen nötig seien, wenn das Land nicht unter einem Berg von Staatsschulden versinken wolle.

Er hatte mir das Gefühl gegeben, dass es erbärmlich war, ihn mit so etwas zu behelligen, und es war mir unangenehm, ihn noch einmal um etwas zu bitten. Ich spähte durch ein Fenster im Erdgeschoss und sah, dass er beim Licht einer kleinen Leselampe noch spät über irgendwelchen Papieren saß. Ich klopfte an die Scheibe und er stand verdutzt auf, kam näher und erkannte mich schließlich. Bevor er die Tür öffnete, steckte er die Papiere sorgfältig in seine Aktentasche. Wir waren beide verlegen und er führte mich ins Wohnzimmer, aus Angst, Phyllis könnte wach werden. Als er mir einen Whiskey anbot, hatte sein Ton etwas Förmliches. Er blickte mir nicht direkt in die Augen, eine Methode, zu der er oft bei penetranten Bauunternehmern griff. Ich nahm das Glas und sah, dass er sich selbst mehr eingegossen hatte. Ich besuchte ihn so gut wie nie, deshalb wusste er, dass entweder jemand gestorben war oder ich ihn um Geld angehen wollte.

»Es geht um Cormac«, begann ich. »Er steckt in Schwierigkeiten.«

Er senkte die Stimme und fragte: »Muss seine Mutter davon erfahren?«

»Nicht unbedingt. Wahrscheinlich kann ich die Sache regeln.«

»Gut.«

Es ärgerte mich, dass ich vor Freude errötete. Aber wie oft hatte er mich schon gelobt?

»Du kannst mich auf der Arbeit anrufen«, fügte er hinzu, »ich hab jetzt meine eigene Nummer, du kannst einfach durchwählen.«

»Dad …?«

Jetzt blickte er mir direkt in die Augen. Ich fragte mich, was er wohl dort sah. Seinen gescheiterten Sohn, einen besseren Fabrikarbeiter, der es zu nichts brachte.

»Was hast du vor?«, fragte er vorsichtig.

»Es muss alles sehr schnell gehen. Ich hab's erst heute Abend erfahren. Es soll jemand rüberkommen.«

Ich sah, dass er einen Augenblick lang argwöhnisch war. Sie wussten so gut über meine Spielsucht Bescheid, dass Phyllis jedes Mal versteckte Giftpfeile abschoss, wenn Miriam zu Besuch kam. Ich glaube, er wollte Beweise haben, vielleicht ein unterschriebenes Formular in dreifacher Ausfertigung. Doch ich hatte ihn noch nie um Geld gebeten und war auch jetzt nur gekommen, weil es niemand anderen gab, bei dem ich nicht heimlich Schulden hatte.

»Von Larne geht ein Schiff, oder?«

»Ich fliege«, fauchte ich wütend. »Mit dem ersten Flugzeug, das ich kriegen kann.«

»Aber wenn es so schnell gehen muss, wird's ziemlich teuer«, sagte er. »Es sei denn, du bleibst übers Wochenende.«

»Verdammt und zugenäht!« Ich wurde lauter, da ich wusste, dass er bei dem Gedanken, Phyllis könnte aufwachen, Angst bekommen würde. »Bloß, weil er nicht …«

»Was?«

»Nichts«, sagte ich verbittert. »Wenn er dein verdammter Sohn wäre, wär's auch nicht anders.«

»Junge …«

Er klang aufrichtig bekümmert. Aber ich fühlte mich schäbig, weil ich ihn um etwas bitten musste. Ich stellte den Whiskey hin.

»Ich besorg mir das Geld für den Flug woanders«, sagte ich leise.

»Nein. Sag mir, wie viel du brauchst. Bitte.« Er sprach langsam, fast so, als wollte er sich entschuldigen. »Was brauchst du?«

Sein Blick hatte etwas Beunruhigendes, als könnte er mich zum ersten Mal seit Jahrzehnten richtig sehen. Er wirkte verloren und ich merkte plötzlich, dass er viel älter aussah, als ich ihn in Erinnerung hatte. Ich sagte ihm, wie viel Cormac zufolge ein Flug nach Glasgow kostete, aber das schien seine Frage nicht zu beantworten. Für eine Weile trat Schweigen ein und ich wusste nicht, was ich noch sagen sollte, während er erwartungsvoll dastand. Dann drehte er sich achselzuckend um und ging zu einem kleinen Buchregal in der Ecke. Er nahm ein zerfleddertes Buch ohne Umschlag, zog einen Stapel Geldscheine zwischen den Seiten hervor und zählte nach, zählte alles noch einmal und fügte dann nach kurzem Zögern noch ein paar Scheine hinzu. Als er mir das Geld gab, zählte auch ich noch einmal nach.

»Das ist zu viel«, sagte ich.

»Vielleicht kannst du's gebrauchen oder du besorgst deinem Jungen was.« Er goss sich noch einen Whiskey ein. »Miriam war seit dem Tod ihrer Mutter nicht mehr mit ihm hier. Das hat doch nichts damit zu tun, dass ...«

»Sie hatte viel zu tun«, erwiderte ich. »Ich weiß, dass du wegen dem Krankenhaus nichts tun konntest. Ich hab ihr nicht gesagt, dass ich hier war.«

»Gut«, sagte er erleichtert. »Es ist immer am besten, wenn so was unter uns bleibt.«

Ich schaute aus Hanlons Fenster, bis die Straße leer war, nahm dann aus der Diele den Prospekt eines Immobilienmaklers mit, damit es aussah, als sei ich geschäftlich unterwegs, und schlüpfte zur Haustür hinaus. Auf dem Weg zum Market Square, wo um ein Uhr vor McAndrew's Pub immer ein Bus nach Dublin gehalten hatte, sah ich nur wenige vertraute Gesichter. Ich hatte einen Bärenhunger und ging auf dem Platz in einen kleinen Zeitungsladen, um mir Schokolade zu kaufen. Die blutjunge Verkäuferin war den Tränen nahe, während sie versuchte, mit drei kreischenden Rumäninnen fertig zu werden, die mit gespielter Hysterie in gebrochenem Englisch auf sie einplapperten.

»Ich hab Ihnen Ihren großen Geldschein zurückgegeben, aber Sie haben mir noch nicht das ganze Wechselgeld gegeben. Bitte, da fehlen noch vierzig.«

Alle drei brüllten einstimmig wieder los und stifteten mit ihrem Lärm so viel Verwirrung wie möglich. Sie wollten die Zeitschrift, die sie gekauft hätten, nicht haben, die sei zu teuer, sie hätten ihr Geld zurück, das Mädchen habe ihr Wechselgeld bekommen, sie verständen nicht, sie würden jetzt gehen.

Eine Tür ging auf und aus der Küche hinter dem Laden trat ein Mann, der alles mitbekommen hatte. »Verständige die Polizei«, zischte er, »diesen verdammten Trick haben sie schon in allen Lädchen der Stadt ausprobiert.«

Die Frauen warfen einen Blick zur Tür und bereiteten ihren Abgang vor. »Sehen Sie doch«, sagte eine mit glückstrahlendem Lächeln. »Auf dem Boden. Geld. Das gehört nicht uns. Muss Ihnen gehören.«

»Verschwindet und lasst euch hier nicht mehr blicken«, sagte der Mann mit finsterem Gesicht und wandte sich zu dem Mädchen um, als sie gingen. »Wie lange waren die hier, Liebes?«

»Kommt mir vor wie eine Ewigkeit, Daddy. Sie wollten nicht aufhören rumzubrüllen. Sie haben mich so durcheinander gebracht, dass ich sie einfach gehen lassen wollte.«

Er sah mich verblüfft an, weil ich nicht richtig rasiert war.

»Ich hätte ja nichts dagegen, wenn sie es bei jemandem wie mir ausprobieren würden«, sagte er zu mir. »Aber sie warten, bis eine alte Frau oder ein junges Mädchen allein im Laden ist. Wie auch immer, Sir, was kann ich für Sie tun?«

Inmitten der Leute, die sich unter der gestreiften Markise des Metzgerladens neben McAndrew's Pub untergestellt hatten, verschlang ich die Schokolade. Nach einer Weile merkte ich, dass ich beobachtet wurde. In panischer Angst durchforstete ich mein Gedächtnis nach einem Namen, der mir genau in dem Moment einfiel, als die alte Frau auf mich zu trat. Es war Mrs. Kennedy, die an der Ecke wohnte. Barney Clancy hatte ihren Mann einmal zum Peace Commissioner ernannt. Der Titel hatte mich als Kind fasziniert, auch wenn ich später herausfand, dass er völlig bedeutungslos war.

»Es könnte nicht sein ...?«, begann sie geradezu widerwillig. »Tut mir Leid, aber Ihr Gesicht erinnert mich an ... sind Sie vielleicht ein Verwandter von ...?«

»*Desculpe ter de a enganar*«, erwiderte ich und starrte sie mit ausdruckslosem Gesicht an. Vor Verlegenheit wich sie zurück, denn sie hielt mein Portugiesisch irrtümlicherweise für Rumänisch oder Polnisch. Ich wiederholte den Satz noch einmal, mit möglichst breitem Akzent – *Tut mir Leid, dass ich Sie reinlegen muss*. Die Leute sahen mich an.

»Er gehört wahrscheinlich zu diesen Frauen, die man aus dem Laden geworfen hat«, murmelte ein Mann, der dachte, ich verstände kein Englisch. »Immer auf Betrügereien aus. Wenn man bedenkt, dass wir wie blöd geschuftet haben, bloß damit diese Banditen uns schröpfen.«

Zu meiner Überraschung starrte Mrs. Kennedy ihn wütend an. »Was hast du, außer Biergläser stemmen, in den letzten zwanzig Jahren schon geleistet, Jimmy? Ich hab vier Kinder großgezogen, die alle auswandern mussten. Ich hoffe, sie sind besser empfangen worden als diese Menschen von dir.«

»Das ist nicht dasselbe«, murmelte er kleinlaut. »Ihre Kinder haben in England schließlich gearbeitet.«

»Weil man ihnen die Möglichkeit dazu gegeben hat.«

Der Bus kam und bereitete ihrem Streit ein Ende. Aus Angst, mir könnte ein englisches Wort entschlüpfen, hielt ich dem Fahrer schweigend mein Kleingeld hin und er nahm sich das, was er von den Münzen in meiner Hand brauchte. Ich merkte, dass die Leute über mich tuschelten, und starrte aus dem Fenster. Für Ebun war es alltäglich, dass selbst ernannte Richter ständig Urteile über sie fällten; weil sie anders aussah, war sie stigmatisiert.

Das war das Seltsame gewesen, als ich Cormac an dem Morgen, an dem ich nach Glasgow geflogen und mit dem Zug nach Dundee gefahren war, im Nine Wells Hospital wieder sah. Nach der Schilderung des Polizisten am Telefon hatte ich erwartet, dass er anders aussehen würde, so wie viele der mit Medikamenten voll gepumpten Patienten, die dort im Flur auf und ab wanderten. Doch er sah eher aus wie ein Assistenzarzt, der es allen Schwestern angetan hatte. Wir tranken in der Kantine Kaffee, während ich auf ein Gespräch mit seinem Arzt wartete. Cormac schüttelte leicht beschämt den Kopf, als hätte er mit den Eskapaden, die er sich in den letzten Tagen geleistet hatte, nichts zu tun. Vielleicht lag es an den Beruhigungsmitteln, die man ihm verabreicht hatte, doch seine großen Augen erinnerten mich an die Zeit, als er weggelaufen war, um in Dublin nach Bartley Dunne's zu suchen, und mich bei seiner Rückkehr im Schuppen geweckt hatte. Nur dass damals ein Staunen in seinem Blick gewesen war, wie bei einem Matrosen, der auf eine wunderbare Seereise gehen wollte. Und jetzt sahen seine Augen verwirrt und abwesend aus, als wären sie überrascht, die Kaimauern seines Reiseziels zu sehen, die sich plötzlich grau und trostlos vor ihnen erhoben.

»Was hast du bloß vorgehabt, Cormac?«, fragte ich.

Er zuckte mit den Achseln. »Ich weiß gar nicht, warum ihr so viel Wind darum macht, dass ich einen Spaziergang gemacht habe.«

»Das war ein ziemlich langer Spaziergang. Die Polizei hat gesagt, du hättest ausgesehen, als wärst du schon ein paar Tage lang unterwegs.«

»Ist doch nichts dran auszusetzen.« Ein Schatten seines früheren Lächelns kehrte zurück. »Solange man nicht mit Pfennigabsätzen auf jemandem rumspaziert.«

»Die Sache ist ernst, Cormac.«

»Wie geht's dem kleinen Monster und der eisernen Lady?«

»Bestens«, sagte ich, fest entschlossen, mich nicht ablenken zu lassen.

»Und was ist mit dir ... wettest du immer noch, wenn zwei Fliegen die Wand raufkrabbeln?«

»Du bist hier der Patient, Cormac. Wo ist Alex? Warum ist er nicht bei dir?«

»Du hast schon wieder dein ganzes Geld verloren, stimmt's, Bruderherz? Ich hab bloß den Verstand verloren. Mit wie viel stehst du in der Kreide?«

»Hör auf, das Thema zu wechseln«, beharrte ich. »Wo ist Alex?«

»Alex wer?« Er lächelte wieder. »›Nenn mich nie wieder Al‹, hat er in unserer ersten Nacht gesagt. Nimm das Al von seinem Namen weg, dann bleibt noch -ex. Mein Ex.«

»Es ist vorbei?«

»Nicht ganz. Er ist noch nicht mein Ex-Vermieter. Aber am Freitag ist es so weit, da will er die Schlüssel zurückhaben.«

»Aber ich hab gedacht, ihr beide seid ...?«

»Unzertrennlich? Brendan, in meiner Welt bereitest du dich von dem Tag an, an dem du einen Mann kennen lernst, darauf vor, ihn wieder zu verlieren. Erkundige dich, wer hier das Sagen hat, und hol mich raus, verdammt noch mal. Ich krieg hier noch Zustände. Weißt du, dass der Flur eine Meile lang ist? Heute Morgen hat sich ein Patient neben mich gesetzt und gesagt, dass es ein Halbmarathon ist, wenn man durch alle Flure läuft. Wenn ich noch viel länger hier bleibe, kommt er bestimmt wieder in seiner Turnhose vorbei und will, dass ich mitlaufe.«

Es schien Cormac wieder gut zu gehen, aber der Arzt sagte besorgt, er brauche noch etwas Ruhe. Ich erzählte ihm nicht, dass er seine Wohnung räumen musste, sondern versprach, zu bleiben und mich um ihn zu kümmern, bis er wieder auf den Beinen sei. Mir stand noch eine Woche Urlaub zu, den ich nicht genommen hatte, weil wir kein Geld hatten, um irgendwo hinzufahren. Doch als wir aus dem Krankenhaus flüchteten, übermütig wie Schulschwänzer, war Cormac in so prächtiger Verfassung, dass diese Reise mir plötzlich wie ein Urlaub vorkam.

Cormac hielt ein Taxi an und bat den Fahrer, ihm zum Mittagessen ein gutes Hotel zu empfehlen. Er lachte bloß, als ich ihn drängte, nach Perth zu fahren, damit er sich ausruhen konnte. Abgesehen von chronischer Erschöpfung fehle ihm nichts, und wenn er ein bisschen frische Luft geschnappt habe, werde er besser schlafen. Sobald wir nach Perth kämen, müssten seine Sachen gepackt und Entscheidungen getroffen werden. Er habe mich seit Monaten nicht mehr gesehen, warum also sollten wir uns nicht entspannen und uns einen schönen Tag machen?

Ich hätte unnachgiebiger sein sollen, aber vielleicht fühlte ich mich der Aufgabe nicht gewachsen, auf ihn aufzupassen. An jenem Nachmittag war es, als würde Cormac auf mich aufpassen, und er bestand darauf, das Mittagessen zu bezahlen und einen guten Wein auszuwählen, obwohl der Arzt ihm gesagt hatte, er solle keinen Alkohol trinken.

»Ein, zwei Gläschen werfen mich nicht um«, sagte Cormac, als ich protestierte. »Und außerdem hab ich wieder einen völlig klaren Kopf. Der Spaziergang hat mir gut getan. Ich konnte in Perth nicht klar denken und hab mich aufgeführt wie ein hysterischer Schuljunge. Ständig wird jemand von irgendwem verlassen. Kein Grund, mit großer Geste aufs Dach zu klettern.«

»Das hast du doch nicht etwa getan?«, sagte ich bestürzt.

»Sagen wir lieber, dass ich wegen meiner Höhenangst nicht weit gekommen bin.« Er grinste kläglich über seinen Witz. »Ich hab bloß den Schornstein umklammert und Alex hat wütend vom Dachfenster rübergeguckt und im Ton eines Arztes gesagt, ich soll mich nicht lächerlich machen. Eine Frau von der anderen Straßenseite hat die Polizei verständigt. Das hat mir Angst eingejagt, aber Alex hatte noch mehr Angst.« Er ahmte seinen Tonfall nach. »In meiner *Stellung*, in meiner *Stellung*.« Cormac lachte. »Ich dachte, wir hätten dieses ganze Gerede von den Nachbarn in Navan hinter uns gelassen, aber der arme Alex stand schon immer unter dem Fluch der Ehrbarkeit. An dem Tag, als er mir unsere Wohnung gezeigt hat, hab ich gesagt, er soll sie als größten Wandschrank der Welt ans *Guinness-Buch der Rekorde* melden.«

»Was hat die Polizei unternommen?«

»Nichts. Ich war inzwischen, zitternd vor Kälte, wieder runtergekommen und hab mich bemüht, nicht zu heulen. Die Polizisten sind reingekommen und haben uns angeguckt, als wären wir Abschaum. Keine Ahnung, wen Alex mit seinem Geschwätz von einem Streit mit seinem ›Mieter‹ hinters Licht führen wollte. An dem Abend hat er seine Sachen gepackt und mir gesagt, ich hätte eine Woche Zeit, zu verschwinden.«

»Warum hat er dich verlassen?«

Cormac zuckte mit den Achseln. »Ich dachte, er wäre zuverlässig. Grüblerisch und voller Widersprüche, ein bisschen wie dein Dad, aber trotzdem zuverlässig. Er stand auf Boxen und hat sich stundenlang irgendwelche Kämpfe angesehen. Wenn einer zu Boden ging, hat er den Fernseher angebrüllt: ›Bleib unten, lass dich bis acht anzählen. Warum springst du schon auf?‹ Aber als die Polizei an jenem Abend weg war, da war ich derjenige, der aufstand und bei eins schon wieder versuchte, mit seinem Schatten zu boxen, fest entschlossen, ihm zu zeigen, dass ich's draufhab. Obwohl er mir bis Freitag Zeit gegeben hat, war ich zehn Minuten nachdem er die Tür zugeknallt hatte weg. Und weißt du, was das Komische ist, Bruderherz?«

»Was?«, fragte ich und sah, dass er fast gar nichts gegessen hatte.

»Man wird seine Gewohnheiten nicht los. Als ich in Schottland ankam, hab ich den ganzen Weg vom Flughafen bis in die Stadt aus dem Taxifenster geguckt und war überzeugt, dass ich unter den Vorbeigehenden jeden Moment meinen Vater entdecken würde. Deshalb bin ich losmarschiert. Ich hab die ganze Zeit gebetet: ›Vater, wenn du hier bist, dann ist jetzt der richtige Augenblick, mich zu suchen. Ich marschiere so lange weiter, bis wir uns in irgendeiner Kurve begegnen.‹« Cormac sah mich an. »Ich hab immer gedacht, ich wär bloß nach Schottland gekommen, um mit Alex zusammen zu sein. Aber dann dachte ich, dass es vielleicht einen Grund für diesen Schmerz gab, dass meine Bestimmung, der Grund für diese Reise, darin lag, meinen leiblichen Vater zu finden. Ist doch komisch, wie man sich zum Idioten macht, während er irgendwo rumsitzt, seine Enkel abgöttisch liebt und längst vergessen hat, dass es mich gibt.«

Es gelang mir, Cormac zu überreden, dass er eine richtige Portion Nachtisch aß, und er fand sich widerwillig damit ab, dass ich ihn keine Flasche Wein mehr bestellen ließ.

»Du würdest eine erstklassige Glucke abgeben«, sagte er, als wir das Hotel verließen, »auch wenn ich nicht dein Küken bin.«

Draußen stritten wir uns erneut, weil er sich weigerte, nach Perth zurückzukehren. Er behauptete, sich zum ersten Mal seit Monaten wohl zu fühlen. Er brauche frische Luft und, meinem Aussehen nach zu urteilen, gelte das auch für mich. Wir bräuchten mal einen Nachmittag, an dem wir keinen Gedanken an Alex und Miriam oder an andere Probleme verschwendeten. Mein Widerstand war so gering, dass er alle Einwände gegen den Kauf zwei weiterer Flaschen Wein in einem Spirituosenladen beiseite fegte. Ich fühlte mich plötzlich unbeschwert. Cormac war der einzige Mensch, bei dem ich wirklich das Gefühl hatte, ich selbst zu sein. Als es mir in Navan am schlimmsten gegangen war, hatte er in mir etwas Liebenswertes gesehen. Er stand mir näher als ein leiblicher Bruder, der Erlöser, der mich aus dem Schuppen errettet hatte.

Obwohl meine Ehe in einer Krise steckte und es in Perth nichts gab, worauf Cormac sich freuen konnte, gelang es uns an jenem Nachmittag, unsere Sorgen zu vergessen. Wir waren uns so nah wie in den heimlichen Nächten im Schuppen, in denen die Welt ausgesperrt blieb. Nicht, dass wir körperlichen Kontakt gehabt hätten, es war eher eine geistige Zusammengehörigkeit. Ich war sein Gast und er war entschlossen, mir Dundee zu zeigen oder zumindest den Weg, auf dem man es am schnellsten verlassen konnte.

Wir fuhren wieder mit dem Taxi, vorbei an wild wuchernden Siedlungen, die erst endeten, als wir an den Golfplätzen in Carnoustie ankamen. Unterwegs hielten wir einmal an, weil er mir eine Bonbonfabrik zeigen wollte, die als Vierziger-Jahre-Museum angelegt war, mit Bonbons, die ich zum letzten Mal in den Schaufenstern der kleinen Läden in Navan gesehen hatte. Er bestand darauf, eine Tüte voll zu kaufen und in dem Pub nebenan ein paar Gläser Malt Whisky mit mir zu trinken, während das Taxi wartete.

Die Wolken, die am Morgen meinen Flug behindert hatten, waren verschwunden und es war ein warmer Herbstnachmittag. Wir entfernten uns noch mehr von Perth, doch Cormac schien zu wissen, wo er hinwollte, und wies dem Taxifahrer den Weg. Die Straße wurde immer schmaler, und als sie zu Ende war, kamen wir auf einen ruhigen Parkplatz vor einem Pub, mit Blick auf einen Strand, den man über steile Stufen erreichte. Zwischen den Dünen am Strand, von wo sich das Meer weit zurückgezogen hatte, war der Abschlag für ein Golfloch zu sehen.

Wir bezahlten das Taxi und Cormac versicherte mir, dass wir aus dem Pub ein anderes rufen konnten, sobald wir unser Picknick beendet hatten. Für Pfefferminzbonbons und Wein schien das ein hochtrabender Name zu sein, aber wenig später – nachdem er mich gebeten hatte, draußen auf einer Bank zu warten – kam er mit zwei Sandwiches in der Hand und zwei gestohlenen Weingläsern unterm Mantel aus dem Pub.

»Der alte ›Der-Zehnpfundschein-liegt-hinter-Ihnen-in-der-Kasse‹-Trick klappt immer noch«, sagte er grinsend. Wir lachten über den alten Mr. Boyle in seiner Schürze und tauschten hundert weitere Erinnerungen aus, während Cormac mich über den Sand zu einer schmalen, steil aufragenden Landzunge führte, die den Strand in zwei Hälften teilte und von einer kleinen Turmruine gekrönt war. Es war ihm gelungen, auch einen Korkenzieher aus dem Pub zu schmuggeln. In der ersten Flasche befand sich Weißwein. Im Freien schmeckte er gut, doch ich spürte, dass er mir in den Kopf stieg. Ich wusste, dass Miriam darauf wartete, dass ich sie anrief und über Cormacs Zustand informierte, und auch mein Vater wartete in seinem Büro beim Grafschaftsrat, wo er wie Polizeichef Gordon in *Batman* einen eigenen Telefonanschluss besaß. Aber ich musste mich um meinen Bruder kümmern und Cormac kam mir in jenem Augenblick vor wie die Reinkarnation jenes freien Geistes, mit dem ich einmal in Dublin zusammengewohnt hatte.

Der Strand war verlassen, vor dem Pub parkten nur ein paar Autos und die Golfspieler erörterten freundschaftlich ihre Runden. Cormac öffnete die zweite Flasche – einen Rioja –, obwohl der Weißwein noch nicht ausgetrunken war. Ich machte mir nicht mehr so große Sorgen um ihn. Wir waren bloß zwei Brüder, die die gewaltigen Probleme in ihrem Leben für eine Weile vergessen wollten, um in Freiheit ein paar gemeinsame Stunden zu genießen. Der Rotwein schmeckte nicht und Cormac machte sich Vorwürfe, weil er den Korken in der Flasche abgebrochen hatte. Dennoch trank ich mein Glas aus und legte mich hin, um mir anzusehen, wie sich der Abendhimmel verdunkelte.

»Auf Jersey gibt es einen ähnlichen Strand«, sagte Cormac, »Portelet Bay. Da musst du unbedingt mal hin.«

»Was soll ich denn in Gottes Namen auf Jersey?«

»Es sind schon seltsamere Dinge passiert, das kannst du mir glauben.« Cormac beugte sich vor, um mein Glas zu nehmen, schenkte nach und stellte es dann wieder hin. »So was wie heute sollten wir öfter machen, bloß wir beide, hm? Zwei kleine Jungs mit zwei kleinen Spielsachen.« Er sah mich an. »Du verzeihst mir doch?«

»Was denn?«

»Alles. Dein Leben.«

»Mit meinem Leben ist alles in Ordnung.«

»Hab ich das Gegenteil behauptet, Bruderherz?« Er wirkte ernst, aber dann grinste er. »Und doch könnte ich darauf wetten, dass irgendwas nicht stimmt.«

»Wenn ich wollte, könnte ich mit dem Spielen aufhören.«

»Ich glaube dir. Ich glaube bloß nicht, dass du's tust. Du hast keine Ahnung davon, dass du was ganz Besonderes bist.«

»Der Wein ist dir in den Kopf gestiegen«, sagte ich verlegen. »An mir ist nichts Besonderes.«

»Miriam hat das mal irgendwann gesehen, deshalb hat sie

dich geheiratet. Das Versprechen, das du aus Angst nie gegeben hast.«

»Angst wovor?«

»Die Vergangenheit loszulassen, die du mit dir rumschleppst, einfach frei dahinzutreiben.«

»Das ist doch Quatsch«, sagte ich.

»Was würdest du tun, wenn ich dir fünfzehntausend Pfund geben würde?«

»Du weißt genau, dass ich alles beim Pferderennen verpulvern würde.«

»Das würdest du mit fünfzehn Pfund, vielleicht auch noch mit fünfzehnhundert tun.« Cormac goss sich Weißwein nach und leerte die Flasche, aus der nur noch er zu trinken schien. »Vielleicht glaubst du aber bloß, du würdest alles verpulvern, weil du noch nie die Macht von fünfzehntausend Pfund in bar in den Händen gespürt hast.«

»Wird wahrscheinlich auch nie passieren«, sagte ich lachend, »es sei denn, ich gewinne bei einer verrückten Kombinationswette.«

»Oder dein kleiner Bruder gibt es dir. Du wärst überrascht, wenn du wüsstest, wie viel ich auf der Bank hab. Und du auch.«

Ich setzte mich auf und betrachtete erst ihn und dann das Meer, das bereits ein gutes Stück näher gekommen war. »Vielleicht sollten wir zurückgehen«, schlug ich vor, obwohl ich zu träge war, um mich vom Fleck zu rühren. »Der Alkohol bekommt dir nicht.«

»Ich war noch nie so nüchtern. Das kommt vielleicht daher, dass ich ein sturer irischer Wichser bin, wie Alex so treffend gesagt hat.«

»Denk dran, wer das gesagt hat. Ich will ja nicht respektlos sein, Cormac, aber wenn Alex unter einer Brücke durchfährt, schaltet er doch den Scheibenwischer aus, um Energie zu sparen.«

»Deshalb war es noch härter für ihn, als er rausgefunden hat, dass ich in Irland auf seine Kosten gelebt und, während ich aufs College ging, meine Armut bloß vorgetäuscht hab. Er hat unsere Kontoauszüge gesehen.«

»Welche Kontoauszüge?«

»Die im Besitz von jemandem namens Des Traynor.«

Jetzt war ich völlig verwirrt, ich trank einen großen Schluck Rotwein und überlegte, wo ich den Namen schon einmal gehört hatte.

»Alex war vor zwei Monaten in Dublin, um ein bisschen Geld abzuheben, das er beiseite geschafft hatte. Ich glaube, er hat keine Steuern dafür bezahlt, sondern hat es irgendwo bei diesem Traynor angelegt, wovon niemand was wissen darf. Er hat Traynor in einem Büro aufgesucht, keiner richtigen Bank, und Traynor klagte plötzlich über Bauchschmerzen und wollte als eine Art *Quid pro quo* seine ärztliche Meinung hören. Alex schickte ihn aus dem Zimmer, denn er sollte ihm eine Stuhlprobe bringen. Das ist ein alter Ärztetrick, wenn man ein bisschen rumstöbern will. Traynor spielt anscheinend die gute Fee für halb Irland und Alex hatte gesehen, dass er bei seinem Eintreffen einen Computerausdruck in die Schublade gesteckt hatte, und wollte wissen, für welche Hälfte.« Cormac streifte ein paar Sandkörner von seiner Hose. »Es stellte sich raus, dass auch ich auf dem Ausdruck stand und dass unter meinem Namen mehrere Konten aufgeführt waren. Du und Sarah-Jane, ihr habt auch draufgestanden.«

»Hör auf, mich zu verarschen.«

»Das hab ich Alex auch gesagt, als er mit einem Gesicht wie drei Tage Regenwetter nach Hause kam. Bei den größeren Fischen standen gar keine Namen, bloß anonyme Kontonummern auf den Bahamas und den Cayman-Inseln. Aber wir haben auf Jersey unsere eigenen Namen benutzt. Es gelang Alex, zwei Kontonummern zu notieren, bevor Traynor mit seiner Stuhlprobe zurückkehrte. Alex war stinkwütend auf mich und behauptete, ich hätte ihn reingelegt. In letzter Zeit ist es nicht besonders gut zwischen uns gelaufen. Er hat sich auch schon in Dublin mit anderen Leuten getroffen.«

»Jungs?«

»Jüngere. Flüchtige Abenteuer. Er hatte ein Näschen dafür, wo er das finden konnte, und ich hab's hinterher jedes Mal daran gesehen, dass sich seine Anspannung gelöst hatte. Dann hatte er immer ein richtig schlechtes Gewissen, war richtig nett und versuchte, das Ganze stillschweigend wieder gutzumachen. Das Witzige ist, dass er mir in den Zeiten, wo er gehässig zu mir war, immer am treuesten war. Dann sah ich, wie seine Anspannung wieder wuchs, wie er keifte, an mir rumnörgelte und behauptete, ich würde Geld verschwenden. Eine Woche bevor ich meinen Abschluss am College gemacht hab fing er an, das Kabel des Wasserkochers zur Arbeit mitzunehmen und mir eine Thermosflasche mit heißem Wasser dazulassen, damit ich mir tagsüber Tee machen konnte. Er schraubte die Heizungsarmaturen ab, damit ich das Ding nicht anstellen konnte.«

»Warum bist du bei ihm geblieben?«

Cormac goss die letzten Tropfen aus der Flasche in mein Glas. »Das war eine gute Woche. Am Ende der Woche kam ich spät vom College nach Hause, zu Fuß, um das Geld für den Bus zu sparen, und er hatte alle Lichter an, die Wohnung war warm und ein tolles Essen und ein neuer Mantel warteten als Geschenke auf mich. Ich schloss mich heulend im Bad ein. Ich wusste, dass irgendein junger Scheißkerl ihm gerade einen abgelutscht hatte.«

Mir war klar, dass ich mich um Cormac kümmern musste, und ich wollte ihm etwas Beruhigendes sagen, aber er schenkte meinen Worten keine Beachtung. Ein Schmerz brach sich Bahn, der sich vorher hinter seiner scheinbaren Gelassenheit verborgen hatte.

»Ist die Tatsache, dass man jemanden liebt, kein ausreichender Grund, um sich damit abzufinden? Aber seit Alex von diesen Bankkonten erfahren hat, war er richtig gehässig zu mir und wollte nicht glauben, dass ich nichts davon gewusst hab. Die Wahrheit ist ihm egal. Ich weiß, dass er im Grunde seines Herzens nach einem Ausweg aus unserer Beziehung gesucht hat. Er will mich loswerden, weil er einen Jüngeren gefunden hat, den er schikanieren kann, um sich dann auf seine spezielle Art wieder mit ihm zu versöhnen. Mein Gott, Brendan, im Bett konnte er so ...« Cormac ließ den Satz unvollendet. »Irgend so ein Wichser mit rosigem Schwanz«, murmelte er gedankenverloren.

»Du kommst drüber weg, Cormie, glaub mir.« Es war Jahre her, seit ich zum letzten Mal seinen Kosenamen benutzt hatte.

»Ich werde mich von ihm befreien, das verspreche ich dir.« Er sah mich an. »Wir sind stinkreich, Bruderherz, wir haben Geld wie Heu.«

»Vielleicht hat sich Alex das Ganze bloß ausgedacht?«

»Nicht Alex. Er hat tolle Hände, aber kein bisschen Phantasie. Die Konten existieren, ich weiß es.«

»Woher?«

»Ganz einfach. Ich bin letzte Woche nach Jersey geflogen, bin in die Bank gegangen und hab meinen neuen Pass vorgelegt. Der alte ist mir im Sommer zusammen mit unserem Gepäck in Tanger gestohlen worden. Bei der Bank war man überrascht, mich zu sehen, denn normalerweise läuft alles über deinen Vater. Sie haben gesagt, er ist der andere Unterzeichner und normalerweise hebt er das Geld ab. Ich hab ihnen gesagt, er ist krank. Der Kassierer war süß, er hatte wunderschöne Hände. Ich war erstaunt, dass der arme Junge keinen Krampf gekriegt hat, schließlich musste er ja fünfzehntausend in bar abzählen. Daher weiß ich, dass Alex mich loswerden will. An dem Abend, als wir uns zum letzten Mal gestritten haben, wollte ich ihm jeden einzelnen Penny geben, aber das hat alles bloß noch schlimmer gemacht.«

Plötzlich fiel mir ein, wo ich Traynors Namen schon einmal gehört hatte. Auf meiner Hochzeit, bei dem Gespräch zwischen Alex und Barney Clancy.

»Traynor hat was mit Clancy zu tun«, sagte ich.

»Darauf kannst du wetten. ›Knie dich aufs Bett‹, hat Alex immer gewitzelt. ›Mal sehen, ob du auch so ein braves Hündchen bist wie dein Daddy.‹«

»Das ist nicht komisch.«

»An deinem Vater ist überhaupt nichts komisch. Kann sein, dass er dich verprügelt hat, aber mich hat er überhaupt nicht beachtet. Ich war unehelich, ein Fürsorgefall, mit dem er sich abgefunden hat, weil ich zum Gepäck der Frau gehörte, die er haben wollte. Wie kommt's dann, dass er Konten für mich eröffnet, wo er doch angeblich nie einen Penny übrig hatte?« Cormac sah mich an. »Vielleicht weißt du ja die Antwort? Ich meine, er ist doch dein Vater?«

Ich leerte das gestohlene Weinglas und schleuderte es auf die Felsen, an denen die Wellen sich brachen. »Jetzt mach mal halblang, Cormac«, sagte ich wütend. »Du weißt doch, dass ich keine Ahnung hab.«

»Jaa.« Cormac entschuldigte sich. »Das hätte ich nicht sagen sollen. Aber in letzter Zeit leide ich unter Verfolgungswahn. Werd du nicht auch noch sauer.«

Ich konnte meine Wut kaum bezähmen – doch ich war nicht wütend auf Cormac, sondern auf meinen Vater. Mir fiel ein, wie schäbig ich mir vorgekommen war, als ich ihn gebeten hatte, die Chancen für Miriams Mutter auf ein Krankenhausbett zu verbessern. Damals wurde in Geschäftskreisen offen Geld gesammelt, damit sich der Vizepremierminister Brian Lenihan wegen einer Lebertransplantation in die auf diesem Gebiet führende amerikanische

Klinik begeben konnte. Das sei etwas völlig anderes, hatte mein Vater gezischt, als ich es ansprach. Lenihan habe seinem Land gedient, während Mrs. Darcy zu den paar normalen Bürgern gehöre, die dafür büßen müssten, dass wir über unsere Verhältnisse gelebt hätten. Wenn mein Vater für mich Geld auf die Seite gelegt hatte, dann wäre das der richtige Moment gewesen, es mir zu geben.

Stattdessen verpulverte ich einen ganzen Wochenlohn für verrückte Wetten, nachdem er mich abgewiesen hatte, in der vergeblichen Hoffnung, so viel Geld zu gewinnen, dass ich ihr ein paar Wochen als Privatpatientin in irgendeiner Klinik bezahlen konnte. Wir bemühten uns monatelang, sie zu pflegen, und schauten zweimal täglich in ihrem Haus in Broadstone vorbei, weil sie sich weigerte, bei uns einzuziehen, denn dort hätte Conor ihr Leiden mit ansehen müssen. Jedes Mal, wenn sie einen schlimmen Rückfall hatte und für eine Weile ein Bett bekam, gab es kurze Krankenhausaufenthalte, bis sie schließlich fast unbemerkt auf einer Liege im Flur starb. Geld hätte ihr nicht das Leben gerettet, aber vielleicht hätte sie in einer der glänzenden neuen Privatkliniken von Dublin, deren Hilfe sich bestimmt kaum jemand leisten konnte, in Würde sterben können.

»Der Scheißkerl«, zischte ich. »Wenn Geld da war, hätte ich auch studieren können, genau wie du. Ich hätte alles Mögliche machen und es zu etwas bringen können. Zu meinem einundzwanzigsten Geburtstag hat er mir zehn Pfund geschenkt und zu meiner Hochzeit eine Wanduhr aus Taiwan. Er weiß, dass die Hypothekenzinsen uns auffressen. Wenn er Geld für uns zurückgelegt hat, worauf hat er dann gewartet?«

»Wie kommst du darauf, dass das Geld ihm gehört?«, fragte Cormac. »Oder dass es einmal uns gehören wird? Clancy steckt dahinter. In den Kreisen, in denen Alex verkehrte, ist es ein offenes Geheimnis, dass Clancy in Meath über Baugenehmigungen bestimmt und dass dein Dad sein Helfershelfer ist.«

»Das ist doch Blödsinn«, fauchte ich wütend. »Ich weiß zwar, dass er fast seine ganze Freizeit Clancy widmet, aber auf der Arbeit ist er ein guter Beamter. Ich hab die Berichte im *Meath Chronicle* gelesen, wo es heißt, dass er bei den Ratsversammlungen seinen Standpunkt verteidigt, um Änderungen des Flächennutzungsplans zu verhindern. Clancy hat nicht mal einen Sitz in dem verfluchten Grafschaftsrat!«

»Sachte, Brendan, sachte.« Cormac legte mir behutsam die Hand auf die Schulter. »Deshalb hab ich dir bisher nichts davon erzählt. Ich weiß, dass du immer noch zu deinem Vater aufblickst. Aber er ist bloß ein Handlanger. Sein ganzes Theater dient bloß dazu, die Planungen so lange zu blockieren, bis die Bauunternehmer bereit sind, ein paar Leute zu schmieren, die von Clancy kontrolliert werden. Alex hat Insider-Informationen. Aber er will nicht kapieren, dass dein Vater bedenkenlos zulassen würde, dass Clancy unsere Namen als Tarnung benutzt, um seine Hemden, Zigarren und Mätressen bezahlen zu können, ohne dass eine Spur des Geldes auf ihn zurückweist.«

»Dann hast du also Clancys Geld gestohlen?« Ich verspürte eine Mischung aus Angst und dem kindlichen Schauder, mich rächen zu können.

»Sollen sie's doch beweisen. Glaubst du etwa, Clancy rennt wegen seines Schmiergelds zur Polizei? Ich wollte nicht sein Geld, ich wollte Alex zurückhaben. Schon seit Wochen rechnet er alles zusammen. Jeden Penny für jedes Jahr, bevor ich angefangen habe zu arbeiten. Jeden Urlaub, jeden Busfahrschein, jede verdammte Tube Gleitcreme. Er hat mich wie einen Strichjungen behandelt, und als ich mit dem Geld von Jersey zurückgekommen bin, war's noch schlimmer, als hätte ich versucht, ihn zurückzukaufen. Er musste unbedingt meine Selbstachtung zerstören. Er musste das Ganze vor sich selbst rechtfertigen, indem er jeden Augenblick herabsetzte, den wir zusammen verbracht hatten, bis ich nur noch eine billige Schlampe war, die den Mund aufsperrte, um ihm einen abzulutschen, und die Hände aufhielt, um ihm sein Geld abzuluchsen.«

»Hör auf.« Ich legte ihm die Hand auf die Schulter. »Hör auf, so von dir zu denken.«

Seine Hand, die sich in der Abenddämmerung warm anfühlte, berührte meine Finger und hielt sie einen Augenblick lang fest. »Ich war doch nicht billig, oder?«

»Nein.«

»Trotzdem, ich hab dich vor Jahren verführt. Das hätte ich nicht tun dürfen.«

»Das ist längst vergessen«, sagte ich verlegen. »Ich kann mich kaum noch dran erinnern ...«

»Du kannst dich an alles erinnern«, beharrte er. »Du warst meine erste Liebe. Es wäre falsch gewesen, wenn wir leibliche Brüder wären, allein der Gedanke. Was würdest du mit fünfzehntausend Pfund anfangen?«

»Ich hab dir doch gesagt, dass ich keine fünfzehntausend Pfund hab.«

»Jetzt hast du so viel. Mach was aus dir. Frag dich, wer du gern sein würdest.«

Ich gab keine Antwort, sondern starrte ihn bloß im Dunkeln an. Ich begriff, dass ich mir ein Leben lang gewünscht hatte, ich wäre er. Ich hatte mir gewünscht, in Cormacs Haut zu stecken, seine Gedanken zu kennen, ein Leben zu führen, das anders war als der zweitklassige Alltag, den ich kannte. Sogar sein Schmerz schien begründeter zu sein als meiner.

»Ich bin froh, dass es vorbei ist«, sagte Cormac. »Ich hab keine Lust darauf, Alex' neuer Geliebter zu sein, mit einem Herz voller Hoffnung und einem Rücken, der von seinen Fingernägeln zerkratzt ist. Ich hab sie zusammen gesehen. Er ist einundzwanzig und hat einen süßen Hintern, aber nicht die leiseste Ahnung, was ihn erwartet. Gib mir einen Kuss.«

»Was?«

»Um der alten Zeiten willen. Einen Kuss. Ich verspreche auch, dich nicht zu beißen.«

Sein Gesicht war ganz nah an meinem. Ich konnte kaum noch den Strand hinter uns erkennen, die Dunkelheit durchbrochen von den Lichtern des Pubs am oberen Ende der Kliffstufen. Niemand konnte uns sehen, wir waren so allein wie damals im Schuppen. Unsere frühen Erfahrungen hatten bewirkt, dass ich in der Pubertät immer wieder meine Sexualität in Frage gestellt hatte, bis mir plötzlich klar geworden war, dass ich auf Frauen stand. Ich hatte nie wieder den Wunsch verspürt, einen Mann zu küssen, und doch öffnete ich den Mund, um nach all den Jahren noch einmal seine Zunge zu spüren. Ich fand es falsch und doch in Ordnung. Nur ein paar Sekunden lang, dann zog er die Zunge zurück.

»Ich hab dich angelogen«, sagte er, »das hier ist keine Landzunge, es ist eine Insel, die bei Flut vom Land abgeschnitten ist. Sag Phyllis, dass ich sie geliebt habe und meine Entscheidungen wieder in Ruhe getroffen habe, wie vor der Zeit mit Alex. Als ich damals weggelaufen bin, um Bartley Dunne's zu suchen, hat sie so große Angst gehabt, ich könnte ertrunken sein, dass sie mir das Schwimmen beigebracht hat. Ich wette, sie bereut, dass sie dich nicht mitgenommen hat. Ich liebe dich, Bruderherz. Ehrlich, ich bin es nicht wert, dass du meinetwegen ertrinkst.«

Ich legte ihm die Hand auf die Schulter. Er griff nach meiner Hand und unsere Finger verflochten sich, doch im nächsten Moment hatte er sich von mir gelöst und kletterte die Felsen hinab. Schwerfällig folgte ich ihm, aber Cormacs Vorsprung wurde immer größer. Dunkle Wellen bedeckten den Sand hinter uns. Ich rief seinen Namen, doch er drehte sich nicht um, sondern zögerte nur kurz, bevor er von einem Felsen ins Wasser sprang und zum Strand schwamm.

Ich hob ein Röhrchen auf, das er fallen gelassen hatte, und sah, dass es die Schlaftabletten waren, die der Arzt mir für ihn gegeben hatte. Der Rioja hatte nicht nach Kork geschmeckt. Fingerfertigkeit war schon immer seine Spezialität gewesen. Die Dosis reichte nicht, um mich zu betäuben, ich war bloß wackelig auf den Beinen und hatte nicht richtig aufpassen können.

Cormac muss gehört haben, wie ich über den verlassenen Strand rief, doch er stieg in aller Ruhe die Stufen zum Pub hinauf. Ich begriff, warum er mich gebeten hatte, draußen zu warten. So konnte er jetzt mit dem Barkeeper darüber lachen, dass er allein hinausgelaufen und von der Flut überrascht worden war, während er sich einen heißen Whisky bestellte, um warm zu bleiben, und auf die Ankunft des Taxis wartete.

In den nächsten Stunden versuchte ich mehrmals, an Land zu waten, doch das Wasser war zu tief. Ich rief um Hilfe, aber niemand hörte mich. Es war schon kurz vor Tagesanbruch, als das Meer sich so weit zurückgezogen hatte, dass ich hinüberwaten konnte. Der Pub war geschlossen, die Straßen ein kurvenreiches Labyrinth, bis ich die Hauptstraße erreichte und trampen konnte. Auch dort hielt niemand an, bis ein Taxi vorbeikam, dessen Fahrer misstrauisch meine nassen Kleider betrachtete. Ich musste im Voraus bezahlen, damit er mich nach Perth brachte, und trotzdem stritten wir uns, da ich ihn ständig drängte, schneller zu fahren.

Ich wusste ohnehin, dass ich zu spät kam. Cormac hatte den Schlüssel in der Haustür stecken lassen und auf dem Tisch lag ein Brief an Phyllis. Daneben lag ein Umschlag mit meinem Namen, in dem sich die beiden Kontonummern, die Adresse einer Bank auf Jersey und fünfzehntausend Pfund in bar befanden.

Ich hob den Stuhl auf, den er umgestoßen hatte, stellte mich drauf, drückte seine Leiche an mich und versuchte, den Knoten in seinem Nacken zu lösen. Doch mit einer Hand gelang es mir nicht, seinen herabhängenden Körper abzuknüpfen. Ich verständigte die Polizei, warf das Bündel Geldscheine in einen Papierkorb und wartete. Ich legte die Hände um Cormacs Taille und redete ununterbrochen, verriet ihm Geheimnisse, von denen ich noch keinem Menschen erzählt hatte, flehte seinen Geist an, mir zu erscheinen, und sagte, ohne ihn käme ich auf der Welt nicht zurecht.

Ich weiß nicht mehr, ob die Polizei zehn Minuten oder zehn Stunden brauchte. Aber als es endlich klopfte, stand ich auf und küsste rasch seine Hand.

Mach was aus dir. In meinem Kopf wiederholte seine Stimme immer wieder diese Worte. Bevor ich die beiden Polizisten hereinließ, holte ich das Geld wieder aus dem Papierkorb und steckte es in meine Tasche.

Als ich die Stufen zu Ebuns Haus hinaufstieg, war es zwei Uhr. Es war mein dringlichstes Anliegen, die Bankvollmachten wieder abzuholen. Sechzehn Stunden zuvor war ich auf diese Straße hinuntergegangen, die Lenden erfüllt von der angenehmen Erinnerung an unser Liebesspiel, ohne zu wissen, ob ich sie noch einmal wieder sehen würde. Doch als ich jetzt mehrmals auf ihre vermeintliche Klingel drückte und in der Hoffnung, jemanden die Treppe hinabsteigen zu sehen, durch den Briefschlitz spähte, fror ich am ganzen Körper.

Von der Dorset Street kam ein Mann, der einen Schlüssel hervorzog. Er sah aus wie ein Rumäne oder ein Pole und zuckte mit den Achseln, als ich ihn fragte, ob ich nachsehen könne, ob Ebun da sei. Ich ging vor ihm die Treppe hinauf und klopfte an ihre Tür, doch niemand öffnete.

Zwanzig Jahre waren verstrichen, seit ich zum letzten Mal

die Kirche in der Gardner Street betreten hatte, die gegenüber von Ebuns Wohnung lag. Aber da ich Zeit totschlagen musste, ging ich hinein und bestaunte die reich verzierten Decken und die Seitenaltäre, an die ich in den Kirchen in Portugal oft erinnert worden war. An einem Schrein der heiligen Euphemia in der Nähe meiner Wohnung in Porto hatten stets aus Bienenwachs geformte Köpfe, Arme oder Beine gehangen, die jemand als *promessa* dagelassen hatte – Lohn für erfolgreiche Fürsprache oder ein Geschenk von jemandem, der Heilung suchte. Ein winziger gelber Arm, der den richtigen Arm eines Gichtkranken symbolisierte, oder das Wachsmodell eines Halses, das von einer Mutter mit Kehlkopfkrebs am Schrein des heiligen Braz niedergelegt worden war.

Die Iren waren schamhafter, wenn es darum ging, zu verraten, welche Absicht hinter ihren Gebeten steckte. Drei alte Frauen beteten jede für sich an einem Seitenaltar vor einer Marienstatue, und als ich vorbeiging, bewegten sich ihre Lippen nur unmerklich, die leise gemurmelten Gebete waren kaum zu hören. Ein Büromädchen betete schweigend und das Licht eines Buntglasfensters fiel auf ihr Haar. Sie sah wunderschön aus und kniete ein paar Bankreihen hinter einer Schwarzen, die vor und zurück schaukelte, blind für die Zurückhaltung, die sich normalerweise hier ziemte.

Die Kirche schien eine gute Zuflucht zu sein, um auf Ebuns Rückkehr zu warten. Am Schrein des heiligen Joseph, des Werkmannes, zündete ein alter Mann eine Kerze an und aus einem kindlichen Trieb heraus kniete ich nieder und versuchte zu beten. Doch mein letztes Gebet lag schon so lange zurück, dass sich die Worte in meinem Mund in sinnloses Gefasel verwandelten. Als Kind hatte ich den Dom von Navan geliebt, besonders das lichtdurchflutete Seitenschiff. Dort hatte ich immer vor Phyllis Zuflucht gesucht, wenn sie mich in die Stadt mitnehmen musste und, wie es ihre Gewohnheit war, kurz hereinschaute, um in geheimer Absicht eine Kerze anzuzünden. Ich hatte festgestellt, dass es ihr ein schlechtes Gewissen bereitete, mich zu stören, wenn ich den Kopf in stillem Gebet senkte, und so gelang es mir, die Rückkehr in den Schuppen hinauszuzögern, während ich die Feierlichkeit in dem höhlenartigen Raum genoss.

Ich wusste nicht mehr, worum ich damals gebetet hatte. Doch einmal hatte mir eine alte Frau zehn Pence in die Hand gedrückt und ich hatte, während Phyllis die Stationen des Kreuzwegs abging, für meine Mutter eine Kerze angezündet, was mir wie ein heimlicher subversiver Akt erschien. Cormacs Subversion während unserer letzten Woche in Navan war öffentlicher gewesen, auch wenn niemand beweisen konnte, dass er verantwortlich war. Doch in Navan verbreitete sich wie ein Buschfeuer das Gerücht, dass jemand auf dem St.-Anthony-Schrein alle Kerzen angezündet und sie zur brennenden Silhouette zweier Hoden und eines riesigen, knollenförmigen Penis angeordnet hatte.

Das Witzige war, dass Cormac auf eine Art an Gott glaubte, wie ich es nie konnte. In Dublin hatte er mich oft in Kirchen geschleift (genauso, wie er mich oft überredete, auf irgendwelche bizarren Partys zu gehen) und ich hatte ihm dabei zugesehen, wie er eine Kerze anzündete und betete. Einmal erzählte er mir, seine erste Erektion habe er mit elf gehabt, als er im Dom vor einem gekreuzigten Jesus aus Alabaster gekniet hatte. Von da an schien Jesus für ihn eine Figur von grenzenloser Vergebungsbereitschaft und Erotik zu sein.

Deshalb war mir an dem Morgen in Perth, als Cormacs Leiche abgeschnitten wurde, die Frage des schottischen Polizisten nach seiner Religionszugehörigkeit wie schwarzer Humor vorgekommen. Ich hatte in einer Ecke gesessen und war von einem Polizisten vernommen worden, während sein

Kollege mit den Sanitätern sprach, die wie aus heiterem Himmel in Cormacs Wohnung aufgetaucht waren. Die Fragen nach Alter, Nationalität und Beruf konnte ich beantworten, aber als er sich nach der Religionszugehörigkeit erkundigte, brach ich in unbezähmbares Gelächter aus. Die Sanitäter hielten inne, als wollten sie mit ihren Nadeln über mich herfallen und mir ein Beruhigungsmittel verabreichen. Aber wie konnte ich Cormac so klassifizieren, dass der Beamte, der seine üblichen Fragen stellte, zufrieden sein würde? Der Polizist betrachtete mich, er war noch immer nicht völlig davon überzeugt, dass ich nichts mit der Sache zu tun hatte.

»Ich kann angeben, dass er Atheist war«, schlug er vor, schrieb dann aber – da mein hysterisches Lachen scheinbar grundlos in einen Weinkrampf übergegangen war – einfach »unbekannt« auf.

Auf dem Weg ins Krankenhaus verabreichte man mir im Krankenwagen ein leichtes Beruhigungsmittel. Das hielt mich so lange aufrecht, bis ich Miriam und danach im Büro meines Vaters angerufen hatte. Ich hatte Angst, in Cremore anrufen zu müssen, falls er nicht da war, doch er hob bereits nach dem ersten Klingeln ab. Mein Vater, der Gauner. Es war, als würde ich mit einem Fremden sprechen. Nachdem ich es ihm erzählt hatte, dauerte sein Schweigen so lange, dass ich mich fragte, ob er vielleicht schon aufgelegt hatte. Ich wartete auf die Frage: »Warum konntest du nicht auf ihn aufpassen?« Cormac war meiner Obhut anvertraut worden, als er aus dem Krankenhaus entlassen wurde, und ich hatte es nicht einmal eine Nacht lang fertig gebracht, auf ihn aufzupassen. Doch als mein Vater sprach und sich bedankte, dass ich ihn vor Phyllis verständigte, als hätte ich ihm damit einen Dienst erwiesen, flüsterte er wie ein alter Mann. Ich spürte den dicken Umschlag in meiner Tasche und hätte ihm fast von dem Geld erzählt, hin- und hergerissen zwischen dem Wunsch, ihm vorzuwerfen, dass er uns benutzt hatte, und der Versuchung, ihm zu verraten, dass es verschwunden war. Doch plötzlich hatte er aufgelegt.

Am Ton der Polizisten spürte ich, dass sie erkannt hatten, dass Cormac schwul war. Es schien sie zu beunruhigen, dass die Wohnung einem Facharzt aus dem Krankenhaus gehörte, in das wir Cormacs Leiche gebracht hatten. Sie sagten, ich solle Alex die Nachricht beibringen, bevor sie hingingen, um seine Aussage aufzunehmen. Ich war Alex' Sekretärin schon einmal begegnet. Als ich seine Zimmerflucht betrat, erkannte sie mein Gesicht.

»Er hat den ganzen Morgen Patienten«, sagte sie steif und senkte dann die Stimme. »Er hat gesagt, ich soll Cormac nicht in seine Nähe lassen. Das gilt vermutlich auch für Sie. Es ist schrecklich, wir alle hier lieben Cormac.«

Es tat mir Leid, ihr die Nachricht beibringen zu müssen und nicht Alex. Ich wartete, bis sein erster Patient gegangen war und sie in Tränen aufgelöst wieder herauskam.

»Er hat nichts gesagt, als ich's ihm erzählt habe«, flüsterte sie, »er hat bloß das Gesicht abgewandt, als wäre das ganze Blut daraus gewichen. So gekrümmt, wie er dasaß, wusste man nicht, ob er tot oder lebendig ist.«

Wenn ich Alex gegenübergetreten wäre, hätte ich die fünfzehntausend Pfund auf seinen Schreibtisch geworfen und wäre hinausstolziert. Aber ich hatte nicht den Mut, seine Sekretärin in die Sache hineinzuziehen und ihr das Geld zu geben.

Die Polizisten warteten auf mich, um mir weitere Fragen zu stellen. Nachdem sie sich mit dem Krankenhaus in Dundee und ihren Kollegen in Aberfeldy in Verbindung gesetzt hatten, hatten sie mich von jedem Verdacht freigesprochen. Als sie mir sagten, ich könne gehen, blieb ich in der Kantine sitzen, wie gelähmt von den Verpflichtungen, die vor mir lagen. Schließlich kehrte ich in die Wohnung zurück.

Der Dienst habende Polizist bat mich, im Wohnzimmer, wo Cormac gestorben war, nichts anzurühren. In seinem Schlafzimmer herrschte ein heilloses Durcheinander, überall lagen Kleider herum, als hätte er den halbherzigen Versuch unternommen, zu packen.

Ich öffnete eine Schublade, in der ein Kunstband mit Fotos aus den fünfziger Jahren lag – junge Männer, nackt bis auf die Reste einer Cowboykluft oder das Gewand eines römischen Gladiators. Die Fotos hatten nichts Pornographisches. Die Männer waren offenbar keine professionellen Models, sondern hatten Spaß daran, ihre Phantasien auszudrücken, während sie darauf warteten, dass das wirkliche Leben begann. Ich schlug das Buch zu und nahm Cormacs Pass, der daneben lag. Sein Foto, erst ein paar Monate vorher aufgenommen, drückte dieselbe kaum verhüllte Ungläubigkeit aus, als bemühte sich Cormac, in der Rolle, in der er sich fand, ein offenes Gesicht zu zeigen. Der Polizist öffnete die Tür und behielt mich diskret im Auge. Ich steckte den Pass in die Tasche und schloss die Schublade.

Ein Geräusch hinter mir in der Kirche störte mich in meinen Erinnerungen. Ein junger Polizeibeamter stand da, als wäre er aus heiterem Himmel aufgetaucht. Ich kämpfte gegen die unsinnige Befürchtung an, dass er hinter mir her war – ein Widerhall der panischen Angst, die mich in der ersten Zeit auf dem Kontinent oft überfallen hatte, wenn ich einen Polizisten sah. Doch es schien bloß eine Routinekontrolle zu sein, denn er kam so leise wie möglich den Mittelgang entlang und zog sich dann wieder zurück, froh, dass niemand da war, der nicht hergehörte. Dann kam mir ein anderer Gedanke. Wahrscheinlich lag es an meinem Schlafmangel, aber plötzlich war ich überzeugt, dass er ein Zeichen war, das Jesus oder Cormac mir gesandt hatte oder wer auch immer mir aus diesem Schlamassel heraushelfen konnte.

Das nächste Polizeirevier befand sich neben dem Mountjoy-Gefängnis in der North Circular Road. Vielleicht konnte ich ausnahmsweise einmal mit meinen angeborenen Neigungen brechen. Als ich aufwuchs, war es nicht so gewesen, dass man in Irland nie die Wahrheit sagte, aber wir hatten mit solcher Leidenschaft erfundene Wahrheiten erzählt, dass wir schließlich selbst daran glaubten. Wenn ich zur Polizei ginge, würde ich vermutlich im Gefängnis landen, aber vielleicht brauchte Miriam die Versicherungssumme nicht zurückzuzahlen. Wenn ich Conor vor Slick McGuirks Klauen bewahren wollte, war jetzt alles andere nebensächlich. Als ich die Kirche verließ und zu Ebuns Gebäude zurückkehrte, brauchte ich dringend einen Rat.

Ich war genauso erfolglos wie beim ersten Mal und hatte keine Ahnung, wo eine Asylsuchende, die kaum Geld besaß, in Dublin ihre Tage verbrachte. Ich ging die Dorset Street entlang, bog dann in die Dominick Street und ging auf der Parnell Street zurück. Dutzende kleiner Läden waren eröffnet worden, in den Schaufenstern waren schwarze Gesichter zu sehen und aus den Eingängen spähten Kinder. Ich schaute überall hinein, in der Hoffnung, Ebun irgendwo zu entdecken. Fremdländische Gesichter starrten vorsichtig oder streitlustig zurück, doch als die Leute spürten, dass ich keine Bedrohung war, wurde ihr Gesichtsausdruck gleichgültig.

Als ich wieder zu Ebuns Gebäude kam, klingelte ich zuerst bei ihr und dann bei allen anderen, in der Hoffnung, irgendjemand würde die Haustür öffnen. Die Tür blieb geschlossen, obwohl hoch oben ein Fenster aufging und jemand schweigend herunterschaute, der aber, ohne mein Rufen zu beachten, den Kopf wieder zurückzog. Ich musste mich ausruhen und wusste, dass ich besser in mein Hotel zurückgekehrt wäre. Doch trotz meiner Erschöpfung drängte es mich immer weiter.

In der North Circular Road stauten sich die Lastwagen.

Bodenwellen als Verkehrsberuhigung und winzige Kreisel aus knallbunten Ziegeln verliehen den angrenzenden Sträßchen, wo Phyllis geboren war, etwas Spielzeughaftes. Der Lebensmittelladen neben dem Polizeirevier hatte sich in die Kanzlei eines Steuerberaters verwandelt. Ich hatte beschlossen, mich der Polizei zu stellen. Pfeif auf Clancy und Slick und auch auf den guten Ruf meines Vaters. Vielleicht musste ich in den Knast, aber ich würde auch sie drankriegen, wegen Einbruchs, Totschlags und Steuerhinterziehung.

Das Polizeirevier sah noch genauso aus, wie ich es in Erinnerung hatte, die alte Uhr an der Wand, riesige Dienstbücher, die darauf warteten, voll geschrieben zu werden. Ein Sergeant blickte vom Telefon auf und gab mir zu verstehen, dass er gleich zu mir komme. Auf einem Stuhl saß ein benommener alter Mann mit bandagierter Hand. Ich versuchte, die Aussage einzustudieren, dass ein Bauunternehmer aus Meath meinen Sohn bedrohe. Nur dass Conor nichts davon wusste, er wusste nicht einmal, dass ich noch am Leben war. Mein Wort war der einzige Beweis – die Aussage eines Mannes, dessen Leben in den letzten zehn Jahren eine einzige Lüge gewesen war – und es stand gegen das Wort eines angesehenen Staatssekretärs.

Ich besaß keine Unterlagen, um zwischen den auf Conors Namen laufenden Bankkonten und irgendjemandem einen Zusammenhang herstellen zu können, während ein Netz ausländischer Firmen Clancy und McGuirk davor schützte, mit dem Verkauf der Ländereien, aus dem das Geld stammte, in Verbindung gebracht zu werden. Bei Ermittlungen würden sich bestimmt irgendwelche Beweise zu ihren Lasten ergeben, doch die Politiker hatten den Untersuchungsausschuss nur widerwillig eingesetzt, da sie in dieser Sache selbst nur ungern die Wahrheit sagten. Jahrzehntelang hatten sich Polizei und Finanzamt davor gehütet, solchen Geschäften nachzuspüren. Es konnte Jahre dauern, bis auf meine Aussage hin etwas geschah, und inzwischen würde Slick noch immer gefährlich im Hintergrund lauern, in ständiger Angst davor, mit seinen anderen Konten und Geschäften, die überprüft wurden, in Verbindung gebracht zu werden. Vielleicht würde seine Angst ihn zu weiteren Gewalttaten treiben und die Polizei würde erst etwas unternehmen, wenn Conor ernsthaft verletzt wurde.

Der einzige Mensch, der meine Anschuldigungen bestätigen konnte, war Phyllis. Sie wusste bestimmt, dass mein Vater Slick erkannt hatte, als der sich über ihn beugte, um den Knebel zu entfernen. Aber aus Angst oder Loyalität hatte sie das letzte Wort meines Vaters absichtlich durch ein anderes ersetzt. Sie würde standhaft schweigen, weil mein Vater einen Clancy nicht gern in Schwierigkeiten brachte, nicht einmal, um seinen eigenen Tod zu rächen. Phyllis würde mich verleugnen und Clancy würde behaupten, er habe mich seit zehn Jahren nicht mehr gesehen. Seine E-Mails bewiesen nur, dass er irgendeinem anonymen Spinner höflich geantwortet hatte. Es gab nicht einmal eine Nachricht, die bestätigte, dass er mich treffen würde.

Der Sergeant legte den Hörer auf und kam zum Tresen. »Wie kann ich Ihnen behilflich sein?«, erkundigte er sich.

Ich fing an zu zittern, obwohl ich in jenem Moment nicht an Conor dachte. Clancy konnte mich schon immer gut einschätzen und er wusste, dass ich zu feige war, ins Gefängnis zu gehen. Das hatte ich schon als Kind durchgemacht. Der Gedanke an Gitter und verschlossene Türen machte mir Angst. Schon auf dem Polizeirevier hatte ich Platzangst. Der Sergeant beugte sich vor und musterte mich eingehend.

»Haben Sie Führerscheinformulare?«, stammelte ich.

»Schon möglich.« Er zog eins hervor und hielt es in einiger Entfernung in die Luft. »Ist das alles?«

»Ja. Danke.«

Er gab mir das Formular nicht, sondern ich musste zitternd die Hand danach ausstrecken. Als ich hinausging, spürte ich, dass er mich spöttisch betrachtete. Ohne mich umzudrehen, ging ich auf der Berkeley Street in Richtung Mater Hospital. Als ich in die Eccles Street bog, wäre ich am liebsten losgerannt. Pete Clancy hatte mich in der Zange. Niemand würde mir glauben. Wenn ich ihn verpfiff, würde ich bloß Conors Welt zerstören. Sein Leben mit Miriam würde in einer Flut von Verdächtigungen untergehen. P. J. Egan war vielleicht nicht so aufbrausend wie Slick, aber wenn er befürchtete, in irgendwelche Ermittlungen hineingezogen zu werden, war seine Kaltschnäuzigkeit eine tödliche Gefahr. Mir blieb nichts anderes übrig, als Conor zu überreden, dass er nach Jersey flog, und Pete Clancy zu vertrauen, dass er alles aufklärte, bevor McGuirk über mein Wiederauftauchen in Panik geriet und sich vor mir bei Conor einfand.

Ich wusste, dass Clancy dafür sorgen würde, dass Conor seinen Anteil von dem Geld erhielt, denn bei seinen Geschäften fühlte er sich nur mit Leuten sicher, die auch darin verwickelt waren. Aber ich würde darauf bestehen, nach Jersey mitzufliegen, um auf Conor aufzupassen und nicht zu versagen wie bei Cormac. Danach würde ich für immer aus seinem Leben verschwinden.

Der Mann in der schwarzen Lederjacke bettelte wieder diskret vor dem Mater Hospital. Ich starrte zu den Fenstern hinauf, hinter denen Phyllis im Sterben lag. Wenn mein Vater mich nicht überredet hätte, mich nach Cormacs Tod in Glasgow auf dem Flugplatz mit ihr zu treffen, wäre ich vielleicht nie untergetaucht. Ich hatte immer alles Mögliche unternommen, um nirgends mit ihr allein sein zu müssen, denn sie war nicht bloß eine Hassfigur geworden, sondern ich gab ihr die Schuld für all meine Schwächen.

Und doch fühlte ich mich jetzt so allein, dass es all meine Willenskraft erforderte, nicht durch die Rauchglastür des Krankenhauses zu gehen. Obwohl der Hass unsere einzige

Gemeinsamkeit war, hätte mir Phyllis, wenn ich neben ihrem Bett gestanden hätte, bestimmt in die Augen geblickt und unseren gleichen Rang in der Gemeinschaft der wahrhaft Schuldigen erkannt.

Als der Wecker mich nach zwei Stunden in meinem Hotel aus dem Schlaf riss, fühlte ich mich schlapp und ausgelaugt. Doch um acht Uhr stand ich wieder vor Ebuns Gebäude und klingelte überall, damit mich irgendjemand reinließ. Schließlich hörte ich Schritte und eine Frauenstimme rief etwas in einer Sprache, die ich nicht verstand. Ich klopfte hartnäckig und nach kurzem Zögern öffnete die Frau die Tür.

»Ebun«, sagte ich. »Ich will zu Ebun.«

Sie starrte mich verständnislos an und versuchte, die Tür wieder zu schließen, wich aber aus Angst, ich könnte sie angreifen, zurück, als ich den Fuß in die Tür stellte. Sie wiederholte ihre Worte noch einmal und blickte über die Schulter in den leeren Flur, um zu sehen, ob ihr jemand zu Hilfe kam. Es machte mich wütend, dass sie kein Englisch sprach, dass sie in dieser Stadt aufgetaucht war, in der die Leute mich eigentlich hätten verstehen müssen, und mir klarmachte, wie verloren ich war.

»Ebun!« Ich deutete nach oben, doch sie schüttelte den Kopf und kauerte sich an die Wand, als ich vorbeifegte. Ohne die Kontoauszüge konnte ich nichts unternehmen. Ich wollte sie jetzt einfach wiederhaben und tun, was getan werden musste. Das Haus war mir noch nie so leer vorgekommen, meine Schritte hallten laut, als ich die Treppe hinaufstieg, und ich wusste bereits, dass weder Ebun noch Lekan oder Niyi da waren. Ich klopfte mehrmals und behielt die ängstliche Frau im Flur im Auge. Wenn Männer kamen, die ihre Sprache beherrschten, konnte ich in Schwierigkeiten geraten. Ich hämmerte ein letztes Mal an Ebuns Tür, erfüllt von der unbestimmten Vorahnung, dass sich allmählich alles meiner Kontrolle entzog, lief dann an der Frau vorbei nach unten und wieder auf die Gardner Street hinaus.

Viertel nach acht. Um welche Uhrzeit würde Conor ins Oliver Twist gehen? Miriam ließ ihn in den Ferien doch bestimmt nicht jeden Abend ausgehen? Ich merkte, wie scheinheilig es war, ihre elterlichen Fähigkeiten in Frage zu stellen, aber ich wollte, dass er an diesem Abend nicht dort hinging. Nicht, dass Slick McGuirk eine Schwulenbar betreten würde – er hatte zu große Angst davor, was er dort vielleicht über sich erfahren würde. Doch ich konnte mir vorstellen, dass er draußen im Wagen wartete und alles beobachtete.

Als ich die lange, schnurgerade Whitworth Road entlangging, hörte ich, wie weit hinter der Mauer, die die Straße säumte, ein Zug über die Gleise fuhr. Der Billardsaal, in dem Cormac früher gern gespielt hatte, befand sich immer noch in einer Gasse neben dem Kanal an der Cross Guns Bridge. Hinter den Zaun des alten Waisenhauses hatte man neue Wohnblocks gezwängt. Während ich die Gesichter in den oberen Fenstern zu erkennen versuchte, fuhren zwei Busse vorbei.

Die Spirituosenhandlung am Ende der Botanic Road trug einen neuen Namen. Auch der um die Ecke gelegene Botanische Garten hatte sich verändert und der gepflasterte Platz vor dem Eingang, wo früher Autos geparkt hatten, war erhöht worden. Noch weiter in Richtung Cremore traute ich mich nicht. Ich stieg in den ersten Bus, der in die Stadt fuhr, sah nach, ob Conor oben saß, und stieg an der nächsten Haltestelle wieder aus. Dasselbe tat ich bei den nächsten beiden Bussen. Auf den vierten Bus musste ich zwanzig Minuten warten, ich zitterte vor Kälte und wusste nicht einmal genau, ob ich Conor nicht bereits verpasst hatte.

Doch als der Bus um Viertel nach zehn kam, saß er oben. Ich sah, wie er, überrascht mich zu sehen, misstrauisch durchs Fenster herabblickte. Außer ihm saß niemand im vorderen Teil des Busses. Als ich mich neben ihn setzte, sah er mich an.

»Ich hab gehofft, dich zu finden«, sagte ich.

»Darauf wär ich nie gekommen.« Sein Ton war sarkastisch, aber nicht feindselig.

»Fahr heut Abend nicht in die Stadt, Conor. Lass uns hier irgendwo was trinken.«

Er schüttelte amüsiert den Kopf. »Ich hab dir doch schon gesagt, dass du nicht mein Typ bist.«

»Ich muss wirklich mal richtig mit dir reden.«

Er betrachtete ein Paar im hinteren Teil des Busses, das selbstvergessen dasaß. »Du bist eine verdammte Nervensäge«, murrte er, fühlte sich aber von meiner Aufmerksamkeit so geschmeichelt, dass er das Halteglöckchen betätigte. An der Hart's Corner stiegen wir aus.

»Wohin jetzt?«, fragte er.

Als sein Vater hätte ich nicht unterstützen dürfen, dass er in seinem Alter schon Alkohol trank, doch wir konnten schlecht die ganze Nacht durch die Straßen laufen. Außerdem brauchte ich zur Beruhigung einen Whiskey.

»Gibt's Kavanagh's ... den Gravediggers Pub ... noch?«

Er nickte. Wir gingen in geradezu einträchtigem Schweigen die enge Gasse entlang zum De Courcy Square. Zuerst sah es so aus, als hätten sich die viktorianischen Häuschen gar nicht verändert seit damals, als der Platz einer von Cormacs Lieblingsorten gewesen war, doch aus der Nähe sah ich, dass viele von ihnen modernisiert worden waren, als die alten Bewohner gestorben und junge Intellektuelle eingezogen waren. Ein nicht mehr benutztes Tor zum ältesten Teil des Glasnevin-Friedhofs beherrschte den Platz. Kavanagh's grenzte mit der Rückseite an den Friedhof, aber die Tür, an der die Totengräber früher geklopft und Porter bestellt hatten, war schon lange verriegelt.

Aus dem Saal drang Musik, doch die Bar schien sich seit den achtziger Jahren nicht verändert zu haben, als an der Theke Friedhofsarbeiter, unverbesserliche Witzbolde und Studenten mit einem Schauspieler vom Abbey Theatre zusammengesessen hatten, dessen voll gekritzeltes Exemplar der *Racing Post* unsere gemeinsame Leidenschaft bezeugt hatte.

Als wir eintraten, begann Conor sich unwohl zu fühlen. Ich verstand, warum. Seine Chancen, allein bedient zu werden, waren gering, aber ich winkte ihn zu zwei Barhockern in einer dunklen Ecke und bestellte für uns beide. Der Barkeeper sah mich an.

»Ist er schon achtzehn?«

»Wir feiern gerade seinen Geburtstag. Keine Sorge.«

Er zögerte, entschloss sich dann aber widerwillig, mir zu glauben. Es schien eine Ewigkeit zu dauern, bis er die großen Biere gezapft hatte, und ich stürzte den Brandy hinunter, den ich mir zusätzlich bestellt hatte. Ich blickte zu Conor hinüber. Das erste große Bier, das ein Sohn mit seinem Vater trank, war in der irischen Psyche ein ganz besonderer Augenblick. Einem alten Brauch aus Navan folgend, war mein Vater deshalb in Dublin an meinem achtzehnten Geburtstag mit mir in einen Pub gegangen, doch keiner von uns beiden hatte gewusst, was er zum anderen sagen sollte. Ich brachte die Gläser hinüber, auch wenn ich wusste, dass Conor sich ihrer Bedeutung nicht bewusst war.

»Prost«, sagte er und trank einen Schluck, dann blickte er auf, da er merkte, dass ich ihn aufmerksam betrachtete. »Was ist los?«

»Prost.« Ich nahm ebenfalls einen großen Schluck von meinem Bier.

»Du siehst aus, als ob du dich geprügelt hättest«, sagte Conor. »Worüber willst du mit mir reden?«

»Über deinen Großvater.«

»Warum?«

»Hat er sich aufgeregt, als das Graffiti über dich an deiner alten Schule aufgetaucht ist?«

»Wir haben ihm nichts davon erzählt. Wozu den alten Mann in Aufregung versetzen?«

»Weil das vielleicht der Zweck des Graffitis war. Vielleicht hatte es nichts mit dir zu tun.«

»Das waren bloß ein paar junge Kerle, die rumkaspern wollten.«

»Junge Kerle wissen heutzutage, wie man ›schwul‹ schreibt.«

Conor knallte sein Glas auf die Theke und der Barkeeper schaute zu uns herüber.

»Du bist mir nicht geheuer«, sagte er voller Argwohn. »Mit dir stimmt irgendwas nicht. Ich fahr jetzt in die Stadt.«

»Hör zu ...«

»Jetzt hörst du mal zu. Ich hab dir nicht erzählt, dass ›schwul‹ falsch geschrieben war. Woher weißt du das, wenn du's nicht selbst geschrieben hast? Willst du mir das sagen? Dass du versucht hast, an Granddad ranzukommen?«

»Nein.«

»Und warum misstrau ich dann jedem Wort aus deinem Mund?«

»Du bist in eine Sache verwickelt, von der du nichts weißt, Conor. Man hat dich verfolgt.«

»Einer der Verfolger sitzt gerade vor mir«, warf er ein.

»Ich versuche, etwas in Ordnung zu bringen, das dein Großvater schon vor Jahren hätte regeln müssen.«

»Warum?«

»Weil ich mir Sorgen um dich mache.«

Unsere Stimmen hatten den Geschäftsführer herbeigelockt, der uns ansah und dann dem Barkeeper offenbar einen tadelnden Blick zuwarf. Conor trank sein Glas in einem Zug aus, da er merkte, dass sie uns musterten.

»Ich will jetzt gehen«, sagte er.

Ich leerte mein Glas und folgte ihm nach draußen. Unter einem Auto saß eine Katze, die uns beobachtete, dann loslief und sich durch das Friedhofstor zwängte.

»Ich nehm einen Bus in die Stadt«, sagte Conor, »und ich will, dass du mich in Ruhe lässt.«

»Ich würde dich lieber nach Hause bringen.«

»Ich geh nicht nach Hause, verdammt noch mal.«

»Es ist schon spät.«

»Für dich vielleicht.« Als drei Frauen aus dem Pub kamen und, sich laut unterhaltend, zu einem Wagen gingen, wandte er sich ab.

»Ich war nicht mal in Irland, als das Graffiti an die Wand gesprüht wurde«, sagte ich, als sie vorbeigegangen waren. »Also bitte, lass dich heute Abend nicht im Oliver Twist blicken.«

Die Frauen fuhren davon und wir blieben allein zurück.

»In Ordnung«, sagte er achselzuckend. »Du hast mir den Abend sowieso schon verdorben. Aber du bringst mich bloß bis zur Hauptstraße und kein Stück weiter.«

Eine enge Gasse führte zur Botanic Road. Zum letzten Mal war ich dort mit Cormac und ein paar anderen Leuten entlanggegangen, auf dem Weg zu einer improvisierten Party in der Marguerite Road, zu der wir eingeladen waren. In jener Nacht hatte es geschneit und wir waren ständig ausgerutscht und hatten jedes Mal gelacht, wenn jemand hinfiel. Ich wünschte mir, mit Conor hundert solche gemeinsamen Erinnerungen zu haben, doch er blieb auf Distanz und wäre wohl am liebsten abgehauen. Aber als wir die Hauptstraße erreichten, blieb er an der Ecke stehen.

»Warum versuchst du mir ständig Angst einzujagen?«, fragte er.

»Ich versuche, dich zu beschützen.«

»Wovor?«

»Vermisst du deinen Großvater?«

»Ja«, erwiderte Conor. »Vielleicht liegt es daran, wie er ums Leben gekommen ist, aber manchmal kommen mir immer noch die Tränen.«

»Hast du ihn gut gekannt?«

Conor zuckte mit den Achseln. »Er war mein Großvater, oder?«

»Das ist nicht dasselbe.«

Conor beobachtete, wie ein Bus von der Haltestelle auf die Straße fuhr. »Ich glaube, ich hab ihn gekannt«, sagte er schließlich, »auch wenn wir nie ein richtiges Gespräch wie Erwachsene geführt haben. Für ihn bin ich immer acht Jahre alt geblieben. Wenn ich ihm als Kind im Garten geholfen hab, hat er immer eine Tüte Schokolinsen vergraben, die ich mit meiner Plastikgabel suchen musste. Dann hat er gelacht und gesagt, die Feen hätten sie dort versteckt. Im Garten hat er immer mit mir gespielt und Streiche ausgeheckt. Mum sagt, dass sich nach dem Tod meines Vaters für ihn alles verändert hat. Andere Leute hatten es stets eilig, aber Granddad nahm sich Zeit zum Spielen, egal was. Ich glaube, Dads Tod hat ihn sehr mitgenommen. Davor kann ich mich kaum an ihn erinnern, ich weiß nicht mal, ob er mir viel Beachtung geschenkt hat. Aber danach waren wir uns eine Zeit lang so nah, dass es fast beängstigend war. Er hat nie von Dad gesprochen, aber manchmal, wenn er mir einen Rechen gab, sagte er: ›Halt mal, Brendan‹, und merkte nicht mal, dass er's gesagt hatte.« Conor sah mich an. »Was ist los?«

»Nichts.«

Weiter vorn traten ein paar Jugendliche aus einem Pub in den Verkehrsstrom hinaus. Einer rief uns etwas zu.

»Keine Sorge«, sagte Conor, »sie kommen nicht in unsere Richtung. Außerdem sehen wir nicht verdächtig aus. Bei meinem Coming-out hab ich gedacht, alle Welt guckt mich an und stürzt sich jeden Moment auf mich.«

»Hast du es deinem Großvater erzählt?«

»Ich wollte ihn nicht enttäuschen. Das klingt fürchterlich, als müsste man sich fürs Schwulsein schämen. Aber Granddad hat mir das Gefühl gegeben, was Besonderes zu sein, und ich wusste, dass er und Onkel Cormac sich vor Jahren zerstritten hatten. Ich glaube, Grandma wusste sogar eher Bescheid als ich, aber sie war anders. Vielleicht lag es daran, dass Cormac nicht sein eigen Fleisch und Blut war …«

»Das ist eine weitere Lüge, die sie dir aufgetischt haben.« Meine Wut richtete sich zum Teil gegen mich selbst, weil ich zu dumm gewesen war, um die Wahrheit schon vor Jahren herauszufinden.

»Was willst du damit sagen?« Mein Ton beunruhigte Conor. »Und was kümmert dich das überhaupt?«

»Cormac war sein Sohn«, erwiderte ich, »er war dein Halbonkel. Aber Phyllis ist nicht mit dir verwandt. Sie war seine Geliebte in Dublin, während deine leibliche Grandma in Navan betrogen wurde.«

Eine Schar Halbwüchsiger tauchte auf der anderen Straßenseite auf und wartete, Dosenbier trinkend, an der Fußgängerampel darauf, die Straße überqueren zu können. Conor schaute hinüber.

»Lass meine Grandma in Frieden«, zischte er, »und mich auch.«

Er ging davon und machte deutlich, dass ich ihm nicht folgen sollte. Die Ampel sprang um und die Jugendlichen überquerten die Straße und folgten Conor den Weg entlang. Seine gekrümmten Schultern hatten etwas Unmännliches. Er hatte denselben Gang wie Cormac, wenn er aufgeregt und verletzlich gewesen war. Die gemurmelte Bemerkung eines Mädchens wurde mit einem Lachen beantwortet, das etwas Bedrohliches hatte.

Sich laut unterhaltend, holten sie langsam auf, die Mädchen kreischten und die Jungs versuchten, sich gegenseitig in ihrem Wagemut zu überbieten. Conor drehte sich um, womit er ihre Aufmerksamkeit noch mehr auf sich zog, und ging dann ein bisschen schneller. Auf der anderen Straßenseite hielt ein Taxi und es stiegen zwei Mädchen aus, die den bewundernden Pfiff eines Jungen aus der Schar auf sich zogen. Conor drehte sich erneut um.

Ein Mädchen wandte sich um, sah mich und sagte irgendetwas. Mir ging noch immer das Bild im Kopf herum, wie Conor und mein Vater im Garten Schokolinsen suchten und miteinander spielten, was mein Vater und ich nie getan hatten. An der Ampel vor dem Spirituosenladen strömten Autos vorbei und Conor musste stehen bleiben. Die Schar war jetzt fast bei ihm angelangt. Ich schnappte mir eine Bierflasche, die jemand auf den Gehsteig geworfen hatte, und lief los, bereit, sie notfalls kaputt zu schlagen und als scharfkantige Waffe zu benutzen. Doch die Jugendlichen gingen einfach an ihm vorbei und die Mobhi Road entlang in Richtung Ballymun.

Conor überquerte die Straße. Er zitterte, aber ich wusste nicht, ob das an den Jugendlichen lag oder daran, was ich gesagt hatte. Er drehte sich um, sah, dass ich mit der Hand eine Flasche umklammerte, und ging dann mit schnellen Schritten am Addison Lodge Pub vorbei. Ich ließ die Flasche fallen, lief blitzschnell über die Straße und hörte quietschende Bremsen. Mein eigen Fleisch und Blut hatte genauso viel Angst vor mir wie ich früher vor meinem Vater. Ich hatte ihn schon fast eingeholt, als er anfing zu rennen.

Als er die Botanic Avenue überqueren wollte, hielt ihn ein Wagen auf, der an der Pyramid Church rechts abbog. Als er auf der anderen Straßenseite ankam, drehte er sich um, als wollte er mich herausfordern, ihm zu folgen. Die Straße war frei, doch ich wartete, damit er keine Angst bekam. Dann ging ich ganz langsam auf ihn zu. Hinter der Kirche hörte ich den Fluss, der nach den Regenfällen laut toste.

»Was willst du eigentlich, verdammt noch mal?«

»Reden.«

»Warum? Wer bist du?«

Auf dem Parkplatz am Tolka House Pub hinter der Brücke herrschte großer Andrang, da viele Autofahrer vorbeikamen, um noch etwas zu trinken. »Nicht hier«, sagte ich. »Gehen wir zum Fluss runter.«

»Das ist doch nicht dein Ernst, Mann.«

Sein Ton ärgerte mich. »Du weißt, dass ich das nicht so gemeint hab.«

»Woher soll ich wissen, was du gemeint hast? Du bist mir nicht geheuer und du wärst nicht der erste alte Knacker, der mich dazu überreden will, dass ich ihm aus Mitleid einen runterhole.«

Conors bewusster Versuch, mich zu schockieren, machte mich wütend. Als ich ihn an der Jacke packte, versuchte er, sich loszureißen.

»Lass mich los oder ich schreie.«

»Hör mir mal gut zu«, zischte ich und zog ihn näher heran. »Ich will nichts dergleichen und ich hab's satt, dass du mir das ständig unterstellst. Wir machen einen Spaziergang am Fluss und du hörst dir an, was ich dir zu sagen hab.«

Ich ließ ihn los. Conor nickte bedächtig. »Aber nicht zusammen«, betonte er. »Nicht, wenn Leute da sind. Du gehst vor, ich komme nach.«

Er drehte sich um und ging, ohne meine Antwort abzuwarten, in die Richtung, aus der er gekommen war. Ich ging weiter, an der Kirche mit ihrer Grotte vorbei und über die Brücke, und bog dann in den Mobhi Drive. Als ich mich umdrehte, war Conor nirgends zu sehen. Die langen Stufen waren steil und führten zu einem schmalen Pfad, der durch eine von Sträuchern überwucherte Böschung von der Straße getrennt war. Von oben konnte niemand sehen, wer sich hier unten befand, und hier unten konnte niemand mit Hilfe rechnen, falls die falschen Leute auf ihn warteten. Aber an diesem Abend fanden am Flussufer keine Apfelweinpartys statt.

Meine Hände zitterten noch, weil ich Conor vor Wut gepackt hatte, obwohl ich ihn am liebsten umarmt hätte. Unter der Brücke sah ich im Botanischen Garten auf der anderen Seite ein Wehr aufblitzen. Ich wartete und horchte auf den oben vorbeibrausenden Verkehr, überzeugt, dass Conor nicht kommen würde, doch als ich aufblickte, sah ich, dass er mich von der untersten Stufe aus beobachtete. Er blickte verstohlen den Pfad entlang, bevor er näher kam. Konnte er sich nicht mehr daran erinnern, wie sein Vater ausgesehen hatte? Ich wusste, dass ich jetzt anders aussah, aber wir hatten uns einmal sehr nahe gestanden. Je mehr ich mich von Miriam entfremdet hatte, je mehr Mahlzeiten wir in sprödem Schweigen eingenommen hatten, je öfter ich gesehen hatte, dass sie beim Kartoffelschälen ihren Ehering abzog und stundenlang auf der Abtropffläche liegen ließ, als hoffte sie, ihn zu verlieren, umso wichtiger war Conor für mich geworden. Als Kind hatte er die unausgesprochenen Spannungen gespürt und hatte sich an mich geklammert, wenn ich abends im Bett mit ihm schmuste, damit ich nicht wegging.

Jetzt sehnte ich mich danach, ihn zu umarmen. Doch ich wusste, dass schon die leiseste Bewegung ihn verscheuchen konnte. Im Mondschein sah sein Gesicht noch ganz kindlich aus. Für den Fall, dass er flüchten musste, blieb er in sicherem Abstand stehen.

»Ich liebe dich so sehr.« Die Worte waren mir einfach herausgerutscht, aber er wandte sich nicht ab.

»Du kennst mich doch gar nicht«, erwiderte er leise. »Auch wenn du mich kennen würdest, gäbe es nichts, was ich für dich tun könnte.«

Er versuchte, behutsam zu sein und mich nicht zu verletzen, bemühte sich, älter und erfahrener zu wirken.

»Du begreifst nicht«, sagte ich. »Ich weiß nicht, wie ich's

dir sagen soll. Ich hab Angst, auch noch die Liebe zu verlieren, die du dir für mich bewahrt hast.«

»Wovon redest du überhaupt? Zum letzten Mal, ich kenne dich nicht.« Sein Unbehagen war offensichtlich.

»Denk nach. Bitte. Sieh mich an.« Ich setzte die Brille ab und steckte sie ein. »Du kennst mich. Du konntest dir bloß nicht vorstellen, mir noch mal zu begegnen.«

Diesmal antwortete er nicht. Er hatte einen fragenden Blick aufgesetzt und sah plötzlich aus, als hätte er Angst.

»Dein Vater und dein Großvater haben sich nicht nahe gestanden. Zumindest, nachdem er wieder geheiratet hatte. Danach hat dein Großvater ein neues Leben geführt, es hat ihn nicht interessiert; oder wenn doch, dann konnte er's nicht zeigen. Er war in alle möglichen Widersprüche verstrickt, in die Habgier jener Schnapp-dir-was-du-kriegen-kannst-und-beseitige-alle-Spuren-Welt, in der er Barney Clancys Schoßhund war. Ich hab ihn gehasst und doch geliebt. Ich hab mich nach seiner Achtung gesehnt und doch hätte ich ihn am liebsten umgebracht. Ist es denn ein Wunder, dass ich ein so miserabler Vater war, wo ich bloß ihn als Vorbild hatte?«

Conor sagte immer noch nichts. Ich spürte, dass er sich verzweifelt bemühte, meine Worte zu begreifen.

»Du erkennst doch bestimmt deinen Vater wieder?«

»Warum?« Er sprach das Wort so leise aus, dass ich es kaum hörte. Ich biss mir auf die Lippe und wäre am liebsten auf ihn zugegangen, wusste aber nicht, ob er nicht weglaufen würde.

»Warum?« Seine Stimme war jetzt etwas lauter als ein Flüstern. »Du Mistkerl.«

»Ich hab nie aufgehört, dich zu lieben.«

»Warum denkst du dir diese Lügen aus?«

»Sieh mich an. Ich hatte einen Bart und meine Haare waren nicht rot. Aber du hast meine Augen und meine Stirn. Siehst du denn gar keine Ähnlichkeit?«

Conor trat einen Schritt vor und drängte mich gegen die Mauer, sein Gesicht nur wenige Zentimeter von meinem entfernt, während er mich in einer Mischung aus Angst und Ungläubigkeit anstarrte. Ich wusste nicht, ob er mich küssen oder anspucken wollte.

»Ich kenne dich nicht«, flüsterte er.

»Du hattest eine rote Decke, die hast du Joe Deckel genannt. Die hattest du überall dabei. Wir mussten sie waschen und trocknen, wenn du geschlafen hast. Die Ecke im Garten, die an das Grundstück von Boylan grenzte, war deine Werkstatt, da hast du dein Plastikwerkzeug in einer Kiste aufbewahrt und stundenlang das gelbe Auto repariert, das wir dir gekauft hatten. An deinem sechsten Geburtstag bist du vor der Wettannahme in Artane gestürzt, als ich gerade eine Wette abschloss. Du musstest mir versprechen, deiner Mutter zu erzählen, dass es auf dem Spielplatz in Stephen's Green passiert ist. Über deiner Schläfe sind drei winzige Stiche, aber wenn du kahl wirst wie dein Großvater, ist die Narbe längst verschwunden.«

»Dad?« Kaum ein Flüstern, und doch waren es die schönsten Worte, die ich je gehört hatte.

»Ich bin nach Hause gekommen, mein Sohn.«

»Wer sagt, dass das geht?« Conor wich zurück und bemühte sich, seine Gefühle im Zaum zu halten. »An meinem vierzehnten Geburtstag hab ich mir in der National Library die Zeitungsberichte über das Zugunglück angesehen. Bis dahin konnte ich mich nicht damit abfinden, dass er tot ist. Ich hatte immer die heimliche Hoffnung, dass er wieder auftauchen würde, dass er das Zugunglück überlebt, aber das Gedächtnis verloren, alles verloren hatte. Aber als ich die Zeitungen gelesen hab, hab ich mich schließlich damit abgefunden, dass er tot ist, denn das Feuer in dem Zug konnte niemand überleben. Du bist nicht mein Vater.«

»Du weißt, dass ich es bin. Ich hab mich in den Zug gesetzt, bin aber wieder ausgestiegen. Ich kann's nicht erklären, aber ich glaube, Cormac hat mich an diesem Tag geleitet.«

»Du Mistkerl.« Er war jetzt in Tränen aufgelöst. »Du verdammter Scheißkerl. Du ...«

Jemand kam die Stufen hinuntergestapft. Der Mann blieb stehen und wir hörten, wie er in den Büschen sein Wasser ließ. Jemand rief und die Füße stiegen wieder die Treppe hinauf. Conor schien unter Schock zu stehen, denn unser Gespräch glich einem surrealistischen Alptraum, aus dem es für ihn kein Entrinnen gab.

»Ich wusste vom ersten Augenblick an, dass das, was ich getan hab, falsch war«, sagte ich. »Aber ich hatte eine Lüge in Gang gesetzt und plötzlich war es zu spät, um damit aufzuhören.«

»Warum?«

»Weil deine Mutter und ich ... wir waren am Ende ... nicht nur finanziell. Ich wollte euch beiden so viel geben, doch es kamen immer nur Kummer und Schulden heraus. Ich hab mich so angestrengt, ein guter Vater zu sein, dass ich alles verpfuscht hab ...«

»Du warst doch gar nicht da, um es zu versuchen.« Seine Verbitterung wirkte noch größer, weil er ganz leise sprach.

»Als ich noch da war, hast du Orte kennen gelernt, die du nie hättest kennen lernen dürfen«, sagte ich. »Buchmacherläden, Geldverleiher, die hinter mir her waren. Ich hab dich mit Kartoffelchips bestochen, damit du vor dem Pfandhaus sitzen bleibst und deiner Mutter hinterher nichts erzählst.«

»An meinem Geburtstag bin ich auf dem Spielplatz in Stephen's Green gestürzt«, beharrte Conor. »Ich weiß noch, dass ich von der Rutsche gesprungen und auf dem Beton aufgeschlagen bin.«

»Es war vor einem Buchmacherladen in Artane. Du wolltest nicht aufhören, nach deiner Mutter zu rufen. Ich hab dich ins Mater Hospital gebracht und auf der Unfallstation eine Schwester gebeten, einen Augenblick auf dich aufzupassen. Sie hat gedacht, ich geh auf die Toilette. Ich bin aber zu dem Buchmacher gerannt, um zu sehen, welchen Platz mein Pferd belegt hat. Danach bin ich mit dir nach Stephen's Green gegangen, hab dir Bonbons und ein Eis spendiert und dir die Rutsche gezeigt. Wir haben den Unfall durchgespielt und uns die Geschichte ausgedacht.«

»Ich hätte meine Mutter nie angelogen.«

»Du hast aus Liebe zu mir gelogen. Das war eine Sache unter Männern.«

Conor setzte sich auf die niedrige Mauer, lehnte sich an die frei liegenden Wurzeln eines Baumes und zog seine Zigaretten hervor.

»Kann ich auch eine haben?«, fragte ich, als er sich eine anzündete.

»Kauf dir selbst welche.«

»Ich versuche dir zu sagen, wie es war und wie es auch weitergegangen wäre. Wenn ich geblieben wäre, hätten sie uns das Haus weggenommen. Was ich getan hab, war das Einzige, was ich für euch tun konnte. Durch meinen Tod konnte ich euch mehr Geld verschaffen, als ich im ganzen Leben verdient hätte.«

»Ist das alles, wovon du reden kannst?«, fragte er. »Hat sich dein ganzes Leben bloß um Geld gedreht?«

»Nein.« Ich setzte mich, achtete aber auf den nötigen Abstand. »Es ging um meinen Status, um Selbstachtung, ich wollte beweisen, dass ich nicht bloß ein verfluchter Hühnerfurz in einem Schuppen war. Wetten, dass Phyllis dir nichts von meinen Qualen erzählt hat, hm, davon, wie sie mich behandelt haben? Plötzlich bot sich mir die Gelegenheit, zu beweisen, dass ich im Leben ausnahmsweise mal vorankommen konnte. Es war Betrug, aber in der Welt, in der ich aufgewachsen bin, war Betrug mehr wert als alles andere. Dads Freunde haben kaum von was anderem gesprochen. Betrüge den Grafschaftsrat, das Finanzamt, den Steuerprüfer, deine Frau, deine Freunde, deine Nachbarn, dich selbst. So gewann man Respekt, je gerissener, desto besser, je hinterhältiger man war, umso weiter brachte man es. Für die Leute in Navan war ich ein Niemand, aber ich hab einen größeren Betrug durchgezogen, als sie sich je träumen ließen. Es war wie die Summe all meiner Träume, wie ein Adrenalinstoß, so stark, dass ich endlich frei war.«

»Frei von mir und Mum«, sagte Conor. »Frei, um abzuhauen, während ich nachts um dich geweint hab.«

»Nein«, entgegnete ich. »Frei von dem Fluch, ich selbst zu sein. Das ganze Leben lang hab ich mich nach einem bestimmten Ort gesehnt.«

»Welchem denn?«

»Valparaiso.«

Conor verdrehte die Augen. *»Was?«*

»Ich glaube, es liegt in Chile, aber es ist kein realer Ort. Ich meine, es ist real, aber auch wieder nicht. Es ist ein irisches Gedicht, das wir in der Schule gelernt haben, und handelt von einem Mann, der ein Schiff sieht und am liebsten aus der Welt flüchten würde, in der er gefangen ist, um als anderer Mensch ein neues Leben anzufangen.«

Conor zog nachdenklich an seiner Zigarette. »Du hast uns wegen eines Gedichts sitzen lassen?«

»Als ich wieder einen vernünftigen Gedanken fassen konnte, war es zu spät. Wenn ich mich mit deiner Mutter in Verbindung gesetzt hätte, hätte ich sie zu meiner Helfershelferin gemacht.«

Conor stand auf und warf die halb gerauchte Zigarette ins Wasser. »Und warum bist du dann nicht tot geblieben, damit ich wenigstens Achtung vor dir haben könnte?«

»Conor ...« Ich stand ebenfalls auf.

»Komm bloß nicht näher, sonst schmeiß ich dich in den verdammten Fluss.«

»Ich hab nie aufgehört, dich zu lieben.«

»Das ist mir scheißegal, Mann.« Er hatte die Schultern hochgezogen, als hätte ihn jemand geschlagen. »Auch ohne dein Auftauchen ist schon alles schlimm genug.«

»Ich bin gekommen, um alles in Ordnung zu bringen.«

»Wovon redest du überhaupt?«

»Es war kein Verbrecher, der ins Haus deines Großvaters eingebrochen ist. Du bist in eine Sache verwickelt, die schon vor Jahren hätte geregelt werden müssen. Deshalb wollte ich nicht, dass du heute Abend in die Stadt fährst. Sie wissen, dass du gern ins Oliver Twist gehst.«

»Wer sind *sie*, verdammt noch mal? Warum versuchst du mir ständig Angst einzujagen?«

»Ehemalige Komplizen deines Großvaters. Je weniger du von ihnen weißt, umso besser. Einer von ihnen glaubt, dass dein Großvater ihn betrogen hat.«

»Und stimmt das?«

»Ich war's ... und Cormac ... ohne es zu wissen ... wir haben meinem Vater die Schuld in die Schuhe geschoben.«

»Warum?«

»Herrgott, Conor, wenn du älter bist, wird dir klar sein, dass es nicht immer ein Warum geben muss. Jetzt kann ich mit deiner Hilfe einen Pakt schließen.«

»Du meinst, du bist bloß aufgetaucht, weil du noch einen Betrug durchziehen willst?«

Es tat weh, dass seine Beschuldigung nicht ganz unzutreffend war.

»Ich hab Valparaiso nicht gefunden«, sagte ich, »nur eine Reihe von Jobs und Wohnungen in Städten, in denen ich mich nicht zu Hause gefühlt hab. Ich hab mich versteckt gehalten und ständig über die Schulter geblickt. Aber du könntest wirklich reisen, irgendwohin, wo du schon immer mal sein wolltest. Ich will, dass du so viel Geld hast, dass du überallhin kannst.«

»Und du gibst mir das Geld?«

»Sieh es als ein Geschenk deines Großvaters an, der es auf seine Art verdient hat.«

»Wie denn?«

»Du brauchst bloß zu wissen, dass auf Jersey bei einer Bank unter deinem Namen Geld liegt.«

»Du meinst, es gehört mir?«, fragte Conor.

»Du kriegst dreißig Prozent davon.«

»Warum läuft es dann auf meinen Namen?«

»Vertrau mir«, sagte ich.

»Das klingt ja toll aus dem Mund eines Spielers. Und du kriegst den Rest, ist es das?«

»Ich kriege einen Pass, damit ich aus deinem Leben verschwinden und dich in Ruhe lassen kann.«

»Dann tu genau das«, sagte Conor wütend. »Leck mich. Und das Geld ist mir auch scheißegal.«

»Mein Junge ...«

»Nenn mich nicht so. Das Recht hast du verwirkt.«

»Ich versuche, es mir wieder zu verdienen.«

»Ein bisschen spät«, zischte Conor. »Wo warst du, als ich rausfinden musste, was mit meinem Körper los ist? Als ich jahrelang auf Mums Schmerz Rücksicht nehmen und deinen Platz einnehmen musste? Du verdienst es dir nicht, indem du Phyllis bestiehlst. Wenn Granddad Geld hinterlassen hat, gehört es vor allem ihr und dann erst dir und Tante Sarah.«

»Ich will's nicht haben.«

»Und wie kommst du darauf, dass ich's haben will? ›Der es auf seine Art verdient hat.‹ Du meinst, es stammt aus krummen Geschäften und die Gerüchte über ihn stimmen. Du bist bloß zurückgekommen, um mich und Mum auf dein Niveau runterzuziehen.«

»Lass meine Frau aus dem Spiel.«

Einen Augenblick lang dachte ich, Conor würde mich schlagen. »Sie ist nicht deine Frau, verdammt noch mal, sie ist deine Witwe.« Er hörte Schritte auf der Brücke und senkte die Stimme. »Es stimmt, was man sagt«, zischte er.

»Was denn?«

»Der Apfel fällt nicht weit vom Stamm. Für euch beide war Geld der wirkliche Gott.«

»Wir sind ganz verschieden«, entgegnete ich. »Du hast keine Ahnung, wie er mich behandelt hat. Ich will bloß, dass du kriegst, was dir zusteht.«

Conor lachte abfällig. »Mir steht gar nichts zu. Du hast gesagt, es ist heißes Geld. Bestechungsgeld oder wer weiß was.«

»Er hat nie einen Penny für sich beansprucht. Eine ganze Reihe von Leuten hat ihn benutzt. Damals war niemand unschuldig, das ganze Land hat faule Geschäfte gemacht. Er war ein Mann seiner Generation.«

»Und du bist ein Mann deiner Generation«, spottete Conor. »Ich will mich nicht an euren Betrügereien beteiligen, also hau ab und bleib tot!«

»Ich bin dein Vater.«

»Ich hab bloß eine Mutter und eine Grandma, sonst nichts.«

»Sie ist nicht deine Grandma«, sagte ich.

»Mehr, als du je mein Vater sein wirst.«

»Dann sieh zu, dass du mich loswirst. Tu's meinetwegen, wenn schon nicht deinetwegen. Ich wollte dich nie um etwas bitten, aber ohne einen neuen Pass fliege ich auf. Dein Großvater hat die Konten unter deinem Namen eingerichtet, nicht ich. Der Mann, dem das Geld gehört, ist brutal. Es war dieser Scheißkerl, der in der Nacht, als dein Granddad ums Leben kam, in Cremore eingebrochen ist, und er hat auch versucht, dich in diesen Wagen zu locken. Du bist der einzige Mensch, der an diese Konten rankommt, und er lässt dich erst in Ruhe, wenn du das Geld abgehoben hast. Ich versuche, dich und deine Mutter zu schützen. Wenn du das tust, verspreche ich, zu verschwinden und dafür zu sorgen, dass du genug Geld hast, um zu sein, was immer du willst.«

»Ich brauche mir kein neues Leben zu kaufen«, fauchte Conor. »Ich hab schon eins, von dem du nicht das Geringste weißt!«

»Vielleicht weiß ich mehr, als du denkst«, entgegnete ich. »Ich hab gesehen, wie du Charles in deinem Zimmer den Schwanz gelutscht hast.«

»Wann?« Plötzlich bekam Conor wieder Angst.

»Ich war derjenige, der euch am Sonntagabend gestört hat.«

»Du hast uns bespitzelt?«

»Ich wusste nicht, dass ihr dort wohnt. Ich hab die Bankcodes gesucht, die sie nicht finden konnten.«

»Dann machst du also nach allem, was sie Granddad angetan haben, gemeinsame Sache mit ihnen?«

»Ich hasse sie mehr, als du es je tun wirst.«

»Dann geh zur Polizei.«

»Wie soll ich das machen? Ich existiere doch gar nicht.«

»Ich aber.« Conors Stimme war leise, hatte aber einen harten Unterton. »Ich krieg die Scheißkerle dran.«

»Das ist nicht so einfach.«

»Vielleicht nicht für dich. Aber ich hab mir am Tag meines Coming-outs geschworen, dass ich mit allen Arschlöchern und Stänkerern fertig werde.«

»Dein Großvater hat zu ihnen gehört. Vor Gericht wären Dinge ans Licht gekommen, die er lieber unter der Decke gehalten hätte. Ich kann ihn nicht wieder lebendig machen und ich will nicht, dass du in noch größere Gefahr gerätst.«

»Was willst du, wenn's um Mum geht?«

»Was ich immer gewollt hab. Dass sie glücklich ist.«

»Soll das ein Witz sein?«

»Anfangs waren wir glücklich. Sie war was Besonderes

und hat auch mir das Gefühl gegeben, was Besonderes zu sein. Dieses Gefühl hab ich nicht gekannt.«

»Sie hat was Besseres verdient, als betrogen zu werden.«

»Es war damals ein anderes Land, Conor, ein Land ohne Hoffnung. Ich hab dich so sehr geliebt und wollte nicht, dass du noch mal bei meinen Betrügereien mitmachen musst. Du solltest nie wieder lügen müssen. Ich hab dich mehr geliebt als sie, das hat sie mir übel genommen. Ich wusste, dass sie mich verlassen würde, wenn sie herausfand, wie hoch wir verschuldet waren. Dann würde ich kleinlaut dastehen und um die Erlaubnis kämpfen, dich am Wochenende für ein paar Stunden zu sehen. Ich hätte es nicht ertragen, dass du in meiner Nähe lebst und doch unerreichbar bist, drum hab ich verzichtet und ihr alles überlassen.«

Ich weiß nicht, was für eine Antwort ich erwartet hatte. Ich hatte diesen Augenblick schon tausendmal durchlebt, wenn wir uns in meiner Vorstellung zufällig in Hotelhallen oder in Zügen begegnet waren. Vater und Sohn, die sich wieder erkannten und unwillkürlich zueinander hingezogen fühlten. Eine Hand, die über den Tisch gestreckt wurde. Aber jetzt kam ich mir verächtlich vor, als würde ich vor Conor auf der Anklagebank sitzen.

»Ich glaub dir nicht.« Seine Stimme klang ganz sachlich. »Du bist aus egoistischen Gründen abgehauen und eigentlich bist du bloß wegen deinem kostbaren Pass zurückgekommen. Alles andere ist Blödsinn, da machst du dir bloß was vor. Du bietest mir bloß Blutgeld an, aber vielleicht hätte ich lieber einen Vater. Gemeinsam wären wir mit diesen Männern fertig geworden. Vielleicht hätt ich dich auf den Tod nicht ausstehen können und dir wär's mit mir genauso gegangen. Aber wir hätten's rausfinden können, wenn du ganz einfach dich angeboten hättest und nicht so einen billigen Schwindel.«

»Ich habe nichts anzubieten«, sagte ich. »Im Grunde meines Herzens war ich immer bloß ein Feigling und ein Niemand.«

»Du bist mein Vater. Der einzige, den ich habe. Weiß Mum, dass du wieder da bist?«

»Ich wollte sie nicht in die Sache mit reinziehen.«

»Eine Sache unter uns Männern, was? Nichts hat sich geändert, nur dass das Bestechungsgeld nicht mehr aus einer Tüte Kartoffelchips vor dem Buchmacherladen besteht.«

»Das stimmt doch nicht.«

»Nein. Diesmal willst du, dass ich reingehe und die Wette für dich abschließe. Woher stammt das Geld?«

»Es ist das Öl, mit dem das Land zwanzig Jahre lang geschmiert wurde.«

»Dann gib es zurück.«

»Wem denn?«, fragte ich. »Alle waren beteiligt, wie bei einem Krebsgeschwür, das das ganze Land zerfrisst.«

»Warum willst du's dann mir geben?«

»Damit wir die Sache begraben und uns mit was anderem beschäftigen können. Damit du noch mal von vorn anfangen kannst.«

»Und damit du weiter davonlaufen kannst.«

»Du weißt nichts über mich.« Ich war den Tränen nahe.

»Ich weiß, dass ich jahrelang wach gelegen und dich vermisst hab. Ich hatte Alpträume, in denen es um deinen Tod ging. Ich hab um dich getrauert, und sie auch. Mum hat vielleicht nicht drüber gesprochen. Aber sie hat mich dazu erzogen, dich zu achten, und ich weiß, dass ihre Trauer echt war, und auch ihre Schuldgefühle, weil sie geglaubt hat, sie hätte dich vielleicht nicht genug geliebt. Aber das hast du vermutlich in deiner Bilanz beglichen, mit soundso viel tausend für Mums Trauer und soundso viel tausend für meine verkorkste Kindheit.«

»Das stimmt nicht.«

»Ich bin mit ergaunertem Geld aufgewachsen und jetzt

forderst du mich auf, mir noch mehr davon zu nehmen. Geh dahin zurück, wo du hergekommen bist, denn hier will niemand was von dir wissen.«

Er ging auf die Stufen zu. Ich wusste, dass er es kaum erwarten konnte, wegzukommen und Charles im Oliver Twist zu treffen. Die beiden zusammen im Bett, wo Charles ihm die Tränen abwischen würde.

»Sag deiner Mutter nicht, dass ich noch am Leben bin«, bat ich.

Conor blieb auf der untersten Stufe stehen. »Sie hat schon genug durchgemacht.«

»Ich bringe die Sache in Ordnung. Aber du musst auf dich aufpassen. Da draußen gibt es Männer ...«

»Richtige Männer«, sagte er. »Männer, die die Mörder ihres Vaters nicht frei rumlaufen lassen würden.«

»So einfach ist das Ganze nicht«, sagte ich erneut.

»Das ist der Unterschied zwischen uns. Ich glaube, dass es so einfach ist.«

Er stieg die Stufen hinauf, ohne sich umzudrehen. Diesmal ließ er nicht einmal einen Zigarettenstummel zurück, an den ich mich klammern konnte.

Nachdem Conor gegangen war, saß ich eine halbe Stunde lang auf der niedrigen Mauer am Fluss und wünschte, ich hätte ihm über das Zugunglück die volle Wahrheit gesagt. Doch wie hätte ich das tun sollen, wo die Wahrheit doch keinen Sinn ergab?

Am Morgen des Zugunglücks hatte ich in Perth in einem Erste-Klasse-Abteil gesessen und darauf gewartet, dass der Zug nach Glasgow abfuhr. Irgendetwas an meinem Äußeren hat wohl auf Probleme hingedeutet, denn die Fahrgäste, die an meinem Fenster vorbeikamen, schauten herein und gingen dann weiter. In Großbritannien verbreiteten sich Gerüchte über eine Wahl, doch ich konnte mich bei der Zeitung, die ich gekauft hatte, auf nichts konzentrieren, nicht einmal auf die Pferde, die in Kempton liefen.

Mit den fünfzehntausend Pfund in meiner Brusttasche fühlte ich mich unwohl. Das Geld würde all meine derzeitigen Probleme in Dublin lösen, falls es mir gelang, es unangetastet nach Hause zu bringen. Doch ich würde schnell wieder Schulden machen.

Als die Polizei am vorigen Abend das Verhör beendet hatte und gegangen war, hatte in Cormacs Wohnung zweimal das Telefon geklingelt. Beim ersten Mal war Alex' Sekretärin am Apparat gewesen und hatte mir angeboten, sich darum zu kümmern, dass Cormacs Leiche nach der Autopsie nach Hause geflogen wurde. Die Frau wirkte todunglücklich und beschämt wegen der tieferen Bedeutung hinter dem Angebot – dass Alex Cormacs Leiche so schnell wie möglich aus Schottland wegschaffen wollte.

Der zweite Anruf kam von meinem Vater in Cremore. Ich wusste, dass Phyllis bei ihm im Zimmer war und ihm sagte, was er mich fragen sollte. Sie würde am nächsten Morgen nach Glasgow fliegen. Mein Vater wollte, dass ich sie am Flughafen abholte und mit ihr nach Perth fuhr. Phyllis gegenübertreten zu müssen, war für mich eine größere Qual, als Cormacs Leiche zu finden. Ich wusste, dass wir uns nichts zu sagen haben würden. Sie würde mich bloß anstarren und insgeheim Gott fragen, warum nicht ich an seiner Stelle gestorben war. Bevor er auflegte, fragte er mich, wie es um das Geld stehe. Ich erstarrte, begriff dann aber, dass er das Geld meinte, das er mir für mein Flugticket gegeben hatte. Ich berührte die fünfzehntausend Pfund auf dem Nachtspind, die ich ein ums andere Mal gezählt hatte. Cormac und Alex hätten sich wahrscheinlich auch dann getrennt, wenn der Ältere von beiden nicht unsere Namen in Des Traynors Büro entdeckt hätte, aber vielleicht nicht zu diesem Zeitpunkt und nicht auf diese Art. Ich war erfüllt von der törichten Empörung, die in Heranwachsenden aufsteigt, wenn sie begreifen, dass ihr Vater auch nur ein Mensch ist. Ich hätte am liebsten in den Hörer gebrüllt und ihm für alles die Schuld gegeben, doch ich verzichtete darauf. Ich sagte bloß, dass ich noch genug Geld hätte und Phyllis am Flughafen abholen würde. Dann wünschte er mir eine gute Nacht und das war das letzte Mal, dass ich seine Stimme hörte.

An jenem Abend machte ich Cormacs Zimmer bis in den letzten Winkel sauber, faltete ein ums andere Mal seine Kleider, berührte seine Hemden und legte mich aufs Bett, wo ich einen blauen Pullover an mich drückte, den er besonders gern getragen hatte. Immer wieder schlug meine Stimmung um. Einmal wollte ich das Zimmer für Phyllis perfekt herrichten, um ihr zu zeigen, dass ich ein vertrauenswürdiger Hüter meines Bruders gewesen war. Und dann wieder wollte ich die Tapete von der Wand reißen und das Zimmer entweihen, wie sie es damals bei meinem Zimmer getan hatte.

Bevor ich zum Bahnhof aufbrach, war das Zimmer blitzsauber, doch als ich im Eisenbahnwagen auf die Abfahrt des Zuges wartete, wurde ich nervös, denn ich war überzeugt, dass noch irgendwas zu erledigen war. Ich öffnete die Tür und blickte den Bahnsteig entlang, der in jenem Augenblick leer war. Mein unerklärliches Unbehagen ließ mir keine Ruhe. Ich hatte etwas Wichtiges übersehen. Ich konnte Phyllis nicht in die Wohnung bringen. Direkt gegenüber befand sich ein Seiteneingang und dort stand ein Handwagen der Post, von dem ein paar Männer Pakete eingeladen hatten. Ich sagte mir, dass ich auch den Zug nehmen konnte, der eine Stunde später fuhr, und trotzdem noch rechtzeitig am Flughafen sein würde. Doch vielleicht wusste ich im Grunde meines Herzens, dass ich nicht den Mut aufbringen würde, Phyllis gegenüberzutreten. Ich zögerte kurz, sprang dann auf den Bahnsteig, schwang mich über die Absperrung und ging durch den Seiteneingang hinaus. Der Güterbahnhof war verlassen und links befand sich ein Tor, von dem ein Weg zur Straße hinunterführte.

Ich versuchte, meine Angst abzuschütteln und nicht zu rennen, doch ich konnte nicht schnell genug zu Cormacs Wohnung zurückkommen. Meine Hand zitterte so stark, dass ich kaum den Schlüssel drehen konnte. Ich weiß nicht, was ich erwartet hatte, aber anfangs kam mir alles normal vor, das Wohnzimmer aufgeräumt, die Küche blitzblank, sogar die Füße der Badewanne glänzten, nachdem ich mitten in der Nacht aufgestanden war und sie poliert hatte.

In seinem Schlafzimmer sah alles unberührt aus. Doch alle Schubladen und die Türen des Kleiderschranks und des Nachtspinds standen weit offen, obwohl ich sie alle sorgfältig geschlossen hatte. Das Zimmer war von herbstlichem Sonnenlicht erfüllt, das mich blendete. Ich hatte Angst, da ich nicht genau wusste, was los war. Etwas sagte mir, dass ich das Fenster öffnen sollte. Draußen war es totenstill, kein Lüftchen regte sich. Ich weiß, dass nichts an mir vorbei ins Zimmer wehte. Aber als ich mich umdrehte, lagen in zufälliger Anordnung fünf Herbstblätter auf dem Teppich, und doch sah das Ganze aus meinem Blickwinkel aus wie ein Boot. Ich kniete mich hin und berührte die verschrumpelten Blätter und da spürte ich Cormac als Kind neben mir. Ich wusste, ich brauchte bloß die Hand nach hinten zu strecken und er hätte mir die gelb und orange verbrannten Blätter zurückgegeben, die ich ihm an dem Nachmittag anvertraut hatte, als Phyllis mich in den Schuppen verbannte.

Am Flussufer waren Schritte zu hören und die Stimme eines Mädchens antwortete einem Jungen. Ich tastete in meiner Tasche nach der Brille aus Fensterglas, warf sie, da ich von der Maskerade genug hatte, in den Tolka und stieg die Stufen zum Mobhi Drive hinauf. Zu Fuß brauchte ich zu Ebuns Wohnung zwanzig Minuten. Wenn nötig, würde ich diesmal die Tür eintreten.

Doch die Haustür des Gebäudes stand sperrangelweit offen. Ich klingelte nicht, sondern stieg die Treppe hinauf, um an ihre Tür zu hämmern. Bereits nach dem ersten Klopfen öffnete mir Lekan, der, als er mich sah, mit kaum verhüllter Enttäuschung reagierte und eine gewisse Vorsicht walten ließ.

»Ich muss zu Ebun«, sagte ich.

Er blickte hinter sich. »Das ist nicht der richtige Augenblick. Vielleicht will sie dich gerade jetzt nicht sehen.«

»E jòó.« Ich rief mit lauter Stimme ins Zimmer und benutzte einen der wenigen Ausdrücke in Yoruba, den ich von ihr aufgeschnappt hatte. »Ebun, es ist wichtig.«

Hinter ihm ertönte eine gedämpfte Stimme und Lekan schob achselzuckend die Kette zurück. Ebun saß mit angezogenen Knien auf dem Bett.

»Deine Papiere«, sagte sie leise, »sie sind weg.«

Ich blickte mich im Zimmer um. Ein paar Sachen waren verschwunden, nicht viele, aber es war nur so wenig im Zimmer gewesen, dass es auffiel.

»Niyi?«

»Auch weg.«

»Ich verstehe nicht«, sagte ich, aber das stimmte nicht. Den ganzen Tag lang hatte mich der Gedanke beunruhigt, wie Niyi vor der Tür gestanden hatte, als ich die Wohnung verließ. Wie lange hatte er dort gestanden und was hatte er mitangehört?

»Er hat nicht gewusst, was in dem Umschlag ist«, erwiderte Ebun. »Aber er wusste, dass es etwas Wichtiges ist, dass man damit ein Geschäft machen kann.« Sie suchte nach dem richtigen Wort. »*Owo*. Geld. Wir haben hier kein Geld.«

»Wohin ist er gegangen?«

»Wir wissen es nicht«, sagte Lekan hinter mir. »Wir kennen nicht einmal seinen Namen.«

Ich setzte mich in den einzigen Sessel, denn mir war übel. Niyi hatte bestimmt bei der Telefonnummer auf dem Umschlag angerufen. Vielleicht traf Clancy sich gerade mit ihm und im Hintergrund lauerten Slick und Egan.

»Er war doch der Cousin deines Schwagers«, sagte ich.

»Stimmt, Niyi war der Cousin meines Schwagers«, pflichtete Lekan mir bei. »Niyi hat das Geld besorgt, damit wir herkommen konnten, als Ebuns Tochter gestorben ist. Fünfzehn von uns sind zuerst in einem einzigen Lastwagen, dann in zwei versiegelten Lastwagen, in denen wir kaum Luft bekamen, durch Spanien gefahren. Niyi war nicht stark. Die Hitze auf der Fahrt durch Mali war anstrengend für ihn und die Überfahrt in dem Boot, das uns nach Spanien schmuggelte, war hart. In Frankreich war er der Erste im Lastwagen, der gesagt hat, er bekommt kaum noch Luft. Bald hat kaum noch jemand von uns Luft bekommen, wegen der Abgase. Wir haben an die Wand gehämmert und den Fahrer angefleht, dass er anhält. Aber er hat uns nicht gehört – oder er wollte es nicht. Niyi hat gesagt, wir sollen aufhören, es wird ihm bald besser gehen, wir dürfen nicht riskieren, entdeckt zu werden. Aber ein Mann hat immer noch gerufen, dass Niyi stirbt. Er hat sich mit uns auf dem Boot um ihn gekümmert, hat Niyi seinen Mantel als Kissen gegeben und ihn gepflegt. Er und Ebun haben weitergeklopft, bis der Fahrer endlich angehalten hat. Aber Niyi ist an seinem Erbrochenen erstickt. Es war neben einer Autobahn. Ich weiß nicht, wo. Der Fahrer hat gesagt, wir müssen Niyis Leiche ohne Ausweis liegen lassen. Dieser Mann hat mir geholfen, ihn auf ein Feld zu tragen. Sie hatten uns gesagt, wir sollen unsere Ausweise verbrennen, aber ich habe gesehen, wie er Niyi irgendwelche Papiere in die Tasche gesteckt hat.«

»Wer war er?«, fragte ich.

»Wenn jemand stirbt, braucht ein anderer vielleicht seine Kleider oder seine Schuhe. Der Mann, der uns geholfen hat, brauchte einen neuen Namen. Er hat uns eine Geschichte erzählt, aber wir wissen nicht, ob sie stimmt. Wir mochten ihn und drei war besser als zwei.«

»Zusammengewürfelte Menschen, die sonst niemanden kennen, brauchen sich mit der Zeit«, sagte Ebun vom Bett aus. »Wir haben nicht gedacht, dass er in Irland bei uns bleibt, aber er war stark und hat alles Mögliche besorgt und mit uns geteilt. Aber mir hat nicht gefallen, wie er mich angesehen hat. Lekan und ich haben überlegt, wie wir erreichen, dass er geht.« Sie sah mich an. »Er konnte dich nicht leiden. Ich hatte Angst, als du letzte Nacht gegangen bist. Ich dachte, er will mich vergewaltigen. Er hatte den Blick eines Mannes, der glaubt, dich zu besitzen. Aber ich bedeute ihm eigentlich nichts, das denkt er bloß. Er war wütend, aber auch ängstlich. Warum, weiß ich nicht.«

»Er war mit mir auf der Demonstration«, sagte Lekan. »Er wollte immer seine Meinung sagen. Gestern Abend waren Leute da, die wir noch nie gesehen hatten. Zwei haben ihn angeschrien und einen Namen benutzt, den wir noch nie gehört haben: Seyi. Er hatte große Angst und ist weggerannt. Sie haben ihn verfolgt. Ich weiß nicht, wer sie waren oder wer er war – vielleicht gut, vielleicht schlecht. Das Leben ist nicht einfach. Aber sie sind in der Menge verschwunden und nicht wiedergekommen.«

»Woher weißt du, dass er meine Papiere hat?«, fragte ich.

»Heute Morgen war er verschwunden und die Papiere waren auch weg«, sagte Ebun. »Ich dachte, ich hätte sie versteckt, aber er ist schlau. Ich habe den ganzen Tag nach ihm gesucht. Was steht drin?«

Ich gab keine Antwort. In Clancys Büro hatte bestimmt Slicks Nichte den Hörer abgenommen. Ein rascher Anruf bei ihrem Onkel und dann war vielleicht ohne Clancys Wissen ein Treffen vereinbart worden. An einem abgeschiedenen Ort, wo man den Nigerianer überrumpeln konnte. Slick hatte sich bloß durch die fehlenden Kontovollmachten davon abhalten lassen, Conor gegenüberzutreten. Wenn er die hatte, konnte er Clancy übergehen, konnte sich Conor schnappen und ihn ordentlich verprügeln, falls der Junge sich weigerte mitzumachen. Das würde Slick Spaß machen, so wie es ihm auch Spaß machen würde, den Mann zu überfallen, den ich als Niyi gekannt hatte, jemanden, der nicht aus seiner gewohnten Umgebung stammte und seinen Horizont überstieg. Ebun konnte anscheinend meine Gedanken lesen.

»Er ist in Gefahr?«

»Ich weiß nicht«, sagte ich.

»Doch, du weißt es.« Sie war wütend. »Du weißt viel, sagst aber nur wenig. Wir sind in unserem Leben schon oft genug in Gefahr, du musst nicht alles noch schlimmer machen.«

»Ich muss jetzt gehen«, sagte ich zu ihr.

»Wohin?«

»In einen Pub. Ich muss nachsehen, ob mein Sohn da ist.«

»Ich komme mit dir.«

»Nein.«

»Doch.« Ihre Stimme klang wütend. »Was soll ich sonst tun? Hier herumsitzen? Gestern Abend sah es so aus, als ob dir etwas an mir liegt, heute willst du nur deine Papiere haben und wieder gehen.«

»Es liegt mir was an dir«, sagte ich, »aber ich will nicht, dass du in Gefahr gerätst.«

»Mir liegt auch etwas an dir. Aber du lässt dir nicht von mir helfen.«

»Dann hilf mir«, sagte ich. »Nimm mich in die Arme.«

Als wir im Oliver Twist ankamen, wurde nicht mehr bedient. Die meisten Gäste waren schon gegangen und die Barkeeper versuchten, die restlichen Leute hinauszubefördern. Von Conor war nichts zu sehen, und erst als ich den Blick ein zweites Mal durch den Raum schweifen ließ, entdeckte ich Charles, der sich an einem hohen Tisch mit zwei Jungs unterhielt.

»Ist Conor da gewesen?«, fragte ich ihn.

Er musterte mich, doch als er Ebun sah, musste er seine Meinung über meine Absichten revidieren.

»Was geht dich das an?«

»Es ist wichtig, dass ich es weiß.«

»Ist das deine Alte oder bloß irgendein Flittchen?«

»Beantworte die verdammte Frage, okay?«

Die anderen Jungs lehnten sich leicht auf ihren Hockern zurück und vergrößerten den Abstand zwischen sich und ihm. Charles ließ die Zunge über die Lippen gleiten und erinnerte mich an einen aufgeregten Hund.

»Warum könnt ihr Typen ihn nicht einfach in Ruhe lassen, verdammt noch mal?«

»Was für Typen denn?«

»Männer in deinem Alter, die hier rumschwirren wie die Fliegen. Vor einer Stunde war schon einer da, der ihn mit irgendwas belästigt hat. Eigentlich wär's mir ja egal, aber er war schon so schlecht drauf, als er kam, dass man kein Wort aus ihm rausgekriegt hat. Erst hat er mit uns was getrunken und dann war er plötzlich verschwunden.«

»Wohin?«

»Ich bin nicht sein Kindermädchen.«

»Wie hat der Mann ausgesehen?«

»Nicht mein Typ. Wie ein klägliches Pin-up von einem 1979er Muskelprotz-Kalender.«

»Ist Conor mit ihm weggegangen?«, zischte ich.

»Ich hab schon gesagt, ich bin nicht sein Kindermädchen.«

»Aber du bist sein verdammter Liebhaber.«

Charles rutschte auf dem Stuhl hin und her. »Und wer bist du überhaupt?«, fragte er.

Ich schenkte ihm keine Beachtung, sondern ging mit Ebun zu einem Münzfernsprecher, der in einer Nische in der Nähe der Herrentoilette hing, reichte ihr den Hörer, warf Geld ein und wählte die Nummer von Cremore.

»Was soll ich sagen?«, fragte sie.

»Frag bloß, ob Conor da ist.«

»Und wenn nicht?«

Bevor ich antworten konnte, hob jemand ab.

»Conor?«, sagte Miriam in besorgtem Ton. »Bist du's, Conor?«

Ich nahm Ebun den Hörer aus der Hand und legte wieder auf. Charles stand hinter mir und wurde jetzt noch aggressiver.

»Ich hab gefragt, wer du bist, verdammt noch mal.«

»Hast du einen Wagen?«, fragte ich.

»Ja«, sagte er verdutzt. »Eigentlich gehört er meiner Mutter ...«

»Liebst du Conor?«

»Was soll die Frage?«

»Antworte.«

Er drehte sich zu den anderen Jungs um, die gerade gingen, und senkte die Stimme. »Ja.«

»Zeig mir, wo der Wagen geparkt ist. Vertrau mir.«

Charles führte uns nach draußen, wo zwei Männer sich in den Schatten drückten. Er zog die Schlüssel hervor, und als er die Türverriegelung des Ford Fiesta betätigte, war ein elektronischer Piepton zu hören.

»Wohin soll ich euch fahren?«, fragte er. »Ich meine, ich weiß gar nicht, worum's geht.«

Ich packte seine Hand und drückte das Handgelenk zusammen, bis sich seine Finger widerstrebend öffneten.

»Geh heute Abend zu Fuß nach Hause«, sagte ich und nahm die Schlüssel. »Du kriegst den Wagen zurück.«

»Das soll wohl ein Witz sein.« Er begann sich zu wehren. »Was soll ich denn meiner Mutter sagen?«

Ebun hatte schon die Beifahrertür geöffnet. Ich schubste Charles weg und er stolperte über eine Reihe von Mülltonnen.

»Mütter haben Verständnis für wahre Liebe«, sagte ich.

Ebun verriegelte die Türen, während ich den Motor anließ und versuchte, Charles auszuweichen, der auf die Motorhaube klettern wollte, es sich dann aber anders überlegte. Er lief schreiend hinter uns her, bis ich in die George's Street bog und ihn nicht mehr im Rückspiegel sehen konnte. Ebun drehte sich um.

»Wohin fahren wir?«

»Es wird Zeit, dass du meine Familie kennen lernst«, sagte ich.

MITTWOCH, 2 UHR NACHTS

Hinter dem elektronischen Haupttor stand eine kleine Holzhütte der Polizei, ein Überbleibsel aus Barney Clancys ungestümen Tagen als Justizminister, als er rund um die Uhr bewaffneten Schutz gebraucht hatte. Der Efeu von der hohen Begrenzungsmauer hatte sich auf dem Dach der Hütte ausgebreitet und sie sah aus wie nutzloses Beiwerk. Ich wusste nicht, ob Staatssekretäre Polizeischutz erhielten, doch es war eine Videokamera angebracht, mit deren Hilfe man jeden überprüfen konnte, der sich dem Tor von Rosnaree House – oder Fort Clancy, wie die Einheimischen es getauft hatten – näherte.

Es war zwei Uhr nachts, als ich, außer Reichweite der Kamera, in dem geparkten Wagen saß. Hinter dem Tor sorgten farbige Lampen in den Büschen an der kurvigen Auffahrt für eine undurchdringliche Schattenlandschaft. Ich fuhr mit ausgeschalteten Scheinwerfern vorbei und bog nach links in eine überwucherte Seitenstraße, die an das Grundstück grenzte. Die aufwändige Mauer, in dem Jahr, als mein Vater beim Grafschaftsrat zu arbeiten anfing, kostenlos von den Arbeitern gebaut, verschmolz inzwischen nahtlos mit dem ursprünglichen Mauerwerk im Gestrüpp. Ein Stück weiter wurde der Hintereingang vermutlich ebenfalls mit einer Kamera überwacht. Ich parkte den Wagen in der Nähe eines schmalen Drehkreuzes in der Mauer, das als Zugang zu einem Flussabschnitt diente, an dem die Clancys die Fischrechte besaßen.

Pete Clancy war offenbar kein Angler, denn an dem Drehkreuz war eine Kette mit einem Vorhängeschloss befestigt, das aussah, als wäre es schon seit Jahren nicht mehr benutzt worden. Es war rostzerfressen und ein paar Schläge mit einem Wagenheber genügten, um es zu knacken. Ich zwängte mich durch, Ebun folgte mir und das rostige Kreuz drehte sich ächzend. Dieser Teil des Grundstücks sah aus, als hätte man dort mit Absicht alles wuchern lassen, als Kontrast zu den ordentlichen Rasenflächen und dem ummauerten Garten zur Rechten, den Pete Clancy oder seine Frau gewissenhaft wieder angelegt hatten. Im Obstgarten zur Linken war von Bienen nichts mehr zu sehen. Der geschwungene Flügel, den Barney Clancy hatte anbauen lassen, zerstörte die ursprüngliche palladianische Ordnung des Hauses, doch das Licht aus einem Kellerraum, das sich über den grasbewachsenen Hang ergoss, der eine Art trockenen Wassergraben um das Gebäude bildete, sah wunderschön aus.

Im Dachgeschoss brannte noch irgendwo Licht, aber der Rest des Hauses lag im Dunkeln. Während wir vorwärts schlichen, war ich mir unsicher, was uns erwartete – Seyi und Conor gefesselt, Egan und Slick im Streit miteinander oder der nackte Clancy mit einem Dienstmädchen. Die Größe des Hauses bot solchen Spekulationen viel Raum. Ebun blieb zurück, als hätte sie Angst, in eine Falle zu tappen, und ich begriff, dass sie sich auch so fühlte.

Als wir jedoch nahe genug herankamen, um durchs Fenster schauen zu können, sahen wir, dass Clancy allein in einem Zimmer saß, das karg war wie eine Zelle, und einen Stapel Briefe vor sich liegen hatte, die er einen nach dem anderen unterschrieb. Sein Schreibtisch war mit Körben voll handschriftlichen und maschinegeschriebenen Briefen oder voll gekritzelten Ansichtskarten überhäuft. Die tägliche Kleinarbeit eines Politikers. Ebun glitt neben mich, da sie sich fragte, warum ich stehen geblieben war. Aber ich spähte weiter in das Zimmer und versuchte, an Clancys ungeschütztem Gesichtsausdruck zu erkennen, wer er wirklich war. Wenn man danach urteilte, wie bedächtig und sorgfältig er jeden Brief las, hätte er ein mittelalterlicher Mönch sein können.

Schließlich warf ich ein Kieselsteinchen gegen die Scheibe. Clancy sah auf, konnte aber nichts erkennen. Ich warf ein zweites Steinchen. Diesmal stand er auf und öffnete eine Schublade. Ich erwartete, dass er eine Pistole hervorholte, doch er räumte bloß ein kleines Diktiergerät weg. Er öffnete die Verandatür, blieb aber auf der anderen Seite der Scheibe, als sei er bereit, sie wieder zuzuschlagen.

»Wer ist da?«

Ich ging den Hang hinunter. Er starrte an mir vorbei Ebun an, die im Schatten blieb.

»Wer ist das?« Seine Stimme war so leise, dass sie oben am Hang nicht zu hören war.

»Eine Freundin.«

»Schick sie weg.«

»Diese Angelegenheit geht auch sie etwas an.«

»Das geht sie nichts an.« Seine Stimme war ein scharfes Zischen. »Das geht niemanden etwas an. Für Außenstehende existiert diese Angelegenheit nicht, genauso wenig wie du. Du hast kein Recht, herzukommen. Wie bist du reingekommen?«

»Das alte Drehkreuz.«

»Hat dich jemand gesehen?«

»Nein.«

»Weiß sie, wer du wirklich bist?«

Ich nickte.

»Du enttäuschst mich, Brendan, so wie du deinen Vater enttäuscht hast. Geheimnisse bleiben in der Familie.«

»Du gehörst nicht zu meiner Familie.«

»Diese Gruppe stand sich mal näher als jede Familie und dein Vater war ihr Mittelpunkt. Und jetzt schick sie weg.«

»Dann sag mir, wo ihr Freund ist.«

»Was für ein Freund?« Er klang aufrichtig verblüfft.

»Mach mir nichts vor. Mein Sohn ist verschwunden. Du weißt, dass dich heute ein Nigerianer angerufen hat.«

»Wovon redest du überhaupt?« Clancy wirkte beunruhigt. »Warum hat er mich angerufen?«

»Ich hab die Vollmachten und die Nummer deines Wahlkreisbüros letzte Nacht bei ihr gelassen. Er hat sie gestohlen. Jetzt hör auf mit deinen Spielchen.«

Clancy wandte sich um und schaute in das Zimmer. »Als ich heute Abend meine Briefe abholen wollte, um sie zu unterschreiben, war die Hälfte davon noch nicht fertig.« Er drehte sich wieder um und seine Stimme war so laut, dass auch Ebun sie hören konnte. »Warum hast du jemanden in die Sache reingezogen, der nichts damit zu tun hat? Ich hätte das klären können. Ohne großen Wirbel, ohne Verletzte, bloß ein Gespräch unter vier Augen und ein bisschen Nachsicht. Weiß sie, wer ich bin?«

»*Sie* hat einen Namen«, unterbrach ihn Ebun sarkastisch. »Was haben Sie mit meinem Freund gemacht?«

»Ich will deinen Namen gar nicht wissen und ich weiß auch nichts von deinem Freund«, sagte Clancy schroff und ging den Hang hinauf zu Ebun, die nicht von der Stelle wich. Er fasste sie am Arm und führte sie davon. »Gehen wir weg vom Haus. Du hättest sie nicht mitbringen sollen, Brendan.«

»Ich bin nicht dein Befehlsempfänger«, erwiderte ich und folgte ihnen zum Obstgarten. »Also, wo ist mein Sohn?«

Clancy öffnete das Holztor zu der eingezäunten Wiese voll ausgewachsener Apfelbäume, die bereits ihre Blätter verloren hatten. »Von deinem Sohn weiß ich bloß, dass du in den letzten zehn Jahren gerade mal vierundzwanzig Stunden auf ihn aufpassen musstest und ihn trotzdem aus den Augen verloren hast.« Offenbar dachte er, wir seien vom Haus weit genug entfernt, denn er blieb unter einem Baum stehen.

»Der letzte Anruf, den das Telefon in meinem Wahlkreisbüro gespeichert hat, stammt von heute Nachmittag um halb drei. Als ich kam, war das Licht an, ein Brief nur halb getippt und von Carol keine Spur. Sie wollte schon immer was von der Welt sehen, aber ihr geiziger Onkel gibt ihr nicht das nötige Geld. Könnte sein, dass Slick jetzt ziemlich froh wäre, wenn sie eine Weile verreisen würde.« Er sah Ebun an. »Wie alt ist dein Freund?«

»Zwischen dreißig und vierzig ... ich weiß es nicht.«

»Wie groß?«

»Eins siebzig, eins fünfundsiebzig.«

Clancy schüttelte den Kopf.

»Was ist?«, fragte ich.

»Meine Frau hat gesagt, bevor ich nach Hause gekommen bin, hat jemand angerufen. Der *Meath Chronicle* wollte eine Stellungnahme haben. Ich kenne keine Einzelheiten ... ich ...« Plötzlich packte er mich an der Jacke. »Du hast dich nicht verändert, was? Immer noch der verfluchte Hühnerfurz, der nichts als Hühnerscheiße im Hirn hat. Hast du denn von deinem Vater gar nichts gelernt? Er hatte immer alles im Griff und hat nie einen Fehler gemacht, abgesehen davon, dass er dich und deinen Bankert von einem Bruder gezeugt hat.«

»Leck mich, Clancy«, sagte ich und schüttelte seine Hand ab.

Er blickte Ebun an. »Ich glaube, du hast exotischere Geschöpfe, die das für dich erledigen.«

Diesmal packte ich ihn und drückte ihn gegen den Baumstamm. Wäre Ebun nicht eingeschritten, hätte ich ihn vielleicht geschlagen.

»Hör auf!« Sie stieß mich weg und blickte Clancy ins Gesicht. »Was wissen Sie? Was wollen Sie nicht sagen?«

»Ich sage gar nichts. Ihr wart nie hier, habt ihr kapiert?«

»Warum hat die Zeitung bei dir angerufen?«

»Sie wollten eine Stellungnahme haben.« Er trat zur Seite und lehnte sich an den Baum. »Tut mir Leid, aber ich kann es mir nicht leisten, in die Sache verwickelt zu werden. Heute Abend wurde unterhalb der Stadt ein zusammengeschlagener Schwarzer am Fluss gefunden. Angeblich ist er einer Horde Alkis über den Weg gelaufen. Egal, jedenfalls hat ihm jemand den Schädel eingeschlagen ... Ich kenne keine Einzelheiten ... er liegt in der Leichenhalle vom Our Lady's Hospital.« Er blickte Ebun an. »Keine Ahnung, wer ... oder ob er ... tut mir Leid. Aber es bringt nichts, wenn ihr mich in die Sache reinzieht.«

Eigentlich hätte ich um den Nigerianer trauern müssen. Doch ich hatte bloß Angst um Conor. Ebun kauerte sich ins Gras und weinte lautlos.

»Ich hab versucht, mit Conor zu reden«, sagte ich leise zu Clancy. »Er will mit dieser Sache nichts zu tun haben. Der Junge hat zwar Angst, aber er ist störrisch. Was ist, wenn er Slick nicht hilft?«

»Das wäre vielleicht gut. Dann würden wir Zeit gewinnen. Wenn Slick in das Flugzeug steigt, gibt es eine Katastrophe.«

»Ich dachte, du willst, dass die Konten geschlossen werden? Ich meine, es ist Slabs Geld.«

»Scheiß auf das Geld«, sagte Clancy halb zu sich.

»Wie meinst du das, scheiß auf das Geld? Was liegt da sonst noch?«

Clancy sah mich kühl an. »Gib mir die Nummer deines Hotels und warte da, bis ich anrufe. Bring sie mit. Der Mann, den die Polizei gefunden hat, ist vielleicht gar nicht ihr Freund. Versuch nicht, dich mit ihnen, deiner Frau oder irgendwem in Verbindung zu setzen. Verstanden?«

»Ich hab gefragt, was außer dem Geld sonst noch da ist.«

»Du hast mir nicht zugehört.«

»Mein Sohn ist verschwunden und du redest nicht.«

»Du hast den Boden unter den Füßen verloren, Brendan, also überlass mir das Denken, wenn du willst, dass er die Sache unbeschadet übersteht.« Clancy kniete sich neben Ebun. »Du willst doch in diesem Land bleiben, Fräulein, oder?«

Sein sanfter Ton konnte nicht über die verdeckte Drohung hinwegtäuschen. Ebun blickte auf, gab aber keine Antwort. Clancy griff ins hohe Gras und hob einen herabgefallenen Apfel auf.

»Ihr seid wie Fallobst, ihr wisst nie, wann jemand auf euch tritt. Ich sage ja nicht, dass unbedingt ein positiver Bescheid erreicht werden kann. Aber ein negativer Bescheid könnte so lange hinausgezögert werden, bis du so lange im Gras gelegen hast, dass du ein Teil der Landschaft geworden bist. Aber wenn du die Aufmerksamkeit auf dich ziehst, könnte dich jemand aufheben und an die Schweine verfüttern. Verstanden?« Clancy sprach wie jemand, der ein Tier beruhigt. »Ich war schon mal in deinem Land«, sagte er. »Eine dreiköpfige Untersuchungskommission der EU. Ich weiß, was für Schwierigkeiten du kriegen würdest, wenn man dich zurückschickt. Auf der Fahrt hierher müssen Dinge passiert sein, die du vergessen solltest. Dieser Abend gehört auch dazu. Egal, was er dir sagt, das kannst du mir glauben.«

In der Nachtluft klang das Spucken so laut, als hätte Ebun ihren ganzen Speichel in der Kehle angesammelt. Clancy zuckte mit keiner Wimper, er ließ bloß den Apfel fallen, richtete sich langsam auf und zog ein Taschentuch hervor, um sich das Gesicht abzuwischen.

»Ich hab dich in den letzten zehn Jahren nicht gesehen, Hühnerfurz«, sagte er leise. »An dem Drehkreuz war ein

Schloss. Ich weiß von euch beiden bloß, dass ihr das Schloss aufgebrochen habt und hier eingedrungen seid. Und jetzt verschwinde mit diesem Miststück von hier, sonst hetz ich ihr die Polizei auf den Hals. Ihr Freund soll ihr eine Lehre sein. Alles Mögliche kann passieren, man könnte ihr was anhängen, es gibt Überfälle. Das Frauengefängnis in Mountjoy ist keine Bastion der Eintracht zwischen den Rassen und eine Verurteilung wäre für sie der schnellste Weg nach Hause.«

»Wo ist mein Sohn?«, fragte ich. »Ich gehe nirgends hin, bevor du mir nicht sagst, wo Slick ihn hingebracht hat.«

»Weiß ich, was in Slicks Kopf vor sich geht?«, erwiderte er. »Er ist bloß noch krank und fühlt sich verfolgt, er denkt, dass alle Welt ihn übers Ohr hauen will. Als du gestern Nacht aufgetaucht bist, ist er ausgeflippt, und wenn du noch mal auftauchst, stellt er bestimmt irgendwas Dummes an. Überlass mir die Sache. Ich hab mich darum gekümmert, bevor du alles vermasselt hast, und ich kümmere mich auch jetzt darum. Lass morgen früh ein Passfoto machen und bleib in deinem Hotelzimmer. Versuch nicht, dich mit mir in Verbindung zu setzen, bevor ich dich anrufe. Ich knöpf mir den Jungen vor und will, dass du am Freitagmorgen ins Flugzeug steigst.«

»Was ist außer dem Geld sonst noch da?«, fragte ich ein letztes Mal.

Doch Clancy ließ sein Taschentuch ins Gras fallen und ging im Dunkeln davon.

»Du stellst zu viele Fragen, Brendan, und nie die richtigen. Morgen Abend ist dein Pass fertig und der Junge ist wieder wohlbehalten bei seiner Mutter. Als ob nichts passiert wäre. Die Sache heute Abend am Fluss war ein Überfall von irgendwelchen Jugendlichen, jemand, der zur falschen Zeit am falschen Ort war. Sorg dafür, dass deine Freundin die Klappe hält, sonst kann ich sie nicht schützen. Sie hat ja gesehen, was mit Leuten passiert, die jemanden erpressen wollen. Und jetzt verschwindet auf demselben Weg, den ihr gekommen seid.«

Das St. Mary's Hospital in Navan war größer, als ich es in Erinnerung hatte. Wo früher eine Reihe alter Bäume gestanden hatte, befand sich jetzt ein neuer Parkplatz. Als ich den gestohlenen Ford Fiesta so weit wie möglich von dem Streifenwagen entfernt geparkt hatte, der vor der Unfallstation stand, war es zehn vor drei.

Als Ebun drinnen bat, die Leiche sehen zu dürfen, die man hergebracht hatte, rief die Schwester einen jungen Polizisten. Sie sagte, der Cousin ihres Mannes sei verschwunden. Sie habe in Dublin Radioberichte gehört und sei in der Hoffnung hergefahren, dass sie überprüfen könne, ob er es sei. Der Polizist schien nicht genau zu wissen, wie man in so einem Fall verfuhr, und gab aus Mitleid, und weil es schon spät war, seine Einwilligung.

Wir gingen um das Gebäude herum zur Leichenhalle, die diskret hinter einer kleinen Grotte versteckt war. Im Innern war es kalt, das Neonlicht ungewöhnlich hell. Der Polizist weckte einen Aufseher, der durch eine Tür verschwand und uns schweigend stehen ließ. Kurz darauf kehrte er zurück und winkte uns, ihm zu folgen.

Er hatte eine Schublade herausgezogen, den Reißverschluss des Leichensacks geöffnet und die Decke auf dem Gesicht des Mannes zurückgeschlagen, den ich einmal als Niyi gekannt hatte. Doch er war kaum noch zu erkennen. Man hatte ihm mit einem schweren Gegenstand das Gesicht zertrümmert. Seine Haut war geschwollen, die Augen geöffnet wie bei einem Matrosen, der einen unbekannten Horizont absuchte. Ebun beugte sich über ihn und ihre Finger wollten gerade seine Haut berühren, als der Polizist sie am Handgelenk festhielt.

»Tut mir Leid, Fräulein, aber Sie dürfen ihn nicht berühren ... der Pathologe hat ihn noch nicht untersucht. Ist er ...?«

Ebun betrachtete erneut das Gesicht. »Nein«, sagte sie. »Das ist nicht der Cousin meines Mannes.«

»Sind Sie sicher?«

Ebun blickte ihn an. »Er ist wohl nach England gegangen, in Dublin hat es ihm nicht gefallen. Ich weiß nicht, wer dieser Mann ist.«

Der Aufseher zog den Reißverschluss wieder zu und der Polizist führte uns hinaus. Auf dem Parkplatz schüttelten wir ihm die Hand.

»Tut mir Leid, dass sie so weit fahren mussten«, sagte er. »So ein Schicksal hat keiner verdient. Wir kennen auch die Täter, ein paar Jugendliche, die was getrunken haben, arbeitsscheues Gesindel. Es ist gefährlich, nachts am Flussufer entlangzugehen. Sie sind abgehauen, aber in ein, zwei Tagen haben wir sie. Trotzdem bin ich baff, denn ich kenne ihre Übeltaten. Sie versetzen schon mal jemandem, der vorbeikommt, ein paar Rippenstöße, aber zu so was sind sie eigentlich nicht fähig, so, wie sein Gesicht zugerichtet ist. Es ist, als wäre er zusammengeschlagen geworden und dann hätte noch jemand letzte Hand angelegt.« Er berührte Ebun behutsam am Arm. »Sie sind besorgt, obwohl Sie ihn nicht kennen. Irland verändert sich, es kommen Dinge ans Licht, deren Existenz wir uns nie eingestehen wollten. Alles in Ordnung mit Ihnen beiden, was die Rückfahrt nach Dublin betrifft?«

»Danke«, sagte Ebun, »wir schaffen das schon.«

Wir warteten, bis er in das Gebäude zurückgekehrt war, bevor wir zum Wagen gingen. Wir stiegen ein, saßen im Dunkeln da und ich legte den Arm um Ebun, während sie weinte.

»Warum hast du gelogen?«, fragte ich.

»Ich bin es nicht gewohnt, dass ein Polizist nicht höhnisch

grinst oder ein Bestechungsgeld haben will. Er ist bloß ein junger Mann. Ich habe die Wahrheit gesagt. Die Leiche ist nicht der Cousin meines Mannes. Wenn ich seinen vollen Namen wüsste, würde ich ihn ihm zurückgeben. Aber er ist jetzt wie der richtige Niyi, eine unbekannte Leiche in einem fremden Land. Kein Name hilft dabei, die jungen Schläger zu schnappen, die ihn umgebracht haben. Und wenn die Männer, die Seyi zusammengeschlagen haben, deinen Sohn haben, dann musst du sie dir vorknöpfen.«

»Was bedeutet Seyi?«, fragte ich.

»Übersetzt heißt es ›Das hat Gott getan‹.«

»Es war nicht die Schuld Gottes. Ich hab ihn reingeritten.«

»Er hat sich selbst reingeritten. Das hat er ständig getan. Hier war er nie mit irgendwas zufrieden. Er brauchte immer noch mehr.«

»Deshalb konnte er mich nicht leiden«, erwiderte ich. »Er hat mich nicht bloß als Rivalen betrachtet, er hat in mir zu viel von sich selbst gesehen.«

»Mich hätten keine Rivalen für sich gewinnen können. Ich habe mich selbst entschieden.«

»Und warum für mich?«

»Ich habe dich ausgewählt, weil ich dachte, du bleibst nicht so lange, dass du mir wirklich wehtun kannst. Du wirst ein Leben lang vor irgendwelchen Schatten davonlaufen.«

Der Polizist erschien auf den Krankenhausstufen, als wollte er den Blick über den Parkplatz schweifen lassen, stieg dann in den Streifenwagen und fuhr davon.

»Vielleicht hab ich keine Lust mehr, davonzulaufen«, murmelte ich.

»Dann vertrau nicht der Schlange in dem großen Haus. Ich kenne diese Sorte Männer aus meinem Land, dort sind sie bloß fetter und stinken unter den Achselhöhlen. Wie konntest du so einem Mann bei deinem Sohn vertrauen?«

»Er hat mich drum gebeten«, erwiderte ich ohne große Überzeugungskraft.

»Das ist keine Antwort.«

»Er hat mich wie seinesgleichen behandelt, hat mir das Gefühl gegeben, wir beide hätten Insider-Wissen und die anderen wären Idioten. Er hat mir das Gefühl gegeben, dass es zwischen unseren Vätern so war. Männer, die einander vertraut haben. Wenn unser Leben anders gelaufen wäre, wäre ich vielleicht sein Vertrauter gewesen.«

»Hättest du das gewollt?«

»Keine Ahnung. Die Leute haben die Clancys verachtet, aber man wusste, dass sie gerissen waren. Sie haben für sich immer alles erreicht, und wenn man in ihrem Windschatten war, würden sie auch für einen selbst alles erreichen. Ich war noch ein Kind und hatte das Gefühl, dass ich es irgendwann zu etwas bringen würde, wenn ich seine Achtung erwarb.«

»Wenn er meine Tochter bedroht hätte, hätte ich ihm die Augen ausgestochen.«

»Ich bin gefangen in einem Netz. Egal, wohin ich mich wende, ich bin in Schwierigkeiten.«

»Es würde mich nicht stören, wenn er das Netz spinnt«, sagte Ebun. »Aber du hast dich darin eingesponnen.«

Ich beugte mich vor, sodass mein Kopf auf dem Lenkrad lag. »Ich bin ein Idiot und ich hab Angst«, sagte ich. »Er hat mich durchschaut.«

»Ich sehe bloß dich.«

»Und wer bin ich?«

»Du selbst. Nicht perfekt, aber auch nicht verdammt. Wir dürfen Schwächen haben, Fehler machen oder Dinge vermasseln, solange wir uns selbst nicht aus dem Blick verlieren. Aber wenn du in den Spiegel schaust, scheinst du bloß ins Leere zu blicken.«

Ich startete den Wagen.

»Wohin fahren wir?«, fragte Ebun.

»Zur feinsten Adresse in ganz Meath.« Ich löste die Handbremse. »All-der-Kuhschiss-Manor.«

Vor der Einfahrt des Wohnkomplexes, der in der Kurve einer von Schlaglöchern übersäten Seitenstraße lag und bald Aldershot Manor heißen würde, standen Teerfässer. Auf der Reklametafel waren idyllische Häuser abgebildet, die zwei Wohnblocks umringten. Nur das Musterhaus stand schon und die Umrisse der halb fertigen Wände ringsum sahen im Mondschein wie Grabsteine aus.

Ebun und ich hielten ein paar Meter vor der Einfahrt und sahen uns nach einem Wächter um, bevor wir den Wagen von Büschen verdeckt neben einem Feld stehen ließen. Zu unserer Überraschung konnten wir die Teerfässer mühelos zur Seite rollen, denn es lagen nur ein paar Steine drin, damit sie nicht umkippten. Wir bahnten uns vorsichtig einen Weg über die chaotische Baustelle. Im Küchenfenster des Musterhauses brannte Licht. Ich umklammerte den Wagenheber, den ich aus dem Auto mitgenommen hatte, und stolperte auf das Licht zu.

Ebun hatte anscheinend bessere Augen als ich. Zweimal verhinderte sie, dass ich in einen offenen Graben rutschte, bis wir schließlich an dem Fenster ankamen. Conor saß auf einem Küchenstuhl, der vom Tisch weggerückt war, als wollte er Abstand halten zu Slick McGuirk, der auf dem Tisch saß und ein paar riesige Wurfpfeile auf ein Holzbrett neben der Tür warf. Neben ihm standen eine Flasche Whiskey und zwei Gläser. McGuirk beugte sich zur Seite, um Conors Glas aufzufüllen, das aussah, als wäre es kaum angerührt worden. Mir fiel auf, dass er sich nicht nachschenkte.

»Es ist besser, wenn ich allein reingehe«, flüsterte ich Ebun zu. »Nimm den Wagen und lass ihn irgendwo in der Nähe der Dorset Street stehen.«

»Was ist, wenn ich nicht wegfahren will?«

»Das hier geht dich nichts an.«

»Du meinst, es ist dein richtiges Leben, an dem ich nicht beteiligt bin.«

»Das stimmt nicht«, zischte ich. »Aber Slick ist ein gefährlicher Scheißkerl. Wenn er dich sieht, denkt er bestimmt, dass ihm die Sache aus dem Ruder läuft. Überlass mir das, bitte.«

McGuirk beugte sich vor, fuchtelte vor Conor mit den Händen herum und lachte offenbar über einen seiner eigenen Witze. Seine Augen blieben die ganze Zeit auf das Gesicht des Jungen gerichtet.

»Wie willst du nach Dublin kommen?«, fragte Ebun.

»Keine Ahnung. Starte den Wagen und warte fünf Minuten. Wenn ich bis dahin nicht rausgekommen bin, dann hau ab.«

»Sprich nicht so mit mir.«

McGuirk packte die Holzlehne von Conors Stuhl. Obwohl der Junge sich bemühte, unerschrocken zu wirken, rutschte er unsicher hin und her.

»Herrgott noch mal«, fauchte ich, weil die Szene in dem Zimmer mir einen Schock versetzte. »Ich kenne dich erst drei Tage. Die Sache mit deinem Freund tut mir Leid, aber jetzt geh, bitte!«

Slick blickte zum Fenster, als hätte er etwas gehört. Ich duckte mich, und als ich aufsah, um mich zu entschuldigen, schlich Ebun schon davon.

»Tut mir Leid«, flüsterte ich. »Ich wollte nicht …«

»Üb noch ein bisschen«, unterbrach mich Ebun. »Eines Tages klingst du dann genauso wie dein Freund in dem großen Haus.«

Ich wollte noch etwas sagen, aber sie stahl sich in der Dunkelheit lautlos davon. McGuirk war aufgestanden, um die Pfeile wieder zu holen. Der erste landete neben Conors Ellbogen in der hölzernen Armlehne und McGuirk lachte und warf dann die beiden übrigen gleichzeitig auf das lose Brett neben der Tür. Ich konnte nicht länger warten.

Es gab noch keine richtige Haustür, nur eine Stahltür mit Riegel und Vorhängeschloss, die offen stand. Im Flur war es dunkel, nur unter der Küchentür war ein Lichtstreifen zu sehen. Ich wollte gerade darauf zugehen, als mich die Scheinwerfer eines Autos an der Straßenbiegung ablenkten. Sie schwenkten in die Einfahrt und wurden dann ausgeschaltet. Jemand stieg aus der Beifahrertür und rollte noch ein paar Fässer weg, damit der Wagen durchfahren konnte. Der Fahrer fuhr vorsichtig durch den Schlamm und hielt, um den Beifahrer wieder einzusteigen zu lassen. Die Bremsleuchten strahlten kurz Ebuns geduckte Gestalt an, die zwischen den Fässern hindurchhuschte und sich davonstahl.

Aus der Küche drang das Scharren eines Stuhls, der über den Betonboden geschoben wurde.

»Daran brauchst du überhaupt nicht zu denken!« Conors laute Stimme klang ängstlich und doch herausfordernd.

»Immer sachte, Junge. So ist das eben mit Slick. Dein Daddy und ich waren früher Schulkameraden. Er würde dir sagen, dass der gute, alte Slick niemandem was Böses tut.«

McGuirks undeutliche Aussprache war beabsichtigt, eine Vorsichtsmaßnahme, die es ihm später erlaubte, alles, was passierte, damit zu erklären, dass er unter Alkoholeinfluss herumgealbert habe und sich an nichts mehr erinnern könne. Draußen fluchte Pete Clancy, weil er über etwas stolperte. In dem Wohnzimmer, in das ich schlüpfte, gab es keine Tür, doch wenn Clancy nicht das Flurlicht anschaltete, war ich nicht zu sehen. Mit großen Schritten kam er ins Haus und stieß die Küchentür auf, P. J. Egan dicht hinter ihm. Egan versperrte die Tür, doch hinter seiner Schulter sah ich McGuirk, der die beiden Eindringlinge streitlustig anstarrte. Conor hatte sich anscheinend in eine Ecke verzogen.

»Junge, Junge«, sagte Clancy. »Das ist ein trautes Tête-à-tête, hm?«

»Was wollt ihr, verdammt noch mal?« McGuirk war bestürzt und seine Aussprache klang wieder normal.

»Dich vor deinen schlimmsten Zügellosigkeiten bewahren, Slick, wie immer.«

»Wer sagt, dass ich eure Hilfe brauche? Diesmal kümmere ich mich lieber allein um die Sache.«

»So, wie du dich um den Afrikaner gekümmert hast?«, stichelte P. J.

»Welchen Afrikaner?«, fragte McGuirk in unverschämtem Ton. »Ich weiß von keinem Nigger.«

»Hoffentlich glaubt dir die Polizei«, sagte Clancy und drehte einen Stuhl um, sodass er mit den Ellbogen auf der Rückenlehne dasaß.

»Da mischen sich keine Bullen ein.«

»Doch«, sagte Clancy. »Und Zeitungsreporter und Linsen mampfende Bürgerrechtler mit grausigem Haarschnitt, die sich in dem Gedränge gegenseitig zur Seite stoßen, damit ihre empörte Visage ins Fernsehen kommt. Er liegt in der Leichenhalle vom St. Mary's Hospital.«

»Du jagst mir keine Angst ein«, spottete McGuirk. »Auch wenn ich mich mit dem Bimbo getroffen hab, ich hab ihm bloß ein paar Rippenstöße versetzt.«

»Wo hast du ihn liegen lassen?«

»Stöhnend und barfuß am Fluss.« McGuirk lachte. »Hab gedacht, das sieht natürlicher aus ... echter ... ohne die Schuhe. Wenn ich gekonnt hätte, hätte ich den Scheißschmarotzer in Afrika gelassen. Ich hab dir einen Gefallen getan, Pete, er wollte dich in deinem eigenen Land erpressen – nicht, dass er eine Ahnung gehabt hätte, worum es bei den Kontonummern geht. Der Idiot hat wirklich geglaubt, ich würde dafür Geld springen lassen. Der geht nicht zu den Bullen. Außer ein paar Risswunden und blauen Flecken, die er sich auch bei dem redlichen Tagewerk auf einer Plantage zuziehen kann, hat er nichts abgekriegt. Er ist abgezogen wie ein begossener Pudel.«

»Er ist einer Horde Alkis in die Hände gefallen«, sagte P. J. »Die Spurensicherung findet an ihm bestimmt Stoffpartikel und Schuppen. An deiner Stelle würde ich meine Kleider verbrennen, Slick, denn du steckst ziemlich tief in der Scheiße.«

McGuirk sah Clancy hilflos an. »Ich hab ihm bloß ein paar Rippenstöße versetzt.«

Clancy beachtete ihn nicht, sondern stand auf und verschwand aus meinem Blickfeld. Ich hörte ihn fragen: »Alles in Ordnung, mein Junge?«

»Sagen Sie diesem Gorilla, er soll seine Hände bei sich behalten.« Conors Stimme kam von irgendwo im Zimmer.

»Dein Vater hat sich Sorgen um dich gemacht.« Clancy kam wieder zurück, während McGuirk voll Sorge am Tisch saß und Egan in der Tür stehen blieb und ungerührt zusah.

»Er hat sich wohl eher Sorgen um seinen Pass gemacht«, entgegnete Conor.

»Das ist aber ein bisschen streng. Er ist ein vernünftiger Mensch, der keinen Ärger macht. Ich hoffe, du schlägst ihm nach.«

»Ich kenne Ihr Gesicht von der Beerdigung und aus der Glotze. Sie sind doch dieser Parlamentsabgeordnete.«

»Du solltest mein Gesicht vergessen«, erwiderte Clancy freundlich. »So wie ich vergessen kann, was ich weiß. Den Namen deines Schulrektors. Den Namen des Jungen, der im ersten Jahr am University College Kunst studiert und dich vögelt, obwohl er weiß, dass du noch minderjährig bist. Die Tatsache, dass deine Mutter die Versicherung und den Entschädigungsfonds übers Ohr gehauen hat.«

»Mum hat nichts davon gewusst.«

»Bei Gericht könnte man das anders sehen, wenn ich aussagen würde, dass sie Bescheid gewusst hat. Dass dein Großvater zu mir gekommen ist und mich in dieser Angelegenheit um Rat gebeten hat. Diese beiden Männer hier werden aussagen, sie hätte damit geprahlt, dass sie ungeschoren davonkommt.«

»Das sind dreckige Lügen«, schrie Conor wütend und jetzt – wo die anderen da waren – hatte er genug Selbstvertrauen, dass er sich näher an McGuirk heranwagte und ich ihn wieder sehen konnte.

»Dein Granddad war sich auch nicht zu schade für ein paar Lügen.« Clancy setzte sich. »Um ehrlich zu sein, Conor, ich will mit der Sache genauso wenig zu tun haben wie du. Du bist unschuldig, aber das gilt auch für Slick hier. Dein Granddad hat dich benutzt. Er hatte die Manie, überall seinen Namen drunterzusetzen. Er ist gestorben, bevor er gewisse Dinge ihren rechtmäßigen Besitzern zurückgeben konnte. Dein Vater hat dir das erklärt. Flieg mit meinem Freund, der da in der Tür steht, nach Jersey, dann ist morgen Abend alles vorbei und du kriegst eine ansehnliche Belohnung.«

»Wie meinst du das mit P. J.?«, fauchte McGuirk empört. »Es ist mein Geld. Ich fliege mit dem Jungen. Wir könnten sogar über Nacht bleiben. Er hat schon eingewilligt, und nicht für so einen blödsinnigen Anteil, wie du's ihm angeboten hast.«

»Ich will nichts haben, was mir nicht gehört«, sagte Conor. »Aber ich verrate nichts, keine Sorge. Geben Sie meinen Anteil zusammen mit dem Pass meinem Vater. Ich tu das für ihn. Deshalb ist er ja zurückgekommen.«

»Da hören wir's aus erster Hand.« McGuirk klang triumphierend. »Ich und der Junge bringen die Sache allein zu Ende.«

»Daraus wird nichts«, sagte Clancy schroff.

»Wer sagt das?«, fragte McGuirk.

»Ich«, sagte ich und tauchte hinter Egan auf. »Glaubst du

etwa, ich lasse zu, dass mein Sohn mit dir ins Flugzeug steigt?«

Verdutzt drehte sich P. J. mit erhobenen Fäusten um. McGuirk stand vom Tisch auf, als wollte er über mich herfallen. Nur Clancy schien mein Erscheinen nicht zu beunruhigen.

»Der verlorene Sohn«, sagte er. »Immer mit der Ruhe, Jungs, lasst den Hühnerfurz rein.«

Conor wich zur Spüle am Fenster zurück, es schien ihm unangenehm zu sein, dass ich aufgetaucht war.

»Was machst du hier?«, wollte er wissen.

»Ich versuche, auf dich aufzupassen.«

»Das ist ja zum Totlachen.«

Ich sah Clancy an. »Er fliegt weder mit Slick noch mit einem von euch. Scheiß auf den Pass. Ich probier's in Portugal ohne den Pass. Der Junge geht jetzt.«

»Halt dich da raus, Hühnerfurz«, drohte McGuirk.

»Lass meinen Sohn in Ruhe oder ich krieg dich für mehr Sachen dran, als du dir träumen lässt. Keine Ahnung, wie lange ich absitzen muss, aber du kommst wegen Totschlag in den Knast und kannst mir Gesellschaft leisten.«

»Verzieh dich zu deinen Niggerfreunden«, höhnte McGuirk.

»Wer ist dieser Afrikaner?«, wollte Conor wissen. »Du hast gesagt, mein Vater hätte dir die Kontonummern gegeben.«

»Er war die unglückselige Hinterlassenschaft einer romantischen Affäre, die dein Vater hoffentlich geregelt hat«, sagte Clancy. »Brendan scheint verborgene Reize zu haben.«

»Vielleicht liegt's daran, dass er in den letzten zehn Jahren offiziell tot war.« Egan lachte als Einziger über seinen Witz.

»Es ging wohl kaum um sexuelle Anziehung«, höhnte McGuirk düster. »Vielleicht hat ihr gefallen, dass er die Fliegen von ihr fern gehalten hat.« Er ließ plötzlich ein Gackern hören und stürzte auf mich zu. »He, auf den Hof mit dir! Du stinkst immer noch nach Hühnerscheiße!«

»Lass ihn in Ruhe!«, brüllte Conor und versuchte, Egan abzuschütteln, doch der hielt ihn fest.

»Lass das, Slick«, sagte Clancy geduldig.

»Ich denke gar nicht dran. Ich hab nicht bloß die Nummern für meine eigenen Konten, sondern jede verfluchte Nummer, die dein Vater hatte.«

»Bist du in Wirklichkeit deshalb untergetaucht?«, fragte Conor leise, als wären wir allein. »Hast du schon rumgevögelt, als du noch bei uns gewohnt hast?«

»Lass uns ein anderes Mal darüber reden, mein Sohn.«

»Nenn mich nicht Sohn. Sobald du deinen kostbaren Pass hast, nennst du mich ja auch nicht mehr so.« Er blickte Clancy an. »Wenn ich tue, was Sie verlangen, besorgen Sie ihm doch einen, oder?«

»Ist schon in Arbeit«, versicherte ihm Clancy.

Conor drehte sich wieder zu mir um. »Also spiel hier nicht den besorgten Vater. Verschwinde diesmal wirklich nach Valparaiso. Flieg mit LanChile, erste Klasse. Du wirst sehen, dass es bloß wieder eine Stadt ist, in der du dich verlierst.«

In seinem Blick lag ein Hass, wie ich ihn nie erwartet hätte. Es sah aus, als könnte er jeden Moment hysterisch werden.

»Willst du das wirklich?«, fragte ich.

»Jaa. Halt dich raus aus unserem Leben, kapiert?« Er wandte sich an Clancy. »Scheißegal, mit wem ich fliege, buchen Sie einfach einen Flug.«

»Ihr habt's gehört«, sagte McGuirk. »Er fliegt mit mir. Der erste Flug morgen früh. Das ist mein Auftritt. Barney hat meinen Vater betrogen, das weiß ich. Und auch andere haben seine Krankheit ausgenutzt, bevor wir's begriffen haben. Slab hat Sachen verschenkt, bestimmte Waren hat er zwei- oder dreimal bezahlt, er konnte sich nicht mehr erinnern. Barney war wie ein Schwamm, der jeden Penny aufsaugt. Aber ich pass auf, dass ihr jetzt nicht das Geld meines Vaters zwischen euch aufteilt und für mich nichts mehr übrig bleibt.«

»Niemand will dich betrügen«, sagte P. J. ruhig.

»Und wie kommt's dann, dass auf dieser Liste nur noch zwei Konten offen sind, wo es doch drei Grundstücke waren? Jemand hat schon ein Konto geplündert.«

»Pete hat mir gesagt, es waren vier Grundstücke«, sagte ich.

McGuirk ging auf mich los. »Es waren drei Felder, zwei lächerlich kleine und ein ziemlich großes. Ich bin ganz oft mit meinem Daddy drauf rumgelaufen, ohne zu wissen, wem sie gehören. Aber er konnte nicht an der Straße vorbeifahren, ohne einen Blick auf die Grundstücke zu werfen. Und was hat dir Pete sonst noch erzählt?«

»Nichts«, sagte ich, als ich sah, dass Clancy mich hinter Slicks Rücken wütend anstarrte. Irgendwas stimmte nicht, aber es war nicht der richtige Augenblick, danach zu fragen.

»Tja, hat gar keinen Zweck, ihm zuzuhören«, sagte Slick. »Denn jedes Mal, wenn er was sagt, dreht und wendet er's so, dass man ganz durcheinander kommt. Ich und der Junge fliegen allein nach Jersey.«

»Nein«, sagte ich in entschiedenem Ton.

McGuirks Gesicht kam jetzt bedrohlich nahe. »Warum nicht? Was willst du damit sagen, Hühnerfurz?«

»Hör auf, meinen Vater so zu nennen«, sagte Conor in scharfem Ton.

»Brendan hat Recht«, warf Clancy beschwichtigend ein. »Nach allem, was heute Nachmittag passiert ist, wäre es nicht klug, wenn du ins Ausland fliegen würdest. Ich weiß, dass du nichts damit zu tun hattest, und wenn sie die Mörder finden, tu ich alles, was in meiner Macht steht, damit keine weiteren Fragen gestellt werden. Aber du solltest jetzt nichts

Auffälliges tun, das Verdacht erregen könnte. Geh Golf spielen.«

»Ich kann Golf nicht ausstehen«, knurrte McGuirk.

»Warum bist du dann in den Club eingetreten, verdammt noch mal?«, fragte Egan.

»Mein Vater war Gründungsmitglied.«

»Dann spiel morgen früh eben eine schlechte Runde Golf«, drängte ihn Clancy. »Versuch, entspannt auszusehen. Du warst bei P. J., als der Afrikaner seinen kleinen Unfall hatte.«

»Meine Alte hat uns Tee gemacht, mit Hafermehl-Scones und allem«, fügte P. J. hinzu. »Merk dir das, Slick.«

»Gib mir die Kontovollmachten und den Pass von dem Jungen«, sagte Clancy. »Prügle auf ein paar Golfbälle ein und P. J. kommt dann ins Clubhaus, direkt von der 3-Uhr-Maschine. Er kann sagen, dass er seinen Vater besucht hat. Du hast dein Geld, alles ist geregelt und Brendan fliegt heute Abend weg.«

»Warum sollte die Polizei mich am Flughafen überwachen?« McGuirk klang verwundert.

»Die überwachen heutzutage jeden.« Clancys Stimme bekam etwas Bedrohliches. »Kannst du dich noch an den armen Kerl in Dublin erinnern, den sie am Flughafen mit dem ganzen Geld von der Isle of Man verhaftet haben? Und was würde deine Alte sagen, Slick, wenn sie erfährt, dass du mit einem jungen Burschen ins Flugzeug gestiegen bist?«

»Was ist denn daran so schlimm?«

»Hat Pete gesagt, dass es was Schlimmes ist?«, mischte P. J. sich ein. »Es wäre bloß nicht das erste Mal und sie würde das Ganze bestimmt in den falschen Hals kriegen und sich unheimlich aufregen.«

»Halt's Maul und verschwinde endlich«, murmelte Slick unsicher. »Der Umschlag ist in meiner Jackentasche. Aber wenn du mich reinlegst, bring ich dich um.«

»Frag doch mal nach dem wahren Grund, warum er dich nicht fliegen lassen will«, sagte Conor gelassen in seiner Ecke.

»Hä?« Verblüfft über die Unterbrechung drehte Slick sich um.

»Frag ihn, was du nicht rausfinden sollst.«

»Halt die Klappe, Kleiner«, sagte Clancy. »Jetzt ist alles geregelt und dich geht diese Sache nichts an.«

»Wie kommen Sie dazu, mir zu sagen, dass ich die Klappe halten soll?«

»Ganz ruhig, Conor«, warnte ich.

»Misch dich nicht ein«, erwiderte der Junge. »Wenn ich bloß daran denke, dass der arme Granddad im Bann dieser Clancys gestanden hat. So wie er geredet hat, hätte man denken können, dass Barney Clancy reinen Goldstaub aus dem Schwanz spritzte, wenn er einen Orgasmus hatte.«

»Das reicht jetzt, hör auf, meinen Vater zu beleidigen«, sagte Pete Clancy gereizt.

»Das reicht noch lange nicht.« Conor sah Slick an. »War er nett, der Junge, mit dem du verreist bist?«

»Zum letzten Mal, ich bin mit keinem Jungen verreist«, brüllte Slick. »Kann man denn keinem Nachbarjungen den Flug bezahlen, ohne dass die Leute gleich irgendwelche Schlüsse ziehen? Ich hab auch Carol Geld gegeben, damit sie heute Abend wegfahren kann. Das heißt doch nicht, dass ich sie vögeln will.«

»Bei ihrem Arsch würde dazu auch ganz schön viel Mut gehören«, murmelte P. J.

»Ich wette, dass es gut war«, sagte Conor, ohne P. J. Beachtung zu schenken. »Ich wette, du bist bei ihm so heftig gekommen, dass dein Saft bis an die Decke gespritzt ist.«

»Halt dein verdammtes Maul, du perverser Schwuler!« Wenn ich McGuirk nicht den Weg versperrt hätte, hätte er Conor verprügelt. Er blickte mich an und wich zurück. »Wie sollte er auch was anderes als ein Perverser sein, als Sohn von jemandem, der's mit den Hühnern getrieben hat?«

»Ich hab wenigstens einen Sohn«, erwiderte ich ruhig.

McGuirk setzte sich wieder auf den Tisch und brachte Clancy, der gerade etwas sagen wollte, mit einer Handbewegung zum Schweigen. »Red weiter, Junge, und keiner von euch unterbricht ihn.«

»Granddad hatte auch seine Geheimnisse«, sagte Conor. »Ich kenne sie nicht alle und weiß auch gar nicht, ob ich das will. Aber ich weiß, dass eins ihm keine Ruhe gelassen hat. An dem Tag, als er vor den Untersuchungsausschuss geladen wurde, war ich in Cremore, um meine Grandma zu besuchen.« Conor blickte mich herausfordernd an, als wartete er nur darauf, dass ich ihr den Titel streitig machte. »Irgendein Trottel hatte in meiner Schule ein Graffiti an die Wand gesprüht. Ein Trottel, der die Rechtschreibung nicht beherrscht.«

»Hör auf, darauf rumzureiten, Junge«, knurrte Slick verlegen.

»Ich wollte es meiner Grandma erzählen«, fuhr Conor fort, »aber sie machte sich mehr Sorgen um Granddad. Er grub den Garten um und jätete nichtvorhandenes Unkraut, er zögerte den Augenblick raus, wo er wieder ins Haus kommen und sich der beschämenden Vorladung stellen musste. Er fühlte sich vor aller Welt gedemütigt, egal, was er vor dem Untersuchungsausschuss sagen würde. Ich weiß nicht, was er in seinem Leben alles angestellt hat, aber er war bloß ein alter Mann in einem Garten, für den eine Welt zusammenbrach.«

»Er hätte bloß die Klappe zu halten brauchen«, warf P. J. ein. »Das haben schon jede Menge Leute getan.«

»Ich wusste, wenn sein Name in der Zeitung stehen würde, würden er und meine Grandma sich in dem Haus wie in einem Gefängnis vorkommen. Ich ging in den Garten, um ihm zu helfen. Diesmal lagen keine Schokolinsen in der Erde, es kamen bloß Würmer und lose Steine zum Vorschein. Ich wusste nicht, was ich sagen sollte. Er sagte dauernd, dass die Anwälte einen als dumm hinstellen. Phyllis hat aus dem Fenster geguckt, drum hab ich gesagt: ›Sag einfach die Wahrheit. Es gibt nichts, wofür du dich schämen musst, Granddad.‹ Da hat er gesagt – und ich weiß noch, dass sich seine Stimme anhörte, als wäre in ihm was zerbrochen –, er würde sich bloß für zwei Dinge schämen. Dafür, dass er seinen Sohn nicht stärker geliebt hat und dass er geholfen hat, einen kranken Mann übers Ohr zu hauen.«

»Welchen kranken Mann?«, wollte Slick wissen.

»Ich wollte, dass er über meinen Vater spricht«, sagte Conor, »aber er erzählte diese Geschichte über irgendeinen Bauunternehmer, der vor Jahren mehrere Grundstücke aufgekauft hatte und später verrückt geworden war. So ein Typ, der seine linke Hand nicht wissen ließ, was die rechte machte, und dem Finanzamt alles Mögliche verheimlichte. Zusammen mit drei anderen Männern besaß er Anteile an einer geheimen Firma. Granddad stand irgendwie im Hintergrund. Diese Männer redeten dem Bauunternehmer ein, dass er bloß für sie auf diese Grundstücke aufgepasst hat, sie erzählten ihm allen möglichen Quatsch und brachten ihn dazu, dass er ihnen die Grundstücke überschrieb. Granddad versuchte, sie davon abzuhalten, doch der Hauptanteilseigner – jemand, für den Granddad keinen Respekt mehr empfand – stauchte ihn brutal zusammen und sagte, er soll den Mund halten.« Conor blickte sich um. »Ergibt das einen Sinn?«

»Eamonn Brogan war ein verbitterter alter Jammerlappen«, sagte Pete Clancy verärgert. »Nur ein Idiot würde seinen Worten Glauben schenken.«

»Lass den Jungen ausreden«, forderte Slick. »Für mich ergibt's einen Sinn.«

»Weil er ein verdammter kleiner Lügner ist«, warf P. J. ein,

»der seine Lügen auf dich zuschneidet. Du weißt genau, dass Brogan keinen von uns verpfiffen hätte.«

»Von euch hat keiner vor Gericht gestanden«, sagte ich. »Aber mein Dad wurde vorgeladen.«

»Es ist kein Gericht«, erklärte Clancy. »Es ist bloß ein Untersuchungsausschuss, der eingesetzt wurde, damit nichts ans Licht kommt. Sein Aufgabenbereich ist so groß, dass wir ihn letztlich scheitern lassen, nachdem er eine Weile rumgewurstelt hat, weil ihm kaum jemand hilft, der wirklich zählt. Die Öffentlichkeit hat ihren Wahrheitskult satt, sobald man Einzelheiten über die Anwaltsgebühren durchsickern lässt. Als wir im Parlament für die Einsetzung eines Untersuchungsausschusses gestimmt haben, hat kaum einer damit gerechnet, dass außer ein paar Blödmännern jemand die Wahrheit sagen würde, verdammt noch mal.«

»Granddad hätte es vielleicht getan«, sagte Conor. »Ansonsten war er mit sich im Reinen. Aber es lag ihm schwer auf der Seele, mit ansehen zu müssen, wie ein Verrückter von seinen Freunden übers Ohr gehauen wurde. Nach seiner Pensionierung kam niemand mehr zu Besuch und er hatte nichts zu tun, außer einmal in der Woche für einen Hungerlohn die Miete zu kassieren. An jenem Tag im Garten hat er gesagt, er wollte ein reines Gewissen haben. Jahrelang hätte er den Sohn des Mannes belogen und etwas zurückgehalten, das nicht ihm gehörte. Aber er hätte Beweise für die Grundstücksübertragungen, Firmenunterlagen in einem Schließfach auf Jersey, das niemand je finden würde.«

»Als er die Vorladung gekriegt hatte, hat er ständig bei mir angerufen«, sagte Slick zu Clancy. »Du hast gesagt, ich soll nicht mit ihm sprechen, sein Telefon wär angezapft. Wenn ich seine Stimme hören würde, sollte ich auflegen.«

»Der Junge will dich reinlegen, Slick«, sagte P. J. und ging drohend auf Conor zu. Ich verstellte ihm den Weg.

»Lass meinen Sohn in Ruhe.« Ich drehte mich zu Slick um.

»Von wie vielen Grundstücksgeschäften hat Joey Kerwins Sohn dir erzählt?«

»Drei. Ich hab euch ja gesagt, dass ich die drei Grundstücke genau kenne.«

»Cormac und ich haben vor Jahren jeder ein Konto abgeräumt. Wenn auf Jersey noch zwei Konten übrig sind, dann liegt bloß auf einem Geld aus diesen Geschäften.«

»Das reicht jetzt«, sagte Clancy in entschiedenem Ton. »Alles, was passiert ist, hat sich zwischen unseren Vätern abgespielt.«

»Willst du damit sagen, dass es stimmt?«, wollte Slick wissen.

»Ich will damit sagen, dass außer dem Geld, das auf Jersey liegt, nichts mehr übrig ist. Die Vergangenheit ist wie ein Pullover, sobald du ein Fädchen ziehst, löst sich alles in Wohlgefallen auf. An wie vielen krummen Geschäften war Slab beteiligt? Hättest du gewollt, dass Brogan all das ans Licht bringt, damit du dich für ein paar läppische Felder rächen kannst? Slab war kein Heiliger. Kann ja sein, dass es ihm am Ende mit gleicher Münze heimgezahlt wurde, aber die Hypothekenbank, die er aufgebaut hat, hat dich zum vielfachen Millionär gemacht. In seinem Zustand hätten mein Vater und Mossy ihn nicht übers Ohr hauen dürfen, aber verglichen mit den heutigen Grundstückspreisen waren das doch bloß Peanuts. Ich finde es gut, dass die Sache Brogan nicht gefallen hat, denn mir hat auch nicht alles gefallen, was Daddy getan hat. Aber was hätte es Slab gebracht, wenn Brogan im Dublin Castle sein Alter-Mann-macht-seinen-Frieden-mit-Gott-Spielchen durchgezogen hätte? Wir würden alle im Rampenlicht stehen und wären geliefert.«

»Ihr beide habt mich nach Cremore geschickt, damit ich ihn fessele, ohne mir zu sagen, dass er ein schwaches Herz hatte«, sagte McGuirk.

»Wir haben nicht gesagt, dass du die Schnur so fest anziehen sollst.«

»Ihr wolltet, dass er stirbt und ich euch die Kontovollmachten besorge, damit P. J. mit dem Jungen nach Jersey fliegen und die Beweise für den Betrug an meinem Vater vernichten kann. Ihr habt mich benutzt. Ein Leben lang habt ihr mich benutzt.«

»Sachte, Slick«, sagte P. J. »Wir sind doch Freunde.«

»Ich hab keine Freunde«, sagte McGuirk, »ich hab euch beide und eine Frau, die es nicht ertragen kann, mit mir im selben Zimmer zu sein. Ich hab Nachbarn, die mich als blöden Wichser bezeichnen, und sie haben Recht. Ich bin so blöd, dass ich euch nicht durchschaut hab.«

»Es waren bloß ein paar Felder«, sagte P. J. »Dein Vater hat nicht mal gewusst, dass er sie verliert. Überleg mal, was du verloren hättest, wenn Brogan im Castle geplaudert hätte.«

»Das Geld interessiert mich nicht«, erwiderte Slick. »Ich hab so viel Geld, dass es mir aus den Taschen quillt und ich es nicht mehr zählen kann. Die Idioten aus Dublin stehen Schlange, um die Schuhkartons zu kaufen, die ich hier hinstelle, obwohl sogar die Kuhställe, die mein Vater gebaut hat, stabiler waren.«

»Du hast ausgesorgt«, sagte P. J. »Slab wäre stolz darauf, was du aus der Firma gemacht hast, wenn er dich noch erkennen könnte, und ich hab dir doch immer gute Ratschläge gegeben. Und Pete auch – er hat dir oft aus der Klemme geholfen. Da waren nicht bloß die Flugtickets, die du mal gekauft hast. Weißt du noch, wie die Bullen deinen Wagen im Phoenix Park angehalten haben? Diese verdammten Strichjungen wären dein Ende gewesen, wenn Pete nicht in aller Stille auf dem Revier vorgesprochen hätte. Und deine Frau hätte dich damals auch verlassen, wenn Pete nicht eine Abmachung mit ihr getroffen hätte. Inzwischen hat sie euer

Haus richtig klassisch eingerichtet und ihr habt Bidets mit goldenen Wasserhähnen, wo ihr euch den Arsch waschen könnt. Brogan war schon immer ein raffinierter Scheißkerl, ein Beamter, der immer auf seinen Verordnungen beharrte, sich bei seiner Pensionierung aber auf jede Zuwendung stürzte. Wer weiß, was noch in dem Schließfach liegt, Papiere, die uns alle an den Galgen bringen würden. Aber jetzt, wo du Bescheid weißt, können wir zusammen nach Jersey fliegen, den ganzen Kram verbrennen und die Sache ein für alle Mal vergessen.« P. J. starrte Conor, den ich immer noch abschirmte, wütend an. »Wir geben dem Jungen trotz seiner großen Klappe eine dicke Belohnung. Wenn man diesen Jungs mit ein paar Riesen vor dem Gesicht rumwedelt, sind sie nicht mehr so hochnäsig und prinzipientreu. Es wäre wohl nicht das erste Mal, dass er gern von einem Mann Geld nimmt.«

»Das Geld interessiert mich nicht«, sagte Slick noch einmal und nahm seine Jacke. »Es interessiert mich auch nicht, dass ich benutzt wurde. Es kotzt mich bloß an, zu sehen, dass alle außer mir gewusst haben, dass mein Daddy übers Ohr gehauen wurde.«

Er griff in seine Tasche, aber er zog nicht den Umschlag hervor. Es war Joey Kerwins alter Revolver.

»Ach du meine Fresse«, sagte P. J. lachend, »steck das altmodische Ding weg, bevor du dich damit verletzt.«

»Das Ding ist völlig in Ordnung«, sagte Slick. »Ich musste es bloß richtig sauber machen. Guck mal.«

Er zielte fast beiläufig auf Egan und drückte ab. In der winzigen Küche war der Knall ohrenbetäubend. Ich zuckte zusammen und wandte unwillkürlich den Kopf ab, sodass ich nicht P. J.s Gesicht, sondern das Blut und die Hirnfetzen auf der zur Hälfte gekachelten Wand hinter Conor sah.

Niemand rührte sich vom Fleck oder schrie. Auch P. J. starb lautlos, seine Füße neben meinen und sein zersplitterter Schädel nicht weit von der Stelle, wo Conor kauerte. Rauch und Pulvergeruch erfüllten die Küche. Mir dröhnten die Ohren. Die Zeit schien in Zeitlupe zu verstreichen.

»Slick.« Clancy sagte mit leiser Stimme dasselbe letzte Wort wie mein Vater. Seine Augen, die den Pistolenlauf betrachteten, sahen anders aus als in dem Augenblick, als ich in Maguires Kuhstall P. J.s Schrotflinte auf ihn gerichtet hatte. Er schien Angst zu haben und wirkte plötzlich ganz menschlich, ein Pete Clancy, wie ich ihn noch nie erlebt hatte.

Nur war es nicht sein letztes Wort. Mit zitternden Fingern duckte McGuirk sich so tief, dass seine Nase fast den heißen Lauf berührt hätte, er kniff die Augen zusammen und zielte sorgfältig auf Clancys Herz. Die Pistole ging los, lauter und von mehr Rauch begleitet. Das Gebrüll rief mir das Jaulen der Windhunde aus meiner Kindheit ins Gedächtnis, wenn ihnen der Schwanz kupiert worden war. Clancy stand völlig reglos da und auch Slick war einen Augenblick lang ganz starr. Zumindest seine Beine und seine Brust. Das, was von seinem Mund noch übrig war, schrie immer wieder und da, wo sein Ellbogen gewesen war, ragten spitze Knochen hervor. Die Überreste der Pistole lagen neben seinen zerfetzten Fingern auf dem Boden. Splitter des explodierten Metalls waren nach oben gespritzt und hatten sich tief in seine Augen und sein Gesicht gebohrt. Er taumelte vorwärts und erinnerte mich an ein Huhn, das mein Vater einmal geschlachtet hatte und das anschließend aufgestanden und ohne Kopf rings um den Tisch getaumelt war. Slick brüllte weiter, während er zu Boden glitt.

Conor war auf die Knie gefallen. Zuerst dachte ich, einer der Metallsplitter hätte ihn getroffen, aber dann sah ich, dass er sich übergab. Ich kniete mich neben ihn und versuchte, ihm den Anblick von P. J.s Kopf zu ersparen, der nicht weit entfernt lag.

»Alles in Ordnung, mein Sohn?«

»Hau bloß ab!«

Er schluchzte hemmungslos. Ich blickte auf zu Pete Clancy, der mir direkt in die Augen starrte.

»Was machen wir jetzt?«, fragte er.

Ich wusste, was er dachte, denn ich hatte denselben Gedanken. Wäre Conor nicht da gewesen, wären wir einfach zur Tür hinausgegangen. Slick machte ein anderes Geräusch, zu leise für einen Schrei, und dann war nur noch sein schwach rasselnder Atem zu hören.

»Herrgott noch mal, ruf einen Krankenwagen.« Ich bemühte mich, wie ein Vater zu klingen. »Slick ist noch am Leben.«

»Du hast Recht.« Clancy sah ebenfalls Conor an, machte aber keine Anstalten, ein Telefon hervorzuholen. »Das ist schrecklich ... schrecklich ... wenn Kerwins Sohn, dieser kleine Wichser, das Maul gehalten hätte ... wenn du und dein Bruder nicht das Geld geklaut hättet ... wenn dein Vater bloß mitgespielt und wie alle anderen seine Unterlagen vernichtet hätte ... dann hätte ich alles in Ordnung bringen können.«

Conor blickte auf. Er zitterte, das Gesicht kreidebleich mit einem Streifen Blut auf der Stirn. »Warum rufen Sie keinen Krankenwagen?«

»Du hast Recht, mein Junge, das sollten wir tun.« Clancy starrte McGuirk an und wirkte besorgt. »Aber der halbe Kopf ist weg. Das überlebt er nicht.«

»Du musst ihm eine Chance geben«, sagte ich und hatte Angst, Conor zu berühren, der wieder angefangen hatte zu würgen.

»Vielleicht sollten wir uns selbst eine geben.«

»Was willst du damit sagen?« Ich versuchte, das Dröhnen in meinen Ohren zu lindern.

»Einen Ausweg. Willst du, dass man uns so findet? Die sind beide so gut wie tot. Es ist nicht nötig, dass wir in die

Sache verwickelt werden. Slick hat P. J. umgebracht und sich dann aus Versehen erschossen. Sie haben sich sowieso ständig gestritten.«

Conor sah auf und sein Blick wanderte langsam zwischen unseren Gesichtern hin und her. »Er liegt im Sterben, ihr Scheißkerle«, zischte er. »Holen Sie endlich Ihr verdammtes Telefon raus.«

»Dein Dad ist auch seit zehn Jahren tot, weißt du noch?«, sagte Clancy. »Versuch das mal den Bullen zu erklären. Slick ist hinüber, das sag ich dir. Er hat deinen Großvater umgebracht. Dir kann's doch egal sein, ob er seine letzten Atemzüge hier oder in einem Krankenwagen macht. Nimm ein Tuch und wisch alles ab, was du berührt hast. Jetzt ist es halb vier. Sollen seine Arbeiter sie in vier Stunden finden.«

»Scheiße«, sagte ich. »Du wirst ihn nicht sterben lassen.«

»Ich misch mich in nichts ein, das ich nicht verhindern kann. Ich geb euch beiden eine Chance. Auf Jersey liegt ein Haufen Geld. Teil es zwischen uns auf. Die andere Kontonummer gehört zu einem Schließfach. Verbrenn alle Unterlagen, die darin liegen. Nichts davon betrifft dich. Will jetzt wirklich noch einer von euch in diesen verdammten Schlamassel verwickelt werden?«

Ich hörte Slicks rasselnden Atem nicht mehr. Es war schwer zu sagen, ob er noch lebte oder schon tot war. Conor sah mich verwirrt und entsetzt an. Ich wusste, dass er sich wünschte, alles wäre bloß ein Traum, aus dem er erwachen könnte.

»Was tun wir, Dad?«

»Gib mir dein verdammtes Handy«, befahl ich Clancy.

Er schüttelte müde den Kopf. »Ihr beide habt Recht«, sagte er dann. »Ich weiß nicht, was über mich gekommen ist. Ich bin in Panik geraten. Ich meine, ich war noch nie in so was verwickelt. Das Telefon liegt auf dem Fahrersitz des Wagens.« Clancy zog seine Schlüssel hervor. »Hier, Junge, hol's uns, ja?« Er betrachtete Conor, der aufstehen wollte, aber nicht genug Kraft zu haben schien. »Schon okay, ich hol es selbst.«

Clancy ging verzweifelt nach draußen und wir kauerten schweigend da. Nach einer Weile blickte Conor auf. »Mum ist vor Sorge bestimmt völlig aus dem Häuschen.«

»Ich weiß«, sagte ich. »Miriam hat sich schon immer schnell Sorgen gemacht.«

»Sie geht immer erst ins Bett, wenn ich nach Hause komme.«

Clancy war so leise zurückgekehrt, dass ich seine Schritte nicht hörte, sondern nur den überraschenden Flintenknall von der Tür. Ich warf mich auf den Boden, um Conor zu schützen, ohne zu wissen, ob er nicht schon getroffen war. Ich blickte in sein Gesicht, er war noch am Leben und starrte über meine Schulter auf den Tisch. Als ich seinem Blick folgte, sah ich, dass aus einem frischen Loch in Slicks Bauch Blut und Eingeweide quollen. Clancy entspannte den Hahn von P. J.s Schrotflinte, um eine neue Patrone einzulegen.

»Das war's dann«, sagte er. »Slick kann jetzt offiziell aus dem Wahlregister gestrichen werden.«

»Was in aller Welt machst du da, Pete?«

Clancy klappte die Schrotflinte zusammen und richtete sie auf uns. »Keine Ahnung«, sagte er. »Ich bin nicht gewalttätig. Ihr werdet vielleicht lachen, aber es stimmt. Ich hab versucht, ein sauberes Leben zu führen, und hab mir für Leute den Arsch aufgerissen, denen das völlig egal ist. Aber die Vergangenheit holt einen immer ein, stimmt's?«

»Verdammt noch mal, leg die Flinte weg.«

»Michael Collins hat zu meinem Großvater gesagt: ›Erobere für uns in Meath einen Sitz und halte ihn. Wir brauchen einen starken Mann, auf den wir uns verlassen können.‹ Achtzig Jahre lang haben wir den verdammten Sitz gehalten, bis uns die Finger wehtaten. Und ich schaue meinen Sohn an – er hat kein Interesse, nicht den Mumm und das Rückgrat aus Stahl, das man dazu braucht. Ich rede mir ständig ein, dass eine meiner Töchter den Sitz vielleicht übernehmen will, wenn sie nicht mehr mit Puppen spielen – eine Frau wäre gut, das würde dem Ganzen eine neue Wendung geben. Schon als sie zwei Jahre alt waren, habe ich ihnen in die Augen gestarrt und versucht, mich darin zu erkennen. Keins meiner Kinder hat Lust auf das miese Essen, das Händeschütteln und die ganze Scheiße, die man in diesem gepriesenen Leben über sich ergehen lassen muss. Sie wollen sich Weihnachten zum Essen hinsetzen, ohne dass jemand vorbeikommt, dem man irgendein Formular unterschreiben soll. Nach achtzig Jahren umklammere ich immer noch diesen verdammten Sitz und kann ihn an niemanden weitergeben. Warum kann ich ihn dann nicht loslassen?«

»Pete«, sagte ich, »sei vernünftig.«

»Ich darf nicht der Clancy sein, der alles versaut hat. Du weißt, was Schuldgefühle sind, sonst wärst du nicht nach Hause gekommen. Wenn ich euch beide gehen lasse, redet ihr. Das liegt in der Natur des Menschen, Geheimnisse kommen immer ans Licht. Du hättest keinen neuen Pass gekriegt, Brendan. So was kann ich nicht mehr deichseln. Ich hab bloß versucht, Zeit zu gewinnen, ich hab dich hingehalten, wie ich's schon das ganze Jahr mit Slick getan hab.«

»Du hast gewusst, dass Slick meinen Vater umbringen würde, oder?«

»Ich wusste, dass dein Vater ein schwaches Herz hat. Aber die Knoten hat Slick gemacht.«

»Lass wenigstens Conor gehen«, bat ich. »All das war vor seiner Zeit.«

»Ich hab ihn da nicht mit reingezogen. Aber ich mach mir keine Sorgen um Conor, er ist kein Problem.«

»Ich gehe nicht ohne meinen Vater«, sagte Conor trotzig.

»Wer sagt denn, dass du gehen kannst?«, entgegnete Clancy. »Ich meine, dass es kein Problem ist, dich umzulegen. Slick war schon immer scharf auf Schwule. Das könnte die Polizei auf eine falsche Fährte locken. Ein Streit mit einem Liebhaber, in den P. J. zufällig reingeraten ist.«

»Ohne mich kommen Sie nicht an die Konten auf Jersey ran«, sagte der Junge herausfordernd.

»Scheiß drauf. Banken bleiben mit Freuden bis in alle Ewigkeit auf ruhenden Konten sitzen. Jetzt, wo Eamonn tot ist und Slick keinen Ärger mehr macht, ist es sowieso unwahrscheinlich, dass irgendein Untersuchungsausschuss in euren Familienangelegenheiten rumschnüffelt. Dein Vater ist das Problem. DNS-Test, Zahnarztunterlagen. Durch den Hühnerfurz wird der Verdacht von einer Sexorgie, die aus dem Ruder gelaufen ist, in eine andere Richtung gelenkt. Dich kann ich hier umlegen, Conor, aber der Hühnerfurz muss verschwinden.«

Aus einer Ahnung heraus oder weil er etwas gehört hatte, drehte Clancy sich um. Ebun hatte beide Pfeile aus dem Holzbrett gezogen und stand in der Tür. Sie zielte auf Clancys Gesicht. Der erste Schuss zersplitterte das Fenster hinter mir. Ein Pfeil steckte über seinem Auge und der andere ragte aus seiner Wange hervor. Er feuerte noch einmal drauflos und ich machte einen Satz nach vorn. Die zweite Patrone riss ein Loch in die Decke. Ein Pfeil löste sich, als wir über Slicks Leiche stürzten, doch der in seiner Augenbraue wippte auf und ab und von der Spitze rann Blut.

»Los, lauf«, schrie ich Ebun zu. »Nimm Conor mit.«

Conor kniete hinter mir und versuchte, Clancy niederzuhalten, aber Pete schlug wild um sich und schüttelte uns beide ab. Er kramte in seiner Tasche nach weiteren Patronen und robbte unter den Tisch, um genug Zeit zum Nachladen zu haben.

»Los«, schrie Ebun, »lauf, lauf!«

»Du sollst laufen. Bring den Jungen hier raus.« Ich trat

nach Clancy, denn es war mir egal, ob ich erschossen wurde. Ich hatte das Gefühl, als wäre dies der Augenblick, dessentwegen ich nach Hause gekommen war, um endlich die alten Rechnungen zwischen uns zu begleichen.

Ich weiß nicht, wie es Ebun gelang, Conor wegzuzerren, denn in dem Moment dröhnte unterm Tisch der erste Schuss. Er streifte meine linke Schulter und riss dann ein Loch in die Wand über der verlassenen Tür. Ich verschwand im Flur und hörte, wie seine Schritte mir folgten. Ein Automotor sprang an. Der Wagen kam auf mich zu und jemand warf die Tür auf. Doch Clancy war auch schon draußen, geblendet vom Scheinwerferlicht. Er hatte den Pfeil aus der Augenbraue gezogen, aber sein Gesicht war blutüberströmt und er konnte nicht richtig sehen.

Blind zielte er in die grellen Lichter. Der Ford Fiesta raste los, als wollte Ebun ihn überfahren, doch kurz bevor Clancy schoss, riss sie den Wagen herum. Das Seitenfenster zersplitterte und der Wagen holperte auf die Lücke zwischen den Teerfässern zu, krachte gegen eins, bog dann nach links und brauste in die Dunkelheit davon.

Clancy verschwand wieder im Haus, um nachzuladen. Ich blutete an der Schulter, wo sein Schuss eine Fleischwunde hinterlassen hatte, meine Haut brannte, als hätte jemand ein heißes Bügeleisen draufgedrückt. Ich sah mich nach einem Versteck um. Links von einer Betonmischmaschine war ein Graben. Ich ließ mich hineinfallen und riss mir an den Steinen darin das Knie auf. Mein Mut hatte mich verlassen. Ich war jetzt allein mit Pete Clancy und der altvertrauten Gewissheit, dass er mich finden würde.

Als er herauskam, hatte er sich das Blut aus den Augen gewischt, blutete aber immer noch stark aus beiden Gesichtswunden. Er blickte sich verwirrt um, als könnte er kaum glauben, was sich in der letzten halben Stunde abgespielt hatte.

»Brendan?«, rief er in schmeichlerischem Ton. »Es ist Zeit zu reden. Diese Sache ist zu weit gegangen.«

Er überprüfte, ob sich im Mondschein etwas regte. Ich ergriff einen Stein und warf damit nach ein paar gestapelten Dachsparren. Er prallte dumpf auf das Holz und Clancy drehte sich unwillkürlich um und feuerte in die Richtung, aus der das Geräusch gekommen war.

»Erschreck mich nicht, Brendan. Ruf zuerst und komm dann langsam raus. Dein schwarzes Flittchen dürfte inzwischen bei den Bullen sein, welchen Sinn hätte es da noch, dich umzubringen? Wir sind beide geliefert. Diese Sache ist uns völlig aus dem Ruder gelaufen. Wir müssen uns absprechen, um den Schaden in Grenzen zu halten. Also versteck dich nicht länger, denn ich bin mit den Nerven ziemlich am Ende. Ich hab Angst, dass du dich auf mich stürzt. Komm raus, dann leg ich die Flinte weg.«

Er stand nur ein paar Schritte entfernt und lud blind nach, da das Blut, das aus seiner Augenbraue rann, ihm wieder die Sicht nahm. Er konnte nichts sehen, aber ich hätte schwören können, dass er den kalten Schweiß roch, der mir als Kind jedes Mal ausbrach, wenn er sich mir näherte. Mein Herz pochte so laut, dass er es hören musste. Und dennoch war es möglich, dass er seine Worte ernst gemeint hatte. Er hatte die Situation nicht mehr unter Kontrolle, warum also legte er nicht die Flinte weg, statt damit blind durch die Gegend zu irren?

Mit einer fast anmutigen Handbewegung stürzte er in den Graben, ließ das Gewehr los und streckte die Hände aus, um den Sturz abzufangen. Er landete auf der Schrotflinte, ein Schuss löste sich und er fiel seitlings auf mich. Einen Augenblick lang dachte ich, er sei tot. Doch dann streckte er die Hände aus, packte meine Haare und klammerte sich an mir fest wie ein Ertrinkender, während er sich mit heiserer, krächzender Stimme hochzog.

»Wärst du bloß nie zurückgekommen, Hühnerfurz.«

In seinen Armen steckte eine solche Kraft, dass ich mich nur mit Mühe aus seinem Griff befreien konnte.

»Lass mich nicht in diesem verdammten Graben liegen«, befahl er. »Ich hab mir bei dem Sturz das Bein gebrochen und einen Schuss in den Bauch gekriegt oder es hat dich erwischt ... da ist Blut, aber ich hab keine Schmerzen. Bring mich zu meinem Wagen.«

»Du fährst nirgends mehr hin.« Ich drückte ihn zu Boden, kroch aus dem Graben und suchte nach irgendwas, womit ich ihm den Rest geben konnte. Auf der ganzen Baustelle war nichts zu finden, denn Slick war so geizig, dass nichts Stehlenswertes liegen blieb.

Hinter mir hörte ich ein Geräusch. Es war Clancy irgendwie gelungen, sich aufzurappeln. Er wollte aufstehen, merkte aber, dass es nicht ging, und kroch dann auf seinen Wagen zu, wobei er eine breite Blutspur hinterließ. Der Schmerz in seinem linken Fuß, den er unbeholfen nachzog, ließ ihn zusammenzucken, und dennoch schrie er nicht, nicht einmal, als sein Knöchel gegen einen Stein stieß. Er kroch einfach weiter. Ich wartete, bis er nur noch ein paar Schritte entfernt war, und versperrte ihm dann den Weg, meine Schuhe direkt vor seinen ausgestreckten Fingern.

»Wie willst du denn fahren?«

Er sah auf, ein Blick ohne Angst oder auch nur die Bitte um Erbarmen. »Von jemandem wie dir hab ich noch nie Hilfe gebraucht«, keuchte er.

»Falsch«, zischte ich. »Mein Vater und Tausende wie er haben deine Familie aufgebaut und sind wie Arbeiterameisen hin und her gewuselt, um deine Anerkennung zu erlangen.«

»Eamonn wäre ein Niemand geblieben, wenn Daddy sich seiner nicht angenommen hätte. So ein nach Hühnerscheiße stinkender Niemand wie du, Hühnerfurz.«

Seine Stimme wurde schwächer und er rang nach Atem, aber sein nüchterner Ton machte mich wütend.

»Sag meinen richtigen Namen! Wer bin ich? Sag ihn, du Scheißkerl!«

»Derselbe Mensch, der du immer sein wirst. Brogan, der Hühnerfurz.«

Die Heftigkeit, mit der ich ihm auf die Finger trat, überraschte mich. Er wälzte sich herum und hob einen Augenblick schützend die Hände. »Und du?«, sagte ich. »Für wen hältst du dich denn, du Scheißkerl? Wer hat dir das Recht gegeben, dich so zu benehmen? Mit einem überheblichen Grinsen über den Schulhof zu stolzieren? Mr. Unantastbar, was? Ich war mal genauso gut wie du, sogar besser.«

Clancy setzte sich halb auf, auch jetzt keine Spur von Angst in den Augen. Aus seiner Bauchwunde quoll Blut. Und doch hätte ich in seiner Tasche nach weiteren Patronen kramen können, um ihm den Rest zu geben, ohne dass sich sein Gesichtsausdruck verändert hätte. »Du warst schon immer ein neidischer kleiner Wichser, Hühnerfurz.«

»Ich war wie du der älteste Sohn. Und wo war der Respekt für mich? Warum hab ich nicht gezählt?«

»Aus dem Weg, du kleines Arschloch, ich kann dich und deinesgleichen nicht mehr sehen.« Er brachte die Kraft auf, in die Tasche zu greifen und seine Schlüssel hervorzuziehen. »In Kells gibt's einen Arzt, der mir einen Gefallen schuldet. Junge, mach die verdammte Wagentür auf.«

»Du fährst nirgends mehr hin«, höhnte ich und trat einen Schritt zurück, wobei mein Schuh gegen einen Stein stieß. Ich hob den Stein auf und stellte mich bedrohlich vor Clancy, bereit, ihm damit den Schädel zu zertrümmern. Doch Clancy betrachtete mich bloß mit halb spöttischem Blick, denn er war davon überzeugt, mich richtig einzuschätzen, und wusste, dass ich nicht den Mumm hatte, ihn umzubringen. Müde ließ ich den Stein sinken und schleuderte ihn in die Dunkelheit, und als ich Clancy wieder betrachtete, waren seine Augen noch immer herausfordernd aufgerissen und er hatte mich erneut getäuscht, als hätte er seinen eigenen Tod choreografiert.

Ich wagte nicht, ihm die Augen zu schließen, doch schließlich ging ich ins Haus zurück. P. J. war nie richtig alt geworden. Noch im Tod wirkte er wachsam, als würde er sich voll Argwohn darauf gefasst machen, welche Erklärungen er in der nächsten Welt abgeben musste. Ich wischte die Flinte ab und drückte sie ihm in die kalten Hände. Slick war auf den Bauch gerollt, als Clancy ihn getreten hatte, sodass ich sein zerfetztes Gesicht nicht sehen konnte. Ich griff ihm in die Tasche, um den Umschlag an mich zu nehmen, der Niyi das Leben gekostet hatte, und fand dort auch Conors Pass. Ich steckte die Pfeile ein, auf denen Ebuns Fingerabdrücke waren, und ging dann nach draußen, wo Clancys Wagenschlüssel neben seiner Leiche im Schlamm lagen. Ich ließ sie dort liegen und ging an den Teerfässern vorbei, so benommen, dass ich weder nachdenken konnte, noch die brennende Fleischwunde an meiner Schulter spürte.

Als die Straße eine Kurve beschrieb, tauchte plötzlich Navan vor mir auf. Die ersten Häuser eines chaotischen Gewirrs von Wohnsiedlungen, die sich um den Zugang zur Landstraße rangelten. Ich betrat eine Auffahrt und beobachtete, wie zwei Streifenwagen mit abgeschalteter Sirene vorbeibrausten, deren Blinklichter die Schatten erleuchteten. Als ich weiterging, geriet ich kurz ins Scheinwerferlicht eines entgegenkommenden Krankenwagens. Abgesehen von einem Lastwagen, der dem Pendlerverkehr zuvorkommen wollte, war auch die Innenstadt verlassen.

Der Flower Hill kam mir unglaublich steil vor. Die Schmerzen in meiner Schulter wurden langsam schlimmer. Ich verlor immer noch Blut, doch irgendwie fühlte ich mich jetzt stärker, und je näher ich meinem Elternhaus kam, umso mehr übernahm mein Gespür das Kommando. Ich hatte plötzlich das Gefühl, wieder ein kleiner Junge zu sein. Die vertrauten Straßen, durch die ich taumelte, hatten etwas Entrücktes und waren zugleich gespenstisch real. Ich wusste, dass ich nach Hause ging. Ich hätte sechs, acht oder wer weiß wie alt sein können und alles kam mir vor wie die Erinnerung an etwas, das nie passiert war.

Schließlich wankte ich in unsere Straße. Der Grasstreifen in der Straßenmitte sah aus wie die Wirbelsäule eines Reptils. Ich streckte die Hand aus und tastete mich an den Mauern entlang. O'Briens Garage stand noch, danach kam etwas Neues und dann Bradys zugemauerter Eingang. Ryans Schuppen war abgerissen worden und man konnte einen Blick in den Garten werfen, wo früher immer Sägemehl ausgestreut war, und endlich kam Hanlons Schuppen.

Zweimal versuchte ich vergeblich, aufs Dach zu klettern, beim zweiten Mal stürzte ich und hätte mir fast den Knöchel verdreht. Ich suchte nach dem ramponierten Stuhl, den ich am Vortag gesehen hatte. Er wackelte bedenklich, als ich mich draufstellte, doch es gelang mir, mich am Dach festzuhalten und in den Garten zu klettern, wo ich ins zerzauste Gras fiel. Jetzt musste ich bloß wieder das Wohnzimmerfenster öffnen, um ins Haus zu gelangen, denn dort war ich in Sicherheit und konnte mich aufwärmen und meine Wunden lecken.

Doch als ich näher kam, beunruhigte mich ein schwacher Lichtschein im Wohnzimmerfenster. Schwer atmend kauerte ich mich unter die Apfelbaumzweige. Lisa saß in demselben Sessel wie als Kind. Eigentlich sah sie auch jetzt fast wie ein Kind aus. Ihr Haar war unverändert, immer noch glatt und mausbraun. Sie hätte ein Gespenst sein können, wenn sie mich nicht jäh in die Gegenwart zurückgeholt hätte. Am nächsten Tag fand die Versteigerung statt. Warum sollte sie nicht einen Tag früher nach Hause kommen, um dort allein eine letzte Nacht zu verbringen?

Ein Fernseher lief mit abgeschaltetem Ton. Aber an ihrem Gesichtsausdruck erkannte ich, dass sie die Fernsehbilder nicht wahrnahm. Vielleicht rief sie sich die Abende ihrer Kindheit in Erinnerung, an denen ein Kohlenfeuer ihr Gesicht erleuchtet und ihre Mutter ihr Milch gebracht hatte, an denen sie zusammengesessen hatten, ohne zu merken, dass sie beobachtet wurden.

Nur wenige Menschen hatten mich geliebt. Ich hatte kaum etwas getan, womit ich ihre Liebe verdient hätte, sondern hatte mich aus der Verantwortung für ihren Schmerz gestohlen, und doch wusste ich, dass ich bloß ans Fenster zu klopfen brauchte, damit sie mich hereinließ. Lisa Hanlon würde mir alles verzeihen, sogar, dass ich wieder aufgetaucht war. Ich stand auf, da ich mich nicht mehr zu verstecken brauchte, und wollte gerade mit der Faust an die Scheibe klopfen, als die Wohnzimmertür aufging.

Ich wich zurück und rechnete schon damit, dass der Geist ihrer Mutter erscheinen würde, doch es war ein Mann mit zwei heißen Whiskeys in der Hand. Er war Engländer – das sah ich an seinen Kleidern und daran, wie er gestikulierte, nachdem er die Gläser hingestellt hatte. Lisa drehte sich um und ich sah, wie alt ihr Gesicht aussah. Ein kleines Mädchen im Schlafanzug kam hinter dem Mann aufgeregt ins Zimmer gerannt und sprang in die Arme der Mutter. Lisa strich ihrer Tochter durchs Haar und küsste sie auf die Stirn. Das Mädchen schaute zum Fenster, als hätte sie dort etwas gesehen.

Sie sagte etwas und ihre Eltern schauten in die Dunkelheit hinaus, wo ich mich wieder niedergekauert hatte. Lachend umarmte Lisa das Mädchen, um es zu beruhigen. So war das Leben, wenn man erwachsen geworden war. Ich hätte mich für Lisa freuen sollen, weil ihr Leben sich zum Guten gewendet und den richtigen Rahmen gefunden hatte. Aber ich empfand es als furchtbare Vergeudung, zu wissen, dass ich hinter so einem Fenster sein könnte, statt immer noch draußen stehen zu müssen, immer noch voller Schmerz, unfähig loszulassen. Ich zog mich zurück und sah im Gras eine Blutspur, die das Mädchen am Morgen entdecken würde.

Ich musste mich irgendwo hinlegen, bevor ich zusammenbrach. An Hanlons Schuppen hing ein Vorhängeschloss. Ich hatte nicht mehr genug Kraft, um wieder auf die Straße zu klettern. Die Mauer zu Caseys ehemaligem Garten war niedrig. Jetzt wusste ich, wohin ich mich wenden würde, um die Blutung zu stillen und über meine Lage nachzudenken.

Ich ließ mich in unseren alten Garten hinunter. Alles war verändert, und doch roch es noch immer nach Heimat. Der Schlüssel lag noch unter dem Stein, unter den der Mann ihn am vorigen Tag gelegt hatte. Ich öffnete die Schuppentür, ohne zu wissen, was ich zu finden hoffte. Vielleicht meinen Geist, der all die Jahre darauf gewartet hatte, dass jemand die Tür aufschloss. Die gebohnerten Dielenbretter sahen seltsam aus und ich ging zu dem Computer auf dem aufgeräumten Schreibtisch, betrachtete die schicken skandinavischen Büromöbel ringsum, die Ordnung und Disziplin ausstrahlten. Das Reich eines anderen Menschen, wo, dem aufgeschlagenen, mit Sternchen verzierten Schönschreibheft auf dem Schreibtisch nach zu urteilen, der Sohn dieses Menschen am vorigen Abend seine Hausaufgaben gemacht hatte.

Es gelang mir, meine Fleischwunde an dem kleinen Waschbecken in der Ecke zu reinigen, ohne das Licht anzuschalten. Über der Lehne des Bürostuhls hing ein Hemd. Ich riss einen Streifen Stoff ab und band ihn fest um die Wunde. Ich hatte inzwischen heftige Schmerzen. In einem Wandschrank fand ich alkoholische Getränke und eine Brieftasche mit Urlaubsbildern. Der Brandy brannte in der Kehle und wärmte mir den Bauch und ich setzte mich auf den Boden, um mir die Fotos der Reihe nach anzusehen. Urlaubsbilder, irgendwo aufgenommen, wo es heiß war. Auf den meisten Fotos posierten ein Mann und eine Frau abwechselnd mit einem kleinen Jungen, der auf allen Bildern zu sehen war. Lachend, bei der Jagd auf Gänse, beim Spielen mit einem Hund. Die letzten beiden Bilder waren zu Hause aufgenommen worden, damit der Film voll wurde. Der Junge kniete auf seinem Bett neben einer mit Disney-Figuren verzierten Wand. Vor seinen Füßen lag ein Haufen Teddybären. Es gab nichts, woran ich mein altes Zimmer hätte erkennen können, da sogar der Fensterrahmen ausgewechselt worden war, und doch wusste ich, dass man die Bilder dort aufgenommen hatte. Ich berührte die Wände und die Decke, als wollte ich sie Wirklichkeit werden lassen, aber Wirklichkeit waren nur der Brandy und die heftigen Schmerzen in meiner Schulter.

Ich habe keine Ahnung, wie ich es geschafft hatte einzuschlafen, ich weiß bloß noch, dass beim Aufwachen der Junge von den Fotos in der Tür stand und mich ansah. Im Schuppen war es noch dunkel, doch die offene Tür lag im Licht. Er betrachtete sein Heft auf dem Schreibtisch.

»Das ist das Büro meines Vaters«, sagte er. »Was machen Sie hier?«

»Ich ruhe mich aus.«

»Sie haben sein Hemd zerrissen.«

»Mein Arm hat geblutet.«

»Kennt er Sie?«

»Nein.«

»Das ist unser Haus.«

Ich hätte ihm am liebsten erzählt, dass es einmal meins gewesen war, aber ich tat es nicht. Nicht bloß, weil ich seine Mutter aus der Küche rufen hörte und wusste, dass mir nicht mehr viel Zeit blieb. Sondern auch, weil es für jemanden, für den die Vergangenheit nicht existierte, keinen Sinn ergeben hätte.

»Eric?« Die Stimme seiner Mutter kam näher, ihre Schritte

waren schon auf dem Kies zu hören. Ich stand auf, schob den Riegel der neuen Metalltür zurück, die auf die Straße hinausführte, und ging nach draußen, als die Frau den Schuppen betrat. Als sie mir nachrief, drehte ich mich nicht um, konnte mir aber vorstellen, wie sie, die Arme schützend um ihren Sohn geschlungen, in der Tür stand.

Ich wusste, dass ich langsam abdriftete, denn am Ende der Straße stand ein Phantom, das beobachtete, wie ich näher kam. Ich spürte, wie meine Beine nachgaben, doch als ich fiel, stürzte ich nicht zu Boden. Es war wirklich Conor und er fing mich auf.

»Woher hast du gewusst, wo ...?« Ich versuchte aufzustehen.

»Wir sind hier mal vorbeigekommen und da hat Phyllis gesagt, du würdest immer hierher zurücklaufen.«

»Das war mit fünfzehn.«

»Du hast nie aufgehört, fünfzehn zu sein«, sagte Ebun und öffnete die hintere Tür des Wagens von Charles' Mutter, wo auf dem Sitz nur noch ein paar Glasscherben lagen.

»Clancy ist tot«, sagte ich.

»Ich weiß.« Ebun stieg auf den Fahrersitz. »Wir haben die Polizei angerufen, ohne irgendwelche Namen zu nennen, haben ihnen bloß gesagt, wo sie hinfahren sollen. Als wir zurückgekommen sind, war alles voll Polizisten. Ich habe gefragt, ob sie einen Afrikaner gefunden haben, und habe so getan, als würde ich Niyi suchen. Der Polizist, der bei den Fässern stand, sagte, sie haben drei Leichen entdeckt, alles wohl bekannte Einheimische.«

Conor zögerte, da er nicht genau wusste, wo er einsteigen sollte, doch dann setzte er sich neben mich und Ebun fuhr los.

»Hast du ihn umgebracht?«, fragte er.

»Nein. Nicht mal das hab ich fertig gebracht.«

»Du hast mir gesagt, das waren Granddads Freunde.« Es

schauderte Conor. »Mein Gott, da will ich seinen Feinden lieber nicht begegnen.«

Ich drehte mich um nach der Frau, die sich auf die Straße gewagt hatte, wo ihr Sohn ihre Hand hielt und mit ernstem Gesicht beobachtete, wie wir aus seiner Welt verschwanden.

MITTWOCH, 9 UHR MORGENS

Als wir Navan verließen, herrschte dichter Verkehr und es gab einen fünf Kilometer langen Rückstau von Pendlern, die widerwillig vor einer Baustellenampel warten mussten, während die Arbeiter die Straße aufrissen. Wegen der beiden zersplitterten Fensterscheiben war es im Wagen eiskalt. Ebun saß schweigend da und umklammerte das Lenkrad fester als nötig. Conor zitterte immer noch.

»Alles in Ordnung?«, fragte ich.

»Nichts ist in Ordnung«, fauchte er. »Wie denn auch? Ich hab mit angesehen, wie zwei Männern der Kopf weggeschossen wurde. Jedes Mal, wenn ich die Augen zumache, seh ich sie wieder vor mir. Was machen wir jetzt?«

»Keine Ahnung«, erwiderte ich.

»Na toll.« Er holte tief Luft und versuchte sich zusammenzureißen. »Und das aus dem Munde des Mannes, der wollte, dass ich mit diesen Scheißkerlen einen Pakt schließe.«

»Nicht mit allen«, sagte ich, »bloß mit Clancy.«

»Oh, gut«, sagte Conor in sarkastischem Ton. »Nicht mit dem Psychopathen mit dem Revolver, sondern bloß mit dem mit der Schrotflinte.«

»Hört auf zu streiten«, befahl Ebun von vorn. »Verschwinden wir von hier, solange es noch geht.«

Ich betrachtete die Blutspuren auf Conors Gesicht und das

geronnene Blut rings um den provisorischen Verband an meiner Schulter. Von der Prügelei am Samstagabend hatte ich im Gesicht immer noch blaue Flecken und meine schwarzen Haarwurzeln kamen langsam unter dem roten Färbemittel zum Vorschein. Meine Bartstoppeln waren schwarz. Die Fahrer der entgegenkommenden Wagen starrten durch unsere zersplitterten Fensterscheiben, während sie an uns vorbeifuhren.

»Wenigstens fallen wir nicht auf«, witzelte ich mit grimmiger Miene.

»Nein«, sagte Ebun. »Sie sehen mich und denken bloß, dass es mal wieder ein Überfall auf eine Schwarze war.«

Conor war stiller geworden. Er schien erst jetzt unter Schock zu stehen.

»Alles in Ordnung?«, fragte ich wieder.

»Die Schulferien sind vorbei. Ich müsste jetzt eigentlich in der Schule sein. Ich verpasse eine Doppelstunde Mathe.«

»Wie läuft's denn in der Schule?«

Er starrte mich ungläubig an. »Lass mich bloß in Ruhe, Dad, ja?«

Zumindest hat er mich »Dad« genannt, dachte ich, während der Wagen vorwärts schlich und wir in angespanntem Schweigen dasaßen. Ich fragte mich, ob wir an den Ländereien vorbeifuhren, die Mossy Egan und Barney Clancy dem unzurechnungsfähigen Slab abgeschwatzt hatten; ein Betrug, der als Spaß im Hinterzimmer irgendeines Pubs ausgeheckt worden war. Wer von beiden hatte den Vorschlag gemacht und wann hatten sich ihre Blicke getroffen, um zu sehen, ob der andere begriffen hatte, dass die Idee nicht länger ein Scherz war? Der Punkt, an dem es kein Zurück mehr gab, an dem die Habgier die Oberhand gewann. Ein Spiel, auf das sie sich einließen, weil sich die Gelegenheit bot, ohne begreifen zu können, dass die kleinen Kräuselwellen sich einmal zu einer Woge auftürmen würden, die all ihre Söhne wegspülte.

Drei Männer lagen tot am Stadtrand von Navan, und doch überkam mich erst jetzt eine Art nervöse Euphorie, weil ich nicht zu den Toten gehörte und auch mein Sohn noch am Leben war. Es war wie die Erleichterung, die ich von früher kannte, wenn ich der schonungslosen Brutalität auf dem Schulhof auf Kosten eines anderen entronnen war.

»Warum bist du zurückgekommen?«, fragte ich Ebun.

Sie zuckte mit den Achseln. »Ich war schon sieben oder acht Meilen weit weg, als ich umgekehrt bin. Ich habe draußen geparkt. Als ich die Schüsse gehört habe, habe ich mich versteckt. Vielleicht dachte ich, dass ich dir wegen Samstagabend etwas schulde. Als ich gesehen habe, dass der Mann sein Gewehr holt, musste ich nachsehen, ob du noch am Leben bist.« Sie wandte kurz den Blick von der Straße und drehte sich um. »Wir sind quitt.«

»Darum geht's doch nicht.«

Sie blickte auf die Straße. »Ich darf nicht in die Sache verwickelt werden, verstehst du? Entscheide, was du tun musst, aber lass mich da raus.«

»Das wird vielleicht nicht so einfach.«

»Muss es aber. Wenn einer von euch ein Unrecht begeht, heißt es, er ist eine Ausnahme. Wenn jemand von uns etwas anstellt, sind wir alle schuld. Nach der Sache mit Niyi sind wir alle Erpresser und jetzt sind wir alle Mörder.«

»Du hast niemanden umgebracht. Du hast uns beiden das Leben gerettet.«

»Ein mächtiger Mann ist tot. Das wird man nicht vergessen. Er hatte Recht, wir sind wie Fallobst. Wir müssen uns im Gras verstecken und dürfen nicht hervorschauen. Meinst du nicht, dass sie Lekan und mich loswerden wollen? Sie werden nicht sagen, dass es deswegen ist. Aber sie bringen mich so schnell wie möglich aus dem Land und denken, dass sie alle Probleme los sind.«

»Wie lange ... seid ihr beide ...?«, begann Conor.

»Sind wir was?«, fragte Ebun.

»Weiß Mum, dass ...?« Er hielt inne. »Das ist eine blöde Frage, ich weiß. Es gab vermutlich noch andere.«

»Zehn Jahre sind eine lange Zeit, Conor.«

»Das gilt nicht für Mum.«

»Hat sie jemals ...?«

»Was geht dich das an?«, fragte er streitlustig und schnipste dann ein paar Glasscherben aus dem offenen Fenster. »Charles' Mum flippt bestimmt aus, sie liebt diesen Wagen.«

Die lange Autoschlange setzte sich wieder in Bewegung.

»Wenn sie Freunde hatte, dann hat sie sie gut vor mir versteckt«, sagte Conor leise. »Es hätte mir wehgetan, ich war völlig fixiert auf die Erinnerung an dich. Witzig, was, wenn man sieht, dass du dich mit jeder einlässt.«

Ebun trat auf die Bremse, und als sie in die Parkbucht fuhr, hupte der Lastwagen hinter uns.

»Niemand ›lässt sich ein‹ mit mir«, entgegnete sie wütend.

»Was denn sonst?«, wollte Conor wissen. »Er ist erst seit ein paar Tagen wieder da und schon hast du dich an ihn gehängt. Worauf hast du's abgesehen?«

»Hör auf, Conor.«

»Nein«, sagte Ebun. »Er soll es aussprechen.«

»Ich meine, was willst du? Ein weißes Baby oder soll er sich von Mum scheiden lassen und dir einen Pass besorgen?«

»Ich brauche kein weißes Baby«, zischte Ebun, »es braucht nicht weiß zu sein. Jedes Baby, das hier geboren ist, erhält automatisch die Staatsbürgerschaft. Denkst du das, Junge, dass ich versuche, mir mein Bleiberecht zu ervögeln? Warum sollte ich meine Zeit vergeuden und so lange warten, bis ich deinen Vater geködert habe? Es wäre doch viel schneller gegangen, wenn ich es mit allen Männern in dem Container-Lastwagen getrieben hätte, mit dem wir hergekommen sind.«

»Tut mir Leid.« Conor versuchte, einen Rückzieher zu machen. »Ich bin einfach verwirrt ... vor vierundzwanzig Stunden hab ich noch gedacht, dieser Mistkerl wär tot.«

»Er ist kein Mistkerl. Er liebt dich.«

»Woher willst du das wissen?«

»Weil ich auch mal ein Kind geliebt habe.« Ebun startete den Wagen und fädelte sich wieder in den Verkehr ein. »Wie kommt es, dass ihr uns bloß jetzt sehen könnt und nicht das Leben, das wir vorher geführt haben?« Ebun suchte meine Augen im Rückspiegel. »Was wirst du jetzt tun?«, fragte sie.

»Zwischen uns und der Baustelle gibt es keine Verbindung«, sagte ich vorsichtig. »Die Spurensicherung findet bestimmt hundert Hinweise, aber sie wissen nicht, nach wem sie suchen müssen.«

»Es sei denn, du tauchst auf«, sagte Ebun. »Das wäre ein Hinweis zu viel.«

»Cormacs Pass ist noch fünf Wochen gültig«, erwiderte ich. »Ich könnte nach Porto zurückkehren, wieder meinen alten Job in der Bar antreten und mich einfach damit abfinden, dass ich dort festsitze und Portugal nicht mehr verlassen kann.«

»Ist es das, was du willst?«, fragte Conor.

Ich starrte ihn an. »Ist es das, was du willst?«

Conor wandte den Blick ab, da ihn die Frage belastete. »Ich bin doch bloß ein Schuljunge, Dad.«

Wir parkten den Ford Fiesta in einer Seitenstraße der North Circular Road und gingen zur Dorset Street zurück. Es war halb elf. In der Telefonzelle vor dem Postamt, wo alte Leute wegen ihrer Rente anstanden, wählte Conor die Handynummer seiner Mutter.

»Mit mir ist alles in Ordnung«, hörte ich ihn sagen. »Am Telefon kann ich das nicht erklären ... ich weiß, dass du sauer bist ... nein, es war richtig, dass du zur Arbeit gegangen bist, ich weiß, dass du beim Gericht bist ... nein, ich bin nicht in der Schule ... komm nicht heim, ich komme zu dir ... sobald ich einen Bus kriege ... tut mir Leid ... wirklich ... nein, hol mich nicht ab, ich bin schon unterwegs.«

Er hängte auf. »Manche Dinge ändern sich nie«, sagte er. »Du sorgst immer noch dafür, dass ich sie anlüge. Sie ist im Kilmainham Courthouse und gibt für zwei ihrer Jungs, die Autos geklaut haben, ein Leumundszeugnis ab. Sie machen sich ständig lustig über ihre alte Klapperkiste und wollen ihr einen besseren Wagen klauen.« Er kramte in seiner Tasche nach Kleingeld. »Gib mir mal ein bisschen Geld, ja? Ich sollte Charles lieber von seinen Qualen erlösen.«

Conor sagte ihm, wo der Wagen stand und dass seine Mutter der Polizei sagen sollte, das Ganze sei ein Missverständnis gewesen. Ich hörte Charles' aufgeregte Stimme: »Der Wagen ist hoffentlich nicht zerkratzt. Du weißt ja, dass sie da ziemlich eigen ist.«

»Er ist unversehrt«, sagte Conor, »keine Schramme dran. Aber du musst ihn so schnell wie möglich holen, du weißt ja, was dein Vater immer über die Northside sagt.« Er legte die Hand auf die Sprechmuschel und zwinkerte mir zu. »Die Angst vor den Leuten von der Northside ist bei Charles' Familie schon eine Manie. Sie sind bestimmt heilfroh, dass noch vier Räder dran sind.«

Die Schmerzen in meiner Schulter wurden langsam unerträglich. Als wir in Ebuns Wohnung kamen, nahm sie den Verband ab und versuchte, die Wunde zu reinigen, schüttelte dann aber den Kopf. »Es fängt an zu eitern«, sagte sie. »Du musst ins Krankenhaus.«

»Das geht nicht.«

Auf der Treppe waren Schritte zu hören und dann öffnete Lekan die Tür. Er betrachtete uns alle und schüttelte den Kopf, denn er erwartete schlechte Nachrichten. Ebun ging zu ihm und erzählte alles in ihrer Muttersprache. Ich brauchte keinen Übersetzer, da ich sah, wie sich seine Bestürzung in Trauer verwandelte. Jetzt, in ihrem Zimmer, konnte Ebun wieder mit der Verzweiflung eines Menschen weinen, der weit weg von zu Hause war. Lekan umarmte sie, während Conor und ich verlegen zuschauten, denn wir wussten, dass wir Eindringlinge waren. Schließlich wischte sie sich die Augen ab und trat in den Flur hinaus.

»Ich fahre nach Navan und identifiziere ihn«, sagte Lekan. »Besser, er wird unter dem Namen beerdigt, den er angenommen hat, als dass er namenlos bleibt.« Er sah mich ernst an. »Wir hatten schon genug Probleme, bevor du gekommen bist, du musstest keine mehr hinzufügen. Aber ich werde nicht sagen, warum er nach Navan gefahren ist. Ebun zuliebe halte ich dich aus der Sache heraus. Verabschiede dich jetzt von meiner Schwester. Ich wünschte, wir wären nie hergekommen.«

Der Flur war verlassen und es war ausnahmsweise einmal still im Haus. Ebuns Augen waren noch immer gerötet.

»Es ist besser für uns alle, wenn wir so tun, als wäre das Ganze nie passiert«, sagte ich. »Wenn ich einfach wieder weggehe.«

»Deshalb habe ich mich für dich entschieden.« Ebun sah mich an. »Ich habe gewusst, dass du nicht bleibst und mir das Herz noch mehr brichst.«

»Mir bleibt nichts anderes übrig.«

»Wir alle müssen mit Reisen rechnen, die wir nicht antreten wollen.«

»Was wirst du tun?«

»Endlos lange auf meine Anhörung warten, bis sie mich irgendwann abschieben.«

»Vielleicht kommt's nicht dazu.«

»Alle Fabriken suchen händeringend nach Arbeitskräften und bieten den Leuten Geld, damit sie aus allen Ecken der Welt herkommen, und doch lassen sie uns nicht arbeiten. Ihr wollt uns loswerden, vielleicht, weil wir euch zu sehr daran erinnern, wie ihr einmal gewesen seid.«

»Wenn es geht, bleib ich in Verbindung mit dir«, sagte ich.

Ebun antwortete nicht, sie nickte bloß. Conor stand hinter mir. Ich berührte ihre Hand, doch wir küssten uns nicht. Ich ging ein paar Stufen hinab und drehte mich um. Conor war neben ihr stehen geblieben.

»Was ich im Wagen gesagt hab, tut mir Leid«, sagte er verlegen.

»Sorg dafür, dass dein Vater ins Krankenhaus geht. *Ó dàbọ̀*.«

Ebun schlang die Arme um ihn und drückte ihn an sich, wie sie es vielleicht mit ihrem eigenen Kind getan hätte, dann stand sie mit Lekan da und beobachtete, wie wir die lange Treppe hinunterstiegen.

Die Schlange in der Unfallstation bewegte sich nur langsam vorwärts. Wir zogen eine Marke und setzten uns in eine stille Ecke. Conor holte uns zwei Pappbecher mit Kaffee.

»Du solltest mit dem Bus zum Büro deiner Mutter fahren«, sagte ich. »Wenn sie vom Gericht zurückkommt, ist sie bestimmt außer sich.«

»Ich weiß.«

»Warum fährst du dann nicht?«

»Weil du dich verdrückst, sobald ich zur Tür rausgegangen bin, und sich dann niemand um deine Schulter kümmert.«

»Es tut nicht mehr so weh«, log ich. »Ich könnte in Portugal ins Krankenhaus gehen. Ich mach mir eher Sorgen um dich.«

»Mit mir ist alles in Ordnung.«

»Du hast heute Nacht Dinge erlebt, die ich dir gern erspart hätte, Dinge, mit denen dein Granddad nicht rechnen konnte.«

»Wenn ich deine Geheimnisse früher für mich behalten habe, kann ich das auch jetzt tun«, sagte Conor. »Ich kann Mum anrufen und sie ein paar Stunden hinhalten. Besorg mir ein Ticket nach Jersey und ich nehm für dich den nächsten Flug. Du kannst alles haben, was da ist. Wenn du willst, kannst du dir dann ein Dutzend falsche Pässe besorgen.«

»Ich will keinen Pass.«

»Was willst du denn?«

»Sehen, wie du aufwächst«, erwiderte ich.

»Ich bin schon erwachsen.«

»Das stimmt nicht. Aber du weißt, dass ich nicht bleiben kann.«

»Aus Angst?«

»Nicht um mich«, sagte ich. »Nicht mehr vor dem Gefängnis. Ich hab Angst, dass ihr beide alles verliert. Die wollen mit Sicherheit jeden Penny zurückhaben und dann bricht alles um euch herum zusammen.«

»Vielleicht stimmt das gar nicht«, sagte Conor. Er schlürfte seinen siedend heißen Kaffee und ich beobachtete, wie ihn eine Schwesternschülerin verstohlen musterte. »Grandma lebt sowieso nicht mehr lange. Ich wünschte, sie würde ewig leben, aber das gibt es nicht. Dann steht uns die Hälfte des Erlöses für das Haus in Cremore zu. Wenn Mum irgendwas unrechtmäßig bekommen hat, dann will sie's zurückzahlen, das weiß ich. Und vielleicht würde ich ja auch profitieren. Wie steht's mit dir?«

»Das Vortäuschen meines Todes war das einzig Lohnende, was ich je getan habe.«

»Du hast mich gezeugt oder war das auch nichts wert?«

»Du bist tausendmal mehr wert als ich, mein Sohn.«

»Du kennst mich nicht«, erwiderte Conor.

»Doch. Ich hab nächtelang alle fünf Minuten vor deinem Bettchen gestanden, um zu hören, ob du noch atmest. Ich hab gesehen, wie du zum ersten Mal auf deinen Beinen gestanden hast, und hätte am liebsten wildfremde Leute von der Straße hereingeholt und es ihnen gezeigt. Ich war richtig stolz und bin's immer noch.«

»Dann sorg dafür, dass ich auch stolz auf dich bin«, sagte Conor. »Ich kann mich nicht mehr richtig an dich erinnern. Ich kenne dich bloß aus den Geschichten anderer Leute. Du könntest das größte Arschloch der Welt sein, aber vielleicht stimmt das gar nicht. Wenn du verschwindest, werde ich es nie erfahren.«

»Du würdest mich nicht kennen wollen«, erwiderte ich leise.

»Lass mich das entscheiden.« Conor war wütend. »Du kennst mich überhaupt nicht. Ich hab mein eigenes Leben, mit meinen eigenen Gedanken, Schwächen und Fehlleistungen. Ich bin wirr und labil und weiß oft nicht, wo's langgeht. Vielleicht brauche ich jemandem, zu dem ich aufschauen oder auf den ich herabblicken kann, mit dem ich einfach reden und den ich fragen kann, ob du dich je so gefühlt hast. Hast du daran nie gedacht?«

»Doch.«

»Warum bist du dann nicht zurückgekommen? Sag nicht, wegen Geld, das kann ich nach dieser Nacht nicht mehr hören.«

»Ich hatte Angst, du würdest mich hassen, oder vielleicht hab ich auch befürchtet, du könntest mich brauchen und ich würde dich wieder enttäuschen. Ich hatte das Gefühl, dass ich nichts mehr zu sagen wüsste, sobald du aus dem Alter raus wärst, wo eine Tafel Schokolade alles in Ordnung bringt. Jedes Mal, wenn wir uns begegnen, seh ich Cormac in dir. Vor deiner Geburt hab ich niemanden so geliebt wie Cormac. Ich war sein Handlanger, ein Hund, der froh war, unter dem Tisch liegen zu können, an dem er saß. Ich konnte nicht ohne ihn leben, deshalb hab ich vergeblich versucht, er zu sein.«

Eine Schwester kam heraus und rief die Nummer vor meiner eigenen auf. Conor stellte seinen Kaffee hin. »Cormac war ganz anders als du. Zunächst mal war er schwul.«

»Eines Abends hab ich in Belgien in einer Bar in der Gesellschaft anderer Leute meinen Namen ... Cormacs Namen ... genannt«, erwiderte ich. »Plötzlich sah mich einer der Männer ganz seltsam an. Mit einem Blick, den ich nicht begriff, bis mir klar wurde, dass er Cormac gekannt hatte. Die Leute gingen und ich wusste, dass auch ich hätte gehen sollen. Ich konnte jeden Moment auffliegen, aber ich brachte es nicht fertig zu gehen und er saß da, als würden wir darauf warten, dass die Bar sich leerte, als hätten wir etwas miteinander abgesprochen. ›Sag nicht, dass du mich nicht kennst‹, sagte er und ich erwiderte: ›Ich kenne dich, wie lange ist das jetzt her ...?‹ ›Zu lange‹, sagte er, ›du hast dich verändert und bist dennoch derselbe.‹ Ich hatte noch nie den Körper eines Mannes berührt, hatte auch nie das Verlangen gehabt. Aber ich blieb, denn ich hatte das Gefühl, Cormac hätte ihn geschickt, um mich zu prüfen, und wenn ich ein einziges Mal mit ihm schlafen würde und ihm weismachen könnte, dass ich Cormac bin, dann würde ich vielleicht endlich spüren, wie es war, er zu sein.«

»Wie hat Cormac sich angefühlt?«

»Klar wie Kristall. Ich hab ihn in Navan mal im Fenster gesehen, eingerahmt vom Licht, und da hab ich gewusst, dass ich nie so klar sein könnte. Ich wusste, ich würde immer draußen im Dunkeln sein, und von dem Augenblick an hab ich ihn geliebt.«

»Hast du mit dem Mann geschlafen?«, fragte Conor.

»Hab ich dich gefragt, mit wie vielen Männern du geschlafen hast?«

Er errötete und wandte den Blick ab. »Solche Fragen stellt man nicht.«

»Was fragst du die Männer dann?«

»Bist du noch da, wenn ich morgen früh aufwache?«

»Geben sie eine ehrliche Antwort?«

»Das weiß man immer erst am nächsten Morgen.« Er sah mich verlegen an. »Sagt Charles zumindest. Ich war noch nicht mit vielen Männern zusammen.«

»Es ist gefährlich, weißt du, es ...« Ich hielt inne und musste unwillkürlich lächeln.

»Was?«, fragte Conor.

»Nichts. Aber ich hör mich an wie Phyllis.« Ich betrachtete ihn mit ernstem Gesicht. »Ich hab mit dem Mann in Belgien geschlafen.«

»Und wie war's?«

»Das war nicht ich. Ich hab gewusst, dass ich bloß versucht hab, mir was einzureden.«

»Tu was für mich«, sagte Conor.

»Was denn?«

»Geh ins Gefängnis. Vielleicht wird deine Strafe zur Bewährung ausgesetzt. Aber ich lern dich auf jeden Fall kennen.«

Ein junger Mann mit Bürstenschnitt kam mit verbundenem Arm zwischen den Trennwänden hervor. Er sah verkümmert aus wie einer der typischen Dubliner Jugendlichen, die mit tief gefrorenen Kohlehydraten und viel Gewitztheit großgezogen werden. Ich versuchte mir vorzustellen, dass ich mir mit drei solchen Männern eine Zelle teilte.

»Könnte sein, dass dir das, was du findest, nicht gefällt«, sagte ich.

»Das gilt auch für dich.«

Die Schwester kehrte zurück und rief meine Nummer auf. Ich stand auf und ging weg, ohne zu antworten, spürte aber, dass der Blick meines Sohnes mir folgte. Der afrikanische Arzt glaubte mir nicht, dass ich mich mit einem Bügeleisen verbrannt hatte. Er bat mich zu warten, während eine Schwester die Wunde reinigte und verband und mir dann eine Spritze gab. Ich hatte keine Ahnung, ob er die Polizei verständigte oder den falschen Namen und die falsche Adresse überprüfte, die ich ihm genannt hatte. Zwischen den Trennwänden hindurch sah ich Conor im Warteraum sitzen. Ich wusste nicht, was mir am meisten Angst machte – die Aussicht, ins Gefängnis zu müssen, oder der Neuanfang mit Conor, die Erwartung, dass ich dem Wort »Vater« gerecht wurde. Hinter mir sah ich eine Tür mit der Aufschrift »Ausgang«, durch die ich hinausschlüpfen und entkommen konnte. In meinem Hotel lag genug Geld für ein Flugticket. Ich war hin- und hergerissen, hatte Angst, mich zu entscheiden, und dann kehrte der Arzt zurück.

»Nehmen Sie das alle sechs Stunden und kommen Sie in zwei Tagen noch mal vorbei«, sagte er.

Ich bedankte mich und stand auf. Conor hatte mir den Rücken zugekehrt und betrachtete eine Zeitschrift, die auf dem Tisch lag. Ich dachte an Ebun, an ihren Schmerz, ihren Körper, daran, wie sie mir das Gefühl gegeben hatte, etwas Besonderes zu sein. Vielleicht hatten wir keine Chance, wir standen beide vor einer ungewissen Zukunft. Aber vielleicht konnten wir, und sei es nur für eine kurze Zeit, diese Ungewissheit hier miteinander teilen. Mit einem letzten Blick zum Ausgang atmete ich tief durch und schob die Trennwände auseinander, um meinen Sohn zu rufen. Er blickte auf und nickte mir lächelnd zu.

Es war ein Zweibettzimmer, doch das andere Bett war zurzeit nicht belegt. Der Schutzvorhang um Phyllis' Bett war halb zugezogen. Das Tablett mit dem kaum angerührten Abendessen wartete darauf, dass jemand es abholte. Conor trat als Erster ein und ging auf Zehenspitzen durchs Zimmer. Ich zögerte und wartete, dass er etwas sagte, doch er blieb stumm und winkte mich heran. Nichts machte mir so viel Angst, wie dieser Frau gegenüberzutreten. Draußen auf dem

Flur unterhielten sich die Schwestern. Conor winkte noch einmal, damit ich herüberkam und Phyllis betrachtete.

Sie schlief und ihre Frauenzeitschrift war auf den Boden geglitten. Ich hob sie auf und sah mir seitenweise Hochglanzfotos vom Haus irgendeines entfernten Verwandten der britischen Königsfamilie an. Früher hätte ich mich darüber geärgert, aber jetzt bekümmerte mich ihr Bedürfnis, ihre Nase in die Welt anderer Leute zu stecken. Ihr Leben war nicht leicht gewesen. Unverheiratete Mutter, als das noch eine öffentliche Schande gewesen war; der widerwillige Umzug in das feste Gefüge einer Kleinstadt; die Puppe, der es nicht gelang, ihre Rolle zu spielen; Frau eines mürrischen alten Mannes, dessen Ergebenheit gegenüber Barney Clancy sie bestimmt mehr gewurmt hatte, als jede Affäre mit einer Geliebten es getan hätte; Mutter eines toten Sohnes, zu dem sie nie ganz ehrlich sein konnte und der auch nie ganz offen zu ihr gewesen war; Mutter einer entfremdeten Tochter, die nie versucht hatte, sie zu verstehen.

Ihr Leben hätte ganz anders verlaufen können, wenn Barney Clancy nicht auf seine derbe Art probiert hätte, sie ins Bett zu kriegen. Wenn sie damals hinter der Küche vom Groom's Hotel jemanden in ihrem Alter kennen gelernt hätte, statt von meinem Vater getröstet zu werden. Einen Jungen mit einem Motorroller, der lachte und ihr nach dem Tanz auf dem Red Island in Skerries Pommes frites spendierte, statt in spießigen Restaurants mit ihr anzugeben und ihr zu Ehren schlechte georgianische Gedichte zu schreiben. Jemanden, bei dem sie sich einfach zu dem Menschen hätte entwickeln können, der sie vielleicht geworden wäre.

Dann wäre jetzt vielleicht eine ganze Schar von Dubliner Enkeln rings um ihr Krankenbett versammelt, gewitzt und doch voller Respekt für sie, dazu ein Ehemann, der in seinen Erinnerungen an all den Spaß schwelgen würde, den sie trotz manch schwieriger Zeit miteinander gehabt hatten, und ein nicht abreißender Strom von Nachbarn, die aus den nahe gelegenen Straßen auf einen Sprung vorbeikamen, um sie zu besuchen. Ich bezweifelte, dass jemand aus Cremore sie besucht hatte, denn dort hatte sie sich stets von den anderen unterschieden, weil sie sich zu sehr bemüht hatte dazuzugehören.

Plötzlich regte sie sich und ihre Finger zupften an der Decke. Conor setzte sich auf die Bettkante. Mit überraschender Sanftheit küsste er ihr die Stirn. Sie schlug die Augen auf, betrachtete ihn und zeigte ein Lächeln, obwohl ich sehen konnte, dass sie Schmerzen hatte.

»Wie geht's dir, Grandma?«

»Jetzt, wo ich dich sehe, ist es schon besser.« Ihre Stimme war nur ein Flüstern.

»Du darfst nicht erschrecken oder dich aufregen, Grandma, aber hier ist jemand, von dem du nie gedacht hättest, dass du ihn noch mal wieder siehst.«

Phyllis wandte langsam den Kopf. Ihr Gesichtsausdruck blieb unverändert, nur ihre Augen nicht. Sie hält mich für Cormac, dachte ich, als ich die entsetzliche Hoffnung in ihrem Blick sah. Dann wurde mir klar, dass das nicht stimmte, dass sie es sich bloß von ganzem Herzen wünschte. Conor winkte mich heran, und als ich nicht kam, zog er mich an ihr Bett, nahm meine Hand und legte sie in ihre. Ihre Finger waren gichtig und kalt.

»Mein Baby«, flüsterte sie, »mein armer Junge.« Ihr Blick war durchdringend, in ihm lag die ganze Kraft, die ihr noch geblieben war. »Du hast ihn als Letzter gesehen. Er ist nicht tot, weißt du. Freunde von ihm, die ich nicht kenne ... drei von ihnen ... haben geschrieben oder angerufen, dass sie mich besuchen wollen. Derselbe Traum ... Cormac, wie er sich in einem Garten um die Seerosen kümmert. Sie haben gesagt, er ist glücklich, du kennst ja sein Lächeln ... nicht in meinen Träumen, sondern in ihren. Cormac hat gewusst, dass sie es mir sagen würden.«

Ich wusste, dass die schmerzstillenden Mittel bei ihr Wirkung zeigten, aber das Ganze war typisch Phyllis. Kein Interesse daran, wo ich zehn Jahre lang gewesen war, oder auch nur Verwunderung über meine Wiederauferstehung von den Toten. Sie konnte sich immer nur auf das konzentrieren, was ihr wichtig war. *Warum hast du nicht auf ihn aufgepasst?* Die Frage blieb unausgesprochen, doch sie lag in ihrem Blick, als sie die Hand wegzog. Meine Wut kehrte zurück. Ich wollte eine Entschuldigung von ihr, ich wollte, dass sie über mein Auftauchen in Tränen ausbrach oder wenigstens eine andere Gefühlsregung zeigte als die offene Enttäuschung darüber, dass ich nicht jemand anders war. Ich wartete darauf, dass sie diese Gelegenheit ergriff, alles wieder gutzumachen, doch tief im Innern wusste ich, dass es ihr unmöglich war.

»Du warst schon immer schlau«, flüsterte sie. »Schon als Kind musstest du so gut sein wie Cormac ... musstest sogar bei seinem Tod im Rampenlicht stehen. Du hast nie in dem verdammten Zug gesessen.«

»Nein.«

»Und jetzt bist du zurückgekommen und willst dich damit brüsten.«

»Nein.«

»Grandma.« Conor schien den Tränen nahe zu sein. »Freust du dich denn nicht, dass er noch am Leben ist?«

Phyllis starrte ihn besorgt an. »Er will dich mir wegnehmen ... dich gegen mich aufhetzen.« Sie sah mich wieder an. »Dein Vater ist tot.«

»Ich weiß.«

»Sie wollten ihn vor Gericht ziehen. Er hat gesagt, es würde sein wie in Nürnberg, Fragen über Fragen. Was konnte dein Vater schon wissen? Nichts hat er gewusst.« Sie blickte Conor an. »Alles in Ordnung? Ich mach mir Sorgen um dich.«

»Warum?«

»Es gibt schlechte Menschen.«

»Der Mann, der dich in Cremore gefesselt hat, ist tot«, sagte ich. »Die Männer, die Conor bedroht haben, sind tot.«

»Was weißt du darüber?«

»Mein Vater hat mehr gewusst, als es den Anschein hatte.«

»Er war ein guter Mensch«, flüsterte sie. »Die ganzen Nachbarn ... die Schwestern hier ... seit sein Name in der Zeitung gestanden hat ... denken sie, dass dein Vater ein Verbrecher war ... ich seh doch, wie sie mich angucken ...«

»Ist schon in Ordnung.« Ich legte ihr vorsichtig die Hand auf die Schulter. »Ich bin jetzt da.«

Durch die Haut spürte ich ihre Knochen, ihr Arm, der oft nach mir geschlagen hatte, war ganz dünn geworden.

»Wofür warst du schon gut?« Sie weinte jetzt stumme Tränen, die sich in den Falten ihres Gesichts fingen.

»Bitte, Grandma«, sagte Conor.

»Tut mir Leid.« Es war schwer zu sagen, zu wem sie sprach. »So vieles, das ich bedauere.«

»Hat Granddad dir irgendwas erzählt, Grandma?«

»Was denn?«

»Etwas über Geld, das unter meinem Namen auf einem Konto auf Jersey liegt.«

»Wer hat dir das gesagt?«

»Pete Clancy.«

Sie schnaubte verächtlich. »Was soll der schon wissen, dieses kleine Würstchen? Das Geld ist längst ausgegeben.«

»Wie meinst du das?«, fragte ich.

»Es hat weder deinem Vater noch Barney Clancy gehört ... aber er hat deinen Vater veranlasst, es auszugeben ... hat ihn bearbeitet und beschwatzt, es kleckerweise abzuheben, ohne Pete was davon zu erzählen. Pete wollte der Saubermann mit der reinen Weste sein, aber Barney hatte Unkosten, von denen sein Sohn nichts erfahren sollte. Irgendeine runzlige alte Schnepfe, mit der er sich rumgetrieben hat. Barney hat gesagt, der Mann, dem das Geld gehört, würde nicht danach suchen, aber sein Sohn hat's gesucht.« Sie wandte sich Conor zu. »Dein Granddad war ein guter Mensch, er hat bloß zu lange gelebt.«

»Aber das Konto ist immer noch offen«, sagte Conor. »Es gibt zwei Konten, die auf meinen Namen laufen.«

»Ich wollte es dir sagen, aber es ist schwer, mir abzugewöhnen, was er mir eingeimpft hat. Auf denen ist kein Geld.«

»Was denn sonst?«

»Auf dem einen, von dem ich wissen soll, hat er irgendwelches Zeug über Clancy«, sagte Phyllis, die jetzt von der Anstrengung beim Sprechen schwerer atmete. »Papiere über Grundstücksgeschäfte, die nicht in die falschen Hände fallen sollten.«

»Und auf dem anderen?«

»Sachen, von denen ich nicht wissen sollte, dass er sie aufbewahrt hatte. In jungen Jahren war ich nun mal sehr eifersüchtig. Es sind Sachen, die du mal kriegen solltest, Sachen, die deiner Großmutter gehört haben. Briefe und Gedichte, die er ihr geschrieben hat, als er ihr in Navan den Hof machte, Fotos, eine Locke in einem Umschlag. Anfangs hat er das im Gartenschuppen in einem Aktenschrank aufbewahrt. Er hat gedacht, ich wüsste nichts davon, oder hat zumindest gern so getan.« Sie sah mich an. »Weiß Miriam, dass du ...?«

»Nein.«

Ihre linke Hand hielt inne, aus Angst, meine zu berühren, und ich fühlte mich an den Tag vor vielen Jahren erinnert, als ich nachts aufgeschrien und mich ihr zum ersten Mal Auge in Auge gegenüber gesehen hatte.

»Sie war gut zu uns ... besser, als wir es verdient hatten.« Phyllis holte tief Luft und starrte den Tropf neben ihrem Bett an. »Warum bist du wirklich gekommen?«

Ich schaute aus dem Fenster und betrachtete die Silhouette von Dublin. »Weil ihr die einzige Familie seid, die ich habe.«

Ihre Hand streifte meine Finger und hielt sie diesmal fest. Als Schuldige erkannten wir uns.

In Phibsborough staute sich der Mittagsverkehr und die engen Kreuzungen waren von Autos und Bussen versperrt. Es hatte zu nieseln begonnen. Im Schaufenster eines Zeitungsladens starrte mir Pete Clancys Gesicht von der Frühausgabe der Abendzeitung entgegen, zusammen mit einem Foto von Egan und McGuirk, das auf einer Rennbahn aufgenommen worden war. *Rätselhafte Tode*, lautete die Schlagzeile. *Geschäftliche Auseinandersetzung offenbar eskaliert.*

Conor wandte den Blick ab und hielt sich den Bauch. »Ich seh immer wieder, wie dem Mann der Revolver direkt vor dem Gesicht explodiert«, sagte er. »Er war ein einsamer alter Kerl. In den Saunas sieht man viele von seiner Sorte.«

»In welchen Saunas?«, wollte ich wissen.

»Mein Gott.« Er richtete sich auf. »Ich muss ab jetzt daran denken, dass du mein Vater bist.«

An der North Circular Road hielt ich ein Taxi an. »Arbeitet deine Mutter immer noch in derselben Beratungsstelle?«, fragte ich. »Sie ist bestimmt völlig aus dem Häuschen.«

Wir setzten uns zusammen nach hinten und beobachteten, wie die Straßen vorbeiflogen. Ich griff in die Tasche, zog seinen Pass hervor und betrachtete das Foto, bevor ich ihn ihm zurückgab.

»Hast du frische Kleider?«, fragte Conor.

»In einem Hotel in der Innenstadt.«

»Wenn ich an deiner Stelle wäre, würde ich noch nicht auschecken.«

»Ich denke, ein gemästetes Kalb kann sich im Augenblick sicherer fühlen als ich.«

Das Taxi brauste über die neue Autobahn und bog dann an einem riesigen Kreisel ab. Ich hatte die Orientierung verloren und verließ mich darauf, dass Conor dem Fahrer den Weg wies. Wir hielten auf dem Parkplatz eines großen Einkaufszentrums mit zentral gelegenen Springbrunnen und langen Gängen voll britischer Markenläden. Ich kam mir vor wie in einem Raumschiff, das an dem Autobahnkreuz angedockt hatte.

»Die Zeiten haben sich geändert«, sagte ich. »Ich hab zwar gewusst, dass da, wo Miriam arbeitet, ein schäbiges Einkaufszentrum gebaut werden sollte, aber ich hätte nie gedacht, dass so was dabei rauskommen würde.«

»Stimmt auch nicht«, erwiderte Conor. »Das hier ist ein anderes. Aber die Autobahn versperrt die Straße, die früher hingeführt hat, und mit dem Taxi dauert es eine Ewigkeit, bis man da ist. Es ist einfacher, hierher zu fahren und dann zu Fuß zu gehen.«

Wir gingen zwischen den Leuten hindurch, die die Einkaufswagen zu ihren Autos schoben, und kamen auf der anderen Seite an einem Ladeplatz heraus, wo eine Schlange von Lastwagen stand. Ein Wachmann beobachtete uns und sprach in sein Walkie-Talkie.

»Mum kauft hier nicht mehr ein«, sagte Conor. »Sie legen keinen Wert auf die Einheimischen und haben uns jedes Mal entdeckt, wenn wir hier langgekommen sind. Zweimal bin ich wegen Herumlungerns rausgeworfen worden, als ich vor einem Kleidergeschäft auf sie gewartet hab. Mum ist an die Decke gegangen und dann hieß es, sie wäre gar keine Einheimische, sondern eine Unruhestifterin.«

An der Rückseite des Ladeplatzes hatte man den schmalen Weg, den Conor mich entlangführte, mit Felsblöcken versperrt, damit kein Auto durchfahren konnte. Es waren nur wenige Leute da, die einkauften, die Einheimischen wurden durch die Preise abgeschreckt. Wir brauchten zehn Minuten, bis wir zu einem hohen Erdwall kamen, der nicht eingesät worden war, sodass dort nur Nesseln und Unkraut wucherten. Dahinter führte der Weg in ein Tal. Dort floss ein kleiner Bach, der von einer Fußgängerbrücke überspannt wurde, und hinter einer Wiese, auf der Pferde grasten, erhoben sich die Reihen billiger grauer Häuser, bei deren Anblick ich tief Luft holte. Ich kannte diesen Anblick, doch ich war so lange weg gewesen, dass er mir fremd war, wie die Mauern eines unbekannten ausländischen Hafens, der sich plötzlich aus dem Meer erhebt. An die Wiese grenzte eine Reihe schäbiger Läden, von denen die Hälfte geschlossen war.

»Da sollte das neue Einkaufszentrum hinkommen«, sagte ich. »Es wurde jahrelang geplant.«

»Vor ungefähr acht Jahren gab es eine weit reichende Änderung des Flächennutzungsplans«, sagte Conor. »Ein Ratsbeschluss, der aus heiterem Himmel kam. Mum spricht immer von dem Vermögen, das manche Leute dadurch gemacht haben. Danach sind auch die Banken hier ausgestiegen.«

Wir gingen zusammen den Hügel hinab und überquerten die kleine Brücke. Ich tastete in meiner Tasche nach den beiden Pfeilen und warf sie ins Wasser. Die Pferde, die mit langen Stricken angebunden waren, beobachteten uns mit geduldigem Blick.

»Lass uns zusammen nach Jersey fliegen«, sagte Conor. »Bevor du dich stellst. Wir holen die Papiere und schicken sie anonym an den Untersuchungsausschuss. Ich will nicht, dass sie unter meinem Namen dort liegen. Ich will ... wie sagt man ...?«

»Reinen Tisch machen.«

»Ja.« Conor nickte. »Und würde es Mum nicht gefallen, wenn die Leute, die für die Änderung des Flächennutzungsplans gestimmt haben, nachts ein bisschen schlechter schlafen würden?«

Wir kamen zu der schäbigen Ladenzeile, und als wir vor der heruntergekommenen Bürgerberatung standen, hatten wir plötzlich beide Angst.

»Sie bringt mich um«, sagte Conor.

»Nein. Ich erklär's ihr.«

»Du?« Conor verdrehte die Augen. »Mann, dich bringt sie wirklich um.« Er machte eine Pause. »Du und sie, du denkst doch nicht ...?«

»Was vorbei ist, ist vorbei«, sagte ich. »Vielleicht werden wir Freunde ... irgendwann.«

Wir schauten durchs Fenster und sahen, dass Miriam an ihrem Schreibtisch arbeitete.

»Meinst du, dass du ins Gefängnis musst?«, fragte Conor.

»Wahrscheinlich. Warum fragst du?«

»Das könnte ungefährlicher sein, als hier reinzugehen.«

Conor trat ein paar Schritte vor und klopfte an die Scheibe. Als die Glastür aufging, drehte er sich um. Zuerst hatte Miriam nur Augen für Conor, umarmte ihn und zog ihn erleichtert an sich, ohne sich entscheiden zu können, ob sie weinen oder ihn ausschimpfen sollte. Es dauerte eine Weile, bis sie mich ansah. Als sie es tat, konnte ich weder den Blick einschätzen, der in ihre Augen trat, noch richtig begreifen, was ich selbst empfand.

Irgendwie spielte es keine Rolle, was sie sagte oder tat, was die Behörden unternahmen oder welches Schicksal mich erwartete. Ich konnte nicht wissen, ob sie mir den Schmerz, den ich ihr zugefügt hatte, meinen Betrug und meine Lügen je verzeihen würde. Ich wusste bloß, dass ich ungeschützt hier vor ihr stehen und nirgends sonst sein wollte. Ich hielt ihrem Blick stand.

»Hallo, Miriam«, begann ich. »Es ist eine lange Geschichte.«